KB017772

한국체육대학교 학술교양총서

반공주의와 한국문학

Anticommunism and Korean Literature

한없는 사랑을 기리며, 부모님의 영전에

한국체육대학교
학술교양총서
005

반공주의와
한국문학

Anticommunism and
Korean Literature

유임하

글누림

간행사

한국체육대학교 학술교양총서 발간에 부쳐

아이작 뉴턴은 생의 막바지에 이런 말을 남겼다.

"나는 바닷가에서 노는 소년과 같았다. 가끔씩 보통 것보다 더 매끈한 돌이나 더 예쁜 조개껍데기를 찾고 즐거워하는 소년. 그러는 동안에도 내 앞에는 광대한 진리의 바다가 미지의 상태로 펼쳐져 있었다."

뉴턴의 아포리즘은 학인(學人)의 삶, 그 숙명을 함축한다. 배움은 진리를 사랑함이니 사과 한 알, 조개껍데기 하나로써 세상의 작동원리를 갈음한 천재의 언어로 부족함이 없다. 그의 통찰은 '거인의 어깨 위에 앉은 난쟁이'의 비유에서 가장 높은 경지에 이른다.

"내가 더 멀리 보았다면 이는 거인들의 어깨 위에 올라서 있었기 때문이다(If I have seen further, it is by standing on the shoulders of giants)."

로버트 머튼이 쓴 『거인의 어깨 위에서』는 뉴턴의 비유가 매우 오래된 인용문임을 밝힌다. 뉴턴은 조지 허버트를, 허버트는 로버트 버튼을,

버튼은 디에고 데 에스텔라를, 에스텔라는 존 솔즈베리를, 그리고 솔즈베리는 베르나르 사르트르를 인용했다.

마태오가 적어나간 아브라함 가문의 내력과도 같지 않은가? 천재의 아우라가 해묵은 은유에 생명을 불어 넣었으리라. 거인과 어깨의 계보는 또한 진리의 오솔길. 그 길은 오로지 나아감이 있을 따름이다. 학인의 숙명은 미지의 열락을 찾아 헤매는 지상의 나그네다.

한국체육대학교 학술교양총서는 어깨에 어깨를 걸고 인내로써 천년의 탑을 포개려는 정성의 결실이다. 1977년 개교 이래 성상을 거듭해 정진해온 대한민국 유일의 종합체육대학으로서 학문적 성과와 현장의 경험을 집약하고자 하는 목적으로 시작되었다.

총서가 가야 할 길은 멀다. 완급과 부침이 없지 않겠으나 우리는 장경을 새기는 정성과 인내로써 점철할 것이다. 순정한 지향과 의지가 끝이요 마치다. 영원을 향해 걷는 걸음의 시작 앞에서 비나니, 끝끝내 진리의 대양에 이르러 현학들과 조우하기를 빈다.

2020년 2월

한국체육대학교 학술교양총서 편집동인을 대표하여

제7대 총장 안용규 씀

머리말

1.

특정 사상이 질병에 비유되는 것은 낯선 현상이 아니다. 마르크스는 헤겔의 『법철학강요』를 논평하면서 '종교'를 중독성 강한 아편, 질병에 비유했다. 근대의 종교는 민족이고 국가였다. 일제 강점기에는 사회주의자들을 호열자(콜레라)나 폐병처럼 독한 전염병에 걸린 환자로 취급하였다.

근대 이후 한국사회에서 특정한 주의나 사상은 '배운 이들의 일탈'이나 '불온한 사상에 감염된 환자'로 거론되어왔다. 황석영은 자신의 소설 『손님』에서 기독교나 마르크스주의 같은 외래사상을 '마마'에 비유했다. 특정한 주의나 사상이 사회공동체에서 이질적인 존재인 괴물이나 이방인 같은 손님에 비유되는 양상은 흥미롭다. 이러한 현상은 적어도 그 사회의 뿌리 깊은 곳까지 내면화되어 무의식화된 어떤 실체나 통념의 작동에 따른 결과에서 연유한다.

마르크스와 엥겔스는 「공산당선언」(1848) 모두(冒頭)에서 유럽에 출몰한 공산주의라는 망령을 사냥하기 위해 구 유럽의 모든 세력들이 신성동맹을 맺은 점을 적시했다. 유럽의 반공주의는 공산주의만큼이나 오래된 역사를 가지고 있는 셈이다.

한국사회에서 반공주의는 일제가 이식했고 제국 경영을 위해 감행한 정교한 장치, 악랄한 사법행형과 함께 그 모습을 드러냈다. 천황제와 제국 경영에 반기를 든 독립운동세력집단의 하나가 사회주의자들이었기 때문이다. 일제하에서 반공주의는 집요하고 음습하며 가혹한 방식으로 다루어진 대표적인 시책이었다. 일제는 독립을 쟁취하려는 민족의 특정 집단이나 세력을 혹독하게 탄압하면서 식민지시기 조선 사회에 반공의 공포증을 기입, 깊이 내면화시켰다.

해방후 한국사회에는 반공주의가 더욱 번성하는 역설적인 상황이 전개되었다. 한반도에서 냉전의 국제정치가 횡행하고 분단, 전쟁을 거치면서 반공주의는 더욱 완강하고 치밀하게 전사회적으로 구조화되었던 까닭이었다. 50-60년대의 정권은 '반공'을 국시로 내걸었고 정치경제와 사회문화 전반에 걸쳐 사회 성원들을 옭죄는 족쇄가 되었다. 그런 만큼 지금의 시점에서조차 '반공의 시대'가 과연 지나갔는가라는 질문에 쉽게 답하기는 어렵다.

'반공주의'에 대한 질문은 해방 후 한국문학의 주된 배경의 하나를 묻는 문제의식에서 출발한다. 평소, '해방 후 한국문학의 출발과 전개'에서 반공주의는 중요한 사회정치적 조건이자 현실이라는 생각이었다. 문학 지상주의, 문학중심주의에서 이탈하여 문학이라는 것의 맥락화 역시 시대의 소산이라는 점을 긍정하면서 갖게 된 생각이다. 문학연구에서는 마땅히 전제되어야 할 키워드의 하나가 반공주의이고 그와의 연관을 문제 삼고 내면화된 반공주의를 인식하고 대상화하며 응전해온 문학의 구체적인 족적을 살펴야 한다는 게 평소 지론이었다.

지금의 나는 학부와 대학원 시절 익혔던 문학연구 방법론에서 멀리 벗어나 있다. 문학연구자로서 과연 어느 지점에 놓여 있는지를 스스로 질문해 본다. 신비평에서 말하는 구조적 완결성을 가진 '잘 빚어진 항아리'라는 관점보다는 사회반영론이나 유물론적 역사주의에 가깝지 않을까.

2.

해방 후 한국문학은 친일부역에서 반공으로 옮겨간 우익 진영과, 친일청산과 역사적 전진을 주장하는 좌익진영의 넓은 이데올로기 스펙트럼 사이에서 다양하게 분기(分岐)해 나갔다. 한반도가 남북으로 분할되는 복잡다단한 현실은 문학의 담론 장을 정론성(政論性)에서부터 순수성까지 치열하게 논전하게 만들었다.

시야를 조금 넓혀 보면, 담론의 장은 '혁명적 시간대'라고 이름 붙여야 할 혼돈의 시공간이었다. 그런 까닭에, 제국 일본의 폭력적 강점으로 지연되었던 근대국가(nation-state)의 설립과 직결된 현안들이 분출하는 시간대에서 문학자들은 자신들의 역할과 임무는 무엇인가 고심했고 문화적 실천을 위해 다양한 글쓰기에 돌입할 수밖에 없었다.

해방 직후부터 전쟁의 시간대에 걸쳐 있는 반공을 기조로 한 증언수기집에서 발견되는 민족지적 글쓰기는 그렇게 출현했다. 민족지적 글쓰기는 문학의 자장 바깥에 놓인 듯하지만, 그 주변을 둘러보면 대주체인 국가의 호명과 반공이데올로그들의 기획, 국가 건설이라는 현실의 과제와 직면하게 된다. 문인들의 문화적 실천은 그만큼 자발적이었고 현실정치와 연동되고 있었다. 반공 증언수기집이 만들어낸 냉전의 기억 만들기와 전쟁 발발과 함께 쓰여진 반공텍스트의 기원적 양상은 정치와 사회, 문학과 문화가 서로 겹쳐지면서 생성된 담론 효과의 장이었다.

  이 책은 반공주의와 연관된 한국문학의 족적을 탐색하고자 한 그간의 연구성과를 한데 모았다. 책은 크게 다섯 개의 부로 구성되어 있다. 1부에서 3부까지는 반공주의와 직결된 한국문학과 문화적 실천을 통시적으로 살핀 글을 모았다. 책 뒤에 부기한 원문 출처는 별반 의미가 없을 만큼 편제에 따라 묶고 부족한 내용은 깁고 보완했다. 1부에서 3부에 걸쳐 있는 글의 대부분이 여기에 해당된다. 출처를 명기한 원문과 제목이 달라진 경우 표현만이 아니라 기술방향과 내용도 그에 준할 만큼 전면적인 보완을 거쳤다. 4-5부에서는 논리와 문장 표현을 다듬는 데 주력했다.

  1부(반공 이념과 문화의 정체성)에서는 해방직후부터 전쟁 이후까지 반공주의와 민족지적 글쓰기의 경향(「정체성의 우화-반공 증언수기집과 냉전기억 만들기」, 「반공 텍스트의 기원과 유통」)과 함께, 반공주의의 맥락에서 순수문학의 실체(「순수의 이데올로기적 기반」), 반공주의 이데올로기 효과와 필화사건, 김승옥의 소설을 중심으로 자기검열의 문화 기제(「공포증과 마음의 검열관」 등)를 다루었다. 2부(전쟁과 문학과 인간)는 최태응과 김동리, 박경리 등의 소설을 통해 6.25전쟁과 직결된 파장과 인식의 단면들을 살피는 한편 한국소설사에서 6.25가 어떤 문학적 명제로 인식되어왔는지를 통시적으로 조감한 글을 한데 모았다. 또한, 3부(분단의 억압과 금기를 넘어서)에서는 드물게도 남과 북에서 동시에 활동한 농촌소설 작가 이근영의 소설세계를 살피면서 분단체제하에서 근대소설 분화의 가능성을 타진했고, 김승옥의 「야행」과 이호철의 장편『문』을 통해 분단체제의 억압과 금기의 장벽을 넘어서려는 유의미한 소설적 성취에 주목했다. 특히 「야행」을 '꼼꼼히 읽기'를 통해 당대 규율 사회의 억압을 넘어선 자기구원을 환유한 텍스트로 보고자 했다. 「기억의 봉인 풀기」와 「해금조치 30년과 근대문학사의 복원」은 세계냉전체제 해체와 금기를 넘어선 문학적 문화적 효과를 진단한 글이다.

4부(근대의 문화적 횡단)는 근대 초기의 문학과 문화 현상에 대한 문제와 관련된 글들을 묶었다. 개화기 독본인『소학독본』과『유몽휘편』을 중심으로 한 애국계몽기 교육개혁의 기획과 그 실천, 민족의 문화정전인『삼국유사』의 호명과 소설적 전유, 홍성원의 장편『그러나』에서 탐색된 식민지 기억의 동아시아적 해법 등이 바로 그것이다. 언뜻 근대 초기의 문화와 문학적 실천에 관한 글들이 반공이라는 이데올로기와는 무관한 듯하나 확장된 시야에서 보면 '구국(救國)을 위한 신민(臣民) 양성'이 초래한 과도한 국가주의의 연원을 짐작하는 한편, 국권 상실 속에 문화 기억의 원천으로『삼국유사』가 조명받은 내력을 짚어보려 했다. 개화기로 소급시킨 문제의식으로, 외래 사상과 주의의 틈입을 가능하게 한 정치적 사회경제적 조건들을 조감했고 민족 문화정전으로 호명된『삼국사기』와『삼국유사』설화의 소설적 전유 현상을 통해 통시적인 조감을 시도했다. 『그러나』는 드물게 동아시아에 걸쳐 있는 일제 식민지 기억의 상처와 치유 문제에 주목한 장편으로 반일/친일의 윤리적 도식 대신 어떤 기억 화해가 필요한지를 해석했다.

　마지막 5부(기억과 공간)는 탈냉전 이후 등장한 기억서사의 의의(「망각의 정치, 기억의 윤리」), 기억산업과 역사소설의 관계(「기억의 귀환과 역사의 분화」), 문화지리학 또는 문학지리학의 성과와 전망(「지리공간의 지정학적 성찰」) 등, 시야 확장과 학제적 가능성을 탐문한 글들을 묶었다. 「망각의 정치, 기억의 윤리」는 앞의 글과 논지가 다소 중복되나 편제상 내용을 고치지 않고 그대로 두었다.

　책의 제명을 '반공주의와 한국문학'이라 이름 붙인 것은 분단서사에서 시작된 그간의 문제의식을 좀더 효과적으로 반영하기 위함이었다.

　해방 이후 분단문학에서 시작된 나의 학문적 관심사는 근대문학의 전통을 가늠하며 그 태생으로부터 사회주의, 제국주의, 반공주의 등등의 주의와 사상이 가진 놀라운 전파력과 대중들의 흡입력을 조금씩 심화시켜 지금에 이르렀다. 반공주의를 대중에게 확산시킨 민족지적 글쓰기에 착목한 것이나 반공주의의 제도적 실정력과 위력을 확인시켜준 '분지 필화사건', 그 여파로 생겨난 작가의 자기검열 문제 등으로 이어진 연구의 행로에서 분단과 전쟁의 엄청난 사회적 문화적 파장을 고려하지 않을 수 없었던 것은 남북사회 전반에 구조화된 이데올로기적 금기 때문이었음을 확인하면서였다. 북한문학에 대한 연구도 그런 연유에서 시작되었다.

　특히 이 책에서는 민족과 국가, 사회와 집단과 개인에 걸쳐 있는 공공기억과 그 문화적 소산을 살피고자 했다. 그같은 연구의 조건과 방향을 충족시키려면 문학 연구가 지향해온 문헌중심주의라는 오래된 관습에서 벗어나야만 했다. 당연하게도 시와 소설 텍스트에 한정되는 논의방식을 넘어 에세이, 수기집, 회상기 등 활자화된 다양한 텍스트들에 담긴 정치 사회적 함의도 고려했다.

'반공주의와 한국문학'을 관통하는 문제의식은 냉전의 국제정치에서 등장한 남북 분단체제가 존속하는 한 반공의 기조는 너무나 위력적이었다는 사실에서 출발한다. 그런 까닭에 한국문학 연구는 반공주의라는 사상의 억압성과 제도적 실정력이 미치는 범위를 당연히 작가와 작품과 독자의 영역까지 연장시켜 논의하지 않으면 안된다.

일제 강점기를 벗어난 한국문학이 반공주의에 편승하거나 그 이데올로기적 억압성과 길항하며 일구어온 문학사적 도정에는 단일한 국가 수립의 꿈을 보유한 채 남북 분단체제라는 역사적 조건이 실재했다. 이 과정에서 친일 청산은 지연되었고 태생적으로 분단의 한계를 가진 국가가 탄생했다. 반공의 시대를 이해하는 길이 곧 그 시대적 자장을 극복하기 위한 탐사의 행로이기도 하다.

3.

미루어 두었던 숙제를 다하는 심정으로 원고를 다듬며 재난의 현실을 견디었다. 오랜 기간 내 자신에게 부채처럼 남아 있던 지난 날의 원고들을 떠나보낸다. 진작 했어야 할 일을 뒤늦게 마무리하면서 게으름과 늦은 결실을 탄식한다.

학인(學人)의 삶에 든든한 동행자들이기도 한 이들의 관심과 조언이 아니었다면 책을 낼 엄두를 내지 못했을 것이다. 오랜 기간 공부의 즐거움과 열정을 지펴주었던 반공주의연구반, 상허연구반, 교과서연구반, 남북문학예술연구회, 그리고 한독비교사포럼 등 거명조차 어려운 많은 학문 도반들에게 고개숙여 감사드린다. 학교의 총서 업무를 주관하는 후배 허진석 교수에게 각별히 고마움을 전한다. 두툼한 책을 아름답고 품격있는 장정으로 편집해준 출판사 관계자들께도 깊이 감사드린다.

몇 해 전 지상의 삶을 마감하고 먼길을 함께 떠나신 부모님께 감사의 마음을 밝힌다. 돌이켜 보면 내가 걸어온 길에는 언제나 두 분의 한없는 사랑과 기도가 있었다. 또한 형님들과 누님의 격려가 있었다. 거기에다 장인장모의 사랑, 안사람의 한없는 배려와 기다림이 있었다. 아들딸의 응원도 큰힘이 되었다. 이 자리를 빌려 고마움을 전한다.

지난 겨울방학 때부터 지금껏 낡은 원고를 다시 꺼내 읽으며 깁고 손질하는 내내 서툴렀으나 치열하게 보낸 내 젊은 날과 해후할 수 있어서 행복했다.

저자

차례

반공주의와 한국문학

Anticommunism and Korean Literature

제1부

반공의 이념과 문화정체성

정체성의 우화
반공 증언수기집과 냉전기억 만들기

1. 민족지로서의 증언수기집

'민족지 쓰기(ethnographic writing)'[01]라는 관점에서 보면, 해방 이후 1950년대 중반까지 간행된 증언수기집들은 흥미로운 텍스트다. 이들 증언수기집에 넘쳐나는 반공의 담화방식은 한국사회에 통용되는 냉전기억의 원점을 형성하기 때문이다.

이들 증언수기집의 특징 하나는 근대국가의 출범을 전후로 한 혁명적인 시간대 안에서 독특한 문화적 파급력을 보여준다는 점이다. '증언'과 '수기'라는 말이 뜻하는 바와 같이, 반공수기집은 문학의 논리보다는

01 　제임스 클리포드, 「민족지에서의 알레고리에 관하여」, James Clifford and George E. Marcus, *Writing Culture: The Poetics and Politics of Ethnography*, 이기우 역, 『문화를 쓴다: 민족지의 시학과 정치학』, 한국문화사, 2000, 167-203쪽. '정체성의 우화'라는 표현의 유래는 N. Frye, *The Educated Imagination*, 김상일 역, 『신화문학론』, 을유문화사, 1971.

시대와 현실정치의 영향을 받은 흔적이 훨씬 구체적이다. 반공수기집이 담아낸 시간대는 해방 직후부터 정부가 수립되는 1948년 전후와, 1950년 6월 25일부터 9월말까지다. 이 시간대는 탈식민 이후의 혁명적 상황과 전쟁의 소용돌이 속에 놓여 있던 때다. 반공수기집의 기록자들은 이들 시기의 특별한 순간과 대면한 충격을 담아냈고, 그 결과 이들의 담론은 특별한 이데올로기 효과를 발휘했다.

문학연구의 문헌중심주의적 태도로는 증언수기집의 맥락과 의미를 모두 포착하기 어렵다. 시나 소설텍스트는 완결된 구조 안에 놓인 미적 완성품이지만, 증언수기집은 건국의 시기로부터 전쟁 발발의 시기까지의 특정 경험에 대한 기록물이기 때문이다. 기록자 대부분이 문학인이기는 하지만 그들의 기록이 반드시 문학적인 내용인 것도 아니다. 증언수기집의 필자들은 자주적인 근대국가 건설이라는 시대적 과업과 마주하며 민족과 국가라는 '재현된 사회' 또는 '상상된 공동체'의 공통감각을 만들어내는 소임을 스스로 떠안았다.

잘 알려져 있듯이 문학인들 또한 해방 이후 한반도의 복잡한 상황과 맞물리면서 무수한 선택지들과 대면했다. 분단과 냉전의 구조화로 인한 정치적 암전(暗轉) 속에서 증언수기집은 문학의 행로가 혁명의 '텅빈 시간' 속으로 진입했을 때 특정한 시기, 현실정치에 특별하게 반응한 문화적 소산에 해당한다. 반공 증언수기집의 탄생 조건은 해방 이후 한반도가 남북의 지리적 분단과 이념적 분단, 사회적 분단, 정치적 분단의 단계를 경유하며 전쟁 발발과 함께 고착화된 분단의 행로와 맞물려 있다. 이

가파른 '현대사의 역정'[02]은 반공증언수기집 안에 전쟁을 거쳐 반공 담론
과 냉전의 기억을 활성화하는 한편, 그 기억을 사회 내부에 관철시켜 나
가는 행로를 고스란히 담고 있다. 전후, 반공규율사회로 급속히 진입한
한국사회의 상황을 고려하면 증언수기집은 혁명과 전쟁의 시간대에 반
공과 냉전의 문화적 발화점에 해당한다.

　'증언'의 욕망과 '수기'의 탄생을 촉발시킨 신생국가의 조건에 주목해
보면, 탈식민 이후 새롭게 형성된 문학 제도 바깥의 압력과 정황들을 살
필 수 있다. 때문에 이 글은 해방과 전쟁의 시기에 생산된 증언수기집에
서 반공의 담론이 어떻게 냉전 기억을 만들어냈는지를 주목해보려 한다.
반공 증언수기집은 남북체제의 등장과 전쟁의 파고 속에 민족과 국가를
재현해내는 강력한 이데올로기적 담론 효과를 발휘하며 냉전 기억들을
생산, 보급하는 텍스트였다. 반공수기집은 민족의 정체성을 구성하는 한
조건으로 북한에서 겪은 체험들을 증언했다. 증언의 일관된 방향성은 냉
전 구도가 한국사회에 관철되는 경로를 보여줄 뿐만 아니라 반공주의라
는 이데올로기의 위치에서 적대적인 타자를 만들어내는 지점과, 민족과
국가의 공적 기억으로 이행하는 과정을 담고 있다. 요컨대, 반공 증언수
기집은 문학 장과 그 장을 넘어 민족이 열망하는 근대국가와 국민을 창
출해내는 미디어 정치의 최전선에 놓여 있었던 셈이다.

　이 글에서는 1949년에서 50년대 중반까지 간행된 증언수기집을 중심
으로 반공 담론의 윤곽과 층위를 살펴보는 한편, 반공 담론이 어떤 내용

02　강정구, 「미국과 한국전쟁」, 『역사비평』, 1993여름호, 186-193쪽 참조.

들로 채워져 있으며 어떤 방식으로 냉전의 기억을 구성했는지를 살펴보기로 한다.

2. 혁명의 시간대와 반북 담론의 등장

해방 직후 민족/민족주의 담론이 효과를 발휘한 것은 흥미로운 현상이다. 이같은 담론 효과[03]는 8.15해방이 가진 혁명적인 '동질적이고 텅빈 시간성'[04]에서 비롯된다. 이 시간은 저 완강했던 식민지적 질서가 일순간에 붕괴되고 자주적인 근대국가 수립이라는 미래가 도래한, 그래서 혁명의 상황이었다. 돌연히 맞이한 해방의 시간은 그 어떤 역사적 현실보다도 '현재 속에 과거와 미래가 한꺼번에 넘쳐흐르는' 모습이었다. 이런 상황은 그 어느 때보다도 민족에 관해 말하는 것 자체를, 그리고 민족의 소

---

03 '담론 효과'는 김정훈의 「한국전쟁과 담론정치」(『경제와사회』 통권 46호, 2000여름호)에서 빌려왔다. 이데올로기의 담론 개념(discursive conception of ideology)에서 이데올로기는 내적으로 항상 다양한 담론의 요소들이 결합하여 구성된다는 점, 외적으로는 이들 담론의 결합이 동일한 개인 및 집단을 다양하게 배치할 수 있다는 점, '허위의식'이라는 측면을 부각시킬 장점이 있다. 이때 담론은 과정으로, 이데올로기는 효과로 구분해서 생각할 수 있다(김정훈, 같은 글, 144쪽 참조)

04 '동시적 시간성'은 발터 벤야민이 명명한 '메시아적 시간'을 뜻한다. 이 '동시적 시간성'은 순간적 현재에 과거와 미래가 동시에 나타나는 상태를 가리킨다. 벤야민은 "중세의 순간적인 현재에 과거와 미래가 동시에 나타나는 시간상의 동시성이라는 개념"을 대체한 것이 "동질적이고 공허한 시간(homogeneous empty time)"이라고 본다. 베네딕트 앤더슨은 이를 원용하여 근대소설에서 민족의 공통감각을 불러일으키는 효과를 "한편(meanwhile)"이라는 시간개념으로 활용하고 있다. 베네딕트 앤더슨, 윤형숙 역, 『상상의 공동체』, 나남출판, 48쪽.

망하는 미래를 염원하는 발화를 강력한 이데올로기적 담론으로 기능하
도록 만드는 훌륭한 조건을 형성했다.

　해방기 문학 텍스트들이 식민지 기억을 민족의 시공간으로 호명해내
는 면모는 『해방기념시집』(중앙문화협회간, 평화당, 1945)에서 잘 드러난다. 시
집 서문에서 이헌구는 해방의 감격을 노래한 시인들을 가리켜 "예언자"
"민족혼을 불러일으키는 선구자"라고 정의했다. 그는 제정러시아의 탄
압 아래 놓여 있던 폴란드와 통일된 국가를 갖지 못했던 이탈리아, 1차
세계대전 때 독일군의 잔혹한 압제 아래 있었던 벨기에 같은 나라의 수
난사를 떠올린다. 이들 나라의 시인이야말로 새로 열린 역사의 공간에서
민족 공동체의 정신을 지켜낸 "조국의 유일신"이라 상찬했다. 폴란드와
이탈리아, 벨기에와 같은 나라는 해방을 맞이한 한반도의 문학인들에게
식민지의 억압과 상처를 딛고 자주적인 근대국가를 수립하는 행로를 상
상하는 모범으로 호명된 셈이다.

　이헌구에 따르면, 시인들은 "정부도 군대도 가지지 못하고" 있으나
"국민의 재생을 예언하며 굴욕된 정신생활을 격려하는 크나큰 축도(祝禱)
를 드리"는 사제(司祭)였다.[05] 시인은 가혹한 탄압 아래 놓여 있던 민족을
불러내어 어둡고 고통스러웠던 식민지의 기억과 밝은 미래를 노래하는
존재다. 그렇기 때문에 시인은 "과거 40년간 일본제국주의의 탄압 밑에
서 인류가 정당히 가질 수 있는 모든 자유와 의욕과 사색과 행동을 여지
없이 박탈당"한 현실에서 "문학의 다른 어느 부류에서보다도 훨씬 생기

05　이헌구, 「서문」, 중앙문화협회, 『해방기념시집』, 평화당, 1945, 1쪽.

를 띄고 찬란하야 예술의 아름다운 경지를 지켜온 존재이다. 뿐만 아니라 시인은 우리 민족의 아름다운 언어를 풍요하게 하는 높은 문화의 생산자"였고 "불타는 정의의 민족애의 시혼"(1-2쪽)을 지켜온 존재였다. 시인의 정치사회적 문화적 의미를 정의한 이헌구는 건국 직후 제1공화국에도 깊이 가담했던 그 자신을 필두로, 문학과 문학인들은 건국사업에 투신할 자격을 구비한 자임을 천명했다. 그가 정의한 시인은 국가 수립의 이데올로그로서 민족문화의 정수를 지켜낸 문화계몽가였다.

『해방기념시집』이 "건국흥업"의 시기에 "우리 시가의 전통과 생명을 전해주는 가장 귀한 메디엄(매체 - 인용자)"(4쪽)이 되기를 염원하는 것처럼, 문인들이 건국사업에 투신하는 모습은 남북한을 가릴 것 없이 낯설지 않았다. 이런 측면에서 보면 향토의 남루한 현실을 두고 민족의 수난을 환기하는 시의 담론이건,[06] 아침 햇빛을 어제와는 다른 장밋빛으로 노래하며 고통스러웠던 과거를 떠올리는 시의 담론이건 간에,[07] 문학의 영역조차 신생국가 출범의 시기에 직면하여 현실정치의 맥락까지도 포괄하는 문화의 장(場)이었다.

그런 만큼 『해방기념시집』의 시편들은 시의 문화적 자장을 훨씬 넘어

---

[06] "눈물겨웁다/황폐한 고국 낡은 철로와 무너진 다리/서른여섯 해 비바람이 스쳐간 자최/ 애처러웁다"(김광섭, 「날개」 중에서, 앞의책, 24쪽.)

[07] "아 어디서 오는 찬연한 저 빛이뇨/동쪽 하늘 장미 빛에 물들었다// 천길 만길 깊은 바다 밑에/긴 밤을 어둠 속에 몸부림치며 큰 열을 가슴 속에 쌓고 달우었거니// 집집마다 추녀 끝에 태극기 나부낀다/거리마다 지축을 울리는 함성―/오늘 이땅 산천은 크게 웃었다"(이하 연 생략)(김달진, 「아침」 1-3연, 앞의책, 34-35쪽)

서는 것이었다. 시의 담론은 비록 시의 형식을 빌렸으나 수난당한 민족의 해방과 미래를 환유하는 민족과 국가의 담론으로 증폭되었다. 기념시집에서 시적 담론들은 이후 전개될 지리적 분단과 이데올로기적 분단, 사회적 정치적 분단(미·소 군정과 단정수립)으로 냉전의 현실 정치가 격화되는 폭풍 전야의, 민족/민족 담론의 분출에 따른 '동질적이고 텅빈 시간'의 상태를 함축하는 셈이다.

　한반도의 냉전구도는 미소의 점령과 함께 시작되었다. 민족의 소망과는 달리, 좌우 정파의 결속이 첨예한 대치 국면으로 바뀌면서 냉전논리에 따른 이데올로기적 갈등은 사회 전반으로 확산되었다. 한반도의 미소 분할 점령이 낳은 지리적 분단은, 전승국의 신탁통치 협의과정에서 정파간 갈등을 이데올로기적 분단으로 격화시켰고 마침내 사회적 분단으로 파급되기에 이르렀다.

　신탁통치 정국은 좌우연정을 가능하게 했던 규범적 민족주의를 분열시켜 반공주의=민족주의, 반미주의=민족주의라는 새로운 등식을 만들어내는 전환점이 되었다. 신탁통치 정국 이후 식민지 시대에 내적 합의에 바탕을 두고 전개되었던 민족해방의 민족주의가 지향한 독립=민주적 민족주의의 등식이 사라지면서 그 자리는 반공반소주의로 대체되었다. 그 결과 반공규율사회로 급속하게 진입하였다.[08] 사회적 분단으로 인한 냉전구도의 관철은 남북한사회에 다양한 변화를 불러왔다. 북한사회는 사회적으로 자본주의 경제와 우파가 우세했으나 소련군의 주둔과 함께 친소사

08　김정훈, 같은 글, 145-150쪽 참조.

회주의가 급속히 이식되었고, 사회주의적 색채가 강했던 남한사회에서는 미군의 주둔과 함께 친미반공 자본주의가 이식되었다.[09]

북한사회에서 소련 군정은 토착세력이었던 우익 정파를 회유하는 데 실패하자 이들을 현실 정치의 장에서 배제하였다. 그 결과, 사회주의 정파가 현실정치의 전면에 배치되었고 인민위원회의 주도로 토지개혁이 전격적으로 시행되었다. 북한사회에서 시행된 토지개혁의 급진적인 조치는 남북사회의 지리적 이데올로기적 분단에서 더 나아가 사회적 분단으로 이어졌다. 남북의 자유로운 왕래도 1946년 5월경이면 봉쇄되고 만다. 정치적 기반과 물적 토대를 상실한 북한의 우익 성향 인사들은 월남의 행로를 밟았다. 이들 우익 인사들의 남한 이주 행렬은 1951년 1.4후퇴 때까지 계속되었다.[10] 반면, 남한사회는 상대적으로 좌파가 우세했다. 이러한 현실에서 미군정은 정판사 위폐사건을 계기로 좌익 정파를 탄압 축출하는 반공정책을 시행하면서 좌익 및 진보 성향의 인사들이 대거 월북했다. 월북 행렬 또한 단정수립 직후인 1948년 가을까지 계속되었다.

월남 또는 월북을 통한 체제선택[11]은 남북한에 각각 반소친미 자본주

---

09   미군정이 1946년 남한에서 실시한 여론조사에 따르면 조사자 863명 가운데 70%이상이 사회주의 경제체제를 선호한 것으로 확인된다. 전상인, 『고개 숙인 수정주의』, 전통과현대, 2001, 56-63쪽.

10   조영암, 오영진, 박남수와 같은 월남문인들의 수기집이 1950년 이후에 간행된 현상과 이와 무관하지 않다.

11   문인들의 남북한 이동에 관한 상세한 논의는 이선영, 『한국문학의 사회학』, 태학사, 1993, 171-225쪽 참조.

의체제와 친소반미 사회주의체제를 불러들인다. 남한사회의 경우, 월남
자들이 '증언'하는 반소반북주의 담론의 등장과 반공의 정치 현실 속에
중간파의 입지는 급속히 줄어든다. 그 결과, 남한 사회는 이데올로기적
으로 반북감정에 기초한 반공주의 경향이 강고해진다. 이러한 점을 감안
하면 북한 토지개혁의 충격에 대응하는 반북주의 담론이 남한사회에서
등장한 것은 그리 낯선 일이 아니다.

　점증하는 반북주의의 흐름에서도 특히 '국토 민족주의'는 주목할 만
한 담론의 하나였다.[12] 1946년 6월에 창간된 『이북통신』은 "이북의 가지
가지의 소식을 천하 공안(公眼)에 전개하여 정당한 비판"을 시도하는 뚜
렷한 목적에 따라 북한 소식을 소개하고자 했고 북한에 대한 특정한 이
미지를 만들어내는 매체였다.[13] 북한사회에 대한 부정적 이미지 생산은
좌익정파가 주도권을 잡은 북한사회에서 전개된 일련의 사회개혁 행보
를 비판적인 시각에서 만들어낸 반공 담론이었고, 이는 냉전의 기억 형
성과 밀접하게 관련되어 있었다. '국토 민족주의'는 북한을 "실지화(失地

12　임종명, 「脱식민지 시기(1945-1950) 남한의 국토 민족주의와 그 내재적 모순」, 『역사학
　　보』 193집, 역사학회, 2007. '인종주의적 민족관과 역사, 문화 중심의 민족관, 지리 중
　　심의 민족관을 복원하려는'(80쪽) 남한사회의 움직임은 남한의 좌파와 북한의 상황과
　　밀접하게 조응한다. 좌파와 북한의 경우 민족계급성에 기초한 인민성, 사회주의의 형
　　식에 민족적 내용을 결합하는 방식을 취했다. 1947년 북조선로동당 중앙위원회 상무
　　위원회 제29차 회의에서 공식노선을 '민족문화'로 결정했으며, 예술적 형상화에 관해 집
　　중적으로 논의한 것은 1958년 이후이다. 김재용, 『분단구조와 북한문학』, 소명출판,
　　2000, 77-78쪽.

13　이북, 「38능선: '이북통신'을 간행하면서」, 『이북통신』 창간호, 서울; 38사, 1946, 2쪽
　　(임종명, 앞의 논문, 79쪽 재인용)

化)"[14]함으로써 향후 잃어버린 땅을 회복해야 한다는 '실지회복의 집단 감정'을 만들어냈다.

국토를 민족의 신체로 규정하는 민족지 쓰기의 행보는 이미 식민지 시대에 등장한 바 있지만,[15] 해방 직후 등장한 국토의 신체화 담론은 반북주의적 반공담론과 함께 좀더 다른 차원으로 작동하기 시작했음을 시사한다. 온낙중의 경우처럼 북한사회에 대한 실상을 객관적으로 살피려는 중도적 관점이 전혀 없었던 것은 아니지만,[16] 남한사회에서 구성된 북한에 대한 냉전적 이미지는 별반 저항 없이 관철되었다.

3. 반공 담론과 민족 내부의 타자화

북한의 냉전적 이미지 구축에 일조한 사건은 북한의 전격적인 토지개혁 시행(1946.3-6)이었다. 토지개혁 조치는 남한사회에서 북한의 정치적 영향력이 높아지는 결과를 낳았다. 상대적으로 지지부진했던 남한의 농지개혁에 대한 불만은 토지개혁의 급진적인 시행에 따른 농민계층들의 열

---

14 임종명, 같은 글, 같은 쪽.

15 '국토의 신체화'는 서영채, 『아첨의 영웅주의』, 소명출판, 2011 및 구인모, 「국토순례와 민족의 자기구성 - 근대 국토기행문의 문학사적 의의」, 『한국문학연구』 27집, 동국대 한국문학연구소, 2004 참조.

16 온낙중 『북조선기행』, 조선중앙일보사, 1948. 좌익 계열의 신문사에서 발간된 이 기행문은 북한의 현실 정치를 비교적 객관적으로 취재한 경우이다.

망 때문에 들끓기 시작했다.[17] 사회주의 열풍을 차단하기 위해서라도, 남
한사회에서는 반공 냉전의 논리에 입각한 문화 기획이 시급하게 마련되
야 할 형편이었다. 1948년 단정 수립과 함께 남북한의 정치적 분단이 확
정되면서, 북한은 정치적 군사적 공세를 한층 강화하게 된다. 이같은 정세
의 변화를 촉발시킨 분기점은 1948년 10월, 정부 수립 직후 발생한 여순
사건이었다.[18]

　　냉전의 현실정치가 폭발하면서 냉전의 기억이 만들어지기 시작했다.
그 시발점에 여순사건을 취재한 문인들의 수기를 수록한 『반란과 민족
의 각오』(전국문화단체총연합회 편, 문진문화사, 1949)가 있다.

　　수기집은 국가에 동원되거나 자발적으로 참여한 문인들의 반공 담론
이 냉전의 기억을 구성한 첫 사례였다. 여순사건 발발 직후 파견된 문인
조사반이 현지사정을 취재한 뒤 서술된 이들 수기는 '남북으로 분단된

17　농지개혁의 지지부진함이 북한의 전격적인 토지개혁 시행과 맞물려 민심 변화를 일으
키는 해방기 현실은 조정래의 『태백산맥』 1권, 한길사, 1986(1993)의 6장에서도 상세하
게 재현되어 있다. 아버지 김사용의 마름이었던 문서방의 입을 통해 터져나오는 다음
과 같은 말이 대표적이다. "참말로 순사가 들렀다 허먼 몽딩이 찜질 달혈 소리만 서
방님 앞이끄게 허는디, 사람덜이 위째서 공산당 허는지 아시오? 나라에서는 농지개혁
헌다고 말대포만 펑펑 쏴질렀지 차일피일 밀치기만 허지, 지주는 지주대로 고런 짓거
리 허지, 가난허고 무식헌 것덜이 믿고 의지헐 디 읎는 판에 빨갱이 시상 되면 지주 다
처읎애고 그 전답 노놔준다는디 공산당 안헐 사람이 워디 있것는가요. 못헐 말로 나라
가 공산당 맹글고 지주가 빨갱이 맹근당께요."(149쪽)

18　여순사건에 관해서는 서중석, 『한국 현대민족운동연구』 2권, 역사비평사, 1996.; 김득
중, 「여순사건과 이승만 반공체제의 구축」, 성균관대 박사논문, 2004.; Chong-Myong
Im, *The Making of the Republic of Korea as a Modern Nation-State: August 1948~
May 1950*, Chicago, Illinois, 2004 등을 참조함.

두 개의 국가'라는 태생적 한계를 안고 출발한 신생국가가 마주한 첫번째 위기상황에서 동원된 사례이다. 수기집은 문학이 어떻게 냉전 정치에 동원되는지 문화의 위치를 잘 보여준다. 문인들은 국체(國體)를 부정하는 사회 내부의 이질적인 세력의 도전을 접하면서 그들을 적대적 타자로 만든다. 이들의 수기는 이데올로기적 균열과 대립 속에 놓인 동질적인 성원의 바깥에 놓인 반란군을 대주체인 국가를 반대하는 선악의 이항대립 구도 안에 배치했다.

수기의 대주체는 '국가 이성'이라고 말해도 그리 틀리지 않는다. 담론의 층위는 정부기관, 문화인, 신문매체, 종교단체 등등을 아우르고 있기 때문이다. 담론의 벡터는 여론을 환기하며 미디어 정치의 전형적인 모습을 보여준다. 체제와 편목을 둘러보아도 『반란과 민족의 각오』는 개인이나 단체의 담론 수위를 훨씬 넘어선다. 텍스트는 국가 행정 관료들이 전면에 배치되고 지식인들이 자발적으로 동참한, 관민합동의 국민 계몽서에 가까웠다.

목차의 구성을 보면, 대통령 공보비서였던 김광섭의 「서문」, 대통령 이승만, 부통령 이시영, 국무총리 이범석 등 행정부 각료들의 성명서가 징위의 순서대로 배치되어 있다. '문화인이 본 현지사정' 안에는 '반란현지'에 대한 사진화보가 실려 있다. 그 다음에 김영랑의 시와 함께 박종화·이헌구·정비석·최영수·고영환·김송 등 문인 및 언론인들의 수기가 차례로 수록되어 있다. '반란과 언론계의 여론' 항목에는 『한성일보』『동아일보』『부인신보』『평화일보』 등 당시 신문의 사설들을 수록했고, '반란경위와 그 진상' 편에는 종교단체의 현지시찰보고와 함께 「판명된 피

해 총결산」이 '부록'으로 첨부되어 있다.[19]

　「서문」에서 김광섭은 "동포애와 민족성"을 강조하고 있다. 그는 "일본인들이 막대한 비용을 써가면서 반세기 동안 행한 역선전과 악선전을 민족의 권위로서 시정하고 사해에 국권의 빛을 펼치려는 이 중대한 단계에 우리는 우리의 혈육 속에 있을 수 없는 살육성을 스스로 반증할 것 같이"(2-3쪽) "민족적 재난"이라고 개탄한다. 그는 반란군의 소행을 두고 "그들의 악의 승리", "인간성의 상실"을 보여주었기 때문에 "저주의 보상"을 받을 것이라 비난하며, "그들(반란군 - 인용자)을 영도하는 소련에서도 이 저주된 운명을 물리칠 새로운 휴매니틔가 광명을 우러러 소생할 날이 멀지 안을 것"(이상 5쪽)이라고 비판하고 있다.

　반란군의 배경으로 소련이 전제되고 있는 점이 이채롭다. 반란군의 숨은 배경으로 소련의 존재를 환기하고, 여수와 순천을 "그들(북한 - 인용자)의 교묘한 선전에 기만되어 맞치 인민공화국 천지가 된듯"하다는 표현에는, 여수, 순천 지역에 출몰한 반란군을 '북한을 선전하는 타자들'로 삼는 태도가 전제된다. 그러한 태도는 민간인 희생으로 눈길을 돌려 여수와 순천을 "눈을 바로 감지 못하고 살해된 동포의 명복을" 비는 장소로 의미를 바꾸어놓는 데서도 잘 확인된다.

　김광섭은 "대한민국은 (중략) 그 영혼을 위해서라도 민국의 길을 더욱 밝혀야 할 것"(이상 6쪽)이라고 천명한다. 그의 발언은 앞서 거론한 『해방

19　여순사건을 재현된 국가라는 맥락에서 『반란과 민족의 각오』를 분석한 논의는 임종명, 「여순반란 재현을 통한 대한민국의 형상화」, 『역사비평』 2003가을호 참조.

기념시집』의 서문을 쓴 이헌구의 입장과 멀지 않다. 서문의 논조는 수기
집의 방향성을 함축하고 있다. 수기의 담론은 동포애와 민족에 호소하는
한편, '민족적 재난'을 일으킨 반란군이라는 타자의 범주를 좌익 반란군
에서 동조한 좌익세력과 북한 공산주의자, 소련 당국으로 확장시켜 나간
다. 이는 동서진영의 축도를 환기시켜 준다는 점에서 여순사건의 '이데
올로기적 독해와 재구성'이라고 해도 과히 틀리지 않는다.

한편, 국무총리 이범석은 "가장 자유스러워야 할 신민주주의를 부르
지즈면서 사실은 가장 악독한 전체로 인민을 괴롭히게 하는 것이 소련의
실상"이라고 전제한 뒤, "38이북 쏘련 지배하에 있는 북한의 정항"을 거
론한다. 그는 북한 체제에서는 "공산당원 자체도 아무 자유가 없고 오즉
당만이 인민과 및 당원을 구속할 자유를 가"[20]지고 있다고 말한다. 이범
석의 발언에서 드러난 반북반소의 반공 담론과, 반란군으로 확장된 외연
은 냉전구도는 단순히 남북간의 긴장상태만을 지칭하는 것이 아님을 잘
말해준다. '반소반북'의 구획에는 남북에 걸쳐 있는 '냉전의 삼각동맹',
곧 '북한 - 중공 - 소련' '남한 - (일본) - 미국'이 대치하는 냉전의 국제적
역학이 자리잡고 있다. 이 구도를 전제로 삼아 남한의 '공산주의자'를 적
대적 타자로 지목하는 것이다. 이는 민주적 민족주의 담론이 분단의 정
치적 행보와 함께 좌우 진영으로 분리되고 다시 남북체제로 재편되면서
남한의 민족/민족주의 담론 지향이 보여주는 반소반북주의의 구체적인
윤곽이기도 하다.

---

20   이 국무총리, 「공산당 선동에 속지 말라」, 『반란과 민족의 각오』, 18쪽.

여순사건의 성격 규정은 이렇게 반소반북주의와 깊이 연루되어 있다. 여순사건이 남한사회 내부에 자생해온 공산주의자의 선동으로 규정되면서, 담론효과나 방향도 사상공동체를 구획하면서 타자를 내부로부터 배제해 나갔다. 그 결과 여순사건의 주모자들은 북한 체제와 결부되고 좌익세력의 반민족적이고 반인륜적인 행위자로 규정되었다.

우익 정파에게 여순사건은 신생국가의 출발선상에서 좌익군인들이 일으킨 첫번째 위기였으나 신속한 토벌과 복구를 통해 국가 이미지를 대중적으로 각인시키는 결정적인 호기로 작용했다. 폐허로 변해버린 여수·순천 시가지, 학살된 시신들과 울부짖는 유가족 화보는, 포로가 된 반란세력의 모습, 무너진 가옥을 재건하는 양민들의 모습, 치안이 복원된 순천의 아침, 현지 시찰에 나선 국무총리의 모습 등을 차례로 배치하여, 여순사태의 발발 이후 희생자들의 모습과 회복을 재현함으로써 발빠른 치안 확보에 진력하는 국가를 재현해내는 한편, 인도주의적인 국가 이성과 위력을 전파, 확산시키려는 의도를 부각시킨다.[21]

또한, 수기집에는 민족을 호명하며 반란세력을 배제, 축출하는 민족 담론이 산재한다. 박종화는 「남행록」에서 '여수'와 '순천'이라는 지명을 떠올리며 '아름다운 물'과 '하늘에 순종하는 삶'을 살아온 참상에 안타까워한다. 그런 다음 그는 이곳에 자취를 남긴 충무공의 "민족 정기"를 불러낸다. 좌수영이 있던 진남루에 오른 그는, "누가 뜻하였으랴 오늘날 이순신 장군이 일즉이 외적을 막아내든 성스러운 이 터 좌수영에서 형제가

21　임종명, 앞의 글 참조.

서로 싸우고 동족이 서로 피를 흘린 통곡할 이 현상"(이상 42쪽)에 탄식한
다고 적고 있다. 그는 한산대첩을 떠올리며 "국토가 두동강에 끊어지고
외래의 양대세력의 침입"을 당한 "이 국난을 돌파하려고 애걸해도 될둥
말둥 한 이 마당에"(43쪽), "잔인무도한 식인귀적 야만의 행동"이 "어데서
배운 사상"이고 "어데서 감염된 악렬한 수단이냐"라고 반문한다.

그의 반문은 반란군의 민간인 학살이 "조선민족의 본심"이 아니라 "모
략에 걸렸고 마술에 넘어"(이상 45쪽)진 것임을 강조하기 위한 반어적 표현
에 지나지 않는다. 박종화는 여순사건을 국가 수립 후 최초의 위기로 규정
하고 이를 조선조 때 임진왜란과도 같은 위기 국면으로 설정하고 있다. 좌
익 반란군이 저지른 민간인 학살이 적의 모략에 편승하여 무지와 야만으
로 국가에 위해를 가한 행위이기 때문이라는 것이다. 그는 여순사건을 가
리켜 민족의 본심을 잃고 사상의 모략과 마술에 감염된 질병이라고 언급
하고 있다. 여순사건을 주도한 반란군은 국민의 군대라는 본연의 임무를
망각하고 충무공의 민족 유산을 망각했기 때문이라는 것이다.

이헌구 역시 여순사건을 두고 "오천년 문화민족이라는 사실을 피로써
모독"[22]한 사건이라고 규정하였다. 그는 유구한 시간성과 문화유산을 문
화민족의 정체성으로 전제하였다. 이헌구의 '민족/반민족'의 구도는 반
란세력의 타자화, 냉전구도의 논리 위에 만들어진 것임을 보여준다. 그
는 여순사건에서 "반탁 일관으로 완전독립을 부단히 투쟁을 하여 오던
민족진영의 지도자들이 모조리 악형에 의하여 살해된 것"(72쪽)에 크게

---

22 이헌구, 「반란현지견문기」, 앞의 책, 68쪽.

분개하며, 선량한 농민과 청년남녀들이 모략에 빠져 자행한 만행을 거울 삼아 "한 마음 한뜻으로 뭉쳐지는 계몽운동의 필요성"(78쪽)을 언급하고 고 있다.

　이헌구의 발언에서 주목되는 부분은 농민과 청년남녀들을 국민이 아닌 '양민'으로 규정하고 있다는 점이다. 이는 사회 성원들을 양민에서 국가의 성원인 국민으로 재편할 필요성을 제기한 것이며, 그가 제안한 계몽운동이야말로 사상의 검증 필터를 거쳐 균질화된 국민을 만들어내는 과정을 지칭한다. 그의 발언에서는 '일민주의'와 같은 이데올로기적 공감대를 마련하는 가운데 '국가감시체계'의 등장까지도 예감케 한다.

　실제로 이승만 체제는 1948년 여순사건 발발 이후 1950년 전쟁 발발 직전까지 일련의 제도적 장치를 마련해 나갔다. 계엄령 선포와 양민증 발행(1948. 10.19), 서울시 애국총연맹 창설(11.12), 국가보안법 제정 및 군 방첩규정 발표, 임시우편단속법 제정(12.1), 대한청년단 창설(12.19.), 국군 내 좌익분자 숙군 작업 완료(1949.1.10.), 국민보도연맹 창설(4.21), 학도호국단 창설(4.22), 제1회 총인구조사 실시(5.1) 등을 통해 반공규율장치와 제도, 조직이 속속 구축되었다.[23]

23　김학재, 「정부수립후 국가감시체계의 형성과정」, 서울대 언론정보학과 석사논문, 2004, 26-60쪽. 국가보안법은 여순사건의 처리과정에서도 나타났듯이 실제로 공산주의 정치체제를 수립한 북한과 공산주의와 관련을 맺고 있었다. 국가보안법은 사상의 자유라는 측면을 넘어 "국민의 열망인 민족통일을 전망할 북한과 관련된 일체의 것을 대결적으로 적대시한 것"이었다. 전상숙, 「사상통제정책의 역사성」, 『한국정치외교사논총』 27집 1호, 한국정치외교사학회, 2003, 93쪽.

『반란과 민족의 각오』에 담긴 문인들의 증언 수기는 여순사건을 통해 반란군 세력과 좌익세력 모두를 소련의 사주와 북한의 선전, 기만에 홀린 타자들로 규정하는 공통점을 보여준다. 이러한 논조에 기대면, 반란군과 좌익세력은 호명된 민족의 유구한 역사와 민족의 본심에서 이탈한 자들로서 무지와 마술에 홀려 이탈한 범죄자들이다.

반공 수기의 담론은 반소반북의 냉전 구도를 타파하려는 이질적인 사회 내부의 세력들을 추문화함으로써 그 활동과 사회적 영향력을 차단하는 효과를 발휘했다. 이들의 담론이 이데올로기적 사회적 정치적 분단을 포괄하면서 발휘하는 효과는 미디어 정치를 방불케 한다. 민족/민족주의 담론의 이데올로기적 효과는 당대까지도 다양하게 존재해온 정파들과 사회성원들의 성향을 '민족/반민족'이라는 구도로 재편하는 데 기여했기 때문이다. 여순사건은 지리적 분단과 이데올로기적 분단이 중첩된 분단국가의 취약성을 드러낸 사회적 분단의 계기였으나, 신생국가인 대한민국은 이 위기를 극복하는 가정에서 반공주의를 전면에 내세우며 근대국가의 정교한 체계를 가동하는 호기로 삼았다.

4. 반북주의의 안팎, 국토 민족주의와 반공의 국가적 전유

'민족지 쓰기'라는 관점에서는 '국토의 신체화'가 고대로 소급되는 과거라는 시간대로 연계된다는 사실이 별로 낯설지 않다.[24] 민족과 민족주

---

[24] 고대국가를 민족의 기원으로 삼는 민족, 민족주의에 비판적 시각과 논의는 이성시, 박

의에 신성관념을 불어넣는 담론의 방향성은 고대를 전유하며 '불변성'을 만들어내기 때문이다. "'인공적인' 도시의 거리나 아파트가 아니라, 순수한 하늘과 산, 계곡, 그리고 꽃들이 국가와 민족의 항구적인 지속을 보증하는 것"[25]이라는 조지 모스의 견해와도 일맥상통한다.

　남한사회는 정부 수립 후 점증하는 북한사회의 이데올로기적 공세에 맞서기 위해 북한을 이미지화하여 반공 논리 위에 부정적으로 주조해낼 필요성을 절감하고 있었다. 북한을 부정적으로 이미지화하는 작업은 체제간 대결의 측면에서도 요긴한 일이었다. 앞서 언급한 『이북통신』 같은 대중매체가 미군정하에서 반북주의로 대중적 공명을 얻으며 부정적 이미지를 확산시키는 경우였다면, 정부 수립 후에는 국가기관의 후원 아래 북한의 정치경제, 사회문화에 대한 이미지를 만들어 나갔다. 이 기획은 월남자들의 증언수기집을 통해 더욱 분명하게 가시화되었다. 특히, 월남자의 증언수기집은 '반북주의'라는 이데올로기의 텅빈 내부를 북한사회에 대한 특정한 이미지들로 채우는 수원지(水源池)였다.

　최상덕의 『북한괴뢰집단의 정체』(대한민국 공보처, 1949)와 조영암의 『북한일기』(38사, 1949)가 그러한 사례였다. 고발 형식을 빌려 북한 체제를 비판하는 이들 수기집은 1949년 5월 월남하기까지 보고 들은 북한사회 견문기에 가깝다. "북한괴뢰집단 치하에서 생기(生起)하는 정치 경제 사회 문화 등 전반"에 걸쳐 개괄한 저자는, "동태(動態)와 공산독재하에서 신

　　경희 역, 『만들어진 고대』, 삼인, 2001 참조.

25　조지 모스, 서강여성문학연구회 역, 『내셔널리즘과 섹슈얼리티』, 2004, 104쪽.

음하는 북한동포의 실정을 샅샅치 체험견문(體驗聞見-한 보고를 수록한 것"이며, "과장이나 허식이 없이 솔직하고도 자상히 기술"했다는 점을 강조하고 있다. 그러나 실상의 보고는 "소련 지령하에 움직이고 있는 북한의 모든 구체적 암흑 모략면"[26]을 '폭로'하는 것에 그친다. 최상덕의 『북한괴뢰집단의 정체』가 형식상 다소 조악하나 체험을 바탕으로 북한 체제의 '부도덕한' 실상을 알리는 계몽서의 역할을 담당했다.

조영암의 『북한일기』는 일지(日誌) 형식으로 해방 이후 북한사회에 대한 부정적 면모를 사실감 있게 재현한 경우다. 이 텍스트는 해방 직후부터 1948년까지 북한에서 교사 생활을 했던 필자가 체험과 풍문을 일지 형식으로 담아낸 것이다. 텍스트는 일지(日誌)의 형식에서 오는 일상의 다채로움이 내용의 불충분함을 상쇄시키며 북한 사회의 구체적인 생활상을 제시하는 이데올로기 효과를 획득한다. 『북한일기』에서 두드러지는 국면은 자유주의 성향을 지닌 지식인이 좌파정권의 등장과 함께 일상과 자유를 구속하는 정치적 분위기에 환멸하는 모습이다. 환멸의 일화에는 소련군의 민간인 약탈과 갖가지 만행, 공산주의자들의 웃지못할 해프닝들이 등장하고 있다. 공산당 간부의 문화적 소양 부재에 대한 신랄한 풍자와 함께,[27] 협잡과 기만으로 인민을 속이는 현실정치의 어두운 단면들을 제시함으로써 북한사회를 폄하, 냉소하는 비판적 관점을 유도하고 있다.

---

26 이철원, 「서」, 최상덕, 『북한괴뢰집단의 정체』, 대한민국공보처, 1949.

27 조영암은 자신이 일제때 수집해서 읽은 장서 가운데 노신전집을 반동서적으로 압수해 가는 야만인, 문화에 무지한 자들로 표현하기도 한다(41-42쪽 참조).

　이들 두 증언수기집은 남북한체제의 군사적 충돌이 고조된 각별한 시기였던 1949년에 간행되었다는 점에 주목할 필요가 있다. 이 시기에는 38선 접경지대에서 크고 작은 군사적 충돌이 일어났다. 북한의 대남공세 또한 크게 강화된 시기였다. 북한 또한 '민족민주주의통일전선'을 결성하여 그 단체의 명의로 남한에 정치적 군사적 공세를 강화했다. 남북한의 군사적 충돌은 1949년 5월부터 7월까지 집중되었다. 남북한의 군대는 수시로 38선을 침범했고, 북한은 남한 내륙 깊숙이 빨치산을 대거 투입하여 남한 혁명의 분위기를 선동, 독려했다.[28] 1949년 1월 미군이 철수한 뒤 3.8선 접경지역에서는 그해 5월부터 7월까지 거의 전 지역에서 남북한은 연대급 병력을 동원한 대규모 충돌이 일어나면서 군사적 긴장은 최고조를 이루었다. 남한측 주장으로는 북한의 3.8선 침범이 563회, 북한측 주장으로 남한의 3.8선 침범은 432회였다.[29]

　이런 상황을 고려하면, 이 시기에 간행된 증언수기집의 담론 지향은 단순히 개인적 차원이 아니라 체제 경쟁의 차원이었다고 보는 것이 온당하다. 다시 말해 이들 증언수기집은, 그간 대중에게 확산되어온 북한에 대한 부정적 이미지를 보다 증폭시키는 역할을 수행했다는 말이 결코 지나치지 않다. 남한은 북한을 자유를 구속하고 폭력적 탄압을 자행하는 체제라는 점을 부각시킴으로써 대결 국면에서 자유민주주의 체제의 우

28　대남 선전선동은 북한의 소위 '민주기지론'에 근거해 있다. 전쟁의 서막을 가리켜 박명림은 '48년 질서'라 명명했다. 박명림, 『한국전쟁의 발발과 기원(II)』, 나남출판, 1996, 11장 '48년 질서와 대쌍 관계동학', 593-683쪽 참조.

29　정병준, 『한국전쟁』, 돌베개, 2006, 261쪽.

위를 부각시키고자 했다. 이들 수기집은 반공이라는 필터로 북한체제를 추문화하며 남한체제의 우위를 대중들에게 각인시키고자 했다.

국가의 이념과 체제의 남북 대결구도가 체제 바깥의 존재에 대한 적대적 타자의 추문화로 이어졌다면, 체제 내부에서는 국가영웅의 서사를 등장시켜 상상의 사상 공동체를 구성해 나갔다. 국가기관이 주도해서 간행한 전몰자 수기의 첫번째 사례는 개성 송악산 전투에서 전사한 군인의 평전을 담은 『육탄 십용사』(국군정훈국, 1949)다. 수기집은 6.25전쟁 발발 전에 빈발했던 국지전의 하나였던 개성 송악산 비둘기고지 전투[30]에서 전사한 군인들의 유서와 일기, 증언을 바탕으로 만들어낸 국가 영웅들에 관한 텍스트였다.

수기집에는 반공의 국가 영웅이 만들어지는 기원적 양상이 잘 드러난다. 김광섭의 서시 「십용사의 영혼을 따라」는 국가 영웅의 서사를 만들어내는 기획의 실체가 무엇인지를 알려준 관문에 해당한다. 그의 시적 표현에 따르면, 십용사들의 생애는 "민족의 정기"가 "국군의 심장에 모여 피로 엉키고 뜻으로 뭉쳐 영생하는 무궁화꽃", "국토의 안전을 보장하고 민족의 영예를 보전하며 민국의 역사를 수호하는 불멸의 영혼"이다. 십용사는 "등에 탄환을 질머지고 모두가 함께 적진 속에서 폭발한 아! 민족 최초의 감정의 진현(眞現)이요 민족 최후의 정신의 화신"이며, "역사의

---

30 이 전투는 군 수뇌부의 반공주의적 시각과 적대감이 고조되면서 남한 정부가 대규모 정규군을 동원하여 벌어진 국지전이었다. 송악산 전투에 관해서는 정병준, 같은 책, 271-276쪽, 304쪽 이하 참조.

아버지와 어머님 아들과 딸 또한 모든 미래의 장병들도 모다 그대의 뒤를 따라 끝없는 행진을 계속하"는 "우리의 몸 우리의 마음"이다.[31]

　전통적인 '전'의 양식으로 다듬어진 십용사의 생은 개인의 영역에서 벗어나 신라 화랑의 정신을 체현한 민족의 화신, 국가의 영웅으로 재배치된다. 이 과정은 근대 국민국가의 등장과 함께 영웅이 만들어지는 구체적인 양상이기도 하다. 여기에는 반쪽의 신생국가로 출발한 대한민국이 북한체제와 맞서 희생된 군인들을 국가 차원에서 의례화하면서 반공의 전사, 민족 영웅으로 추대하는 일련의 내막이 담겨 있는 것이다.[32]

　'반공주의의 국가적 전유 과정'에서 국가 영웅들이 만들어지는 현상은 놀라운 일이 아니다. 국가기관이 주도해서 간행한 전몰자 수기집은 6.25전쟁 이후 더욱 활발하게 간행된다. 국방부 정훈국에서 발간한『국군 전공미담집』(국방부 정훈국, 1954),『자유민에게 전해다오 - 국군 전사자 15인 평전』(국방부 정훈국 편, 1955),『구월산』(김종문 편, 국방부정훈국, 1955),『한국동란 전몰용사의 수기』(전몰유고편찬위원회 편, 1956) 등이 바로 그것이다. 이들 전몰자를 중심으로 한 반공 영웅담은 국가 영웅서사의 계보를 형성했다. 다만 국가 영웅 만들기가 1948년 정부 수립 직후부터 남북한의 군사적 긴장과 함께 시작되었다는 점만큼은 유념할 필요가 있다. 국가영웅 만들기는 남북한의 신생 정부 사이의 대결과 긴장이 작동하기 시작한 '냉전의 동력학'과 깊이 연루된 것임을 말해준다.

31　김광섭,「십용사의 영혼을 따라」,『육탄십용사』, 육군본부정훈감실, 1949.

32　전후 반공 텍스트의 유통에 관해서는 이 책의「반공 텍스트의 기원과 유통」참고

국가 영웅 만들기는 근대국가의 공공 기억을 구성하는 핵심의 하나라는 점에서 선악의 문제로 재단될 성질의 것은 전혀 아니다. 반북주의에 기반을 둔 북한의 부정적 이미지 만들기가 『반란과 민족의 각오』와 같은 미디어 정치의 한 국면이었다면, 『육탄 십용사』와 같은 국가영웅 만들기는 동일한 궤도에 놓여 있기 때문이다. 반북주의에 기초한 공적 기억 만들기는 1946년 5월, 토지개혁이 마무리되는 직후 활성화되는데, 남북 간 체제 경합이 여러 층위에서 전개된 결과이자 분단질서가 빚어낸 대결국면, 남북한 정치의 실패를 반증해준다.

이런 까닭에, 반공 증언수기집이나 국가영웅 만들기는 구성된 냉전 기억에 해당한다고 할 수 있다. 특히 국가영웅 만들기는 공산주의와 대결한 '전사들의 첫 번째 공적 기억'으로서 여순사건의 발발에 따른 대항기억으로써 '국가와 민족의 정신으로 불멸하는 영웅'으로 자리매김된다. 이들은 자신들의 죽음과 상관없이 국가와 민족의 역사적 기억으로 배치되었고, 국가의례를 거쳐 망각해서는 안될 숭모의 대상으로 자리잡는다. 그러한 점에서 반북주의에 기초한 반공의 담론은 민족의 사상적 경계를 이루었고, 이들 십용사는 개인이 아닌 반공전사로서 민족의 영생을 증명하는 정체성에 편입되었다.

5. 전쟁체험과 반공 담론의 중첩

전쟁 발발 이후, 문인들의 증언수기집이 간행된 것은 전시체제하에서 출판이 재개된 12월경, 전시수도인 대구와 부산에서였다. 『문예』 전시판 간행도 1950년 12월에 와서야 겨우 가능했다. 전시에 간행된 증언수기집은 그 방대한 양에 비해 전쟁의 비극과 교훈을 부각시킨 것 외에는 1949년에 간행된 증언수기집의 반공담론 수준을 크게 넘어서지 않는다. 전시에 간행된 증언수기집은 냉전적 논리 기조를 유지하면서 전쟁이라는 계기만 덧붙인 방식이었다.

전시에 간행된 증언수기집에서 전쟁은 공산주의에 대한 더할 수 없는 증오심을 바탕으로 한 공포와 함께 고난에서 교훈을 얻는 계기로 나타난다. 『적치삼삭구인집』에서 양주동은 전쟁을 마마와 같은 역병에 비유했다. 그는 "이 역병이 대체로 비교적 문화수준이 낮은 나라에 일시 유행하는 것"이라고 진단하며, "역병에 의한 일시적 사상자는 비록 많다 하여도 일차의 유행을 겪은 뒤에는 대부분 면역성을 얻어 금후는 다시 공산 疫病에 걸릴 염려"가 적어질 것이라 언급하고 있다. 그는 전쟁을 통해서 공산주의의 야욕을 절감한 교훈을 얻었으며 "국가천년의 前途와 大計를 위하여" "전화위복의 機緣"[33]이 될 것이라고 언급하고 있다. 전쟁은 반공의 체험을 더욱 분명하게 축적한 역사적 계기로 삼아야 한다는 것이다.

전쟁체험을 담은 증언수기집으로 가장 먼저 발간된 사례는 『고난의 90일』(유진오 외, 수도문화사, 1950)이었다.[34] 이 수기집은 전쟁의 발발과 함께 불안한 도피행각과 고통스러운 피난 체험을 주로 담아냈다. 전시체제하에서 간행물이 검열을 받은 사실을 감안하면 수기집의 기획 방향은 게 국

---

33 양주동, 「공란의 교훈」, 『적화삼삭구인집』, 국제보도연맹, 1951, 6-7쪽.

34 이 책은 1950년 11월에 간행되었다.

민의 반공 사상교육에 두고 있었음을 짐작할 수 있다. 수기집의 간행사에
는 국가이성의 이러한 사상교육에 대한 의지가 두드러진다. "민주우방의
원조로써 조국의 장래를 낙관하는 자"의 위험을 계고하는 한편, "역사의
진전을 가로막으려는 저들 적색극권(赤色極權)의 말살이 화급한 과업"임
을 적시하고 있다. 수기집의 주된 대상은 "3개월간 침범지역에서 적화(赤
禍)를 같이 당한 동포들"이었다. 편자는 이들에게 전쟁의 재발을 방지하는
한편, "긴장이 해이됨에 따라 또다시 저들에게 준동할 기회를 줌 우려"를
씻어내고 "민족문화의 향상과 대중의 정치적 계몽에 미력이나마 바치려
는" 숭고한 사명감에서 책이 간행되었음을 밝히고 있다. 그리하여 이 책
의 기획자는 "금반 정부 환도 즉시로, 조국의 앞날을 위하여 고난의 90일
을 명간(銘肝: 깊이 새김-인용자)하여 두고 '멸공' 성전에 이바지하고자 고명한
네 분의 붓을 빌리기로"[35] 한 기획이었음을 감추지 않고 있다.

　전시에 간행된 반공 증언수기집의 필자들은 '잔류 부역'(양주동과 백철,
손소희와 최정희 등), 납북 후 탈출 생환한 경우(박계주), 인민군 강제징집 후
탈출, 귀환한 경우(송지영), 인공치하에서 피난 및 도피 연명한 경우(모윤숙),
피난 체험담(유진오) 등등 이었다. 이러한 사례에서 보듯, 이들은 전쟁 발
발 후 겪은 다양한 체험을 고백적으로 기술함으로써 '자유 대한'의 품으
로 다시 귀환한 경우였다. 다채로운 개인적 체험에 비해 텍스트의 담론
층위와 체험 내용은 공산주의를 체험하고 난 뒤 '돌아온 탕아'가 사상적
회심을 결의하며 '사상공동체의 국민'으로 재탄생하는 과정을 공유하고

35　유진오 외, 『고난의 90일』, 수도문화사, 1950, 3-4쪽.

있다. 수기 속 담론이 타공(打共)과 멸공(滅共)을 주창하는 지점으로 수렴되는 것도 그런 맥락에서 이해된다.

수기의 필자들이 전쟁에서 경험한, 공산주의 체제에 환멸하고 절멸을 외치는 어조는 비교적 분명하다. 건국 과정에서 반공담론이 민족 내부의 갈등과 분열의 모든 책임을 공산주의 이념과 공산주의자들에게 미룸으로써 이들을 적대적 타자로 설정하며 민족 내부의 결속을 강조한 것이 전전(戰前)의 반공담론이었다면, 전쟁 이후 반공담론은 전쟁 발발의 책임을 북한체제에 부과하는 한편 공산주의 체제와 이념분자들에 대한 적대감과 증오심을 증폭시켜 체험에 근거한 반공 담론을 강화하는 모습을 보여주고 있다.

또한 전쟁기에는 반북주의에 기초한 반공 담론이 다시 등장한다. 정부수립 때까지만 해도 북한사회의 변화를 개괄하는 수준에 머물렀던 증언의 방식은 북한사회의 실상을 한층 선명하게 전달하는 반북주의로 안착하게 됨을 보여준다. 소련군정에서의 체험을 담은 『소군정하의 북한 - 하나의 증언』(오영진, 중앙문화사, 1952), 해방 이후 1951년 월남하기까지 북한문단의 변화를 기술한 『적치 6년의 북한문단』(현수, 중앙문화사, 1952) 등이 대표적인 사례이다. 두 수기집은 북한체제의 등장과 함께 옭죄어드는 체제의 압력에 환멸하여 월남을 결행한 문인의 증언집이다. 이들 수기의 공통점은 정치경제, 사회문화 등 다방면에 걸친 체험, 소문을 통해 접한 소군정하 북한사회의 면면을 실감나게 서술했다는 데 있다.

이들 수기에서 북한사회의 면면은 일상의 자유를 박탈당한 음울한 지옥에 가깝다. 증언수기집에서 이들 기록의 주체는 사회주의 체제와 이념에 찬동하는 이들이 아니다. 이들은 사회주의 이념과 북한체제에 지극히 적대적이며, 체제와 이념의 자장에서 한발 비껴나 관망하는 위치에서 이데올로기적 분단과 사회정치적 분단을 거대한 비극으로 판정하는 존재이다. 이들은 북한사회에 등장한 좌파 일색의 체제에 대해 공산주의자들의 책략과 권력투쟁, 교양의 부재를 질타하는 비판과 적의들로 내용을 채운다.

『소군정하의 북한』에서 오영진은 조만식의 반탁 행보를 '민족 전체를 위한 결단'으로 신성화하는 한편, 남한 좌파들의 반탁 주장을 반민족적인 행태라고 비판하고 있다. 현수(박남수) 역시 『적치 6년의 북한문단』에서 북한문단의 등장을 '적치 6년 동안의 재앙'이라 표현하고 있다. 북한에서의 체험을 바탕으로 한 수기집들이 남한사회에 유통시킨 반소반북주의는 냉전의 기억을 풍요롭게 만드는 민족/민족주의 담론 효과를 낳았다.

반세기를 넘긴 지금, 증언수기집에 넘쳐흐르는 반공담론과 함께 구성된 민족/민족주의의 정체성은 상당 부분 이데올로기의 호명에 의해 주조된 것임을 확인하게 된다. 그 기억은 냉전구도 안에서 태어난 증오와 적대의 우화(allegory)에 가깝다는 것, 일상을 짓누르는 거대한 억압과 금기로 권력화되었다는 것, 그리고 우리의 사유를 조종하는 생체권력임을 절감하게 만든다.

6. 반공 증언수기집과 냉전 기억의 원점

해방 이후 대한민국 정부가 출범하는 시간대는 그 어느 때보다도 혁명적인, 그래서 민족/민족주의 담론이 그 어느 때보다도 정치화되어 문화의 장에서 경합하는 때였다. 미소 분할 통치에 따른 지리적 분단의 충격 속에서 신탁통치 찬반 정국은 이데올로기적 분단을 불러왔다. 미소 군정은 남북한에서 각각 좌익 또는 우익을 배제하며 사회적 분단을 가속화해 나갔다. 1948년 단정수립과 함께 정치적 분단을 확정하며 군사적 긴장이 더욱 고조되기 시작했다.

　남북 정부가 수립된 지 불과 2년이 채 되지 않아 발발한 3년간의 전쟁은 분단을 고착화하며 국가이데올로기 장치 안에서 냉전의 기억들을 전 사회적으로 관철시키는 결정적인 계기로 작용했다. 근대국가의 탄생 직전, 해방의 혁명적 시간대에서는 다종다양한 개인적 체험조차 개인 차원에 머물 수 없었다. 이러한 과정에서 문인들의 체험적 글쓰기는 냉전의 공적 기억으로 편입되었다. 개인의 단편적이고 개별적인 담론들은 표면적으로는 민족 담론의 모습을 취했으나 국가와 냉전기억의 구성물로 수렴되는 현상을 보였다. 비상한 시국에 걸맞게 증언수기들은 개인의 체험이라는 위상을 벗어나 이데올로기의 강력한 자장 안으로 흡수되면서 민족의 언어로 치장된 국가의 기억으로 변환되었다.

　본래, 개인의 체험은 자명하나 특정한 사건의 전모와는 다른 층위에 놓인 부분성과 파편성 때문에 불투명성의 운명을 벗어나지 못한다. 다시 말해 개인의 체험은 집단기억의 일부이지 역사의 전모를 밝히기에는 크게 미흡한, '자명한 개별적 불투명성'을 가지고 있다. 사회정치적 갈등이 빚어지는 비상한 현실에서는 개인들의 목격담, 전쟁체험(종군체험, 피난체험, 귀환담), 월남 이주체험들이 그 시대 현실을 지배하는 이데올로기적 맥락과 접합되면서 재맥락화된다. '민족'의 이름으로 또는 국가의 차원에서 재맥락화된다는 것은 개인의 체험이 이데올로기적 현실과 분단의 질서가 날카롭게 대치하는 국면에서 어느 한 체제와 이념 편에 전유됨을 뜻한다.

증언수기의 반공 담론이 국가와 민족의 이름으로 전유되는 현상은 그다지 낯설지 않다. 반공 담론의 등장은 해방 초기 남한의 현실에서 분단의 지리적, 이데올로기적, 사회적, 정치적 현실에서 상처받은 주체들의 체험에 근거한 측면이 강했다. 이런 측면에서 반공수기의 반공 담론은 역사적 실재에 가깝다. 증언수기집에 담긴 냉전의 기억은 문학의 영역보다 문화의 영역에서 '자명한 체험'으로 유통되었다.

증언수기집은 개인의 체험을 발화한 것임에도 불구하고 그 파급력은 사회문화적 여론을 창출하고 국가 규율 장치 안에서 작동하는 이데올로기 담론 효과로 이어졌다. 이들 텍스트는 식민지의 과거 기억과 단절하는 한편 자주적인 독립국가 수립이라는 미래를 현재화했고 식민체제의 해체와 함께 전개된 혁명의 시간대 안에서 민족과 민족주의 담론을 대중에게 확산시키는 문화적 거점이 되었다. 국가기관은 미소의 한반도 분할 점령과 함께 일어난 지리적, 사회적, 이데올로기적, 정치적 분단의 과정에서 산출된 증언수기집을 전유하며 반공 담론과 냉전의 기억을 대중적으로 확산시키는 미디어 정치의 수단으로 삼았다.

증언수기집의 간행은 시기적으로 한반도에 냉전구도가 안착하는 때와 거의 일치한다. 증언의 방식을 빌려 북한사회의 실상이 유포되기 시작한 것은 구체적으로 1946년 5월 이후였다. 북한에서 1946년 3월, 전격적으로 실시된 토지개혁 조치 이후였다. 남한에서는 토지개혁의 열풍을 차단하기 위해 이 조치가 지닌 강제력과 급진성을 집중적으로 부각시켜, 사유재산 침탈, 자본주의에 입각한 자유민주주의에 대한 심각한 위협과 도전으로 추문화했다. 국가이성이 주도적으로 냉전의 기억을 체계화하는 계기는 1948년 대한민국 정부 수립 직후 발생한 여순사건을 통해서였다. 남한사회는 여순사건을 반공의 이데올로기 규율장치를 마련하는 호기로 삼았다.

　증언수기집의 존재 가치는 해방과 전쟁 시기에 만들어진 냉전 기억의 원점이라는 데 있다. 증언수기집은 문학 장에서는 지금껏 포착되지 않았던 국가와 민족, 이데올로기와 그 정치적 헤게모니의 창출에 기여한 텍스트라는 뜻이다. 또한 증언수기집은 반공주의라는 강력한 이데올로기적 기반을 형성하려는 국가 기획에 동원된 문인들의, 문학의 장 바깥에서 행사한 문화 권력의 흔적을 생생하게 보여준다.

　이 글은 기억의 관점에서 증언수기를 거론함으로써 문학연구에서는 이제껏 지나쳤던 반공의 담론효과에 따른 냉전의 기억 형성이라는 문제를 취급했다. '혁명적 시간'이라는 개념에 근거하여 살펴본 증언수기집은 해방이라는 혁명의 시간성, 전통으로서의 민족/계급으로서의 민족 담론의 경합, 민족/반민족의 냉전구도로 안착하며 우파의 반공주의가 반소반북주의에 기반을 두고 이데올로기적 주체를 호명한 단적인 사례라는 판단을 내리게 해준다. 이런 측면에서 증언수기집은 문학 장의 안팎에서 수행된 이데올로기적 글쓰기였다.

　증언수기집에서 발견되는 반공의 담론은, 민족과 국가, 북한이라는 타자와 그 심상지리(心象地理)를 창출하는 한편, 전쟁 체험과 중첩되면서 냉전의 기억들로 재구성된다. 따라서 이는 국가의 공적 기억 형성에 관여한 문학 또는 문학 장의 단서를 제공해준다. '지리적 이념적 사회적 정치적 분단'의 경로 안에서 생산된 증언수기집은 문화의 장에서 민족/민족주의 담론의 이데올로기 효과를 발휘하면서, 민족을 혈연공동체에서 사상공동체로 재편했고 국민을 창출하는 근대국가의 기획에 동원되었다는 것, 따라서 이들 증언수기집이 전쟁 이후 전쟁에 관한 공공의 기억을 공포와 야만의 기억으로 재구성함으로써 북한 및 좌익집단을 타자화했다는 것, 그리하여 민족/민족주의의 헤게모니를 장악하며 민족과 국가의 정체성을 창출하는 원천의 하나가 되었다는 것이다. 이같은 정체성은 폭력과 야만, 타자화와 적대감을 기초로 만들어진 냉전 시대의 우울한 산물이었고 민족에 관한 우화였음을 보여준다.

반공 텍스트의 기원과 유통

1. 반공 이데올로기와 문학연구

해방 이후 한국사회를 지배해온 이데올로기의 하나인 반공주의[01]와 관련한 문학 분야에서의 본격적인 논의는 냉전체제가 종식되는 90년대에 와서야 활발해지기 시작되었다.[02] 문학 분야에서 반공주의와 관련한

---

[01]　반공이데올로기와 관련한 논의는 다음을 참조했다. 역사문제연구소 편, 『한국정치의 지배이데올로기와 대항이데올로기』, 역사비평사, 1995; 조희연 편, 『한국의 정치사회적 지배담론과 민주주의 동학』, 함께읽는책, 2000; 서중석, 『배반당한 한국민족주의』, 성균관대출판부, 2004. 제6장 '이승만과 북진통일-1950년대 극우반공독재의 해부'; 강준만·김환표, 『희생양과 죄의식-대한민국 반공의 역사』, 개마고원, 2004; 그레고리 핸더슨, 박행웅·이종삼 공역, 『소용돌이의 한국정치』, 한울아카데미, 2000; 강경성, 「반공주의」, 『역사비평』 1999 여름호; 강준만 외, 『레드콤플렉스-광기가 남긴 아홉 개의 초상』, 삼인, 1997; 모리 요시노부, 「한국 반공주의 이데올로기 형성과정에 관한 연구」, 『한국과 국제정치』 5권 2호, 경남대 극동문제연구소, 1989.

[02]　반공이데올로기와 관련한 문학연구에서 개괄적 논의로는 조동숙의 연구(「1950·60년대 소설에 나타난 이데올로기 연구」, 고려대 박사논문, 1993)가 있다. 조동숙은 50년대와 60년대의 문

논의는 냉전체제하에서 이데올로기적인 억압에 의해 한국문학이 얼마나 왜곡되었는지 그 역사적 실재를 확인하는 작업이라는 점에서 그 의의가 적지 않다. 해방 이후 70년대까지만 한정해서 살펴보아도, 미소 군정의 한반도 분할통치와 좌우진영 분열, 뒤따라 등장한 남북 체제의 대결구도, 전쟁과 휴전, 4.19혁명과 자유당 정권의 몰락, 5.16쿠데타와 개발독재, 7.4남북공동성명과 유신독재로 이어진 일련의 사회정치적 흐름 속에서 문학은 반공주의라는 이데올로기적 제도적 억압으로부터 자유로울 수 없었다는 사실을 전제할 수밖에 없다.

문학이 정치나 사회경제 영역에서 비교적 독립된, 그래서 심미적 형태로 존재하는 문화행위라고 정의할 때,[03] 근대소설이라는 서사양식은 문화 실천의 국면에서 매우 중요한 역할을 담당해왔다는 표현이 가능하

제작을 중심으로 소설에서 '반공이데올로기의 첨예화→이데올로기 비판의 개방화'라는 이행과정으로 조감한다. 그러나 반공주의의 규정력은 두 시기에만 한정되지 않는다는 점에서 논의의 가치는 다소 제한적이다. 반공주의와 관련한 주목할 만한 논의로는 90년대 이후 김재용, 한수영, 강진호의 경우가 대표적이다. 김재용, 「정부 수립 직후 극우반공주의가 남긴 상처: 냉전적 반공주의와 남한 문학인의 고뇌」, 『역사비평』, 1996 겨울호) 및 「반동이데올로기와 민중의 선택」, 『역사문제연구』 6호, 역사문제연구소, 2001.6; 한수영, '월남문인'(「월남작가의 작품세계에 나타난 반공이데올로기와 1950년대 현실인식」, 『역사비평』, 1993여름호 및 「윤리적 인간, 혹은 반공이데올로기의 기원-선우휘론」, 『실천문학』, 2001봄호/ 「분단과 전쟁이 낳은 역사적 비극의 아들들-이문구·김원일·이문열·김성동 등을 통해본 좌익 2세의 삶과 의식」, 『역사비평』, 1999 봄호; 강진호, 「우리 내부의 냉전이데올로기」, 『실천문학』 2000겨울호/『한국문학과 근대성의 아포리아』, 소명출판, 2004; 김건우, 『사상계와 1950년대 문학』, 소명출판, 2004; 권순대, 「분단희곡의 이데올로기적 담론의 특질」, 『한국연극연구』 3집, 한국연극사학회, 2000 등이 참조 가능한 성과다.

03 에드워드 사이드, 김성곤·정정호 공역, 『문화와 제국주의』, 도서출판 창, 1995, 24-25쪽.

다. 그 중 하나가 민족이라는 '상상된 공동체' 창출과 같은 것이다. 베네딕트 앤더슨이 근대소설에서 간파한 것도 신문 매체를 통해 유통된 민족과 민족주의가 낳은 '상상의 공동체'로 결속시키는 이야기의 역할과 효과였다. 그러나 민족만이 상상의 공동체에 관한 이야기는 아니다. 국가 역시 그러한 재현된 이야기로써 상상된 시공간과 국민을 창출한다.

이런 관점에서 보면, 식민지시기에 국토순례를 통해 민족을 구성하는 이야기는 낯설지 않다. 해방 이후 사회 전면에 등장한 국민국가 수립 과정은, 이야기라는 측면에서 바라보면, 정치적 주도권을 확보하기 위한 이데올로기 담론 투쟁이었다는 표현도 가능하다. 그 이야기의 이데올로기 투쟁방식은 대립되는 진영을 어떻게 구획하고 어떻게 적대적 표상을 만들어낼 것인가라는 문제와도 연관돼 있었다. 더구나, 전쟁의 와중에 남한사회가 생산한 국가의 이야기는 전쟁체험과 반공이데올로기를 결합시켜 배타적으로 민족을 구성하는 국가인종주의의 특징을 보여준다. 전쟁 발발과 함께, 한국사회는 6.25를 공산주의 국가의 사주를 받은 북한정권의 침략전쟁으로 규정하는 한편, 민족과 자유를 수호하는 성스러운 전쟁으로 명명했다. 이렇게 등장한 반공담론은 억압과 검열의 기제를 구축하며 한국소설을 왜곡시켰다는 것이 이 글의 기본 전제이다.

이 글에서는 반공 텍스트의 기원적 양상을 살펴보는 한편, 그 유통과정도 살펴보려 한다. 그런 다음 50년대 소설에서 발견되는 이데올로기의 억압에 따른 왜곡을 간략하게 살펴보기로 한다.

2. 반공 텍스트의 기원 하나-『적화삼삭구인집』

반공 텍스트가 산출되는 시기는 6.25전쟁이 발발한 직후인 1951년부터 1953년 휴전에 이르는 전시 기간에 집중된다.[04] 대표적인 텍스트 하나가 서울 수복 직후에 기획되어 피난지 부산에서 국제보도연맹의 이름으로 간행된 『적화삼삭구인집』(1951)이다. 텍스트는 서울 수복 직후 파죽지세로 북진하던 시기에, 서울에 잔류하여 부역행위를 했던 문인들의 체험 수기를 수록한 책자이다.

책의 서문은 '타공의 선봉장'이었던 사상검사 오제도[05]가 썼다. 서문에

---

04 이 텍스트 외에도 오제도는 생환자들의 증언을 담은 『자유를 위하여』(1951)를 간행했다. 이처럼 국가기관이 주도해서 반공의 담론을 생산하는 작업은 대단히 활발하고 지속적으로 이루어졌다. 이 시기에 간행된 문인들의 반공 텍스트는 김팔봉의 『나는 살아있다-인민재판 당한 자의 수기』(출판사 미상, 1950), 일명 '현수'(박남수)의 『적치 6년의 북한문단』(중앙문화사, 1952), 모윤숙의 『내가 본 세상』(수도문화사, 1953), 유진오·모윤숙·이건호·구철회 공저의 『고난의 90일』(수도문화사, 1950) 등이 있다. 또한 정훈국에 몸담았던 선우휘가 국군포로들을 수용했던 용초도를 찾아가 이북 수용소의 체험을 듣고 만든 국군 귀환포로의 생환수기집인 『귀환』(대구, 청구출판사, 출간연대 미상, 그의 증언에 따르면 휴전 직후인 1953년경으로 추정된다. 선우휘, 「모든 것은 거기서 비롯되다」, 『문예중앙』, 1981 여름호, 221면.) 등이 있다. 또한 전시에 발간된 작품집은 주로 전중 군인들에게 배포되고 읽혀질 목적으로 국방부 정훈국에서 간행한 것이 대부분이다. 『전시한국문학선-소설편』(1951), 『전쟁문학집』(1951), 김송 편, 『전시문학독본』(계몽사, 1951) 등이 있다.

05 오제도(1917-2001): 평남 안주 출생. 1939년 일본 와세다대학 전문부(3년제) 법학과 졸업 후 1946년 제1회 판검사특별임용시험을 통해 서울지검과 대검찰청에서 검사 활동을 시작함. 선우종원 등과 보도연맹을 결성했고 남로당 김상룡과 이주하 검거, 국회프락치사건, 김수임사건, 조봉암 사건 등 대표적인 공안사건을 담당한 대표적인 반공검사. 한국학중앙연구원 한국민족문화대백과사전 http://encykorea.aks.ac.kr/Contents/Item/E0073446(2020.8.20검색)

강성현에 따르면, 오제도는 1940년부터 신의주지방법원에서 서기 겸 통역생으로 법조

서 그는 "공산당의 전략전술을 결백청렴한 우리 백의민족이 당초에 인식치 못한 것은 역사적인 사회환경에서 볼 때 무리가 없는 사실"이라고 지적하고 있다. 또한 그는 혼란한 사회질서와 낮은 생활수준 때문에 민심이 떠도는 사회상에 편승한 것이 적화사상이라고 주장하며, "본래의 야망을 채울려 했었으나 결국 6.25침공을 계기로 적마(赤魔)의 생태는 적나라하게 폭로"되었다고 표현하고 있다. "18세기적인 공포와 폭력의 적치 3개월간에 예민한 감수성과 추단력을 갖인 지성인들이 민족과 함께 신음과 황홀의 아슬아슬한 생명의 절정에서 직접 체험하고 목도한 것을 탁월한 묘사로서 일관한 본서"는 "하나의 산 역사로써" "새로이 감염되기 쉽고 때와 곳을 따라 방법을 달리하여 침투의 기회를 노리고 있는 적 공산당을 배격하는 데로 좋은 참고가 될 것"[06]이라고 글을 맺고 있다.

　이같은 논조는 텍스트의 맨 뒤에 실린 오제도의 글 「민족 양심의 반영」에서 보다 분명하게 설명해준다. 오제도는 잔류파 부역문인들이 "참다운 회한과 유감의 뜻을 또는 본의 아닌 행위와 행동을" 참회하고, 이를 통해 "타공멸공전에 용승하고 있는 유엔군과 국군장병에 보답할 수 있도록 전국민이 거족적으로 자진분발·총무장하여 타공전선의 강화를 기

　계에 발을 들였다. 그는 일본의 사상검사 나가사키 유조의 사상전향정책이자 권력기술이었고 1940년 11월 시행된 '조선사상범예비구금령'의 전신인 '대화숙'사업의 영향을 받아 일제강점기 검찰의 사상통제와 전향기술을 습득했다. 그는 1948년 12월 국가보안법 제정과 (과도)검찰청법 제정을 계기로, 장재갑 부장검사를 비롯해 선우종원, 정희택 등 서북 인맥과 함께 사상검찰을 재조직하여 사상계 사무를 특화한 핵심인물로 알려져 있다. 강성현, 「국회프락치 사건으로 날개 단 '사상' 검찰」, 『한겨레21』 1290호, 2019.12.4.

06　『적화삼삭구인집』, 국제보도연맹, 1951, 서문 참조.

도실천해야 할 것"이라고 역설하고 있다. 이런 측면에서 텍스트는 반공의 이데올로기 전쟁을 수행하며 국민동원체제의 결속을 공고히 하려는 것이 주목적임을 보여준다.

책의 표지에는 붉은 색 고딕체로 된 제목 아래로, 지옥과 같은 암흑을 뜻하는 검은 띠 안에 굶주리고 지친 피골상접한 사람들이 우울한 모습으로 그려져 있다. 앞뒤 표지 안쪽에는 김용환·김의환 화백이 인공치하의 서울을 묘사한 만화가 4면에 걸쳐 실려 있다. 김용환 화백이 그린 '적치하 서울 90일'에 대한 만화가 전달하는 의미는 비교적 간명하다. 인공치하의 삶이 비민주적이고 공포정치였다는 정치적 메시지가 주를 이룬다.

만화의 컷은 거수투표로 불공평한 선거를 하였다는 '강제선거', 언론 집회 자유란 오직 한 길(공산주의)이라는 '모순된 자유', 같은 가족간에도 안심을 못할 비밀 스파이 정책을 시행한 '공포정치', 모든 예술은 스탈린, 김일성을 선전함으로써 드러나는 '예술의 빈약', 백성의 재물을 강제 공출시키는 '약탈', 백번 만번 같은 내용의 연설만 듣는 진저리나는 토론회가 열리는 '변화 없는 정강연설'이 그려져 있다.

또한 뒷표지 안쪽 면에 그려진 만화는 인공하의 삶이 기아와 모략선전, 살인마로 묘사되어 있고, 이어서 '인류의 적, 적마(赤魔)의 말로는 파멸 뿐'이라는 절멸의 선전구호를 담고 있다. 인공치하에서는 자유와 예술이 자율적으로 개화할 수 없는 세상이라는 것, 약탈과 굶주림, 무자비한 양민학살로 이어진 천인공노할 지옥의 공포이며 인류사회에서 마땅히 축출되어야 할 공산주의에 대한 적개심이 적나라하게 표출되고 있다.

뒷표지 다른 한 면에 실린 김의환 화백의 만화는 소련, 중국, 북한이 하나인 거대한 괴물 문어로 표상되고 있고 그 반대편에서는 유엔 연합군의 포탄이 괴물문어를 향해 작열한다. 포탄의 작열과 함께 괴물문어의 다리에 해당하는 김일성의 얼굴이 있는 문어발이 끊어지고 소련의 크레믈린 궁이 파괴된다. 앞표지 다음 장에서 적치하 서울의 잔류체험 내용을 담았다면, 뒷표지 안쪽 면에서는 전쟁과 냉전구도의 절멸 의지가 담겨 있는 셈이다. 만화가 포착한 정치적 메시지는 전쟁 시기의 반공 삐라에 가깝다.[07]

『적화삼삭구인집』은 인천상륙작전과 서울 수복 이후, 파죽지세로 북한의 영토로 진격하는 과정에서 국가기관의 주도로 만들어진 반공의 텍스트이다. 전시체제에 걸맞게 이 텍스트는 대민선무(對民宣撫)라는 정치적 목적과 인공치하에서 고초를 겪었던 '잔류파' 문인의 체험들을 전유하며 북한을 적대적 타자로 설정하는 한편, 사회주의 진영에 대한 증오와 환멸을 재구성하는 특징을 보여준다.

텍스트에는 양주동, 백철, 최정희, 송지영, 장덕조, 박계주, 손소희, 김용호, 오제도 등 모두 아홉 사람의 글이 수록되어 있다. 사실상 반공 국가기관의 기획자이기도 한 사상검사 오제도를 제외하고, 필자의 면면을 살펴보면 적치하에서 잔류하여 부역한 경우(양주동, 백철, 최정희, 장덕조, 손소희), 인민군에 강제 징집되었다가 탈출 귀환한 경우(송지영), 납북되었다가 탈출하여 귀환한 경우(박계주, 김용호) 등이었다. 양주동과 백철, 그림을 그린

07　전쟁 삐라에 대한 논의는 정용욱, 「6.25전쟁기 미군의 삐라 심리전과 냉전 이데올로기」, 『역사와 현실』, 한국역사연구회, 2004 참조.

김용환 화백도 국민보도연맹에 가입한 전력이 있었고,[08] 송지영 또한 수록된 글에서 한때 좌익세력에 가담했던 지난 전력을 참회하고 있다. 최정희는 남편 김동환이 피납되고 나서 적치 서울에서 부역했고, 송지영은 인공치하에서 인민군으로 징집되었다가 탈출했다. 장덕조는 납북 도중 탈출하여 영변 부근 산골에 은신해 있다가 국군에 구출된 경우였다. 손소희는 인공치하에서 숨어 있다가 어쩔수없이 여맹에 가입했다가 살아남은 경우였다. 김용호 역시 좌익에 가담한 과오를 고백하고 있다.

부역문인과 학자, 탈출한 납북인사들이 자신들의 체험을 담아낸 수기집은 국가의 관용 속에 고백과 참회를 거쳐 그에 상응하는 반공대열로의 참여 의지를 보여주고 있다. 이같은 면모는 좌우 이데올로기의 넓은 스펙트럼 사이에 놓여 있던 지식인의 사유와 다양한 조건들을 매우 폭력적으로 이념 검증의 필터 안에 넣어 균질적인 국민으로 귀속시키는 한편, 사상공동체로 인준하는 절차를 생생하게 보여주고 있다. 최정희처럼 일기체로 김동환의 무사생환에 대한 간절한 기대와 아이들을 위해 어쩔 수 없이 부역할 수밖에 없었다는 기술방식이나 손소희처럼 3인칭의 시점에서 미술동맹에 가입한 것이 두려움 때문이었다는 다소 예외적인 경우도 있다. 그러나 수기집에서 발견되는 인공치하의 체험담과 목격담 대부분은 공산체제를 적대적 타자를 설정하고 이들을 절멸해야 한다는 반공주의에 충실한 글쓰기의 특징을 드러내고 있다.

텍스트에서 발견되는 반공의 담론과 표상들은 전시체제 속에 구축되

---

08   김기진, 『국민보도연맹』, 역사비평사, 2002, 24쪽.

는 반공의 이야기, 반공주의를 기반으로 한 국민국가의 이야기가 생성되는 과정을 고스란히 보여준다. 먼저, 6.25전쟁은 체험을 통한 반공의 교훈으로 의미가 바뀐다. 양주동은 「공란의 교훈」에서 전쟁의 엄청난 희생에도 불구하고 공산주의자들의 정체를 알아차리기에 적절한 기회이자 "하늘이 우리 민족에게 주신 하나의 좋은 기회"라고 선언한다. 그는 전쟁을 겪으면서 "공산주의에 완전히 기만된 정신적 불구자나 직업적으로 그에 종사하는 몇몇 소수 분자 외에는, 공산주의에 대하여 전율과 증오, 공포와 염기(厭忌)―통괄적으로 극도의 적대감·원수감을 가지지 않은 이가 없었을 것"이라는 선동적인 단언과 함께, "공산주의란 허울좋은 명목, 피압박대중을 위한다는 허위의 구호에 현혹되어 일종의 호기심적인 관심을 가졌던 개념적·공상적 계층조차 금차(今次) 그들의 소행과 공산주의 그것을 현실로 보고 환멸·반발·증오·적대감을 품게 되지 않은 이가 없었으리라."라고 언급한다.

　양주동의 단언은, "남침 구십 일간에 공산주의가 민중에게 실제로 보여준 것은, 물질적으론 전체적인 기아와 대량적 인명의 살상, 정신적으론 극도의 암흑감과 간단없는 협박·초조·전율―이것 외에 아무것도 없었다."라는 공포체험의 환기에서도 잘 나타난다. "남침 구십 일간에 공산주의가 민중에게 실제로 보여준 것은, 물질적으론 전체적인 기아와 대량적 인명의 살상, 정신적으론 극도의 암흑감과 간단없는 협박·초조·전율―이것 외에 아무것도 없었다."(6쪽)라고 쓴다. 그런 까닭에 그는 6.25전쟁을 역병 '마마'에 비유한다. 전쟁 체험을 통해 면역성을 얻어 "일시적인 사상자는 비록 많다 하여도 (…) 금후는 다시 공산병역에 걸릴 염려가 매우 감소된 것"(6-7쪽)이 교훈이라는 것이다.

백철은 자신의 글 서두에 자작시를 배치하고 있다. 그의 자작시에는 '(감시의) 검은 그림자가 뒤따르'는 불안함으로 가득하다. "붉은 담장 우에 모여든 까마귀"를 통해 화자는 학살과 만행의 음울한 분위기를 환기하는 한편, "자애한 어버이 잃은/ 고아와 같이 (…)/ 날마다(…) 남쪽 자유의 하늘을" 그리는 고아의 심정을 토로하고 있다. 그 결과, 백철이 그려내는 인공치하의 서울 잔류 삼 개월의 기간은 불안과 공포로 채워진다. 그는 학살과 구금, 만행과 노역 동원으로 이어지는 불안의 나날을 거치면서 어버이이자 대주체인 국가의 부재 속에 집 잃은 고아가 되어 남녘 하늘을 향해 자유를 그리워한다. '검은 그림자'와 '까마귀'라는 표상은 길 잃은 고아 이미지와 대비되면서 자유와 해방을 떠올리기에 충분하다. 이러한 표상은 전쟁의 공포만이 아니라 자유의 국가 품으로 돌아온 탕아의 귀환이라는 의미를 획득하면서 인공치하에서의 생존은 '지옥에서 보낸 한 철'로 낙착되기에 이른다.

그러나 텍스트에 수록된 수기들이 인공 치하에서 겪은 일상적 체험의 차원에 머물러 있지는 않다. 청년들의 강제 징집, 민청대원들의 강요된 동원과 감시, 노역에 대한 체험담은 모든 필자들에게서 공통적으로 나타난다. 박계주와 김용호는 자신들의 납북과정에서 북한 주민들에게서 청취한 북한사회의 부정적 실상을 폭로하는 데 주력하는 모습이다. 박계주는 납북도중 북한주민과 접촉하면서 토지개혁으로 분여받은 자영농이 일제때보다도 못한 생활을 연명하고 있으며 심지어 지대의 현물납부가 120%에 이르는 경우도 있어서 굶어죽는 사례도 있었다는 소문을 부각시킨다. 북한 토지개혁에 대한 소문은 물론 해방기에도 접한 것이나 전시라는 절박한 상황에서 전해들은 소문은 곧바로 반북 정서를 촉발하는 효과를 불러일으킨다는 점에서 차원이 다르다.

　인공치하에서 겪은 불안과 공포의 체험은 피납자들의 북한사회에 대한 부정적 실상과 결합하면서 공산주의 이념과 체제에 대한 전면 부정으로 치달아간다. 부역행위에 대한 소극적인 반성에 그친 손소희나 최정희의 경우를 제외하면, 양주동, 백철, 송지영, 장덕조의 글에 관류하는 부역의 체험담은 공포정치하의 끔찍한 생존기라고 해도 과히 틀리지 않는다. 참여를 가장한 토론, 자발성을 가장한 궐기대회와 노역 동원, 상호감시의 두려움을 경험하며 자유를 구속당한 이들의 체험담은 자주 개인의 차원을 넘어선다. 인민재판, 전선원호사업, 구금과 체포, 보복숙청, 토지개혁, 청년들을 전쟁에 동원하는 의용군 초모(招募)사업이 용서할 수 없는 죄악상으로 규정하면서 공산주의자들의 죄악상으로 그 외연을 확장해 나간다.[09] 양주동의 표현에 따르면, 적치 90일간 목격한 것은 공산주의 체제가

09　북한의 남한 점령정책에 관해서는 권영진, 「북한의 남한점령정책」, 『역사비평』, 1989 여름호 참조. 전쟁의 또다른 주체였던 북한은 남한 점령정책에서 반혁명세력에 대한 숙청작업을 인민재판과 즉결처분으로 시행했다. 또한 남한에서는 경찰과 우익단체들이 좌익에 대한 숙청작업을 보복학살로 응전하면서 민족 내부의 증오와 분열은 격화되었다(같은 글, 95쪽). 북한의 남한 점령정책은 1947년 말 미소공위에서 무산된 북한의 전략적 방침의 연장으로 이해될 여지가 있었다(같은 쪽). 『적화삼삭구인집』에서 보여주는 인공치하의 체험들은 수다한 맥락을 배제하고 공산주의체제에 대한 공포와 전율만 맥락화하고 있는데, 이는 반공주의와 남한체제의 선택이라는 두 가지 기제가 작동한 결과로 보는 것이 온당하다.

암흑과 허위, 기만과 선전으로 가득한 악의 세력이며, "몸만 한족뿐, 정신
은 돌아서 슬라브족이 된 사이비한인의 소행"(10쪽)이다. 여기에서 발견되
는 민족의 이데올로기적 인종적 구획은 인공치하의 체험을 기반으로 형
성된 적대적 반북 정서, 냉전질서를 통해서 남과 북을 동서 진영으로 나누
면서 전쟁을 일으킨 북한의 지배집단을 소련과 중공과 연계된 꼭두각시
집단으로 묘사하며 민족의 내부에서 축출하는 타자화로 이어지고 있다.

양주동은 빨갱이를, 본질적 빨갱이, 부분적 빨갱이, 부득이한 단순가담
자로 나눈다. 그런 다음 그는, 본질적 빨갱이를 소련의 주구로서 당에 소
속하여 전쟁을 계획하고 지령하고 선두에서 지휘, 수행한 세력으로서, 이
들을 "슬라브화한 사이비 한인"이라고 정의한다. 일시적인 부분적 빨갱이
는 일시적인 피현혹자, 기회주의적 빨갱이, 선전에 일시 속았던 자, 부득
이하게 표면적으로 빨갱이의 행동을 한 자로 다시 분류하고 이들 중에서
기회주의적인 빨갱이가 가장 경계해야 할 대상이라고 지적한다. 그는 선
전에 속았던 자나 자신을 포함한 부득이한 부역자들은 실질적인 사상의
재무장을 거쳐 토공(討共) 사업에 활용해야 한다고 역설하고 있다. 그는 이
전 보도연맹보다 더 강력한 조직을 구성하고 이들에게 갱생을 위한 실천
의 기회를 제공한다면 단시일내에 소공(掃共)의 실적을 이룰 것이라고 제
언하기도 한다(11-17쪽). 이것은 국가인종주의에 입각한 배제의 논리인 동
시에 동서냉전의 분할논리이기도 하다. 또한 텍스트에서 '빨갱이'의 의미
규정은 민족으로부터 축출하여 반공의 대열로 동원되는 국민의 이야기
임을 말해준다. 송지영은 "적류는 독의 근(根)이며 악의 화(華)이며 죄의 실
(實)을 한데 뭉쳐 대한 강산을 처참하게도 물들였던 것"(53쪽)이라고 반공

의 관점에서 전쟁을 규정하며, 승전과 멸공의 당위성으로 확장해 나간다.

이렇게 보면, 반공의 텍스트는 전시하에서 인공치하의 체험과 납북과
정에서 접한 북한사회의 부정적인 면모를 성토하면서 반공의 체험적 사
례를 국가이야기로 편입시키며 이데올로기적 순응을 자발적으로 보여주
는 대표적인 국민이야기인 셈이다.[10] 그러나 텍스트의 맥락에는 매우 특
수한 요소가 있다. 이 텍스트는 인천상륙작전 이후 전환된 전쟁의 국면,
곧 파죽지세로 북한의 영토로 진격하며 '북진통일을 앞둔' 상황에서 간
행되었다는 점을 감안하면 단순히 생환한 자의 차원에 그치지 않고 부역
혐의로 인한 생존과 사회적 복귀가 절박한 상황에서 쓰여졌음을 짐작하
게 한다. 양주동, 백철, 최정희, 장덕조, 송지영 등이 텍스트에서 명시한,
과오를 반성하며 타공의 대열에서 일로매진하겠다는 국가를 향한 맹세
는 '도강파' 문인들의 경우와는 달리 무력감과 절박함을 띄고 있다. 그같
은 특징은 이데올로기 국가장치에 포박당한 절박한 처지에서 호명된 주

10　해방기의 부정적인 현실에서 건강한 사회비판의 발언까지도 '빨갱이'로 몰아가는 반
　　공 우익적 사고의 편린은 채만식의 「도야지」에서, 친일부역자 가족이 월남하여 반공
　　세력으로 변모하는 모습은 채만식의 「낙조」에 등장하는 황주댁에게서 잘 드러난다. 황
　　주댁의 반공의식은 해방 직후 북한사회에서 혹독한 일제부역자였던 아들 재춘 부부의
　　죽음과 전재산 몰수에 대한 증오와 불타는 복수심, 재산을 되찾겠다는 사욕으로 나타
　　나며, 이러한 심사가 이승만의 북진통일론과 결합되는 지점을 잘 포착하고 있다. 하지
　　만, 이는 국가서사의 차원이 아니라 친일부역자 가족들의 사죄 없는 욕망과 분노, 사익
　　의 회복 등을 초점화한 것이어서 소설이 특정시대의 사회 일화를 수렴하는 대목에 가
　　깝다. 일제 때 영화(榮華)의 회복을 꿈꾸는 터무니없는 면모는 남북간 대립 속에서 이승
　　만 정권이 천명한 북진통일론과 결합하여 48년 이후 남북간의 전쟁불사론으로 점화되
　　는 세태를 적시하고 있다. 그런 맥락에서 국가의 서사는 전쟁 발발과 함께 전사회적 동
　　원이 가능한 전시체제의 등장과 함께 나타난 것으로 보는 편이 옳다.

체의 발언이었다는 점, 사상검열을 거치면서 자발적인 순응을 보여주어
야 하는 고통스러운 글쓰기 절차였다는 점을 시사해준다. 이들의 맹세는
전시체제하에서 반공의 자기검열 기제를 내면화하면서 전쟁의 직접적
트라우마를 딛고 북한체제에 대한 공포와 사회주의 이념의 허위를 동시
에 고백함으로써 반공주의를 통한 국민 만들기 기획에 가담하였던 경과
를 드러낸 경우다.

3. 반공 텍스트의 유통과 전쟁기억의 전유

반공주의에 입각한 50년대 국가이야기는 국가기관이 주도하거나 특
정단체와 개인들에 의해 증식되어 나간다. 국가기관의 경우 주로 국방
부 정훈국과 공보처의 주관하에 생산된 6.25전쟁의 공식일지, 정부의 공
과 치적, 전쟁의 교훈과 전공 미담, 전사군인들의 평전 등이 주를 이룬다.
관변 단체와 개인들은 포로체험과 탈출 생환기, 빨치산 및 북한군의 전
향수기, 반공포로의 석방체험수기 등 다양한 체험들을 유통시켰다. 반공
주의의 담론은 공식전사와 공식의 역사를 구축하는 방향 하나와, 체제의
우월성 및 개인들이 겪은 전쟁기간 동안의 학살과 만행을 고발하고 사회
주의 국가의 허위에 대한 환멸의 체험담이라는 또다른 방향 하나를 가지
고 있다. 60년대에 이르면 반공 담론의 유통방식은 50년대의 체험수기
보급방식에서 벗어나 전쟁의 공공기억을 다양한 집단과 개인들이 보충

하고 한층 정교하게 전유하는 모습을 보여준다.[11] 이 과정에서 『적화삼삭
구인집』은 "반공서적의 효시"[12]로 다시 호출된다.

20여 년의 시간대를 넘겨 반공텍스트가 다시 호출된 저간의 사정은
70년대 초반 미국과 중국간의 소위 '핑퐁외교'와 함께 국제 냉전구도의
화해 무드 속에서 체제 결속의 필요성이 제기되었기 때문이었다. 오제
도는 『북한』 창간호(1972.1) 발간사에서 "자고 나면 달라지는 작금의 국제
정세(동서 진영의 화해 무드)는 좀 과장된 표현을 빌리면 현기증을 느끼게 한
다."라고 말하고 있다. 그는 국민들의 "대공감정"이 너그러워지는 것을
미연에 방지하기 위해서, 그리고 "북한의 실태와 북괴진상을 보다 정확
히, 보다 빨리, 보다 많이 알려주어 대공시국관의 확립"을 촉구하며 "북
한의 강토와 사회를 수복하는데 빠른 길잡이"가 되기 위해서 잡지를 창
간하게 되었음을 밝히고 있다.[13]

반공 담론이 가진 함의는 70년대 이후 정점으로 치달아가는 반공교육
강화의 실재를 엿볼 수 있게 해준다. 반공교육은 5.16 직후인 1961년 문

---

11 반공 담론을 유통, 보급한 기관 및 단체로는 국제보도연맹, 대륙연구소, 대공문제연구
    소, 반공연맹, 북한문제연구소, 각 언론사 산하의 북한연구소, 통일문제연구소 등이 있
    다. 중앙정보부 부장 출신의 김형욱은 『공산주의 활동과 실제』를 자신의 이름으로
    간행했다. 전향간첩 출신의 이기봉, 반공 성향의 월남개신교 지식인 강원룡·전영택,
    외국인 신부, 오소백을 비롯한 언론인, 월북자의 가족인 허근욱(허정숙의 동생), 잔류파 문
    인이었던 김팔봉·조연현·모윤숙, 김일성 가짜설을 주장한 이영명, 극작가 오영진이 대
    표적이다.

12 『북한』, 1972.8. 233쪽. 『적화삼삭구인집』은 『북한』에 6월-8월까지 3개월간 분재된다.

13 오제도, 「발간사」, 『북한』 창간호, 1972.1.

교부에서 '반공교육 강화를 위한 교사용 지침서'를 제작 배포한 것을 시작으로 이듬해에는 내용을 보강하여 국민학교 도덕 교과서를 개편함으로써 교육제도를 통한 내면화를 가속화했다.[14] 반공이데올로기는 이처럼 반공 국민교육을 통한 이데올로기의 내면화 외에, 50년대 이후 발행된 반공의 텍스트들을 통해서 전쟁의 기억을 환기하는데, 참전군인, 전향자, 국군포로 귀환자 등의 수기, 언론사에 발간한 전쟁을 극복한 고난어린 민족사, 국가의 이야기를 폭넓게 유통시켰다.[15] 참전군인, 정치가, 전향간첩, 인민군 출신 전향자 등을 중심으로 자서전이나 수기 형식으로 유통되어온 이야기들은 전공으로 국가를 수호한 영웅적 일대기로 재편되거나 국가사회주의에 환멸한 개인들의 전향 수기, 포로 귀환기로 재생산되었다.[16]

문교부가 6.25발발 25주년을 맞아 발간한 『6.25실증자료』(성문각, 1976)는 국가기관이 주관해온 반공 이야기의 범주를 민간 차원으로 이관한 경우인데, 이는 70년대 반공교육 강화의 대표적인 사례의 하나다. 자료집이 발간된 지 약 두 달 후 판문점 도끼만행사건이 발생한 것도 상징적이

---

14 한지수, 「반공이데올로기와 정치폭력」, 『실천문학』 1989가을호 및 강준만·김환표, 『속 죄양과 죄의식』, 개마고원, 2004, 149-151쪽 참조.

15 6.25전쟁에 관한 공식사료로는 국방부 전사편찬위원에서 간행한 『한국전쟁사』 전11 권(1976~1978)과 육군본부에서 간행한 『한국전쟁사료』, 전 85권, 1985-1990이 있으며 6.25전쟁의 기억을 재구성한 사례로는 『민족의 증언』(전8권, 중앙일보사, 1983재판(본래 을유문화사에서 1972-1973년 6권 간행본을 증보한 것임))이 대표적이다.

16 최근 사례로는 조창호, 『돌아온 사자』(지호, 1995)가 있다.

다. 판문점 도끼만행사건은 자료집에서 보여준 6.25전쟁 기간 동안 겪은 북한 인민군과 좌익세력의 만행이 과거의 기억이 아니라 현재진행형이라는 사실을 여실하게 증빙해준 계기가 되었다. 문교부에서는 1975년 전국각지에 산재하는 인민군의 만행을 증언할 자료를 공모하여 모두 660여 편을 수집했고, 그 중에서 피해사례에 따라 130여 편을 수정 가필하여 이듬해에 자료집을 만들어낸다.[17] 나머지 증언담도 각 시도 산하 교육청에서 지역별 자료집으로 발간하여 반공교육의 지침서로 삼도록 했는데, 자료집 간행은 1979년까지 이어졌다.[18]

『6.25실증자료』는 '전쟁 기간 동안 자행된 공산도배들의 학살과 만행'의 증언을 담아 전쟁을 체험하지 못한 세대에게 경각심을 불러일으키고 이를 반공교육의 자료로 활용한다는 국가기관의 정교한 기획에 따라 간행된 텍스트이다. 여기에 수록된 전쟁 체험의 일화는 적도(敵徒)의 가해와 국가 구성원들의 희생이라는 선악의 구도로 재구성되어 있다. 증언을 가필한 서술자의 계몽적 태도에서 드러나는 특징은 전쟁의 공공 기억을 확장하려는 대문자 국가의 의지가 반영된 점이다. 수난과 희생, 박해와 학살, 격전의 승리, 살상과 재산피해, 구사일생, 항거와 의거라는 편목은 고

---

17   자료집 편목은 인명손실(17편), 박해·학살대상(20편), 피아격전(26편), 살상·재산피해(30편), 구사일생(22편), 항거·의거(21편) 등으로 구성되어 있다.

18   사례로는 다음과 같은 것이 있다.
강원도 교육위원회 편, 『6.25실증자료』, 1979.
충남 교육연구회 편, 『우리가 겪은 6.25비화』, 1979.
충청도 교육위원회 편, 『6.25실증자료』, 1979.

난을 극복한 국민국가의 공공기억을 어떻게 재배치하고 맥락화하는지를 잘 말해준다. 이 편목의 방향은 국민 모두가 망각해서는 안될, 패륜적이고 천인공노할 전쟁 기억으로 확장시키는 데 있다. 전쟁체험의 일화는 일관된 방향, 곧 북한, 공산주의자, 좌익불순세력에게 가혹한 시련을 겪고 살아남은 자들의 전율과 공분, 이를 망각해서는 안되는 국민의 집단기억으로 통합되는 과정을 생생하게 보여준다.[19]

인공치하의 서울 잔류체험을 담은 반공 텍스트의 확장은 유진오의 『고난의 90일』, 팔봉 김기진의 극적인 생환담, 모윤숙의 생환수기에서 볼 수 있듯이, 『적화삼삭구인집』의 반공텍스트는 자기검열을 통해 발언수위를 조절하며 서술방향의 일관성을 유지하려는 모습을 보여준다. 반공 텍스트에서 발견되는 서술의 지향은 일관된 만큼 명시적이지는 않지만 이데올로기적 국가장치에 갇힌 호명된 주체의 위축된 내면과 함께, 해방 이후 남북체제간에 이미 형성되었던 미-소/남-북이 서로 세계 냉전구도를 내면화하는 과정에서 만들어진 북한에 대한 지리적 민족적 인종적 표상의

---

19 이 과정에서 월북자 가족이나 좌익가족들의 증언의 목소리, 전쟁의 피해를 겪은 여성들의 목소리가 배제된다. 월북자 가족이나 좌익 가족의 체험들은 김원일·이문열·이문구·김성동 등의 소설 사례에서 드러나듯, 2세대 작가들에게는 필생의 글쓰기 대상이 된다. 여성의 목소리는 박완서와 윤정모의 소설, 조은의 『침묵으로 지은 집』(2003)에서 얼굴을 내밀기 시작한다. 사회학자 조은은 「차가운 전쟁의 기억: 여성적 글쓰기와 역사의 침묵 읽기」(『한국문학연구』 24집, 동국대 한국문학연구소, 2003)에서 남성작가들의 성적 환상이 여성들의 목소리를 왜곡했으며 전쟁체험에 대한 여성의 침묵현상이 남성가부장제와 반공이데올로기의 억압에서 연유하고 있음을 지적하고 있다.

적대성을 드러낸다.[20]

　좀더 중요한 사실은 반공담론의 유통과정에서 전시체제에 마련된 반공주의적 전쟁서사가 복제, 확산된다는 점에 있다. 국가기관 및 관변단체에서 주도한 전쟁담론은 전쟁을 6,25라는 특정한 시점에 고정시켜 보편화하고 전쟁의 발발 주체를 '악의 세력'으로 규정함으로써 전쟁 그 자체보다도 '전쟁 상태'[21]를 표상하기 때문이다. 홉스가 말하는 '전쟁상태'는 무기를 난사하는 적과의 전투가 아니라, '표상과 현현, 기호, 과장되고 전략적이며 허위적인 표현(이것을 이데올로기라고 말할 수 있다-인용자)'만 있는 표상게임을 가리킨다.

　반공의 국가이야기가 민족의 적대적 타자로 지목한 사회주의자들을 축출, 배제하며 사상적으로 보다 균질화된 국민을 창출하려는 기획과는 별개로 이에 대한 회의도 자연스럽게 형성된다.[22] 테리 이글턴의 지적처럼, 이데올로기는 자신의 정당성을 확보하는 방책의 하나로 자신을 보편화하고 영구화하며 피아의 구분은 선악의 구도로 전치된다. 또한, 이데올로기는 "특정한 장소와 시간의 특정한 가치와 이해가 모든 인류의 가

20　이러한 특징은 박명림이 '1948년 질서'라고 언급한, 6.25전쟁 발발과 그 기원 해명을 위한 분단질서의 '대쌍관계동학'과 통한다. '대쌍관계동학'에 관해서는 박명림, 『한국전쟁의 발발과 기원1』, 나남출판, 1996, 68-74쪽 참조.

21　미셸 푸코, 박정자 역, 『사회를 보호해야 한다』, 동문선, 1998, 114-116쪽.

22　오제도는 한 대담에서 반공이데올로기가 국민사상 무장에서 정치적으로 변질한 것이 60년대 이후 박정희 군사독재 시절이라는 의미심장한 발언을 한 바 있다. 그에 따르면 전시체제하에서 반공의 전선이 국민 총화로 결집되는 순수한 이념형이 훗날 박정희 정권하에서 자발성을 상실하고 정치적 독단에 의해 크게 변질되었다는 것이다.

치와 이해로 투사"[23]되는 절대화를 지향한다. 이데올로기를 작동시키는 모든 근거의 원천은 반공 텍스트의 기원이 말하고 있듯이 너무나도 분명하게 겪었던 체험의 자명함에 있다.

국가 보존과 인류 평화를 위해서 공산주의의 절멸을 외치는 이 특수한 논리의 일반화에는 '6.25라는 전쟁 발발을 특정한 시간과 주체' '인공치하 서울'이라는 장소, 그리고 '잔류파' 문인들의 부역에서 생생하게 드러난 체험된 공포와 불안, '동족학살과 청년들을 죽음의 전장으로 내몬 용서하기 어려운 만행'을 인류사상 유례가 없는 일로 규정하면서 지목한 인류 공동의 적이라는 세목들이 활용된다. 논리의 일반화를 가동하는 동력은 공산주의자를 축출하고 절멸시킴으로써 세계평화가 구축될 수 있다는 배타적이고 거친 전제에서 생겨난다. 전제의 폭력적인 구성에 대한 회의는 결코 부정되어서는 안되는데, 그 이유는 전제가 회의되는 순간 이데올로기의 가치와 토대 자체가 무너져 버리기 때문이다. 바로 여기에 이데올로기의 억압과 배타성이 내장돼 있는 셈이다.

'체험의 자명함'을 거칠게 일반화하는 반공주의의 절대적 도식은 『적화삼삭구인집』에 등장하는 오제도의 이른바 흥국훈에서 잘 드러난다. 그의 흥국훈은 이러하다. "容共卽協共(용공 즉 협공) 協共卽反逆(협공 즉 반역) 反逆卽亡國(반역 즉 망국) 反共卽打共(반공 즉 타공) 打共卽滅共(타공 즉 멸공) 滅共卽興國(멸공 즉 흥국)" 공산주의에 대한 관용은 공산주의에 협력하는 것이고, 협력은 반역행위일 뿐만 아니라 나라를 망하게 만드는 길이라는 도식 하

---

23 테리 이글턴, 여홍상 역, 『이데올로기개론』, 한신문화사, 1994, 77쪽.

나와, 반공은 공산주의를 타격하는 것이고 타공은 공산주의의 절멸이 목표이며 그것이 곧 나라를 흥성하게 만드는 것이라는 다른 도식이 만들어진다. 반공과 용공으로 분할, 구획하는 데에는 국가중심주의와 섬뜩한 이분법적 사고다. 흥국훈의 신념은 반공의 토대 위에 자리잡은 국가주의의 논리를 잘 축약하고 있다. 여기에는 이데올로기가 가진 가장 특징적인 면모, 곧 반공을 일상으로 전선을 확장하는 전제의 자명성인데, 그 전제에는 오직 공산주의와의 관계에는 대결이나 협력 두 가지 외에는 없다는 절대적 흑백논리가 잘 드러난다.

4. 반공이데올로기의 억압과 50년대 소설의 왜곡

50년대 소설에서 반공주의를 표방한 국가서사의 면모는 발견하기 쉽지 않다. 이데올로기의 억압이 명시적으로 드러난 경우도 찾아보기 어렵다. 그같은 현상은 무엇을 뜻하는가.

『전시문학독본』(김송 편, 대구, 계몽사, 1951)은 '수필과 단상', '시편', '수난과 종군기', '단편소설', '논설 급 평론집'의 편목으로 구성되어 있다. '수필과 단상', '수난과 종군기' '논설과 평론집'에 담긴 담론들이 적대적 타자에 대한 증오의 반공주의를 거침없이 드러내는 반면, 소설편에 수록된 장덕조의 「어머니」와 최인욱의 「박군 이야기」는 '전시체제하에 동원되는 사회 일화로서의 국가서사'라는 특징을 보여준다.[24]

24　전시소설의 대표적인 사례는 다음과 같다. 박영준의 「용사」(『전쟁과 소설』, 계몽사, 1951)와

「어머니」는 민족을 위해 제2국민병 소집에 나선 아들을 독려하고 전쟁에서 기필코 승리하는 전사가 되기를 염원하는 소품이며, 「박군이야기」는 전쟁이라는 국난 속에 참전을 결심하는 청년세대인 박군의 편지 내용을 소개한 소품이다. 이들 작품에는 전시 초기의 국가적 위난 속에 청년세대의 전사회적 동원에 신뢰를 보내며 필승을 염원하는 국가 동원 체제에 응답하는 면모가 잘 드러난다. 이런 측면에서 전시소설은 국가서사라는 틀 안에 놓여 있는 사례다.

김송의 「달과 전쟁」 또한 종군작가의 눈으로 수복을 앞둔 불타는 서울을 바라보며 승전의 결의를 다진다는 내용의 소품이긴 하지만, 서울 수복을 앞둔 종군작가의 시선이 두드러지는 작품이다. 작품에서는 불타는 서울을 바라보며 승전의 결의를 다지는 어조가 담겨 있다. 전시라는

「어둠을 헤치고」(『농민소설전집』, 대한금융연합회, 1952), 최태응의 「구각을 떨치고」(『전쟁과 소설』, 계몽사, 1951)와 「찬미소리 들으며」(『해병과 상륙』, 계문사, 1953.3), 최인욱의 「목숨」(『문예』, 1950.12)와 본문에 예시한 「박군이야기」, 「정찰삽화」(『문예』 1952.1), 「김장군」(『전선문학』, 1953.4), 최정희의 「출동전야」(『전시한국문학선-소설편』, 국방부정훈국, 1954)와 「임하사와 어머니」(『협동』, 1952.12), 예시된 장덕조의 「어머니」와 「젊은 힘」(『전쟁과 소설』, 계몽사, 1952), 「선물」(『전선문학』, 1953.4), 정비석의 「간호장교」(『전선문학』, 1952.12) 「남아출생」(『전선문학』, 1953.4) 등이다. 이들 작품은 국가를 우선시하는 개인이나 가족을 등장시키고 있다. 이같은 이야기 특징은 식민지 후반 일본의 파시즘 담론에 자발적으로 순응하는 구조와 거의 동질적이라는 점에서 시사적이다. 서사의 구조적 동질성은 식민지와의 단절이 아니라 연속선상에 놓인 것이라는 주장을 가능하게 한다. 최정희의 경우 「출동전야」는 해방전 「野菊抄」(『국민문학』, 1942.11)에서 모성이 일본의 제국에 아들을 학병으로 보내는 감화의 방식을 그대로 차용하고 있다. 일제 파시즘의 전쟁 담론에서 모성을 활용한 자발적인 순응을 반복한다는 점에서 흥미롭다. 최정희의 모성을 통한 자발적인 친일논리는 임종국, 『친일문학론』(평화출판사, 1962, 423-428쪽) 및 김재용, 『협력과 저항』(소명출판, 2004) 참조.

상황에서 청년세대에게 애국심을 고취하는 방식은 짐작과는 달리 관변 잡지에 수록된 작품에 한정되는 현상을 보인다. 국군 귀환포로를 소재로 한 박영준의 「용초도 근해」(『전선문학』 7호, 1953.12)에는 북한 지역의 국군 포로수용소에서 동료에 대한 죄의식 때문에 바다에 몸을 던지고 마는 일화가 등장한다. 이는 국가서사의 틀 안에 포함시키기 어려운 측면이다. 바로 이 지점, 이야기에서 국가와 개인이 균열을 일으키는 등장인물의 죄의식은 동료를 향하고 있어서 반공주의를 내면화한 것이라기보다는 전장의 비정한 폭력성, 이데올로기적 강압과 길항하는 대목이라고 보는 게 온당하다.

　종군활동에서 산출된 전시소설이라는 특수성을 배제하고 나면 50년대 소설의 문제작에서 반공주의는 명시적으로 드러나지 않는다. 이같은 현상은 매우 시사적이다. 이는 이데올로기가 가진 본질적 한계와 무관하지 않아 보인다. 반공주의는 6.25전쟁을 둘러싼 남북의 적대적인 체제 경쟁에서 모습을 드러낸 '전쟁의 표상게임'에 해당하는 지표였기 때문이다. 표상게임에서 엿보이는 허위와 폭력성 때문에 작가들은 환멸과 기피라는 방식으로 정치화될 여지를 배제하는 자기 검열, 곧 정치에 대한 거리두기의 태도를 취했다는 추론이 가능하다. 전쟁 기간 내내 종군활동으로 연명해야 했던 작가들이 휴전과 함께 일상으로 복귀한 점을 감안하면 그같은 개연성은 높아진다. '잔류파'를 향한 '도강파'의 공격에서 나타난 것처럼 전시체제라는 현실에서 정치적 문제와 연루되는 것은 문제의 여부를 접어두고라도 작가로서의 사회적 생존과 직결되는 것이었다. 50년대의 반공 냉전 분위기는 작가들에게 생존을 위해서라도 자기검열을 통해 이데올로기 문제를 우회, 침묵하도록 만들었던 셈이다.

김송의 「불사조」(1953)[25]에는 흥미로운 특징 하나가 발견된다. 작품 성취와는 무관하게, 이 작품은 국가서사와 세태묘사의 갈림길에 선 전후소설의 행로가 어렴풋이 드러나 있어서 유의해서 살펴볼 필요가 있다. 작품에는 애인이 사는 부산으로 휴가나온 군인이 등장한다. 작가인 화자는 남주인공에게서 애인이 전시경제 호황으로 부유한 사업가로 변신한 형의 애첩이 된 것을 알고 분개하다가 귀대를 결심한 사연을 듣는다. 액자소설의 형식을 빌리고는 있으나 작품에서는 전후방의 서로 다른 분위기와 균열을 보여준다. 전쟁속에 대두하는 일상의 문제를 대비시켜 놓은 작중현실에는 이미 전쟁에 관한 국가서사와 전후사회의 부정적 세태 중 무엇을 형상화할 것인가를 선택할 시점이 되었음을 암시한다.

50년대 소설에서 '국가에 관한' 이야기의 부재 현상은 반공주의가 가진 이데올로기적 취약성과 직접 관련된다고 할 수 있다. 반공주의는 민족을 국가인종주의의 관점에서 구획, 전유하는데, 이런 절차를 거치면서 사회주의자들은 민족이라는 범주에서 배제, 축출된다. '북한괴뢰'라는 말이 지칭하는 것처럼 북한의 지배집단은 '구소련의 꼭두각시'라는 표상으로 고착화되어 유통되었다.

북한을 향한 "공포와 혐오, 야유와 희롱의 대상으로 삼는 말들"이 바로 분단의 언어 현상이며 반공주의에 기반을 둔 '분단의 언어'는 "말들의

---

25 김송, 「불사조」, 한국문인협회 편, 『전쟁문학전집』 1권, 휘문출판사, 1969. 작품은 전선문학 5호(1953. 5)에 '불사신'이라는 제목으로 수록되었으나 내용은 바뀌지 않는다.

타락"[26]이라고 비판받아 마땅하지만(북한 역시 '남한 괴뢰집단' 또는 '미국의 괴뢰정부'라는 말을 사용했다는 점에서는 동질적이다), 북한체제에 대한 전면부정을 거쳐 괴물로 상징조작하여 유통시키는 담론방식은 문학의 관습과는 여러 모로 대비된다. 김동리의 순수문학론처럼 비정치성을 무기로 삼아 구축한 순수 문제는 정치화된 담론으로부터 문학이라는 영토를 구획해냄으로써 이데올로기의 틈입을 봉쇄하는 기제로 작동하면서 긍정적인 효과를 확보한 측면도 있다. 그러나 문학은 사회비판과 양심적인 세력의 발언 일체를 용공으로 몰아가는 정치적 탄압 기제나 국가에 대한 환멸 속에서 국가와 국가주의에 관해서는 침묵, 우회함으로써 연성화된 측면도 없지 않다.[27] 그런 까닭에 한국소설은 전시체제를 벗어나자마자 반공주의와는 거리를 유지하면서 민족, 촌락, 가족이라는 공동체의 차원에 머문 채 전쟁을 이야기하는 특징을 구비하기에 이른다.

　　반공이데올로기의 압력을 우회하거나 침묵하는 모습은 인공 치하의 서울을 배경으로 삼은 염상섭의 『취우』(1952~3), 김동리의 『자유의 역사』(1959)에서도 잘 확인된다. 이들 장편에서는 전쟁에 대한 본질을 다루는 방

26　김철, 「분단의 언어·통일의 언어」, 『실천문학』 복간호, 1988봄호, 51쪽.

27　최인훈의 『회색인』은 분단사회의 전쟁 상태와 전쟁 표상게임에 대한 비판의식을 담은 작품이다. 작품에서는 남북을 지탱하는 이데올로기에 환멸한 주체가 한국의 파행적인 근대성을 넘어 문명 성찰을 모색한다. 난민촌 같은 남한사회의 부정성에 맞서 가망없는 혁명 대신 소설쓰기로 자기라는 존재의 가치를 확보하려는 모습은 『광장』이 보여준 남북 이데올로기의 허위 비판보다 진전된 일면이라는 점에서 분단현실에 대한 미적 탐색의 대표적인 사례가 되기에 충분하다. 유임하, 「분단현실과 주체의 자기정립-최인훈의 '회색인'」, 『기억의 심연』, 이회, 2002.

식을 우회하여 좌익분자들이 이성과의 애정관계에 관여하는 타자로만 그려내는 세태소설에 머문다. 『취우』에서 전쟁은 광풍과도 같은 소나기에 비유되면서도 일상의 욕망과 관심은 유지한 채 재난의 표상만을 제시할 뿐이다. 『취우』에서 전쟁이란 강순제에게 무역회사 사장 김학수와 헤어져 신영식과 애정행각을 벌이는 새로운 계기에 지나지 않는다. 『자유의 역사』 또한 전쟁을 배경화하며 남녀간 애정을 주된 서사구도로 삼는다. 『자유의 역사』에서 전쟁은 주인공 김인식의 도피행각과 그의 피난을 돕는 여성들의 노력과 애정, 구사일생에 가깝도록 우연성이 남발되는 예측불가능한 현실로 덧칠되면서 한때 아나키즘에 경도되었던 "표박자(漂迫者)"가 은신과 도피를 계속하는 공포스러운 작중현실에 지나지 않는다. 두 장편에서 북한 인민군과 민청대원을 비롯한 좌익분자들의 행각은 두려운 분위기를 조장하는 일대 소란에 그칠 뿐이다.

증언수기집 『고난의 90일』이나 『적화삼삭구인집』에서 접하게 되는 반공주의가 유포하는 자명한 전제들, 곧 공산주의자라는 타자를 표상하는 도식에서 벗어나지는 않지만, 앞서 언급한 두 장편은 그 어떤 이데올로기적 언명도 기피한다. 이들 장편에서 도드라지는 것은 전쟁의 긴박한 분위기를 배경 삼아 은신과 도피를 감행하는 전쟁 속 일상의 세부 국면과 긴박한 애정의 서사다. 전쟁의 서사화가 대신 세태 묘사에 머문 주된 동인은 전쟁이 끝나지 않았기 때문이기도 하지만, 현실정치에서 전쟁의 상황이 지속되었기 때문이다. '전쟁의 정치 또는 정치의 전쟁'이 이데올로기 효과를 반복해서 만들어내는 것은 반공주의라는 실정력이었다. 이러한 추론은 두 장편에서 이데올로기 문제에 관해서만큼은 철저하게 침묵하거나 우회해버리는 무력함이 지배적이기 때문이다. 무력함이야말로 반공이데올로기의 압력에 따른 50년대 소설이 왜곡된 주름진 흔적에 해당한다.

최인훈의 『광장』(1960)과 강신재의 『임진강의 민들레』(1962)에서 인공 치하 서울의 묘사가 반공주의 틀 안에서 이데올로기의 폭력성을 고발하는 방향으로 선회하는 현상이나, 박경리의 『시장과 전장』(1964)에 와서야 사회주의자의 인물 형상에 인간적 온기를 부여할 수 있게 된 점을 감안하면,[28] 1950년대 소설에서 전쟁을 이야기하는 방식이 일상적 시선을 견지하는 연유는 비교적 명확해 보인다. 반공주의에 포박된 작가들의 자기검열 결과였으며 반북정서에 기초한 이데올로기적 표상만을 반복하거나 일상의 시선만을 고집하는 방식으로 현실을 재현하는 방식을 취했던 데기인한다.

고향모티프를 소재로 삼은 전후소설을 예로 들어 보자. 황순원의 「학」(1953), 안수길의 「고향바다」(『해군작품집』, 1953), 오영수의 「머루」(1950), 손소희의 「귀환」, 이범선의 「학마을사람들」(1958) 등에서 고향이라는 공간의 특징은 다소 편차는 있지만 전쟁 이전, 평화로운 공동체의 습속을 간직한 '과거'의 장소성을 띤다. 그 장소성은 '빨갱이'와 '치안대'가 상호살육을 자행하는 폭력과 원죄 가득한 '현재'의 공간으로 변경되는 일정한 흐름을 공유한다. 고향이라는 소설 속 표상공간이 과거와 현재로 대조되고

28　조남현, 「'시장과 전장'과 이념검증」, 한국현대문학사연구회 편, 『한국의 전후문학』, 태학사, 1991 참조.

뛰어넘을 수 없는 간극을 만들어낸 계기는 전쟁이었다. 고향파괴와 동족 살해의 주체로 비인간적인 공산주의자만이 아니라 치안대원도 함께 지목된다는 점은 주목을 요한다. 50년대 소설에서 발견되는 전쟁서사 중 고향이라는 공간은 반공주의나 국가서사와도 어긋난다. 고향이라는 공간에는 국가와 국민의 문제가 깃들지 않는다. 대신 특정한 체제와 이념이 폭력적으로 구획하거나 인종주의적 야만성이 침범하지 않는 민족 또는 취락 공동체로 나타난다. 그러한 장소를 파괴한 주범으로 반공주의로 수렴되기 어려운 다양한 계층에 속한 인물들이 등장한다는 점에서 이야기는 반공주의와는 다른 위치와 입장을 가지고 있다.

황순원의 「학」에서 치안대원은 좌익분자들을 처단하러 고향에 나타나 좌익으로 내몰린 순박한 농민인 죽마고우를 방면하거나(「학」), 손소희의 「귀환」에서는 사회주의 세력에 가담했다가 국군이 진주하자 치안대원으로 자임하고 나선 고향친구는 고자질로 주인공의 아버지를 국군의 총탄에 죽게 만든다. 안수길의 「고향바다」나 오영수의 「머루」, 이범선의 「학마을사람들」 역시 전쟁과 좌익분자들의 소행으로 평화로운 고향은 훼손되고 폐허가 되어버린다. 고향은 좌우세력으로 갈린 채 전쟁의 참화에 노출된 상처의 근원지인 셈이다.

여기에서 고향은 전혀 새로운 공간으로 다시 창조된다. 과거-현재, 선-악의 대립항으로 재구성되면서 이데올로기적 공간으로 바뀌는 것이다. 과거/현재, 선/악이라는 의미체계는 국가 담론에서 전유한 반공의 표상, 곧 적대적 타자/관용의 대주체인 국가/적대적 타자(북한), 선/악의 구획과 그리 멀리 떨어져 있지 않다. 소설 속 고향은 상호살육의 원죄가 만들어진 곳, 좌우대립의 세력가들이 범죄를 자행한 곳으로 상정함으로써 반공의 국가이야기와는 어긋난다.

이 어긋남은 국가가 아닌 공동체를 폐허로 만든 이념분자의 만행을 고발한다는 점에서는 전형적인 반공서사의 외양을 갖지만 촌락 공동체 또는 가족이라는 공동체의 시선, 일상의 관점에서 인간애에 기반을 둔 심정에 호소하는 방식을 취하고 있어서 이데올로기를 초과한다. 이 편차는 고향모티프 소설이 검열의 허용 범위 안에서 남북체제에 대한 부정적 관점을 우회적으로 표현했다는 점을 말해준다. 뿐만 아니라 소설 속 주인물은 이데올로기에 호명된 주체가 아니라 반공주의의 전제를 비틀어 생긴 틈새에 공동체의 소박한 일상이 상처입고 훼손된 일화들을 회상하는 방식을 취했다.

국가 단위를 생략하거나 우회하면서 서술되는 이 특징이야말로 남북체제에 대한 환멸과 우회적 비판을 시사하는 것이 아닐까. 『광장』은 국가 담론을 생략한 채 주로 정치체의 비정당성을 정면에서 비판한 예외적인 경우다. 『광장』에서 남한 현실은 서구식 민주주의의 허약한 이념을 기반으로 전후경제의 부패, 일제 잔재의 청산 실패, 식민지적 구조의 온존과 도덕적 타락으로 얼룩져 있다고 비판되지만, 북한의 정치체에 대해서도 "혁명의 흥분 속에 살고 있는 공화국"이 아니라 "혁명의 모방"만이 판치는 "잿빛 공화국"이라고 비판하는 것도,[29] 50년대의 전후성을 넘어선 현상에 가깝다.

29　최인훈, 『광장』, 『세대』, 1960.11. 274쪽.

1950년대에 전쟁을 이야기한다는 것은 반공주의의 검열기제에 저촉되면 받게 될 불이익과 위험을 감수해야만 가능한 일이었다. 1950년대는 전사회적인 충격과 엄청난 피해 때문에 전쟁의 전모에 대한 해명은 기대하기 어려운 시대였다. 전쟁은 휴전으로 매듭지어졌기 때문에 작가들은 가급적 전쟁의 전모에 대한 발언을 유보할 수밖에 없었다. 판단이 유보된 자리에는 반쪽만의 이해, 편향된 이해가 자리잡았다. 전시체제에서 위력을 발휘한 반공주의의 실정력은 자기검열에 대한 부담으로 작용했다.

단적인 사례이긴 하지만, 1965년 6월에 일어난 남정현의 필화사건은 이데올로기적 금압에 따른 실정력의 여파가 얼마나 구체적이었는지를 잘 보여준다. 필화사건은 제도화된 검열의 실재를 확인할 수 있었을 뿐만 아니라 실제로 북한의 선전선동에 활용된 사례였다. 작가들에게는 제도화된 반공주의가 법률적으로 어떤 위험성을 낳을지를 충분히 각인시켜 놓았다.[30] 법적 제도적 위험성 인식은 작가들에게 자기검열이 작동하도록 만들었다. 이런 점을 감안하면 50년대야말로 자신들에게 허용되었던 '정치 이외의 자유'에 대한 맹목성에 골몰한 까닭을 어렵지 않게 추론할 수 있다.[31]

반공이데올로기 내부에서 전쟁을 이해하는, 순응의 방식으로는 반공텍스트가 구축한 "적대적 표상, 현현, 기호, 과장되고 전략적이며 허위적

---

30 홍성원, 『남과 북』 1권, 문학과지성사, 2000개정판, 「보완과 개작에 대한 짧은 해명」과 「작가의 말」 참조.

31 김건우, 『사상계와 1950년대 문학』, 소명출판, 2004, 183쪽.

인 표현"(이데올로기)을 넘어서지 못하기 때문이다. 전쟁을 이야기하는 방식이 피해자, 수난자의 위치에 머물면서 1950년대에는 실존주의에서 제기된 실존과 운명성, 추상적인 자유, 휴머니즘, 부조리한 현실 등을 편의적으로 수용하는 면모가 드러난 것도 그 때문이었다.[32] 그러한 측면에서 50년대 소설은 전쟁체험의 직접성 또는 전쟁체험을 통속화하며 반공주의 틀에서 벗어나지 못했다. 전장체험이나 포로체험, 피난체험을 다룬 50년대 소설에는 신구세대를 막론하고 수난과 희생, 상처와 고통을 사사화하거나 적대적 타자에 대한 증오와 분노를 굳이 숨기지 않고 있는데, 이는 반공이데올로기의 내면화된 편모를 조금씩이나마 공유하고 있었기 때문이다. 달리 말해 이러한 특징은 반공주의의 억압에 따른 자발적인 자기검열이자 순응의 결과 만들어진 것이었다.

5. 반공 텍스트의 기원적 양상과 50년대 소설의 연관

지금까지 이 글은 반공 텍스트의 기원 하나로『적화삼삭구인집』을 살펴보았다. 또한 그 안에서 인공 치하의 서울 잔류체험을 통해서 전쟁을 공포로 각인시키는 한편 적대적 타자의 표상을 만들어내는 일련의 절차를 엿볼 수 있었다. 이 과정에서 반공담론으로 된 국가이야기가 어떻게 유통되고 확산되었는지, 50년대 소설에 반공주의가 가한 억압과 왜곡의 흔적을 간략하게 살펴보았다.

32　앞의 책, 같은 쪽.

반공 담론을 생산한 주체에 주목해 보면, 거기에는 반공주의 이데올로 기가 인공치하의 서울에 잔류했던 문인들의 체험이 원점을 이루고 있다. 이들의 증언은 반공주의에 기초한 국가이야기 창출에 필요한 자명한 전 제로 활용되었다. 그 증언에는 반북 정서를 바탕으로 한 냉전적 사고의 전 형적인 담론 구조와 함께 국가 인종주의로 증폭되는 면모가 담겨 있다. 또 한 이 과정에는 국가기관을 비롯하여 참전군인, 문인과 학자, 전향자, 교 사와 목사·신부, 언론인 등 다양한 계층집단의 전쟁체험이 공공기억을 생 성, 전유하는 모습이 발견된다. 국가기관이 주도해서 발간한 반공교육자 료에서는 적대세력이 가한 재난과 비극을 극복한 승전의 공공 기억으로 주조하는 정교한 기획과 경로를 확인해볼 수 있었다.

한편, 50년대 소설에서는 반북정서의 적대적 표상으로 고정된 선악의 자명한 전제 안에서 반공의 표상들을 반복하며 전쟁을 배경삼아 도피와 은둔을 감행하는 남녀의 애정서사로만 채워나가는데, 이 무기력함이야 말로 이데올로기의 억압과 왜곡이 일어나는 지점이라고 보았다. 요컨대 50년대 소설은 반공이데올로기에 대한 순응과 자기검열 기제를 작동시 키면서 전쟁에 대한 비판적 성찰을 감행하기보다 공포와 수난의 이야기 를 반복하는 무기력함과, 이데올로기 문제를 일상의 시선으로 표출하는 우회방식을 확인해볼 수 있었다. 또한 50년대 소설에서 고향 모티프는 민족과 개인, 가족과 공동체 관념을 환기하며 상처와 죽음, 폐허와 수난 의 의미지평 안에서 과거-현재의 시간구도를 선-악의 윤리적 구도로 치 환하는데, 이것이야말로 반공주의의 억압을 의식하는 왜곡의 흔적이라 고 보았다.

'순수'의 이데올로기적 기반

해방기 김동리의 문학론과 소설 속 좌익 인물상

1. '순수'의 정치성

이 글은 '반공주의가 해방 이후 한국문학의 유력한 이념의 하나였던 순수성 또는 순수지향성을 낳은 정치적 조건의 하나'라는 문제의식에서 출발하고 있다.

잘 알려져 있듯이, 반공주의는 광복 이후 세계 냉전구도에 따른 국가 설립과 사회 내부에 관철시킨 우익 정치의 가장 대표적인 헤게모니이자 제도적 장치였다. 또한 반공주의는 6.25전쟁의 발발 이후에는 전시동원 체제의 지속과 함께 균질적인 국민을 만들어내기 위한 억압과 순응, 탄압과 검열을 자행하는 국가 규율 장치로 작동했다. 광복 이후 반공주의는 미군정의 반공주의 정책에 편승하여 동서 냉전체제의 국제 역학을 내면화하면서, 우파 정치세력들은 자신들의 취약한 대중성을 극복하기 위

해 반공주의를 정치적 헤게모니로 전면화하는 과정을 거쳐 왔다.[01]

반공주의는 미군정하에서 분출된 좌우 진영의 분립과 갈등을 거치면서 남한만의 단정이 수립되는 과정에서 국가주의적 제도 장치로 실정력을 구비하게 된다. 이 과정에서 반공주의는 사회주의 진영과 진보세력을 민족의 영역에서 대타화하고 배제하여 민족 진영에서 축출하는데 성공하면서 주된 국가이데올로기로 자리잡는다. 미군정기에 발생한 대구 10.1사태, 1948년 대한민국 정부 수립을 전후로 하여 일어난 제주 4.3사태, 여순사태 등은 좌파 정치세력의 축출에 호기가 되었을 뿐만 아니라 분단국가라는 태생적인 한계를 극복하며 사상적 규율과 감시를 위한 정교한 국가 장치를 구축하는 계기로 작용했다. 이 과정에서 반공주의는 사회적 개인들의 사유까지도 관장하는 가장 강력한 이데올로기로 자리잡았다.[02]

그렇다면, 광복 이후 근대 국민국가 설립을 둘러싸고 벌어진 한국사회의 좌우 이데올로기의 갈등과 대립, 민족의 분열 속에서 문학 장은 어

---

01 서중석, 『배반당한 한국 민족주의』, 성균관대출판부, 2004, 90-93쪽.
  강준만·김환표, 『희생양과 죄의식-대한민국 반공의 역사』, 개마고원, 2004.
02 대한민국 건국 수립을 전후로 발생한 제주 4.3사건 및 여순사건 이후 전개되는 일련의 조치, 좌익단체 불법화 조치(1948.12), 국민보도연맹 결성(1949.4.21.) 등은 반공주의의 이데올로기 아래 사상공동체로서의 국민을 창출하는 근대 국민국가의 기획과 이를 실현시키는 제도적 장치가 속속 마련되는 과정을 잘 보여준다. 국민보도 연맹에 관해서는 김학재, 「사상검열과 전향의 포로가 된 국민」, 『당대비평』 27호, 2003. 및 그의 석사논문(「정부 수립후 국가 감시체계의 형성」, 서울대 대학원 언론정보학과 석사논문, 2004) 및 김기진, 『국민보도연맹』, 역사비평사, 2002 참조.

떻게 좌우 이데올로기의 대립을 재현했는가? 이러한 문제의식을 바탕으로 삼아 이 글은 좌우 진영 사이에 벌어진 문학논쟁에서 제시된 김동리의 순수문학론이 반공주의와는 어떤 관련을 맺고 있었는지 살펴보고자 한다. '순수문학 논쟁'은 좌우정파의 대립상황이 문학의 장 안에 반영된, 사상 대리전의 성격을 보여줄 뿐만 아니라, 다른 맥락에서 살펴보면 순수문학론자인 김동리가 어떻게 문학을 이데올로기적으로 구성했으며 이 시기 그의 소설에서는 어떤 이데올로기적 사고를 반영하는지를 확인해 볼 수 있다. 무엇보다도 그의 순수문학론은 애초부터 확정된 판본이 아니라 좌익진영과의 논전을 거치면서 구성된 문화정치의 산물이었다.

2. 문학의 진영화와 순수문학론의 구성

해방기에 좌우로 나뉜 진영간의 대결 과정에서 등장한 동리의 순수문학론은 문학과 정치를 일치시킨 일원론과 맞서기 위해 문학과 정치를 분리하여 공세를 취하는 이원론의 면모를 보여준다. 그는 정치와의 거리두기를 통해 좌파의 문학론을 허위의 사상으로 공박하며 문학의 자율성을 강조했고, 문학의 자율성 이념을 절대화함으로써 '비정치성의 정치성'을 부각시켜 나갔다.

문학 이념을 두고 첨예하게 대립하는 과정에서 문학 논쟁은, 해방 이후 사회 전면에 등장한 국민국가의 수립과정에서 각축했던 좌우 이데올로기의 분립과정과 함께 홉즈가 말한 바 있는 "전쟁상태"와 "표상게임"[03]을 닮아 있다. 순수문학 논쟁이 새로운 국가 설립과정에서 정치적 헤게모니를 놓고 벌이는 이데올로기적 쟁투의 연장선 또는 축소판으로 여겨지는 것도 그 때문이다.

해방 직후 김동리가 주창했던 순수문학의 이념은 반공주의의 토대 위에서 그 위력을 발휘했다.[04] 그는 해방 직후 김동석, 김병규와의 '순수문학 논쟁'을 통해서 문학의 순수성을 자신의 주요한 문학 이념으로 구체화시켜 나갔다. 순수문학론은 애초 완성된 체계를 가진 문학론이 아니었다. 그 논리는 좌파 진영의 문학론을 타자화하면서 만들어진 논쟁적 구성물이었다.

「문학적 사상의 주체와 그 환경-본격문학의 내용적 기반을 위하여」[05]는 김동리가 말하는 순수문학의 이념적 기반이 어떻게 확보되는지를 잘 보여주는 글이다. 그는 애초 '순수문학'이 아니라 '본격문학'이라는 개념을 설명하기 위해 해방 직후 좌우정파 간 대립 속에서 발화된 박영희의 유명한 전향의 선언을 불러온다. "얻은 것은 사상이요 잃은 것은 예술"이

---

03 미셸 푸코, 박정자 역, 『사회를 보호해야 한다』, 동문선, 1998, 114-116쪽.

04 김동리의 순수문학론에 관해서는 김윤식의 '김동리와 그의 시대' 삼부작(『김동리와 그의 시대』『해방공간 문단의 내면풍경』『사반과의 대화』, 민음사)을 비롯하여, 신형기의 『해방 직후의 문학운동론』(제3문학사, 1988) 및 그의 「순수의 정체」(『해방기소설연구』, 태학사, 1992), 권영민의 『민족문학운동론연구』(민음사, 1988) 등이 참조할 만한 성과다. 파시즘과 연관시켜 김동리의 문학을 조명한 김철(「김동리와 파시즘」, 『국문학을 넘어서』, 국학자료원, 2000), 조연현 문학을 다룬 김명인, 『조연현, 비극적 세계관과 파시즘 사이』(소명출판, 2004) 등이 참조된다.

05 김동리, 『문학과 인간』, 김동리전집 7권, 민음사, 1997. 이하 인용은 면수만 기재함.

라는 발언을 출발점으로 삼아, 그는 정치와 문학의 대립각을 만들어 나
갔다. 그는 박영희의 전향 선언에서 "내용 편중에서 형식이 경시되었다"
는 측면을 부각시킨다. 그 결과 문학의 내용 편중을 격하시키면서 비판
의 조준점을 프로문학이 표방한 정론성에 맞춘다. 그런 다음 그는 좌파
와 진보적 문학 일체를 괄호로 묶으며 타자화한다. 괄호로 묶은 '사상=
내용편중'이라는 거친 도식은 문학의 정치성 일반을 거세하는 기반으로
작동한다. 그는 지주-소작인의 계급적 대립을 알력과 폭력이라는 사상의
공식으로 탈바꿈시킨다.

먼저, 그는 정치적 재단으로 일관된 사상의 진보성이 근대문학의 전
통에서 얼마나 저급했는지를 문제삼는다. 「윤회설」에서 그는 "조선서야
인텔리를 자처하는 친구들이라고 해도 모두 어느 대학에서 주워 모은 노
트나 팸플릿"(「윤회설」, 김동리전집 2권, 민음사, 1995, 25쪽) 수준에 지나지 않는다
고 조롱하며 사회주의자들에 대한 현실인식 수준을 깎아내린다. 이런 맥
락 안에서는 "세상에도 쉽고 싸구려로 흔해빠진 것이 '진보적'이요, '무
게있는' 그들의 '사상'이란 것"이라는 논조도 별반 새롭지 않다.

김동리가 말하는, "문학에 있어서의 참다운 사상이란" "이따위 천편일
률적의 공식과는 아무런 관계가 없다"(『문학과 인간』, 63쪽). 그의 관점에서 사
상이란 팸플렛에 담긴 조악한 선전문구나 공식들로 환원될 수 없는 초월
적인 위의를 가져야 한다. 동리의 관점에서는 좌파들이 주장하는 도식적
인 주장이란 고작해야 팸플렛에서 봄직한 소박한 선전선동에 지나지 않으
며, 세상물정을 모르는 관념적이고 천편일률적인 공식에 해당할 뿐이다.

그렇기 때문에 김동리는 사상을 "참다운 사상"과 '참답지 못한 사상'

으로 분할해서 문학과 사상의 관계를 재구성한다. 그는 사상 자체를 참과 거짓의 척도로 다시 구분한다. 사상을 참과 거짓으로 재구획한 그는 빈곤한 내용과 천편일률적인 공식이 난무하는 사회주의를 '참답지 못한 사상'으로 질타하는 셈이다. 우선, 그는 거짓 사상의 결함은 프로문학의 빈곤한 문학 형식에서도 잘 드러난다고 지적한다. 그는 프로문학의 빈곤함이라는 부정적 측면을 거론하며 일제강점기 진보적인 문학운동이 내장한 뼈아픈 결함을 들추어낸다.

문학의 미적 형식을 경시하고 경직된 사상성에 대한 그의 불신은 대중과 유리된 좌파진영의 문학예술에 대한 비판이기도 했다. 현실성을 확보하지 못한 채 생경한 도식성에 매몰되어버린 프로문학의 한계와 직결된 이 비판은 식민지 시기 이래 사회주의에 대한 엄혹한 탄압과 식민권력의 정교한 검열체제와 밀접하게 관련된 것이었으나, 해방 이후 사회주의의 기획 실패는 식민시대의 저항활동이 가진 정당성에도 불구하고 엘리트 중심적이고 대중과 유리된 채 현실성을 확보하지 못한 대목에 대한 지적이라는 점에서 타당성이 없지만은 않았다. 프로문학의 이념과 운동에 비해 상대적으로 빈곤했던 문학적 성과를 날카롭게 포착한 대목은 당대의 문화적 현실에서는 공감을 얻을 만한 주장이었던 셈이다.

하지만, 동리가 말하는 '참다운 사상'은 공식만능주의에 빠진 계급사상과 좌파문학과 날카롭게 대치하면서 구성해낸 가치론적 범주에 가깝다. 사회주의 사상과 현실적 맥락을 가진 제반 주의주장들을 거짓된 사상에 포괄하고 이를 참다운 사상의 대립항으로 구성해낸 그는, 다시한번 거짓된 사상 안에다 "시대적 사회적 의의", "역사적 현실성"까지도 모두

쓸어담은 다음, 이를 '유물변증법적 역사의식에 기초한 좌파의 문학적 사상성'이라고 규정해 버린다(63-64쪽). 그런 다음 '참다운 사상'과 '허위의 사상'이라는 도식을 세워놓는다. 그 결과, '허위의 사상'은 사회주의 이념에 기초한 '당의 문학' '정책문학'으로 낙착된다. 문학의 절대적 우위보다도 공리성을 주장하는 문학론과 진보적인 문학사상 일체를 사상이란 말 안에 포괄되면서 '허위의 사상'은 모두 "오십보 백보의 차이"(65쪽)라고 규정하고 있는 것이다.

'허위의 사상'과 변별되는 '참다운 사상'은 공리성이나 사회성이 아니라 공리주의적이고 정치적인 목적성, 현실의 제약인 시간과 공간을 넘어서 문학적 감동을 주는 것으로 규정된다(66-67쪽). 공리와 사회성, 정치 일반을 넘어서고 시간과 공간을 초월해서 존재하는 '참다운 사상'이란 무엇인가. 이는 유물변증법의 역사의식이나 일체의 당대적 현실성에 대한 비판적 실천적 논조, 그 현실성이 배제된 초월적이고 추상적인 심미성을 의미한다. 그러니까 '참된 사상'이 가진 초월성과 그 위의(威儀)란 현실의 다양한 맥락을 넘어 불가지론에 속하는 종교적 비의나 운명 외에는 달리 없다.

「문학하는 것에 대한 사고(私考)」[06]에서 동리는 예술가의 직책을 언급하면서 '문학한다는 것'의 가치를 언급하고 있다. 그에게 문학이란 "높고 참된 의미"를 갖는다. 문학은 "어떤 구경적인 생의 형식"이라는 것이다. 문학하는 행위는 출세나 매명의 수단이 아니라 가장 숭고한 차원에 속한다는 것이다. 이는 출세나 매명을 일삼는 사상과 정치의 지평을 남루

06　김동리,『문학과 인간』, 김동리 전집 7권, 민음사, 1997, 70-75쪽 참조.

한 세속의 일로 치부하는 데서 출발하는 전제다. 자고 나면 달라지는 격동의 세월에서 동리는 세월이 흐르고 흘러 가치가 변한 뒤에도 변화하지 않는 그 무엇을 지향했다. 바로 여기에 그가 지향한 문학의 의의가 생겨난다. 문학하는 '행위'는 출세양명(出世揚名)의 수단이 아니라 그보다 유현(幽玄)한 가치를 실현하는 삶에 방점을 두어야 한다는 것이다. 그의 표현에 따르면, 문학하는 행위는 생의 긍정과 생의 원칙을 부정하는 것까지도 망라한 "생의 구극적인 표현"에 있다. 그가 말하는 생의 구경적 삶은 "무한무궁에의 의욕적인 결실인 신명"을 찾는 것, "자아 속에서 천지의 분신을 발견"하는 것이다. 여기에 어울리는 근사치 비평적 개념어는 '구체적 보편'일 것이다.

동리가 천지의 삼라만상에 깃든 것들과의 유기적 관련을 찾고 그 안에서 운명성을 발견하며 그 운명성을 전개하는 것이야말로 문학을 통한 구경적 삶을 완수하는 것이라고 말할 때, 그 운명성은 지고한 가치의 형해만 드러날 뿐 실상 그 안에 담기는 현실의 맥락은 발견하기 어렵다. 현실을 사상시켜 삶에 깃든 본질과 시간과 공간으로 퇴색되지 않는 것을 추출하는 작업이라면, 그리고 '생의 순수 형식과 이를 발견하는' '구경적 삶의 실현'이라고 한다면, 그것은 「달」이나 「역마」 「한내마을의 전설」일 수밖에 없다. 구경적 삶의 실현에 대한 창작의 소산은 철저하게 시간성이 소거된 세계다. 곧 운명적인 것과 어울리는 설화의 세계다.[07]

지상의 맥락에서 벗어나 근본적인 미적 인자들을 추출하려는 김동리

---

07 해방기 김동리 소설의 운명성은 김윤식, 『사반과의 대화』, 민음사, 1997, 143-221쪽 참조.

의 논리는 그 자체로 탈정치적이고 탈현실적인 지향을 가지고 있으나 좌익문학의 정론성 일체를 부정한다는 점에서 뚜렷한 이데올로기의 하나다. 이 이데올로기는 현실정치의 영역을 입신출세와 양명의 가치로 격하시켜 배제함으로써 당대 문학이 정치적 현실에 의해 위협당하고 있는 문학의 영토를 절대화하며 수호해야 할 토대로 바뀐다. 이 이데올로기는 미적 자율성의 이상에다 운명과 근본적인 가치라는 후광을 부여하려는 야심찬 기획이기 때문이다. 그가 주장하는 '구경적 삶의 문학화'는 문학의 정치적 복속을 거부하는 자립적이고도 자기충족적인 가치의 절대화에 가깝다. 그는 참된 삶을 문학의 가치와 등치시켜 절대화하며 문학의 창조행위를 "가장 높고 참된 의미"로 규정한다. 그 규정은 의미 규정으로만 종결되는 것이 아니라 좌우진영간의 날카로운 대립의 장 안에서 우익진영의 헤게모니가 된다. 그런 측면에서 사상과 정론성을 대타화하며 미적 이념을 수립하려는 김동리의 논리는 해방기의 좌우정파의 이념적 대립과 갈등과는 상동관계를 이룬다.

　'참된 문학'과 '참다운 문학적 사상'을 구성하는 논리화에서, 그는 일제하 좌파문학운동이 초래한 편내용주의의 뼈아픈 오류를 비판하며, 이를 통해 해방기에 족출한 좌파와 진보적인 문학 사상 일체를 부정한다. 그가 말하는 문학의 '참다움'이나 '문학적 사상의 참다움'이란 그 대타항을 모두 '참답지 않은 것'들로 규정되면서 생겨난 가치 개념인 셈이다. 이같은 이항대립화는 비정치적 순수를 문학의 중심으로 삼는 인정투쟁의 절차였을 뿐만 아니라, 문학과 정치, 역사와 사회 현실에 걸쳐 있는 문학의 여러 층위들을 선과 위선, 참과 거짓이라는 흑백논리, 이분법적 구획으로 정렬하는 과정이기도 했다. 이 과정에서 김동리는 식민지 시기 박영희의 사상 전향을 호출해낸 것이다. 그가 박영희의 사상전향 선언에서 이끌어낸 것은 '사상의 무가치함'이라는 '전향'의 '재맥락화'였다. 그는 박영희의 사상 전향을 근거로 삼아 좌우 진영으로 나누어진 해방기 문학의 지형도를 다시 그리면서 해방기 국가건설의 시대적 과제에 담긴 문학과 현실의 다양한 관계망을 순수라는 가치의 절대화-비순수한 것들의 격하라는 이분화된 구도로 재배치했던 것이다. 의미의 이항대립적 분절과 구도에 담긴 동리의 정치적 의도는 비정치성을 전제로 삼아 괄호풀기와 괄호치기를 통해 '참다운 문학' 또는 '참다운 문학적 사상'/'불순한 문학' 또는 '불순한 문학적 사상'으로 구획, 대립시키는 것이었다. '순수'라는 가치 절대화는 달리 보아 '순수 관념의 헤게모니화'에 가까울 만큼 대단히 정치적인 발상이다. 문학에 대한 정의와 문학하는 것에 신성성을 부여하는 모습은 「문학하는 것에 대한 사고(私考)」(『문학과 인간』, 김동리전집 7권, 민음사, 1997)에서 확인되듯이, 그가 주장하는 사상과 문학의 순수함/불순함이라는 이분법적 구도를 좌우정치가 치열하게 대치하는 해방 공간의 담론 장(場)에 겹쳐 놓는 방식이다. 이 대립의 논리화는 좌우 정파의 전선과 연동되는 문학의 진영화를 반영한 것이었던 셈이다.

한편, 「본격문학과 제3세계관의 전망」은 김병규의 순수문학 비판에 대한 재반박으로 쓰여진 글이다. 이 글에는 좌파 및 진보사상에 대한 부정적이고 이분법적인 김동리의 의미 규정이 어떤 의도를 가지고 있는지가 좀더 분명하게 드러난다. 이 글에서 김동리는 정치성과 공리성을 표방하는 좌파 또는 진보적 성향을 가진 중간파 문학을 제2, 제3의 문학으

로 서열화한다. 그런 다음 순수문학의 자율성을 제1의적인 문학, 순수문
학을 종교적 지위로 격상시켜 놓는 방식을 취한다. 그의 문학 분류와 문
학 성향의 서열화는 명백히 문단정치의 맥락화이기도 했다. 그는 휴머니
즘에 바탕을 둔 '본령정계의 순수문학(또는 본격문학, 이 글에서 '본격문학'이라는
표현이 처음 등장한다-인용자)'만이 오직 "제일의적"이며 "문학가동맹의 정치
주의 문학" 같은 다른 문학론은 제이의적 제삼의적 문학밖에 되지 못한
다고 단언하였다.[08]

이처럼 김동리의 순수문학론은 해방 이후 전개된 냉전구도를 내면화
하며 일체의 사상성을 소거했다. 그 결과 그의 문학론은 좌파 진영의 소
거에 그치지 않고 문학의 사회적 맥락을 배제하며 사상의 초월성만 강조
해 나갔다. 그의 문학론은 "민족의 영속화"를 지향하며 일체의 다른 사상
을 타자화한 반공의 문화정치와 구조적으로 동일했다.

3. 좌익인물 이미지와 순수의 위치

해방 직후부터 6.25전쟁 전까지 창작된 김동리 소설에서 좌익인물의
재현을 살펴보는 일은 그의 순수문학론과 관련하여 의미가 있다. 이 시
기의 김동리 소설은 사회현실 소재 작품군과 설화 분위기가 농후한 작
품군으로 대별된다. 「윤회설」(『서울신문』, 1946.6.6-26), 「지연기」(『동아일보』,
1946.12.1-19), 「혈거부족」(『백민』, 1947.3), 「상철이」(『백민』, 1947.11), 「절 한번」

(『평화신문』, 1948.8), 「형제」(『백민』, 1949.3. '광풍 속에서'로 개제), 「유서방」(『대조』, 1949.3), 장편 『해방』(『동아일보』, 1949.9.1. -1950.2.16) 등이 전자에 속하며,[09] 현실의 맥락이 거세된 설화적 분위기 작품군으로는 「달」(1947), 「어머니와 그 아들들」(『삼천리』, 1948.8. 「아들 삼형제」로 개제), 「역마」(1948), 「한내마을의 전설」(1950) 등이 있다. 이렇게, 사회 현실 소재와 설화적 분위기로 이분화되는 그의 소설적 특징은 문학과 정치의 이원론을 작품세계에 투영시킨데 원인이 있다. 6.25전쟁 이후 김동리 소설의 흐름은 성서 소재 작품군과 신라 배경의 한 작품군, 신변잡기의 사소설 경향 작품군으로 다시 삼분화된다.[10]

해방기 소설에서 좌익 인물의 이미지와 재현 문제는 따로 거론해도 좋을 만큼 다양해서 각별한 의미가 있다. 소설 속 좌익인물의 다양한 스펙트럼은 일제강점기와는 달리, 해방이라는 탈식민 상황에서 어떤 변화와 곡절을 겪는지를 말해주는 단서가 된다.

염상섭의 중도적 관점이 소박하지만 가정의 유대를 균열내는 시대의 열풍과도 같은 속류적 세태에 비판적이었고, 채만식의 소설이 좌익 인물에 대한 적의를 적실하게 묘사했다면, 김동리는 좌익 인물을 냉전적 관점에서 그려낸 경우다. 김동리는 염상섭이나 채만식보다 더욱 선명하게 좌익과는 대척되는 지점에서 시류에 영합하는 부정적 인물로 묘사했다.

---

09 신형기는 장편 『해방』을 순수문학 진영에서 반공의 관점을 드러낸 독보적인 작품으로 평가했다. 신형기, 『해방기소설연구』, 태학사, 1992.

10 김동리 소설에서 전후에 발견되는 사소설 경향은 정종현, 「전후 김동리 소설의 변모양상」(동국대 한국문학연구소 편, 『한국전후문학연구』, 이회, 2002, 147-164쪽 참조.

이 글에서는 좌익인물 이미지를 순수문학론 및 반공주의와 연관지어 효율적으로 논의하고자 「윤회설」과 「형제」를 살펴보기로 한다.[11]

　「윤회설」은 김동리가 해방을 맞은 뒤 처음 발표한 작품이다. 이 작품은 이미 이원조에 의해 그 정치적 함의가 지적된 바 있다.[12] 이원조는 작품의 남주인공인 지식인 종우의 과대망상과 성격파산자의 형상을 가리켜 정치적 현실의 왜곡이라고 보았다.[13] 좌익지식인에 관한 정치적 성격은 염상섭이나 채만식의 경우와는 달리, 김동리는 시류에 휩쓸리는 피상적인 존재들로 그려냈다(「혈거부족」「상철이」「형제」「유서방」 등). 「윤회설」에서 「유서방」에 이르는 김동리의 현실 소재 작품들에 등장하는 사회주의자들은 대부분 전형적인 운동가, 전형적인 이념 분자가 아니다.

　「윤회설」에서 종우는 "천성이 고독을 좋아하"(13쪽)지만, 동생 성란과 그의 남편 윤군은 좌익 단체에 가입한 뒤 종우와 대립각을 세우며 조롱한다. 동생 성란도 남편 윤군의 이론에 설복당한 다음 오빠 종우에게 반감을 갖는다. 성란은 친정에 다니러 올 때마다 오빠에게 선전을 하려 들곤 하나 남편의 사상 노선을 찬동하는 것만도 아니다. "그보다는 오히려 저희 내외끼리 보조를 맞추어가는 것을 다행으로 생각하는 편"(14쪽)이다. 그런 까닭에 이들은 "남의 선동이나 주장에 쉽사리 변하고 움직여지

11　텍스트는『김동리전집 2권』, 민음사, 1995. 이하 인용 면수만 기재함.

12　이원조, 「허구와 진실」,『서울신문』, 1946. 9. 1.『윤회설』에 대한 이원조의 주장은 김윤식,『사반과의 대화』, 민음사, 1997, 43-47쪽 참조.

13　김윤식, 위의 책, 44쪽.

는"(14쪽) 얼치기 사회주의자에 가깝다.

종우와 성란 부부 사이에는 종우의 애인이자 성란의 동창생 혜련이 있다. 그녀는 종우의 정신적 사랑에 고통스러워하며 그의 사랑을 갈망한다. 혜련은 성란의 소개로 남편 친구인 공산주의자 박을 따라 좌익단체 사무실에 발을 들여놓고 그와 대화를 나누기도 한다. 종우는 "인간의 자존이 유지하는 날까지 이것과 겨루어 보려는 것이 그의 유일한 보람이라면 보람이요 괴벽이라면 괴벽"(15쪽)이라고 스스로 느끼며, 혜련의 예술가동맹 사무실 출입을 자신에 대한 애정의 결핍과 반발이라 단정한다.

> "진보적인 민족주의자뿐 아니라 진보적인 공산주의자도 필요하겠지……. 밤낮 진보적 진보적 떠들긴 해도 실제 이론에 있어서나 행동에 나타나는 걸 보면 수십 년 전의 케케묵은 팸플렛에서 별로 진전된 건 없으니, 그리고 보면 소위 이 진보적이란 말도 이즘 무슨 민주주의니 하는 말들처럼 그저 일종의 선전 표어에 불과한 모양이지……. 그런데 혜련! 나는 대관절 이 진보적이니 퇴보적이니 무슨 주의니 하는 것들이 딱히 싫구려!"(21쪽)

종우의 발언에서 드러나는 것은 사회주의자들을 세상물정에 대한 "어설픔"으로 치부하는 지적 우월감이다. 이 우월감은 주의나 사상이라는 것에 대한 결벽증 그 이상도 이하도 아니다. 사상 일체를 괄호치는 종우의 의식은 앞서 거론했던 '참사상/거짓사상'의 이항대립 구도와 그리 멀리 떨어져 있지 않다. 성란 부부와 혜련의 좌익단체 출입에 따른 종우의 판단은 현실정치의 맥락과 관련된 것임은 쉽게 판명된다. 종우의 관점은 어떠한 주의주장보다 인간의 자유와 정신의 존엄이 중요하다는 태도다.

　종우의 발언을 듣고 있던 혜련이 주의와 사상에 대한 종우의 "분명한 적의와 분연한 어조"(21쪽)가 무엇을 뜻하는지 곰곰이 생각하기도 한다. 하지만 종우는 혜련에게 "우리가 진보적이나 퇴보적이니 민족주의니 공산주의니 하는 그런 문구를 가지고 다툴 필요가 어디 있단 말유?"(23쪽) 하며 강변한다. 그러나 종우가 말하고자 하는 논지의 핵심은 "근본 사상에 있어 가령 우리는 저 자본주의의 경제적 계급적 죄악과 모순을 제거하는 동시에 공산주의의 기계적 공식론도 버려야 된"다는 것이다. 그 말은 "경제적 계급적으로 해방이 되는 동시에 인간성의 자유와 정신적 존엄 이것도 확보해야 한다는 것뿐"(23쪽)이라는 종우의 단언과 맥을 같이한다.

　이런 정치적 맥락을 간파한 이원조가 「윤회설」을 '정치소설'이라고 규정한 까닭은 단순히 좌익사상 비판이라는 문제에 국한되지 않기 때문이었다. 이원조의 비판은 해방 직후 범람하는 주의주장 전반에 대한 불신과 이들 담론들의 무용성을 강조하며 '인간적 자유와 존엄'이라는 문제를 부각시킨 김동리의 정치적 보수성과 문학중심주의를 정확히 겨냥하고 있다.

　「윤회설」에서 종우의 논리가 좌익정파의 주의주장이나 부유하는 정치적 혼란과 맞물려 더욱 첨예하게 대립하는 경우는 「형제」이다. 「형제」는 6.25전쟁 직전까지 발표된 그의 작품 중에서 좌익인물을 희화화했을 뿐만 아니라 인간적으로도 저급한 부류로 묘사하는 수준을 훨씬 넘어선다. 이 작품에서 좌익인물 재현에는 격렬한 분노와 적의를 담아 반공의 담론을 전유하는 한편 순수의 입지를 더욱 부각시킨 사례가 등장한다.

　귀환 전재민으로 동굴에 기식하며 남편의 유골을 안고 살아가는 순녀를 겁탈하려던 몰염치하기까지 한 얼치기사회주의자를 그려낸 「혈거부족」이나, 친일파 문제를 껴안고 미군에게서 강압적으로 DDT세례를 당한 뒤 소리높여 외세를 탓하는 좌익분자들을 멀찌감치 바라보는 「지연기」, 교원의 궁핍한 일상과 달리 재빨리 사회변화에 적응해서 술과 음식에 탐닉하며 우익인사들과 우익정당을 욕하는 얼치기 좌익분자를 관찰하는 「유서방」 등에 담긴 냉연한 시선과 훈계적 어조조차 「형제」와는 그 층위나 부류가 비할 바가 아니다. 이들 텍스트에서 주인물은 대학교원이거나 교사가 많다. 이들은 시류에 영합하는 지식인(「윤회설」, 「지연기」), 부랑자(「혈거부족」, 「유서방」) 등의 좌익분자들과는 거리를 둔다. 「상철이」에서는 대한독촉청년회 회원인 상철을 통해 '빨갱이 때문에 독립이 안된다'는 발언을 반복하고 있다.

「형제」는 '여순사건'을 소재로 삼아 좌익인물을 반란의 공간 속에 고정시키며 민족으로부터 배제하는 한편, 순수문학의 위상을 반공의 담론과 결합시켜 재배치한 경우다. 주지하듯이, 여순사건은 건국수립 과정에서 분단국가의 한계를 보여주며 국민국가의 출발을 알리는 분기점이었다.[14] 작품의 서두는 "1948년 10월 21일 오후, 여수의 거리 거리는 아직도, 반란군과 폭도들에 의하여 붉은 피로 물들고 있었다."라고 시작한다.

작품은 인봉을 중심으로 한 3인칭 관찰자 시점이다. 주인물 인봉은 반란군과 폭도가 점령하고 있는 경찰서에 사촌동생들이 잡혀간 소식을 전해 듣는다. 작품에서는 "붉은 피"로 상징되듯이 여순사건이 터지면서 거

---

14 임종명, 「여순 '사건'의 재현과 대한민국의 형상화」, 『역사비평』, 2003여름호.

리 곳곳에서 자행된 좌익분자들과 반란군의 무자비한 학살을 서술하면
서 형제의 우의와 가족 윤리조차 저버린 반인륜성과 동족학살을 고발한
다. 그러나 주된 서술의 방향은 좌익 반란세력의 천인공노할 학살과 폭
력에 대한 흉흉한 소문과,[15] 이 소문을 듣고 분노한 우익가족들에게 사로
잡혀 목숨이 경각에 달린 조카를 구해내려 하는 인봉의 뜨거운 인간애로
향한다.

  서술자는 인봉을 따라가며 "인간도살장"(139쪽)이 되어버린 경찰서에
서 자행된 적색반란군의 고문과 학살을 풍문으로 전한다. 인봉은 초등학
교 4학년인 사촌조카 성수의 내면을 빌려 좌익분자가 된 아버지, 곧 큰아
버지 인봉을 향한 적개심을 간접화된 방식으로 전한다. 성수의 눈에 비
친 아버지 신봉은 술만 취하면 큰아버지를 욕하는 사회부적응자에 가깝
다. 신봉은 "'인민공화국' 세상이 되면 (큰아버지를-인용자) 죽여버릴 것이라
고 별러오는 것을 여러번 들으면서"(140쪽) 언짢아한다.

  어린 사촌조카의 언짢은 내면을 차용한 것도 인간의 상도에 어긋난
아버지 신봉의 결여된 인간성을 드러내기 위한 효과적인 장치이다. 좌익
활동에 깊이 가담했던 동생 신봉은 해방전 일본에 건너갔다가 해방된 뒤

---

15 유포된 소문 중에는 좌익 여학생이 치마 속에 숨긴 카빈으로 경찰을 사살하려다 체포
    되었다는 기록도 눈에 띤다(박종화, 「남행록(4)」, 『동아일보』, 1948.11.21). 이 소문은 비록
    낭설로 밝혀졌으나 내전 상황 속에 성의 유혹과 파멸에 대한 두려움이 만들어낸 무의
    식적 공포를 보여준다. 여순사건 직후 경찰에 의해서 진보적인 양심세력들이 체포, 구
    금, 처형되는 사례까지도 있었다. 김득중, 「여순사건과 이승만 반공체제의 구축」, 성균
    관대 사학과 박사논문, 2004, 171-184쪽.

귀향해서는 술과 노름을 일삼다가 '농민조합' 일을 한답시고 다닌다. 그러던 차에 형 인봉이 '대동청년단'에 가맹하자 동생 신봉은 눈을 부라리며 갖은 협박과 공갈로 적대시하게 된다. 작품에서 인봉의 청년단 가입 동기는 좌익세력이 장악한 농민조합의 공갈과 협박에 대항하기 위한 선택으로 부언될 뿐이다. 신봉의 행태가 아들의 시선을 통해 좌익인물의 도덕적 일탈과 폭력성이 부각되는 만큼, 손위 처남 윤규가 신봉에게 하는 말은 의미심장하다. 윤규는 신봉에게 "자네 같은 형이라도 만나서 다행이랑께"(142쪽)하며 인봉을 칭찬하기 때문이다. 아이로부터 주변사람들에게 좋지 못한 평판을 받는 신봉의 행태는 그런 점에서 비판적인 맥락화의 결과인 셈이다. 형과 동생의 대조적인 성격 구성은, 흡사 조정래의 『태백산맥』에서 형제지간인 염상진과 염상구를 전도시킨 듯하다. 『형제』의 형제간 인물 구성은 '좋은 인성/극악한 심성'의 대비를 넘어 좌우 이데올로기의 불온성을 겹대어 각 진영을 대표하는 인물상을 재현해 놓은 것에 가깝다. 사람 좋고 신망높은 인봉과, 여순사건의 와중에 등장하는 '극악스러운 빨갱이', 가족과 인륜의 테두리를 넘어선 야만인, 타락자로 재현된 신봉의 간극은 건널 수 없는 지점이 있다.

여순사건이 발발하자 신봉은 윤규의 뒤란 먹서리에 일주간 은신해 있다가 처조카인 윤규의 두 아들(신봉에게는 조카)까지도 참살한 뒤 인봉까지도 찾아죽이려 나섰다는 사연이 윤규에게서 인봉에게 전해진다. 하지만 인봉은 윤규의 말에 "하잘것없는 소문을 함부로 믿는 모양"(144쪽)이라며 그를 경멸하면서 동생을 찾아 거리로 나선다. 그는 경찰서 깃대 꼭대기에 펄럭이는 태극기를 바라보며 감격의 눈물을 흘리다가 앞마당에 피투

성이가 된 채 가득한 주검들 앞에서 서서, 아내와 당숙인 윤수와 정수 형
제의 시신에 애통해하다가 "돌연히 꿈을 깨는 듯" "왜애……"(146쪽) 하고
"송아지 울음소리"(146쪽)를 내지르며 절규한다.

조카들의 시신을 들것으로 실어나르던 중 그는 "—그렇다, 신봉이 놈
을 찾아 죽이자!"(147쪽)라고 다짐한다. 그 와중에 그는 반란군 앞잡이가
되어 경관과 학생과 양민을 학살하는 데 활약한 신봉의 동료이자 남로당
원인 이종석의 집으로 몰려가는 무리를 목격한다. 분노한 무리는 "그놈
을 죽여라!" "빨갱이는 씨도 남기지 말고 죽여야 한당께……"(147쪽) 외치
며 이종석의 집에 몰려 들어가 열세 살 난 그의 딸아이를 피투성이 만들
고 나서 신봉의 집으로 향한다. 인봉은 무리보다 앞장서서 "왜 애-"(146쪽)
하며 신봉의 집으로 뛰어들어간 뒤 군중들의 아우성을 뒤로 하고 뒤란에
숨어 있던 신봉의 어린 아들 성수를 끌어안고 절체절명의 위기를 벗어나
고자 한다. 인봉은 대한청년단 동지들의 추격 소리를 들으며 "흡사 꿈 속
에서 악마에게나 쫓기듯 숨이 끊어지도록 어두운 골목을 달음질"(149쪽)
친다. 그러면서 "지금 성수를 업고 달아나는 자기는 분명히 신봉이요, 자
기의 뒤를 쫓아 따라오는 박생원과 대청 동지들이 흡사 자신인 것"(150쪽)
같다고 느낀다. "그놈을 죽여라", "빨갱이는 씨도 남기지 말고 죽여야 한
당께……"(147쪽). 분노에 찬 희생자 가족의 절규와 동족살해의 폭력적인
장면이 이토록 여과없이 드러난 사례는 같은 시기의 다른 소설에서는 찾
기 어려울 정도다.[16]

---

16 여순사건을 답사한 문화인들과 이승만 대통령을 비롯한 내각수반의 글을 함께 수록해

『형제』에는 인봉이 절체절명의 상황에서 조카 성수를 구해내면서 느끼는 죄인의 심정이 인상적이다. 여기에는 좌익의 자손을 구출했다는 착잡함으로만 설명되지 않는 잉여의 부분이 있다. 그것은 잠적한 신봉의 죄악상과 어린 조카 성수를 구해낸 자신의 행위가 중첩되면서 발생한 양가적 심리현상이다. 이는 우익 희생자 유족들에게 가한 신봉의 죄상을 연상시켜줄 뿐만 아니라 희생자 가족에 대한 죄의식과, 공분의 대상이 된 좌익의 죄악에 자신조차 잠시 가담했을지 모른다는 정치적 무의식의 일단을 보여준다. 「형제」에서 재현된 좌익 인물은 인척이나 자신의 조카들조차 주저없이 처형해 버리는 '빨갱이'들의 잔혹성으로 덧칠되어 있다. 이들은 반인륜적인 범죄자이자 우익 희생자 가족들의 분노를 자아내는 적대적 타자이다.

작품에서 주인공 인봉이 조카 성수를 구출하는 장면이야말로 동리의 문학 이념인 '인간의 자유와 존엄의 가치'를 통해 좌우 사상을 막론하고 사상에 따른 온갖 정치적 쟁패를 헛된 꿈으로 묘사하는 대표적인 명장면이다. 꿈에서 깨어난 듯한 느낌을 갖는 인봉의 내면이나 송아지 울음처럼 폐부 깊은 데서 터져나오는 그의 절규는 여순사태 현장에서 살해된 주검과 가족들의 아비규환 같은 혼돈의 정치적 현실을 넘어서는 생의 진면목, 곧 "생의 구경"을 담아낸 근원적인 몸의 언어에 해당한다.

서 간행한 전국문화단체총연합회, 『반란과 민족의 각오』(문진문화사, 1949)에는 여순사태의 처형장을 처연하게 그려낸 김영랑의 시 두 편이 게재되어 있다. 유임하, 『한국소설의 분단이야기』, 책세상, 2006, 42-48쪽.

인봉의 내면에서 드러나는 가족애와 인간애가 초점화되면 될수록 좌파의 사상이나 그들의 행태는 한낱 저급한 속류의 팜플렛 수준으로 규정되고 만다. 그러한 단서는 인봉이 윤규에게 보인 경멸의 태도에서도 얼마간 찾을 수 있다. 인봉이 어린 조카를 구원하는 행위는 형제애조차 부정해버린 좌익분자들의 범죄행각과 반인륜성의 대항논리이고, 소문에 휩쓸리는 사회적 개인들과는 다른 견고한 위치를 점유하고 있다는 점에서 그러하다. 그 위치는 반공의 심급을 가동하면서도 그 심급조차 무색하게 만드는 구원자의 면모이다. 더 나아가, 이 지점은 피비린내 나는 동족간의 다툼을 훌쩍 넘어 인간애로 승화시키는 김동리 특유의 미적 양식을 작품화한 지점이기도 하다. 그러므로 이 지점은 현실의 온갖 상처와 상황들을 시대의 어둠으로 규정하며 마땅히 보호되어야 할 가족애(또는 인간애)를 한껏 부각시키는 '생의 구경적 형식'에 해당하며, 반공주의를 비롯한 현실의 온갖 사상을 괄호치며 확보한 문학의 종교적 지위에 버금갈 만큼 절대성을 구축한 영토에 가깝다.

4. 순수문학의 반공주의적 토대

김동리의 문학론과 그의 소설에서 주목해야 할 점은 선과 악, 진실과 허위라는 이분법에 기초한 이론적 기획이었다는 사실이고, 이는 해방공간의 뒤척이는 정치적 현실에서 정치성의 소거 또는 비정치성을 동원하여 문학의 후광을 만들어낸 경로였다는 사실이다. 이로부터, 이 글은 해방 직후 이데올로기적 혼란 속에 건국이라는 시대적 과제가 어떻게 이데올로기적으로 진영화되었는지, 그리고 김동리는 어떻게 이러한 이념과 잉의 현실에서 문학의 역할을 차별화했는지를 확인해볼 수 있었다. 그는 좌파진영의 득세를 문학의 부정으로 간주했고 시류에 영합하는 비주체적인 인식행위로 보았다.

이같은 비판적 인식논리가 문학과 인간 자유를 절대화하며 현실의 자장을 넘어 초월적으로 존재하는 순수문학의 기획을 만들어냈다. 그의 해방기 소설에서는 반공의 관점과 사회현실적 맥락과 닿아 있는 주의주장을 부정적으로 예단하며 좌익 인물 이미지를 대단히 부정적으로 그려냈다. 그는 「형제」에서 여순사건을 소재로 삼아 형제관계마저 정치적 입장에 따라 부정하는 반인륜적 존재로 좌익인물을 재현했다. 「윤회설」에 등장하는 좌익 인물들이 비록 간접화된 방식으로 조롱되는 것과는 달리, 「형제」에서는 좌익 인물들의 잔혹성과 범죄행각을 여순사건을 배경삼아 보다 구체적으로 재현하면서 우익 인사들에 대한 면모를 강화하는 효과를 누린다.

인봉의 인간됨, 곧 그의 인륜과 도덕심, 가족애는 적대적 타자로 삼은 좌익인물의 형상을 보다 선명하게 타자화하는 효과를 발휘했다. 여수라는 공간에서 벌어진 좌파의 행위와 맥락을 신봉이나 이종학 같은 좌익 인물들을 통해 비인간성과 잔혹성을 기입하여 재현해내는 과정을 접하게 된다. 「윤회설」의 종우나 「형제」의 인봉처럼 정신적 고결함과 엄격성, 인간을 구원하는 임무를 포기하지 않는 존재로 형상화했다는 점에서 그러하다. 확고한 인물 이미지를 분할하는 이데올로기의 구획은, 김동리가 내세운 순수문학론의 '참사상/거짓사상'의 구획처럼 선명하다. 「윤회설」

의 종우가 혜련과의 결혼을 결심하듯이, 「형제」에서 인봉이 조카 성수를 구원하는 구도는 닮아 있다. 인봉의 모습 안에는 좌익의 학살도 우익의 폭력적인 집단심리도 동조하지 않는 그만의 주체성이 자리잡고 있다. 인봉은 희생을 희생으로 되갚는 '증오의 정치학'을 벗어나 살해당할 위기에 빠진 조카를 등에 업고 어두운 역사의 뒷골목을 헤매는 가운데 혈연공동체의 대변자, 인륜의 대행자가 된다.

　인봉은 여수라는 공간에서 재현된 폭력이 격앙된 군중심리의 불가피성을 부각시키며 잔인한 야수와도 같은 존재, 폭력의 화신인 '빨갱이'를 재현하면서도 좌익분자의 잔혹행위에 대한 분노를 조절하며 적개심이 분출하는 지점에 서 있는 인상적인 인물이다. 그는 '빨갱이'의 반인륜성을 고발하는 '공포의 효과'를 확보하는 '순수의 화신'이다. 「윤회설」과 「형제」는 그러한 점에서 순수문학의 이념을 좌우익의 냉전적 이데올로기 구도에서 부정적인 좌익 인물을 포진시켜 좌우정파의 적개심조차 무력화하며 '인간의 참된 사상과 행동', '본령정계'를 재현해낸 텍스트이다.

　해방 이후 태동한 '순수문학'이라는 이념은 건국을 전후로 한 문학 장에서 가장 강력한 이데올로기로 작동했다. 반공주의와 순수문학의 이념은 결코 상치되거나 회피하는 관계가 아니었다. 순수문학론은 냉전적 사고와 논리를 적극적으로 활용하여 구성된 이념이었다. 다시 강조하면, 순수문학, 문학의 순수성, '순수의 비정치적 정치성의 신화'는 반공이라는 이데올로기 기반 위에서 그 위력을 발휘했다.

공포증과 마음의 검열관
반공주의와 작가의 자기검열

1. 반공주의와 한국문학의 연관

한국사회에서 통용되는 '빨갱이'라는 말에는 죽음과 고통, 감시와 검열, 유령과도 같이 음습한 아우라가 있다. 그 아우라에는 비도덕적이고 잔혹하며 반인륜적인 존재, 또는 그러한 존재에 대한 맹목적인 적대성을 정당화하는 논리가 작동한다. 분단과 전쟁의 트라우마와 견고하게 결합된 이 말의 정치적 맥락은 언제나 타자에 대한 적대성을 바탕으로 사회 전체를 규율하는 폭력성을 환기한다.

사회성원들의 내면에 억센 손아귀처럼 끈질기게 남아 있는 '빨갱이'라는 말의 환기력은 민족 내부로부터 사회주의자를 폭력적으로 타자화하고 그들을 배제하는 강력한 정치적 기획의 잔영을 가지고 있다. 또한 이 말은 양심적인 진보적 인사들을 탄압하는 정치적 단죄의 동의어이자 억압적인 규율장치의 정당화를 강변하는 지시어로서 정치적 헤게모니

투쟁에서 우위를 점유하려는 냉전시대의 키워드에 해당한다. '반공주의'
는 'anti-communism'의 단순한 번역어가 아니라 근현대사에서 감시와
억압을 가능하게 만든 이데올로기 장치였다.

　반공주의는 1950년대 미국 사회에 불어닥친 반소용공의 마녀사냥
을 추동한 매카시즘에 연원을 두지만 한국사회에서는 전혀 다른 방식으
로 작동했다. 반공주의는 일제 강점기에 등장하여 미군정 시기를 거쳐
1948년 단정수립과 함께 뿌리내린 특수한 규율체계다. 지금까지도 반공
주의는 감시와 처벌, 검열과 공포의 효과를 발휘하며 사회 성원들의 '정
신'까지도 관장하는 생체권력이다. "빨갱이라는 속어는 인종적 편견과
함께 온갖 저주와 모멸과 혐오의 감정을 담고" 있는 한 "이러한 감정은
그 대상에 대한 객관적이고 이성적인 파악을 처음부터 불가능하게" 만
드는 "체제유지 기능으로서의 탁월한 효과를 발휘"한다. "말이 많으면
빨갱이야!"라는 발언처럼 우리의 일상적인 언어관습에도 깊이 뿌리내린
것도 반공주의의 실상을 잘 말해준다.[01]

　광복 이후 작가들에게 부과된 문화 조건은 전면적이든 부분적이든 반
공주의의 규율체제 아래 놓여 있었다. 작가들은 이념 검증의 강박증에
사로잡혀 공포와 불안을 느끼지 않을 수 없었다. 검열과 필화, 감시와 처
벌을 경험하면서 작가들은 자신들의 마음에 '공포의 권력'을 기입해 놓
아야만 했다. 반공주의가 작가들에게 기입한 권력체계는 '반공을 추문화
하는 일체의 근원과 가능성'을, '사회를 분열시키는 나쁜 본보기'로 여기

01　김철, 「분단의 언어, 통일의 언어」, 『실천문학』 복간호, 1988봄, 47쪽.

도록 만들었고, 그것은 '공산주의라는 악'에 동조하는 것임을 깨닫게 만들었다. 따라서 그에 상응하는 일체의 담론과 그것이 '일반화될 가능성'까지도 스스로 검열해야만 했다.

이 과정에서 반공주의는 개인을 사상의 필터로 여과하면서 국가장치의 관리 아래 놓인 국민으로 호명하였고, 그 국민은 다시 계층별 집단별로 구획하여 규율의 네트워크 안에 단자화된 개인, 순응하는 주체로 만들었다. 이 일련의 절차야말로 근대국가의 전형적인 규율방식이었다.[02] 반공주의를 유지하기 위한 제도와 기관도 속속 등장했다. 특무대, 중앙정보부와 같은 기관 설립과 운용, 반공법과 국가보안법을 통한 사법제도와 행형 및 판례들의 축적, 공안문제연구소 설립과 자문 등을 통해 정치활동, 언론과 출판, 문학예술, 교육, 종교, 노동운동, 통일운동 등 사회의 거의 대부분을 망라한 방대한 감시체계가 구축되었다.[03]

방대한 국가 감시체계의 구축과정에서 반공주의는 공포증과 작가들의 자기검열을 유발하는 원천이자 견고한 문화체계로 자리잡았다. 1948년 10월에 발생한 여순사건과 6.25전쟁 기간 동안 반공의 주요 담론과 표상들이 집중적이고 체계적으로 구축되었다. 제주4.3이나 여순사건처럼 내전에 가까운 사태로 인한 혼돈을 겪으면서, 그리고 6.25전쟁과 같은 격변 속에서 국민화되지 않은 타자들에 대한 공포와 불안이 증폭되면서 집단감정은 반공주의와 쉽게 결합했다. 그 결과 공산주의에 대한 공포증

---

02 미셸 푸코, 오생근 역, 『감시와 처벌』, 나남출판, 2003재판, 213-302쪽.

03 박원순, 『국가보안법연구2』, 역사비평사, 1992, 302쪽.

이 만들어지고, 공산주의자는 건국을 방해하는 반민족이고 반인륜적 역도(逆徒)로 규정되었다. 남침과 함께 6.25전쟁 발발의 주체인 공산주의자들은 소련의 사주를 받은 '꼭두각시', 곧 '괴뢰'로 확정되었다. 이 배제의 과정을 거쳐 민족이라는 혈연적 공동체는 순수하고 상상적인 국민을 만들어내면서 사상 공동체로 태어났다.[04]

　이런 점을 감안하면, 반공 규율사회에서는 "개인조차 (…) '이데올로기적' 표상의 허구적 원자일지 모르며, 그러한 개인의 모습은 바로 '규율'이라고 명명되는 권력의 특수한 기술에 의해서 제조되는 현실의 모습일지 모른다."[05] 문학 또한 예외가 아니었다. 반공주의를 신체에 기입하여 주조된 개인인 작가, 그리고 이같은 작가 개인의 모습에 의해 문학 제도와 관습이 구축되어온 것이다.

　해방 이후부터 작동하기 시작한 반공주의라는 '특수한' 규율체계는 '특수한' 한국문학의 제도와 담론, 정전에 걸쳐 있는 광범위한 영역의 문화적 현실을 생성시켰다. 반공주의라는 규율장치와 문학의 중층적 연관은 문학의 양상이나 정체성마저 규율체계의 억압을 내면화한, 그리하여 권력에 의한 훈육과 기술에 순응하며 형성된 것이라는 가정을 가능하게 해준다. 이들 문제는 언어의 건축학적 구조를 해명하려는 미학주의의 관

04　여순반란에 관해서는 김득중, 「여순사건과 이승만 반공체제의 구축」, 성균관대 사학과 박사논문, 2004, 171-184쪽; 임종명, 「여순 '반란'의 재현과 대한민국의 형상화」, 『역사비평』, 2003여름호; 6.25전쟁 시기의 반공담론의 기원에 관해서는 이 책의 「반공 텍스트의 기원과 유통」 참조할 것

05　미셸 푸코, 위의 책, 302쪽.

점에서는 논의될 수 없다. 미학주의는 언어의 유기적 질서와 구조화에 대한 관심으로 편중되면서 문학 외부의 현실과 그 현실의 억압성이 어떻게 한국문학을 왜곡시켰는가 하는 문제를 해명하려는 노력 자체를 차단해 버린다.

이 글은 이상과 같은 문제의식을 바탕으로 '반공주의의 억압과 그에 따른 한국문학의 왜곡'이 어떻게 일어났는지를 살펴보려 한다. 여기에는 반공주의의 강압성, 이데올로기적 자명성과 전제, '분지사건'을 계기로 시행된 작품의 심의검열제에 대한 문단의 반응, 이어령-김수영의 '불온시' 논쟁을 계기로 부상한 감시권력의 강압성, 작가들의 공포와 불안, 자기검열 문제 등을 짚어보고 나서, 김승옥 소설에 나타난 자기검열 양상을 살펴보고자 한다.

2. '금제의 힘'과 공포증

해방 이후 '반공주의'는 '자명한 이데올로기적 전제'[06]에 기초하여 한국사회의 성원들에게 어떤 회의나 일탈도 금기시하는 국가 규율장치로 작동해 왔다. 반공주의는 자신의 정당성을 확보하는 방책의 하나로 '반공' 그 자체를 보편화하고 영구화한다. 이데올로기의 보편화 과정에서 일어난 의미의 재구성은 먼저 우리/타자(또는 적/우리)라는, 민족이 아

---

06 '반공의 자명한 전제'는 억압적인 이데올로기가 가진 특성 일반과 다르지 않다. 테리 이글턴, 여홍상 역, 『이데올로기 개론』, 한신문화사, 1994, 77쪽.

닌 사상의 종족성을 구성하는 정치적 기획이었다. '우리'라는 범주는 타자에 대한 규정 없이 만들어지지 않는다. 우리/타자의 관계는 좌우정치의 헤게모니 투쟁과정에서 형성된 진영화이지만, 우파 진영은 이 분할을 선/악의 구도로 몰아가며 "특정한 장소와 시간의 특정한 가치와 이해가 모든 인류의 가치와 이해로 투사"[07]시키면서 절대화를 시도한다. 6.25전쟁의 발발과 함께 냉전적 반공논의의 일반화는 국가의 안녕, 인류의 항구적인 평화를 위해서 공산주의의 절멸을 외치는 한편, 전쟁을 6.25라는 발발 시간대, 인공치하의 서울이라는 장소, 잔류문인들의 부역 체험에서 증언된 공포와 불안을 덧보태며 증식한다. 여기에서 발견되는 것은 특정한 시점과 특정한 장소, 문인이라는 특수한 집단의 시선이다. 이 시선은 텅빈 시간과 내용을 북한의 점령정책하에서 보고 듣고 겪은 일들을 억압과 불안과 공포들로 채우고 적대적인 타자의 이미지를 만들어낸다.[08] 그런 다음, 최종의 심급은 전쟁을 주도한 '북한 공산도배'들을 '인류 공동의 적'으로 규정한다. 일반화를 거쳐 확장된 인류의 차원이란 논리의 보편화가 다다른 절대적 가치의 최종지점이다. 인류의 차원에서 공산주의자는 축출하고 절멸시켜야 하고 그런 다음에야 세계 평화가 구축될 수 있다는 배타적인 전제가 매끄러운 당위적 명제로 바뀐다.

07　테리 이글턴, 같은 책, 같은 곳.

08　잔류파 문인들에 의해서 발언된 동족학살, 청년들을 전장으로 내몬 점령정책은 용서받을 수 없는 반민족 행위이자 야만성으로 규정되고, 급기야 서울을 점령한 전시 북한 체제는 인류사상 유례가 없는 광포함과 미증유의 만행을 자행한 폭력적인 체제로 운위된다. 이에 관해서는 유임하, 앞의 논문 참조.

반공의 이데올로기적 전제, 그 폭력적인 구성에 대한 회의는 결코 부정해서는 안되는 신성한 전제이자 계율이다. 그 이유는 전제가 회의되는 순간 이데올로기적 기반과 가치 자체가 무너져 버리기 때문이다. 반공의 신성한 전제에 대한 어떠한 형태의 도전도 불용되는데, 그것이 허용되는 순간 적대 진영이 유리하게 활용할 뿐만 아니라 사회적으로 유행병처럼 확산될 가능성이 농후하기 때문이다. 반공주의의 이데올로기적 억압성과 배타적 논리, 공허한 시간과 텅빈 중심을 공포와 불안과 억압의 기억들로 채워진 냉전과 반공의 도식은 『적화삼삭구인집』에 등장하는 오제도의 이른바 '흥국훈'에서 잘 확인된다.[09] '흥국훈'의 신념은 반공이라는 토대 위에 자리잡은 국가주의의 논리를 잘 축약한다. 여기에는 이데올로기가 가진 가장 특징적인 면모, 곧 반공을 일상으로 전선을 확장하는 전제의 자명성과, 그 전제에 대한 자기반성을 결코 허용하지 않는 배타적인 신념이 잘 드러나 있다.

다른 한편으로, 반공주의의 규정력은 작가들에게 공포와 자기검열이라는 심리적 현실을 만들어낸다.[10] 처벌의 확신을 사회 성원들의 내면에

---

09 『적화삼삭구인집』(국제보도연맹, 1951) 서문에 등장하는 오제도의 흥국훈은 이러하다. "容共卽協共 協共卽反逆 反逆卽亡國 反共卽打共 打共卽滅共 滅共卽興國" '용공=협공=반역=망국', '반공=타공=멸공=흥국'이라는 도식에는 반공과 용공으로 구획하는 국가주의와 섬뜩한 이분법적 사고가 잘 드러나 있다.

10 감시와 처벌의 규율장치는 일상적으로 인식되는 생활 영역을 떠나 추상적 의식의 영역 속으로 들어가고, 그 효과를 가시적인 강렬함에서가 아니라 숙명적인 필연성에서 찾음으로써, 처벌의 소름끼치는 광경이 아니라 처벌당한다는 확신을 사회 성원들의 마음에 심어놓는다. 미셸 푸코, 같은 책, 32-33쪽.

기입된 생체권력은 작가들에게, 금기에 대한 공포증을 야기하는 초자아로 자리잡고, 기입된 검열관을 통해서 작가의 전의식과 의식의 세계를 검열하게 되는 것이다. 그런 맥락에서 반공주의는 처벌의 사법적 권능을 '정신'까지도 관장하는 규율체계로 전환시킨 근대 국가장치의 이데올로기적 기반이다. 그러나 반공주의가 작가 내면에 기입한 것은 '처벌당한다'는 마음 속의 확신, 혹은 그것보다는 미약할지 모르나 처벌당할지도 모른다는 두려움이다. 그런 점에서 반공주의는 동서 냉전체제를 내면화시킨 규율사회의 가동하는 최소한의 전제일 뿐 정치적 국면에 따라 달라지는 억압의 기제일 뿐이다. 이 기제는 그러나 분단체제 안에서 배타적인 민족주의를 기반으로 반북의 정서를 복제해내고, 맹목적인 친미주의를 전제하며 근대화 담론 등으로 채우며 정권 안보라는 특정한 정치적 효과를 누리는 '배제와 증오의 정치학'이자 미시권력에 가깝다.[11]

50년대 중반까지도 특정 작가나 개별 작품에서 반공주의나 반공의 자명한 전제들이 의심되는 단서를 발견하기란 어려운 일이다. 특히 서울에 거주했고 피난하지 못한 채 은신했다가 부역혐의로 동원되었던 소위 '잔류파 문인'들은 자신들의 공포와 불안의 체험을 반공주의의 이념검증과정에서 생존하기 위해서 전쟁의 교훈으로 전환시켜 버리는 공통점을 보여준다. 이 과정에서 이들은 공산주의의 지배와 폭력을 부각시키며 자신

---

11   그런 맥락에서, 작가들의 공포와 자기검열은 반공 규율사회의 직접성, 규율체계 안에 놓여 있기 때문에 반공주의라는 규율장치와 밀접한 연관을 은폐해 버린다. 은폐의 이러한 속성은 반공 규율사회 내부에 기입된 자기검열에 대한 해명을 어렵게 만드는 요인이 된다.

들의 부역이 불가피했다는 점을 강조한다. 즉, 이들은 서울에 진주한 공산주의자들의 야만성을 견디어내며 살아남기 위해 부역했으며, 부역의 과정에서 공산주의의 억압적인 전시행정에 환멸했노라고 천명한다. 이들의 '자명한 체험'은 반공의 교훈적 사례로 편입되었다.『적화삼삭구인집』에서 드러나는 고백과 참회는 불안 속에 도피와 은신으로 살아남은 잔류파 문인들의 처지를 말해준다. 고백과 참회는 한결같이 자신들의 과오를 반성하고 반공의 대열에 자발적으로 가담하고 헌신하겠다는 맹세를 통해 국민으로 다시 태어나는 제의절차였음을 보여준다. 달리 보아, 반공주의에 대한 그 어떠한 회의나 의심도 1950년대 중반까지는 전혀 가능하지 않았음을 뜻한다. 작가들은 생존의 차원에서 반공주의에 순응하거나 아니면 이데올로기 문제 자체를 회피했던 셈이다.

60년대의 문학에서 반공의 규율장치는 남정현의 「분지」 사건(1965)[12]을 계기로 작가들에게 검열의 공포를 확산시켜 자기검열의 기제를 작동시킨다. 「분지」의 필화는 반공의 국가 규율장치가 작가들에게 자의와는 무관하게 정치적 단죄가 가능하다는 점을 각인시킨 사건이었다. 법정의 판결은 "반국가단체에 공조한다는 하등의 범의"가 없다고 변론하는 것에 대해 "의욕 내지 목적이 없다고 할지라도" "반공법 제4조의 죄(동조)가 성립되기 위한 범의"를 인정할 수 있다고 밝히고 있다.

판결문에서는 반국가단체인 북한이 대남적화수단으로 반미감정을 조

12　이 사건에 대한 전말은 한승헌, 「남정현의 필화, '분지' 사건」,『남정현문학전집·3』, 국학자료원, 2002, 278-298쪽.

성하거나 계급의식을 고취하기에 광분하는 현실에서 「분지」는 많은 독자 중 많은 사람들에게 "반미적 반정부적 감동을 일으키고 심지어는 계급의식을 고취할 요소가 다분하다"고 지적하고 있다. 이를 근거로 삼아 판결문에서는 휴전선을 사이에 두고 있는 현실을 환기하며 "북괴가 부단히 같은 방법으로 대남 적화의 전략전술을 펴고 있는 우리나라의 현상황"에서는 "여러 계층의 사람들에게 읽히는 잡지"에 게재함으로써 "사회 상규(常規)에 위배"되기 때문에 유죄를 선고한다고 밝히고 있다.[13] 「분지」 필화의 판결문이 작가들에게 가한 충격은 분단국가의 특수성 때문에 자신의 의도와는 무관하게 북쪽의 정치공세에 이용당할 수도 있다는 점과, 인간해방과 자유, 민족의 주체적 삶을 외치는 주장조차 반공법에 저촉될 수 있다는 점이었다.

　1967년 5월, 한 신문에서는 남정현의 '분지사건'을 계기로 신문연재 작품에 대해 신문윤리위원회, 잡지윤리위원회, 예술문화윤리위원회에서는 내용을 심의하기 시작했다고 언급하고 있다.[14] 당대 신문에는 문인들

13　한승헌, 앞의 글, 같은 책, 292-293쪽.

14　신문연재 작품의 심의는 신문윤리위원회가, 잡지는 잡지윤리위원회가, 제소된 작품에 대해서는 예술문화윤리위원회가 심의한다는 점을 밝히고 있다(『서울신문』, 1967.5.23). 아래의 신문 기사는 분지사건과 작품 심의 문제가 1967년 7월까지도 거론되었음을 보여준다. 안수길, 「'분지'는 무죄다─문학의 저항정신 저해는 부당」, 『동아일보』, 1967.5.25; 신동문, 「문예작품 비판은 양식에─소설 '분지' 시비」, 『조선일보』, 1967.5.30; 이범선, 「선입견없는 비판을─소설 '분지' 시비」, 『조선일보』, 1967.5.30; 장경학, 「독자들엔 비판의식, 작품을 제재하면 창작의욕 위축─소설 '분지' 시비」, 『조선일보』, 1967.5.30; 홍기삼, 「김춘수씨와 「미숙」─「남정현사건」을 읽고」, 『동아일보』, 1967.6.17; 안수길, 「유죄는 창작의욕 위축─남정현사건의 판결을 보고」, 『동아일보』,

의 반응을 묻는 설문조사도 신문 지상에 보도되었는데 그 내용에 따르면, 전광용은 "윤리라는 말 자체가 상대적"이므로 "시간과 공간에 달라지는 윤리인데 어떻게 어떤 항목을 마련해서 일도양단할 수 있단 말인가"라고 반문하며 작가 자신의 "책임있는 심의", 곧 자기 양식의 판단이라고 보았다.

설문에 응답한 강신재 또한 "문학작품에 대한 심의란 어떤 명분과 형식에 의해서도 하지 말아야 한다는 것은 상식 이상의 원칙"이며, "모든 것은 작가의 양식과 판단에 맡겨야 할 문제"라는 입장을 표명하면서 "작가는 어떤 모양이든지 간에 제약을 바라지 않으며 다만 자연적인 반발이나 항의에 대하여 스스로 판단하여 자기작품을 쓰고 지킬 뿐"이라고 응답하고 있다. 김승옥 또한 "모든 것은 작가의 양식에 물어볼 문제이지만 신문이란 그릇에 담겼을 때 최소한도의 심의는 불가피하지 않을까"라는 생각을 피력하면서 "오히려 작은 일 때문에 큰 것을 망치지 않을까 하는 두려움, 주변의 소동 때문에 전체 작가가 당하고 있는 것 같은 불안감"을 갖게 된다고 반응했다.[15]

검열과 심의에 대한 문단의 반응은 예상되는 바와 같이 심의에 대한 거부감과 함께 모든 창작활동과 양식을 작가의 판단에 맡겨야 한다는 대동소이한 입장이었다. 남정현이 전도유망한 작가이며 초범이라는 점 때문에 기소유예 처분되는 것으로 필화에 대한 법적 조치는 완결되었지만,

---

1967.7.1 등.

15 『서울신문』, 1967.5.23.

이 초유의 사법적 행형과 판례는 작품에 대한 대중매체에 대한 심의로 확대되면서 작가들에게는 두려움과 불안 속에서 창작에 대한 자기검열 기제를 가동하는 것이 불가피하다는 인식을 불러왔다.

이어령은 「'에비'가 지배하는 문화」(『조선일보』, 1967.12.28)는 이같은 현실에서 제기된 논쟁이었다. 이어령은 유아의 언어인 '에비'라는 말이 "막연한 두려움" "꼬집어 말할 수 없는 불안" "가상적인 어떤 금제의 힘"을 총칭한다고 전제하면서 1967년의 문화계를 '에비'라는 한 마디로 요약할 수 있다고 주장했다. 이어령의 발언은 "복면을 쓴 공포와 분위기로만 전달되는 위협의 금제적 감정"을 보여준 남정현의 '분지사건'을 염두에 둔 것이었다. 하지만 이어령은 "'에비'의 어두운 그림자"라는 막연한 표현으로 우회하며, "학원을 비롯하여 오늘날의 정치권력이 점차 문화의 독자적 기능과 그 차원을 침해하는 경향이 있다 할지라도 '문화의 침묵'은 문화인 자신들의 소심증에 더 많은 책임이 있"다고 지적하고는, "어린애들처럼 존재하지도 않는 막연한 '에비'를 멋대로 상상하고 스스로 창조의 자유를 제한하고 있다."[16]라고 문제를 봉합했다.

이어령의 문제제기가 가진 추상성을 놓고 김수영은 좀더 근본적인 방식으로 문제의 본질을 짚어나간다. 김수영은 언론의 자유가 정치의 지상지수와 상대적인 관계에 있다는 것, 문화는 언론의 자유와 직결된다는 점을 상기시킨다. 김수영은 "창조의 자유가 억압되는 원인을 지나치게

16　『조선일보』, 1967.12.28.

문화인 자신의 책임으로 돌리고 있는"[17] 이어령의 논조에 불쾌감을 표시
하고 나서, "문화인이 허약하고 비겁한 것은 사실이지만 그들을 그렇게
만든 더 큰 원인"은 이어령이 과소평가한 "고도한 위협의 복잡하고 거대
하고 민첩하고 조용한 파괴작업", 곧 검열의 기제 작동에 있다고 보았다.
김수영은 이어령과 논조와 다르게 "오늘날의 '문화의 침묵'을 문화인의
소심증과 무능에서보다도 유상무상(有象無象)의 정치권력의 탄압"[18] 때문
이라고 직격한다. 김수영은 "그 괴수(정치권력의 탄압) 앞에서는 개개인으로
서의 문화인은커녕 매스미디어의 거대한 집단들도 감히 이것에 대항하
지 못하고 있는 것이 현 실정"(218쪽)이라고 분명하게 자신의 생각을 표명
한다. 나아가 김수영은, "오늘날의 우리들의 '에비'는 결코 '구체적인 대
상을 가리키는 명사가 아닌' '가상적인 어떤 금제의 힘'이 아니"라 "가장
명확한 '금제의 힘'"(218쪽)이라고 적시했다.

　김수영의 논조에서 가장 빛나는 대목은 "정치적으로 노상 독재의 위
협에 떨고 있는 사회"(213쪽)에서는 "예술의 본질"이란 "필연적으로 '상상
적 강박관념에서 벗어나지지' 않은 '유아언어'이어야 할 때가 많다."(219
쪽)라는 발언이다. 그가 말하는 '유아언어'는 이어령이 언급한 "에비"를
지칭한다. '에비'라는 상상적 강박관념은 자기검열 기제의 내면화라고
보아도 크게 무리가 없다. 김수영은 "무서운 것은 문화를 정치사회의 이

17　김수영, 「지식인의 사회참여」, 『김수영문학전집·2·산문』, 민음사, 2003개정판, 215,
　　217쪽.
18　김수영, 위의 책, 217쪽.

데올로기와 동일시하는 것이 아니라, 문화를 단 하나의 이데올로기와 동일시하는 것"이라고 보면서 "우리나라의 경우 문화의 위험의 소재도 다름 아닌 바로 여기에 있는 것"[19]이라고 단언했다. 문화적 위험을 낳는 여지는 '문화를 단 하나의 이데올로기와 동일시하는 것'에 있다는 것이었다. 김수영의 발언은 이어령의 논조를 넘어 상상의 공포와 금제의 실정력을 정확히 파악하고 있었음을 보여준다. 그는 작가 내면에 관철된 공포의 근원과 금제의 힘을 통해 남정현의 '분지' 필화 이후 자기검열의 작동을 처음 거론했다.

> 따라서 내가 생각하기에는 오늘날의 우리의 두려워해야 할 '숨어있는 검열자'는 (중략) 획일주의가 강요하는 대제도의 유형무형의 문화기관의 '에이전트'들의 검열인 것이다. 단 하나의 이데올로기를 대행하는 것이 이들이고, 이들의 검열제도가 바로 '대중의 검열자'를 자극하는 거대한 테제가 되고 있는 것이다. '대중의 검열자'가 '눈으로 볼 수 없는, 자각조차 할 수 없는…… 숨어 있는' 검열자라고 '문예시평'자(이어령-인용자)는 말하고 있지만, 대제도의 검열관 역시 그에 못지않게 눈으로는 볼 수 없는, 자각조차 할 수 없는 숨어 있는 것이다. 이들의 대명사가 바로 질서이다.[20]

김수영의 언급처럼, 검열자들이 강조하는 단 하나의 유일한 이데올로

19　김수영, 「실험적인 문학과 정치적 자유」, 같은 책, 222쪽.

20　김수영, 앞의 글, 같은 곳.

기[21]는 억압과 규율의 제도로 자리잡으면서 작가 스스로가 불온성 여부를 검열, 감시하도록 만드는 효과를 발휘한다. 검열자들은 반공주의라는 국가 이데올로기 규율장치에 순응하게 만듦으로써 사회주의와 접맥되는 급진성이나 실험성, 일탈의 가능성마저 마음에서부터 차단하도록 만든다. 그런 맥락에서 반공주의는 권력의 강압과 공포의 효과, 감시체계를 가동하는 문화체계를 존속시키는 질서의 정점을 이룬다. 김수영이 말하는 '질서'는 "대제도의 검열관 역시 (……) 눈으로 볼 수 없는, 자각조차 할 수 없는 숨어 있는 것"이다. 그 질서에 대한 감각은 작가 개인의 내면에서 생겨나는 불안과 공포의 효과를 일사불란하게 국가주의로 귀속시킨다. 이것이야말로 미셸 푸코가 말하는 내면화된 규율장치이자 생체권력이 아닐 수 없다. 이 질서의 감각, 생체권력은 이데올로기를 절대 유일한 것으로 만들고 나서, 그로부터 벗어나는 것을 허용하지 않고 그에 반하는 모든 것을 적대적으로 만든다. 그 질서는 용공혐의로 얽어매고, 끝내 빨갱이로 몰아가는 냉전의 감시 규율체계, 정당성을 표방한 정신 훈육의 규율방식, 전체주의 감각으로 무장한 반공주의라는 감시체계의 다른 명칭이다.

---

21 김수영이 인용구절에서 거론한 "단 하나의 이데올로기"가 냉전체제가 부과하는 현실 속 허위의식을 가리키지만 '반공주의'라는 맥락으로 이해해도 좋다. "그러나 우리들의 앞에는 모든 냉전의 해소라는 커다란 숙제가, 우리들의 생애를 초월한 숙제가 가로 놓여 있다. 냉전—우리들의 미래상을 내다볼 수 있는 눈을 주지 않는, 우리들의 주위의 모든 사물을 얼어붙게 하는 모든 형태의 냉전—이것이 우리들의 문화를 불모케 하는 냉전—너와 나 사이의 냉전—나와 나 사이의 모든 형태의 냉전—이것이 다름 아닌 비평적 지성을 사생아로 만드는 냉전." 김수영, 「생활의 극복」, 앞의 책, 97쪽.

이어령의 문제제기에서 촉발된 김수영의 검열 문제는 결국 정치적 사상적 자유의 문제와 직결된 것이었다. 이렇게 보면, 반공주의의 억압적 규율체계가 필화를 거쳐 대중매체들의 심의제로 자리잡고 사회 집단심성을 형성하며 작가의 창작에도 관여하는 과정이 남정현의 필화사건을 계기로 1960년대 후반의 뜨거운 문화적 의제로 등장한 셈이다. 여기에는 법정에서부터 대중문화계를 거쳐 작가의 심리에까지 영향을 미치는 불안과 공포의 자기검열 경로가 목격되고 있다. 구조화된 반공주의는 필화를 통해서 작가의 내면과 그 정신까지 관장하는 미시권력이자 금제화된 힘으로 작용하기 시작했던 것이다. 검열과 필화는 작가의 사회적 생존과 직결되는 문제였다. 때문에, 작가는 자신의 문학적 발언조차 사회정치적 맥락 안에서 표현의 정도를 스스로 고려하고, 자기검열을 통해 표현 수위를 조절해야 했다. 이런 모습이야말로 두려움과 불안 속에 스스로 자기를 규율하는 감시와 검열이 노리는 최종적인 공포효과가 아니었을까.

공포와 자기검열이 반공 규율사회의 강압과 감시의 직접적인 결과이긴 해도, 그것이 다시 반공주의의 직접적인 연관을 파악하는 지점으로 도달하기란 어렵다. 문화체계 안의 무기력한 작가의 책임으로 파악했던 이어령의 논지가 문화체계 안에서 작가의 창조력에 대한 신뢰로 이어졌으나 김수영의 통찰은 단 하나의 이데올로기만을 허용하는 냉전체제와 분단체제, 강압적이고 치밀한 조직화를 시도하는 독재권력의 상관성을 포착하는 데까지 이르렀다.

3. '마음의 검열관'과 김승옥의 자기검열

3.1. 가족사와 자기검열

프로이트의 논법을 빌려 말하면, 작가의 상상력과 글쓰기라는 행위는 외현된 꿈-내용에 비유된다. '잠재된 꿈-내용'을 의사 앞에서 기억해낸 환자의 '외현된 꿈-내용'은 창작심리와 글쓰기 과정에 비견할 수 있다. '잠재된 꿈-내용'을 '외현된 꿈-내용'으로 전환하는 과정에서, 전의식과 의식 사이의 관문에는 프로이트가 '꿈-내용'의 무의식적 검열을 비유적으로 언급한 '마음의 검열관'이 자리잡고 있다.[22]

프로이트는 '자원봉사'에 관한 꿈을 분석하면서 '꿈-검열' 기제를 리비도적 공상의 전형적인 모습으로 보았다. 그는 '꿈-검열'의 결과를 '추잡함의 제거'라고 설명했다. 프로이트는 외현된 꿈에서 삭제된 부분(자원봉사의 꿈에서는 '웅성거림'으로 나타난다-인용자)이 검열에 의해 희생된 부분으로, 이로 인해 '꿈-왜곡'이 생겨난다고 보았다. 프로이트가 말하는 외현된 꿈의 균열 부분(또는 삭제된 부분)은 바로 이 지점에서 '꿈-검열'이 이루어진 것이다. 프로이트는 대다수의 경우 꿈-검열이 원래 표현하고자 했던 것 대신에 표현을 완화시키거나 유사한 것으로 변죽을 울리며 암시로 끝나고 마는 제2유형과 강조점의 이동에 따른 내용의 재편성을 통해 외현된 꿈에서 '잠재적 꿈-사고'를 추측해낼 수 없는 제3유형도 있다고 보았다(198-199쪽). 또한 프로이트는 "재료의 누락, 수정, 내용의 재편성 등은 (…) 꿈-

---

22 지그문트 프로이트, 임홍빈·홍혜경 공역, 「꿈-검열」, 『정신분석강의』 상권, 열린책들, 1997, 193-210쪽. 이하 면수만 기재함.

검열의 작용이며 꿈-왜곡의 수단"이라고 말한다(199쪽). 프로이트는 수정과 재편성을 꿈-작용의 '전치'라고 불렀다(199쪽).

　'마음의 검열관'이라는 존재는 무의식에서 분출되는 리비도의 공상을 추잡함으로 몰고가며 '외현된 꿈-내용'에서 이를 고의로 누락시키거나 삭제하는 역할을 담당한다. 이 존재는 신체에 기입된 반공주의라는 억압적 규율장치가 작가의 자기검열을 능동적으로 수행하게 만드는 무의식의 실체이자 자기검열의 보이지 않는 주체에 해당한다. '마음의 검열관'은 예측할 수 없는 상상력, 곧 리비도적 공상을 억압하고 제어하며 신체에 기입된 공포를 견디어내기 위해 자기보존과 방어의 심리기제를 가동한다.

　리비도적 공상에 대한 자기검열을 가리켜 프로이트는 '추잡함'의 삭제 또는 누락으로 '꿈-내용'을 해석하지만, 반공주의의 강압적인 규율장치를 의식하는 작가들의 자기검열 양상과 연관지어 보면 그 맥락은 다소 다르다. '외현된 꿈-내용' 즉, '기술된 텍스트'에는 좌익 아버지에 대한 자기보존적인 침묵과 의도적인 은폐가 자리잡고 있는 것으로 보인다. 1940년 전후에 태어나 10대 성장기에 경험한 작가들의 경우,[23] 이들의 문학적 자아는 트라우마의 불가해한 근원에 대해서 다음과 같은 질문을 던진다. '전쟁이란 무엇인가', '왜 전쟁은 일어났는가', '왜 동족간에 싸워야만 하는가', '아버지는 왜 부재하는가', '아버지는 왜 좌익에 가담했는가', '왜 아버

23　40년대를 전후로 태어나 유소년기의 체험을 문학적 대상으로 삼는 작가는 다음과 같다. 유재용(1936), 이청준(1939), 한승원(1939), 김주영(1939), 김용성(1940), 전상국(1940), 김승옥(1941), 현기영(1941), 이문구(1941), 김원일(1942), 이동하(1942), 윤흥길(1942), 황석영(1943), 조정래(1943), 김성동(1947), 이문열(1948) 등이 있다.

지는 죽어야만 했는가' 또는 '왜 아버지는 돌아오지 않는가', '나는 누구인가' 등등…. 그런데 이들 질문에 대한 해답찾기(프로이트의 용어를 빌려 말하면 '소원 성취')는 반공주의의 감시와 규율이 지배하는 현실에서는 쉽게 접근할 수도 없거나 성취되기 어렵다. 이들 질문이야말로 애초부터 봉쇄하는 금기의 벽에 부딪치며 그 해답을 구하는 작업이 차단되는 것이다. 이는, 김수영이 과소평가할 수 없다고 언급했던 '금제의 힘'이기도 하다.

'꿈-검열'의 과정처럼, 억압된 것들의 침묵은 고스란히 유년기의 무의식으로 남아 은폐되거나 왜곡된 서사로 표출되기도 한다. 가족사의 경험과 관련된 억압된 기억과 침묵이 곧바로 해답구하기의 포기를 뜻하지는 않는다면, 세계를 향한 의문과 해답찾기는 장성하여 사회적 개인으로 살아가면서 반공의 규율장치와 필연적으로 대면하는 과정에서[24] 잘 조직된 글, 곧 자기검열을 거친 외현된 꿈-내용으로 나타난다는 가정도 당연히 성립한다. 한때, 풍미했던 분단서사라는 양식도 어린 서술자를 등장시켜 유년기 또는 성장기에 겪은 불가해한 체험으로 소급하여 역사의 광기와 폭력을 응축과 상징, 우회와 암시로 처리하기 위한 전략적인 방편으로 볼 여지가 충분하다. 어린 서술자는 반공의 억압적 규율을 우회하며 설

---

24 김원일의 『노을』에는 의미심장한 장면이 하나 있다. 좌익 아버지의 전력을 애써 외면하며 평범한 회사원으로 살아온 주인공이 간첩사건에 우연찮게 연루되면서 아버지에 대한 관심과 이해가 촉발되는 부분이다. 간첩사건을 계기로 주인공이 보여주는 '아버지로의 회향(回向)'은 사회적 그동안 자신의 생존을 위해 외면했던 문제들이 규율사회의 감시 속에서 언제든지 속박과 위해를 가할 수 있다는 뒤늦은 자각을 통해서 결행된 주체적인 전환임을 말해준다.

정된 금기의 현실을 돌파하려는 자기검열의 결과 고안된 존재로서 이데올로기의 규율장치에서 돌파하는 임무를 띤 존재임을 일러준다.

　　앞서 언급했던 김승옥의 설문을 다시 주목해 보기로 한다. 김승옥은 신문윤리위원회의 심의에 대해, "모든 것은 작가의 양식"의 문제로 귀결되지만, 신문이라는 매체의 특성상 "최소한도의 심의는 불가피"하다는 생각과 "오히려 작은 일 때문에 큰 것을 망치지 않을까 하는 두려움, 주변의 소동 때문에 전체 작가가 당하고 있는 것 같은 불안감"을 피력하고 있다.[25] 그가 말하는 '두려움'과 '불안감'은 작품 심의가 미칠 작가의 사회적 생존과 직결된 두려움과 불안, 검열과 심의 때문에 일어날 문학의 위축까지도 포괄한다. 김승옥의 이같은 두려움과 불안을 작가의 개인사와 관련지어 보면, 뜻밖에도 반공주의의 억압에 가려진 개인사와 이를 은폐하는 자기검열의 작동방식을 해명해볼 사례가 될 수도 있다. 이는, 작가로서 감시와 처벌에 대한 공포와 불안을 구체적으로 피력하고 있다는 단순한 이유 때문만이 아니다. 김승옥의 경우, 좌익에 연루된 가족사에 대한 발설이 대단히 늦다. 이러한 가족사의 내력을 감안하면, 60년대 초반에 발표된 작품 대부분이 자기검열이라는 측면에서 재독해가 가능하다는 것이 이 글의 문제의식이다.

　　김승옥은 한 좌담(2001.9.22)에서 좌익에 연루된 가족사를 처음 밝힌 바 있다.[26] 내용에 따르면, 그는 50년대 초등학교 시절 반공교육과 미국식

25　『서울신문』, 1967.5.23.

26　좌담 내용은 최원식·임규찬 공편, 『4월혁명과 한국문학』, 창작과비평사, 2002, 18-67

민주화교육을 함께 받았으며(29쪽), 여순사건이 일어난 순천지방에서 성장했다는 것을 언급하고 있다. 일찍 시작된 그의 독서 편력은 초등학교 때 이미 한설야니 이기영을 다 읽어치웠고, 루카치 정도가 새로운 존재였다고 회고하면서 집안에 좌익분들이 계셔서 피해다니고 도망다닌 (성장기의) 기억을 언급하고 있다. 그런 까닭에 개인적으로는 좌익적 분위기란 게 싫었다는 것이다. 그의 가족사 내력에는 순천중학 학생동맹 위원장을 지내고 좌익군인을 따라 지리산에 입산했다가 진압과정에서 서울로 도망하여 휴전 후 신학교를 다닌 목사가 된 외삼촌, 일제 때 남로당 당원이었고 자신이 여덟 살 때인 1949년 무렵 세상을 떠난 아버지에 대한 언급이 등장한다. 아버지의 전력 때문에 여순사건 이후 감시가 심해지자 초등학교를 여러 번 전학 다녔다는 내용이 이어진다.[27] 이 글에서는 김승옥의 가족사에 대한 세밀한 내력에 대한 관심보다도 소략하게나마 모습을 드러낸 가족사의 내력이 그의 문학을 어떻게 형성하며 자기검열 기제를 작동했는지에 주목해 보기로 한다.

가족사를 조심스럽게 발언하는 김승옥의 태도는 박완서의 경우와는 매우 차이난다. 박완서의 경우처럼 자전성에 대한 자기검열은 '오빠의 좌익 전력'에 대한 묘사를 중심으로 이루어진다. 박완서의 문학은 가족주의라는 틀과 반공주의의 시선을 의식하며 표현의 수위를 조절하는 소

쪽. 이하 책의 면수만 기재함.

27 위의 책, 41-42쪽.

극성의 특징을 보여준다.[28] 박완서는 1970년대 초반, 40대 중반에 작가
의 길에 들어선 점을 감안해야 함은 물론이다.

　하지만 김승옥의 경우, 김원일·이문구·이문열·김성동처럼 "반체제분
자의 자식"(42쪽)으로 성장했음에도 불구하고, 이들처럼 분단문학에는 합
류하지 않는다. 이 차별성은 그의 지적 조숙함과 "집안에 좌익분들이 계
셔서 피해다니고 도망다닌 (성장기의-인용자) 기억", "좌익적 분위기란 게 싫
은 느낌"[29]에서 의도적으로 선택한 문학적 행로에서 기인하는 것은 아닐
까. 그렇다고 해서 김승옥에게서 "빨갱이의 아들"[30]이라는 자의식과, 감시
규율에 어떤 두려움과 불안을 지닌 한 작가의 면모를 찾아내려 하거나 반
공주의의 검열기제에 순응하며 자기보존을 위한 선택이었다고 지레짐작
하는 것도 온당해 보이지 않는다. 그의 60년대 소설에서 여수, 순천이라
는 공간이 반복적으로 등장하지만,[31] 그 안에는 담긴 반공주의의 강압성
에 대한 반발이 우회적이고 징후적으로 풍부하게 발견된다는 점에서 자

28　강진호, 「반공주의와 자전소설의 형식」, 『국어국문학』 133집, 국어국문학회, 2002,
　　334쪽.

29　최원식·임규찬 공편, 같은 책, 41쪽.

30　김승옥 소설에서 "빨갱이의 아들"이라는 표현은 「내가 훔친 여름」(『김승옥 전집·2』, 문학동
　　네, 1995, 167쪽)에 단 한번 등장한다. 선배가 애인의 집에 가서 그 아버지께 정식으로 청
　　혼하는 대목에서 등장한다. 김승옥 소설에서는 '빨갱이'라는 단어 자체가 금기어에 해
　　당한다고 볼 여지가 충분하다.

31　김승옥 소설에서 여수, 순천의 공간성은 재론될 필요가 있다. 「생명연습」, 「건」, 「역
　　사」, 「누이를 이해하기 위하여」, 「무진기행」, 「환상수첩」, 장편 『내가 훔친 여름』의 주
　　된 공간이기 때문이다. '동두천'이라는 제목의 작품을 연재 중단하고 나서 제목을 바꾼
　　중편 「재롱이」(1968) 또한 여수, 순천을 대체하거나 그에 상응하는 공간에 가깝다.

기검열 문제와 관련돼 있다고 짐작된다. 그런 까닭에 탈냉전의 분위기가 성숙한 2001년의 시점에 와서야 작가 자신이 직접 '좌익의 아들'이라고 밝힌 점은 대단히 시사적이다. 이에 대한 해명은, 두려움과 불안 속에 자기검열의 기제를 작동시키며 창작에 임했으리라는 개연성을 확인하는 의의를 넘어서 월남작가와 좌익가족 출신 작가들에게 가해진 반공주의의 압력과 관련된 한국문학의 정체성을 재규명하는 데 요긴하다.

창작의 과정에서 작용하는 작가의 자기검열은 금기와 억압, 쓰려는 것과 쓸 수 없는 것의 충돌에서 발생한 균열을 봉합하려는 노력을 불러일으킨다. 이 노력은 끝없이 권력자의 편을 의식하며 표현을 약화시키거나 암시적으로 처리하기도 하고, 핵심내용을 아예 다른 소재로 대체하는 방도를 강구하는 모습으로 나타난다. 암시와 생략, 희화화, 금기의 우회나 침묵 등에 주목해야 하는 까닭도 이 때문이다. 암시와 생략, 희화화, 금기의 우회와 침묵 같은 자기검열의 결과는, 반공주의가 작동하는 작가 내면의 세계, 곧 미시권력과 공포의 효과를 감내하며 벌여야 하는 주체의 고투일 뿐만 아니라 부당한 권력과 규율에 저항하며 형성되는 글쓰는 주체의 경로를 보여주기 때문이다.

3.2. 아버지의 부재처리와 가족로망스

김승옥은 자신의 문학적 방향성을 두고 대학교 2학년 때 쓴 데뷔작 「생명연습」과 그 이후 발표된 자신의 60년대 소설을 두고 다음과 같이 발언한 바 있다.

(전략) 그래서 첫 데뷔작품이 내가 겪은 6.25가 어떤 의미를 갖고 있는가, 나에게 6.25란 어떤 의미인가 하는 주제로 대학교 2학년 때 쓴 「생명연습」이었어요. 말이 나왔으니까 좀 얘기하자면 우리 세대의 문학은 어떤 의미에서는 6.25문학이라고 봐야 해요. 4.19세대의 문학이라고들 하지만 사실은 우리 세대가 어린시절에 겪은 6.25이후의 체험담들이 결국은 우리 60년대 문학의 기본적인 배경이 된다고 봐야 하지 않을까. 적어도 나의 경우에는 6.25를 어떻게 봐야 할 것인가 하는 주제를 가지고 6.25 이후 한국인은 아버지를 상실한 세대, 민족대혼란의 전쟁과 이데올로기 때문에 성리학적 전통문화가 깨져버리고 아직은 새로운 것이 붙잡히지 않는 세대, 이렇게 압축시켜보자 해서 그렇게 썼던 거죠. 데뷔작 이후에 쓴 소설들도 거의 모두 그런 주제들이었죠.

-좌담, 같은 책, 32쪽.

김승옥이 말하는 '6.25에 대한 의미찾기', 곧 「생명연습」에서 발견되는 6.25의 의미는 전쟁 그 자체보다는 가족에 미친 충격에 대한 글쓰기의 결과물로 볼 수 있다. 그것은 전쟁이 초래한 아버지 상실의 충격과 그 부재에서 오는 상처로 요약된다. 「생명연습」[32]에서 가족상황에 대한 유년의 기억은 흡사 프로이트가 말하고 있는 「가족로맨스」와 그 안에 담긴 '외디푸스적 도정'에 크게 다르지 않다. 아버지의 부재, 아버지의 결핍에서 오는 어머니의 남성 편력과 이를 응징하려는 형의 모의, 형의 좌절

---

32   인용되는 김승옥의 소설 텍스트는 『김승옥전집』, 문학동네, 1995. 이하 작품명, 권수와 면수만 기재함.

과 자살은 "인간의 성장의 전형적인 위기를 해결하기 위하여 상상력이 거기에 호소하게 되는 하나의 방법"[33]이다. 이런 맥락에서 보면, 형의 자살은 성장기에 입은 트라우마, 전쟁의 상처를 헤쳐나가는 일련의 과정을 전형적으로 보여준다.

상처는 어디에서 온 것이며, 이야기는 어떻게 변형되고 응축되었는가? 이야기에서 일단 발화되지 않은 채 누락된 사실 하나는 죽음으로 처리된 아버지의 부재이다. 이야기는 아버지의 죽음에 관해서는 철저히 침묵하며, 그 대신에 어머니의 남성 편력과 형의 윤리적 응징, 어머니와 형을 화해시키려는 누나의 시도로 이루어진 가족로망스로 바꾸어놓는다. 하지만 가족로망스의 내밀한 내용마저도 학과 지도선생인 한교수와의 대화나 회고담, 엽색행각을 일삼는 친구와의 만남과 대화들 속에 숨겨져 있다.

「생명연습」에서 누락시킨 '아버지의 부재'를 대체하는 것은 아버지 없는 현실에서 가족 성원들의 상처와 갈등과 죄의식에 관한 이야기이다. 이야기는 가족간 불화, 곤고한 성장의 고통에 관한 내력이기도 하다. 어머니와 오빠 간의 애증이 "한오라기의 죄도 섞이지 않"(40쪽)은 "풀 수 없는 오해들"(43쪽)과 "다스릴 수 없는 기만"(43쪽)들로 얼룩진 성장의 서사, 침묵해온 기억들과 자욱한 불행을 견디어내며 살아온 가족의 서사이다. 이것이야말로 50년대의 고통스러운 성장의 다른 이름인 '생명연습'의 본래 의미이다.

---

33 마르트 로베르, 김치수·이윤옥 공역, 『기원의 소설, 소설의 기원』, 문학과지성사, 1999, 41쪽 각주.

이렇게 보면 「생명연습」에서 '마음의 검열관'은 전의식과 의식 사이에서 아버지를 부재처리하고 아버지에 대한 모든 내력을 삭제하며 어머니-형, 누나-나로 구성된 가족로망스를 만든 셈이다. 결국, 아버지와 관련된 자전성을 삭제하고 남는 것은, 아버지의 부재에서 비롯된 어머니의 고단한 생계살이와 피난지에서의 궁핍한 생활에 관한 소략한 내용뿐이다. 「생명연습」에서 누나의 편지에서도 드러나는 것처럼 이야기의 내용은 "거의 완전한 허구"(42쪽)이다.

「생명연습」의 허구성은 자전성의 출처를 가진 요소들이 어떻게 이야기로 구성되는지를 보여주는 과정에 불과하다. "거의 완전한 허구"라는 말에서도 알 수 있듯이(사실 '완전한 허구'란 없다), 가족로망스의 내용은 아버지의 부재에서 어머니를 의심하는 나의 무의식이 형과 누나의 관계로 분열을 일으키고, 어머니의 형 사이에 애증이 교차되는 관계로 재구성된다. 이는 근대소설의 심리학적 기원과도 통한다.[34]

「생명연습」에서 "화사한 왕국"도 허구적 이야기 중 하나이다. 이 세계는 아버지가 부재하는 현실에서 오는 어머니의 외출, 어머니의 부재가 불러일으키는 불안과 공포를 견디어내기 위해 고안된 자기만의 상상공간이다. 서술자가 상정하는 왕국에서는 "누구나 정당하게 살고 누구나 정당하게 죽어간다."(이 상상은 아버지는 정당하게 살았으나 부당하게 죽었다는 맥락으

34　마르트 로베르의 관점이 근대소설의 심리학적 기원을 가족로망스와 외디푸스적 도정에서 구하고 작가들을 업둥이와 사생아로 나누는 방식도 여기에 부합한다. 그러나 김승옥의 경우, 아버지의 부재와 상실이 아버지의 고귀함이나 어머니의 타락 사이에 좌익가족이라는 특수성이 자리잡고 있어서 로베르의 논리를 일반화시키기에는 무리가 있다.

로 바꿀 수 있다). 또한 "피하려고 애쓸 패륜도 아예 없고 그것의 온상을 만들어주는 고독도 없는 것이며 전쟁은 더구나 있을 필요가 없다."(이 상상은 현실에서는 피할 수 없는 패륜-어머니의 부정과 형의 윤리적 응징 모의, 자살 등—과 그것의 온상을 만들어주는 고독만 있었고, 전쟁의 상처만 있었다는 말로 바꾸어도 무방하다).

그러므로 화사한 왕국은 "누나와 나는 얼마나 안타깝게 어느 화사한 왕국의 신기루를 찾아 헤매었던 것일까!"(40쪽)라는 말처럼, 곤고한 현실을 견디어가며 아버지의 대체물을 갈구하는 과정에서 만들어진 공상의 세계인 셈이다. 이렇게 보면, 「생명연습」에서 자전적 출처를 은폐한 이야기의 원본은 형과 누나로 분화된 '나'의 이야기, 아버지 부재와 어머니가 외출한 가정에서 외롭게 성장한 이의 '자아의 서사'였다는 말이 성립된다. 아버지의 생애와 죽음은 누락된 채(자기검열에서 삭제된 부분), 생계 때문에 바깥을 떠도는 어머니에 대한 의심과 질투, 그에 대한 윤리적인 응징이 한교수와의 대화 속에 끼어들면서 한 편의 이야기가 만들어진 것이다.

3.3. 자기검열과 또다른 아버지찾기

「생명연습」에서 기억되는 유년의 시간대는 "국민학교 육학년 때, 사변이 있던 그 다음해 이른 봄", '전쟁중 여수'(1권, 「건」, 20쪽)이다. 「건」의 시간 배경 역시 "6학년" 때이므로 1951년 무렵이다. 「생명연습」이 위태로운 성장을 반영한 가족로망스의 내밀함을 문제삼고 있다면, 「건」은 빨치산 내습으로 불타버린 도시를 무대 삼아 사회주의 사상과 이념분자들의 순수를 모독하며 세상의 위악을 모방하며 성장하는 자의 이야기이다.

무엇보다도 「건」에는 여순사건의 흔적들이 파편처럼 산재한다. 세상

의 위악을 모방하며 성장하는 작품에는 자전성의 출처를 가진 요소들
이 변형되거나 압축되며, 대체를 통해 맥락이 바뀐 채로 텍스트 전면에
드러난다. 「생명연습」에서는 누락되었던 아버지의 모습이 빨치산의 시
신을 처리하는 노역자로 바뀌어 등장하고, 어린 주인공은 관에다가 힘
껏 돌팔매질 하는 위악한 아동으로 등장한다. 「건」에는 「생명연습」에서
보여주었던 가족로망스의 구도가 성장하는 개인의 외디푸스적 도정에
서 세계의 위악성에 감염된 존재의 위악함을 한껏 부각시킨 형국으로 바
뀌어 있다. 위악하고 고단한 성장체험에서 어린 주인공은 이데올로기란
"꽁꽁 뭉친 그런 신념덩어리"(54쪽)가 아니라 "벽돌이 쌓여 있는 더미의
강렬한 색깔"이 가진 "무시무시한 의지"이며, "적갈색과 자주색이 엉켜
서 꺼끌꺼끌한 촉감의 피부를 가진 괴물"(54쪽)이라는 점을 절감한다. 이
러한 세계인식은 오로지 세계의 위악함을 모방하며 자신의 순수를 상징
했던 윤희누나를 범하려는 형의 부정한 모의에 가담함으로써 세계의 위
악과 공모하도록 만든다. 「건」의 어린 주인공은 여순사건의 트라우마를
한껏 부풀리며 세계의 위악함을 모방하고자 한다. 또한 그 위악함과 공
모하여 동심의 세계와 순수의 영역을 짓밟으며 이와 결별하려는 '성장의
서사'의 면모를 보여주고자 한다.

　「건」에서 서술의 특징은 여순사건에 연루된 좌익가족의 아들이 발설
해서는 안 되는 자전적 내력을 어떻게 변형시켰는지를 암시하는 대목이
발견된다는 데 있다. 여기에서 침묵하고 있는 부분은 아버지의 사상 선
택과 활동이 가진 함의이다. 이를 김승옥의 가족사의 회고와 겹쳐 읽어
보면 아버지와 현실에 대한 연관이 어렴풋하게 드러난다.

"자라면서 어린시절부터 그런 갈등을 느꼈지요. 아버지가 옳으냐 내가 받은 교육이 옳으냐. 그래서 독서를 일찍 시작했던 것이 아닌가, 그렇게 생각해보곤 합니다. 아마 아버지는 일제에서 해방되기 위하여, 독립운동을 하기 위하여 남로당에 들어갔던 것이 아닐까, 아버지 세대에서는 제국주의가 아닌 국가, 피압박민족의 해방을 지원해주는 국가가 소련밖에 없었기 때문에 아버지도 맑시스트가 됐던 게 아닐까, 아버지에 대해 저는 그렇게 이해해보고 있습니다."

-좌담, 같은 책, 47쪽.

김승옥의 발언에서는 아버지의 좌익활동을 수긍할 면도 있음을 암시하고 있다.[35] 자신의 이른 독서 편력을 언급하는 김승옥은 온통 아버지의 정치적 선택이 옳았는가 아니면 자신이 받은 미국식 교육이 옳았는가에 대한 해답을 찾아가는 과정이었다고 가정형으로 조심스레 표현하고 있다. 이와 관련해서, 가족로망스나 외디푸스 콤플렉스를 차용한 고통스러운 '자아의 성장서사'가 아버지와 현실세계에 대한 물음을 변형시켜 아버지의 부재 처리와 어머니의 드난살이, 어머니와 형의 갈등, 누나와 나의 공모 같은 가족서사의 외양을 갖추게 된 것은 어디에서 비롯된 것인가라는 질문도 가능해진다. 이는 60년대 반공주의가 가한 강압적이면서도 정교해진 검열과 감시규율체계 때문에 이야기가 빨치산에 돌팔매질을 하는 위악한 아동의 모습과 무전여행을 떠나려는 형의 욕망을 차단하

---

35 「생명연습」에서 어머니에 대한 형의 윤리적 응징은 아버지에 대한 애정에서 비롯된 것임을 상기해볼 필요가 있다.

는 아버지의 제재로만 나타나는 잔상을 담아내는 데 그치고 있음을 시사한다. '나'를 통해서 여과된 이야기는 이데올로기의 남루한 모습과 무시무시한 적의를 느끼는 모습으로 약화되어 세계의 위악함을 닮아가며 성장하는 '자아의 서사'로 바뀌어간 것으로 이해해도 지나치지 않다.

김승옥의 소설에서 아버지의 부재, 아버지의 현저한 결핍은 강압적인 감시체제에 따른 자기검열의 맥락에 닿아 있다. 아버지의 부재 처리 또는 고의적인 누락을 통해 그의 소설이 초점화한 내용의 대부분은 억압당하고 금제의 벽으로 둘러쳐진 사회, 그 사회를 관장하는 국가아버지에 대한 문제로 이행하고 있다. 「역사」가 바로 그런 경우이다.

「역사」에서 하숙집의 청결함과 할아버지를 중심으로 짜여진 가족 성원들의 일상은 국가아버지가 강요하는 가부장적 규율사회에 대한 알레고리에 가깝다. 규율사회를 비유한 정결한 하숙집을 향해 '흥분제 투여'라는 퇴폐적인 방식으로 일어난 해프닝은 국가아버지의 권위와 규율을 한껏 조롱하는 표현의 수위 조절에 해당한다. 해프닝으로 처리되는 돌발적인 사태, 의도를 감춘 우발성은 '흥분제'가 가진 성적 함의를 정치적인 맥락으로 비틀며 풍자효과를 한껏 고양시킨다. 그럼에도 불구하고 이야기의 서술방식은 하숙집에서 나온 다음 다른 서술자에게 자신의 사연을 전하는 액자로 처리하는데, 이것이야말로 표현의 의도와 수준을 조절하며 의미를 은폐하려는 의도를 담은 모습이 아닐 수 없다. 밤에 이루어진 '역사'의 괴력은 하숙생의 답답함과 결부시켜 보면 사회변혁을 위한 리비도적 욕동과 유사하다. 하지만, 이 또한 은유적으로 처리된 '위장된 표현'에 가깝다. 표현 강도의 약화, 표현 수위의 억제, 액자화, 표현의 위장은 '마음의 검열관'을 의식한 자기검열의 흔적이다.

감시와 처벌에 대한 공포와 불안, 자기검열로 인해 자전적인 출처를 가진 재료를 그대로 재현할 수 없을 때, 아버지의 부재에 따른 결핍을 메우려는 대체물로 변형시킨 이야기가 만들어진다. 이미 「생명연습」에서 보았듯이 아버지를 부재 처리하면서 그 책임을 어머니에 대한 원망과 증오를 바꾸는 것처럼, 「건」에서 아버지는 어머니라는 존재를 텍스트 전체에서 배제하고 죽은 빨치산의 주검을 처리하는 민간인으로 잠시 등장시켰다가, 「역사」에서 새로운 아버지인 국가를 승인하면서도 다른 한편으로 그 강압성에 조심스럽게 거부감을 담은 이야기로 변형시킨다. 또한 「야행」에서는 규율과 억압에 길들여진 경제화된 개인이 어느 순간 돌연히 일상의 균열을 뚫고 들어와 일으키는 폭력에 혼란과 공포를 느끼며 "내부에서 생겨난 공포와 혼란"(「야행」, 278)을 야기한 현실로부터 자신을 해방시켜 구원하려 열망한다. "속임수로부터의 해방"(「야행」, 279)이란 일상 속에 규율과 타협한 '자기'를 구원하는 문제이기도 하다.

이렇게, 김승옥의 소설을 자전성과 관련지어 보면, 침묵된 아버지의 좌익활동과 사회주의에 대한 열망은 한껏 억제되었고, "교과서에서 보고 배운 바대로 행동한 4.19의 진정성을 아버지의 대체물로 삼는 점이 희미하게나마 감지된다. 「우리들의 낮은 울타리」에서 되뇌는 작가의 고심처럼, "'진정한 삶'에 대한 고정관념을 유일한 능력으로 하여 결국 먹고 살기 위해서 소설을 써왔단 말인가?"(1권, 325쪽)라는 통렬한 반성은, 실은 아버지의 길과 끝없이 대비하며 세계를 향해 던지는 질문이기도 했던 것이다. 전쟁의 상처를 집약하고자 했던 「동두천」 연재가 자료 부족으로 좌절된 것이나, 「먼지의 방」 연재가 1980년 5.18광주민주항쟁의 여파로 중단된 것은 규율과 억압에서도 승인했던 60년대 국가아버지의 폭력성과 같은 기시감을 느끼며 겪은 충격에서 비롯된 것이었다.

김승옥의 소설에서는 드물지만 '빨갱이의 아들'이라는 자전성이 표출되는 경우가 발견된다. 하지만 이 표현은 그의 소설에서는 전혀 다른 맥락으로 등장한다.

> "여러분, 저는 여러분 앞에 고백합니다. 나는 빨갱이의 아들이라는 생각 때문에, 사실은 아직까지 아무도 저에게 무어라 하지 않았는데도 불구하고 저는 필요 이상으로 비틀어져 있었습니다. 비틀어져 있었다는 것은 다름이 아니라, 사실 이상으로 저는 부잣집의 철없는 막내아들이나 하고 다닐 일과 말씨를 쓰고 다녔다는 것입니다.(중략) 저보다 더 빨간색을 싫어한 사람은 없었을 겁니다. 스페인 투우장의 검은 소도, 그리고 이승만 박사도 저보다는 덜 빨간색을 싫어했을 겁니다. (……)저는 항상 강박관념에 사로잡혀 지내야 했습니다. 예를 들면, 길가에 나붙은 '방첩' 포스터나 '이러이러한 조건을 가진 자는 우선 간첩이라고 의심하여 보라'는, 저와는 아무 관계없는 포스터만 보아도, 아이구, 혹시 나를 간첩이라고 몰아댄다면 어쩔까, 아니라고 변명할 수도 없을 것 같다는 식으로 피해망상증에 빠지게 되고, 그러면 그럴수록 자신이 정말 간첩이라도 된 듯한 기분이어서 자기 자신을 못믿게 되고, 말하자면 항상 자기 자신을 범죄자가 아닌가 의심하며 지내왔고, 그래서 더욱 아니라는 확신을 자신에게 주기 위해서 포마드

를 머리에 더 두껍게 바르고 했단 말입니다.(하략)"[36]

주변서사에 지나지 않는 강동순의 애인 '남형진의 입'을 빌려 발화되는 '공산주의자인 아버지'와 '빨갱이의 아들'이라는 고백은 강동순과 결혼하기 위해 여자의 아버지에게 자신의 신원을 밝히는 방식을 취하고 있다. 여기에도 김승옥 개인의 자전적 요소가 투사되어 있다. "요컨대 저는 '무언지' 무서웠습니다."라는 표현이나 '붉은 색'에 대한 공포를 언급하는 대목은 사실 '빨갱이의 자식'으로서 사회적 생존을 위한 몸짓이었음을 거론하는 방식이다. 화자인 남형진의 고백은 예비장인과 상면하는 자리에서 횡설수설하며 자신의 레드컴플렉스를 토로하면서 우스꽝스러운 분위기로 바꾸어버린다. 이는 전형적인 '맥락의 변경'이다. 초점의 이동(프로이트의 용어로는 '중심점의 이동')을 통해 자신의 불온성을 은폐할 뿐만 아니라 웅얼거리는 소음으로 처리함으로써 '마음의 검열관'이 수행하는 자기검열의 심의과정을 통과하려는 것이다. 초점화의 이동을 통한 맥락 변경, 뜻없는 웅얼거림 같은 소음으로 처리하며 내용을 생략하거나 의미를 전치(轉置)하는 수법은, 앞서 거론했던 지리산 입산자 외삼촌의 행적이나 남로당원 아버지에 대한 자기검열의 낯익은 대목에 해당한다.

---

36 『내가 훔친 여름』, 전집 3권, 문학동네, 1995, 167쪽, 168-169쪽.

4. 작가의 자기검열과 글쓰기

　작가의 소설쓰기, 곧 문학의 맥락화 과정은 속성상 자전적인 요소나 현실에서 소재를 취해 이를 허구화하는 경로이다. 이 과정에서 내재화된 심급인 '마음의 검열관'을 통과하려는 노력이 개재할 수밖에 없다. '마음의 검열관'이 심의하는 자기검열은 표현의 생략이나 약화, 의미의 전치를 통한 내용의 변용, 초점 이동을 통한 맥락의 변경 등을 불러들인다. 이 심리적 절차는 자전적 요소에서 '추문'이나 '사상적으로 불온한' 가족사의 내력, 프로이트의 표현을 빌려 말하면 '리비도의 추잡함'을 은폐하기 위해 노력한다. 김승옥만이 아니라 일제부역자, 월남자 또는 월북자를 가족 성원으로 둔 작가들은 자기검열을 통해 자신과 가족의 사회정치적 결격과 사상적 불온성을 은폐해야만 했다. 일제부역이나 사상적 연루를 은폐하는 일은 자신을 포함하여 가족 성원들을 보호하는 일이었다. 작품화하는 문학적 행위에서 사상 문제와 관련된 불리한 사안들을 서사 안에서 의식적으로 누락시키거나 은폐하는 일은 작가 자신의 사회적 생존과 직결된 문제였다.『태백산맥』의 작가가 치른 반공주의자들의 집요한 위협과 반발을 떠올려 보아도 쉽게 이해된다.

　작가의 자기검열은 개인의 삶이 가진 편차만큼 다양해서 유형화한다는 것은 그다지 의미가 없다. 다만, 자기검열의 방식에 주목해보면 공포에 시달리는 병든 주체의 양상에서부터 검열을 미리 예상하고 핵심적인 내용을 누락시키거나 유사한 것들로 대체하는 방식, 아니면 암시적 처리 등이 흐릿하게 감지될 뿐이다. 이 모든 자기 검열의 과정은 자기보존적인 방어기제의 속성을 갖는다. 그러나 자기보존적인 방어기제가 반공주의의 억압적 규율에 대응한 결과 주조된 것이기 때문에 그 자체가 작가의 정체성인지 아니면 자기보존의 기제인지를 구별하기 어렵다. 다만 반공주의의 억압이 '금제의 힘'으로 현실정치에서는 '필화'라는 사건을 통해서 조직적인 권력을 발휘하고 거기에서 생겨난 공포와 불안이 얼마나 한국문학을 왜곡시켰는가 하는 문제는 이제부터 본격적으로 논의되어야 할 과제라는 사실이 명확해졌다.

'일망감시의 규율'이라는 푸코의 논리에 비추어보면 한국문학이 반공주의라는 이데올로기 국가장치 아래 제도와 장을 형성해 왔다는 점을 부정할 수 없다. 반공주의에 순응적인 주체를 주조해내려는 국가 기획의 현실은 광복 이후 자행된 폭력적인 권력과 제도의 무차별한 적용사례에서도 잘 확인된다. 억압적 규율에 따른 무차별한 반공주의의 적용은 작가들에게 공포증과 불안, 금기, 자기 검열의 글쓰기를 낳았다. 작가들의 자기검열은 금기에 대한 가위눌림, 곧 공포와 불안만 아니라, 규범화된 현실의 역사적 과제들을 정면에서 파악하려는 의욕을 좌절시키면서 피해자의 감정 영역에 머물러 만드는 '문학의 연성화', 더 나아가서는 자각과 저항을 감행해야 할 시민적 주체의 형성에 부정적 결과를 초래했다. 필화를 통해 실체를 드러낸 '금제의 힘'은 작가 내면에 공포와 불안을 낳았고 전의식과 의식 사이에 '마음의 검열관'이라는 생체권력을 작동하도록 만들었다. 반공의 규율체계는 억압과 감시, 검열과 왜곡을 통해서 개인의 정체성을 주조했을 뿐만 아니라 한국문학의 제도와 정체성에도 결정적인 영향을 미쳤다.

제2부

전쟁과 문학과 인간

분단의 어두운 현실과 훼손된 삶
최태응의 소설세계

1. 최태응 문학의 의의

황해도 장연 출신의 작가 최태응(1916~1998)은 1930년대 후반 『문장』지
의 3회 추천을 통해 등단했다. 그는 일제 말기 총력전체제 하에서 추천작
을 비롯한 몇몇 작품을 발표한 뒤 1942년에 낙향하여 독서와 창작으로 소
일하다가 해방을 맞는다.[01] 해방 직후, 그는 단신 월남하여 언론문화계에
종사하였다.[02] 전쟁이 발발하자 피난 가지 못하고 가족과 함께 서울과 교외

---

[01] 최태응의 선친 최상륜은 1911년 일제가 대표적인 민족운동세력을 탄압하기 위해 조
작한 105인 사건에 연루되었던 황해도 은율의 선각자 중 한 사람이었다. 그는 김구와
백남훈 등과 의형제지간이었고, 맏형 최태영 박사는 장연 일대의 3.1운동에 가담한 주
동자의 한 사람으로 일제 시기 내내 창씨개명을 하지 않은 법학자다. 최태응 역시 이러
한 가풍 속에서 1932년 속칭 '경성제대 예과 사건'으로 정학처분을 받은 뒤 진학을 포
기한 채 도일했을 만큼 반일 성향이 강했다. 최태응, 「나의 기자시절」, 『신문과방송』,
1977 및 「나의 문학도(文學徒) 회고」, 『백민』 통권 18호, 1949.2·3.

[02] 이 시기의 활동상은 최태응, 「나의 기자시절」에 잘 드러나 있다. 글 말미에는 1946년
『민주일보』 정리부장, 1947년 『민주일보』 편집부장과 『부인신문』 편집국장, 1950년

에 은신했고, 서울 수복 이후 종군활동에 나섰다가 큰 부상을 입기도 했다. 그는 종군 시절 연재한 장편 『전후파』를 비롯하여 60년대 후반까지 활발한 창작활동을 펼쳤던 '월남민 출신 전쟁 구세대 작가'였다.[03]

최태응의 문학에 대한 이해와 논의 수준은 그가 남긴 작품의 양에 비하면 너무 소략하다. 대표작으로는 「바보 용칠이」를 비롯하여 첫 장편 『전후파』가 주로 언급되는 형편이다. 최태응 문학에 대한 논의는 1996년, 권영민의 주도로 간행된 『최태응 문학전집』(전3권, 태학사 간) 출간 이후에야 가능해졌다고 할 만큼 그 이전까지는 논의 자체가 거의 부재했다.[04] 그나마 전집 출간과 함께 그의 문학에 대한 관심이 활발해지고 있는 형편이다. 그의 문학에 대한 논의들을 일별해 보면, 종군작가 시절의 작품 소개,[05] 대

『평양일보』 대표, 1951년 주간잡지 『국민전선』 주간을 역임한 것으로 기술돼 있다.

03 '구세대작가'란 1950년대 중후반 등장한 6.25세대 작가들과 달리 1930년대 후반에서 40년대 초반에 등단한 작가들을 가리킨다. 이들 세대는 1960년대 이후 전쟁체험세대에게 문학사적 과제를 양도한다는 특징을 가지고 있다. 최태응을 비롯하여 황순원, 김이석, 임옥인, 양명문, 원응서, 박남수, 구상 등의 월남작가에 대한 전체적인 논의가 본격화된 것은 그리 오래되지 않았다.

04 전집 수록작은 장편 1편, 희곡 1편 외에 중편과 연작, 단편과 꽁트를 포함하여 모두 77편이나 새로이 확인된 작품 수는 105편에 이르고 있어서 전집 수록 분량을 크게 넘어선다. 확인된 작품들까지 모두 합치면 182편(장편 6편, 중편 14편, 꽁트 및 단편 161편, 희곡 1편)에 이른다. 미처 정리되지 아니한 수필과 논픽션, 번역, 번안물 정리도 향후 과제이다.

05 신영덕, 『한국전쟁기 종군작가연구』, 국학자료원, 1998.

구 피난 시절의 신문연재 장편 발굴,[06] 신체결손형 등장인물의 분석,[07] 장편 『전후파』와 아프레걸 논의,[08] 잔류파 문인의 한 사례,[09] 월남문학의 차원[10] 등이 대표적인 접근방식이다. 특히 작가론의 관점에서는 해방 직후 우익문단 활동과 반공주의적 관점에서 김일성장군 가짜설 유포자로 거론되기도 하고,[11] 1959년 역사소설의 형식으로 집필한 『청년 이승만』[12] 등을

06　안미영은 「최태응 소설에 나타난 전후인식-전후 미발굴 장편소설을 중심으로」(『어문연구』 42집, 우리어문학회, 2003)에서 처음으로 최태응의 소설 전반을 개괄했다. 그는 최태응의 문학활동을 1939년 등단~해방 이전(1기), 해방 이후~6.25전쟁 직전(2기), 6.25전쟁 ~1960년(3기), 1961년~1979년 미국 이민 전까지(4기)로 나누었다. 첫장편 『전후파』 외에 두 편의 연재장편 『행복은 슬픔인가』와 『낭만의 조락』(미완)을 발굴, 소개하고 있다.

07　김효석, 「최태응 소설의 작중 인물 고찰-결손 인물형을 중심으로」, 『우리문학연구』 30호, 우리문학회, 2010.

08　최미진, 「1950년대 신문소설에 나타난 아프레걸」, 『대중서사연구』, 13-2, 한국서사학회, 2007.

09　김미향은(「잔류파의 현실인식과 문학적 증언」, 『국어문학』 59호, 국어문학회, 2015) 최태응의 「구각을 떨치고」를 최인욱의 「목숨」, 곽학송의 「철로」 등과 함께 논의했다.

10　월남문학의 관점에서 최태응 문학을 검토한 경우는 김효석, 「전후월남작가연구」, 중앙대 박사논문, 2005; 공임순, 「빨치산과 월남인 사이, '이승만'의 재현/대표성의 결여와 초과의 기표들」, 『스캔들과 반공국가주의』, 앨피, 2010; 전소영, 「해방 이후 '월남작가'의 존재방식」(『한국현대문학연구』 44집, 한국현대문학회, 2014); 서세림, 「월남문학의 유형」, 『한국근대문학연구』 31호, 한국근대문학회, 2015; 정주아, 「'정치적 난민'의 공간 감각, 월남작가와 월경의 체험」, 『한국근대문학연구』 31호, 한국근대문학회, 2015 등이 있다.

11　김일성 가짜설을 촉발시킨 당사자로 최태응을 지목하기도 하지만(공임순) 이는 대표적인 오해 중 하나다. 1946년 6월 『이북통신』에서 유포되기 시작한 김일성 가짜설(신형기, 『시대의 이야기 이야기의 시대』, 삼인, 2015, 136쪽)이 있으나 최태응은 「金日成 氏에게」(『대조』, 1949.4, 37-40쪽)에서 고향을 파괴한 자에 대한 적대감을 표출한 정도였다.

12　후지이 다케시(「'이승만'이라는 표상-이승만 이미지를 통해 본 1950년대 지배권력의 상징 정치」, 『역사문제연구』 19호, 9-30쪽)에 따르면 이승만 전기물로는 양우정의 『이대통령투쟁사』(연합신문사,

문제 삼기도 한다. 이들 논의에서 보듯, 최태응의 문학은 텍스트 자체에
대한 논의보다는 반공주의나 월남문학이라는 맥락 안에서 다루는 경우가
많다. 그의 문학 전반에 대한 검토보다도 반공 우익민족주의자 성향의 월
남작가, 전쟁 이후 '잔류파 문인'으로서 반공 동원기제 안에 놓인 상황을
조명하는 경향이 우세한 형편이다. 그런 까닭에 어두운 시대 현실을 헤쳐
나온 월남작가로서의 윤곽과 작품 안에 기입해둔 반공 국가주의에 대한
자기분열적인 기술의 문제, 곧 사상적 존재증명을 위한 절규나 민감한 정
치적 현안에 대한 우회와 침묵 같은 세밀한 요소들에 대한 분석이 최태응
문학 연구에서는 필수적인 과제에 해당한다.

최태응의 문학적 생애는 작가로서 활동을 시작한 1930년대 후반부터
해방 전까지를 '초기', 해방 직후부터 60년대 후반까지를 '중기', 1970년
대에서 90년대 후반까지를 '후기'로 삼분(三分)해서 살필 수 있다.[13] 해방

1949), 서정주의 『이승만박사전기』(삼팔사, 1949), 로버트 올리버의 『Syngman Rlee: the
Man Behind the Myth』(New York, Dodd Mead and Company, 1954)이 있다. 이외에도
한철영의 『자유세계의 거성 이승만대통령』(문화춘추, 1954), 갈홍기의 『대통령 이승만 박
사 약전』(공보실, 1955) 등이 있다. 1955년 10월 남산에서는 이승만 탄생 80주년을 기념
해서 동상 기공식이 열렸다. 이승만 우상화의 움직임과 최태응의 『청년 이승만』은 구
별해서 살필 필요가 있다. 최태응은 1959년 신상옥 감독의 『독립협회와 청년 이승만』
의 원작을 집필하기 위해 앞서 언급한 올리버의 저작과 『한국계년사』, 『한국독립운동
사』, 『경성부사』를 참고했다고 밝히고 있기 때문이다. 최태응, 「발문」, 『청년 이승만』,
성봉각, 1960, 302-304쪽, 이화진, 「'극장국가'로서 제1공화국과 기념의 균열」, 『한국
근대문학연구』 15호, 2007, 219쪽 재인용.

13 안미영은 최태응의 소설세계를 모두 네 시기(1기: 1939-1945, 2기: 1945-1950, 3기: 1950-1960, 4
기: 1960-1979)로 나누고 있으나(안미영, 앞의 논문), 2기와 3기는 함께 논의해도 무방하다고
판단된다.

이전의 초기작으로는 「바보 용칠이」(1939)·「항구」(1940)·「산사람들」(1940) 등이 있다. 해방 이후 작품들로는 「강변」(1946)·「새벽」(1946)·「사탕」(1946)· 「북녘사람들」(1947)·「집」(1947)·「미아리 가는 길」(1948)·「월경자」(1948)·「슬픔과 고난의 광영」(1949)·「소」(1949) 등을 꼽을 만하다. 전쟁 발발 이후부터 1950년대 중반까지 반공 전시문학에 속한 작품들을 발표하지만,[14] 전쟁의 여파 속에 범람하는 후방의 부정적 세태에 주목했다. 첫장편 『전후파』(1953)를 비롯하여 '잔류파'의 경험을 다룬 「구각을 떨치고」(1951), 세태 비판적인 경향의 「삼인」(1953)·「자매」(1953)·「꿈 깨인 아침」(1954)·「옛 같은 아침」(1954) 등이 있다. 또한, 진남포에 진주한 소련군의 야만적 행태와 월남민의 비애를 자전적 화자의 목소리로 담아낸 「슬픔과 괴로움 있을 지라도……」(1954) 「무엇을 할 것인가」(1956), 개인의 불행 속에서도 가난에 극한 작가의 일상적 정경을 서정성 짙게 드러낸 「상처 이후」(1956)·「맞선」(1957) 등이 쓰여진다. 황해도 장연의 개화 초기 선각자들을 다룬 「여명기」(1957), 전쟁으로 만신창이가 된 가족 질서의 복원 가능성을 탐색한 「제삼자」(1957)·「여인도」(1959)·「살처자」(1959)·「인간가족」(1960) 등이 거론될 만하다.

1970년대 소설세계는 노인 화자를 등장시켜 전쟁과 피난시절을 회고하거나 물신풍조를 비판하고(「죽음의 자리」, 1970; 「하늘을 보아라」, 1976), 변두리 인생을 온정적 시선으로 포착해 나갔다(「외로운 사람들」, 1976; 「못사는 이유」, 1977). 1979년 도미한 뒤, 그는 미주동포 문단에서 작가지망생들을 지도

14　그의 작품에 대한 윤곽은 신영덕, 앞의 책 참고.

하며 이민생활의 쓸쓸함을 담은 작품도 남겼다. 그러나 이같은 시기 구분에 따른 작품 분석에 앞서, 최태응 문학의 온전한 이해와 복원이 더 절실한 형편이다.[15]

이 글은 탄생 백년을 맞이하여 최태응 문학을 이해하는 단초가 마련되기를 바라면서, 제한적이나마 그의 소설에 관류하는 미적 특질이 무엇인가를 논의하고자 한다. 이를 위해 이 글은 먼저 대표작 「바보 용칠이」를 비롯한 초기작과 그의 소설세계 전반을 관류하는 미적 특질을 살펴보고, 이러한 미적 특질이 해방과 분단, 전쟁을 거치면서 어떻게 변화했는지를 조감해 보기로 한다.

2. 미적 원리로서의 '온정적 휴머니즘'과 그 출처

이태준은 최태응 소설의 선후평(選後評)에서 성의와 역량을 가진 사람을 뽑은 자부심으로 가득하다. 그는 최태응의 추천작을 "되도록 그를 자극하고 그에게 발표할 기회의 우선권을 주어 하로 바삐 그가 일가를 이루기에 함께 노력"한다는 문학적 후견인으로서의 격려와 함께 "더디게

---

15 『전집』 간행 이전에 출간한 작품집에 수록된 작품의 윤곽 또한 검토해볼 여지가 많다. 『전후파·기타』(선일문화사, 1975)에 수록된 작품은 장편 『전후파』를 비롯하여 「작가」 「사과」 「살처자」 「타인」 「무지개」 「삼인가족」 「바보용칠이」 「소」 「취미와 딸과」(수록 순) 등 모두 10편인데, 『만춘』(한진문화사, 1982)에 수록된 작품은 「혈담」 「월경자」 「유명의 경지에서」 「차창」 「타인」 「만춘」 「살인문제」 「살처자」 「죽음의 자리」 「이제 또 봄이」 등 10편이다. 작가는 스스로 선별한 윤곽은 『만춘』에서도 확인되는데, 「타인」과 「살처자」의 중복을 제외하고 나면 해방후부터 70년대 작품까지 고르게 수록하려는 면모가 나타난다.

나서는 소설부의 첫 신인"(『문장』, 1940.4, 128쪽)이라고 상찬했다. 최태응은
『문장』의 3회 추천제가 마련된 이후 배출한 첫 신진작가였다. '다소 늦은
등단'이라는 표현에는 '신체불구'의 역경을 딛고 문학으로 회심(回心)하도
록 배려한 이태준의 마음이 곡진하게 담겨 있다.

　최태응은 추천 소감에서, "내가 소설을 쓰고 내 소설이 남들에게 읽혀
지는데 자그마한 다행이나 보람이 있다면 나는 내 운명이 나를 불구자로
만들어준 데 고마워해야 할는지 모른다."라고 기쁨을 반어적으로 표현한
다. 그는, "마땅히 삽과 가래를 다루며 거름 내음새를 소화해야 할 처지
를 상실하고 나는 내 소설에 취급되는 인물들을 위해서 감히 글을 쓰자"
는 결의를 토로하는 한편, "수박 겉핥기의 감" 때문에 미안한 감정을 품
고 있다고 덧붙이고 있다.[16] 작가의 일성(一聲)은 농민과 농촌현실을 염두
에 두고 있으나 농민들의 세세한 생활감정으로 육박해 들어가지 못한 것
에 대한 겸양을 보탠 것이다. 이러한 표명도 신체적 부자유와 현실인식
에 대한 한계를 돌아보는 작가의식에서 비롯된다.

　「바보 용칠이」「봄」「항구」「산사람들」 등의 초기작은 도시가 아닌 농
촌과 항구를 배경으로 삼아 위악한 현실 속에 전락을 거듭하는 인간의
가난과 불행, 용서와 연민으로 감싸는 특유의 인간애를 발휘한 모습을
보여준다. 여기에는 '자기연민의 객관화'를 넘어 '사회 약자에 대한 응시
와 수용'이라는 특징이 내장되어 있다.[17]

16　최태응, 「요설록」, 『문장』, 1940.4. 129쪽.
17　'연민pity'에 가까운 휴머니즘을 이 글에서는 '온정적 휴머니즘'이라 표현하기로 한다.

흥미로운 것은 미적 요소의 출처가 잘 드러나 있다는 점이다. 「작가」 (1942)에 담긴 풍경이 그러하다. 작품에는 자전적 화자의 곡진한 내면 정경이 가감없이 드러나 있다. 작품은 3회 추천을 통과한 뒤 부과된 '신세대' 작가라는 도정을 두고 자문자답하는 방식의 텍스트이다. 화자는, "스스로 자기가 작가라는 긍지와 인식과 계산을 지니고 문학을 영위하는 작가란 있는 것일까?"라는 질문과 함께 "장차 최태응이라는 한 작가가 되는 데 꼴이라니 참혹한 절름발이를 마치 무기 따위로 삼았대서야 될 말인가."(『전집』 1권, 178쪽)라고 자신에게 질문을 던진다. 이렇듯, 작가로서의 자의식을 되묻는 것이 작품의 내용 대부분을 차지한다. 그러한 질문에는 독자에게서 받은 격려 편지도 포함된다. 이 모든 작품의 서사는 출발점에 선 신진작가의 설렘을 보여준다. 독자의 편지는 작가에게 "죽음의 유혹"과 "만 가지 한"을 주저앉히고 "문학이 안겨주는 그 황금이 문제가 아닌 마음의 재력과, 용솟음치는 희망에서 오는 행복"을 느끼게 한다고 쓰고 있다. 여성 독자K는 편지에서 "자중하소서, 작품이 곧 유작이 되는 한이 있으시다 해도 너그럽게 작품 하실 의열을 버리려"(『전집』 1권, 191쪽) 하지 말라고 권고한다. 편지는 자의식으로 충만한 자전적 화자에게 문학에 대한 세상의 응답이 무엇인지를 보여주는 한편 스스로 세상에서 작가로 공인받는 자각과 작가의 책무를 되새기도록 해준다. 이 장면은 사회적 약자와 자신을 연계하는 의식의 출처를 보여주기 때문에 인상적이다. 자

'동정sympathy' '값싼 동정'에 관해서는 손유경, 『고통과 동정-한국 근대소설과 감정의 발견』, 역사비평사, 2008, 13-23쪽 참조.

신에게 닥친 신체불구라는 불행한 운명과 그것을 만회할 돌파구가 작가
의 길이었다는 고백이 드러나 있다는 점 때문이다.

첫 추천작 「바보 용칠이」(1939)는 이태준의 「오몽녀」와 외견상 닮아 있
다. 「바보 용칠이」는 「오몽녀」의 '여성의 성적 일탈'이라는 제재를 차별
화해서 재현한 경우이다. 「오몽녀」가 늙은 소경 지참봉의 손에서 벗어
나 독립적 삶을 결행하는 '자아의 서사'인 것과는 달리, 「바보 용칠이」에
서 용칠의 아내 필녀는 오몽녀 같은 주체적인 존재가 아니다. 그녀는 가
난 때문에 마을 목화밭에서 목화를 훔치다 음흉한 밭주인 숙근에게 발각
되고 겁탈당한 뒤 그와의 사통을 두려워 않으면서 동네 스캔들의 중심
에 선다. 용칠은 이런 사통을 주인댁의 도움을 받아 응징한 뒤 숙근에게
는 아내를 양도하는 조건을 내세우고 아내와 마지막이라는 심정으로 처
가에 동행했다가 극진한 대접에 마음을 움직여 새로운 삶에 대한 의지를
갖는다.

작품에서 '용칠'이 아내 필녀와 결행하려는 새로운 삶을 향한 의지
는 확실히 득의의 영역이다. 처가에서 받은 극진한 환대를 삶을 긍정하
는 동력으로 바꾸어 위악한 현실을 돌파하겠다는 용칠의 결단은 김동인
의 「감자」에서처럼 협잡의 음험한 분위기나 비극의 냉연한 결말과는 다
른 인간애와 온기를 품고 있다. 이같은, 삶의 새로운 의지는 또다른 추천
작 「봄」에서와 같이, 부박한 욕망에 이끌려 대처로 나갔던 얌전이를 다
시 데려온 사님의 결단과 공유하는 지점이기도 하다. 도덕적 결함을 지
닌 배우자를 보듬고 이들을 품으면서 새로운 삶을 도모하려는 이 전환
적 국면에 대한 소설적 재현은 어두운 시대현실과 훼손된 삶을 감안하면

결코 범상한 성취가 아니다. 약자들의 삶에 깃든 온갖 상처와 질곡을 위무하는 한편, 자력으로 새로운 삶을 새롭게 열어가겠다는 질긴 생명력과 의지, 타인의 잘못을 너그럽게 용서하며 살아가겠다는 지혜로운 선택이기 때문이다. 이것이야말로 논자들이 「바보 용칠이」를 대표작으로 꼽는 이유이다.

하지만, 「바보 용칠이」이나 「봄」에서 달리 주목해야 할 부분도 있다. 그것은 삶에 대한 긍정과 새로운 출발에도 불구하고 그대로 지속되는 '위악한 세계'라는 여지이다. 용칠 부부의 새로운 삶의 설계는 산골을 벗어난다고 해도 그 삶이 개선될 가능성은 극히 희박하다. 「바보 용칠이」에서 숙근이 필녀를 술집에 팔어넘기기로 약조했다는 소문처럼, 「항구」에서처럼 한쪽 팔만 쓸 수 있는 지게꾼 '곽서방'에게 진남포라는 항구는 근대적 풍모를 더해 가면서 제도의 벽이 점차 높아지고 그런 만큼 폭력적 배제가 횡행하는 세계이기 때문이다. 전락을 거듭하는 삶의 굴레를 벗어나려는 결의가 소박한 내면의 정황이라면 그들이 직면하는 세계는 결코 호의적이지 않다.

이렇듯 최태응의 초기작에서 개인들이 처한 곤경은 그들의 의지로만 해결하기 어려우나 불가항력적인 사회경제적 조건도 간과하지 않고 있다. 이러한 시대현실을 놓치지 않으면서도 상처와 절망에 내미는 따스한 손길로 응답하며 소생시킨 새로운 삶에 대한 의지는, 일제 파시즘으로 치달아가던 1930년대 후반 식민지조선의 현실을 감안할 때 각별한 의미를 갖는다.

「바보 용칠이」나 「봄」 「항구」 「산사람들」 등의 초기작들에 등장하는 개인들은 위악한 존재이나 빠르게 변모하는 세태와는 동떨어진 세계에 머물러 있는 사회적 약자들에 해당한다. 이들은 그날그날 연명하는 궁핍한 산골 농민(「바보 용칠이」「봄」)이거나 항구에서 무거운 짐을 짊어지지 못하는 신체불구의 지게꾼(「항구」), 숯가마꾼(「산사람들」) 등이다. 이들의 공통분모는 동네사람들로부터도 조롱당하는 순박한 사회적 약자일 뿐만 아니라 위악한 현실로부터 밀려난 하위주체들이다. 이들은 해방 이후 월남과 탈향의 사회적 계기와 마주하면서 그 온정적 휴머니즘을 다양하게 굴절, 변주해 나간다.

3. 미적 원리의 분기(分岐), 분단과 월남자들의 훼손된 삶

해방과 전쟁을 거치면서 최태응 소설 세계는 많은 변화를 겪는다. 해방과 분단을 거치면서 '온정적 휴머니즘'은 보다 근본적인 변화를 거치는 것이다. 해방과 분단이라는 어두운 시대 현실의 높은 파고는 초기작에서 보여준 훼손된 삶을 넘어서려는 새로운 결행을 좌절하게 만들고, 소련군과 공산주의자들에 대한 환멸과 적대감을 낳는다.

최태응은 다른 월남작가들보다 이른 1945년 10월, 단신 월남하였다. 「사과」(『백민』, 1947.3, 『전집』 1권)는 자전적 화자인 '청년'을 내세워 분단이라는 현실을 비판하며 월남 동기를 밝힌 단편이다. 청년의 월남 동기는 '그릇된 공산주의'에 대한 환멸과 '문학예술의 자유'에 대한 구속, 두 가지이다.[18] 모친이 정성을 담아 보낸 사과상자가 온전히 전해지지 못하는 허탈함도 청년에게는 월남민 처지에서 절감하는 분단의 상처다. 해방기 그의 소설에서는 소련군의 도적질을 돕는 이북의 보안서원이나 적위대원들이 "팔을 걷고 도와주려 들고, 달아나는 여자라도 잡아다주는" 참혹한 인간으로 비판하는 한편, 이남의 통역관이나 고문들은 "외국 사람이면 무턱대고 상전으로 알고 제 아무리 제 민족에 손실과 억울이 있다 해도 눈여겨볼 생각도 없는 그런 분자들"로 비판한다. 청년은 "전에 일본 헌병이 되고 헌병보가 되고 고등계 밀정이 됨으로써 그 위에 없는 영광, 둘도 없는 행복으로 알고 흔들리던 일제의 주구들과 무엇이 털끝만큼이라도 다른 데가 있는가"(216쪽)라고 절규한다. 절규에 가까운 남북의 혼돈스러운 현실 비판이 「사과」에서처럼 직설적으로 드러난 경우는 흔치 않다.

해방 직후부터 전쟁 직전까지 최태응 소설의 주된 제재는 예전 친일분자들의 영락한 삶과 속물적인 변신을 비롯하여 귀국전재민을 비롯한 월남자의 훼손된 삶이다. 「사과」의 비판적 관점은 「강변」에서처럼 일제 말기 친일분자의 재빠른 변신과 서울에서 호의호식하며 적산(敵産) 매물을 닥치는 대로 사들이며 "내일을 꿈꾸고 있"(『전집』1권, 203쪽)는 현실에 개탄하는 모습으로 이어진다. '목사'로 불리우며 소련군대에서 동족의 목숨을 구해주던 이가 월남한 뒤 몰매를 당하는 사연을 담은 「월경자」의 일화는 이북에서 겪은 공산당의 횡포를 회고하는 「북녘사람들」, 「고향」

---

18 최태응, 「사과」, 『백민』, 1947.3, 『전집』 1권, 212-213쪽.

등과 공유하는 부분이다.[19] 이외에도 주택 태부족 현실을 소재를 취급한 「집」, 아이의 때이른 죽음에 배급 받은 사탕을 입에 물려 장례를 치르는 「사탕」과 같은 소품도 있다.

전집에서 누락되었으나 돋보이는 작품 하나로 「미아리 가는 길」(1948) 을 꼽을 만하다. 이 작품은 월남전재민으로 내려와 집을 구하던 중 친일분자들의 재빠른 변신과 비아냥거림에도 집과 직장도 구하지 못한 채 임시숙소에서 어머니의 장례를 치른다는 내용이다. 이야기에는 해방에 대한 기대치와 전망이 사라지고 친일분자의 부박한 삶이 대비되면서 무력함은 배가되는 뿌리 뽑힌 자의 삶이 아로새겨져 있다.[20] 이처럼 최태응의 초기소설에서 보여준 온정적 휴머니즘은 분단으로 인해 월남전재민으로 전락한 훼손된 삶을 소재로 삼고 가장 활발하게 창작하는 동력이 되었음은 특기할 만하다.[21]

---

19 월남 동기를 명시한 작품으로는 「월경자」가 지목되지만 그다지 신뢰할 만한 주장은 아니다. 최태응의 월남동기가 작품화된 경우는 「슬픔과 괴로움 있을지라도……」(1954) 이다. '해방과 더불어 고향을 찾은 세원이의 진남포행은, 가지 않았더라면 영영 볼 수 없는 기회였다'라는 서술에서 보듯이 그의 월남동기는 해방기 달포 동안 평양의 정거장 구내에서 목도한 소련군의 행패이다. 최태응, 같은 작품, 『전집』 2권, 347쪽.

20 「혈담」(1948)과 「유명의 경지에서」(1948)는 자전적 화자가 다시 등장하고 있다. 이들 사례는 「작가」에서 보았던 작가의 소명이 험난한 시대현실과 충돌하면서 흔들리는 지점이기도 하다. 최태응 소설에서 자전적 화자는 발병과 헌신적인 간호로 자신을 위무하던 구원자 여성의 죽음을 서술하는데, 이는 문학예술의 자유가 제한되는 시대현실에 대한 무력감과 상처 입은 시대현실에 대한 피로감을 토로하는 심리적 근원에 해당한다.

21 해방공간의 참상을 다룬 많은 작품들 중에서 최태응의 소설적 성과가 누락된 것은 국문학계의 방임이라고 판단된다. 여기에는 해방공간의 문학에 대한 논의가 가진 일종

4. 잔류파 문인의 문학적 행로

전쟁 발발 이후 최태응 소설은 해방공간에서 보여준 '월남민의 훼손된 삶'에서 '잔류파문인'이라는 또다른 외생 변수 때문에 많은 변화를 보인다. 그는 전쟁이 발발하자 공보처와 국방부 촉탁이나 주간 자격으로 『평양일보』 전시판 발행을 주도했고 종군작가단 상임위원으로 많은 종군활동을 펼쳤다. 6.25전쟁이 발발하자 그는 도강하지 못한 채 적치하 서울에서 은신했다가 수복 직후에는 가족들을 칠곡으로 보낸 다음 촉탁 임무와 종군활동에 나섰다. 월남작가라는 특수성과 당국의 요청이 종군활동 참여의 동기였던 셈이다.[22]

시기에 그는 「구각을 떨치고」(『전쟁과 소설-현역작가 5인집』, 계몽사, 1951)를 비롯하여,[23] 「고지에서」, 「전선의 아침」, 「자유의 나라로」「무지개」 등과 같은 작품에서 종군활동을 소재로 삼았다. 그러나 그의 소설에서는 전시동원체제에서조차 반공국시에 소극적이며 심지어 이념 자체에 냉소적으

의 부담감이 작용하는 것으로 보인다. 요컨대 문학텍스트 자체에 한정되지 않는 이데올로기적 가변성과 그로 인한 해석의 편차가 매우 커진다는 점 때문이다. 최근 해방기 작품들에 대한 논의가 활발해지면서 이 시기의 최태응 소설은 본격적인 검토가 가능해질 토양이 마련되었다고 본다.

22 전소영, 「월남작가의 정체성, 그 존재태로서의 전유」, 『한국근대문학연구』 32호, 2015, 94쪽.

23 김미향은 「잔류파의 현실인식과 문학적 증언」(『국어문학』 59호, 국어문학회, 2015)에서 최태응의 「구각을 떨치고」에 대해 '잠적파'로 최태응의 상황을 언급하고 있으나 50년대 최태응 소설에서 국책문학이 차지하는 비중과 의의는 상대적으로 낮다는 게 필자의 판단이다.

로 반응하는 모순형용의 서술 태도를 보인다.[24]

　1951년 11월부터 1952년 4월까지 종군 중에 연재한 첫장편『전후파』
는, 전쟁 발발 이후 최태응 소설의 수원지이자 분기점이 된 작품이다. 이
장편은 폐허의 서울 거리에서 만난 옛 제자와의 낭만적 사랑을 이야기
틀로 삼고 있다. 『전후파』는 작가로서의 자긍심을 회복한 계기가 된 평
판작일 뿐만 아니라 1960년대 후반에 이르기까지 발견되는 그의 소설적
특성을 고스란히 담고 있어서 그의 대표작이라고 보아도 그리 틀리지 않
는다.

　소설에서는 가족을 둔 채 종군에 나선 지식인 작가가 주인공이다. 그는
가족에 대한 죄책감을 안고 있으나 종군에 나선 것은 어떤 대책이 있어서
도 아니다. 종군이라는 무모하고 돌연한 결행은 김동리의 「흥남철수」에
서도 볼 수 있다. 하지만, 『전후파』는 잔류파 문인으로서의 자기증명, 곧
"정책 협력의 차원에서 산출된 피동적인 생산의 결과물인 동시에 스스로
전장으로 달려 나간 능동적인 생산의 산물"[25]이었음을 우회적으로 표현
하고 있어서 흥미롭다. 이야기는 종군작가로 예우 받으며 군인들의 희생
과 헌신이라는 전쟁의 비극적 현실을 절감하지만, 그 방향은 전장의 급박
한 분위기와는 판이한 돈과 욕망과 부패와 범죄로 얼룩진 후방사회, 전쟁
이후의 도덕적 아노미에 대한 비판적 시선으로 초점화된다.

24　정주아, 「'정치적 난민'의 공간감각, 월남작가와 월경의 체험」, 『한국근대문학연구』 31
　　호, 한국근대문학회, 2015, 50-51쪽.
25　정주아, 같은 논문, 51쪽.

여주인공 여옥은 가세 몰락 후 아버지는 첩과 함께 홍콩으로 떠나버리자 모친과 동생들을 부양하고자 직업여성이다. 어린 첩과 도피해버린 가장의 몰윤리는 전쟁 발발과 함께 먼저 도피한 이승만 정권을 우회적으로 비판하는 비유적 설정이다.[26] 무능력한 작가인 남주인공에 대한 여옥의 헌신적인 사랑은 자기연민과 보상이라는 심리적 현실을 벗어나지 않으면서도 피난지에 가족을 두고 온 가장으로서 자괴감 반대편에 놓인 거침없는 욕망이 작동하는 관계를 형성한다.

산골 교사와 제자라는 관계에서 발전된 애정은 지탄의 대상이 아닌 낭만적이고 순결한 사랑으로 오인되고 사회적으로 용인받는다. 이러한 것은 전쟁이라는 비상하고도 암울한 혼돈의 현실에서 비롯된다. 여주인공 여옥이 동규에게 애정을 고백하고 동규가 여옥을 받아들이는 지점은 여느 사랑의 방식과는 다르다. 동규는 언제 어느 때 떠나더라도 선의로 여겨주고 언제 다시 나타나더라도 똑같이 여겨줄 것을 부탁하며 전선으로 떠난다. 이 장면은 「바보 용칠이」에서 보았던 용칠의 새로운 삶의 결행과 닮은꼴이나 온정을 베푸는 방식이 아닌 온정을 요청한다는 점에서 소설의 성취는 다소 퇴행한 모습이다.

작품에는 전후사회를 표상하는 다양한 계층의 인물이 등장한다. 그 중에서도 여옥이 금전문제로 고민하자 추파를 던지는 실업가 김민섭은 흥미로운 존재다. 밀무역으로 성공했으나 부패와 전락 속에 감옥에 갇히

---

26 이승만 정권과의 협력과 능동적인 산물로는 영화 「독립협회의 청년 이승만」의 원작소설 『청년 이승만』이 예로 꼽힌다.

는 신세가 되는 그는 전후자본주의 경제의 부도덕한 자본축적과 도덕적 아노미를 비유한다. 또한, 한때 사회주의 시인 김유악의 아내였던 안나가 있다. 그녀는 전쟁으로 남편을 잃은 뒤 양공주가 되어 돈만이 자신을 지켜줄 것이라 믿는 배금주의자가 된다. 그녀는 미군 장교와 결혼을 꿈꾸다가 자살로 생을 마감하는 비극적 존재다.

이렇듯 『전후파』에서 포착한 아프레걸들의 면면은 타락자에서 구원자, 이혼녀에 걸친 넓은 폭을 보여주지만, 그들의 서로 다른 면모에도 불구하고 폐허 위에서 각자 평화로운 일상을 영위하기를 갈망하는 상처입은 존재들이다. 『전후파』 속 여성들은 이후의 작품에서 서울로 피난 와서 범죄의 길로 들어선 자매(「자매」, 1953), 다방 레지 여옥(「만춘」, 1956), 전쟁과부(「맞선」, 1956) 등에서 보듯, 여러 계층에 걸친 여성들의 사회일화로 퍼져나간다. 전쟁의 참화 속에 파열해버린 가족 구성원의 죽음과 이산을 소재로 작품들인 「살처자」(1959), 「3인가족」(1959), 「여인도」(1959), 「인간가족」(1960), 「허기」(1961), 「영길이 엄마」(1964) 등으로 변주되어간다.

이 중 「여인도」(1959)는 「바보 용칠이」에서 보게 되는 위악한 현실과 순연한 인간애로 관용하는 면모를 반복하고 있어서 주목된다. 타락한 남편을 받아들이는 여인의 모습에는 「바보 용칠이」를 전복시킨 서사적 특징이 발견된다. 이러한 이야기가 모성의 발현인지, 아니면 암울한 시대 현실에서 전락한 자에게 손을 내미는 '자기연민의 문학적 확장'인지 구분하기 어렵다. 분명한 것은 저류를 형성하는 '타자에 대한 연민과 동정'이라는 낯익은 '온정적 휴머니즘'의 미적 원리를 반복한다는 점이다. 「여인도」는 모파상의 「여인의 일생」처럼 빠른 이야기 전개가 돋보이나 「허기」의 창수 어미는 「여인도」에서 덕실이 부도덕한 애정행각을 보이며 타락과 방종을 일삼던 진복을 포용하는 패턴을 답습하고 있어서 「바보 응칠이」에서 진전된 성취를 보여주지는 못한 경우다.

「상처 이후」는 '1956.7. 새벽'으로 탈고 시간을 표기하고 있는 작품인데, 1982년 간행된 『만춘』에 「속·상처 이후」(1957)와 한데 수록된 미발표작이다. 이들 연작은 1950년대 중반 작가가 겪은 상배(喪配)의 불행을 소재로 다룬 경우다. 배우자의 죽음 후 그 부재에서 오는 공허감과 애틋함, 가족애와 경제적 어려움 등등, 일상을 소재로 삼은 서술내용에서는 스쳐가듯 언급되는 신익희의 급거(急遽, 1956.5.5) 장면이 인상적이다.[27] 이 대목에는 이승만 정권에 대한 냉소, 사회변혁에 대한 기대가 물거품이 된 충격과 안타까움이 구체적으로 표현되고 있어서 주목된다.

이 대목이 문제적인 것은 자전적 화자의 입을 빌려 언급되는 월남민 작가로서의 정치 감각이다. "하등의 야심이라거나 조예라고는 없는 정치야 내 알 바 아니로되 어찌 다 같은 인생으로 나서 그렇듯 개인을 떠난

---

27 "오늘(5월 5일)은 내가 늦게 돌아온 구실이랄 것도 없이 장차 열흘을 앞두고 내 나라와 내 민족의 역사가 한번 적지않은 변동을 가져오고, 그날을 계기로 해서 또한 이 나라 이 민족의 흥망성쇠가 저으기 보람있는 빛을 발휘하게 될는지도 모른다는 흥미와 기대 속에 나날이 낳은 사람들의 지지와 흥분까지 집중하고 떨치면서 돌진해 나아가던, 기실 보배롭고 위대한 인물이라 일컫기에 족한 대일항쟁 독립투쟁의 크나큰 공적자이며 민족의 지도자, 세계적 정치가 한분이 어이없고 슬프게도 그만 꿈같이 딴 세상 사람이 되고 말았다는 사실이 나로 하여금 예사롭지 않은 마음과 발길을 혹은 하염없이 혹은 굼뜨게 만들어 주었음에 틀림이 없었다./ 세교로 '큰아버지'라 여김으로써 환국 이래 남달리 상종해온 바 있는 백범선생 떠나실 때 받은 충격이나 감개가 처음이라면 이번이 둘째라고 하리만큼……."(「상처 이후」, 『만춘』, 한진출판사, 1982, 177쪽)

생애-업적-에 대한 평가라거나 숭앙하는 마음이야 못가질 것이냐."(177
쪽)라는 탄식과 함께 아내의 사별로 인한 충격과 방황에 잇대어놓고 있기
때문이다. 표현의 중첩은 정치와 거리두기, 이데올로기와의 절연을 통해
월남민이자 잔류파 문인으로서의 비난을 회피하는 한편, 반공체제 안에
서 이데올로기와 정치적 가치판단을 분리시키려는 자기검열의 한 국면
을 보여준다.

　전쟁체험 구세대 작가로서 최태응은 종군활동과는 별개로 전시 국책
문학에 부합하는 협력적 글쓰기를 적극적으로 수행했다.[28] 그러나 그는
자신을 포함한 변두리 인생에 대한 애정과 관심을 유지하면서 파괴된 가
족의 복원과 같은 인간적 가치와 윤리를 옹호하는 입장을 버리지 않았
다. '온정적 휴머니즘'을 고수함으로써 월남민의 훼손된 삶을 담은 사회
일화들을 포착해내는 '월남민의' 문학적 특색을 보여주었던 셈이다.

5. 맺음말—온정적 휴머니즘과 월남민의 훼손된 삶

　식민지 말기와 해방기를 거쳐, 전쟁과 산업화에 이르는 시대현실을
가로질러온 최태응의 소설 속 인물들은 대체로 자전적인 요소와 체험에

28　50년대 이후 최태응의 소설에서 정치성 부재 현상은 『청년 이승만』(1960) 집필에서 보
　　듯 체제협력의 차원에 머문 흔적에 해당한다고 판단된다. 이에 관해서는 이화진, 「극
　　장국가로서 제1공화국과 기념의 균열」, 『한국근대문학연구』 17집, 한국근대문학회,
　　2007, 197-228쪽. 그러나 최태응이 이승만의 대표성 재현에 적극적이었다는 관점도
　　있다. 공임순, 『스캔들과 반공국가주의』, 앨피, 2010.

바탕을 둔 일상 공간에서 크게 벗어나지 않는다. 이들은 해방 직후 월남 전재민이고 전쟁 발발과 함께 삶의 기반을 상실한 채 훼손된 삶을 살아 가는 서민들이다. 이들은 분단과 전쟁으로 가족구성원의 죽음과 이산을 겪고 생활의 기반을 상실한 사회적 약자와 피해자들일 뿐만 아니라 산업 화 속에서 인간미를 지켜나가거나 인간성을 잃어버린 다양한 군상이다. 이들은 어려운 시대현실 속에 온갖 불행과 전락을 겪으며 훼손된 삶의 주인공에 해당한다. 최태응의 소설세계는 이들로부터 신변적 소재와 세 태 묘사와 같은 일상 쇄말사를 담아내기도 하지만, 그 저변에는 「바보 용 칠이」에 담긴 '온정적 휴머니즘'의 원리가 폭넓게 작동하고 있다. 해방기 서울, 적치하(敵治下) 서울과 근교, 종군에 나섰던 전선, 피난지 대구와 부 산 등지에 이르기까지, 그의 소설세계는 식민지 산골에서부터 해방과 전 쟁으로 이어진 근현대사의 상처난 현실공간을 무대로 삼고 있다.

　최태응의 소설 속 인물은 냉엄한 현실원칙을 충실하게 따르는 개인들 이 아니다. 그들은 언뜻 보면 모자란 듯하나 순박한 성정 때문에 악한들에 게 휘둘리지만, 그렇다고 해서 타락한 세상을 욕하거나 하지 않는다. 최태 응의 소설은 그들에게 다가가 상처를 보듬고 더는 물러설 곳 없는 전락한 자의 처지를 이해하며 그들을 감싸안는다. 또한 현실 세계가 가진 누추한 욕망, 전쟁 이후 범람했던 배금주의의 맹목성 같은 온갖 부정적 세태를 관 찰한다. 세태를 관찰하는 서술자 뒤에 어른거리는 작가의 이미지는 상처 받은 자에게 따스한 시선을 보내는 인간애를 간직한 존재다.

　작가의 이러한 면모는 범람하는 세상의 악과 그것의 위력을 넘어서지 는 못하는 무기력과 수동성에도 불구하고, 세상이 그들에게 베푼 호의에

답하는 서민들의 순박한 성정을 닮아 있고 그들끼리 지혜롭게 제휴하는 면모를 상상적으로 연출해내는 유연한 특징을 가지고 있다. 이 유연성은 불의와 악행이 만연한 사회 현실에서는 구조적 모순을 넘어서려는 현실 변혁 논리와 결합되었다면 더 많은 소설적 성취를 가능하게 해줄 활력을 얻었을 것이다. 반공체제는 사회적 개인들의 다양한 생각과 유연한 포용력을 억압하며 국가주의에 바탕을 둔 절대적 가치의 일원성만을 강요한다. 최태응 소설이 해방공간을 다루면서 생생한 사회현실의 반영이 아닌, 신변과 세태묘사에 치중하며 비정치적 성향으로 침잠하는 경로는 반공체제가 강요하는 일원성을 수락하고 어쩔 수 없이 협력해야만 하는 월남민의 삶에 깃든 기묘한 이중성과도 연관이 있다. 국가에 대한 충성 맹약과 국민됨이 강요될수록 사회 변혁에 요구되는 현실 비판 대신 침묵과 신변의 세계로 퇴각하게 된 양상을 보인 것도 그 때문이다.

1930년대 후반 행보를 시작한 최태응의 문학활동은 해방 직후 선배 문인들의 대거 월북하면서 생겨난 공백사태에 문단주도권을 장악했던 청문협 인사들과도 다른 행보를 보여준다. 그는 언론문화인으로 활약하며 왕성한 작품활동을 펼쳤으나 전쟁체험세대의 등장과 함께 최태응의 문학 또한 관심 밖으로 밀려난다. 최태응의 문학이 초기작 이후 해방과 분단과 전쟁을 겪는 와중에도 암울한 시대를 살아간 월남민과 전쟁피해자들의 훼손된 삶에 주목하는 일관된 면모를 보여주었다는 점은 여전히 해명이 필요한 문제적 측면이다.

전쟁 속 휴머니즘과 국가의 시선
「흥남철수」의 정치적 독해

1. 「흥남철수」의 문제성

「흥남철수」는 김동리가 '한국전쟁'을 어떤 관점에서 어떻게 서사화하였는지를 확인해볼 수 있는 매우 유용한 사례의 하나다. 이 글에서 「흥남철수」를 주목하려는 까닭은 그의 50년대 소설[01]에서, "흥남철수, 나아가 한국전쟁의 비극성"[02]을 함축하는 수작으로 거론되어온 문학 정전의 하나이기 때문이다. 하지만, 이 글의 문제의식은 이런 평가보다도 김동리라는 작가가 전쟁의 비상한 현실을 어떤 시각과 태도로 재현했는가를 해명하는 데 있다.

김동리는 전쟁 발발 초기에 피난길에 오르지 못했다. 그는 인민군 점

---

01 김동리의 50년대 소설 개관은 정종현, 「전후 김동리 소설의 변모 양상」, 동국대 한국문학연구소 편, 『한국전후문학연구』, 이회, 2002 참조.

02 김윤식·정호웅, 『한국소설사』, 문학동네, 2000 개정증보판, 355-360쪽.

령하 서울에서 잠행과 은둔, 잦은 피신으로 검거선풍을 겨우 모면할 수 있었고 서울 수복과 함께 부산으로 피난을 떠났다. 잠행으로 얼룩진 인공치하의 체험은 그의 소설에 그대로 반영되었으나 그 재현이 그다지 성공적이지는 못했다.[03] 하지만 「흥남철수」는 50년대 김동리 소설에서 체험의 영역에서가 아니라 전쟁을 배경으로 삼아 특유의 문학관을 드러낸 대단히 문제적인 텍스트다. 종군작가단을 따라나선 시인을 주인공이자 서술자로 내세운 자전성을 기반으로 한 텍스트일 뿐만 아니라 '흥남철수'라는 6.25전쟁의 특정 국면을 중심으로 전쟁과 민족, 국가의 자장 안에 놓인 문학의 존재방식을 특징적으로 보여준 사례이기 때문이다.

　김동리에 관한 논의에서 가장 풍성한 성과는 김윤식에 의해 이루어졌으나 정작 「흥남철수」에 대해서는 깊이 있는 해석이 전개되지는 않았다. 김윤식은 「귀환장정」(1951), 「어떤 상봉」(1955), 「흥남철수」(1955), 「밀다원시대」(1955), 「실존무」(1955) 등을 거론하면서 김동리 소설을 문단 풍경을 조감하는 한편, 전쟁을 인식하는 지식인의 내면을 읽어내는 데 치중했다.[04] 그의 김동리 연구 삼부작(『김동리와 그의 시대』, 『해방공간의 내면 풍경』, 『사

03　김동리는 적치하의 서울 잔류의 체험을 소재로 한 『자유의 역사』(1959)를 연재했지만 그리 성공적이지는 못했다. 이 작품은 전쟁 발발과 함께 인민군이 점령한 서울에서 검거 선풍을 피해 은신, 잠행하는 청춘남녀의 모습을 통해서 전쟁을 개인의 수난으로 그리는 데 그쳤다. 안미영은 『자유의 역사』에 등장하는 남주인공 윤수의 죽음을 우익의 정치성을 사수한 것으로 보았다. 안미영, 『전전세대의 전후 인식』, 역락, 2008, 145-146쪽.

04　김윤식, 「김동리 문학의 성격-주인과 노예의 변증법」, 『역마·밀다원시대』, 김동리문학전집 2권, 민음사, 1995, 454-455쪽 참조. 이 글은 다시 『사반과의 대화-김동리와 그의

반과의 대화』 등)에서조차 논의의 초점은 전쟁 속 실존의 위기국면에 맞추어 '땅끝의식'을 중심으로 「밀다원시대」와 「실존무」를 거론하는 데 집중했다. 이는 '문학적 삶의 전기적 차원'을 검토한 탓도 있겠지만 주된 논점을 '작가의 문학적 생애'와 '문협정통파의 정신사적 의미'[05]에 두었기 때문이다. 김동리의 문학을 반공이데올로기나 문단권력과 결부시켜 논의한 신형기는 해방기 김동리의 문학을 반공 보수주의자의 인식을 추출한 바 있고,[06] 김철은 문단권력과 관련하여 김동리의 순수문학론이 지향한 '비정치적 정치성'을 반공 파시즘으로 읽었다.[07] 이들 논의 또한 「흥남철수」가 가진 함의에 주목하지는 않기는 마찬가지이다.

홍기돈도, 『밀다원시대』와 『실존무』를 중심으로 김동리의 전쟁체험을 거론하면서 전쟁 전후 작가의 문학적 전기를 서술한 경우다. 그의 논의는 김동리 문학 전반에 대한 심화된 작업이기는 하나,[08] 「흥남철수」를 '가족의 절대성'이라는 측면에 주목할 뿐이다. 홍기돈은 월남을 도모하는 윤씨 일가의 행로가 좌절하고 마는 장면에서 "전쟁의 비극적 실체"와 "전쟁 이전 긍정적인 방향으로 나가기 시작"한 작가의 "비극적, 허무적"

시대3』, 민음사, 1997, 10장 '땅끝 의식과 가부장제' 287-327쪽에 수록된다.

05   김윤식, 『사반과의 대화-김동리와 그의 시대3』, 민음사, 1997, 298쪽. 여기에는 이동하의 『김동리 문학의 정사적 연구』, 일지사, 1989도 포함된다.

06   신형기, 「순수의 정체-해방기의 김동리」, 『해방기소설연구』, 태학사, 1992.

07   김철, 「김동리와 파시즘」, 『국문학을 넘어서』, 국학자료원, 2000.

08   홍기돈, 「김동리연구」, 중앙대 박사논문, 2003, 219-228쪽 참조.

태도를 추출해냈다.[09]

하지만, 「흥남철수」는 작가가 근 5년의 구상을 거쳐 1955년에 발표
했다는 회고처럼 충분히 숙성된 작품이었고 작가 자신도 자부심을 숨기
지 않았다는 점에서 좀더 세밀한 검토가 필요하다. 작품은 전쟁의 시기
에 종군단에 가담한 시인을 서술자로 삼아 북한 수복지역의 정황을 재현
하며 민간인들에게서 간절한 남행의 열망을 부각시키는 한편, 이산의 상
처를 중심으로 전쟁을 형상화했다. 작품의 전쟁서사가 종군시인의 관점
에서 구성되었다는 것도 의미심장하다. 가족의 안위를 돌아보지도 않고
종군에 나선 시인 박철이 월남을 소망하는 윤노인 일가를 뼈대로 삼은
이야기에 담은 의미는 과연 무엇일까? 이런 의문에서 출발하여, 이 글은
「흥남철수」에 담긴 휴머니즘과 민족 관념, 국가의 시선 등의 문제를 짚
어보기로 한다.

2. 작품 구상과 전쟁의 서사화 과정

김동리는 1955년에야 「흥남철수」를 발표했다. 작품은 전쟁의 전모를
조망하는 방식 대신, 특정한 국면을 중심으로 전쟁의 비극을 맥락화하는
방식을 취하고 있다. 여기서 두드러지는 사실 하나는, 작가가 6.25전쟁을
'남침-인천상륙작전-압록강 일대로 쾌속 북진-흥남철수-1.4후퇴-휴전'에
이르는 고전적 도식을 그대로 수용하지는 않았다는 점이다.

---

09   홍기돈, 위의 논문, 220쪽.

잘 알려진 대로 '흥남철수'는 1950년 12월 14일부터 24일까지 유엔군 해군이 주도하여 군 병력 십만여 명과 월남 피난민 구만 팔천여 명을 부산, 마산, 구룡포, 울진 등지의 여러 항구로 이송하는 대규모작전이었다. 피난민들에게는 가족 중 일부만 승선하여 월남하도록 함으로써 민족의 이산을 초래한 비극적인 사건이 흥남철수였다.[10] 작품의 소재가 된 '흥남철수'는 강대국의 냉혹한 질서, 민족 이산과 같은 전쟁의 비극을 복합적인 의미를 갖는 셈이다.

김동리가 '흥남철수'를 소재로 작품을 창작하게 된 동기는 무엇이었을까. 그 단서는 작품 구상과 창작과정을 언급한 글이나[11] 해당 작품의 면밀한 독해를 통해서 찾을 수밖에 없다. 50년대 김동리 소설에서 전쟁 서사는 그의 문학 역량에 비해 대단히 소략하다는 인상을 준다. 무엇보다도 작가의 전쟁 체험이 매우 제한적이었기 때문일 것이다. 전쟁이 발발하자 그는 많은 식솔을 거느린 가장이었던 처지에서 피난조차 힘겨웠다고 술회한 바 있다.[12] 그는 인민군 점령하의 서울에서 수복에 이르는 기간 내내 좌익세력들의 검거 선풍을 피해 '동가숙 서가식(東家宿西家食)'

---

10 국방부 전사편찬위원회, 『한국전쟁 요약』, 1986, 243-244쪽.

11 앞서 거론한 김동리의 자전에세이(『나를 찾아서』, 김동리전집 8권, 민음사, 1997)는 유고로 남긴 스크랩북 8권을 이문구가 시기별로 편집한 것이다.

12 전쟁에 대해서 언급한 글(「잊히지 않는 얼굴」)에서, 김동리는 자신이 너무 궁핍했고 딸린 식구와 임신한 아내 때문에 피난에 오르지 못했다는 것, 경거망동하지 말라는 정부의 가두방송에 기대를 걸고 피난하지 못했다고 회고하고 있다(『나를 찾아서-자전 에세이』, 김동리전집 8권, 1997, 262쪽). 그는 1950년 12월 10일 가족 일부를 선편으로 먼저 떠나보내고, 자신은 12월 31일 서울을 떠나 부산으로 향했다(같은 책, 266-267쪽).

하며 은신해야 하는 절박한 처지였다.[13] 그의 전후소설의 경향이 전쟁을 정면에서 다루기보다 간접화된 방식을 고수한 것도 이러한 체험의 한계에서 연유한 것으로 보인다.

실제로 50년대 김동리 소설에서 전쟁과 전후사회를 배경으로 삼기는 했으나 전장의 긴박한 상황이나 전쟁을 정면으로 다룬 사례는 거의 없다. 전쟁을 소재로 삼은 작품으로는 「귀환장정」(1951), 「상면」(1951), 「남로행」(1951), 「피난기」(1951), 「풍우기」(1953), 「살벌한 황혼」(1954), 「흥남철수」(1955), 「청자」(1955), 「밀다원시대」(1955), 「실존무」(1955), 「자매」(1958) 등이 꼽힌다. 하지만 「흥남철수」나 「밀다원시대」, 「실존무」 등을 제외하면 대부분 소품 수준을 넘지 못한다. 국민방위군 사건을 취급한 「귀환장정」, 입대한 아들을 천신만고 끝에 면회하는 아버지의 애틋한 부성애를 그린 「상면」, 미군에 배속된 한국인 연락장교가 애인의 집을 찾아갔다가 남겨진 애완견을 안타까워하며 안락사시키고 만다는 내용의 「살벌한 황혼」 등은 분량상으로나 내용상으로도 완성도가 그리 높지 않다. 「남로행」[14] 이나 「청자」도 마찬가지이다. 「남로행」은 전쟁 발발 후 후퇴한 경찰서를 따라 남하하는 경찰의 애국심을 그려낸 소품이고, 「청자」 또한 청자 수집가였던 친구가 전쟁과 함께 청자들을 유실한 뒤 황폐해진 내면을 스케

13　김동리, 「잊히지 않는 얼굴」, 위의 책, 262-265쪽.

14　「남로행」은 『중등국어 1-2』(대한문교서적출판사, 1952)에 「남으로 가는 길」이라는 제목으로 수록되었다. 이에 관해서는 김주현, 「떨림과 여운」, 『작가세계』, 2005 겨울호, 76-77쪽 참조. 「피난기」와 「풍우기」는 전집에 수록되지 않아 확인할 길이 없다. 제목으로 보아 작가 자신의 피난체험을 담아낸 것으로 추측된다.

치한 소품이다. 「자매」는 월남한 자매의 서로 다른 행로를 담은 소품으로 「흥남철수」에서 인물 구성에 고심했던 월남 자매 이야기의 원형에 해당한다.[15]. 자주 거론되는 「밀다원시대」조차 부산에 피난을 온 문인들의 행각기(行脚記)에 지나지 않는다. 「실존무」는 월남 지식인이 전쟁과부와 동거하던 중 뒤늦게 월남한 가족과 재회한다는 전후사회의 슬픈 일화를 다룬 소품이다. 이렇게, 그의 작품 대부분이 전쟁의 직접적 참상을 취급하기보다 굶주림, 유대의식이나 윤리의 파탄 같은 전쟁의 충격에서 빚어진 참담한 일화들을 소품으로 담아내는 데 급급한 모습이다.

그러나 「흥남철수」는 전쟁을 소재로 오랜 숙성을 거친 작품이다. 인물의 특징이나 구성, 완성도에서 일화만을 포착한 여타 작품들과는 대조적이다. 「흥남철수」와 관련해서는 착상에서 구상에 이르는 내용을 기록한 글도 있다.[16] 이 글에서 김동리는 독자들에게서 작품과 관련하여 동부전선에 종군한 일이나 흥남 지방에 직접 다녀온 적이 있는지를 질문 받고 나서 답변 형식으로 창작 동기를 소상히 밝혔다. 기록에 따르면 작품의 착상은 1951년 10월로 거슬러 올라간다. 당시 그는 백씨인 김범보의 방한 간을 빌려 피난중이었고 피난민 출신인 이발사의 생생한 체험담에서 착상의 계기를 마련했다. 흥남철수에 대한 소문을 많이 들어왔던 터에 "훨씬 자세하며 구체적인" 체험담을 듣고 나서 창작에 대한 의욕을 갖게

15 「자매」의 창작과정 전말은 「흥남철수」와 관련해서 소개되었다. 김동리, 『나를 찾아서-자전에세이』, 김동리문학전집 8권, 민음사, 1997.
16 「흥남철수」에 대한 작가의 언급은 「'흥남철수' 주변 이야기」, 위의 책.

되었다는 것이다.

> "…수십 만 인구가 흥남에 모여들었소, 비행기는 주야로 머리 위에서 별의별 소리를 다 내고 날지, 대포 소리는 쉴새없이 여기저기 쿵쿵 와그르르 터지고, 아, 나도 교회에 나가지만, 정말 예수께서 재림으르 하는 날인가 했소."
>
> 그 자신은 국군이 들어왔을 때 환영을 나갔기 때문에 그 고장에 남아 있을 수가 없어 마누라와 함께 L.S.T.를 타버린 것이라 했다./ 이런 그의 이야기에 나는 문득 소설적인 의욕을 느꼈던 것이다.[17]

　동리가 느낀 "소설적인 의욕"은 과연 무엇이었을까. 추론하건대 이는 신문지상에 보도된 정보 습득의 차원을 넘어 작가의 상상력을 자극하는 소재라는 직관적 판단이 있었을 개연성이 충분하다. 이발사의 생생한 체험담에는 작품 말미에 등장하는 흥남부두의 풍경을 선명하게 드러내는 원본에 가까운 내용이 들어 있어 흥미롭다. 이발사는 자신이 국군이 진격했을 때 환영식에 나선 까닭에 더는 흥남에 잔류할 수 없어서 배를 탈 수밖에 없었다는 것이었다. 항구로 유입되는 수십만의 피난민 행렬이나 비행기 굉음과 작열하는 포성, 그 암울한 상황에서 느낀 이발사의 종교적 아우라와 '종말의 날과 예수 재림 이미지' 등이 인상적이다.
　작가는 이발사의 체험담을 듣고 나서 '전쟁을 어떻게 그릴 것인가'를 놓고 작품화에 고심하기 시작했던 셈이다. 작품 구상의 단계에서 그는,

---

17　김동리, 「'흥남철수' 주변 이야기」, 위의 책, 280쪽.

"수십 만이나 되는 군중(피난민)을 어떻게 그리는가, 그 가운데 누구를 주인 공으로 삼아야 하는가, 또 어떤 각도에서 그리는가"[18] 등등, 고심을 거듭 하는 이 대목은 특히 인상적이다. 이는 작가로서의 성실성을 보여줄 뿐만 아니라, 수십만 군중 중에서 어떤 인물을 선택해서 성격을 구성할 것인지, 주인공으로는 누구를 선택할 것인지, 시선과 각도를 고려하며 작품의 구 도를 어떻게 짜고 어떤 내용을 배치하며 이야기를 구체화할 것인지를 놓 고, 수많은 하위텍스트를 놓고 고심을 거듭하는 작가의 모습을 보여주기 때문이다.

　이발사의 이야기를 소개하는 작가는, 체험의 한계 때문에 인물 선택 을 놓고 고민한 것을 언급한 대목이 있어서 더욱 흥미롭다. 김동리는 화 원시장에서 함경도 사투리를 쓰는 물품장수 자매를 접하고 나서 인물 문 제를 해결하였다고 기록하고 있다. 월남 자매를 통해서 인물 문제를 해 결했다는 것은 적극성과 소극성이 대비되는 자매의 서로 다른 품성에서 주인물에 적합한 가치를 발견했다는 뜻이다. 또한 이들 자매로부터 자연 스레 이들 주인물에 상응하는 인물과 서사의 구도를 잡았다는 의미이다.

　김동리가 세운 이야기의 틀과 방향은 다음 원칙에 따른 것이었다. "첫 째, 흥남철수라는 큰 사건을 정면으로 다루지 말고, 그것을 배경으로, 또 는 무대로 쓸 것"과, "둘째, 피난민 가운데서 어느 개인을 주인공으로 삼 되 군중의 대표자나 지도자로 취하지 말 것."[19] 이 두 원칙에 따라 김동리

18　앞의 책, 같은 곳.

19　같은 책, 281-281쪽.

는 피난민과, 월남을 염원하는 "화원시장의 두 소녀"를 중심에 놓고 그 상
대자로 "남자, 이남에서 간 사람", 종군단에 가담한 "남성인물 박철과 그
일행"[20]을 연결해서 이야기 동선을 구성해 나갔다. 이야기의 구도에서 '종
군문화단' 소속 문화예술인과 두 자매가 만나도록 배치되면서 '흥남'은
이들 자매를 통해 전쟁의 비극을 증폭시키는 구체적인 장소로 선택된다.

  여기에는 전쟁에 대한 동리의 작가적 관심과 상상력의 반경이 잘 드
러난다. 김동리는 "6.25를 생각할 때마다 잊을 수 없는 얼굴"[21]을 떠올리
거나 인민군 치하의 서울에서 은신 도피했던 절박한 상황을 상기하기 때
문이다.[22] 이같은 회상은 자신과 가족, 실종된 동료 문우들에 한정되고
있다는 특징을 보여준다. 이는 전쟁의 충격이 일상적 세계를 중심으로
한정된 것을 단적으로 드러내는 대목이기도 한데, 그만큼 전쟁의 전모를
재현하는 데 필요한 현실 조감력이 부재했음을 단적으로 보여준다. 논리
를 다소 비약시켜 보면, 그의 전후소설이 "전쟁이라는 현실과 그 이후의
일상을 총체적으로 그려내는 데 실패할 수밖에 없었던 이유"[23]는 전쟁의
전모를 조망하는 능력의 부재, 전쟁 충격에서 벗어나지 못한 '시적 상태'
에 기인하는 셈이다.

---

20 위의 책, 같은 곳.

21 위의 책, 262쪽. 그가 떠올린 인물은 조진흠과 홍구범이다. 이들은 인민군 치하 서울에
    서 동고동락하다가 행방불명된 청년문사들이었다.

22 「'밀다원 시대'를 쓸 무렵」, 같은 책, 267-271쪽 참조.

23 정종현, 「전후 김동리소설의 변모 양상」, 동국대 한국문학연구소 편, 『한국전후문학연
    구』, 이회, 2002, 152쪽.

물론, 당대에도 전쟁 체험을 기록하는 수준에 만족해야 한다는 견해가 있었다. 전쟁의 소설화는 체험의 영역을 넘어 "민족적인 경험으로 형성될 때까지 인내로써 기다려야"[24] 한다는 지적이 그것이다. 김동리 또한 전쟁을 취급하는 과정에서 이 전대미문의 비극을 통찰하는 일이 결코 용이하지 않다는 점을 잘 간파하고 있었다. 전쟁이 휴전으로 마무리되었고 삼팔선은 휴전선으로 대체되었을 뿐인 현실에서, 그는 피난민의 생생한 체험담으로부터 전쟁에 대한 창작 의욕을 얻을 수 있었다. 이는 그 자신이 피난민이라는 감정이입과 함께 창작의 열의를 충전했음을 암시한다. 그는 흥남 부두에 넘쳐나는 피난 행렬에서 아이디어를 얻고 나서 이야기의 얼개를 세울 수 있었다. 화원시장에서 만난 대조적인 성격을 가진 월남 자매를 주인물로 선정하여, 종군하는 남성 문화예술인들을 상대역으로 배치한 뒤, 전쟁 자체에 대한 통찰보다는 전쟁의 어느 단면을 통해 어떤 함의를 가진 사건으로 서사화할 것인가의 문제에 집중했던 것으로 보인다.

전쟁의 전모가 50년대, 전후의 시대공간에서 재현될 수 없다는 점은 김동리 자신이 누구보다 잘 알고 있었다. 한 글에서 그는 "전쟁을 제재로 한 '심각하고 비참한 걸작'이란 동서고금을 막론하고 거의 구경할 수 없다"라고 전제한 다음, "전쟁 그 자체는 지극히 문학적인 제재 같으면서도 최상의 것은 아니며, 그것은 한 배경으로서 취급될 성질의 것에 불과하기 때문에, 사실로서의 비참함과 심각함과 문학성은 창작으로서의 비극

성과 심각성과 문학성을 거세하고 감쇠시킨다."[25]라고 언급하고 있기 때
문이다.

　이 말의 함의는 「흥남철수」에도 적용 가능하다. 그가 그려낸 작중현실
로서의 전쟁은 사실성과는 다른 맥락, 그의 표현으로는 '배경으로서 취
급될 성질의 것'에 지나지 않았다. 그는 '사실로서의 비참함과 심각함과
문학성'이 '창작으로서의 비극성과 심각성과 문학성을 거세한다.'라고
표현하고 있는데, 이는 '창작의 객관적 거리 두기'에 대한 문학의 고전적
관습을 지시하는 것으로 그치지 않고 현실세계에 넘쳐나는 실재하는 비
극과 창작으로서의 비극을 차별화하려는 의지를 보여주는 대목이다. 그
가 사실과 창작의 차별성을 거론하면서 전쟁을 '최상의 문학적 제재가
아니라 배경으로 취급될 성질의 것에 불과'하다고 단언한 것도 이런 측
면으로 이해할 수 있다. 이 말을 「흥남철수」에 적용해 보면, 김동리는 전
쟁을 비참성과 심각성 자체보다도 창작으로서의 비극성과 심각성과 문
학성을 동시에 충족시키는 배경으로만 활용했던 셈이다. 그렇다면, 전쟁
을 배경화한 뒤 전쟁 이야기는 어떻게 만들어졌을까? 여기에서 문학의
순수성, '생의 구경으로서의 문학'이 전쟁과 맺는 관계가 문제시된다.

25　김동리, 「전쟁과 문학의 근본문제」, 『협동』 35호, 1952.6, 51쪽. 신영덕, 『한국전쟁과 종
　　군작가』, 국학자료원, 2002, 23-24쪽 재인용.

3. 민족과 휴머니즘의 저변

「흥남철수」 서두에는 인상적인 삽화 하나가 등장한다. 종군문화단을 따라나선 시인 박철이 함흥 가는 길에 흥남을 방문해서 정훈책임장교에게서 상황 보고를 받는다. 정훈장교는 "빨갱이 놈의 새끼들이 어떻게 선전을 해 놓았던지 시민들이 모주리 산중에 가 숨고 나오지 않습니다."(259쪽)라는 전황 보고였다. 정훈장교의 보고는 수복지역 전황과 주민동태에 대한 국가의 시선을 잘 말해준다. 냉전적 인식의 일단은 전시체제에 걸맞게 주민들을 "빨갱이"들의 선전 선동에 휩쓸려 불안과 공포 속에 사태를 관망하는 '국민'이라는 시선으로 구획하고 있는 것이다.

시인 박철은 '사회단체연합회' 파견 '종군문화반'의 일원으로서 "전과의 보도나 전황의 기록을 위한 전선 종군이 아니라, 수복 지구의 동포들에 대한 계몽 선전 위안을 주는"(259쪽) 임무를 수행하고 있었다. 그는 '그즈음 사회적 분위기'나 '자신의 가슴 속'에 "사회적이며 또한 민족적인 감정"으로 가득 차 있어서 주민들에게 신념과 희망을 갖게 하는 것이야말로 자신의 사명이자 '종군문화단' 일원으로서의 사명이라고 여기는 인물이다. 그가 말하는 신념과 희망은 남한중심적 시각에서 수복지역 주민들을 국민화하는 위치를 잘 보여준다. 박철과 함께 시국만화를 그리는 화가 이정식, 음악가 김성득 등등, 이들 '예술가' 동료들은 주민들을 학교나 예배당으로 모아놓고 대민 선무공작을 벌인다. 그 기획에서 핵심은 박철이 제안한 '군민 위안의 밤'이라는 행사이다. 박철 자신은 시를 외우거나 문학을 강연하고, 음악가 김성득은 「애국가」와 「봉선화」를 가르치며, 이 화백은 익살로 참석한 사람들을 웃게 만들고, 마침내 수복지역 주민들을 안심시켜 산속으로 피신했던 사람들을 마을과 거리로 돌아오게 만든다.

삽화의 정치적 함의는 전시체제하 국민국가(nation-state)의 기획과도 통한다. 김동리는 전쟁의 서사화에서도 전쟁의 현실과 변별되는 '비정치적인 문화예술의 정치적 속성'을 한껏 부각시켜 놓았다. 접적지대에서 벌어지는 전황이란 종군시인의 차원을 훨씬 넘어선 긴박한 국면이다. 점령군에게 민간인들은 사실 잠재적인 적일뿐 우호적인 존재로 구분되지는 않는다. 정훈장교의 발언은 이러한 문제들을 가볍게 뛰어넘어 종군문화단에게 민간인들을 일상에 복귀하도록 선무공작의 임무를 맡기는 국가 기획의 한 장면을 잘 설명해주는 셈이다.

박철의 선무공작은 요컨대 정치로부터 위임받은 '순수' 문학예술의 역할이자 국민화 기획의 연장선에서 이루어지는 전쟁 속 문학예술의 위상을 짐작케 한다. 점령지역에서 시도된 '군민 위안의 밤'이 거둔 '예상치 못한' 성과가 그러하다. 성과는 사상이나 정치이념이 아닌 문학예술의 순수한 감화력을 과시하는 대목이라는 점에서 주목을 요한다. 종군문화단의 성과를 거론하는 부분은 달리 보아 현실과 정치, 전쟁과 일상, 피난의 급박한 상황에서조차 빛을 발하는 문학예술의 위상과 관련되기 때문이다. 이런 측면에서, 종군문화단에 속한 시인 박철은 국민국가의 대변자로서 문학예술의 감화력을 수복지역 군민들에게 문학의 위의를 한껏 발휘하는 존재감을 확연히 드러낸다.

대민사업을 주관하는 정훈담당 군인의 지원 아래 이루어지는 '군민 위안의 밤'은 문학이 정치화되는 순간을 보여주는 삽화이지만, 전쟁과 일상을 구획하며 사회 성원들을 국민으로 포섭하는 국가의 시선이 작동하는 지점을 엿볼 수 있는 삽화이기도 하다. 나아가 이 삽화는 문학예술이 국가라는 대주체의 의지와 결합한 사례, 곧 '비정치적 정치성'을 지향하는 순수문학이 국민국가의 강력한 토대 위에서 작동하는 순간을 상상하는 김동리 자신의 고안물에 가깝다. 전쟁과 정치 속에서 문학예술이 인간의 심성도 움직이는 고귀한 직능이라는 김동리 특유의 관점이 투사된 사례라는 점에서 그러하다.[26] 무엇보다 삽화에는 전쟁의 현실에서조차 문학예술의 자율적 가치만으로도 전쟁의 여파와 정치성과 차별화된 감화력을 발휘할 수 있다는 자신감, 더 나아가 그의 순수문학의 가치에 대한 문학적 신념이 담겨 있다.

종군에 나선 시인 박철은 점령지역 흥남에서 국가의 기획에 동참하고 민족의 구원에 나선다는 숭고한 사명감으로 선무활동의 전면에 나서는 인물이다. 그는 후퇴작전 속에 월남을 열망하는 피난민에게서 '운명공동체로서의 민족'을 떠올리며 '전쟁 속 휴머니즘'을 몸소 실행에 옮기고 있다. 그런 점에서 박철은 전쟁을 배경 삼아 전쟁에 대한 소문과 전황을 단순하게 기록하고 전파하는 역할 이상의 함의를 가진 존재다. 적어도 그의 시선은 민족을 대변하는 대주체, 곧 근대국가와 동궤를 이룬다. 음악회에 나선 시정의 공연으로 위안의 밤이 성공적으로 끝난 것을 자축하는 장면에서도 대주체의 면모가 확인된다.

---

26 종군작가단 활동에 관해서는 신영덕, 『한국전쟁과 종군작가』, 국학자료원, 2002 참조.

"오오, 시정이 앉어! 오늘은 수고했어! 대성공이었어!"

정식은 시정의 앞에 손을 내밀며 이렇게 감격적인 인사를 연발했다.

(…중략…)

"공부를 특별히 한 것도 없소, 올해 제가 여학교 사학년인데, 작년에 첨으로 학생 음악회에 나갔어요."

"그럼 여기서도 음악 대회 같은 것은 가끔 있었나?"

"있기는 있었어도 모다 꼭 같은 김일성 노래뿐이고 정말 음악다운 음악은 있쟁이오."

"음악대회에서는 일등을 했나?"

"예"

"일등이고 이등이고 그런 건 상관없어, 시정이 그렇잖아? 문제는 예술에 있어, 예술이 되면 그만이야, 예술에 무슨 놈의 등수가 있느냐 말이야, 그렇잖아 시정이……?"

정식이 또 기염을 토하기 시작하였다.

(…중략…)

"이번에 남북이 통일 되거든 시정이도 우리와 함께 서울로 올라가요, 서울 가서 공부하게……"

철은 막연한 희망을 품고 이렇게 말했다.(262-263쪽)

수복지구의 동포들을 안심시켜 일상으로 복귀시킨 뒤 시정에게 남쪽에서 재능을 꽃피우도록 권유하는 종군문화단 일원들의 과장된 몸짓은, 덕담의 내용만큼이나 안심할 수 있는 후견인임을 강조하는 장치에 가깝다. 적어도 이들은 인간의 예술 재능을 발견하고 그에 상찬하는 모습을 통해 전쟁을 일으킨 자의 부도덕함이나 폭력과는 분명하게 차별된다. 더욱

이 이들 예술가 무리는 시정에게 '김일성을 찬양하는 노래'뿐인 북한의 혹독한 현실에서 벗어나 예술의 순수성과 재능을 마음껏 발휘할 수 있는 꿈을 심어준다.

음악가 정식이 과장된 몸짓과 말투로 시정의 재능을 높이 칭송하는 존재라면, 박철은 시정에게 통일이 되고 난 뒤 서울에서 공부하며 성악가의 꿈을 갖게 만드는 국민국가의 전령사처럼 보인다. 박철은 시정에게 구체적인 꿈을 소망하도록 만들기 때문이다. 통일이 언제쯤 될지를 묻는 시정에게 박철은 "늦어도 내년 봄까지는 되지 않을까?"(263쪽)라고 답변한다. 그러자 시정은 "선생님 저르 꼭 서울로 데려가주겠소?"(264쪽) 하며 자신의 소망을 드러낸다. 시정에게서 예술적 재능을 발견하고 정치에 오염된 노래가 아닌 '진정한' 예술가의 길을 권고하는 종군문화단 일원들의 면모는, 이들이 문학예술에서 정치성을 거세하며 '천재로서의 예술'을 옹호하는 존재들임을 분명하게 보여준다. 이들은 개인과 민족을 향해 구원의 의지를 피력하는 대주체에 호명된 존재, 예술가의 재능을 성취하는 사회의 성원, 곧 근대국가의 '국민'이 되기를 권고하는 국가의 대변자들인 셈이다.

그렇다고 해서 종군문화단을 따라나선 박철이 근대국가의 대변자라는 얼굴만 가진 것은 결코 아니다. 전쟁에 따라나선 그의 열정 이면에는 가족에 대한 죄의식도 발견된다. 수복 직후 종군문화단을 따라나선 박철은 민족과 국가의 차원에서 작동하는 휴머니즘과 격정에 사로잡힌 인물이지만, 그 배면에 인간적인 면모 또한 없을 수가 없다. 그는 전쟁의 와중에 가족을 지키고 부양하지 못했다는 가장으로서의 자책감을 가지고 있다. 민족에 대한 숭고한 감정과 자책감 사이에는 민족과 국가를 향한 이념과 그 이념에 봉사하면서도 가족의 생계와 바람을 충족시키지 못한 가장으로서의 착잡한 감정이 녹아 있는 것이다. 객줏집에서 "죽음 같은 깊은 잠"(264쪽)에 빠져 꾸는 꿈을 통해 그러한 부채의 감정이 여과없이 드러난다.

　꿈속에서 아내는 도마질을 하며 "콩이든지 팥이든지, 콩이든지 팥이든지……" 하며 끝없이 반복해서 중얼거린다. 그 중얼거림은 무력한 가장에게 향한 슬픈 원망이다. 아내의 주문은 가장을 향한 원망이다. "아이들에게 따뜻한 옷을 입히지 못하고, 신발을 신기지 못하고, 쌀을 넉넉히 들이지 못하고, 회충약을 먹이지 못하고, 멸치 넣은 두부찌개를 먹이지 못하고, 벌레먹은 이를 빼주지 못하고, 이발을 시켜주지 못하고, 창경원 구경을 시켜주지 못하"(265쪽)는 죄목 추궁으로 박철에게는 "쓸쓸하고 두려운"(265쪽) 감정을 불러일으킨다. 꿈이 '무의식의 발현'이라면, 박철의 꿈은 공산군에게 아내를 잃고 나서 남겨진 아이들을 장모에게 맡긴 뒤 '수복 직후' 종군으로 치달아간 자신에 대한 죄의식의 단면 하나를 보여준다. 그 꿈은 '전쟁에 대한 격앙된 낭만적 감정'과 죽은 아내, 남겨진 아들에 대한 부채감을 간접화해서 전달하는 내용이다. 자상함과 경제력을 소유하지 못한 가장으로서의 무력감과 자책감이 거대한 죄의식을 낳고 그 죄의식은 낭만적인 격정으로 분출되고 있음을 뜻한다. 전쟁으로 아내를 잃고 가장의 책무조차 벗어던진 이면에 작동하는 가장의 심성은 요컨대 전쟁이라는 비상한 현실에 가족을 지키지 못한 자신에 대한 자책감이

변주된 것이기도 하다.[27]

민족이나 국가에 대한 박철의 열정이 가장으로서의 죄의식을 감춘 채 전쟁의 국면에 민족으로 향하는 감정의 고양상태는 '뜨거운 휴머니즘'이 가진 구체적인 내용이자 감정의 승화된 흐름을 보여준다. 가족의 영역에서 시작된 죄의식은 다른 가치를 지향하며 더욱 승화되어 혈연공동체로 확장되고 변주된 것을 의미한다. 월남하려는 민간인들에게 이타적 감정으로 민족은 운명공동체임을 자각하는 면모나, 이들을 자유 국민으로 명명하는 행위는 '시인 박철'이 '휴머니즘'의 실행자로서 혈육애를 넘어 전쟁이라는 현실과 운명적으로 만나 대결하는 존재임을 재확인시켜준다.

4. 월남행과 국민화 논리

작품에서 정인수는 작가의 자전적 요소와 이발사의 체험담을 토대로 설정된 인물 구성에 가깝다. 좀더 정확히 말해 정인수는 박철의 내면을 역투사한 인물 설정에 가깝다. 그는 앞서 거론한 자전에세이의 문맥에 따른다면 이발사를 모델로 자신의 잔류체험을 한데 결합시켜 놓은 인물이다. 그에게는 가족과 함께 피난하지 못한 박철의 죄의식을 해소할 단

---

27 「실존무」에서 월남하여 만년필 장사에 나선 진억이 다방마담 장계숙과 동거하던 중 뒤늦게 월남한 가족과 상봉하게 된 곤혹스러운 장면도 실제 전후사회의 일화로 등장하기도 하지만 가장의 죄의식에서 그리 멀리 있지 않다고 보는 게 온당하다. 홍기돈은 1950년대 중반 김동리가 손소희와의 동거를 시작한 점을 들어 「실존무」의 의미를 백형 김범보의 영향에서 벗어난 작품으로 읽어내기도 한다. 홍기돈, 앞의 논문, 228쪽.

서가 암시되고 있다. 아내를 잃고 남겨진 아이들을 모두 데리고 떠나지
못한 그 자신의 후회와 반성이 전쟁의 틈바구니에 국군에 부역한 설정으
로 이어진 것으로 보아도 과히 틀리지 않는다.

　정인수는 박철에게 자신이 왜 월남해야 하는지를 설명하며 절박하게
도움을 호소한다(270쪽). 정인수의 호소는 집안이 기독교 신자라는 것,
'공산군이 들어온 이후' 박해를 두려워하면서 소학교 교원으로 지내왔
다는 것, '국군과 유엔군이 들어오는 것을 보고 맨 먼저 환영식에 나왔을
뿐만 아니라 협력을 아끼지 않았기 때문'이라는 것이다. 그런 까닭에 정
인수는 중공군이 개입하고 유엔군이 후퇴하는 마당에 '남아서 공산당에
게 붙잡혀 죽을 날을 기다리느니' 가족들과 함께 피난길에 나섰다는 것
이다.

　정인수의 호소는 박철에게 향한 것이지만, 비공산주의자로서 절박한
생존의지를 '대한민국'이라는 국가 이성에 호소하는 형국에 가깝다. 그
목소리는 남행에 나선 민간인들을 북한체제에 비협조적이고 국군과 유
엔군에 협조했던 까닭에, 자신과 가족의 생존을 위해 월남을 결행한 것
으로 균질화한다. 물론 월남을 결행하는 인물 중에는 정인수와 대비되는
경우도 있다. 윤씨 노인이 바로 그러하다.

　　　"우리 아바이도 여기서 죽고, 우리 안에서껀 다 여기서 죽었는데, 나도
　　여기서 죽자고 했수다만, 가만히 생각하니, 함흥 사람이라믄 다 떠나가고
　　내 딸아들도 다 가고 없을 게니 내 혼자 무슨 맛으로 살겠소…… 선생님,
　　실로 미안하지만 나도 이남으로 가야겠수다. 어디든지 나도 데리구 가두

록 해주오다."/ 윤노인의 눈에서 눈물이 돌았다.(282쪽)

　인용에 드러나듯이 윤노인은 고향에 대한 애착과 인민군에 징집된 아들에 대한 부성애를 가진 인물이다. 그는 사태를 관망하던 끝에 내린 자매를 따라 월남을 결심한다. 그는 국군에 협조하고 기독교인으로서 사상적으로 이반된 정인수와는 다르다. 윤노인은 정인수처럼 사태를 관망하다가 철수작전이 임박한 때에 홀연히 나타나긴 했으나 박철에게 인간적인 감정에 호소하며 월남의 뜻을 밝힌다. 그는 홀로 남아 고향에서 살려했던 생각을 접고 월남하여 자식들과 함께 살아가겠다고 마음먹은 것이다. 윤노인의 월남행은 자식들과 노후를 보내겠다는 소박한 혈육애에 기인한다. 하지만, 윤노인 자매의 월남행은 이들과도 다르다. 시정의 경우는 예술적 재능을 가지고 있어서 남쪽에서 성악가의 꿈을 이루기 위한 의지에 따른 것이고, 언니 수정은 자신의 병을 고치기 위한 소망에 따른 것이다.

　박철은 자신의 승선표를 정인수 가족에게 넘겨버린 상황에서 유노인과 윤씨 자매를 도울 방도가 없다. 그는 자신의 타산 없는 행동에 울화를 삭히면서 윤씨 자매의 간절한 소망에 마음이 움직인다. 월남행을 택한 민간인들을 피난시키는 급박한 현실에서 박철이 자신의 안위를 돌보지 않고 윤씨노인과 그 자매를 돕는 행위는 사상이나 삶의 차원을 넘어선 참된 사상, 곧 동리의 문학이 지향하는 휴머니즘의 실천에 해당한다.

　박철이 윤노인 가족의 애절한 눈빛을 바라보며 "여기 있는 수십 만의 자유국민들이 모두 그와 동행이요 그와 운명을 같이 해야 할 사람들"(279

쪽)라고 여기며 편안한 감정을 느끼는 것도, 공동체의 안위라는 좀더 높은 영역을 자각하며 얻는 보상심리이자 승화의 감정에 가깝다. 박철은 자신에게 닥친 위난에도 아랑곳않고 "자유 국민"과 일체감을 이루며 윤씨 자매에게 남녘땅을 질병을 치유할 수 있는 소망의 공간으로 만들며 성악가의 꿈을 이루는 희망의 대변자를 자처하기에 이른다.

　그런 그가 윤씨 자매의 출현과 함께 아연 활기를 띠는 것은 '창백한 향기에 젖은, 신비로운 꽃송이가 피어나는 듯한, 그녀(언니 수정)의 두 눈'(279쪽)을 통해서이다. 수정의 맑은 두 눈을 통해 박철은 '수십 만의 자유 국민'과 동행하며 '그와 운명을 같이 해야 할 사람들'이라는 생각을 갖게 되는 것이다. 이것이 바로 '운명공동체를 향한 예술가의 이타적인 마음', 요컨대 '민족에 대한 휴머니즘'의 실체일지 모른다. 심정적으로 한껏 고양된 이 상상적 차원이야말로 해방정국에서 그가 언급했던 '순수문학의 본령', '생의 구경적 차원'의 변주에 가깝다. '철의 가슴을 한결 가벼워지게 만드는' 윤씨 자매의 '창백한 향기'와 '신비로운 꽃송이'는 구원의 대상인 '여성으로 젠더화된 민족'이 아닐 수 없다.

　박철을 비롯한 종군문화단 성원이 모두 남성들로 이루어져 있고 그 상대자로 윤씨 자매가 등장한다는 점도 상기할 필요가 있다. 종군문화단은 전시라는 시국에 걸맞게 군인과 문화예술인들로 편성되어 수복지역 민간인들을 대상으로 대민선무공작을 벌이는 동원조직이었다. 이 구성원들은 전쟁을 주관하는 국가체제의 입장을 대변하기도 했다. 술에 취해 시정에게 호언장담하는 이정식의 면모도 그러하지만, 박철이 통일을 언급하며 시정에게 남쪽에서 성악을 공부하도록 권유하는 장면들은 단순히 개인의 차원에서 발화된 것이 아니다.

윤씨 자매에 대한 그들의 관심과 자매를 남한땅으로 인도하겠다는 박철의 호언장담에는 북한사회 성원을 위계화하여 정치적 핍박을 받을 정인수나 윤씨 자매를 구원의 대상으로 재배치하는 우월적 태도가 담겨 있다. 수복지역의 민간인이 '북한 체제의 성원'에서 분리시키는 전시국가의 문화적 기획과 연계된 차원에서 박철은, '운명공동체'인 민족의 이름으로 이들을 호명하며 '자유(를 갈망하는-인용자) 국민'으로 재배치하고자 하는 주재자가 된다.

작품에서 '자유 국민' 또는 '자유를 갈망하는 국민에 상응하는 존재'로 재배치하는 국면은 쉽게 드러나지 않는다. 하지만, 전쟁사 논의를 참조해 보면 '수복지역'은 대한민국 정부의 법적 효력이 지배하지 못했다는 의외의 상황에 가로놓여 있었다.

38선 이북의 점령 지역에 대한 지배력은 우리의 통념과는 달리 "통일을 위해 놓쳐서는 안될 호기"[28]였으나, '남한에 의한 통일'이라는 목표는 대중들의 정치적 열망에 지나지 않았다. 북진의 과정에서 38선 이북에 대한 남한의 통치권은 북한 실정법에 따라야만 했다.[29] 1950년 7월에 육본훈령 제86호는 점령지역에서 국군의 행동원칙을 규정하고 있는데, 그 내용 중에는 국군이 "'해방된 형제', '소유권의 인정', '북한 민간인의 수

---

28 박명림, 『한국 1950: 전쟁과 평화』, 나남출판, 2002, 552쪽.수복지구의 역사에 관해서는 한모니까, 『한국전쟁과 수복지구』, 푸른역사, 2017 참조.

29 박명림, 같은 책, 556-647쪽.

호자', '국민의 군대', '민주주의의 사도'"[30] 등으로 표현되었다. 북한 점령 지역에서 국군은 점령군이 아니라 혈연공동체인 '민족'과 '민주주의'의 사도로 표상되었던 것이다. 국군은 북한동포들과 접촉하는 과정에서 친절함을 행동준칙으로 삼았다. 이같은 준칙은 "민주주의 원칙이 공산주의 독재하의 경찰국가의 규율보다 훨씬 우수하다는 것"[31]을 보여줌으로써 '자유의 소중함'과 '민주주의의 우월성'을 전파하는 전시 문화정치의 전략이기도 했다.

이런 맥락에서 보면, 박철을 비롯한 종군문화단 성원들의 발언과 행동은 정인수나 윤씨 일가에게 행해지는 선무공작의 차원을 은폐하는 한편, 북한체제에 속한 성원이라는 점을 괄호치며 이들을 '민족'과 '자유국민'으로 포괄해 나간다. 종군문화단의 언행은 민간인을 '민족이라는 운명공동체'와 '자유(를 갈망하는) 국민'으로 불러내어 월남행의 당위를 강화하는 데 기여한다. 정인수의 절박한 호소가 박철 자신의 죄의식을 역투사시켜 가족의 안위와 생존으로 귀결되듯, 성악가가 되겠다거나 병을 치유하는 소망을 이루려는 윤씨 자매의 꿈이 박철에게 전이되면서 윤씨 자매의 소망은 월남의 주된 동기로 번역되는 셈이다.

정인수나 윤노인, 윤씨 자매에 이르기까지 월남행은 모두 북한사회 성원이 아닌 민족공동체의 일원으로 호명되고, 그런 다음 대한민국의 국

30　육군본부, 「육본 훈령 제86호: 북한 내에서의 국군의 행동원칙」(1950.10. 7), 『한국전쟁사』 4권, 807-808쪽. 박명림, 같은 책, 595쪽 재인용.

31　박명림, 같은 책, 같은 곳.

민으로서 자유로운 삶을 누리며 '예술적 재능'을 꽃피우거나 '질병'을 치유받는 희망에 따른 결행으로 그려진다. 윤씨 자매는 예술적 재능을 발휘하고 질병을 치유하는 수혜자로서 여성화된 민족을 지칭한다. 이들 자매의 구원을 '운명'으로 여기는 박철의 태도야말로 전장에서 문학예술의 소임을 다하는 것, 곧 민족을 향한 휴머니즘을 실천하는 순수문학의 정치화된 단면이기도 하다. 그러니까 윤씨 일가의 월남행을 도우려 동분서주하는 박철의 행동은 문학의 순수를 전장의 공간에 투영하여 휴머니즘을 부각시키는 '재현의 정치학'이라고 해도 과언이 아니다.

그러나 정인수에게 승선표를 양도해버린 박철이 그 자신의 안전마저 장담할 수 없는 처지에서 윤씨 일가에게 피난을 주선하겠다고 나선 모습은 아무래도 미심쩍다. 자신의 공분과 헌신이 너무나 격정적이었고 너무나도 감상적이었다는 회의에도 불구하고, 박철은 시정의 불안감을 달래가며 자신감으로 가득하다. 그의 자신감은 "이렇게도 많은 유엔군과, 자유를 찾아 들끓는 백성들을 설마 비행기나 군함으로 실어 가더라도 가겠지 여기서 그 야수 같은 놈들에게 봉변을 당하게 버려 둘 줄 아느냐"(278쪽)라는 믿음에 둔 것이다. 그는 '자유를 수호하는 유엔군/ (자유를 박탈하는 야수 같은) 공산군'을 병치시키는 한편, '자유를 찾아나선 백성들'을 비행기와 군함으로 '자유의 땅으로 인도하리라는' 믿음을 확고하게 드러낸다. 그리하여 박철은 윤씨 자매에게 "유엔군의 역사적인 사명과 공산군의 포악무도를 강조하기에 열중"(278쪽)하는 것이다.

작품 결말부분은 전쟁의 비극성을 보다 증폭시키는 방향으로 선회한다. 중공군 참전과 후퇴하는 유엔군의 행렬 속에서 흥남 시내와 부두는 전혀 새로운 공간으로 바뀐다. 부두 주변은 피난길에 오른 수많은 사람들로 아비규환을 이룬다. 그곳은 "역사상에서 일찍이 보지 못한 가장 장엄하고 처절한 자유 전선의 '교두보'"(280쪽)로 바뀐다. 항구의 선착장은 공산군과 중공군의 진격으로 인해 '극도의 불안과 초조와 절망'이 교차하는데, 이남으로 향하는 수송선들과 "엘 에스 티의 큼직한 뒷문이 부두를 향해 열려"진(283쪽) 통로만이 넘쳐나는 피난민들에게 희망이 될 뿐이다.

　"배를 타지 못하면 그대로 죽는 것으로만 생각하는 듯"(283쪽), 피난민들의 아우성으로 가득한 항구는 자유와 생존을 얻는 '출애굽'의 통로로 부각된다. 바다에 빠진 아버지 윤노인을 구출하러 시정이 바다로 뛰어드는 작품의 결말 장면(285-286쪽)은 짙은 혈육애와, 윤씨 일가를 피난시키려는 박철의 노력이 좌절하는 순간이기도 하다. 윤노인과 시정이 바다에 빠지면서 피난 대열에서 이탈하면서 이들을 향한 박철의 절박한 심정을 토로하는 장면은 '인간 존재가 도달할 수 있는 휴머니즘'의 가장 고귀한 정지된 화면이 아닐 수 없다. 이산의 비극을 극적으로 담아낸 흥남부두는 이제 삶과 죽음, 억압과 자유의 접경지대로 바뀐 것이다. 흥남 부두는 '생의 구경적 진실'을 드러내기에 안성맞춤인 배경으로 활용되었던 것이다.

　연로한 윤씨 노인이 바다에 빠지고 이를 본 시정이 아버지를 구하기 위해 바다로 뛰어드는 이 유명한 장면은 가족 이산의 슬픔을 극적으로 포착한 장면으로 자주 거론되어 왔다. 하지만 좀더 꼼꼼히 살펴보면 이 장면은 이산의 비극을 담아낸 정물화가 결코 아니다. 박철은 창백한 아름다움을 가진 병인인 수정과 함께 입선에 성공하고 배 위 갑판에서 시정을 향해 '다음 배로 오라'고 외치고 있기 때문이다. 건강하고 활달한 시

정이 윤씨 노인과 함께 월남의 대열에서 탈락하고, 처연한 아름다움을
가진 병자 수정만이 박철의 부축을 받으며 배에 오른 것이다.

수정을 월남 대열에 오르게 만든 설정은 「자매」에서 보여주는 월남
자매의 상이한 운명의 행로처럼 선택적으로 고려된 것에 가깝다.[32] 남쪽
체제에 호의적이었던 정인수와 그의 가족이 얻은 승선표가 박철의 '타산
없는 연민'에서 비롯된 것이었다면, 부두에서 발작한 수정을 박철이 들
쳐업고 배 안으로 들어간 것은 깊은 병을 가진 여성, 곧 '여성화된 민족'
을 부축하여 구원한 것을 의미한다. 이 장면은 전시 국가체제가 월남행
을 결심한 민간인을 젠더화하며 국민을 만들어낸 극적인 미디어정치의
국면들과 유사하다.[33]

남주인공 박철에게는 민족을 여성화하는 국가이성의 대주체가 어른거
린다. 그는 근대국가와 민족, 자유, 휴머니즘 등을 발화하며 월남을 결행
하는 북한의 민간인을 '수난당하는 여성화된 민족'으로 젠더화하며 이들
을 국민으로 인도하는 수행자에 가깝다. 그는 정훈장교와 '사회단체연합
회'와 '종군문화반'이 기획한 '위안의 밤'을 주도할 뿐만 아니라 전시체제
의 축소된 대민선전 기구의 대행자로서 국민화 기획 안에서 행동한다.

---

32 「자매」는 월남 자매의 대조적인 성격과 서로 다른 행로를 보여주는 소품이다. 외모가
   뛰어난 언니가 동거남의 아이를 낳다가 죽자 서글서글한 성격의 동생이 그 남자와 결혼
   한다는 내용이다. 아름다운 여인의 비극적 운명에 주목하는 작가의 취향이 담겨 있다.

33 우에노 치즈코는 태평양전쟁 당시 '여성의 국민화'를 수행하는 미디어의 수준을 네 가
   지로 나눈 바 있다. 1.국가의 차원(정치, 정책, 통제, 공적 선전 등), 2.사상과 담론의 차원(지도층
   의 담론, 미디어, 이미지 등), 3.운동과 실천 곧 대중 동원의 차원, 4.생활과 풍속의 차원. 우에
   노 치즈코, 이선이 역, 『내셔널리즘과 젠더』, 박종철출판사, 1999, 22-23쪽.

　　수복지역 주민들에게 전시정책을 수행하고 긴박하게 전개되는 철수 작전의 국면에서 민족을 떠올리는 그는, 전쟁을 자신에게 부여된 운명으로 여기고 있다. 자유를 얻기 위해 월남하려는 이들을 돕는 데 여념이 없는, 그는 자기 승선표를 남에게 양도해버리는 등, 타산에 서툴지만 월남 피난민들을 자신을 포함한 '민족'이라는 운명공동체로 생각하는 존재이다. 그런 그에게서 인간애를 발휘하는 대주체의 면모와 '국가'의 시선을 찾아내는 것은 그다지 어렵지 않다.[34]

　　박철이 민족을 떠올리며 수복지역 주민들을 운명공동체로 여기는 태도나 그들과 생사를 함께 하겠다는 결심은 적어도 북한 주민들과는 다른 우월한 위치를 말해준다. 그 위치는 박철이 살아남기 위해 부두로 밀려드는 피난민의 행렬을 조망하는 지점이자 그 아비규환의 현장을 세계 종말의 순간으로 서술하며 피난민들의 엑서더스로 규정하는 국민국가의 위상이기도 하다. 이렇게 김동리의 전쟁 서사는 세계를 공포와 전율, 소망이 좌절한 공간으로 만들면서 윤씨일가의 월남행 안에다 국가의 논리를 기입해 놓았다.

34　소설 탄생의 조건은 '국어의 성립'과 '국민의 형성' 등을 핵심으로 하는 국민국가 건설의 요청과 불가분의 관계를 형성한다. 오카 마리(岡眞理), 김병구 역, 『기억·서사』, 소명출판, 2004, 62쪽.

5. 맺음말—「흥남철수」의 정치적 독해

김동리는 「흥남철수」에서 전쟁을 서사화하면서 전쟁의 비극성을 우회적으로 드러내는 방식을 취했다. 그는 문학이 전쟁의 비극에 압도당하는 위험을 잘 알고 있었다. 그런 맥락에서 이 작품은 자유와 소망을 이루기 위한 범속한 인간들의 체제 선택을 국민화의 논리 안에 담아 전쟁을 서사화했다는 말이 가능하다.

김동리는 이 작품에서 전쟁의 현실에서조차 훼손'되지 않는/될 수 없는' 휴머니즘의 가치를 드러내고자, 문학예술의 '순수한 가치'를 주민들에게 위안과 꿈을 갖게 만드는 '참된' 예술 행위로 그려내려 했다. 그는 월남을 결심한 북한의 민간인들에게 남한땅을 자유의 땅, 성악가의 꿈을 성취하는 소망의 공간, 병을 완치하는 유토피아로 그려내며, 이들을 민족공동체로 소환하며 '자유를 갈망하는 국민'으로 귀결시켰다. 박철을 통해 운명공동체로서의 '민족'과 그 민족을 향해 휴머니즘을 실현하는 미적 존재를 창조해냈다. 그런 측면에서 정인수와 윤노인 자매에 이르는 인물 구성은 시인 박철에 의해 주도되는 수동적이고 여성화된 민족 성원에 해당한다.

작가는 남한땅을 자유의 종착지, 소망을 성취하는 공간으로 이상화하며 월남을 결행하는 피난민을 균질화된 자유 국민으로 묘사했다. 작품은 월남행을 선택한 피난민들을 국민화하는 한편, 남한땅을 이상화된 공간으로 재현했다. 그 주된 동력은 '순수문학'이 '전쟁'이라는 상황에 투영시킨 '국가의 시선'이었다.

  지금까지 「흥남철수」는 그다지 깊이 있게 검토되지 못한 채 전쟁의 비극성을 포착한 정물화로만 논의되어 왔다. 하지만, 작품에는 순수문학론이 전쟁이라는 국면에서 어떻게 작동하는지를 잘 보여주는 단서가 숨겨져 있다. 작품의 전쟁서사는 전쟁이라는 정치의 공간에서 문학의 '순수한' 위상을 확보하려는 의도를 내장하고 있지만, 작중인물들의 행동과 내면은 박철의 휴머니즘과 그의 인도를 받으면서 체제 선택과 남쪽을 향한 소망을 품고 운명공동체인 민족과 국가로 귀속된다. 또한 이 시선은 남한중심주의의 시각과 함께 국민화를 주관하는 국가이성에 근접해 있다.

  이렇게 보면 「흥남철수」는 그의 50년대 중반 작품들과는 전혀 다른 질감을 가진 문제적 텍스트임을 알게 해준다. 이 작품은 전쟁의 참화에서 비켜갈 수 없는 당대 지식인의 불안한 내면을 그려낸 여러 소품들과는 달리, 전쟁과 국가, 민족과 휴머니즘 문제를 두루 함축하고 있어서 '전쟁의 현실과 대면한 순수문학론자의 작품화된 선언문'이라고 보아도 과히 틀리지 않는다. 작품에는 문학의 순수를 주창해온 문학 이념이 전쟁이라는 상황과 대면하면서 점령지역 북한 민간인들을 민족공동체 안에 포섭하여 '자유대한'의 국민으로 호출하고 있기 때문이다. 「흥남철수」의 이런 특징은 그의 남한중심주의적 시각과 국민국가의 틀 안에 놓인 분명한 사례이자, 순수문학의 이념을 전쟁의 현실에 적용시켜 구축한 반공보수주의자의 텍스트임을 일러준다.

다방과 감옥

박경리의 전쟁체험과 문학적 전환

1. '전쟁'이라는 문학적 원체험

50년대 한국문학에서 전쟁체험은 식민지체험과 함께 유력한 문학적 원천의 하나다.[01] 박경리도 예외는 아니다. 전쟁의 비극과 함께 문학의 길로 들어선 박경리는, 자신의 문학적 행로를 가리켜 "만인의 한 사람으로서 내가 받지 않으면 안 되었던 슬픔과 괴로움 그리고 억울함이 나로 하여금 무엇인지 모르게 고발하지 않고는 못 배기겠는 그러한 정신적 절박"에 대한 '표현과 설명의 욕구'[02]라고 언급했다.

박경리의 초기소설[03]에 편재(遍在)하는 전쟁체험은 참혹한 피해와 전

---

01 김병익은 식민지체험과 6.25전쟁체험을 한국문학의 주요한 콤플렉스로 규정하고 있다. 「6.25콤플렉스와 그 극복」, 『상황과 상상력』, 문학과지성사, 1976, 165쪽.

02 박경리, 「문학과 나」, 『Q씨에게』, 박경리문학전집 16권, 지식산업사, 1981, 363쪽.

03 이 글에서 '초기소설'이라는 표현은 단편집인 『불신시대』(1963)(박경리문학전집 19권, 지식산

쟁의 와중에 독버섯처럼 피어났던 온갖 사회악을 비판, 고발하는 모습을 보여준다. 1950년대 박경리 소설은 자전적 요소와 맞물려 사소설적 경향이 과도하다는 부정적인 평가를 받기도 했다.[04]

　하지만, 박경리의 초기소설에서 전쟁체험의 윤곽은 대다수 평론가들이 근거로 삼는 총체성이나 전쟁의 대의 같은 남성적 척도와는 다른 맥락을 가지고 있다. 박경리 소설에서 전쟁은 전쟁 피해의 직접적인 당사자로서 남성적 근대의 시각에서는 이질적이라고 할 만큼 낯선 질감을 가진 여성들의 재난 상황으로 재현된다. 그의 소설에서 전쟁은 고립되거나 소외된 여성 존재에게 폭력과 파괴를 강요하는 인간 상실의 거대한 아이러니에 가깝다. 전쟁은 철저한 파괴자의 형상으로 가족을 해체하고 극한의 가난과 궁핍 속에 가두어 남은 가족을 추스르며 지상의 상처난 삶에서 살아남아야 하는 '끔찍한 악몽'과도 같은 불가해한 운명이다. 그는 6.25세대[05]이면서도 여성들의 전쟁을 일상의 공간에서 담아낸다. 몇몇 예외를 제외하고 여성작가에 의한 전쟁 형상화가 70년대 박완서 이후 본격화된 점을 감안하면,[06] 50-60년대 박경리의 소설세계는 그만큼 독자적이며 개성적

업사, 1987)에 수록된 50년대 발표작들과, 첫 장편 『연가』(1958)(전집에 수록될 때에는 『애가』로 개제됨, 박경리문학전집 9권, 지식산업사, 1981, 이하 『애가』로 표기를 통일함-인용자), 『표류도』(1959)(박경리문학전집 12권, 지식산업사, 1980) 등, 50년대 발표작만을 지칭하기로 한다. 이하 거론되는 작품은 이들 텍스트에 근거하며 인용면수만 밝힘.

04 　전쟁체험을 다룬 박경리 소설은 긍정과 부정의 평가로 나뉜다. 김명신, 「박경리소설 비평의 궤적」, 『현대문학의 연구』 6집, 한국문학연구학회, 1996, 471-496쪽.

05 　오상원, 「상처투성이의 가방」, 한국현대문학전집 31권, 삼성출판사, 1978, 152쪽.

06 　전쟁을 다룬 50-60년대의 여성작가들로는 박경리 외에 최정희와 손소희, 임옥인, 강신

인 특징을 가진 문학적 자산임을 수긍할 수 있게 된다.

이 글에서는 첫 장편 『애가』(1958), 『표류도』(1959)를 통하여 초기 단편에서 장편으로 이행하는 양식 변화에 주목해서 전쟁체험이 어떻게 서사화되고 그 안에 담긴 의미를 살펴보고자 한다. 『표류도』는 많이 거론되었으나 첫장편 『애가』는 그다지 주목받지 못했다.[07]

『애가』는 박경리의 초기문학이 단편에서 장편으로 이행하는 분기(分岐)에 해당하는 작품으로 서사의 넓이를 넓혀나가는 새로운 모습을 보여준다. 이 작품에는 초기단편에 등장하는 거의 모든 모티프가 활용된 점도 흥미롭다. 『표류도』는 『애가』 다음으로 창작되었으나 전후사회를 폭넓게 조망했을 뿐만 아니라 60년대 박경리 소설의 출발점이자 『시장과 전장』의 기원에 해당한다는 점에서 논의해볼 가치가 있다.

재, 한무숙, 한말숙 정도가 꼽힌다.

07 『표류도』를 다룬 연구로는, 낭만적 사랑과 관련하여 현실 환멸과 삶의 의지를 탐구한 정희모, 「현실에의 환멸과 삶의 의지」(『현대문학의 연구』 6집, 한국문학연구학회, 1996), 독백과 성찰의 서사로 본 김영애, 「박경리의 '표류도' 연구」(『한국문학이론과비평』 34집, 한국문학이론과비평학회, 2007), 여성지식인의 정체성 투쟁에 주목한 김양선의 「전후여성 지식인의 표상과 존재방식」(『한국문학이론과비평』 45집, 2009), 전쟁미망인 담론을 벗어나 여성 가장의 관점에서 『표류도』를 읽어낸 서재원, 「박경리 초기소설의 여성가장 연구」(『한국문학이론과비평』 50집, 2011), 『표류도』와 『시장과 전장』을 중심으로 전쟁미망인의 섹슈얼리티와 전후 가족 질서를 검토한 허윤의 「한국전쟁과 히스테리 전유」(『여성문학연구』 21집, 한국여성문학학회, 2009) 등이 있다.

2. 초기단편에서 『애가』에 이르는 길

지금 다시 펼쳐보아도 「불신시대」의 감각은 서늘하다. 작품 도입부에
는 남편의 폭사와 인민군 소년병사의 처참한 죽음이 언급된 뒤 다음 대
목이 이어진다.

> "악몽과 같은 전쟁이 끝났다. 진영은 아들 문수의 손을 잡고 황폐한 서
> 울로 돌아왔다. 집터는 쑥대밭이 되어 축대조차 찾아볼 수 없었다. 진영은
> 잡초 속에 박힌 기와장 밑에서 습기가 차서 너덜너덜해진 책 한권을 집어
> 들었다. 『프랑스 문학의 전망』이라는 일본 책이었다. 이 책이 책장에 꽂혔
> 을 때—— 순간 진영의 머릿속에 그러한(죽은 남편과 인민군 소년병사의 죽음에 대
> 한-인용자) 회상이 환각처럼 지났다."[08]

'악몽과 같은 전쟁이 끝났다'라는 선언은 전쟁의 와중이 아닌 전후사
회의 일상이 박경리 문학의 출발지점임을 말해준다. 전쟁에서 남편을 잃
은 여주인공 진영은 아들 문수를 데리고 황폐한 서울, 폐허가 돼버린 집
으로 돌아온다. 쑥대밭이 된 집터에서 그녀는 잡초 속에 박힌 기왓장 밑
에 습기가 차서 너덜너덜해진 책 한권을 집어들었다가 책장에다 책을 꽂
으면서 진영은 남편과 인민군 병사를 환각처럼 떠올린다. 그녀의 회상은

---

08 박경리, 「불신시대」, 『불신시대』, 박경리문학전집 19권, 지식산업사, 1987, 7-8쪽. 주인
    공 진영이 일로 된 문학서적을 집어드는 장면을 가리켜, 김윤식은 '사회에 대한 고발
    이기엔 너무도 절박하고 처연한 이야기'라는 점에서 소설이자 소설 초월의 '악마로서
    의 글쓰기'라고 명명하였다. 김윤식, 『박경리와 토지』, 강, 2009, 24쪽.

폐허가 돼버린 일상에서 살아가야/살아내야 하는 현실을 절감하는 순간을 절감하게 만든다. 전쟁이 끝난 폐허 위의 일상, 가난과 궁핍이 넘쳐나는 거친 일상과 마주서야 하는 현재는 풍요로웠던 과거로 되돌릴 수 없다는 점에서 절망적이고 암울하다. 그런 만큼 부재하는 것들을 추체험하는 것조차 아득한 옛날, 환각처럼 아득하다. 그 감각은 참혹한 전쟁의 비극을 뒤로 하고 살아남아야 하는 자의 현실을 함축한다.

박경리가 한 산문에서 언급한 것처럼, "경험한 것, 기억한 것, 목격한 것, 영혼의 깊은 곳에 있는 그 모든 것이 구애되지 않고 재료로 사용할 수 있는 자유가 작가의 진실"[09]이라는 발언이 잘 어울리는 지점이 바로 「불신시대」가 그려낸 세계다. 이 세계는 악몽과도 같은 전쟁을 냉연히 응시하는 작가의 "비정의 사기술(허구적 글쓰기-인용자)"[10]을 잘 보여준다. 작가의 '비정한 글쓰기'는 어처구니없는 아이의 죽음을 소재로 전후사회에 차고 넘치는 온갖 모순과 허위를 고발하도록 만들었다. 초기단편의 자기반영성은 전쟁을 체험한 피해당사자로서 체험한 자전적 요소와 밀접한 관련이 있다. 「불신시대」에서 작가는 "가난·굶주림, 그리고 자기를 잃지 않으려는 몸부림, 이러한 극단과 극단의 사이에서" "자신의 항거정신"과 "인간 본연의 낭만을 버리지 못하는 곳에서 (……) 문학에 자신을 의지"했다는 표현하고 있다.[11]

「불신시대」가 전후성(戰後性)으로 통칭되는 온갖 부조리와 사회악에

---

09 박경리, 「자유3」, 『Q씨에게』, 솔, 1993, 76쪽.

10 위의 글, 75쪽.

11 「암흑시대」, 『불신시대』, 박경리문학전집 19권, 지식산업사, 1987, 234쪽.

고발을 기조로 삼고 있다는 것은 달리 보아 전쟁의 비극과 상처에만 함몰되지 않는 태도이기도 하다 이는 전쟁체험의 영역을 초과한 사회악, '인간적인 제반 가치의 기준의 상실'에 기반을 두고 있다는 점에서 주목을 요한다. 「불신시대」에서 인간과 종교와 병원의 행태에 절망하는 모습도 같은 맥락이다.

『불신시대』(1963)에 수록된 초기단편의 세계를 거칠게 일별해 보면 전쟁의 여파에 따른 '사회현실의 점묘화'라 해도 그리 틀리지 않는다. 표제작 「불신시대」와 「암흑시대」 외에, 전쟁에서 남편을 잃은 복녀 가족의 기구한 인생유전을 다룬 「시정소화(市井小話)」, 부도덕한 교장의 전횡과 구직 여성의 오해를 다룬 「흑흑백백」, 전쟁 속에 피난행렬 속에 어긋나버린 연인의 사랑과 파탄(「비는 내린다」) 등이 그러하다. 작품들은 전후사회의 비극적인 일화라고 해도 좋을 만큼, 전란과 함께 가족 상실과 해체를 경험하는 다양한 여성들을 등장시키고 있다.

가내수공업 노동자로 전락한 여주인공이 주인집 남자에게 참혹하게 죽어가는 「전도(剪刀)」, 전쟁과 함께 가정의 행복은 깨지고 월북한 언니의 사랑을 간직하고 살아가는 언니의 옛애인, 그를 상면한 여주인공의 착잡한 내면을 포착한 「벽지」, 전란의 와중에 유부남을 사랑하다가 절망 속에 몸을 맡겼던 남자의 집요한 구혼을 받아들이는 「어느 오후의 결정」에 이르기까지 초기단편의 세계는 6.25전쟁을 겪은 여성의 체험 총량을 보여준다.[12] 대부분의 작중현실은 1인칭 화자를 활용하고 있어서 심리적

---

12 이같은 특징 때문에 정희모는 「불신시대」가 박경리의 50년대 초기소설에 담긴 문제의

거리도 그만큼 가깝다. 이러한 특징은 굳이 사소설과의 양식적 관련을 언급하지 않더라도 전쟁체험의 직접성에서 자유롭지 않음을 말해준다.

전쟁이 끝나고 일상의 질서가 자리를 잡게 되면 전쟁의 자취는 흔적도 없이 사라진다. 현실의 세계는 전쟁이 빚어낸 온갖 상처들로 범람하는 '전후성'의 세계, 곧 산문적인 현실로 바뀐다. 이러한 현실을 담아내려면 작가는 단편이 아닌 장편이라는 새로운 양식으로 이행할 수밖에 없다. 전쟁의 비극적인 체험이 그 자리를 일상에 양도할 수밖에 없게 될 때, 작가는 환각과도 같은 전쟁체험의 시적 상태에서 벗어나 눈앞에 전개되는 산문적 현실에 맞서기 위해 양식 변화를 모색해야 하는 것이다. 박경리의 초기소설에서는 이같은 변화가 감지된다. 작가는 앞서 살핀 대로 '악몽과도 같은 전쟁이 끝난' 현실과 대면하기 때문이다. 눈앞에 펼쳐진 가난과 궁핍 속에서 사회악과 대결하며 가족을 부양하며 살아가야/살아내야 하는 현실이 가로놓여 있다는 사실을 절감하면서 「불신시대」에 주인공은 생명에 대한 의지를 표명한다. 이같은 맥락에는 시적 환각이 아닌 산문적 현실과 맞서겠다는 의지가 담겨 있다.

장편이라는 소설 양식은 단편에서 허용되었던 환각과 같은 시적 체험이나 한 개인의 삶과 특정한 사건을 명징하게 서술해낸 현실의 단면과는 다른 차원이다. 장편은 그에 상응하는 현실 조감력과 그에 합당한 서사의 폭과 길이, 그에 걸맞는 다양한 인물들, 다층적인 작중현실을 필요로 한다. 『애가』는 박경리의 첫 장편으로서 그 안에는 전쟁의 상처가 속속

식을 한눈에 알아볼 수 있는 사례라고 본다. 정희모, 같은 논문, 332쪽.

일상의 질서에 자리를 내주는 현실에서 처음 모색되는 양식의 여러 자취가 담겨 있다.

『애가』에서 첫 장면은 대학병원과 전쟁의 상처를 치료하기 위해 입원한 미모의 여성 환자와 그녀에게 호감을 가진 청년 의학도와의 만남이다. '병원'이라는 공간은 「불신시대」와 「암흑시대」의 연장선에 놓인 장소이다. 이곳은 전란으로 상처 입은 전후사회를 환유하는 공간이기도 하다. 저명한 암 전문가인 오박사의 수제자이자 전도유망한 의학도 민호, 병실에 입원한 미모의 여주인공 진수는 S대 영문과 출신이다. 그녀는 전쟁 때 피난수도 부산에서 미군 부대에 취직했다가 미군 장교 제임스에게 구애를 받고 동거한 전력을 가진 여성이다. 그녀는 제임스와의 동거에서 얻은 병 때문에 환도한 뒤 S대학부속병원에 입원한다. 진수의 지적인 면모에 이끌린 민호는 사랑에 빠지고 거듭 청혼을 하지만 진수는 민호와의 연애만 즐길 뿐이다. 진수가 민호의 구애를 받아들이지 못하는 것은 자신의 전력 때문이다. 그러던 중 민호는 음악회장에서 만난 대학 동창에게서 진수의 전력을 전해 듣게 되면서 두 사람의 애정관계는 파탄나고 만다.

작품에서 진수와 민호의 애정관계에 덧씌운 양공주 문제는 단순하지 않다. 작가는 서사의 기반 확장을 위한 전후사회와의 접촉과정에서 그 관계의 중심에다 남녀 애정사 너머에 있는 당대사회의 뜨거운 의제를 담고자 했기 때문이다. 진수에게 부여한 '양공주'라는 인물 설정은 초기단편에서 반복된 '전쟁미망인'의 범주를 벗어나 사회현실에 걸쳐 있는 문제를 차용했다는 점에서 주목할 필요가 있다. '양공주'는 전쟁의 상흔이 눈앞에서는 사라졌으나 비극의 여파는 지속되고 있다는 작가의 판단을 담아낼 문제적 개인이었던 셈이다. 진수 스스로 남성가부장적인 "양공주라는 낙인"과 "순결성에 기초한 더 이상 숭고한 사랑"(224쪽)을 거부하는 인물이다. 진수는 민호에게 비록 자신이 양공주라는 이름을 얻었으나 돈을 위해 몸을 팔았거나 향락을 위해 몸을 바친 일은 더욱 없었다며, "해석이야 선생님 자유지만, 저를 고문하지 마세요. 이 이상, 그리고 모욕도 하지 마세요."(321쪽)라며 항변하는 것도 이런 연유에서이다.

진수를 떠난 민호는 여행길에 올랐다가 만난 동료의 여동생 설희와 서둘러 결혼한다. 하지만 민호의 결혼은 진수의 상흔에서 벗어나는 것이 아니라 더 큰 불행을 불러들인다. 맹목적 사랑으로 헌신하는 설희의 모습은 『시장과 전장』에서 하기훈에게 헌신하는 이가화의 전조에 해당한다. 민호와 설희의 행복한 결혼생활은 진수가 등장하면서 산산조각 나고 만다. 민호가 진수와 재회한 뒤 죄의식 때문에 진수와 재결합하면서 설희와 꾸린 가정은 파괴된다. 설희는 딸과 함께 민호를 기다리며 절망 속에 살아가다가 더는 민호의 사랑을 기대할 수 없게 되자 자살하고 만다. 설희의 죽음은 단순히 가정주부로서 평화로운 삶을 희구했던 열망의 반작용이 아니다. 딸을 키우며 돌아오지 않는 남편을 한없이 기다리는 자신의 사랑과 헌신이 좌초되었을 때 결행된 것이다. 그 죽음은 가정을 파국으로 몰아간 위험한 사랑에 대한 항거라는 의미보다 자기 사랑이 허용되지 않는 현실에서 오는 절망적 선택으로 읽혀진다. 그 사랑과 헌신과 죽음은 『김약국의 딸들』 초반부에 등장하는 숙정의 자결을 연상시킨다.

작품에서 민호-진수-설희의 삼각구도는 진수의 상처에서 시작되어 민

호를 거쳐 설희에게로 전이되는 양상으로 나타난다. 이는 전쟁의 내상이
사회 전반에 파급되면서 서사의 폭을 확보하는 흐름이기도 하다. 민호의
애정관계 외에도 민호의 스승인 오박사-그의 아내 현회-문정규의 삼각
관계 또한 동질적이다. 전쟁은 오박사와 현회에게는 '사랑에 기초한 행
복한 결혼'이 아니라 '존경에 기초한 불행한 결합'을 초래했다. 오박사는
본래 선배의 아내인 현회의 어머니를 연모했으나 그녀가 죽자 현회의 후
원자로 나섰다가 구애 끝에 결혼한다. 현회는 정규와 사랑하는 사이였으
나 오박사의 구혼에 고민 끝에 결혼에 이르지만 애정없는 결혼의 당사자
가 된다. 정규는 현회와 헤어지고 나서 독신으로 지낸다. 문학청년 윤상
화-형숙-영옥의 관계 또한 전쟁의 상처로 얼룩져 있다. 전쟁으로 남편을
잃은 영옥은 시동생 상화와 불륜관계에 있고 설희를 연모하는 상화를 질
투한다. 그녀는 임신 끝에 자살하려다 미수에 그친다.

　이렇듯, 『애가』는 남녀의 애정관계 속에 스민 전쟁의 여파가 비록 과
거의 상처이긴 하나 그 불행이 엄연히 현재에도 지속되거나 증폭되는 여
진(餘塵)의 상태를 부각시키고 있다. 남녀의 사랑은 파국을 맞거나(민호-설
희) 어긋난 사랑을 이어가며 불행에 처해 있고(오박사-현회), 아니면 불륜의
타락으로 빠져든다(상화-형수 영옥). 소설 속에서 전개되는 불행한 남녀관계
나 애정없는 결혼은 전쟁의 상처가 일상의 회복 속에 비가시적인 상태에
놓이면서 불행과 절망으로 가득한 남녀관계를 형성하며 서사의 폭을 넓
혀나가는 셈이다.

　하지만, 서사의 구도는 다소 평면적이고 작위적인 인상을 준다. 남녀
의 애정 구도 한쪽에는 암권위자인 의사와 의학도, 문학청년 등을 배치

하고 다른 한편에는 미군의 아내, 부모 잃은 여성, 남편 잃은 여인을 등장
시켜 놓는다. 언뜻 다채로운 듯하나 세 개의 인물 구도는 내용과 층위만
다를 뿐 불행과 파탄을 낳는 관계는 닮은꼴이다. 그런 까닭에 『애가』는
초기 단편이 재현한 전쟁의 참화와 전후사회에 대한 고발을 애정구도로
한층 간접화하며 전쟁의 비가시적인 상처를 남녀의 애정관계로 담아내
려 했으나 의욕에 비해 완성도는 다소 떨어진다.

다만, 미군 장교에게 강제된 전쟁피해자이자 당대사회가 낙인찍은 양
공주(김진수), 남편을 잃고 힘겹게 살아가는 미망인(상화의 형수 영옥), 바람난
남편의 사랑을 되찾으려는 주부(설희) 등은 가족 상실과 가정 해체라는 전
쟁의 참화를 겪은 뒤 전후의 일상을 되찾은 여성 인물의 구체적인 윤곽
을 담고 있다. 반면, 오박사나 수제자 민호, 정규 같은 의사, 문학청년 상
화 같은 남성들의 생동감은 크게 떨어진다. 등장하는 남성 인물들은 각
각 다른 층위의 애정방식을 담아내고자 했으나 남성중심의 가부장적 사
랑에서 벗어나는 것은 진수와 민호의 경우에 한정된다. 소설 결말에서
설희의 죽음 이후 민호가 가정에 복귀하고 진수가 미국으로 떠나는 것이
나 무의촌에서 생활하던 정규가 미국행을 택하면서 현회를 놓아준 오박
사의 결단으로 현회와 결합하는 등, 행복한 결말로 귀결되는 멜로드라마
의 구성을 취하고 있다.

이렇듯, 『애가』는 장편 양식을 모색하며 전쟁의 상처를 안고 살아가는
여성들의 삶을 그려내겠다는 의욕이 다소 앞서는 작품이다. 작위성과 미
흡한 완성도는 전쟁체험의 직접성을 간접화하며 서사의 폭을 확장하는
이행과정에서 생겨난 초점의 부조화에 가깝다. 전후 여성들의 불행을 담

아낼 서사구도보다 관계의 비극성을 우위에 놓고 있다. 이 때문에 전후
여성들의 불행을 드러내는 의욕이 앞선 나머지 서사의 극적인 효과는 확
보하지 못한 채 그 가능성만 제시하는 데 그친 셈이다.

그러나 『애가』는 초기 단편에서 보여준 사회 고발의 직정적인 면모가
장편에 걸맞는 서사의 지평을 처음 열어젖히면서 인물구도와 애정에 기
초한 다양한 남녀관계와 그에 상응하는 넓이를 확보했다는 점만큼은 유
의해볼 대목이다. 양공주, 전쟁미망인, 여성의 가족 상실과 같은 전후사
회에 관류하는 비가시적인 상처에 대한 작가의 확장된 시야와 함께 다채
로운 인물과 사건 구도의 가능성을 보여주기 때문이다.

3. 다방과 감옥―『표류도』와 전후사회의 조망

앞서 살핀 대로, 박경리의 초기단편에서 첫 장편 『애가』로 이어지는
양식 변화는 자전성으로 통칭되는 전쟁체험의 직접성에서 벗어나 사회
문제에 대한 시야를 확장했다는 의의를 갖는다. 하지만 『표류도』는 한층
안정된 서사구도를 확보하고 장편으로서의 일정한 성취를 이루면서 초
기 단편의 세계와 『애가』의 한계를 한꺼번에 넘어선다.

『표류도』는 '다방'과 '감옥'이라는 공간을 중심으로 여주인공 자신을
포함한 다양한 계층에 관류하는 전쟁의 상처와 전후사회의 허위를 함께
조망한 작품이다. 모두 38장으로 된 이 작품은 『애가』에 비해 정돈된 구
성과 높은 완성도를 구비하고 있다. 『표류도』는 곤궁한 인간의 가치와
존엄성을 지키려는 초기소설의 관점을 반영하고 작가의 낭만적 취향을

드러낸 작품으로서 초기소설의 문제의식을 한 눈에 조망할 수 있는 이점을 높이 평가받은 경우이다.[13]

여주인공 현회는 다방 마담으로 전쟁 중 동거남을 잃고 사생아를 낳은 미혼모 여성으로 S대 영문과를 중퇴한 인텔리다. 그녀는 홀어머니와 이복동생, 어린 딸을 기르며 생계를 짊어진 여성가장이다. 현회는 친구에게 빚을 져가며 인수한 다방 '마돈나'를 경영하는데, 이곳은 채무를 갚아가며 "필사적으로 경제적 균형"(11쪽)을 유지하는 생계의 공간이다. 현회는 "노동을 팔았지 얼굴을 팔지 않는다는 그런 자존심"(11쪽)으로 다방을 경영하나 여의치가 않다. 그녀는 원금 상환을 독촉하는 동창생의 성화에 시달리며 힘겹게 하루하루를 연명하는 삶을 살아간다.

그녀가 앉아 있는 다방 카운터 자리는 전후사회의 면면을 조망하는 장소이다. 그녀는 카운터에서 "전전하던 피란 생활의 고통"(27쪽)과, 굶주림 속에서 아이를 낳은 기억과, "피에 젖었던 찬수의 얼굴"(12쪽)을 떠올리며 시간을 보낸다.[14] 다방은 "오전이면 저널리스트, 정치브로커, 관공리들이 자리하고, 오후에는 대학의 교수나 강사, 몇몇 문인들, 화가, 출판업자, 잡지사 기자들이 모여드는"(9쪽) 전후 도시 남성들의 집결지다.

---

13 정희모, 같은 논문, 332쪽.

14 찬수를 회상하는 부분인 6장에서는 철저한 현실주의자이자 냉철한 이성주의자인 찬수의 모습이 그려진다. 그는 좌우익 어느 진영에도 가담하지 않고 양쪽의 질시를 받으면서 연구실에 나가고 현회와 동거에 들어간다. 전쟁 발발 와중에 현회가 임신하고, 9.28수복 직전 거리에서 좌익인 K를 만난 찬수는 H가 쏜 총탄에 허망하게 죽고 만다 (37-39쪽). 작품에서 현회는 사생아를 낳은 미혼모보다는 '남편 부재'의 전쟁미망인 면모가 더 두드러진다.

다방의 카운터는 "서울 장안을 굽어보는 감시대 위에 선 것처럼" "온 갖 속물들이 자기의 창자까지도 부끄러움 없이 드러내고 다니는 모습들 을 환하게 볼 수 있"(69쪽)는 창일뿐만 아니라 전후사회의 물신성과 허위 를 조망하기에 적절한 장소다.[15] 1950년대 다방은 "당대에 허용된 거의 유일한 공적 공간"[16]이다. 이런 시대적 맥락을 감안할 때, 단골 고객들의 면면은 당대의 사회적 축도이기도 하다. 다방은 따분한 일상을 벗어나 낭만적 사랑을 쟁취하려는 상류사회 남성의 일탈, 예술을 빙자하여 이성 [독자]을 현혹하려는 가짜 예술인, 허위와 교활함으로 무장한 가짜 지식인 에 대한 비판, 상류층 부인들의 한없는 물욕과 소비취향 같은 풍조를 조 망할 수 있는 전후사회의 첨탑[17]과도 같은 곳이다.

작품에서 대학동창 순재의 끝없는 물욕과 계모임을 이끄는 계영의 배 금주의는 전후 상류층 여성들의 면면을 비판적으로 관찰하는 소재로 등 장한다. 현회가 대령의 부인인 동창 계영의 화려한 겉모습에 비해 교양 의 빈곤을 비판하는 것이나, 계영의 아버지 윤씨가 해방전 축재에 수완

---

15   "정치를 장사하고 다니는 무리들의 수작이나, 예술가라는 골패를 앞가슴에다 달고서 한밑천 잡아보자고 드는 족속들이나, 서커스의 재주부리는 원숭이처럼 정의나 이념 같은 것을 붓대로 재주부리는 것쯤으로 알고 있는 지식들의 협잡, 국록을 먹는 관공리 들의 의자를 싸고도는 장사수법, 심지어 똥차에서 쏟아지는 폭리를 노리고 이권을 쟁 탈하는 데도 점잖은 무슨 단체의 인사나 무슨 유명인의 귀부인(?)들이 돈보따리를 안 고 다방에서 면담을 갖는 것이다."(69쪽)

16   손종업, 『전후의 상징체계』, 이회, 2001, 45쪽.

17   '첨탑과 심연' 이미지는 맥락과 무관하게 서구문학 속 개인주체성의 변화를 다룬 Er- ich Kahler의 *The Tower and The Abyss*, New Brunswick(U.S.A.) and London, Trans- action Publishers, 1957에서 빌려왔다.

이 있어 금괴밀수로 투옥되었다가 해방 후 혁명지사나 망명객으로 추앙받으며 정객으로 등극한 '급조귀족'(26쪽)이라는 표현도 사회고발의 맥락에 해당한다.

현회에게 호감을 보이며 접근하는 이상현은 D신문사 논설위원으로 전직 대학교수이자 유부남이다. 그는 평화로운 가정의 가장이나 애정 없는 결혼생활을 하는 상류층 인사다. 이외에도 출판사 사장 김환규와 시인 민우, 경제학자 최강사가 있다. 시인 민우는 현회를 연모하다가 다방 레지 광희의 정조를 빼앗고 애인이 있는 미국으로 건너가 버리는 얼치기 예술가이다. 최강사는 현회에게 집요하게 접근하여 그녀의 환심을 사고 욕망을 채우려는 속물근성의 교활한 인물이다. 다방 레지들은 지식인들이 의미 없이 풀어내는 토론을 두고 "저 사람들은 밤낮 저렇게 떠들어."(21쪽)하며 그들을 통렬하게 조롱한다. 다방의 단골 남성들은, 현회의 동거인이었던 찬수 친구이자 출판사를 운영하며 현회에게 소설 번역거리를 맡겨 생활비를 충당하게 해주는 김환규를 제외하고 나면 대부분 속물들이다. 예술가를 빙자하며 사랑을 구걸하거나 지식을 과시하며 여성들에게 집요하게 접근하는 최강사처럼 부박한 이들로 포진해 있다.

『애가』의 부자연스러운 애정의 삼각구도와는 달리, 작품의 인물 구도는 현회를 중심으로 부채살 모양으로 확장된 관계망을 형성한다. 이 관계망은 다방이라는 공간을 중심으로 전후사회의 다양한 면모를 반영하는 강점과 함께 서사구도의 안정감을 부여한다.[18]

---

18 정희모는 이 작품의 특징으로 서사적 진행보다 낭만성과 현실성이 갈등하며 내면적

현회는 상현을 처음에는 거부하다가 차츰 마음을 열며 낭만적 사랑으로 빠져든다. 그녀는 상현과의 사랑을 환상으로 규정하면서도 그에게 몰입한다. 상현과 밀회를 거듭하면서 현회는 두려움과 불안을 갖는다. 그 원인은 다방마담과 신문사 논설위원이라는 현격한 계급차에 있다. 그녀는 한국이라는 좁은 풍토에서 상류계급 남자와 어울리지 않는 자신의 처지를 생각하고 "수습되지 않을 때"(15쪽)를 떠올리며 결별을 준비한다. 그녀가 상현과 결별하고자 하는 데에는 소설 번역을 하며 생계를 이어가야만 하는 자신의 고단한 일상도 이유가 된다. 현회의 낭만적 사랑은 매혹적이나 가족 부양의 삶은 엄연한 현실이기 때문이다. 작품에서는 현회를 향한 상현의 구애와 현회의 이끌림이 달콤한 밀회로 이어지면서 서술의 긴장을 유지하며 예정된 결별을 지연시킨다.

예정된 결별이 지연되는 과정에서 당대사회를 반영하는 사건과 일화가 배치되는 공간이 확보된다. 서사 안에는 전후 직업여성과 상류층 남성의 달콤한 애정 행각과 사회 일화들이 자연스럽게 배치되면서 의미의 층을 두텁게 만드는데, 이는 작품이 거둔 성취와도 관련 있다. 서사 속 일화들은 전쟁미망인을 비롯한 전후 직업여성들이 겪는 전쟁피해자의 면모이자 그들의 고단하고 궁핍한 일상을 잘 보여준다. 작품은 전후여성들이 처한 미래에 대한 불확실성과 일상을 두루 살피면서 그들을 향한 편견과 사회악을 부각시키는 방식을 취한다. 작품이 외형적으로는 '낭만적

갈등이 우세한 작품으로 보았다(앞의 논문, 343쪽). 더 나아가 환멸의 지속이 서사 형식을 파괴하며 시적 형식을 추구하는 것을 특징으로 꼽기도 했다(같은 논문, 346쪽).

사랑과 그것의 좌절'이라는 구도를 취하고 있지만, 그 안에는 전후사회에서 생계전선에 나선 직업여성들의 삶과 그들을 둘러싼 전후사회의 현실이 부조되어 있는 셈이다.[19]

현회를 향한 상현의 구애와 최강사의 집요한 접근은 사회적 지위와 권력, 경제력으로 직업여성을 유혹하는 현실의 압력을 가감없이 보여준다. 현회에 대한 대학동창들의 천대(賤待)와 멸시 또한 '정상적인 여성'인 가정주부가 직업여성에게 가하는 구별짓기와 가족이데올로기의 적대적 타자 만들기에 가깝다. 이중 삼중의 압력 속에서도 현회는 상현의 사랑을 환상이라 규정하면서도 상현에게 의지한다. 그녀의 의지와 심리적 갈등은 "순간의 행복"(92쪽)이 주는 달콤함과 곤고한 일상의 채무에서 잠시 벗어나는 휴식과도 같은 몽상임을 보여준다.

둘의 애정관계가 어긋나면서 지연되는 안타까운 서사 전개에는 생계에 나선 직업여성의 자존과 상류층 남성의 일탈이라는 길항이 자리잡고 있다. 상현과의 낭만적 사랑이 파국을 맞이하는 계기는 모든 것이 돈으로 교환가능하다는 최강사의 비열한 경제논리와 마주했을 때다. 최강사가 외국인에게 돈과 권력의 공세를 펴면서 현회를 성매매의 대상으로 지목한다. 현회는 분노하며 카운터에 있는 청동꽃병을 던져 최강사를 죽게

---

19 김양선은 현회에게 상현이 결혼을 제의한 것을 두고 중산층의 안온한 가정 질서로의 복귀로 설명하면서 이 제안을 현회가 거부한 것은 가부장적 여성성에 대한 거부로 해석한다(249-250쪽). 반면, 허윤은 전쟁미망인의 섹슈얼리티와 전후 가족질서의 연관관계에 주목하며 상현과의 연애를 "거래행위로서의 연애" "연애 규칙의 파괴"로 읽고 있다(앞의 논문, 108-112쪽).

만든다. 현회의 분노와 살인은 낭만적 사랑이 몽상이었을 뿐만 아니라 전후사회의 직업여성에 대한 가부장적 폭력에 맞선 비극적 결과이다. 달리 보면 전후 여성에게는 성적 매매가 가능하다는 사회적 편견에 폭력적으로 맞서는 것만이 유일한 방책이라는 사실을 단적으로 보여준다.

"모든 형벌은 교훈담"[20]이고 감옥은 "강제권의 수단에 의해 적용대상이 되는 사람들을 분명히 가시적으로 만드는 장치"[21]이다. 현회가 감옥과 법정에서 대면하는 현실은 자신이 사회적으로 어떻게 규정되고 있는지, 전쟁과 무지 때문에 전락한 전후 직업여성들의 상처난 삶에 관한 세목들이다.

현회는 검사의 심문을 통해 자신의 사회적 위상과 정체성을 절감한다. 검사는 현회를 "야합을 해서 사생아까지 낳고 많은 손님들을 접대해야 하는 다방 마담의 직업을 가진 여성"으로 규정한다. 그런 다음 검사는 그녀에게 "남자의 그만한 희롱을 받아넘겨 버리는 것이 당연"(176쪽)하다며 범죄 동기를 다른 데서 찾으려 한다. 사법 권력의 발언에서 전후 직업여성에 대한 사회적 편견과 가부장적 남성중심주의적 행태를 재확인시켜준다. 그 행태는 실질적인 가족 부양자이면서도 그러한 여성의 정상성을 보장받지 못하는 전후 직업여성의 현실을 적나라하게 보여준다. 변호사의 변론은 전쟁피해자인 현회의 전락한 처지와 스스로 말할 수 없는 하위주체의 항변을 힘겹게 대신 말해주는 것에 지나지 않는다.

20　미셸 푸코, 오생근 역, 『감시와 처벌』, 나남출판, 1994, 183쪽.

21　위의 책, 268쪽.

감옥에서 현회는 법적 강제로부터 소외된 이들의 삶에 깃든 전후사회의 밑바닥 삶과 대면하고 좌절과 절망을 이해하고 수용하는 계기를 마련한다. 감옥은 상현과의 낭만적 사랑을 "감정의 사치"(170쪽)라고 결론내리고 스스로를 유폐시켜 밑바닥의 삶을 체감하고 단련하는 장소가 된다. 그런 점에서 감옥은 일상의 질서에서 강제로 분리시켜 소외당한 자들의 세계를 돌아보며 전락한 자들의 생이 알몸을 드러내는 순간을 포착하게 해주는 의식공간이다.

현회는 감옥에서조차 "돈은 필수품"(163쪽)이고 권력의 원천임을 절감한다. 그녀는 감옥에서 아이 죽인 여자, 아편쟁이, 밀수사기꾼 등 전락한 수많은 삶을 접한다. 그녀는 상현과의 낭만적 사랑을 질투하다가 떠나버린 시인 민우 때문에 자학과 타락의 길로 빠져든 광희와 감옥에서 상면한다. 민우에게 버림받고 수감된 광희는 정신병원에서 죽어간다(122쪽). 병들어 악취가 진동하는 광희를 위로하며 현회가 눈뜨는 것은 전락한 자들의 삶에 담긴 전쟁피해자의 처연함이다. 남편을 빨갱이로 몰아죽인 뒤 자신을 첩으로 삼았던 시골면장을 죽이려다 미수에 그친 시골댁(172쪽), 남파간첩의 아내로 간첩혐의를 덮어쓴 여죄수, 몇 달 후면 고아원이나 친지에게 맡겨질 어린 생명의 비참한 운명을 목격하면서(180-181쪽), 현회는 "사바의 냄새"(181쪽)를 맡는다. 그리고는 다음과 같이 결의한다.

> "전쟁, 죽음, 기아, 사랑, 대부분의 사람들이 겪어야 하는 이러한 인간사를 나도 웬만큼 겪은 셈이다. 사람도 죽였고, 죄수라는 이름도 붙게 되었으니 이만하면 막다른 골목까지 온 셈이다. (중략) 나는 확실히 이곳에 와서 내

가 지닌 거죽을 한 거풀 벗었다. 오만과 묵살과 하찮은 지혜에 쌓였던 한 거풀의 옷을 던져 버렸다. 이제 인간의 비극이 내 머리 속에 있는 추리의 세계가 아니요, 내 말초신경의 진동도 아니다. 내 피부에, 내 심장에 불행한 인간들은 다정한 친구처럼 자리하고 있는 것이다."(184-185쪽)

인용에서 보듯, 현회는 감옥에서 새로 태어난다. 그녀는 전락한 삶들의 나락을 체감한 뒤 오만과 묵살과 하찮은 지혜로 무장한 내면의 방패를 내려놓는다. 막다른 골목에서 그녀는 자신이 조망했던 전후사회상에서 범람하는 사회악과 감연히 맞섰던 자기의 신념까지도 내려놓는다. 그런 다음 그녀는 한 사람의 삶에서 벗어나 만인의 삶을 바라본다. "이제 인간의 비극이 내 머리 속에 있는 추리의 세계가 아니"라는 현회의 언명은 눈앞에 전개되는 생생한 비극적인 전락과 되풀이되는 전쟁의 상처를 보듬는 인간으로 다시 태어났음을 아름다운 장면이다.

현회의 재생과 결의는 출옥 후 어린 딸을 잃는 고통으로 방황하면서도 시장 귀퉁이에서 바느질에 전념하는 의지의 원천을 이루고, 상현과의 낭만적 사랑을 벗어나 환규와의 결합을 가능하게 만드는 동력으로 작용한다.[22] 결혼을 제의하는 환규에게 현회가 "상현이는 감정의 대상이요, 찬수는 지성의 대상이요, 환규는 의지의 대상"이며 "의지는 마지막의 인

---

22 김양선은 작품 후반부에서 김환규와의 결합을 "감정과 지성의 상태를 넘어선 의지의 세계를 선택한 결과"로 읽는다(김양선, 같은 논문, 252쪽). 그에 따르면 현회의 선택은 "전후 근대화 프로젝트의 경계 너머, 국가주의 경계 바깥에 위치한 여성이 '가정성'과 '여성성'이라는 여성에게 할당된 영역에 자리하지 않으면서도(…) 자신의 존립가능성을 보여준 희귀한 예"(252쪽)이다.

간의 가능성"(197쪽)이라고 말한다. 현회의 결의와 선택은 전후사회의 혼돈 속에 직업여성을 향한 편견과 억압, 굴종과 전락을 강요하는 혹독한 일상을 지탱해주는 것이 생존을 위한 의지이며, 그것이야말로 인간다움의 마지막 남은 가능성이라는 점을 보여준다.

『표류도』는 미혼모 다방마담이라는 직업여성을 주인공으로 내세워 표면적으로는 낭만적 사랑을 표방하는 대중서사다. 하지만, 작품의 매력과 성취는 정작 대중서사 아래에 놓인 넓고 깊은 서사의 지평에 있다. 그 지평은 다방과 감옥이라는 공간을 오가며 전후사회를 조망하는 넓이와 깊이를 확보하면서 열어젖힌 세계다. 이 세계는 전쟁 이후 가난과 궁핍에 내몰린 직업여성들이 힘겹게 가장 역할을 감당하면서 맞서야 했던 전후사회의 위악함을 고발하는 한편, 밑바닥으로 전락한 여성들의 곤경과 전쟁으로 피해받은 온갖 상처들과 대면하게 해준다. 이 세계는 초기 단편에서 장편으로 이행하는 과정에서 구축한 『애가』의 한계를 훌쩍 넘어선다. 50년대 사회에 현존하는 상처들의 현존을 애정관계에 담고자 했을 때 미흡했던 현실조망력은 다방과 감옥이라는 공간, '첨탑과 심연'의 장소가 확보되면서 가능했다. 그 시야와 통찰이야말로 『표류도』의 성취이다.

4. '1인의 글쓰기'에서 '만인을 위한 글쓰기'로

지금까지 언급한 대로, 박경리의 초기소설에는 전쟁의 그림자가 드리워져 있다. 거기에는 여성 가장이 절감한 죽음에 대한 공포와 불안, 가난과 궁핍, 가족 부양의 무거운 책무가 반복해서 등장한다. 50년대 박경리

의 초기단편에서 우세한 자전적인 요소와 회상, 사유하는 내면성은 전쟁
체험의 시적 상태를 담고 있으며 섣부르게 전쟁체험의 객관화하기보다
'사회악의 고발'이라는 경로를 거쳤다는 점은 재고해볼 부분이다. 이는
전쟁의 피해당사자로 출발한 작가로서 전쟁체험의 시적 상태를 산문화
하기보다 전쟁 이후 일상이 자리 잡으며 자취를 감춘 전쟁의 상처와 범
람하는 전후의 사회악을 고발하고자 했기 때문이다.

전쟁의 자취가 사라지는 50년대 후반에 이르러 박경리의 소설세계는
현실의 복합성을 담아내는 필요성이 대두한다. 작가의 장편 양식 모색도
이때 시도되었다. 작가는 단편양식이 가진 장점을 활용하기보다 먼저 애
정관계에 바탕을 두고 전쟁피해자의 현재를 서사화하는 방식을 취했다.
『애가』에서 보듯이, 전쟁체험의 직접성을 간접화하고 서사의 폭을 확대
시켜 전쟁의 상처를 가진 여성인물을 포착하는 데는 성공하지만 인물을
시적 상태에서 꺼내 산문적 현실에서 살아가도록 만드는 데는 실패한다.
여성인물들이 사회적으로 생동하는 활동영역을 확보하지 못한 것이 주
된 원인의 하나이다.

하지만 『표류도』는 초기 단편이 가진 자전적 요소와 회상, 사유하는
내면성 대신, 미혼모 직업여성을 주인공으로 내세워 전후사회의 안팎을
조감하고 통찰하는 새로운 면모를 제시한다. 작품은 다방이라는 공간을
거점으로 삼아 사회를 조망하며 사회악의 고발하고, 감옥이라는 공간에
서 전쟁의 피해자인 여성의 전락과 불행을 대면하도록 만들었다.

박경리의 초기소설에서 전쟁체험과 관련해서 가장 인상적인 문학적
전환의 면모와 가치 하나는 '1인의 고통을 만인의 고통에 대한 글쓰기'로

전환시켰다는 데 있다. 초기단편이 가진 고발과 저항의 몸짓이 자전적 요소와 분리되지 않는 처절한 육성을 담고 있으나『애가』를 거쳐 사회적 넓이를 확보하고『표류도』에서 만인의 불행과 함께하는 면모를 구축했기 때문이다. 이 문학적 전환과 인식은 전후사회의 조망과 통찰을 통해 도달한 지평이며 훗날 60년대의 수많은 중단편들과 장편들, 그리고『시장과 전장』을 거쳐『토지』에 이르는 문학적 가치이자 주된 동력이 되었다. 초기단편에서『표류도』에 이르는 박경리문학의 전환적 흐름을 한 마디로 요약하면 '1인의 상처와 고통에서 만인의 고통과 상처에 관한 이야기'로 바꾼 데 있다. 그런 맥락에서『표류도』는 50년대 박경리 소설의 정점이자 60년대에 이르러 문학적 역량을 발휘하는 또다른 원천 하나였다.

한국문학과 6.25라는 명제

1. 전쟁의 조망과 문학화의 의미

전쟁을 체험하지 못한 필자에게 '6.25'라는 말[01]은 기록과 기억과 증언으로만 현존할 뿐이다. 그러나 이 전쟁은 단절된 기억으로 존재하는 것이 아니다. 경남 거창의 양민학살을 비롯해서 충북 영동의 노근리, 전남 함평 불갑산 등 전국 각지에서 자행된 동족살해에 관한 증언이, 1980년대 후반 냉전의 보호막이 사라지면서 봇물 터지듯 분출되기 시작했다.

2003년, 노무현 대통령이 제주 4.3사건에 대한 유감 표명이 있기 전

---

[01]　이 글에서는 한국문학에서 정치사회학계에서와는 달리 '6.25'라는 지극히 체험적인 방식을 취하기로 한다. 이 명명법은 '한국전쟁'과 같이 사회과학 일반에 널리 통용되는 중립적인 명칭과는 달리, 전쟁을 체험한 당사자들이었던 작가와 독자들 스스로 마련한 것이다. 좀더 구체적으로 말하면, 한국문학에서 6.25라는 말은 그 어떤 이념이나 명분의 차원에서 담론화되는 것을 우회하여 당사자들의 체험에 기반을 둔 전쟁 발발의 시간대를 지칭한다.

까지 전쟁의 내막과 진상에 대한 한국사회의 강요된 침묵과 무관심은 희생자들에게 이중의 폭력이었다. 그 폭력은 기억을 둘러싼 일상과 내면에 지속적이고 전방위적으로 침묵을 강요해왔다. 전쟁과 분단에 대한 논의가 객관성을 확보한 것도 그리 오래되지 않았다. 세계냉전의 장막이 거두어지면서 전쟁의 인식에 대한 학술적 의제가 속속 축적되고 있다.

남북대치 국면에 따른 국내외적인 위기상황, 세계 각지에서 벌어지고 있는 민족 분쟁 및 국가간 전쟁 등은 다시한번 우리의 현실이 전쟁 문제와 직간접적으로 연계되어 있다는 점을 깨닫게 해준다. 6.25에 대한 문학의 기억은 '고요한 성찰이나 회고가 아니라 고통스러운 재구성이자 현재의 외상에 의미를 부여하기 위해서 해체된 과거를 불러모으는 행위'다.[02]

전쟁을 이야기한다는 것은 역사와 허구, 체험과 상상 중간쯤에 위치해 있어서 전쟁의 발발, 수행 주체, 개별 사건들에 대한 역사적 진실 해명에 위한 체계화된 접근법을 취하지 않는다. 특히 소설은 전쟁으로 야기된 온갖 수난의 기억을 재현하는 상상적 글쓰기이다. 그 안에는 등장하는 인물들에게 범람하는 죽음과 온갖 삶의 고초를 겪은 수많은 층위에 놓인 개인들의 전쟁에 대한 수많은 기억의 지평이 펼쳐진다. 공식의 역사에서는 주변화고 발언의 기회조차 없는 개인들의 전쟁 기억이 활성화되는 것이다. 소설이라는 문학 장르는 현재의 위치에서 개인들의 파편화된 기억들을 모아 한편의 잘 짜여진 상상적 이야기로 만들어내며 전쟁의 내막과 진상에 다가서고자 한다. 한국소설에서 6.25는 끊임없이 현재화

---

02   호미 K. 바바, 나병철 역, 『문화의 위치』, 소명출판, 2002, 139쪽.

되는 비인간적 반문명적 외상으로 현재화된 기억, 역사의 연속성 안에서
현대사의 비극의 하나로 조망하는 대상이었다.

　전쟁의 기억을 재구성하고 이를 역사의 맥락 안에서 조망하는 일은
관점의 새로운 창출과 거기에 걸맞는 내용을 채우는 것으로 가능해진다.
문학은 전쟁에 대한 공공의 기억 아래 편재한 수많은 비균질적인 앎의
상상적 복원을 시도한다. 한국소설에서 6.25는 '민족' 단위를 설정하여
국가의 공공적 기억의 예속성을 벗어나, "국부적이고 불연속적이며 폄하
되고 합법성을 인정받지 못한 앎"[03]을 전면에 드러내는 계보학적 방식을
취하고 있다.

　이 글에서는 6.25전쟁을 조망한 대표적인 성취라고 할 만한 홍성원의
『남과 북』, 조정래의 『태백산맥』, 김원일의 『불의 제전』, 황석영의 『손님』
을 중심으로 한국소설이 6.25를 어떻게 기억하고 조망했는지를 검토해
보고자 한다.[04] 이들 소설은 전쟁을 조감하는 관점의 갱신을 통해서 공공
의 역사적 기억을 해체하며 기억의 지평을 확대해나간 사례로 제시할 만
하다. 달리 말해 이들 사례는 한국소설이 성취한 전쟁의 기억과 조망 수
준을 가늠해볼 척도에 해당한다.

03　미셸 푸코, 박정자 역, 『사회를 보호해야 한다』, 동문선, 1998, 26쪽.

04　텍스트는 홍성원, 『남과 북』, 전6권, 문학과지성사, 2000개정판.; 김원일, 『불의 제전』,
　　전7권, 문학과지성사, 1997.; 조정래, 『태백산맥』, 전10권, 한길사, 1993.; 황석영, 『손
　　님』, 창작과비평사, 2001이다. 이하 인용은 면수만 기재함.

2. 전쟁 기억의 넓이—홍성원의 『남과 북』

한국문학에서 전쟁을 기억한다는 것은 단순한 기억의 반복이 아니라 공공의 기억과 내면화된 자기검열과 맞서는 것을 뜻한다. 전쟁 체험자들이 생존해 있고, 전쟁이 종결되지 않은 현실에서 전쟁의 기억은 그 전모를 해명하는 과정에서 마주치는 수많은 장벽과 내면화된 검열을 돌파하지 않으면 안된다.[05] 그러한 까닭에 작가는 전쟁의 비정한 속성과 사회의 근원적인 변동에 주목하는 방식을 취한다.

『남과 북』은 6.25를 두 개의 서사 축으로 기억해낸다. 그 하나의 이야기 축은 전쟁에 대한 국내외적인 정의와 전투양상이며, 다른 이야기의 축은 폐허가 된 일상과 전면적인 사회 변동의 면모이다. 먼저, 전쟁의 정의와 전투 양상이라는 서사의 축은 전쟁의 명분과 이념, 죽음을 강요하는 전장의 비정한 생리를 재현해내는 데 주력한다.

작품에서는 전쟁을 강대국의 냉전질서 안에서 '약소민족의 대리전'으로 바라보는 시각을 참조하며, 민족의 차원에서 '주의나 신의 이름으로도 용서될 수 없는 절대악'이라는 비판적 관점을 취한다. '생각이 다르다는 이유로 싸워본 일이 없는 한국인이 서양에서 꾸어온 생각'으로 자행된 동족살해(2:64)였기 때문이다. 또한 전장에 남은 군인들에게 전쟁은 "공포와 피로와 혼란"(1:115)으로 뒤범벅된 절박한 실존상황으로 부조된다. 군인들의 전장심리는 전쟁의 범죄성과 야만성을 비판하는 방향으로

---

05 전쟁에 대한 "비판과 검증"이 불가능한 상황은 전쟁문학을 쉽게 창작할 수 없는 장애로 작용한다. 이 점에 관해서는 홍성원, 「책머리에」, 『남과 북』, 문학사상사, 1987, 15쪽.

전개된다. 군인들을 통해서 기억되는 전쟁은 극한적인 공포와 생존본능을 강요하며 인간의 사유마저 사치스러운 것으로 만들어버리는 광포한 체험, 인간의 가치를 부정하며 죽음의 품에 안기도록 만드는 폭력, 등장인물 대부분을 죽음과 불구화에 이르게 만드는 도발이다. 도시, 농촌과 산야에서 마주치는 덧없이 죽어가는 죽음들은 전쟁이 가진 엄청난 자동성과 맞물리면서 거대한 아이러니로 나타난다.

　작품의 또다른 서사의 축은 전쟁의 개인적 비극을 넘어 전쟁의 사회적 여파를 조감해낸다. 일상과 사회변동이라는 측면에서 기억된 전쟁은 일상의 평온한 질서를 깨뜨리며 밀려드는 죽음과 신체의 불구화, 삶의 전락을 강요한다. 설규헌 박사의 일상 풍경, 전형적인 농촌인 버드내 마을의 평화로운 풍경은 전쟁에 의해 유린당한다. 그러나 전쟁은 사회의 본질적이고도 혹독한 변화를 촉발시킨다. 이 변화는 19세기말 20세기초 이래 점진적으로 전개되어온 사회변화가 폭력적이고 급속하게 종결되는 분기점, 천민자본주의가 등장하는 시대적 출발점으로 묘사되고 있다. 그 변화상은 버드내를 중심으로 전개된다.

　전통적인 지주이자 마을에서는 절대적인 권위를 가진 역사학자 우동혁 일가의 철저한 몰락은 이 집안의 가복 출신으로 마을의 중간계층이 된 박한익 일가의 부상과 병치되어 나타난다. 박한익은 일제 말기 일본인 상점의 점원에서 출발한 소자본가이다. 그는 전시경제의 호황을 기회로 이용하여 우동혁 일가를 대체하면서 버드내에서는 굴지의 자본가로 부상한다. 그의 자본 축적과정과 신분상승의 경로는 군관민이 한데 결탁한 전시물자 뒷거래와 매점매석 등과 연루된 한국 자본주의의 축도로 읽혀질 만하다.

작품에는 전쟁의 대의나 명분 같은 이념의 차원과는 상관없이 사회계층들의 철저한 몰락과 죽음의 불행한 일화들로 넘쳐난다. 이 불행은 전쟁의 현장과 서울을 비롯한 도시, 자본가라는 신흥계층이 등장하는 후방의 도시와 농촌에 걸쳐 상상을 마비시키는 참담한 비극상으로 나타난다. 군인들의 수많은 죽음과 불구화, 피난 도중 폭격으로 죽은 아이에게 젖을 물린 채 실성한 젊은 여성, 인민재판으로 처형되는 민간인들, 국민방위군에 자원했다가 육체적 정신적 훼손으로 서서히 죽어가는 인물 등등은 전쟁의 광포함을 보고하는 참상들이다.

작중현실은 많은 장면들을 동원하여 동시다발적으로 퍼져나간 재난의 엄청난 넓이를 구축해 나간다. 작품의 이러한 서사적 폭은 반공주의의 제약을 돌파하지만 전쟁의 적극적인 비판보다 "즉물적인 시각"과 "이념적 편향성"을 극복하지 못했다는 점에서 한계를 드러내기도 한다.[06]

전쟁의 추이에 따라 전선에서 설박사의 집으로, 설박사 집에서 버드내로, 버드내에서 대구, 부산 등의 후방도시를 넘나들며 무차별적으로 내습한다. 죽음과 삶의 전략들을 하나로 묶을 수 있는 키워드는 전투원들과 민간인들을 가리지 않는 무차별적이고 덧없는 죽음이다. 그에 따라 전쟁은 청년들의 '동의할 수 없는 죽음'을 양산한 범죄행위라는 의미로 부각된다.

애초의 명분과는 상관없이 파괴력을 발휘하는 전쟁의 자동성과 반문명성, 개인의 일상적 삶의 파탄, 민족의 대이동과 이산 실향, 전통적 가치

---

06   황광수, 『소설과 진실』, 해냄, 2000, 346쪽.

의 붕괴와 사회계층의 근본적인 변동 등등을 폭넓게 조망하는 서사적 힘은 부분과 전체의 조밀한 인과관계에서 연유한다. 이런 점에서 『남과 북』은 전쟁이 연출한 광활한 비극의 넓이를 확보하며 객관적 대상으로 만들었다고 할 수 있다.[07]

　『남과 북』이 전쟁의 국내외 관점을 담아내고 전쟁의 혹독한 야만성과 사회적 여파에 대한 조망의 틀을 마련했다는 것은 과소평가될 수 없다. 개정판에서는 북한체제에 속한 인물들에게도 인간적 욕망과 당의 명령 사이에서 고뇌하는 모습을 부여하고 중국군의 한인부대장의 입을 빌려 북한의 전쟁초기의 대중적 지지 실패를 질타하는 대목을 부가시킴으로서, 전쟁의 기억은 남북 체제의 범위를 넘어선다. 또한 『남과 북』은 '상식의 신뢰성'을 바탕으로 그 어떤 전쟁의 명분도 인간적 가치를 손상시키는 범죄행위로 규정하며 일상에 얼마나 깊은 상처를 남겼는가를 증언하는 한편, 혹독한 사회변화로 전쟁을 조망했다는 점에서 기억의 넓이를 확장시킨 하나의 분기점을 이룬다.

07　『남과 북』은 70년대말 제2회 반공문학상 대통령상을 수상했다는 이유로 문학사적 평가작업은 90년대 중반 이후에야 활발해진다. 김만수, 「홍성원 문학연구의 방향」, 『작가세계』 1993가을호.

3. '1950년'의 복원과 성장체험의 역사화—김원일의 『불의 제전』

김원일은 「어둠의 혼」 이래 전쟁기억을 자신의 숙명적인 글쓰기의 대상으로 삼은 작가이다. 그는 집안에 늘 부재하는 아버지의 수수께끼 같은 행적과 드난살이하는 모친에게서 장자의 엄격한 훈육을 받으며 자라난 성장기의 기억을 바탕으로 6.25전쟁을 서사화해온 작가이다. 『바람과 강』 『마당 깊은 집』은 모친의 힘겨운 생계잇기와 전후사회의 사회상, 그러한 가족적 사회적 배경 안에서 성장해온 자전적 기억을 바탕으로 삼는다.[08]

작가의 자전적인 성장체험은 지속되는 전쟁의 상처, 분단의 역사적 지평과 만난 작품인 『노을』에서 아버지가 살아간 시대의 광기를 현재의 위치에서 반감으로 외면했던 자신의 뒤늦은 과오를 깨닫는 각성을 담아낸다. 역사의 지평과 만나면서 그의 소설은 전쟁의 기억에서도 6.25의 시기에 자행되었던 국가폭력을 고발해 나간다. 그러한 점에서 『불의 제전』은 김원일 소설이 일관되게 추구해온 분단과 전쟁에 관한 소설의 원천을 이룬다.

『불의 제전』은 불행한 가족사와 자전적인 성장체험을 1950년이라는 한해에 집중한 장편이다. 이 장편은 아버지와 어머니, 가족을 포함한 이 땅 수많은 아버지들과 가족들에게 죽음과 희생을 강요했던 광기의 시대 안에 배치함으로써 그 시대의 풍정을 복원하고자 한다. 18년이라는 긴 창작기간이 말해주듯이, 이 작품은 1950년 한해의 복원이 자전적 체험

---

08   김원일의 분단소설에 대해서는 유임하, 「아버지찾기와 성장체험의 역사화-김원일의 분단서사」, 『실천문학』 2001여름호 참조.

과 결부된 얼마나 고통스러운 작업인지를 잘 보여준다.

　『불의 제전』은 「어둠의 혼」에서 보았던 어린 존재의 성장기와 겹쳐 있는 1950년 한해로 확장해서 전쟁 발발을 전후로 급박하게 전개되는 사회상을 조감한다. 이것은 부재하는 아버지와 사회 현실의 깊은 이해를 바탕으로 삼아 그 시대의 내면을 사회와 역사의 구도 안에 배치하고 새롭게 발견한 것이다. 경남 진영과 마산, 서울과 해주, 평양을 잇는 작품의 넓은 공간, 1950년 1월부터 그해 10월 마지막날까지 순차적으로 배열하는 이야기 구조는 10개월의 짧은 기간 동안 얼마나 많은 죽음과 불구화와 전락이 일어났는가를 고발하기에 온당하다. 거기에는 진영땅에서 살아가는 거의 대부분의 계층이 겪은 수난의 품목들이 포괄되어 있다. 월남민과 토착민, 교사와 지식인, 지주와 자본가, 마름과 작인, 그리고 그 가족과 국가권력이 대립하고 적대화하는 면모들이 10개월 동안 죽음과 전락으로 뒤범벅되고 있다.

　비극을 바라보는 주인물은 심찬수와 갑해, 두 사람이다. 심찬수는 일제때 학병으로 끌려가 남양군도에서 파시즘의 광란을 경험하며 한쪽 팔을 잃고 나서 좌우세력의 싸움에서 이데올로기의 폭력과 허위를 비판하는 인물이며, 갑해는 좌익운동가의 우두머리인 조민세의 둘째아들이다.

　심찬수는 일제식민지의 파시즘을 경험한 인물이다. 그는 전쟁으로 치달아가는 시대의 광풍 속에서 동족살해의 범죄를 윤리적으로는 용납할 수 없는 싸움으로 규정하며 절망한다. 그는 해방 직후부터 토지개혁을 둘러싸고 급박하게 전개되는 계층간 깊어가는 반목을 바라보며 사회주의 운동가들의 선동까지도 비판적으로 바라보면서 차츰 증폭되어가는 갈등에서 전쟁의 참담한 비극을 예감하며 전율한다. 좌우세력간의 상호보복, 국가권력이 자행하는 고문과 국민보도연맹원의 학살을 목격하면서 그는 시대의 광기가 만들어낸 증오와 덧없는 죽음들을 미친 짓으로 규정하며 절망하는 가운데 통음으로 세월을 보낸다. 그것은 시대의 광기를 광기의 몸짓으로 대항하는 절규의 다른 방식이다.

심찬수의 전쟁관은 좌우이데올로기 모두를 비판하는 양비론으로 보일지 모른다. 그 비판의 척도는 억압과 폭력을 거부하는 양심과 합리성이다. 그는 전쟁의 와중에 불구가 된 신체 때문에 남북체제 어디에도 속하지 않고 경계인으로 전쟁을 조감하는 위치를 점유한다. 그가 남북의 이데올로기와 체제를 가로지르며 접하는 전쟁의 모습은 이데올로기의 허위와 광기에 찬 정치적 적대성이다. 그는 전쟁으로부터 시대의 광기를 접하고는 전율한다. 그는 강제된 사회에 대한 회의와 자율성을 옹호하는 편에 서 있다. 그것은 일제 파시즘의 기억을 토대로 해방 이후 좌우대립과 전쟁의 기간 동안 출몰하는 일체의 비자율성과 정치적 억압을 거부하는 것이기도 하다. "정의의 전쟁이란 그들이 내건 명분이요, 남조선측에서 보자면 공산을 저지하고 자유를 사수하려는 백척간두의 투쟁"(5:274)이지만, 전쟁에 가담한 자들의 명예란 "전쟁의 와중에서 둘 중에 한쪽이 산화할 운명"(5:274)을 겪는 역사의 희생자에 불과하다. 그는 좌익에 대해서 "몽매한 인민의 피나 사들이는 폭력혁명 신봉자"(1:191)로 비판을 서슴지 않는다. 또한 그는 좌익세력을 죽음으로 몰아넣는 우익의 "광란"과 "복수극"(5:321)에도 환멸한다. 찬수의 전쟁관은 앞서 거론했던 바와 같이 시대의 광풍에 휩쓸린 아버지들의 허망한 열정과 몸짓이라는 허무주의의 맥락과 통한다.

　어린 서술자 갑해는 작품 전체 구도 안에서 상대적으로 운신의 폭이 좁은 자전적인 인물이다. 그는 전쟁을 통해 가족사적 비극을 체감하며 이를 고통스럽게 재현하는 작가로 성장한다. 그는 진영과 서울에서 남북체제 모두의 전쟁을 경험한다. 그는 전쟁 속에서 자신의 형 유해의 어처구니없는 죽음을 경험하는 한편 수많은 이들의 죽음을 목격한다. 가까운 이의 죽음과 수많은 사람들의 죽음을 목격한 존재는 더 이상 유약한 소년이 아니다. 아버지를 따라서 잠시 살았던 서울 필동의 후미진 집안에서 그는 이미 남북체제하의 정치적 풍경을 모두 체감한 존재인 것이다.

　갑해는 훗날 자신의 체험을 바탕으로 삼는 시인이 되겠다고 결심한다.[09] 갑해가 전쟁의 참화 속에서 변화된 내면으로 시인의 꿈을 갖는 과정은 우리 문학이 전쟁의 기억과 맺는 작가의 내면, 곧 운명적인 글쓰기의 한 대목을 보여준다. 이것은 아버지의 삶에 대한 이해의 결핍, 전쟁의 광풍을 엿본 어린 소년이 아버지가 선택한 체제와는 무관하게 성장해온 내밀하고도 근원적인 기억에 해당한다. 이 기억을 통해 작가의 소설은 왜 성장소설의 면모를 띨 수밖에 없었는지를 알려준다. 이때 '성장'의 의

---

[09] "훗날 늠름한 젊은이가 되었을 때, 나는 내가 보고 겪은 고향의 풍정, 낯선 서울살이의 생경함, 겪고 보았던 전쟁의 참상을 시로 쓸 수 있을 거라고 생각하니 갑해는 가슴이 뿌듯해온다. 자신은 정말 나이에 비해 특별난 많은 경험을 했다. 전쟁이 어서 끝나고 간난한 시절도 어서 지나가 자신이 겪은 많은 기억을 자유자재로 쓸 수 있는 나이가 되었으며 싶다. 마르지 않는 샘처럼 지금 보고 겪은 많은 것이 시가 되어 줄줄이 풀려나오면 얼마나 좋을까 싶다."(7:271)

미는 기억 속에 뿌리내리고 있는 비극적인 가족사적 체험에 대한 전모를 깨달아가는 인식론적 진전과 결부되어 있다. 「어둠의 혼」이라는 제목이 암시하는 것처럼, 작가로 성장하는 경로는 시대를 지배한 어둠의 망령과의 대면이자 아버지의 부재와 궁핍했던 자신의 성장기억과의 끝없는 만남이다. 과거와의 대면은 장성하기까지 연좌제와 감시 속에 놓인 존재의 일상에 미친 분단과 전쟁의 전모를 각성하는 과정으로 이어지면서 작가의 소설쓰기를 추동하기에 이르렀다는 사실을 일러준다.

『불의 제전』은 전쟁의 기억을 아버지의 역사가 보여준 오류와 엄청난 희생으로 결론내린다. 이러한 결론에는 이념분자들의 정치적 판단에 대한 비판과 일상적 삶 사이에 가로놓은 인간다운 삶에 대한 열망이 작동한다. 온몸을 던져 절규하며 세계의 폭력과 광기에 맞서는 심찬수가 전쟁의 표상들과 거기에 담긴 광기를 고발하고 비판했다면, 갑해가 전쟁에서 목격한 것은 가족사적 불행과 세계의 악한 모습이다. 『남과 북』이 보여준 전쟁의 본성 이해와 사회변화의 조망과는 달리, 『불의 제전』은 자전적인 체험과 가족사적 상흔, 지역 사회의 깊은 상처를 시대의 내밀한 풍경으로 재현한 데 그 특징이 있다.

일제 파시즘의 상처를 간직한 심찬수는 "정의롭지 못한, 승자가 없던 전쟁"이며 "쌍방이 모두 야만적인, 추악한 패자들의 허깨비 살상놀음"(7:130)이라고 일갈한다. 이러한 판단은 농토를 둘러싸고 벌어지는 지주-작인 간의 기득권 지키기와 생존권 확보 싸움이 이데올로기적 상호 폭력 속에 차츰 변질 증폭되면서 한반도 전체를 증오와 엄청난 살육으로 유린한 것이라는 의미와 그리 차이나지 않는다. 전쟁의 비판적 관점은 작품 말미에 등장하는 투계놀이 삽화에서 잘 확인된다. 투계놀이를 즐기던 마을사람들은 같은 태생의 닭끼리 싸움붙인 것을 알고 난 뒤 경악한다. 투계놀이의 은유는 공동체의 감각으로 전쟁을 기억하며 발견한 시대의 내밀한 풍정이자 가족사의 상처난 기억에서 상상적으로 복원해낸 시대 풍경은 '정치의 광기' '전쟁의 광기'를 말해준다.

『불의 제전』은 북으로 간 아버지의 선택을 이해하면서도 남겨놓은 감정의 여백을 가지고 있다. 심찬수의 입을 통해서 드러나는 자유와 합리적 자율성 옹호라는 내적 가치의 기준은 한해 동안 불어닥친 전쟁의 비극과 광풍을 비판적으로 바라보는 성찰의 토대를 이룬다. 가족을 두고 떠난 아버지를 향해 '가해자이면서 역사의 희생자'로 판정한다. 이 비판적 태도에는 형을 죽게 만들고 어머니와 자신을 다시 삶의 고초로 되돌아가게 만든 애증이 교차한다. 달리 보아 이러한 비판적 감정은 1950년이라는 역사의 광기와 폭력이었다는 비판과 고발을 낳지만 그 근저에는 처연한 가족주의의 감정이 관류하고 있다는 점을 부인하기 어렵다. 가족주의에 기반을 둔 역사의 의미판정이 작품의 한계인지는 분명하지 않다. 그러나 이러한 감정이 『불의 제전』에서 전쟁과 역사의 의미망을 가족의 시각으로 좁히는 결과를 초래한 것은 분명해 보인다.

4. 해방기 현실의 서사화와 반공 관념의 해체—조정래의 『태백산맥』

『태백산맥』은 해방 직후 여순사태를 시작으로 6.25 휴전까지를 시간적 배경으로 삼고 있다. 작품에서 6.25의 기억은 전쟁의 비극만을 현재화하는 방식에서 벗어난다. 작품은 전쟁의 폭발에 대한 전사(前史)를 탐색하는 방식을 취하면서 전쟁 이전의 식민지시대, 19세기말의 동학혁명의 기억까지도 불러낸다. 『태백산맥』은 6.25전쟁을 한국사회 내부에 제기된 사회개혁의 압력이 폭발하면서 일어난 민족의 역사라는 시각에서 재구성한다. 새로운 관점이 새로운 내용을 낳는다는 말처럼, 작품은 『남과 북』이나 『불의 제전』에서 보여준 사회적 조망이나 시대 복원이라는 방식 대신 전쟁의 통념화된 기억을 뒤집으며 새로운 내용들로 채워나간다. 그 내용의 본질은 '억압당한 자의 시선', '아래로부터의 시선'에 있다. 이같은 시선은 현재 구술사의 논의를 선취한 것으로, 입산자와 입산자 가족들의 억압받고 침묵을 강요당한 기억의 복원이라는 의의를 갖는다.

『태백산맥』에서 전쟁의 무대는 한반도 전역으로 퍼져나가지만, 그 중심은 벌교 한곳으로 모아진다. 김윤식의 지적처럼, 벌교의 인물들은 모두 번역불가능한 언어를 구사한다. 벌교는 기억에 바탕을 둔 묘사에 의해서 인물과 사건의 활력을 얻는 구체적인 공간이다.[10] 이곳에 축약된 일제 수탈의 역사는 전근대적인 소작제, 이로 인한 운명적인 가난에 기반을 두고 있으나 '땅'을 둘러싸고 일어난 사회주의 운동을 중심으로 분단의 기원을 재해석하는 내인론의 관점과 연결된다. 벌교는 "일인(日人)들에 의해서 구성, 개발된 읍"(1:140)이다. 이곳은 일제식민지의 근대화과정에서 민족모순과 계급모순을 설명해줄 표본적 장소이다. 벌교는 식민지

---

10 김윤식, 「벌교의 사상과 내가 보아온 '태백산맥'」, 고은 외, 『문학과 역사와 인간』, 한길사, 1991 참조.

시대에 갯가 빈촌에서 순천과 보성을 잇는 교통의 요충지로 변모하면서
이곳은 식민지 수탈경제에 깊이 연루된다. 이곳은 "잘못된 개명"을 한 지
주들과 "귀와 눈이 밝은"(1:140) 농민들이 모여사는 땅이 된다.

　농사꾼에게 땅은 "살아 생전에 안되면 저승에 가서라도 풀고 잡은 소
원"(1: 143)으로서 운명적 가난을 벗어나려는 소망의 대상이자 생존이 걸
려 있고 지주들에게는 자신들의 사회적 지위를 지속하는 물적 토대이다.
보성·벌교 지역의 초점화는 식민지 시대의 기본모순이 해방기로 넘어오
면서 전개된 숨가쁜 정세 변화와 함께 여순사태를 기화로 삼아 역사의
전면에 나서는 소작농민들의 빨치산투쟁, 그들이 염원했던 사회적 평등
을 향한 열망을 부각시키는 기억의 재구성에서 핵심을 이룬다.

　『태백산맥』에서 전쟁의 명분은 지식인 김범우의 내면을 통해 드러난
다.[11] 그는 지주 김사용의 아들로서 좌우 모두에게 신뢰받는 존재이며 항
일운동 전선에 참여한 전력을 가지고 있다. 작품 안에서 김범우는 제주
4.3사태의 진압을 거부하며 일어난 여순사태를 시발로 하여 이어지는 내
전상태에 대한 의미, 전쟁 발발과 함께 외세 개입으로 변질되며 국제전
으로 증폭되는 와중에서 수많은 인물들을 좌우로 구획하고 그들을 상위
에서 묶는 민족이라는 차원에서 정당성을 고심한다. 그는 작가의 의중을

11　작가는 김범우를 통해서 다음과 같은 여섯 가지의 서술전략을 내장시켰다고 말하고 있
　　다. 1)시대 현실과 지식인의 의식, 2)반공주의와 왜곡된 역사의 진실 해명, 3)사회상층과
　　하층민의 연결고리, 4)반공주의의 모순과 왜곡의 적발, 5)역사상황의 변화와 발전에 따
　　른 지식인의 역할 강조, 6)현재의 '김범우'적인 존재들에게 환기하는 역사 현실에 대한
　　지식인의 책무 등. 조정래 대담, 고은 외,『문학과 역사와 인간』, 한길사, 1991 참조.

채우는 보이지 않는 서술자에 가깝다. 좌파적 관점과 민족주의적 노선에 근거해서 일관되게 전쟁의 명분에 가담하는 김범우의 모습은 해방 직후 좌우세력의 대립 갈등에서 중도적 노선을 취하다가 전쟁 발발과 함께 인민군에 자원입대하는 데서 변화한다.

　김범우의 결행은 표면적으로 반외세를 표방하는 것이지만 다른 한편으로는 농민과 빨치산세력이 염원하는 대의와 명분에 뒤늦게 가담함으로써 냉전 질서에 반대한다는 의미를 갖는다. 그의 노선 선택과 행동은 억압당하는 자의 시선에서 재현된 전쟁의 생소한 면을 보완하는 역할을 담당하는 것이기도 하다. 김범우는 인민군 퇴각중에 낙오하여 미군에게 포로로 잡힌다. 그 뒤 그는 약소국의 한 개인임을 절감하면서 거제도에 수용되고 나서, 반공포로 석방과 함께 벌교로 귀향한다. 그의 귀향은 "장기적 투쟁의 기반 확보"(10:165)라는 현실투쟁에서 역사투쟁으로 전환된 시대과업을 받아들인 행보이다. 김범우의 귀향과 역사투쟁은 6.25에 대한 반공주의에 입각한 기억을 해체하며 이 땅에서 일어난 전쟁이 당대의 과제가 아니라 역사의 긴 안목에서 수행되어야 할 대결임을 일러준다.

　『태백산맥』에서 발견되는 6.25의 해석 지향은 사회 기층세력을 전면에 내세워 반공이데올로기에 익숙한 통념에 균열을 가한다. 이 지향성은 분단과 전쟁이 민족 내부의 균열과 갈등에서 빚어진 비극이었다는 타율적 분단 이해를 벗어나 역사의 주체로서의 인식을 가동시킨다. 이러한 낯설게 하기는 6.25 이전에 남한의 북진통일론이 '자유수호'라는 공공의 기억으로 대체되면서 냉전구도를 내면화시킨 공공의 기억을 뒤흔든다.

　통념의 균열내기는 작품의 인물구도에서 잘 드러난다. 『태백산맥』은

80년대의 사회변혁을 갈구하는 진보적 실천적인 인식논리를 차용하여 지식인과 하층민들의 열망을 반영한, 아래로부터의 시선에 입각한 도식성 하나를 가지고 있다. '지주/소작인', '보수적 친일세력/진보적 지식인'이라는 선악의 이항대립적인 인물 구성의 도식성은 많은 논자들에게는 작품의 결함으로 지목되기도 한다.[12] 하지만 근거는 별로 타당해 보이지 않다. 인물의 도식성은 농민들과 빨치산이 적대적 타자로 설정한 핍진성의 반영에서 온 것이며, 분단 및 전쟁에 대한 보수적인 관점을 전복시켜 은폐된 역사의 내막 한 부분을 부각시키는 억눌린 자의 시선이기 때문이다. 작품은 식민지 현실에서 이미 정당성을 상실했던 친일 부역세력의 재등장과 함께 왜곡된 새로운 나라 건설의 열망에 주목하면서 좌우 이념 대립과 중첩되면서 폭발한 지식인과 하층민들의 평등세상을 향한 염원과 실천을 초점화하고 있다.[13]

인물 분포에 있어서 보수와 중도, 진보에 이르는 양심적 비양심적 세력들의 폭넓은 등장과는 무관하게 작품이 좌편향이라는 불만을 낳기도

12　작품의 좌편향 급진성에 대한 비판적 견해는 김병익, 「80년대: 인식 변화의 가능성을 향하여」, 『열림과 일굼』, 문학과지성사, 1991, 21-22쪽 및 「새로운 지식인 문학을 기다리며」, 같은 책, 179-180쪽. 김병익은 작품에서 반미주의를 택한 김범우의 행로가 "지식인이기를 포기"했고 "우리의 역사와 현실을, 비판이라기보다는 스스로를 할퀴는 듯한 자학증과 그리 먼 거리에 있는 것이 아닐 것"이며 또하나의 "닫힌 이데올로기"(180쪽)라고 본다.

13　작품에서 분단의 역사적 진상에 대한 해명의지가 80년 '서울의 봄'과 '광주의 비극'을 통해 민주화에 대한 열망과 인간 권리의 신장이 결부되어 있다는 것은 상식에 속한다. 허나, 분단문제를 현재화시켜 정치적 억압과 이념적 편향성을 극복하려는 계기로 삼았다는 것은 『태백산맥』이 성취한 부분이다.

하지만, 작가가 공들여 보여주고자 하는 부분은 정치적 분립과 극한적 대결과정에서 대다수의 하층민들이 바라는 소박한 평등세상의 실체이다. 염상진의 처 죽산댁, 강동식의 처 외서댁, 무당 소화, 들몰댁, 목포댁 같은 입산자 가족들의 고초나 외서댁의 입산은 국가권력의 혹독한 탄압과 그에 대한 저항으로 그려진다.

하층민들의 모진 생계잇기와 곤고한 일상을 바라보는 서술자의 시선은 국가권력의 감시와 정치적 억압의 실체를 생생하게 전달하면서 이들의 희생과 고초, 분노와 슬픔을 "계급언어로서의 한"[14]으로 승화시킨다. 구해근의 표현을 빌려 말하면, 한은 계급언어는 아니지만, "불의에 대한 인식과 저항정신을 높이는 도덕적 언어"이다. 달리 표현하면, "한은 정신적 저항의 언어"이다. 한의 밑바닥에는 "평등주의와 역사적 정통성이 없는 위계적 사회질서에 대한 저항이 자리하고 있"어서, "인식, 동일한 경험으로 고통받는 사람들 사이의 강한 연대감을 촉진"하며 "그것이 품고 있는 사회정의에 대한 예민한 정서를 통해 계급인식과 계급감정을 고양"한다.[15]

『태백산맥』에서 억압받는 자, 하층민의 시선은 김범진, 염상진, 하대치와 같은 인물의 변치않는 신념과 실천적 면모를 영웅적 개인으로 격상시키는 한편, 다른 인물군—염상구, 최익승, 서운상, 백남식, 정현동, 남인태 등—이 보여주는 부정적인 면모를 선악의 구도로 치환시키는 효과를

---

14 구해근, 신광영 역, 『한국노동계급의 형성』, 창작과비평사, 2002, 202쪽.

15 구해근, 앞의 책, 같은 쪽.

야기한다. 억압받는 자의 시선에서 구획된 인물의 선악구도는 윤리의식
과 정당성에 입각해서 억압적인 현실의 총체성을 확보한다.

　양심 세력인 지주 김사용이나 법일 스님, 전원장, 심재모, 서민영, 이근
술과 같은 온건한 인물들의 사리판단을 왜소하게 보이게 한다. 하지만, 양
심적인 인물들의 상대적인 무기력함은 억압받는 자의 시선에서는 범람하
는 현실 모순, 기득권세력의 높은 압력으로 왜곡된 현실구조에서 원인을
찾아야 한다. 염상진과 하대치 같은 인물의 신화화 역시 하층민들의 억압
받는 시선에서 마련된 민중영웅의 이야기방식을 반영한 것에 가깝다. 입
산한 외서댁이나 소년전사 조원제의 인물묘사에서도 알 수 있듯이, 빨치
산 인물들에 대한 서술상 특징은 억압당한 자의 시선에서 보면 하층민들
의 소박한 염원과 좌절과 분노를 대행하며 그 소망을 실현하려는 전위(前
衛)에 대한 민담방식의 찬사에 가깝다.

　『태백산맥』은 분단과 전쟁의 원인을 세계체제의 냉전 구도로 간주해
온 외인론의 비주체성을 배격하고 문제의 중심을 내부로 돌려 역사의 주
체로 농민을 옹립한다. 농민의 억압받는 시선에서 보면 작중현실은 수구
적이고 반역사적인 풍조, 보수세력의 반민족적이고 수구적인 반역사적
풍조로 범람한다. 작품은 이 부정적 현실에 대한 다수 민중의 분노와 저
항의 분출을 분단의 직접적인 원인의 하나로 지목한다. 이것은 앞서 언
급했던 인물 구성의 도식성과도 밀접하게 관련된다.

　『태백산맥』은 양심적이고 실천적인 지식인인 서민영의 입을 빌려서
분단과 전쟁의 역사 이해방식을 토지 문제와 계층간의 갈등으로 풀어내
고 있다. 그 결과 분단의 내적 기원은 "이조 오백년의 곪고 곪은 농정의

실패와 관리의 타락"(3:149)에 맞서 봉기했던 동학운동으로까지 소급된다. 역사의 동력인 "농민정신"(3:150)은 일제 통치기간 내내 의병활동, 삼일운동, 독립운동, 소작쟁의를 주도한 역사 변혁의 주체로 상정된다. 이 것은 작품의 구도가 아래로부터의 시선, 억압당한 자의 시선, 양심적 인사들의 관점에서 평등세상을 향한 열망을 초점화하고 있음을 재확인시켜준다. 분단에서 전쟁으로 이어진 격동의 역사를 "소수인의 치장을 위한 비단이 아니라 다수인의 살을 감싸는 삼베와 광목"[16]을 가지고 짜겠다는 작가의 결의에서도 이런 특징은 잘 확인된다.

『태백산맥』에서 억압받는 자의 시선은 분단과 전쟁이라는 역사의 진실 해명만을 목표로 삼지 않았다. 작품의 서술전략은 80년대 중반까지 공포와 억압으로 일관했던 반공주의와 국가권력에 저항하는 것이었다. 이로 인해 이 작품은 내면화된 사회주의에 대한 편견을 정정하며 이들을 기억 안에 복권시키는 효과를 불러왔다. 이러한 점에서 『태백산맥』은 침묵한 수많은 현대사의 기억을 호명하여 80년대의 억압적인 현실 안에서 인간의 자유와 해방을 신장시킨 80년대 문화의 실천적 사례가 되었다.

지금의 관점에서 보면 『태백산맥』의 한계는 선악대립의 인물구도가 가진 경직성, 이념적 중간항에 속하는 인물들의 상대적인 결핍, 작가의 확정적인 역사 판단에서 오는 편협성이라고 지목할 수 있다. 이러한 점은 전쟁의 기억에 관한 한 전쟁의 전모를 조망한 『남과 북』이나 『불의 제전』에서 볼 수 있듯이, 이데올로기의 억압을 타파해나가는 과제가 여전

---

16   조정래, 「작가의 말」, 『태백산맥』, 한길사, 1986.

히 해소되지 못한 상태임을 일러준다. 『태백산맥』은 80년대 사회문화운동의 대중적 확산과 함께 반공 멘탈리티를 전복시킨 인식의 변화들, 곧 반공주의의 폭력성과 내면화된 사회통념을 일거에 해소하는 전기를 마련하면서, 전쟁의 기억이 가진 현재성, 분단현실과의 연루된 사회의 외세의존적인 사고를 전복시킨 선례 하나를 제공했다.

5. 역사의 망령과 학살 기억의 카니발화―황석영의 『손님』

전쟁의 기억은 망령으로 출현한다. 망령은 유보되었던 가해와 피해의 기억들이 책임자 처벌과 신원회복, 보상에 이르는 온전한 해원으로 이어지지 못했을 때 자연적인 시간의 풍화작용을 거슬러 나타나는 존재이다. 기억의 관점에서 보면 망령은 억울한 죽음에 담긴 신원(伸寃)과 비극을 되풀이하지 않으려는 문화적 자정(自淨)의 측면이 강하다. 혼이 억울하게 죽었다면 지상의 세계나 천상의 세계 어디에도 깃들지 못한 채 떠돌 수밖에 없다는 속신은 그러한 존재들을 인정함으로써 죽은 자들의 침묵에 깃든 절망만이 아니라 살아 있는 자들에게 남겨진 해원의 의무를 요구하는 문화장치에 가깝다. 더 나아가 이런 속신적 사고는 비극에 대한 재인식과 억울한 죽음을 방지해야 한다는 보편적 가치와 사회적 기율을 반영한다고 말할 수 있다. 기억으로 등장하는 망령은 산 자들에게 남겨진 역사의 책무를 호소한다. 『손님』은 바로 그런 점에서 원혼과 굿의 문화형식을 빌린 전쟁의 기억에 해당한다.

해방 직후 황해도 신천 지역에서 좌우익의 갈등 속에 6.25의 시기 동안 계속된 학살사건을 소재로 삼은 이 작품은 지역 인구의 1/3이 희생되는 최대 학살로서 미군에 의한 폭격과 조직적인 학살로만 기억되어왔다. 그러나 혼백들과의 대화를 통해서 신천학살은 미군의 만행이 아니라 동족간 좌우익 대결에서 벌어진 제노사이드였다는 진실에 다가선다.

혼령들은 목소리로만 존재한다. 그 목소리는 이데올로기나 거추장스러운 정치 헤게모니, 증오와 살의로 가득 찬 지상의 세계와는 무관하고 또한 자유롭다. 죽어간 자기 육신의 고통을 잊어버린 채 왜 죽어야 했고 어떻게 죽었는가만 기억하고 있는 이들 존재는 피아로 갈린 채 사탄의 무리로 규정한 기독교도와 사회주의들이 갈망했던 조선의 현실 사이를 넘나든다. 여기에서 드러나는 신천학살의 전모는 미국이라는 적대적 타자의 책임이 아니라 민족의 내적 균열과 갈등에 있다. 작품의 일관된 시선은 문제의 핵심을 서양의 박래품(舶來品)인 기독교와 사회주의 이데올로기의 대립에서 찾고 있다.

개화를 전후로 한 시기부터 서북 지방에서 전래되고 토착화된 기독교는 당대의 기억을 보존하고 있는 할머니에게는 '마마(천연두)'처럼 두려운 손님으로 인식된다. 그 두려움을 낳는 실체는 서양제국주의가 마마손님처럼 감염된 것이라는 인식에서 온다. 전염병과도 같은 이데올로기의 수입은 훗날 불어닥친 광기에 상응하기 때문이다.[17] 이같은 속신은 전통의

---

17 그러한 인식은 할머니의 말에 잘 나타나 있다. "우리가 어려서부텀 어런들게 들었지마는 손님마마란 거이 원래가 서쪽 병이라구 하댔다. 서쪽 나라 오랑캐 병이라구 허니 양구신 믿넌 나라서 온 게 분명티 않으냐. 내가 너이 하래비 우로 아덜을 둘씩이나 손님마마에 보내고 났시니 양구신에 부아가 나겠너냐 좋다구 믿겠너냐. 사람은 제 근본얼

관점에서 한국사회에 가해진 온갖 비극의 근원이 서양의 이데올로기라는 타자에게 감추어진 폭력성을 예견하는 문화경험의 지혜로움이다.

서양에서 전래된 기독교는 적대시한 사회주의 이념과 공산주의자들을 사탄으로 규정하며 서로 반목했다. 두 이데올로기는 이 땅 하층민들이 품었던 열망과 무관하게 종교전쟁에 가까운 맹목적인 적대감으로 바꾸는 진영을 구축하며 해방 이후의 대립과 살육으로 이어지는 광기를 분출했다. 어제의 동무하던, 동네에서 같이 오순도순 살던 이웃이 서로를 살육하게 된 경과는, 인간의 세계가 아닌 가차없는 폭력과 살해의 아수라장으로서 표상불가능한 경험에 가깝다. 『태백산맥』이 '땅'을 배경으로 삼아 식민지시대로부터 시작된 벌교 지역의 수탈경제와 봉건성에서 유래한 분단의 내적 원인을 조명해 나간 것과 달리, 『손님』은 이 잔혹한 동족살해라는 시대의 광기가 분출하게 된 내막과 진상을 증언하며 화해의 역사로 인도하는 경로를 선택한다. 작품의 선택은 이데올로기와 증오의 감정을 걷어내고 바라보는 기억의 현재화이다.

북한사회에서 동족살해의 기억들은 '신천박물관'에서 온통 외세인 미제국주의자들의 만행으로 전유된다. 박물관은 상상된 공동체의 결속을 유포하는 공공의 기억 장소이다. 박물관에서는 "조선에서 양키들은 히틀러 도배를 훨씬 능가하는" 만행을 저지른 장본인으로 선전된다. 하지만 망백들의 대화는 삼만오천여 명의 무고한 인민들을 학살한 당사자가 서로 좌우로 갈려 싸운 신천 지역 군민들이라는 사실을 증언하고 있다. 망

알아야 복을 받는 게다."(43쪽)

령들의 대화, 곧 가해와 피해의 상호대비는 끝나지 않은 전쟁의 참화에 대한 기억을 활성화하며 남북 모두가 진실을 은폐해온 점을 상기시킨다. 북한의 국가이야기에서는 미제의 만행을 부각시켜 구성원을 내적으로 결속시키는 역할을 부여했다.

작품의 서술자는 목사인 류요한이다. 그는 미국시민권자로서 기독교 성직자, 중년을 넘긴 그는 남북체제 어디에도 속하지 않고 남북 모두에 걸쳐 있는 경계인이다. 그는 북한방문단의 일원으로 비행기에 올라 신천에서 자행된 동족학살이 서양 손님인 기독교와 사회주의 사이의 갈등이 증폭되면서 집단적 광기를 분출한 사태였음을 확인한다. 형의 죽음 후 그는 북한 방문단에 참가하게 되는데, 여기에 형의 혼령이 빙의한다. 형의 빙의를 통해서 류목사는 혼령들의 대화를 엿들으며 처절했던 타자들의 실존에 귀기울이는 것이 가능해진다. 이러한 설정, 곧 남북 어디에서 속해 있지 않고 미국땅에서 남북 체제를 넘나들 수 있는 인물의 설정은 여전히 공공의 기억을 균열내는 것이 어려운 현실을 감안한 것이다. 하지만 혼령들의 해원을 통해서 민족의 화해를 위한 천도제를 주관하는 소통방식, 곧 혼령들의 대화를 산 자들의 육신을 빌려 가능해지는 지평은 영육간의 소통을 통해서 과거를 현재화하는 것이다.

동족학살이라는 과거와의 접속을 통해 민족의 분열된 자아를 통합시키려는 기억의 호명 방식은 망자의 연행처럼 그들의 죽음에 얽힌 순간들을 재현하는 동시에 그 진실 안에 산 자들을 동참시켜 진실을 체감하도록 환상 기법을 빌려온다. 하지만 '신천박물관'에는 정치적으로 전유하는 국가의 공공의 기억이 온존하고 있다. 이런 까닭에 동족학살에서 연루된 가해와 피해의 책임문제는 크게 제한될 수밖에 없다. "그땐 멀 허러 기리케 안달복달했는디 모르갔다."는 말처럼, 혼령들은 포한을 해소하면서 가해자와 피해자를 뒤섞고 곧장 '민족'이라는 울타리 안으로 흡수되고 만다. 그 결과 민족은 "친족관계가 뿌리뽑히고 남은 빈자리를 채우며, 그런 손실을 은유의 언어로 전환"[18]시켜 마련한 상상된 공동체라는 관념을 빚어낸다.

작품의 빛나는 성취는 혼백이 빚어내는 온갖 대화에서 서로 좌우익의 광기와 오류를 지적하며 가득 찼던 증오를 재현한 대목이다. 망령들의 대화에서 드러나는 역사의 진실은 토지개혁의 미숙한 하방(下方)사업, 좌익소아병적 오류, 그로 인한 기독교도 및 토착세력의 반발이 반복되면서 증폭된 사태이나, 그 바깥에는 신의주사태 그리고 6.25전쟁, 전쟁의 기간 동안 구월산을 중심으로 자행된 우익청년단의 민간인 학살로 이어진 거대한 비극이 자리잡고 있다.

망령들의 대화는 이데올로기나 국가, 계급의 차원을 벗어나 미제 학살이라는 공공의 기억을 뒤흔들며 공공의 기억들을 교란시키는 한편 박제화된 기억의 틈새를 한껏 벌려놓는다. 미제국주의자들의 학살로 규정된 만행의 역사는 북한사회가 구성한 신천학살의 핵심이지만, 사회주의 국가 수립과정에서부터 전쟁기간 내내 자행된 기독교들의 광기어린 살해와 사회주의자들의 보복으로 얼룩진 제노사이드는 은폐되고 있음을 유의해보아야 한다.

---

18   호미 K. 바바, 나병철 역, 『문화의 위치』, 소명출판, 2002, 278쪽.

중국의 경우,[19] 토지개혁사업은 풍부한 식견을 가진 당원들이 읍면 단위까지 파견되어 농민들을 교화하며 자발적인 사업으로 전개한 결과 느리지만 북한사회와 같은 동요나 반발은 없었다. 반면, 북한사회에서 이루어진 토지개혁은 1946년 3월부터 불과 한달 사이에 전격적으로 시행되면서 사업 시행에 대한 철저한 역사적 인식과 당원들의 전문적인 교화사업이 병행되지 못하면서 소작인들이 지주들을 보호하는 이른바 우익적 오류, 부화뇌동하던 좌파 극렬분자들의 지주 탄압으로 인해 좌우 갈등은 격화되었다. 해방 직후 북한사회에서 자행된 동족간의 야만적 학살은 미숙한 근대성 안에 담긴 봉건적 요소와 국가 수립의 조급함이 결합되어 상승작용을 한 것이라고 보는 편이 온당하다.

『손님』은 전쟁 이전과 전쟁의 와중에 일어난 동족살해에 대한 현상을 직접적으로 제시하지 않는다. 그 대신 작품은 덧없는 죽음의 희생을 제의로 풀어내는 데 주력하고 있다. 요한의 유복자 단열이 "왜 사람은 왜 죽입네까?" 하며 요섭에게 항변하는 것이나, "그땐 서루 죽이구 미워했지. 이제 그 사람들두 하나 둘 세상을 떠나구 있다. 서로 용서를 하지 않으면 우리는 영영 못 만나게 된다."라는 요섭의 원론적인 발언이 의미하는 바는 진정한 화해와 해원의 가능성 개방이다. 류요한의 발언은 가해와 피해 당사자들 간에 해소해야 할 화해의 당위성을 부각시키기에 충분하다.

---

19 북한 토지개혁 사업의 경과에 관해서는 김주환, 「해방후 북한의 인민민주주의 혁명과 사회주의 혁명」, 김남식 외 공저, 『해방전후사의 인식』 5권, 한길사, 1989 참조.

망령들의 천도를 주관하는 류요한 목사와, 북한사회에서 아버지의 죄과를 참회하며 당원에까지 오른 단열이 서로 화해하는 길은 그리 멀지 않아 보인다. 작품은 망자들을 천도(遷度)하며 '미제 학살기념 박물관'에서 보고 들은 진상에서 은폐된 기억들을 전복하며 화해의 당위성으로 서둘러 매듭짓는다.

기억은 고통스러운 과거의 재구성이다. 『손님』은 황해도의 특수한 사회경제적 정치적 조건을 조망하며 그 안에서 배태된 신천학살사건의 광기와 동족학살의 덧없는 폭력의 기억을 호명하여 덧칠된 기억의 내셔널리즘을 해체하며, 전후를 살아가고 있는 지금의 세대들에게 이월되어온 상처와의 고리끊기를 제안하고 있다. 과거를 가해자와 피해자를 대면시켜 화해의 소통을 시도하는 과정에서, 작품은 상호살육의 기억에서 제기된 가해와 피해의 진상 해명에 뒤따라야 할 복권과 애도보다 살육의 원죄를 해소하는 비극의 승화를 시도하기 위한 방편으로 '망자들의 대화'를 상상적으로 재현해낸다.[20]

『손님』은 전쟁을 전후로 전국 각지에서 조직적으로 자행되었던 제노사이드, 예컨대 4.3사태의 제주도민 학살이나 거창양민학살사건, 노근리

---

20 이 점은 윤흥길의 「장마」를 두고 유보적인 입장을 취했던 김현의 비판을 떠올려준다. 그는 「장마」가 "6.25의 동족상잔이 이데올로기에 의한 것이 아니라 잔인한 운명의 장난, 누가 만들어내는지 알 수 없는 기괴한 환상이라는 직관이 숨어 있다"고 비판하면서 "직관은 이해가 아니라 전(前)이해이며" "치열한 역사의식이란 그 공간을 한국인의 내면공간으로 인정하고 그것을 뛰어넘을 수 있는 새 회로를 만들어내려고 노력하는 것"이라고 말하고 있다. 김현, 「생활과 신비」, 『문학과 유토피아』, 김현문학전집 4권, 문학과지성사, 1991, 282쪽.

사건, 보도연맹원 학살 등에 대한 증언의 지평을 새롭게 열어놓는다. 하위주체의 말할 수 없는 체험을 현재화하는 방식으로 채택된 망자들의 호소는 굿판의 요소가 가진 '극적인 현재화'에 닮아 있다. 이는 국가의 기억 왜곡이나 의도적인 누락을 통한 망각의 위험성을 배제하고 망자들의 생생한 신원을 전면화함으로써 진정한 애도와 화해의 국면으로 전진하는 전환점을 구축한다.

6. 남은 과제와 전망

지금까지 한국소설에 나타난 6.25의 기억을 문제작 중심으로 검토해 보았다. 이 글은 제한적이기는 하지만, 『남과 북』, 『불의 제전』, 『태백산맥』, 『손님』 등을 통해 전쟁을 기억하는 방식에 주목해 보았다. 이 과정에서 한국소설이 전쟁기억을 특정한 위치에서 고통스럽게 재구성하는 면모를 찾아낼 수 있었다.

여기에서 확인되는 사실 하나는 한국문학이 전쟁의 기억으로부터 정신적 외상만을 반복하지 않고 더 넓고 깊게 시야를 확장해 나갔다는 점이다. 한국 소설이 가족과 민족 단위에서 일어난 역사의 불행에 대한 근원적 의미를 탐색해 나감으로써, 전쟁의 비극적 여파에 대한 감상성과는 확연히 변별되는 면모를 구축하면서 분단문제에 대한 문학의 지평을 개척했음을 확인해 보았다.

한국문학에서 6.25라는 명제는 분단과 전쟁의 거대한 아이러니에 맞서야 하는 주체적 개인의 성립 여부를 판단하는 중요한 잣대의 하나다.

이 점은 앞서 언급했듯, 식민지콤플렉스에 비견되는 정신사적 투쟁을 동반한다. 분단으로 인한 정치적 사회경제적 문화적 분단을 넘어선 작가들의 상상력은 분단과 전쟁을 초래한 근인(近因)과 원인(遠因)에 대한 복합적이고 다층적인 시야와 숙고를 필요로 한다. 그런 맥락에서 6.25전쟁은 한국문학을 고난 속에서 풍요로운 사유의 원천이었고, 거짓이데올로기와 온갖 금기와 맞서면서 전쟁 이후 고착화된 분단현실에 대한 비판적 인식을 감행하도록 만든 주체적 인식의 원천이었다.

한국문학에서 6.25전쟁이라는 명제는 전쟁이라는 체험에 깃든 비극에 한정되지 않고 시대와 현실에 범람한 상처의 의미를 민족과 국가권력, 세계냉전 구도로까지 확장시켜 온갖 형태의 비인간적 억압과 지배에 저항하며 인간의 자유와 소망을 신장시키는 경로로 확장되어야 한다. 그런 측면에서 전쟁이 남긴 문학적 명제는 "문학텍스트란 그것을 만들어낸 세계의 사회적 정치적 요청에 대한 역사적 계기"[21]라는 말을 떠올리게 만든다.

---

21   Edward Said, *The World, The Text, and the Critic*, Harvard Univ. Press, 1983, p.4.

제3부

분단의 억압과 금기를 넘어서

이근영 소설의 현재성
공동체의 양심과 윤리

1. 잊혀진 작가 '이근영'

작가 이근영(호는 牛觀, 1909~?)[01]은 1930년대에 등장한 '신세대 작가'의 한 사람으로, 남과 북을 가로질러 작가로 활동한 기간이 1930년대 중반부터 1970년대 초반에 이른다. 근 40년에 이르는 작가의 이력은 식민지

01　이근영의 생애는 전흥남에 의해 처음 정리되었고(전흥남, 「이근영의 문학적 변모와 삶」, 『문학과 논리』 2호, 태학사, 1992), 최성윤(「이근영 연구」, 고려대 석사논문, 1999)이 일가와의 면담을 통해 해방 이후 생애를 조사, 정리했다. 이은진은 월북 이후 이근영의 문학을 다루었다(「이근영 연구-월북 후를 중심으로」, 전북대 석사논문, 2006). 최성윤은 1950년대 중반부터 사회과학원에서 연구사로서 문화어 보급과 문법 연구에 몰두한 언어학자 이근영과 동일인으로 보았으나 이는 사실과 다르다(최성윤, 같은 논문, 21-25쪽). 1950년대 중반부터 활동한 국어학자 이근영은 『조선어리론문법(형태론)』(평양, 과학백과사전출판사, 1985) 등을 비롯해서 90년대 초반까지 어학관련 연구성과를 지속적으로 발표한 동명이인으로 2000년대 초반에 사망했으며, 우리가 다루고자 하는 소설가 이근영은 90년대 중반 소위 '고난의 행군' 시기에 사망한 것으로 알려져 있다. 언어학자 이근영에 관해서는 김민수 편, 『북한의 조선어 연구사』(녹진, 1991) 참조.

후반기 조선의 현실을 거쳐 해방기에는 남한에서, 전쟁 이후에는 북한에서 '리근영'이라는 이름으로 활동하는 드문 사례를 보여준다.

전북 옥구군 임피면에서 출생한 그는, 고향 인근 함라면에 소재한 소학교를 마치고 나서 상경했다. 중동중학을 거쳐 보성전문학교 법과에 입학했던 그는, 1934년 보성전문을 졸업하고 동아일보사에 입사한다. 일제가 『동아일보』를 폐간 조치를 내리는 1941년까지 줄곧 사회부 기자로 근무했다. 그는 『동아일보』 입사 이듬해인 1935년 10월 『신가정』에 신여성의 물신주의를 포착한 단편 「금송아지」를 발표하며 작가의 길로 들어섰다. 그는 월북 전까지 장편 2편(미완 장편 1편 포함)과 17편의 중단편을 발표했는데, 전쟁 발발 후인 1950년 8-9월을 전후하여 가족을 데리고 월북했다.

이근영은 작품 외에는 그의 문학 전반을 파악할 기회가 상대적으로 적은 '잊혀진 작가'이다. 해금 전까지 이근영의 문학에 대한 관심과 평가가 활발하지 않았던 것은 많지 않은 작품 편수 때문만은 아니다. 그는 작품 발표 외에 문인사회와는 활발하게 교섭하지 않았다. 문단의 논쟁에 가담하거나 문학에 대한 주장을 피력한 경우가 거의 없었다. 그렇다고 해서 그의 소설이 당대 문단에서 전혀 거론되지 아니한 것은 아니다. 그는 해방 후 '1930년대 중반에 등장한 신세대 작가'의 한 사람으로 거론되면서 평가받기 시작한다.[02] 월북 후 이근영은 농민소설에 천착하며 전후

---

02 백철은 이근영의 소설을 농촌물과 도시 소시민을 취재한 작품을 발표했으나 작가적 역량이 확인된 것은 농민을 소재로 취재한 작품이라고 보는 입장이다. "경향적인 데까지 나아가지는 않으나 농민의 실생활을 이해하고 농민의 감정을 진실하게 파악해서 견실한 작품을 보였다."라고 총평하고 있다. 백철, 『조선신문학사조사-현대편』, 백양

농업협동화 문제를 다룬 중편 「첫수확」(1956)으로 명망을 얻었으며 그의 1930년대 농촌소설도 높이 평가된다.[03]

　이근영의 소설은 월북문인 해금조치(1988) 이후인 90년대부터 '해금작가'의 한 사람으로서 본격적인 논의가 시작되었다.[04] 전흥남은 이근영의 소설을 처음 소개하며 그 의의를 밝혔으며 그의 해방기 소설의 의의를 밝히는 작업과 함께 그의 문학적 생애를 재구하는 작업을 병행해 왔다.

　　　당, 1947, 306쪽.

03　김헌순, 「리근영 작품집 『첫수확』에 대하여」, 『조선문학』, 1958.6, 이선영·김병민·김재용 공편, 『현대문학비평자료집』 8권, 태학사, 1994.

04　이근영 소설 연구는 90년대 초반 전흥남에 의해 시작되어 최근까지 지속적으로 이어지고 있다. 대표적인 논의로는 다음과 같은 사례가 참조된다. 강진호, 「1930년대 후반기 신세대 작가연구」, 고려대 박사논문, 1995; 강진호, 「지식인의 자괴감과 문학적 고뇌」, 한국소설문학대계 25권, 동아출판사, 1995; 강진호, 「탈이념과 신세대소설의 분화과정」, 『민족문학사연구』 4호, 민족문학사학회, 1993; 공종구, 「이근영 농민소설의 이야기 구조 분석: '당산제'」, 『한국언어문학』 37집, 한국언어문학회, 1996; 김성렬, 「광복 직후 좌우대립기의 문학연구」, 고려대 박사논문, 1989; 나병철, 「1930년대 후반기 도시소설 연구」, 연세대 박사논문, 1990; 문수임, 「이근영 소설 연구: 해방 전 작품을 중심으로」, 성균관대 석사논문, 1995; 이병순, 「해방기 소설의 이념지향성 연구」, 숙명여대 박사논문, 1996; 이연주, 「이근영 소설 연구」, 연세대 석사논문, 1993; 이은진, 「이근영 연구-월북 후를 중심으로」, 전북대 석사논문, 2006; 이주미, 「북한의 농민소설 연구-해방 직후부터 1960년대 초까지를 중심으로」, 동덕여대 박사논문, 2000; 임정지, 「이근영 소설 연구」, 숙명여대 석사논문, 1994; 전흥남, 「이근영의 작품 세계와 문학적 의미」, 『현대문학이론연구』 13집, 현대문학이론학회, 2000; 전흥남, 「해방기 소설의 정신사적 연구」, 전북대 박사논문, 1995; 정상이, 「이근영 소설 연구」, 경상대 석사논문, 2007; 조남철, 「일제하 한국농민소설 연구」, 연세대 박사논문, 1985; 조정래, 「1940년대 초기 한국농민소설 연구」, 연세대 박사논문, 1987.

　　　최성윤, 「이근영 연구」, 고려대 석사논문, 1999; 하인숙, 「이근영 소설의 인물 연구-'과자상자(菓子箱子)', '당산제(堂山祭)'를 중심으로」, 우리어문연구 33권, 우리어문학회, 2009.

또한 김성렬은 해방 직후 좌우대립기라는 특수한 조건과 관련지어 이근영의 소설을 해방기 소설사의 자장 안에서 주목한 바 있다. 90년대 중반까지 이근영 소설에 대한 논의는 주로, 신세대작가의 한 사람으로서 도시소설의 흐름이나 농민소설의 흐름을 세대론의 시각에서 살핀 경우(나병철, 조남철, 조정래, 강진호, 문수임 등)가 주종을 이룬다. 2000년대 이후 북한에서의 이근영 소설을 다룬 논의는 농민소설의 흐름 안에서 파악한 이주미를 비롯해서 한층 다양해졌다(임정지, 최성윤, 이은진, 정상이 등). 이상의 논의에서 알 수 있듯 이근영 소설에 대한 논의는 식민지 후반, 해방기, 월북 이후로 분절되어 검토되고 있음을 보게 된다.

이 글의 문제의식은 이근영의 소설이 월북 후에도 북한문학사에서도 인정받는 그의 주요한 문학적 개성과 소설적 특성이 무엇인가라는 점에 있다. 따라서 초기작에서 해방 이전까지, 해방기, 월북 후를 각각 나누어 이근영 소설의 특질을 '개인의 양심'과 '공동체의 윤리의식'을 중심으로, 인물과 사건의 특성에 담긴 작가의식을 살펴보고자 한다. 이를 토대로 월북 이후 북한에서 발표된 평판작인 중편 「첫 수확」을 사례로 삼아 과연 어떤 성취를 이루었는지, 그 의의가 무엇인지를 살펴보려 한다.

2. 양심과 윤리의식—해방 이전 이근영 소설

이근영의 해방전 소설은 도시 소시민의 일상을 소재로 삼은 것이든 농민들의 삶을 다룬 것이든 간에, 그 저변에는 부정적 세태에 맞서는 도덕적 양심과 그것의 긍정적 가치에 바탕을 둔 사실주의적 기법이 기저를 이루고 있다.

데뷔작 「금송아지」(『신가정』, 1935.10)는 그의 소설세계가 어떤 가치에 기반을 두고 있는지를 특징적으로 보여주는 원점에 해당하는 작품이다. 작품에서는 물신적인 세태와 양심을 대립구도로 내세우지만 그 대립구도를 갈등으로 도식화하는 소박한 방식을 취하지 않는다. 작품에서 드러나는 이근영 소설의 특징은 맹목에 가까운 물신 세태를 비난하기보다는 긍정적인 인물의 양심과 따스한 인간애를 대비시킴으로써 그 부정성에 맞서는 태도가 두드러진다.

후처인 '장미부인' '선히'와 전처 소생인 딸 '양숙'의 대조되는 성격 구성에서도 이같은 특징이 잘 확인된다. '선히'는 경품으로 내건 '금송아지'에 눈멀어 방종에 가까운 사치와 소비행태를 보이는 인물이다. 그녀는 물신주의적인 행태를 가진 부정적인 신여성상을 보여준다. 그녀는 '금송아지'를 경품으로 받기 위해 허락도 없이 남편의 회중시계를 전당포에 저당 잡혀 마련한 돈으로 물건을 구입하고 복표를 받는다. 그녀는 자신의 바람과는 달리 행랑아범에게 '금송아지' 경품이 돌아가자 행랑아범에게 '금송아지'를 달라고 억지를 부리다가 이를 조건없이 양도하려는 양숙과 집안사람들에게 무안당한다.

「금송아지」에서 두드러지는 특징은 물신적 세태와 부정적 욕망과 길항하는 긍정적인 인물의 양심과 윤리의식을 담담하게 포착했다는 점이다. 작품의 서사가 맹목적인 소비나 욕망에 빠진 신여성 출신 후처와, 다수의 긍정적인 인물간 대조적인 구도를 설정해 놓고 있는 점은 인상적이다. 금력을 가진 자와 사회적 약자의 대립적인 설정에서 갈등은 다수의 긍정적인 인물들이 가진 상식과 그에 기초한 윤리적 감각이 유대를 맺으면서 해소된다. 「금송아지」는, 1930년대 중반부터 해방 이전에 발표된 이근영의 소설세계에서 '양심'과 윤리의식이 주요한 모티프 하나임을 보여주는 사례인 셈이다.

「금송아지」와 함께 초기작에 속하는 「과자상자」(『신가정』, 1936.3), 「말하는 벙어리」(『조선문단』 속간호, 1936.11), 「일요일」(「탐구의 일일」을 개제하여 작품집 『고향사람들』에 수록함-인용자) 등을 살펴보면,[05] 경제난에 시달리는 지식인 인물들이 윤리적으로 타락하는 모습과, 부정적인 세태를 양심과 윤리의식으로 지탱하는 두 부류의 모습을 취하고 있음을 보게 된다.

「과자상자」는 유진오의 「김강사와 T교수」를 연상시킬 만큼, 나날이 전락하는 지식인의 부정적인 세태를 그린 작품이다. 작품에서는 병으로 휴직한 지리교사 일문의 시선으로 교장에게 아부하고 향응과 접대로 교사로 취업하려는 지식인들의 허위의식과 부정적 행태가 포착된다. 「말하는 벙어리」는 사상문제로 저촉되어 반벙어리가 되다시피 한 웅변가가 다시 연설에 나서지만 지난날의 열정을 온데간데없이 공소한 연설 내용으로 조롱받는다는 풍자적 작품으로, 지식인의 무각성과 황폐하게 변해버린 지식인의 내면을 그려낸 소품이다. 또한 「일요일」은 학교 내부의 혼탁한 현실에서 고학생에게 옳다고 믿는 것을 관철시키라는 권고하는 교사의 하루를 그린 작품이다. 이렇게 신여성의 맹목적인 물신주의와 동등한

---

05 이 글에서는 해방 이전의 작품을 거론할 때 이근영, 『고향사람들』(영창서관, 1943)을 텍스트로 삼았다.

지식인의 윤리적 타락상을 포착하기도 하지만 이들 작품은 「금송아지」의 '양숙'이나 「일요일」의 '일문'처럼 양심과 신념을 포기하지 않는 긍정적인 인물을 등장시키고 있다. 이들에게서는 양심에 바탕을 둔 윤리의식과 미래세대를 신뢰하고 신념을 지켜내며 긍정하려는 태도가 발견된다.

이근영의 소설이 가진 또다른 흐름 하나는 농민소설이다. 그가 작가적 개성을 발휘한 것은 '농민작가'로 불리우며 농민들의 삶을 다룬 세계에서였다. 「농우」(『신동아』, 1936.6), 「당산제」(『비판』, 1938.1), 「최고집선생」(『인문평론』, 1940.6), 「고향사람들」(『문장』, 1941.2) 등이 바로 그러한 사례이다. 이들 작품에서 작중 현실은 공동체의 결속이 무너지고 가난과 궁핍에 내몰린 채 피폐해져가는 식민지 조선의 황량한 농촌이 하나의 풍경을 이룬다.

「농우」는 양반의식에 젖어 있는 마을 지주에게 끊임없이 괴로움을 당하면서도 자존심을 지키려는 서생원의 꼿꼿함을 대비시킨 작품이다. 소를 자식처럼 애지중지하는 서생원은 고리타분한 봉건의식을 갖고 있는 지주 한생원이 자기네 논일을 먼저 봐주지 않았다고 트집을 잡으며 볼기치기의 사형(私刑)으로 응징하려 한다. 그는 개명된 시대에 사사로운 형벌을 가하려는 지주에게 반감을 갖고 있으나 소작 지을 땅을 잃을까봐 불안해하며 마지못해 처벌에 응한다. 결국 한생원 집에 스스로 찾아들어간 서생원이 볼기치기를 당할 순간, 이를 부당하게 여긴 마을 청년들의 도움으로 위기를 벗어난다.

작품은 지주와 작인의 계급적 대립을 문제 삼고 있으나 이를 이념성과 관련된 문제로 풀어가지는 않는다. 대신 작품은 봉건적인 유습이 잔존한 농촌의 낙후한 면모를 부각시키면서 청년들의 공분(公憤)과 작인들의 계급적 유대를 온건하게 활용한다. 바로 이 점이야말로 신세대 작가의 한 사람으로서 이근영의 농민소설이 가진 특색이자 프로문학이 지향한 이념적 정론성과 변별되는 지점이다.

「당산제」는 '동신제(洞神祭)' 풍속을 소재로 삼아 농촌의 궁핍한 현실을 정면에서 다룬 문제작이다. 매년 열리는 당산제에서 농민들은 풍년과 행운을 염원한다. 하지만, 그런 기원과는 달리 농민들은 매년 흉작으로 신음하며 가난의 핍절함으로 내몰린다. 소작료와 세금을 내고 나면 일용할 양식마저 남지 않는 절망의 현실은 주인공 덕봉이네 집도 마찬가지이다. 유능한 농사꾼인 덕봉이네조차 아버지와 동생이 힘을 합쳐 근면하게 농사를 짓고 가마니를 엮지만 해마다 장리를 빌려야만 겨우 연명할 수 있는 처지이다. 이러한 인물과 작인의 생활상은 농촌문제에 정통한 작가의 안목을 짐작할 수 있게 해준다. 온전한 노동력으로도 과도한 지대와 장리금을 갚아가기 어려운 약탈적인 농촌경제의 현실을 가감없이 보여주기 때문이다.

덕봉이는 자신과 정혼한 순님이네가 가뭄으로 수확이 크게 줄자 가산을 차압당하고, 그 빚을 탕감하려면 순님이를 술집에 팔아넘겨야 할 상황으로까지 내몰린다. 상심한 덕봉이는 순님이를 구하기 위해 도박판에 뛰어들지만 자신의 일확천금의 꿈마저 잃어버린 채 순님이는 팔려가고 만다. 날로 빈궁해지는 생활 속에 촌민들의 공동체의식과 인심은 무너져 내리고 급기야 당산제에 대한 속신마저 사라지고 만다. 작품은 절대적인 궁핍의 나락으로 빠져드는 식민지 농촌의 현실을 압축적으로 보여주는 한편, '당산제'로 상징되는 전통사회의 결속과 유대가 상실되는 실정과 결부시키고 있다.

「최고집 선생」은 점점 궁핍해지는 농촌현실에서 원로 '최하원'이라는 인물을 내세우고 있다. '최고집'이라는 별명에 걸맞게 주인공은 가난을 청빈의 가치로 지탱하지만 가난과 아들의 타락 때문에 고향땅을 떠날 수밖에 없게 된다. 가난 속에 야반도주하는 농민의 삶을 제재로 삼은 이 작품에서 각박해지는 인정물태에 대응하였던 '최고집'의 면모가 퇴색하는 면모는 더이상 인고할 수 없을 정도로 황폐해진 농촌의 현실과 관련이 깊다. '최고집'은 마을 면장이나 구장 자리도 마다한 채 농업을 본업으로 알고 살아가는 전통적인 지식인이다. 하지만 큰손자의 학비도 마련하지 못한 채 큰아들이 지주의 첩과 바람나자 비난과 양심의 가책 때문에 만주땅으로 이주할 결심을 하게 된다. '최고집'의 이주 결심은 지식인의 신념과 양심이 농업을 본업으로 여기며 살아가는 자들이 지탱할 최소한의 여력조차 잃어버린 농촌의 궁핍한 현실과 이주현상의 원인을 구체적으로 포착한 경우다.

「고향 사람들」 또한 「당산제」, 「최고집 선생」처럼 날로 피폐해지는 농촌현실을 사실적으로 다룬 작품이다. 작품은 식민제국 일본이 노동인력을 충당하기 위해서 시행한 탄광 노무자를 모집하는 현실을 배경으로 삼고 있다. 장년층 농민들은 가업으로 계승해온 농업에 대한 자긍심이나 미래에 대한 어떠한 소망도 갖지 못한 채 삶의 근간이 무너져내리는 상황에 처해 있다. 농촌사회는 식민 정책의 이면에 감추어진 의도에 맞서기보다 노무자를 자원하고 나서면서 농촌경제는 해체되어 간다. 이들은 색주가로 팔려간 약혼녀를 되찾기 위해 돈을 벌고자 하나 여의치 않다. 더구나 신작로가 열리면서 인력거를 끌 수 없게 되자 일본행을 결심한다. 이러한 축도는 일제 강점기의 농촌의 경제가 어떻게 변모했는지를 비판적으로 보여준다.

농민들의 극한적인 가난과 일본행의 결행이 의미하는 바는, 이농의 원인이 노동인력 보충을 위한 식민체제의 폭력적인 술책과 연계되어 있다는 것을 시사해준다. 농민들은 미구에 닥칠 시련을 생각할 여유조차 갖지 못한 채 식민체제의 거대한 시스템 안으로 흡수되고 있다. 「고향사람들」은 몰락하는 농촌에서 자행되는 토지수탈과 이농의 사회경제적 차원을 중립적으로 기술하는 한편 그나마 서로의 미래를 염려하는 농민들의 인정세태를 담아냄으로써 비극적인 현실의 깊이를 더한다.

식민지배의 약탈적 경제에도 불구하고 지주계층은 시대착오적이라고 할 만큼 낡은 봉건적 양반의식에서 벗어나지 못한다. 거듭되는 흉년으로 농촌 공동체는 점점 가난과 질곡 속으로 빠져든다. 거듭되는 흉년으로 인해 가난과 전락의 극한상황으로 내몰리는 작인들의 삶은 자연재해에도 원인이 있지만 봉건적 유습과 식민정책에서 기인하는 바가 더 많다. 농민들은 나름대로 유대감을 가지고 비애와 좌절을 공유하고 서로의 안위를 염려하며 서로를 돕는다. 농촌사회에 바탕을 둔 계층 내 연대와 제휴야말로 계급적 시각과 강한 정론성으로 무장한 프로소설과 변별되는 이근영 소설이 가진 고유한 장점이자 특징이다.

이근영 소설의 주인물 대부분은 양심과 이타적인 심리로 고뇌하는 내면상을 보인다. 「당산제」의 주인공 덕봉은 약혼녀인 정순의 오빠 석만이가 가난을 이기지 못해 도둑질에 나섰다가 잡히자 마치 자신의 과오인 양 괴로워한다. 덕봉은 자신이 상급으로 받은 쌀을 정순네 집으로 보낼

뿐만 아니라 정순을 위해서라면 날품팔이에 나서는 것도 마다하지 않겠
다는 결의를 보인다. 덕봉의 양심과 이타적 행동처럼, 「고향 사람들」에서
마을사람 대부분은 교만에 빠진 석만이를 따돌리다가도 그 역시 자신들
과 같은 처지에 있음을 깨닫고 동정하는 성정을 지니고 있다. 「농우」에
도 그러한 인물 군상이 등장한다. 서생원이 지주 한생원에게 볼기를 맞
는 사형(私刑)을 받게 되자 마을 청년들은 그 집에 난입하여 서생원을 구
출해낸다. 「밤이 새거든」에서도 출막(出幕)을 결행한 권수에게 마을사람
들의 따스한 인정을 발휘하고, 권수는 뒤늦게 나타난 아내의 회심을 받
아들이며 재생의 의욕을 되찾는다.

　작중인물들의 이러한 연대의식에 바탕을 둔 의리, 양심과 고뇌는 이
근영의 농민소설에서 접할 수 있는 농민들의 따스한 인간애이다. 그 특
징은 전락과 상실을 거듭하는 식민지 조선의 불행하고 어두운 현실을 축
약하면서도 공동체의식으로 연대하는 농민들의 순박하고 강인한 성정에
주목하여 승화시킨 윤리의식의 진면목이다. 이 성정이야말로 식민지의
엄혹한 현실에서 훼손될 수 없는 가치이자 부정적인 시대현실을 지탱해
주기 때문이다.

　은행 추심원의 추한 외모에다 간교한 인간성을 불편하게 바라보는 서
술자의 신변사를 소재로 삼은 「적임자」(1939), 지주 아들과 바람난 아내의
자살로 실의에 빠진 이발사의 넋두리를 들어주는 「이발사」(『문장』, 1939.7),
미모의 과부 간병인을 소재로 도시하층민의 기구한 운명을 따스한 눈길
로 바라보는 「고독의 변」(『문장』, 1940.10) 등에서 보듯, 그의 소설은 순박한
일상에 찾아든 경제적 어려움과 불행을 다독이고 보듬는 인간애를 발휘

하고 있다. 이들 작품은 주변 인물을 소재로 삼아 특별한 사건이나 갈등이 등장하지 않는다.

그러나 이근영 소설에는 부정적인 인물에 대한 관찰과 서술자 내면의 섬세한 묘사와 서술적 긴장이 유지되면서, 인간을 응시하고 보다 깊은 이해에 도달하는 작가의 인간애와 윤리의식이 돋보인다. 그의 소설 세계는 '전형기'의 현실에서 급격하게 퇴락하는 지식인의 윤리감각을 강도 높게 비판한다. 자존감에 바탕을 둔 양심을 기반으로 비도덕적인 행태가 범람하는 부정적인 현실을 절감하고 고뇌한다. 그의 소설은 절망으로 빠져들거나 전락하지 않으며 서술의 긴장을 유지하는 면모는 시대현실을 고려하면 중의적(重義的)이다. 가난한 환경에서도 자신의 양심과 타협하지 않는 면모는 앞서 거론한 「최고집선생」에서도 잘 확인된다.

「소년」(『춘추』, 1942.10)은 독특하게도 농민의 몰락과 지식인의 윤리적 타락을 다루는 대신 예술적 천재성과 예술가의 양심을 문제 삼은 작품이다. 바이올린 연주에 천재성을 가진 소년 '나'는 인력거 행상으로 겨우 연명한다. '나'는 절대 가난 속에서 제약회사 직공으로 일하면서도 예술적 성취에 대한 꿈을 버리지 않는다. '나'의 예술적 천재성을 제약회사가 상업적으로 이용하기 위해 회유하지만 그에 굴복하지 않는다. 인물 구성이 인상적인 것은 예술과 상업성을 병치시켜 타협이나 전락을 강요하는 식민지 후반기 현실에 대한 작가윤리의 일단을 보여주기 때문이다.

해방 전 이근영의 농민소설은 당대의 핍절한 농촌 현실을 사실적으로 다루면서도 농촌공동체 성원들의 자존감과 순박한 인정에 주목하였다. 또한 총력전체제하에서도 시대현실에 야합하지 않는 양심과 윤리의 거점을 견지하고 있다는 점이 이채롭다. 해방전 그의 농민소설은 도시소설과 함께 계급적인 차원에서가 아니라 사실적인 묘사 정신을 바탕으로 농민과 도시하층민들의 순박하고 견고한 인간성, 그들의 애환을 주목하며 부정적인 현실과 대결하는 모습을 포착해냈다.

3. 부정적 현실과 비판의식—해방기 이근영 소설

해방 후 이근영은 조선문학가동맹에 가담하면서 현실 문제에 더욱 주목하기 시작했다. 그의 소설은 해방 전까지 그가 즐겨 다루었던 지식인의 양심과 고뇌, 황폐해져가는 농촌과 농민들의 인정물태(人情物態)를 천착해온 행로에서 벗어나, 식민체제에서 해방된 민족성원이 새나라 건설을 둘러싸고 비등했던 당대의 이념적 현실적 문제로 관심을 돌린다. 월북 직전까지 이근영은 「추억」(『예술』, 1945.12), 「장날」(『인민평론』, 1946.3), 「고구마」(『신문학』, 1946.6), 「안노인」(『신세대』, 1948.5), 「탁류 속을 가는 박교수」(『신천지』, 1948.6) 등 모두 5편의 단편을 발표했다. 이들 작품 또한 해방기 작가의 현실 인식과 관련해서 주목해볼 만한 사례들이다.

「추억」은 민족 반역자를 등장시켜 일제 권력에 야합하고 내선일체를 이루려 했던 친일분자들의 신념을 비판적으로 그려낸 작품이다. 작품의 완성도에서는 다소 떨어지지만 혁명가 소담을 등장시켜 민족 반역자와 대립구도를 취하고 있다. 작품은 대지주 최원상에 대한 윤리적 단죄를 시도하기보다 재산 보전에 골몰하며 권력에 줄서기에 급급한 친일부역세력의 일그러진 자화상을 시대의 축도로 그려낸 비판적인 의식을 담고 있다.

「장날」은 징용 나갔던 판술이 탄광 노무자로 일하다가 술집에서 일하던 화순과 함께 귀국길에 올라 귀향하는 전형적인 귀환서사이다.[06] 징용 나간 탄광노동자 '판술'이 해방과 함께 화순과 귀국길에 올라 귀향하면서 아버지로부터 인준받는다. 이 귀환의 과정은 이근영이 가진 해방의 환희와 새로운 국가수립이라는 과제에 부응하는 당대 기층민들의 벅찬 감격과 일상을 잘 보여준다. 판술은 해방의 기쁨과 새로운 삶을 계획하고 실천하려는 의지와 기대를 보여줄 뿐만 아니라 장터거리에서 징용나간 사람들을 위해 생계 모금사업에 진력하는 데 앞장선다. 이같은 인물의 형상에는 해방 이후 새나라 건설로 향하는 민족적 기대와 실천의 방향이 담겨 있다.

하지만, 그의 소설이 친일부역이라는 문제나 해방의 기쁨 같은 민족국가의 거대담론에만 도취되어 있었던 것만은 아니다. 「추억」에서처럼 식민질서 청산에 부정적인 세태로 향하는 비판적인 의식을 보여주거나, 「장날」의 판술처럼 일제의 엄혹함을 인간적인 면모로 이겨내고 화술을 감화시키거나 장터거리에서 징용귀환자들을 위해 모금사업을 벌이는 열정을 발휘하는 경우가 있다.

「고구마」와 「안노인」 등에서는 농촌의 혼란상에 대한 예리한 통찰을

---

06   귀환서사를 식민질서 종식과 국민국가 형성이라는 관점에서 논의한 경우로는 정종현, 「해방기 소설에 타난 '귀환'의 민족서사」, 『비교문학』 40, 한국비교문학회, 2006이 있고, 민족적 제의과정으로 거론한 오태영의 「민족적 제의로서의 귀환」, 『한국문학연구』 제32집, 동국대 한국문학연구소, 2007; 정재석, 「해방기 귀환서사, 결속의 상상력과 균열의 역학」, 『사이』 2호, 국제한국문학문화학회, 2007 등이 참조된다.

발휘하는 지혜로운 농민을 등장시키고 있다. 이들 작품에서 농민들은 미
군의 진주와 함께 급변하는 정세에 민감하게 반응하면서도 본능적인 지
혜를 발휘하는 반외세적인 민중의 편린을 엿볼 수 있게 해준다. 두 작품
에서는 공출을 일삼던 일제만큼이나 포악하게 억압하던 지주와 관리들
이 채근하는 소작료와 공출에 맞서는 소작농민들의 주체적인 모습이 등
장한다. 두 작품은 식민지배의 질서가 사라진 뒤 다시 발호하는 부정적
인 세태에 맞서는 지점에 주목한다.

「고구마」의 박노인은 자신들에게 없는 토지를 한탄하면서도 자꾸 떨
어지는 고구마 시세를 염려하며 밭에서 고구마를 캐내어 시장에 내다판
다. 이를 두고 안달하던 지주 강주사는 소작 밭을 물리겠다는 위협을 가
하지만 그는 압력에 굴하지 않는다. 박노인은 연설회에 참석하며 미래에
대한 희망을 품는다. 그 희망은 시대에 대한 역사발전의 태도를 견지하
는 데서 나오는 낙관성이다.

「안노인」 또한 소품이긴 하지만 일제당국의 과도한 공출에 맞서 살아
온 더욱 심해진 공출에 맞서서 구금당하는 현실에서도 자신의 경험과 상
식을 신뢰하며 당당하게 발언하는 비판적인 의식을 가진 주체를 등장시
키고 있다. 「장날」과 「고구마」, 「안노인」 등에서 드러나는 특징은 해방
전후 농민들의 집단심성을 잘 포착한 만큼 생생한 인물의 성격과 현장성
을 담고 있다는 점이다. 이들 작품은 해방의 기쁨과 함께 미군정과 함께
발호하는 권력자들의 부정적 행태를 겪으면서 새로운 식민 질서로 치닫
는 현실을 비판적으로 통찰하는 농민들을 등장시키고 있다. 이들 작품에
서는 해방기의 부정적 현실에 대한 작가의 비판적 안목이 고조되는 특징

을 확인하게 된다.

이근영의 해방기소설이 가진 지향을 이해하고 나면, 평판작「탁류 속을 가는 박교수」가 이룬 성취를 잘 헤아릴 수 있다. 이 작품은 농촌 현실의 면면을 보여주는 방식에서 벗어나 해방 후 좌우익의 극한 대립에 빠진 정세를 고뇌하는 지식인상을 포착한 경우이다. 주인공 '박교수'는 시대현실을 바라보는 작가 자신의 윤리의식을 반영한 인물이다. 영문학자인 그는 현실과는 동떨어진 작품을 창작하던 중 동료 교수에게서 변화하는 현실을 잘 모른다고 면박을 당할 만큼 백면서생이다. 하지만, 그는 미국인과 결탁해서 돈벌 궁리를 일삼는 동료 교수에게서 정신보다 물신숭배에 빠진 점에 환멸하며 차츰 부정적인 현실을 자각해나간다.

박교수는 학교당국이 좌익 정치성향을 가진 김교수를 권고 사직시키려는 음모를 접하는 상황에서나 김의 후임으로 윤의 집에서 만난 사업가 행세를 하던 장이 교수로 취임하는 현실에 분노한다. 또한 김교수에게 동조했던 학생들을 퇴학시키는 대학 당국의 잘못된 처사에 반발하며 시대에 대한 공분을 품고 지식인의 양심에 번뇌한다.

'김'과 함께 정양(靜養)을 떠난 박교수는 '김'의 고향에서 정치적 혼돈을 접한다. 그 혼돈은 해방기 정국의 축도에 가깝다. 농촌의 포근한 분위기가 일순간에 백색테러로 아수라장이 되어버리는 현실에서 박교수는 '이런 사태가 과연 조선의 현실인가'하며 개탄한다. 그는 백색테러를 경험한 후 '탁류'라는 제목의 단편 하나를 구상한다. '액자' 방식을 차용한 작품의 묘미는 폭력이 난무하는 해방기의 착잡한 정국을 객관화하고 이를 선명하게 포착한 데 있다. 작품은 해방 이후 작가 자신이 '거대한 탁류의 현실'을 조망하는 작가의 예리한 통찰과 비판의식을 구비하는 내적 행로를 인상적으로 보여준다.

　해방기 이근영 소설에서 작중현실은 농민과 농촌의 현실로만 귀결되지 않는 다양한 요소들을 담고 있다. 그의 소설에는 해방과 함께 새로이 등장한 순수지향의 문학적 관점과는 엄연히 다른 방향 하나가 존재한다. 그것은 해방 이후에도 소멸하지 않고 비등하는 봉건적인 식민 잔재와 반역사적 '탁류'에 대한 비판적 의식이다. 이근영의 소설 세계는 새나라 건설이라는 과제를 전망하지만 미군의 진주와 함께 새롭게 부상한 일제 부역세력들이 창궐하는 부정적인 현실 앞에 고뇌하는 지식인의 시선으로 변주되기도 하지만, 기본적으로는 소작 농민들의 순박한 심성을 바탕으로 외세에 비판적인 공동체의식을 강화하는 일면을 보인다. 그러나 해방에 대한 농민들의 기쁨이 사라지고 지주의 횡포와 미군과 결탁한 세력들의 전횡과 마주서면서 현실 비판의 입장은 더욱 공고해진다. 「탁류 속을 가는 박교수」는 그러한 측면에서 지식인으로서 현실정치에 고심하는 작가의 내면을 담아낸 수작(秀作)이다.

4. 월북 이후 작품세계와 중편 「첫 수확」

　6.25전쟁 와중에 이근영은 가족을 데리고 월북한다. 이근영의 월북 계기에 관해서는 알려진 바가 별로 없다. 다만, 1945년 9월에 창간된 남로

당 기관지였던 『해방일보』의 기자로 일했던 점[07]이나, 좌익 및 진보적인 문인들이 중심이 되어 결성된 조선문학가동맹에 가담하여 농민문학위원회 사무장을 맡았던 점 등을 감안할 때, 그가 사상적으로는 남로당과 연계되었거나 진보적인 성향을 구비했으리라는 점을 추측해볼 수 있다.[08]

월북 후 이근영은 1951년부터 1975년까지 지속적으로 소설과 평론, 수필 등을 발표했다. 그가 창작한 장편은 모두 3편으로 『청천강』(제1부, 1960), 『청산리사람들』(1961), 『청천강』(제2부, 1963), 『별이 빛나는 곳』(1966) 등이다. 중편으로는 「첫 수확」(1956), 단편 「고향」(『문학예술』, 1951.8), 「그들은 굴하지 않았다」(1955), 「해거름」(1959), 「소원」(1975) 등 4편, 오체르크 「어느 공훈탄부의 념원」(1956), 「아름다운 하루」(1957), 「고마워라」(1957), 「전야로 달리는 마음」(1960) 등 4편이 있으며 평론과 수필, 중국 기행문 등을 다수 발표하였다.

북한문학에서 이근영의 창작활동은 활발했다고 말하기는 어렵다. 하지만 그의 창작활동은 50-60년대에 가장 왕성했고 70년대 초반까지 이어졌다. 50년대와 60년대에 두드러지는 그의 문학활동은 특히 주목해볼 필요가 있다. 남로당 계열에 속한 월북 문인들이 거세되는 소용돌이에서 비껴나 꾸준히 창작활동을 했기 때문이다. 이는 농촌과 농민을 소재로 한 그의 문학이 북한에서도 그 진가를 인정받았다는 점을 의미한다. 그

---

07 『해방일보』는 남로당의 입장을 대변하는 기관지로서 미군정에 의해 1946년 5월에 발행 정지조치를 당했다.

08 최성윤은 이근영이 해방 이후 좌익으로 분류되어도 될 만큼 남로당과는 사상적으로 깊게 연루되었던 것으로 본다. 최성윤, 「이근영 연구」, 고려대 석사논문, 1999, 17-20쪽.

의 소설이 북한문학의 전통으로 안착한 것은 단순히 한 작가의 문제로만
볼 것이 아니라, 이기영을 비롯한 1930년대 농민문학의 전통이 북한의
사회주의 문학으로 분화되어간 증거로 보아도 크게 무리는 아니다.

　북한문학사에서 거론되는 이근영의 평판작으로는 평화로운 농촌 마
을에 군사기지를 조성하려는 미군 및 국군의 계획에 맞서 싸우는 농민들
의 활약을 그린 「우리는 굴하지 않았다」(1955),[09] 1950년대 농업협동화 정
책을 소재로 한 중편 「첫 수확」(1956)이 꼽힌다. 두 작품은, 월북 후 이근
영이 남북한의 농촌현실을 소재로 농민들을 주인물로 내세운다는 점에
서 흥미롭다.

　특히, 「우리는 굴하지 않았다」는 해방 직후 발표한 「고구마」, 「안노
인」 등에서 보여준 미군정하 남한 현실에 대한 비판적 인식과 같은 계보
에 속한 작품으로, 농촌 사람들이 마을 인근에다 미군 비행장을 건설하
려는 시도를 분쇄하는 데 성공한다는 내용이다. 작품은 미군정에 대한
비판적인 관점을 바탕으로 농촌사람들이 지역 공동체를 사수하는 일화
를 통해 식민화의 야욕을 저지하는 개가를 올린다. 작품은 작가가 해방
기에 가졌던 반외세의식의 연장선에 있다.

　중편 「첫수확」은 전후 북한사회에서 시행된 농업협동화과정을 다룬

09　이근영의 해방기소설에 대한 북한문학사의 평가는 다음과 같다. "『그들은 굴하지 않았
　　다』에서 미제국주의자들의 남반부 인민들에 대한 식민지 략탈전쟁 밑에서 신음하는
　　남반부 인민들의 처참한 생활 처지와 이러한 생활 처지에 덮쳐 농민들의 토지를 새로
　　생긴 '국군' 예비사단 훈련장으로 만들려는 원쑤들의 기도를 항거하여 일어선 농민들
　　의 투쟁을 묘사하였다."(과학원 문학연구소, 『조선문학통사-현대편』, 인동, 1988, 35쪽)

경우이다. 농업협동화과정은 해방 직후 실시된 토지개혁 이후 '농업생산의 사회주의적 개조와 실현'을 위한 조치로서 많은 반발도 있었으나 성공적으로 마무리된다. 이 작품은 전후 사회주의 농업체제로 이행하는 과정에서 농민들의 헌신과 노동력의 조직화로 첫해 농사를 성공적으로 수확하는 '농업협동화사업의 성공드라마'를 다루고 있다. 하지만 이 작품의 미덕은 농업협동화의 당위성을 어설프게 제시하면서 도식주의에 함몰되지 않는 데 있다. 작품의 서사적 현실은 지주계층의 반발과 방해, 농민들의 소유욕과 이기심, 협동조합에 대한 농민들의 불신 등 문제를 현실감 있게 다루고 있다.

사상과 현실 개조의 주인공은 제대군인[10] 상진이다. 북한 전후소설에서 '제대군인'은 전쟁으로 피폐해진 전후경제를 앞장서서 복구하며 공동체 내부의 사상적 결속을 다지는 '이념의 담지자'이자 시대의 주역이다. 상진은 치안대에 협력해서 아내를 죽게 만든 박병두까지도 감싸안는 한편, 부유한 자작농이라는 경제적 지위에 안주하며 협동농장과는 거리를 둔 채 농장 일에 사사건건 훼방하는 외숙 안경하, 호경영감 같은 구세대의 반발과 저항을 극복해나가는 새 시대의 주역이다.

협동농장 일에 앞장서는 영구와 소 영감, 전사자 가족인 일남 어머니, 재봉틀을 내놓는 화숙 등과 같은 열성분자들은 상진의 지도와 열성에 합

---

10 김민선, 「전후(1953-1958) 북한소설의 '제대군인' 표상 연구」, 동국대 석사논문, 2008과 김민선, 「'전후' 북한의 열정과 '제대군인'」, 이화여대 통일학연구원 편, 『북한문학의 지형도2』, 청동거울, 2009, 389쪽 이하 참조.

심해서 협동농장의 성공을 이끄는 집단적 주체이다. 이들은 사회주의 농업화로 변화하는 현실에 새로이 등장한 노동계급의 모범에 해당한다. 상진이 당원으로서 전쟁의 상흔을 가진 솔선수범하는 전위대로 그려진 반면, 작품에서는 일관되게 농민들의 자발적인 참여와 헌신적인 노력을 중시하는 모습을 보여준다.[11] 이는 대중성의 구현이라고 말할 수 있는데, 이근영의 30년대 농민소설에 등장하는 구체적인 인물상에서 연원을 두고 있다고 해도 그리 틀리지 않는다. 「농우」의 시대착오적인 봉건적 지주나 양반은 외숙 안경하, 호경영감의 부정적인 행태로 변주되기 때문이다.

상진은 전쟁통에 공동체와 외부의 힘에 의해 아내를 잃은 비극을 공동체 윤리로 넘어서려는 인물이다. 그러한 점에서 그는 가혹한 시련 속에 집단적 주체의 조력과 그들의 헌신을 통해서 온정적인 인간애를 회복하는 존재이다. 그가 주도하는 농업협동화의 정치적 풍경은 토지개혁으로 풍요로웠으나 전쟁으로 파괴된 농촌을 복구해야 한다는 시대적 과제에 부응하는 길로 이어진다. 이는 물론 사회주의경제로 이행하는 북한사회에서 전형적인 면모를 띄는 것이지만, 평등의 원칙에 근거한 생산주의적 사회주의식 경제를 안착시키는 과업을 수행하는 인물들의 면면은 그의 농민소설에서는 매우 낯익은 모습이다.

「첫수확」에는 농업협동화가 직면한 온갖 현실적 장애와 난관들이 서

---

11 「첫수확」에 대한 평가는 김헌순, 「리근영 작품집 『첫수확』에 대하여」, 『조선문학』, 1958.6, 이선영·김병민·김재용 공편, 『현대문학비평자료집』 8권, 태학사, 1994, 198-207쪽.

사적 현실로 자리잡고 있다. 풍요로운 자영농이 되자 개인적 소유의식과 소시민적 안락을 지향하는 농민들의 타성이 농업협동화의 과제와 맞서는 경향이 그러하다. 전쟁의 현실에서 국군과 남한 점령세력에게 협조하며 마을 공동체의 비극에 앞장섰던 부역자들을 공동체의 일원으로 융화시켜야 하는 난관도 녹록치 않다. 이근영은 이같은 현실적 요소들을 인물들 상호간의 의심과 낙후된 현실감각, 배타적인 이기심 등과 대비시켜 사회주의 농업 현실로 인도하는 시대의 주역으로 '제대군인'과 헌신적인 농민들인 집단적 주체들을 등장시켜 '사회주의 낙원 건설'의 드라마로 만들어놓고 있다.

자작농들의 농토에 대한 애착과 농업협동화에 대한 냉소와 반발은 엄연한 현실적 난관이다. 이같은 난관을 주인공을 비롯한 집단적 주체들은 단합된 힘으로 빛나는 수확을 얻어낸다. 때문에 농업협동화의 면모가 훗날 '천리마운동'이라는 동원체제의 전조로 읽혀지기에 충분하다. '간부 일군의 덕성'과 개인적 이해관계가 난마처럼 뒤얽힌 현실에서 농업협동화는 사회주의의 토대를 마련하기 위한 과정이기도 했다.

인내와 솔선수범, 교양과 감화를 통해서 상진은, 마침내 식민지 시대에 천대받아온 노농계급이 '사회주의 경제'에서 풍요를 구가하는 새로운 시대의 주역으로 탄생한다. 작품 후반부의 '협동농장에서 일군 첫수확' 정경은 전쟁의 상처와 농촌 성원들의 비협조로 분열되었던 농촌공동체의 상호불신과 온갖 난관을 극복하며 희망과 기쁨으로 가득한 현실을 보여준다. 주인공 상진은 협동농장원들과 함께 성공적인 첫수확을 끝낸 뒤 화숙과의 결혼을 꿈꾼다.

상진은 협동농장원들이 한데 어울려 춤추는 모습을 바라보며 다음과 같이 결의한다. "저 사람들처럼 천대와 착취를 받은 사람이 어데 있을가. 지금은 아주 딴 세상에 살고 있는 것을 춤추고 있는 것 아닌가. 우리의 앞날은 맑은 창공과 같다. 얼마든지 추라. 밤이 되고 밤이 다시 밝도록 추라. 무대가 부서져도 좋다. 땅만 풀리면 넓은 선전실을 새로 짓겠다."[12] 그의 결의에는 농업협동화를 성공적으로 이룬, 사회주의 농업혁명의 소망과 상상이 함축되어 있다. 그 안에는 이근영 소설이 가진 장점이 전후 북한 농촌사회가 앓고 있는 전쟁의 상흔을 보듬는 온정적 리얼리즘이 농촌에 대한 깊은 이해와 농민들의 공동체 윤리가 어울려 빛을 발하는 현실이 제시되어 있다. 거듭 강조하자면 이는 다른 월북 작가들과 달리 북한 문학에서 지속적으로 활동할 수 있었던 간접적인 요인이기도 했다.

이근영 소설이 가진 특유의 낙관적인 관점은 농업협동화 과정에서 온갖 난관을 헤쳐가는 가운데 가시적인 성과를 제시하며 시대를 주도하는 긍정적인 주인공을 부각시키는 방식을 취한다는 데 있다. 인물들 간의 갈등과 특별한 사건보다도 세부 정경을 통해 문제들을 해결해나가는 의지(사상성)와 추진력이 평범한 일상의 정경으로 포착되고 있다는 점, 그리고 이러한 세부 묘사가 개성적인 인물들의 내면을 섬세하게 부조해내고 있다는 점이 고평받는 작가의 장점이다.

작가 특유의 개성과 역량은 "생활을 폭넓게 반영하는 것과 동시에 현실 발전의 본질적 모순으로서의 갈등과 생활적인 사건에 기초한 인간들

---

12 『조선문학』, 1956.11, 66쪽.

의 구체적인 관계의 중심에 확고히 선 주인공의 성격발전과정을 유기적
으로 결부시켜 진실하게 묘사"[13]했다는 지적과도 통한다. 「첫수확」을 가
리켜 북한문학사에서는 "농촌의 사회주의적 개조에 관한 조선로동당의
정책 본질을 정당하게 인식하고 우리 농촌의 사회주의적 전변과정과 그
아름다운 미래에 대한 농민들의 리상을 일반화한 작품"[14]으로 규정한다.
이러한 점을 감안할 때, 그가 농민소설에서 즐겨 다루어온 소설미학은 인
간에 대한 신뢰와 낙관성, 공동체의 윤리를 중시하며 구체적인 생활상을
제시하는 사실주의 작풍의 모범적 성취이자 북한문학의 병폐로 지적되어
온 도식주의를 극복한 주요한 사례가 되기에 충분했다.

5. 이근영 소설과 남북문학사의 공분모

이근영의 소설은 1930년대 중반 이후인 소위 '전형기'에 출발하여,
미군정 시기에 격렬한 좌우대립으로 비등하는 해방기 남한사회를 거쳐
1950년대와 60년대 북한문학에서 정전의 지위를 확보한 값진 사례의 하
나이다. 그의 소설은 폭압적인 일제 파시즘의 현실에서는 도시 지식인의
물신숭배와 도덕적 전락상과 함께 붕괴되는 농촌 공동체의 비극적 실상
을 제시하고자 했다. 또한 해방기의 농민 소설에서는 미군 진주와 함께

---

13 렴희태, 「남조선 청년학도들의 불굴의 투쟁 모습」, 『문학신문』, 1966.9.20. 이 글은 이
    근영이 1966년에 발표한 이근영의 창작집 『별이 빛나는 곳』에 대한 작품평이다.
14 과학원 문학연구소, 『조선문학통사(현대편)』, 인동, 1988, 323쪽.

친일부역자들이 새로이 발호하는 부정적 현실을 목도하면서 현실로 점차 관심이 이행되어 갔고, 전쟁이 발발하자 월북했다. 그는 북한에서도 농촌 현실과 농민들에 주목하는 일관된 태도를 견지했다.

중요한 것은 문학사에서 해방 이전이든 해방 이후이든, 그리고 월북 후 이근영의 소설이 고른 평판을 얻고 있다는 점이다. 그가 문학 논쟁이나 문단사회에 가담하지 않은 점 때문에 뒤늦은 평가를 받게 된 것은 아쉬운 일이다. 하지만, 1930년대 농민문학의 계보를 이으면서도 시대 현실에 대한 안목, 대의와 양심에 고뇌하는 지식인의 내면을 다루었다는 점에서 30년대 후반에 등장한 신세대 작가라는 소설사적 지평에서 새롭게 조명되기 시작했다는 것은 고무적이다.

피폐해지는 농촌사회와 소위 '전형기'의 현실에서 전망을 상실한 지식인의 문제를 통해서 그의 소설은 인간과 사회에 대한 관심과 애정을 심화시키면서 현실의 부정성을 감내하거나 극복하는 긍정적인 주인공을 내세웠다. 그의 소설이 가진 면면은 1930년대 후반에 등장한 '신세대작가'의 한 사람으로서 20-30년대 사실주의적 경향에서 분화된 한 사례이자 근대소설이 식민지 말기에 이룬 중요한 진전에 해당한다는 점을 말해준다. 또한 6.25전쟁 이후 북한체제를 선택했던 그는, 사상과 이념과 체제의 분립 속에서도 농민소설의 틀을 견지함으로써 북한소설사에서 근대문학의 전통과 연결고리가 되는 드문 사례가 되었다.

「야행」과 자기구원의 문제

1. 「야행」을 다시 읽는 까닭

김승옥의 소설을 취급해온 논자들의 관심은 대부분 「생명연습」이나 「무진기행」, 「서울 1964년 겨울」 등 몇몇 사례들에 한정된 양상을 보여 준다. 논의의 편파성은 가장 잘 알려진 작품에 대한 담론들의 주류에 편 승하며 생겨나는 일종의 관성에 가깝다. 인상비평에 근거한 촌평이 풍성 했던 저간의 사정과는 달리 김승옥의 소설이 60년대라는 문학사적 맥락 안에 논의되기 시작한 것은 90년대 이후이다.[01] 그러나 이들 논의에서도

---

01 김승옥 소설에 관한 논의로 다음과 같은 예를 꼽을 수 있다.
  공종구, 『한국 근현대작가 작품론』, 새미, 2001; 김현, 「구원의 문학과 개인주의」, 『사
  회와 윤리』, 김현문학전집 2권, 문학과지성사, 1992; 김 현, 「장인의 고뇌」, 『사회와 윤
  리』, 일지사, 1972/ 김현문학전집 2권, 문학과지성사, 1992; 김명석, 「일상성의 경험
  과 탈출의 미학」, 민족문학사연구회 편, 『1960년대 문학연구』, 깊은샘, 1998; 김병익,
  「분단의식의 문학적 전개」, 『상황과 상상력』, 문학과지성사, 1979; 김영찬, 「불안한 주

그다지 거론되지 않는 작품의 하나가 「야행」(1969)이다.[02]

「야행」은 김승옥의 여타 작품들과 달리 여성의 시선으로 도시의 삶과 욕망을 관찰하는 이질성을 가지고 있다. 그렇다고 해서 여성의 시선이 그의 소설이 가진 전체 맥락에서 크게 벗어나는 것은 아니다. 이 말은 그의 소설에 등장하는 여성들의 훼손된 이미지가 「야행」에 이르러 주된 분위기를 형성한다는 뜻이다. 「야행」이 그간 논자들의 관심 대상이 되지 못했던 것은 김승옥 소설에서 차지하는 여성의 비중에 주목하지 않았거

체와 근대-1960년대 소설의 미적 주체 구성에 대하여」, 『상허학보』 12집, 상허학회, 2003; 류보선, 「개인과 사회의 대립적 인식과 그 의미」, 권영민 편, 『한국현대작가연구』, 문학사상사, 1993; 류양선, 「'서울, 1964년 겨울'에 유폐된 영혼」, 『작가연구』 6호, 새미, 1998; 백지연, 「도시의 거울에 갇힌 나르키소스」, 최원식·임규찬 편, 『4월혁명과 한국문학』, 창작과비평사, 2002; 신형기, 「분열된 만보객」, 『상허학보』 11집, 상허학회, 2003; 신형철, 「여성을 여행하(지 않)는 문학-무진기행의 정신분석적 읽기」, 한국근대문학회 제10회 학술대회 발표요지집, 2004; 유종호, 「감수성의 혁명」, 『비순수의 선언』, 유종호전집 1권, 민음사, 1995; 유종호, 「슬픈 도회의 어법」, 『문학의 즐거움』, 유종호전집 5권, 민음사, 1995; 이호규, 『1960년대 소설연구』, 새미, 2001; 임경순, 「1960년대 소설의 주체와 지식인적 정체성」, 『상허학보』 12집, 상허학회, 2003; 장세진, 「'아비부정', 혹은 1960년대 미적 주체의 모험」, 『상허학보』 12집, 상허학회, 2003; 장영우, 「4.19세대의 문체의식」, 『작가연구』 6호, 새미, 1998; 정현기, 「60년대적 삶」, 『다산성』, 혼겨레, 1987; 조남현, 「미적 세계관에의 입사식」, 『누이를 이해하기 위하여』, 청아출판사, 1992; 조진기, 「불안한 감수성과 퇴폐적 일상」, 『작가연구』 6호, 새미, 1998; 진영복, 「한국자본주의 형성과 60년대 소설」, 민족문학사연구소 현대문학분과, 『1960년대 문학연구』, 깊은샘, 1998; 차미령, 「김승옥 소설의 탈식민주의적 연구」, 서울대 석사논문, 2002; 천정환, 「김승옥 소설에 나타난 근대화의 문제」, 문학사와비평연구회, 『한국 현대문학의 근대성 탐구』, 새미, 2000; 한상규, 「환멸의 낭만주의: 김승옥론」, 문학사와비평연구회 편, 『1960년대 문학연구』, 예하, 1993.

02　이 글에서는 김승옥, 「야행」, 김승옥소설전집 1권(문학동네, 1995)을 텍스트로 삼았다. 이하 면수만 기재함.

나 아니면 미처 주목하지 못했기 때문이다.[03]

김승옥의 소설에서 여성은 하위주체로서 자본주의 근대에 희생당하거나 침묵하는 타자에 가깝다. 이같은 양상은 몇몇 사례만 살펴보아도 쉽게 확인된다. 그의 소설에서 여성은 남성에게 거추장스럽고 부정적 극복의 대상(「생명연습」의 어머니와 한교수의 옛애인 정숙), 세속과 타협하며 무기력하게 살아가거나 아니면 자살을 감행한 존재(「무진기행」의 하인숙과 창녀)로 나타난다. 또한 세계악에 가담하는 입사식에서 순수 모독의 대상으로 짓밟히는 제의의 희생물(「건」의 윤희누나), 가족과 절연된 채 쓸쓸한 죽고 해부용으로 팔리는 시신(「서울 1964년 겨울」의 월부책장수 아내), 생계를 위해 자신의 정조를 바치는 것도 마다하지 않는 존재(「염소는 힘이 세다」의 누나), 가난한 친정식구를 위해서 결혼 후에도 매춘을 마다않는 여성연예인(「서울달빛 0장」의 아내)이다. 이렇듯, 김승옥의 소설에서 여성들은 근대화의 경로 안에 놓인 하위주체다. 「야행」의 여주인공 역시 사회적 폭력과 억압에서 자유롭지 않다. 그러나 「야행」의 여주인공은 일상과 사회에 미만한 폭력과 허위를 응시하는 주체라는 점에서 차별화된다.

지금까지 「야행」은 하위주체인 여성에 대한 사회정치적 억압의 이중구조가 환유하는 경제화된 개인의 면모, 더 나아가서는 병영사회를 환기하는 침묵과 은폐된 발화지점을 고려하기보다는 '여성 주체성의 왜곡된

---

03 김승옥 소설에서 특히 '훼손된 여성'에 주목하여 작중여성들이 자살과 병사, 강간과 매춘 같은 사회 폭력, 이혼 등에 노출되어 있다는 점에서 이를 하위주체의 이중적 전략으로 보기도 한다. 차미령, 「김승옥 소설의 탈식민적 연구」, 서울대 석사논문, 2002.

면모'로 비판되거나[04] '분열된 만보객'[05] 등으로 읽어내는 데 그쳤다. 그러나 「야행」의 여주인공은 '강간'이라는 폭력체험을 통해 공포와 혼란을 겪고 그러한 경험을 통해 변화된 자신과 일상에 가해지는 억압이 가진 실체를 자각한 뒤 밤거리를 나선다. 이같은 이야기 구도는 정치사회적 억압과 폭력을 환유하는 한편, 60년대 사회의 폭력성을 환기한다는 점에서 문제적이다.

이 글은 「야행」에서 일상에 돌연히 틈입한 폭력과 낯선 사내들의 말 걸기를 여성의 시선으로 포착한 점에 주목하여 일상의 허위 비판을 통해 해방과 자기구원을 모색하는 환유의 텍스트로 읽어보려 한다. 환유의 독법은 텍스트를 60년대 후반의 정치적 사회적 맥락과 결부된 자기구원이라는 문제를 부각시켜 일상과 사회 전반에 미만한 허위와 감시, 억압과 폭력을 환기하는 전략을 내장하고 있음을 밝히기 위한 정밀하고도 수동적인 작품 독해 방식이다.

2. 도시의 밤거리와 욕망

김승옥의 소설에서 '밤'은 은밀한 욕망을 분출하는 의식의 시간성으로 나타난다. 「무진기행」에서 밤은 세속적인 욕망이 꿈틀거리는 시간대이다. 이 시간대는 무진의 술자리처럼 낯설게만 보였던 날것그대로의 욕

04　이상경, 『한국근대여성문학사론』, 소명출판, 2002, 335쪽.

05　신형기, 「분열된 만보객」, 『상허학보』 11집, 상허학회, 2003 상반기.

망과 거침없는 발언들로 가득한 현장을 떠올려준다. 밤은 자신의 세속적인 면모가 거침없는 욕망을 드러내며 순수한 과거와는 대척점을 이루는 시간대이다. 등장인물들은 사회관습과는 무방하게 자기방기에 가까운 상태에 놓여 있다. 이렇게 '밤'은 도시의 비정함만이 아니라 억압된 일상에서 벗어나게 만드는 계기를 부여하는 시간대이다.

「야행」에서 밤은, 여주인공이 일 년 전 벌건 대낮에 자신을 침탈했던 완강한 남자의 손길을 기억하게 만드는 시간대이자 자신의 내상을 치유하기 위해 거리로 나서는 시간적 배경이다. 통금이 임박한 늦은 밤이라는 시간대는 부산하게 집으로 돌아가기 위해 재촉하는 발걸음을 보여주기도 하지만, 거리의 여성을 유혹하거나 술 취한 자의 무력함을 야비하게 욕하거나 때리는 가학의 욕망들로 가득한 세계를 보여주기도 한다. '관찰당하는/감시받는' 자가 아니라 관찰자로서 거리의 생리를 절감하는 시간대도 밤이다. 이 시간대에는 대낮의 고요한 거리에서는 볼 수 없었던 욕망이 번성한다.

이야기는 도시의 늦은 밤거리를 천천히 걷고 있는 은행 여직원 '현주'의 모습에서부터 시작된다. 현주는 자기 몸에 달라붙은 술 취한 사내의 시선을 느낀다. 자신의 몸에 찐득한 욕망을 담은 사내의 시선을 감지하면서 시작되는 이야기의 첫행보는 의미심장하다. 「야행」은 제목 그대로 '밤거리 걷기'이고 밤거리의 온갖 풍경과 대면하는 시선과 욕망에 관한 이야기이기 때문이다. 늦은 밤 거리를 걸어가는 여주인공의 느린 발걸음은 귀갓길에 오른 행인들의 바쁜 마음과 조급한 발걸음과는 분명히 구별된다.

현주는 "자기를 향하여 다가오고 있는 것을" "돌아보지 않고도 느낌으로써” 알 수 있다. 그녀는 말을 걸어오는 사내를 향해 무표정하게 술취한 사내의 목언저리를 응시할 뿐이다. “댁이 어디십니까?”하며 들큼한 술냄새를 ‘뿜어내며’ 말을 걸어오는 사내에게 침묵으로 응시하는 그녀에게서 느끼는 긴장감은 사내의 유혹하는 말걸기를 관찰하는 주체, 곧 ‘자기의 타자성’에서 생겨난다. 도시의 밤과 거리에 범람하는 욕망은 대낮의 일상에서는 억눌리고 감추어졌던 세계에서 분출된 것이다. 낮동안 짓누르던 질서의 폐쇄성이 거두어진 다음 밤거리에서는 억눌린 것들이 현현한다. 이를테면 ‘접화군생(接花群生)의 부박한 욕망이 일렁이는 내면의 세계인 셈이다. 그러므로 「야행」에서 도시의 밤거리는 압축적 근대가 착종되고 뒤틀린 채 질서라는 억압에서는 드러나지 않았던 익명의 개인들이 일상의 질서 안에서는 감추었던 불온함을 거침없이 드러내 보이는 터전이 된다.

김승옥의 소설에서 도시는 정서적 교류를 배반하며 파편화된 개인들의 좌절과 슬픔을 드러내는 세계다. 이들 개인은 가난 때문에 정조를 팔고(「염소는 힘이 세다」), 사랑을 잃고 나서 돈 많은 과부와 결혼하며(「무진기행」), 직장 상사의 교묘한 강요에 굴복하고 위장된 순응으로 절망한다(「차나 한잔」, 「들놀이」). 도시는 예전의 순수성과 결별하지 않으면 안되는 일상의 공간이며 낮의 세계다. 대낮의 도시는 패배와 전락을 겪은 개인들이 침묵으로 자신의 상처를 은폐하며 생존을 위해 투쟁해야 하는 콜로세움에 가깝다.

「야행」에서 도시는 무대의 한 세트처럼 거리를 중심으로만 이야기되고 있어서 단출하기 그지없다. 거리는 밤의 은성함, 익명의 사람들이 물결처럼 흘러가는 장소로만 반복되고 있다. 낮의 거리와 육교가, 버스 속에서 내다보는 거리의 모습이, 극장 안의 넓은 화면이 여주인공의 연상 속에서 잠시 등장하기는 한다. 하지만, 이 연상조차 밤이라는 시간대의 거리로만 환기될 뿐이다. 밤이 깊어갈수록 거리에는 통금을 앞두고 집으로 돌아가는 바쁜 발걸음들로 가득하지만 거침없는 욕설과 거리의 여인들을 향한 욕망들이 한층 노골적이고 더욱 야비한 모습으로 범람한다.

도시의 밤거리는 욕망과 충동을 거침없이 유발하는 익명성의 공간이기도 하다. 이러한 특질은 작품의 제명이 도시와 욕망하는 밤에 대한 기행(紀行)임을 재확인시켜준다. 이 점은 또한 「무진기행」에서 보았던 밤의 시간대를 연상시켜주기에 충분하다. 「무진기행」의 밤은 온전히 남성의 시선과 오욕으로 가득했던 자학과 수음의 기억으로 가득한 퇴행의 시간대이고 자신을 포함해서 속물화된 개인들을 재확인하며 일상으로 회귀하기까지 전의식을 탐사하는 시간대이다.

도시의 밤거리에서 이름 모를 사내들은 거리의 여자들을 유혹하고 여급들은 쌍소리 가득한 재잘거림으로 귀가를 준비한다. 그러나 술취함과 거리의 '유혹'은 남성들의 욕망이 생생하게 살아 숨쉬는 장소임을 일러준다. 밤거리의 낯선 풍경은 일상의 견고한 질서의 틀과는 다른 활력에서 비롯된다. 그 낯섦으로부터 현주의 일상은 균열을 일으킨다. 현주는 일상의 폐쇄된 질서, 위장과 연기에서 풀려나와 낯선 밤거리를 순례하기 시작하는 것이다.

"집이 어디세요?" 하며 여자의 앞을 가로막으며 말을 걸어오는 사내는 현주에게 택시 합승을 빙자하며 유혹한다. 이 익명의 사내의 유혹은 거리의 여성들을 향한 것만이 아니기 때문에 무차별적이고, 그런 이유에서 동물적이다. 동물적인 성이란 쾌락적이어서 또한 철저하게 경제적이다. 그러한 성적인 것은 하위주체를 자신의 욕망 아래 복속시키려는 정치적인 의도를 가지고 있다. 그러나 유혹은 해방이나 구원과 같은 상상적 개념, 환상들과 구분할 수 없도록 만든다.[06]

현주는 버스 창밖으로 밤거리의 낯선 풍경을 바라보다가 낮에는 익숙했던 거리에서 헐떡거리며 자신을 부르는 소리를 듣는다.

> "이 거리의 어디로부터 지금 자기의 귀가 듣고 있는 헐떡이는 숨소리가 들려오고 있는 것일까? 누가 자기를 부르고 있는 것일까? 왜 이 거리에서 지금 공포와 혼란의 거센 바람소리가 들려오는 것일까?"(274쪽)

인용된 구절은 익명의 남성들로부터 터져나오는 것이 아니라 좀더 근원적이어서 환청에 가깝다는 점을 보여준다. 그 헐떡임은 일탈한 남성들에게서 들려오는 욕망의 소리이기도 하지만, 현주가 남성을 따라나선 여급들을 발견하고 나서, "자기 자신을 더럽게 여기고 있는 여자들이 그렇게도 공공연하게 많다는 사실"에 충격을 받으며 듣는 "공포와 혼란의 거센 바람소리"이기도 하다. 그런 점에서 헐떡임은 일상으로부터 일탈을 부추기는 유혹의 소리이고, 타락에 오염된 존재들을 불러내는 욕망의 소리이며, 자신을 더럽게 여기며 함부로 자신을 내맡긴 남녀의 발길에서 느끼는 '공포와 혼란의 거센 바람소리'다. 닫힌 일상 너머에서 벌어지는 풍경에 혼란스러워하는 내면은 그 헐떡임의 유혹에 반응한다. 유혹이란

06　장 보드리야르, 배영달 역, 『유혹에 대하여』, 백의, 2002 개정판, 52쪽.

말이 가능한 까닭은 일탈하는 사내들의 유혹에 호응하며 전락으로 내닫는 여성들 때문이다.

「야행」에서 사내의 유혹은 대낮의 강간을 제외하면 모두 네 번에 걸쳐 반복된다. 한번은 군중 속으로 퇴각하고, 두번째는 장난처럼 유혹하다가 사라져버리며, 세 번째는 사내를 따라 호텔까지 따라나섰다가 현관 앞에서 돌아온다. 마지막 유혹은 작품 결미에서 다가오는 사내의 목소리로만 존재한다. 밤거리에서 익명의 사내들이 여주인공 현주를 유혹하며 말을 걸어오는 성애화된 욕망은 강간을 포함하여 매우 의도적이고 전방위적이다.

마지막 사내가 유혹하는 말은 현주 자신은 일상의 닫힌 질서 안, '귀가하는 버스 안'에서는 환청으로 바뀐다. 그녀는 환청을 겪으며 일상을 짓누르고 있는 울타리를 넘는 상상을 한다. 그 상상은 욕망의 환청을 "울타리를 넘다가(…) 감시병의 총격"과 "군견의 헐떡이는 숨소리"로 바꾼다. 늦은 밤, 도시의 밤거리에서 들려오는 욕망의 거친 숨결을, 추격해오는 감시병의 총격과 군견의 헐떡임으로 변환시켜 상상하는 행위는, 타락한 밤거리의 풍경과 억눌린 일상의 허위와 그로 인한 내면의 열패감을 대상화하여 전락을 가능하게 하는 모든 것들을 연상하는 한편, 그에 대한 '공포와 불안'으로 바꾸어 생각하는 환유의 구조를 가지고 있다. '울타리 안에 있는 삶'은 매끄러운 은폐, 허위와 연기로 살아가야 하는 억눌린 삶이다. 그러한 삶에 대한 자각이 부끄러움을 낳고 '울타리'를 넘어서는 상상을 통해 감시병과 군견의 헐떡임, 곧 감시자와 추격자를 연상하며 자신의 불온한 상상을 추스르게 만든다.

3. 현실과의 타협, 위장과 연기

현주의 일상에서의 연기는 '아무렇지도 않게' 습관화돼 있다. 그녀는 매일 집에서 나올 때쯤이면 남편과 시차를 두고 직장에 출근한다. 퇴근할 때도 남편과 서로 시차를 둔다. 은행이라는 직장은 결혼과 함께 직장을 그만두거나 아니면 기혼여성을 채용하는 직장으로 옮겨야 한다. 은행이라는 자본주의경제의 거점에서는 미혼여성 근무만 허용하는 가부장적 현실이다. 현주는 남편의 수입만으로 생활의 편의를 얻을 수 없다는 '불안'과 저축으로 자산을 불리겠다는 생각에서 결혼 사실을 숨기고 직장을 다니기로 마음먹는다. 남편은 현주의 호소와 주장에 처음 자존심을 내세우지만 마지못해 동의한다. 경제적 풍요에 대한 욕망과 야합한 불안한 일상이 습관화되면서 그녀의 연기는 일상만이 아니라 사회적 삶에 걸쳐 확장된다. 이 소시민적 안락을 희구하려는 욕망이 어떻게 압축성장의 신화를 유통시키며 경제화된 물신성을 내세워 동원체제를 구축하는지가 「야행」이 환유하는 바가 아닐까. 억압과 감시로 가득찬 60년대 동원체제와의 공모 여부가 작품 독해에서 중요한 단서가 아닐 수 없다.

「야행」에는 엄밀한 의미에서 개인 주체의 삶이란 존재하지 않는 것처럼 보인다. 경제적 안락을 위한 삶의 연기만이 펼쳐질 뿐이기 때문이다. 부부이면서 직장에서는 부부가 아닌 것처럼 연기하는 것을 강요당하는 사회에서는 일상에서의 유대를 은폐할 수밖에 없다. 이는 개인의 삶이 어떤 순수의 가치를 폐기하며 가부장적 사회 질서에 굴종하기로 결심했다는 것을 강력하게 암시한다. 다른 측면에서 이 위장된 개인들의 일상은 '세속과의 타협'이라는 면을 갖고 있다. 「생명연습」에서 유학을 떠나기 전 사랑했던 이와 관계를 맺은 뒤 절연한 교수의 행로나, 「무진기행」의 남주인공이 동거하던 애인과 결별한 뒤 자기 직장인 제약회사 사장의 딸인 과부와 결혼하는 경로를 감안하면 더욱 그러하다.

사실, 김승옥 소설에서 개인들은 사회적 질서와 욕망에 사로잡힌 존재들이다. 이들은 선악의 판단이나 윤리적 척도보다는 경제적 안락과 같은 세속적 가치를 수락하며 자신의 신념마저 포기해버리기를 주저하지 않는 모습이다. 「야행」의 여주인공 또한 다르지 않다. 여주인공 현주는 안락한 미래를 위해 동거 사실을 잠시 은폐하고는 죄책감을 갖지 않는 인물이다. 그녀는 직장을 그만둘 수도 없고 그렇다고 해서 기혼여성을 받아주는 직장으로 옮길 수도 없는 진퇴양난의 현실에서 '자신없음'을 빌미로 결혼 사실을 감추고 경제적 안락을 선택한다. 은행이라는 직장을 다니면서 그녀는 경제적 풍요에 취해 있다. 그녀는 '생활이 주는 평범한 행복'과 그것이 깨질지도 모른다는 '불안'과 저축이라는 경제적 수익 가능성을 모두 고려하며 현실과 적당히 타협하고 있는 셈이다.

김승옥 소설에 등장하는 인물 대부분은 도시에서 만난 사람들이거나 마주친 사람들이다. 이들은 가족적 연대를 상실한 채 거리를 부유하는 익명의 대중에 가깝다. 이들은 사적 취향에 따라 타자들과 교감하면서 수동적이고 '자의적인' 관계를 맺는다. 학교의 사제지간이거나(「생명연습」) 밤거리 포장마차에서 우연히 동석한(혹은 동석하고 싶어하는) 사람들이며(「서울 1964년 겨울」), 사회적 계약이 맺어준 직장 동료일 뿐이다(「차나 한잔」). 이 다채로운 인물군을 관류하는 관계의 방정식은 도시적 삶에 뿌리내리고 잠시 동석하는 사이에 지나지 않는다는 사실을 보여준다. 이들의 관계란 도시라는 공간에서 익명의 개인들이 만들어내는 지극히 임시적인 만남에 기초하고 있다. 그런 점에서 이들 개개인은 자본주의적 근대에 떠밀려 소외되고 전락을 거듭하는 약한 존재들이다.

이들에게서는 윤리적 선악을 놓고 고뇌하는 것이 아니라 자신들이 가진 욕망의 실체를 너무나 담담하고 거침없이 토로하는 특징이 발견된다. 출세를 위한 욕망(「생명연습」), 살아있다는 것을 확인하기(「서울 1964년 겨울」), 웃는 얼굴로 계약 해지를 통보하는 비정함(「차나 한 잔」), 생계잇기와 어울린 매춘행위(「서울 달빛 0장」) 등등에서 이러한 특징은 쉽게 확인된다. 「야행」의 인물 또한 예외가 아니다. 여주인공 '현주'는 그녀의 직장 동료와 결혼했으나 이 사실을 숨긴 채 함께 근무하면서 직장에서 남편을 동료 이상의 관계가 아님을 연기하며 살아간다. 남편과 자신에 대한 호칭부터가 '미스터'와 '미스'로 각각 불리어지고 있다.

여주인공 현주를 통해 제시되는 내면의 현실은 위장된 연기를 지속하며 유지되는 일상의 행복에 초점을 맞추지 않는다. 서술의 초점은 연기 속에 마련된 일상의 행복이 단지 허상에 불과하다는 점을 행동의 방식으로 제시할 뿐이다. 현주의 내면은 연기에 대한 부끄러움을 자각하면서 자신에게 밀려드는 불안과 공포를 벗어나려 한다. 더 나아가 그녀는 연기를 요구하는 사회의 억압적 질서에서 벗어나는 상상을 한다.

4. '더러움'의 자각, '불안과 공포'

현주의 일상 속 연기는 이제 '불안한 습관'이 되었고 가끔씩 회의감에 빠져 '더러움'을 자각한다. 더러움의 자각은 위장술로 이루어진 불안한 습관의 각질화와 함께 견고했던 일상의 질서감각을 순식간에 흐트러뜨리면서 낯섦을 동반한다. 다시 말해 더러움의 자각은 개인적 사회적 일상이 맞물려 돌아가면서 여행이나 휴가 같은 일탈 뒤에 찾아드는 돌연한 느낌에 가깝다.

현주가 더러움을 자각하는 모습은, 「무진기행」의 남주인공 윤희중이 무진에 도착하여 저녁 무렵 거리에 나섰을 때 느끼는 내면정황과 유사하다. 무진에 내려온 윤희중이 학교 선생들과 사무소 직원들이 달그락거리는 빈 도시락을 들고 축 늘어져서 지나가는 현실을 바라보면서, 학교 다니는 일, 학생을 가르친다는 것, 사무소를 출퇴근하는 모든 일상적 현실을 "실없는 장난" "사람들이 거기에 매달려서 낑낑댄다는 것이 우습게 생각되"(「무진기행」)는 태도와 가까운 거리에 있다. 현주의 자각은 일상에서 벗어나 감행된 여행의 끝자락에 찾아든 희미한 윤리의식의 여진(餘震)에 불과하다. 이 자각이 반성적 행위로 실현되지 않는 것은 김승옥의 소설이 도시의 삶과 강력한 흡착력을 부정하기보다 그것의 긍정을 전제로 삼기 때문이다.

「무진기행」에서 희중이 무진을 떠나면서 '한번만 더 타협하자'는 마지막 결의가 그러했듯, 「야행」의 현주 또한 그러하다. 그녀는 고향으로 휴가를 떠났다가 고향에서 어머니와 상면하고 다시 그 옛날의 일상처럼 어머니의 잔소리에 진절머리를 내며 말다툼하고 일상으로 되돌아오려는 순간 홀연히 자신의 일상에 끼인 더러움을 발견한다. 이런 점에서 「야행」은 「무진기행」의 후속편에 가깝다.[07]

일주일의 여름휴가를 끝내고 서울로 돌아온 휴가 마지막 날, 현주는 계단을 오르면서 문득 내면으로부터 "그런데 왜 이렇게 더러워 보일까"라는 의문을 갖는다. 그러한 의문 뒤에는 "이젠 직장을 그만 둬야 할 때가 온 것일까?" 하는 생각이 자리잡고 있다. 물론, 그 '더러움'은 직장에서의 위장과 연기와 관련이 있다. 그러나 직장에서의 연기가 반드시 더러움으로만 치환되는 것은 아니다. 그녀가 느끼는 더러움의 자각증상은 생활의 연기가 반복되어온 허위적 일상에서 일어나는 가벼운 환멸감에 불과하다. 그러한 심리증상이 징후적이라는 것은 심경의 구체적인 변화가 뒤따르지 않기 때문이다. 지금까지 현주는 즐거운 미래를 상상하며 자신의 불안을 유보시켰고 공포를 적당히 상쇄하며 소시민적 안락에 의탁하며 살아왔던 것이다.

그녀의 연기와 허위에 대한 '더러움'의 발견은 대낮에 일어난 어처구니없는 이끌림, 구금을 가장한 불량한 사내에게 강간을 당하면서 새로운 국면으로 전개된다. 「야행」에서 '강간'이라는 행위는 대단히 흥미로운 시각 하나를 제공해준다. '강간'이라는 문제는 "신체와 시선과 도덕의 복

---

07 신형철, 「여성을 여행하(지 않)는 문학」, 「한국근대문학회 제10회 학술대회 이광수와 한국적 모더니티 발표요지집」(2004)에서도 비슷한 주장을 찾을 수 있다.

잡한 뒤엉킴"[08]에서 비롯된다. 강간이라는 사건은 "주체와 그의 내밀성에 대한 시각이 탄생하는 과정"[09]을 담고 있다. 여성의 고유 성향으로 가정된 연약함과 열등함은 강간당한 여성들의 증언에 대해 의구심을 갖게 만든다. '강간의 역사화'가 가능한 까닭은 바로 이러한 의구심이 시대에 따라 그 의미를 달리하기 때문이다. 강간의 의미 변화는 여성에게 행사된 억압체제의 변화와 함께 한다.

강간이 여성 개인의 삶과 정체성을 위태롭게 한다는 것을 드러냄으로써 그 폐해는 결정적인 의미로 바뀐다. 오랜 의식화 작업과 정신적 가치의 탐색에 힘입어 강간이라는 범죄의 특수성은 상처의 아주 사적인 측면과 내밀하고 비밀스러운 부분, 여성의 육체를 침해하고 가장 비육체적인 부분인 정체성을 파괴하는 점에 주목하도록 만든다. 강간의 역사가 보여주고자 하는 것은 근대적 주체의 탄생과정이다. 작품에서 강간이라는 문제 또한 "만연한 폭력"과 "폭력에 대한 감수성, 난폭한 행위를 용인하거나 뿌리치는 감수성의 역사와 직접적으로 연관되어 있다."[10]

「야행」에서 강간이라는 사건은 대낮 현주에게 돌연하게 일어난다. 하지만 그 사건은 현주에게 일상에 만연한 폭력을 낯설게 만들어 자신이 불안과 공포 속에 지속해온 일상의 허위를 깨뜨리며 공포와 혼란을 불러들인다.

---

08   조르쥬 비가렐로, 이상해 역, 『강간의 역사』, 당대, 2002, 6쪽.

09   위의 책, 7쪽. 이하 7-9쪽.

10   앞의 책, 16쪽.

　　"그 여자는 공포와 혼란의 늪 속에서 허우적거리기 시작했다. 숨이 막
히는 것 같았다. 발버둥쳐 보았지만 혼란의 늪 속에는 디딤돌이 없었다. 그
여자의 머릿속은 뜨겁게 부푼 진흙으로 가득 차버렸다. 마침내 그 여자는
생각하였다. 아아, 마침내 내 연극이, 속임수가 탄로나고 만 거야. 탄로나고
말았어. 속임수를 썼던 죄로 나는 지금 잡혀가고 있는 거야. 그들은 나를
고문할까? 아냐, 고문하기 전에 내가 먼저 자백해 버리겠어. 아냐, 그럴 필
요는 없지. 물론 우리는 결혼식을 하지 않았어, 하지만 앞으로도 하지 않을
거야. 그래, 그러면 나에겐 자백할 게 아무것도 없어지는 셈이지."(270쪽)

　인용에서 드러나고 있듯이, 낯선 사내에게 끌려가면서 현주는 자신이
은폐한 내막을 속속들이 알고 감시해온 형사를 떠올리며 불안해한다. 이
것은 여러 측면에서 음미해볼 대목이다. 우선, 현주의 죄의식을 보자. 그
녀는 불량배 사내가 일상에서 숨기고 있는 자신의 허위를 속속들이 알고
있을지 모른다며 지레짐작 끝에 혼란에 빠진다. 그 혼란은 결혼한 사실
을 숨기며 직장을 다닌 '속임수'에 대한 징벌 효과에 가깝다. 남성의 완력
을 죄의식과 연관짓는 현주의 생각은 허위를 연기한 것에 대한 부끄러움
과 윤리적 자기단죄라는 의미를 갖는다.
　그녀의 상상적 추론에도 불구하고, 인용대목은 좀더 다른, 환유적 함
의를 증폭시킨다. 그녀는 사법적인 처벌과 고문, 자백으로 이어지는 추
론을 통해 감시와 처벌에 주눅이 든 사회적 개인을 충분히 연상시켜준
다. 자신의 속임수가 탄로났고 경찰서로 끌려가는 것이라는 예단이 바로
그것이다. 낯선 사내에게 끌려가는 순간 그녀는 고문에 대한 두려움과
자백의 수위를 가늠하기 시작한다. 낯선 남자의 "당신을 잘 알고 있다"라

는 단 한 마디에 그녀는 공포와 혼란에 빠졌기 때문이다.

「야행」에서 여성에 대한 폭력은 감시와 처벌이 일상 속으로 얼마든지 틈입할 수 있다는 개연성을 제시하는 데 활용된다. 사법권력에 대한 여주인공의 공포는 개인의 일상을 감시하는 자의 현존과 함께 불법구금에 대한 두려움과 인접관계를 형성한다. 현주를 완력으로 이끄는 사내가 불량배로 밝혀지지만 현주가 느끼는 두려움의 실체는 체포와 구금, 고문과 자백 등등과 인접성을 형성하며 정치적 억압에 위축된 사회적 개인을 환유하기에 이른다.

이 환유의 맥락은 앞서 현주가 버스 창밖으로 보이는 밤거리의 풍경에서 들려오는 '공포와 불안의 거센 바람소리'의 상상과도 깊이 결부되어 있다. 공포와 불안의 바람소리는 일상 바깥에서 들려오는 일탈의 욕망이기도 하지만, 이와 겹쳐지는 것은 정치적 해방을 꿈꾸는 탈주자와 그를 뒤쫓는 감시병과 군견의 숨소리이다. '공포와 불안'의 시발점은 대낮의 강간이지만, 그 돌발적인 상황은 강압적인 구금의 방식과 폭력을 우회하여 일상화된 불안, 습관화된 불안이 폭발하는 순간을 연쇄적으로 촉발한다. 그 공포와 불안은 일상의 세계로 틈입하며 위장과 연기를 백일하에 드러내면서 일상을 송두리째 파괴할 수 있는 위력을 과시하는 것이다.

현주는 강간의 충격을 애써 잊으려 하고 이를 우연 탓으로 돌리려 한다. 그같은 마음가짐은 의도적인 '폭력의 망각화'이다. 강간을 우연으로 다루어야만 일상으로 복귀하는 것이 가능하기 때문이다. 그녀가 "그 사건이 생긴 데 대하여 책임져야 할 사람이 있다면 그것은 그 불량배가 아니라 자기와 자기의 남편"이어야 한다고 생각한다거나, "그날 그 육교 위에서 손목을 잡힌 사람은 그 불량배였는지 자기였는지조차 판단할 수 없다"라고 중얼거린다. 이런 생각과 행위에서 발견되는 혼돈은 무엇보다도 "자기의 더러움을 보았"기 때문이다. 그녀는, 자신을 끌고 간 사내의 행동에서 타성화된 일상과는 다른, '불온한 확신'을 발견한다. '확신의 불온함'은 자신의 위장과 연기를 이어가려는 자신의 저항을 보기좋게 패배시켰음을 깨닫게 만든 데 있다. "타성이 그 여자에게 불어넣어준 그 사내에 대한 저항을 사내는 얼마나 멋있게, 꼼짝할 수 없도록 때려 뉘었던가! 땀, 그렇다. 쉴 줄 모르고 솟아나 온몸을 목욕시키던 땀은 (…) 패배의 쓰라림에 흘린 눈물"(273쪽)이었던 것이다.

「야행」에서 '강간'은 자기 생활에 여러 겹으로 댄 더러움에 대한 환멸이 만들어낸 주체의 공상에 가깝다. 그 공상은 타자의 성애화된 욕망을 전도시켜 자신의 일상적 허위와 연기를 폭력적으로 응징하는 자기징벌적인 속성을 갖는다. 자기를 향한 폭력은 허위와 더러움에 대한 자기응징을 넘어, 일상에 깃든 경제적 안락과 미래의 행복을 위해 스스로를 가둔 사회적 욕망을 징벌하는 한편, 그것을 관장하는 가부장적 경제이데올로기의 지배와 억압을 넘어서려는 불온한 상상으로 이어진다. 그녀는 강간 이후, 강간의 확신에 찬 행위를 자신의 타성과 더러움이 여지없이 패하고 말았다는 자각과 함께 일상에서 허위를 연기해온 존재로부터 벗어나 해방을 꿈꾸는 변화를 보이기 시작한다.

변화의 징후는 버스의 창문으로 닫힌 일상 너머 세계에 대한 낯섦과 충격을 받는 대목에서 희미하게나마 감지된다. 자신을 더럽게 여기는 여성들이 그렇게도 많다는 사실과, 사내들의 욕망과 야비한 발언을 들으면서 현주는 충격을 받는 것이다. 그 충격은 미셸 푸코가 말하는 강박증과 관련된 "충동의 출현"이기도 하다.[11] 그녀의 내부에서 생겨난 충동은 대낮의 강간으로부터 촉발된 더러움의 자기발견, 타성으로 얼룩진 저항을 보기좋게 제압하는 사내의 확신에 찬 행동이 촉발시킨 무의식의 반응이다. 그런 점에서 현주가 밤거리를 배회하는 것은 욕망이 숨김없이 드러나는 도시의 밤거리에서 이끌림과 정직하게 대면하려는 순례에 가깝다. 그 순례는 허위를 연기하며 가부장적 질서를 위반하며 살아온 일상의 폐색감을 벗어나게 해줄 가능성을 탐색하는 행위이며, 확신에 찬 타자의 손길을 찾아 나서는 자기해방의 간접화된 행동이고, 더러움을 벗어나려는 자기 구원의 몸짓이라고 해도 과히 틀리지 않는다.

5. 밤거리 배회하기, 해방과 자기구원의 몸짓

「야행」의 여주인공 현주는 여성 관찰자이나 익명의 남성들에게 유혹당하는 자이다. 하지만 그녀는 일상에 내재한 권력화된 욕망과 소시민의 억압과 불안, 공포로 뒤엉킨 세계를 탐사하는 존재이기도 하다. 밤거리를 관찰하는 자로서 현주는 밤거리의 사내들에게 성적 욕망의 대상이 되는 하위주체다.

밤거리는 익명의 남성들이 여성을 유혹하는 욕망의 장소다. 거리는 남성들의 욕망이 분출되는 도시의 공간이다. 도시란 익명성과 다양성과

11　미셸 푸코, 박혜영 역, 『정신병과 심리학』, 문학동네, 2002.

예상치 못한 일들이 한꺼번에 일어나는 동시다발성의 공간이다. 작품에서 현주 외에는 그 누구도 익명의 개인들로 존재한다. 그 익명성은 현주에게 낯선 사내들의 시선들로 넘쳐나는 욕망 가득한 장소임을 절감하도록 만들고 물처럼 흘러가는 공간이라는 점을 부각시키며 남성들의 욕망을 관찰할 수 있게 해주는 도시의 생태이기도 하다.

　그녀는 사내들의 야비한 욕망에 침묵으로 응대하며 "짓궂은 장난인 듯이 가장하고 있는 사내들의 그 행위"가 가진 의미를 잘 깨닫고 있다. 그녀는 "대낮의 생활"과 "이 도시"와 "자기의 예정된 생활"에서 싫증 나 있다. 그런 점에서 그녀는 사내들의 욕망에 몸을 맡기기를 거부하지 않는 거리의 여인을 모방하려는 충동과, 일상의 숨막히는 질서를 위반하려는 충동을 함께 느낀다.

　'현주'가 거리를 배회하는 방식을 두고 만보객이나 창부로 치환해버리기에는 석연치 않은 부분이 있다. 이 말은 만보객과 창부의 몸짓만이 아니라 다른 요소도 있다는 뜻이다. 「야행」의 여주인공이 가진 잉여의 도시 여성 이미지는 「생명연습」이나 「건」, 「염소는 힘이 세다」, 「서울 달빛 0장」 등을 대비해 보아야만 개략적인 윤곽이 드러난다. 도시여성의 이미지는 김승옥의 소설 전반에서 남성들의 출세나 욕망의 대상이 되는 수동적인 타자와 밀접하게 연관된다. 「생명연습」에서 '정순'은 유학과 사랑을 놓고 고민하던 한교수가 말똥말똥한 의식의 지휘 아래 정조를 마음껏 유린당하면서 사랑의 미련을 떨쳐버리려는 위악한 의도에 따라 버림받는 타자이다. 그녀는 한교수의 삼십 년 전 옛사랑이지만 부음으로만

전해지는 그림자와 같은 하위주체에 지나지 않는다.[12]

「건」에서 윤희누나는 형들의 음모에 가담한 내가 동심의 순수를 모독하며 세상의 위악함을 닮기 위해 모독해야 하는 타자이다. 「염소는 힘이 세다」에서 누나 또한 가난을 떨쳐버리지 못한 채 차장자리를 미끼로 접근하는 이웃집 사내에게 정조를 바치는 하위주체이다. 「서울 달빛 0장」에서 아내 또한 친정집의 생계를 위해 매춘도 마다않는 존재다.

이러한 점을 감안하면, 「야행」에서 현주는 남성들의 욕망 대상에서 이들의 욕망을 관찰하는 자로 전복시켜 남성을 넘어 스스로 충동을 드러낸 존재에 가깝다. 그녀 또한 남성 욕망의 유통경제 안에 놓여 있을 뿐만 아니라 "자기 몸에 늘어붙고 있는 사내의 시선"을 의식하며 밤거리를 배회하기 때문이다. 하지만 그녀는 사내의 외모를 찬찬히 뜯어보며 "무표정하게" 사내의 "목언저리만 응시"한다. 그녀의 침묵과 응시는 밤거리의 낯선 사내들이 보여주는 시선까지도 음미하는 냉연한 거리두기와 '시각의 재현'을 보여준다. 「야행」에서 흥미로운 대목은 바로 이같은 시각적 재현이 지향하는 어떤 지점들이다. 이 지점은 사회문화적 지점과 정치경제적 지점과 교묘하게 접합돼 있다.

따라서 현주의 밤거리 배회는 '공포와 불안을 다시 체험하기'에 가깝다. 이 자기강박증적 충동은 자신에게 가해진 대낮의 강간 사건과 밤거

12　작품의 제목이 「생명연습」이라는 것도 한교수의 쓸쓸함이 위악한 삶, 가족에 대한 회상에서 보게 되는 형(오빠)의 죽음과 어머니의 행각처럼 생의 잘못된 선택에 대한 '연습'으로서의 의미를 갖는다.

리에서 목도한 거리의 여인들에게서 비롯된 내면적 각성에서 촉발된 것
이다. 현주가 통금에 임박한 시간에 밤거리를 배회하는 것은 익명의 사
내들에게는 쉽게 눈에 띄는 도드라진 행동이다.

　현주에게 접근하는 사내들의 유혹은 성애화된 여성, 성의 유통경제 안
에 놓인 하위주체의 문화적 지위를 극적으로 보여준다. 밤거리에서 마주
친 남성의 유혹은 대낮 자신을 끌고간 불량배의 확신에 찬 뻔뻔스러움에
비해 조심스럽고 서툴며 누추하기 짝이 없다. 밤거리에서 유혹하는 사내
들의 몸짓은 일상의 테두리를 잠시 벗어나려는 것일 뿐, 탈주의 의도란 애
초부터 부재하기 때문이다. 도시의 밤거리에서 장난을 가장한 남성들의
내면은 여성의 침묵과 응시를 두려워한다. 달리 생각하면, 밤거리의 남성
들의 두려움은 불안과 공포의 대상이 바로 그들 자신임을 말해준다.

　자신에게서 물러나는 사내의 옆모습을 보면서 현주가 떠올리는 것은
뉴스영화 속 군인의 얼굴이다. 연상 속 인접성은 현주의 몸짓이 가진 환
유의 정치성을 은연중에 드러낸다. 환유적 이미지 속 군인에게서 그녀가
발견한 것은 미군식 군복과 거기에 어울리지 않는 종족의 얼굴이다. 거
리의 사내들에게 느끼는 현주의 쓸쓸함은 수많은 언표들을 집약하는 감
정이다. 그녀의 쓸쓸함은 한국의 젊은 남성들이 가진 종족성에 대한 연
민에 기반을 두고 있다.

　도시의 밤거리에서 사실 이상으로 취한 듯, 몸을 가누기 힘들다는 듯
비틀거리며 그녀의 앞을 지나 사람들 틈으로 깨어들어 가버린 낯선 사내
의 호감 가는 생김새에서 그녀가 연상하는 젊은 모습은 베트남 전선으로
떠나는 군인들의 앳된 얼굴이다. "납작한 이마, 숱이 짙은 눈썹 크지 않은

눈, 광대뼈가 약간 불거졌으면서도 갸름한 얼굴"(263쪽)로 대변되는 종족의 특징은 "미군식의 유니폼"(263쪽)과 전혀 어울리지 않는다. 뉴스영화 속에 클로즈업된 앳된 군인들의 얼굴에서 현주가 느끼는 쓸쓸함의 정체는 표면적으로는 "그 젊은이를 군함에 태워 보내고 싶지 않다는 충동"(264쪽)을 뜻하지만, 국가의 이름으로 타국의 전쟁에 참전하기 떠나는 청년들에게 보내는 연민의 감정이다.

그녀의 쓸쓸함은 60년대 후반 사회에서 언급 자체를 허용하지 않았던 월남파병 반대를 우회적으로 중첩시킨 표현에 가깝다. "꽃다발을 목에 걸고 손을 저으며 웃으며 죽어가는 종족에 대한 안타까움"(279쪽)은 먼 타국의 전장에서 죽어갈 종족에 대한 안타까움이며, 갇힌 일상 속에서 서서히 죽어가는 종족과 자신에 대한 안타까움이기도 하다.

주인공의 쓸쓸함이란 겉보기에 거리의 여인처럼 보이지만 거리의 여인을 흉내낼 뿐, 다른 차원의 담론을 침묵하고 우회함으로써 어떤 징후들을 환기한다. 그녀의 내적 충동은 일상 바깥에서 일상 속 허위와 허위를 연기하는 자신을 깨닫는 데서 출발하였으나, 밤거리에 낯선 여성을 유혹하려는 사내들을 바라보며 지배와 속박, 진실과 허위, 억압과 해방 같은, 대립되는 가치의 경계에서 자기 구원을 꿈꾸는 일관된 방향성을 보여준다.

사회경제적 편의성에 내맡긴 일상적 허위의 항목 안에는 베트남 파병을 표나게 반대하지 못하는 무력감도 당연히 포함된다. 대낮에 틈입한 강간은 그러한 무력감을 성찰로 이끄는 어떤 폭력적 계기로도 번역 가능하다. 뿐만 아니라 강간이라는 사건은 일상에서의 위장과 연기, 연루된 폭력과 상흔 등등이 뒤얽혀 있는 '순응에 대한 자기단죄'라고 볼 여지가 충분하다. 이런 맥락에서, 주인공 현주가 자신을 이끌어줄 사내를 찾아나선 밤거리의 산책은 익명의 사내들에게 구원을 요청하며 손을 내미는 행위가 아닐까. 만일 그러하다면 그녀의 밤거리 산책은 허위를 연기해온 자신의 전략을 벗어나 자신을 구원해줄 공모자를 찾아나선 '자기 해방을 위한 순례'가 아닐 수 없다. 「무진기행」이 여행의 구도이듯이 「야행」도 도시의 밤거리를 거니는 여행과 유사한 형식을 가지고 있는 느낌도 그 때문이다.

　「야행」은 단순히 거리의 창녀, 창녀에 가까운 성적 욕구를 지닌 여성의 이야기가 아니다. 소설 속 현실은 경제적 안락과 미래에 대한 행복을 위해 허위를 연기하며 나날의 삶을 살아가는 직장여성의 소묘로 보이지만 강간이라는 돌발적인 사건과 그로 인해 생겨난 충동을 통해 자기구원과 해방의지를 드러내려 한다. 이러한 다중적 함의는 60년대 후반 사회현실과 정치적 맥락을 담아낸 것이라는 해석을 가능하게 한다. 강간이라는 사건에는 국가의 감시체제와 폭력성이 얼마간 개재하는데, 이는 연기하듯 살아가는 일상에서의 허위를 균열내며 내면을 뒤흔든 폭력을 수용소에 갇힌 자들로 상상하게 만들기 때문이다. 그런 점에서 「야행」은 환유적이며 또한 징후적인 텍스트 읽기가 가능한 흥미로운 작품이다.

6. 「야행」의 징후적 독해와 낯선 결론

　이 글은 김승옥의 「야행」을 정밀하게 다시 읽으면서 그 안에서 하위주체인 여성의 충동과 도시의 밤거리 순례를 징후적으로 읽어보고자 했다. 징후적 독법을 통해서 「야행」은 닫힌 일상 속에서 경제적 안락을 위해 허위를 연기하는 소시민성을 질타하며 일상 바깥에서 들려오는 반사회적인 불온성과 접합된 자기의 해방의지를 피력하는 환유의 텍스트임을 확인할 수 있었다.

「야행」의 의의는 여성 하위주체의 문제로만 그치지 않고, 일상을 둘러싼 폭력과 허위를 간파하며 사회 전체를 짓누르는 억압의 경계를 제시하는 한편, 이 경계를 넘어서 자기 구원을 위한 해방의지를 피력하고 있다는 점이었다. 여성의 시선에 비친 도시의 밤거리에는 익명적 남성들의 무차별한 욕망과 허위만이 범람한다. 거리에서 목격되는 낯선 풍경에서 일상에서의 허위와 그에 결탁한 자신을 발견하는 주인공 현주의 자각은 먼저 더러움으로 나타난다. 그 더러움의 발견은 침묵과 연기, 성애화된 사내들의 욕망과 맞물려 부박한 세속성과 억압적인 폭력의 발견으로 이어진다. 「야행」에서 여성 하위주체의 시선이란 일상을 짓누르는 허위에 대한 연기, 그리고 그 질서에 침묵하도록 강요하는 가부장적 권력, 권력에 대한 순응을 체감하도록 만들고 일탈의 욕망을 경험하도록 하는 통로의 역할을 지향하고 있는 셈이다.

「야행」의 특별함은 따로 있다. 「야행」은 위장과 연기로서의 삶을 강요하는 현실, 가부장적 경제의 억압성과 소시민적 순응을 문제 삼는 이야기이기 때문이다. 작품에서 여성의 시선은 성애화된 욕망에다 닫힌 일상에서 탈주하려는 불온한 욕망을 겹쳐놓음으로써 강간이라는 폭력적 사건을 사회 전반에 미만한 감시와 억압, 베트남 파병 같은 문제로 확장시킨다. 그러나 문제가 없지는 않다. 여성이라는 하위주체의 시선은 해방의 의지와 자기구원을 위한 순례에도 불구하고 제의만으로 끝날지도 모른다는 두려움 속에 사건화 또는 행위화되지 않는다. 행위화의 실패는 환유의 텍스트인 「야행」을 통속작으로 오인하게 만들 가능성을 높인다. 그러나 이 실패와 오인의 높은 가능성에도 불구하고 이 작품은 두터운 의미 층에서 환유하는 이 작품은 두터운 의미 층에서 환유하는 60년대 후반 사회가 지닌 억압과 경제화된 개인들의 좌절과 순응을 징후적으로 보여준다는 측면에서 각별한 의미를 갖는다.

닫힌 현실과 열린 분단의식
이호철의 장편 『문』

1. '감옥'의 문제성

법과 권력이 남용된 시대상황과 관련해서, 60년대 이후 문학에서 감옥은 그 사회의 진정한 축도이자 소우주'라고 보는 견해가 있다.[01] 그의 논지에 따르면, 감옥은 근대 이후 일제 식민지 시기에서나 건국 이후, 그리고 70년대 유신체제하의 긴급조치 같은 일련의 정치적 사회적 억압에 따른 문학적 표상의 하나이다. '감옥'이라는 공간은 우리 문학에서 파행적인 역사와 밀접하게 관련을 맺기 때문이다. 그만큼, 감옥은 정치와 사회적 맥락을 표상화하는 유의미한 거점의 하나이다.

감옥과 관련해서, 필화사건 또한 해방 이후 한국 문학과 문화사에서 억압적인 이데올로기적 심급이 사회에 온존한다는 방증이 된다. 필화는

격랑 속에 분단체제가 구축되고 태생적인 한계를 가진 신생국가로 출범한 대한민국이 표방했던 반공주의의 실정력이 표현의 자유를 구속하는 사건이다. 반공의 이데올로기에 배치되는 주장이나 언술들, 반체제적이거나 지방색과 직결된 것, 음란성 여부가 필화의 발화점이다.[02] 이같은 점은 필화사건을 통해서 사법체계가 권위적이고 억압적인 국가 이데올로기 규율장치의 연장이었음을 반증해준다.

　'감금'이라는 사법적 징벌 효과는, 미셸 푸코의 표현을 빌리면, "신체가 아닌 (…) 정신"으로 향한다. "신체에 극심한 고통을 가하는 처벌 뒤에 이어지는 것은 마음, 사고, 의지, 성향 등에 대해서 깊숙이 작용해야 하는 징벌"이다.[03] 징벌 효과는 정신에 가해지면서 내면 깊숙이 작동하는 '미시적 권력'(58쪽)이 된다. 처벌과 감시, 징벌과 속박의 모든 법적 절차는 순응과 '복종화의 성과'(62쪽)를 불러온다. 그런 측면에서 푸코는 형벌의 교육적 역할에 주목한다. 그는 신체형이 전파되는 거리의 소문들이 법의 이야기로 재생되고 확산되는 '구경거리'라는 점에서 "모든 형벌은 교훈담"(183쪽)이라고 규정한다. 18세기 유럽에 확산된 감옥이라는 획일적인 장치는 근대 국가의 사법기구 안에 안착하면서 규율이 전사회적으로 관철된다. 이는 "강제권의 수단에 의해 적용대상이 되는 사람들을 분명히 가시적으로 만드는 장치"(268쪽)가 뿌리내린다는 것을 뜻한다. 감옥의 정치경제학은 '일망감시(판옵티콘)'와 규율의 관철을 통해 권력행사를 가장

02　김삼웅 편, 「책 머리에」, 『한국필화사』, 동광출판사, 1987.

03　미셸 푸코, 오생근 역, 『감시와 처벌』, 나남출판, 2003재판, 43-44쪽.

저렴하게 하고, 사회 권력의 효과를 최대한도로 파급시킨다(335쪽). 이런 측면에서 권력은 "소유되기보다는 오히려 행사되는 것이며, 지배계급이 획득하거나 보존하는 특권이 아니라, 지배계급의 전략적 입장의 총체적인 효과이며, 피지배자의 입장을 표명하고, 때로는 연장시켜주기도 하는 효과"(58쪽)에 가깝다.

감옥체험이야말로 식민체제의 등장 이후 규율장치를 가장 분명하게 신체의 규율화를 수용하는 구체적인 계기가 된 것이라고 추정해볼 수도 있다. 사법 권력을 통해 권력의 공포를 체감하도록 했다는 가정은, 이광수와 김동인의 감옥체험에도 적용 가능하다. 그들의 문학세계와 정신의 징벌적 효과는 어떤 관련이 있는 것일까. 이광수는 「무명」에서 민족주의자의 염결성을 부각시키지만 방면 이후 오히려 민족운동의 전선에서 이탈했고, 김동인은 「태형」에서 3.1운동의 정치적 의미와는 무관하게 인간의 위악한 자기본위 욕망에 시선을 고정시키기 시작했던 것은 아닐까. 그 연장선에 60년대 중반에 일어난 「분지」 필화사건'도 놓인다. 「분지」 필화는 지식인 문단사회의 느슨한 의식에 가한 사법권력이 현존하는 분단체제의 의식적 경계를 구획했고 문인들에게 자기검열의 장치를 작동시켰다. 이런 맥락을 따라가다 보면, '감옥'의 표상과 '감옥체험'은 우리 문학에서 문화정치학의 관점에서 마땅히 취급되어야 할 핵심 논제에 해당한다는 사실을 절감하게 된다.

이호철의 장편 『문』(1989)[04]은 간첩혐의자로 투옥된 작가의 자전적 체

---

04 『문/ 4월과 5월』, 이호철전집 5권, 청계연구소, 1989를 텍스트로 삼았다. 이하 인용은

험을 바탕으로 분단체제와 독재체제에 의해 남용된 권력의 허위를 다룬 성과로 거론될 만하다. 작품의 원래 판본은 단편 「문」(『창작과비평』, 1976 봄호)이다. 단편은 수감 첫날과 둘째 날로 한정되고 수감의 당혹스러움과 이질적인 공간의 인식에 머문 소품에 가깝다. 장편은 단편의 첫부분을 끌어안으면서 시공간을 확장하였고 시간대별로 사법절차의 불법성을 고발하는 내용을 배치하여 사형수 강씨와의 대면을 새롭게 기입함으로써 전면적인 개작을 거쳤다.

　작품의 배경이 된 문인간첩단사건은 1974년 유신시대의 서막을 알리면서 박정희 정권과 보안사가 조작한 공안사건이다. 문인 61명의 개헌지지 성명을 빌미로 이호철, 임헌영, 김우종, 장병희, 정을병 등 5명의 문인을 간첩죄로 구속했다. 이 사건은 민단계 재일동포가 발행하는 잡지 『한양』을 북한 공작원인 조총련계 위장 잡지로 규정하고,[05] 이 잡지에 기고했던 문인들을 간첩죄로 구속했으나 대부분 집행유예로 풀려났다.[06]

　『문』은 이호철의 다른 작품과 달리 본격적인 논의조차 이루어지지는 못했으나 그렇다고 해서 작품의 성취가 가볍지도 낮은 수준도 아니다. 작품은 강제 노역수들의 하루 일상을 통해 스탈린 시대의 공포정치를 재현해낸 솔제니친의 『이반 데니소비치, 수용소의 하루』(1962)를 연상시킬

면수만 기재함.

05　『한양』을 둘러싼 문화 월경의 차원은 조은애,『남북일 냉전구조와 재일조선인의 문화적 월경』, 동국대 박사논문, 2020, 237-277쪽 참조.

06　장백일,「세칭 '문인 간첩단 사건'」, 한국문인협회 편,『문단유사』, 월간문학출판부, 2001.

만큼 문제적이다. 이 작품은 유신체제로 치달아가는 초입에 일어난 '문인간첩단사건'에 연루되었던 작가의 자전적 체험을 바탕으로 사법권력의 부당성을 문제삼았을 뿐만 아니라 『소시민』의 세태 풍경을 감옥이라는 공간으로 옮겨 분단체제의 폭력성과 민족이산의 비극적 현실을 재현해 놓았기 때문이다.

2. 남용된 권력과 '감옥'이라는 규율장치

『문』에서 '감옥'은 단순히 사법 권력의 부당성을 체감하는 수형자의 폐쇄된 공간에 그치지 않는다. 감옥은 『소시민』에서 익히 보았던 당대 사회의 세태 풍경에서 포착한 일상적 시선을 전복시켜, 민주화를 탄압하는 부당한 정치권력과 분단문제와 착종된 세계를 탐색하는 또하나의 관문이다. 감옥은 "대다수의 군중들을 동시에 감시하기 위한 건물의 건설과 배치를 큰 목표를 위해 이끌어가고 또 이것을 활용하면서 국가가 사회생활의 보호영역을 넓혀나가고, 나아가서 그 보호를 완전하게 하며", 궁극적으로는 "사회생활의 모든 세부적인 사항과 모든 관계들 속에서 국가가 매일매일 점점 더 깊숙하게 개입하는"[07] 메커니즘이 전면화되는 문제적인 장소이다.

모두 4부로 이루어진 이 작품에서, 제1부는 수감되는 첫날부터 팔일까지, 그리고 연행 첫날부터 사흘째 이르는 날까지 현재와 과거를 교차

---

07 미셸 푸코, 앞의 책, 333쪽.

시켜 불법연행과 구금에 이르는 경과를 순차적으로 제시하고 있다. 여기에는 간첩혐의자로 독방에 구금되기까지, 그리고 수형자로 적응해 나가는 또다른 일상이 재현된다. 감옥 내부와 교도소 공간이 일상과 절연된 구금의 장소임을 보여준다. 2부는 수감생황 속에 만난 수형자들과 교류하는 생활과 공소 때까지를 서술하고 있다. 특히 북쪽사람인 사형수 강씨와 대면하며 그의 면면을 알아가면서 분단현실의 비극을 인식하고 성찰하는 대목은 작품에서 빛나는 성취에 해당한다. 3부는 수감생활에서 접한 감옥 안팎의 세계에 대한 세밀한 관찰과 성찰을 담고 있는데, 변호사들과 접견하면서 사법제도와 체제의 경계를 더듬어가는 부분이 이채롭다. 4부는 담당 교도관들의 교체와 함께 교도관들의 애환과 사형수들의 운명을 접하는 한편, 사형수 강씨와 서신을 교환하며 동향 출신임을 확인하고 서신을 교환하면서 분단의 비극적 현실을 예각화하고 있다. 4부에 걸쳐 있는 작품의 서술구조는 독방 수감의 한계에도 불구하고 불법연행과 무리한 공소가 자행된 독재체제의 사법 행형에 대한 우회적 비판을 감행하며 분단체제가 만들어낸 경계지점까지 육박하고 있다.

　작품의 주인물 '한모모'는 작가로서 재일동포가 발행한 잡지 『한성』에 기고하고 그곳의 초청을 받아 일본여행에서 돌아온 뒤 '간첩혐의' 사상범으로 독방에 수감된다. 이러한 사건의 설정이나 주인공의 인물 구성이 실제 작가의 행로와 그리 어긋나지 않는다는 점에서 간첩조작 사건의 정치적 희생자였던 작가 자신의 자전적인 경험을 토대로 삼았다고 할 수 있다. 작가는 자전적 체험을 최대한 살려 이를 당대 현실의 정치적 사회문화적 맥락으로 확장시키려는 작품의 의도를 굳이 감추지 않고 있다.

"응, 이 분이로군. 그저껜가, 신문에 된통으로 났던데. 당신, 진짜, 빨갱이요?"

"빨갱이로 보여요?"

(중략)

"신문엔 뭐라고 났던가요?"

"당신이 간첩질 했다든데."

"어떤 식의 간첩질을?"

"그건 당신이 더 잘 알거 아뇨."(16-17쪽)

작가인 주인공의 시점에서 교도관과 나누는 대화에서 사상범에 대한 어떤 긴장감도 찾아보기 어렵다. 정치적 조작에 의한 희생자의 면모를 엿보게 하는 이 장면은, 감방도 복역수들의 염려와 배려가 깃든 하나의 일상공간과 다를 바 없다는 사실을 보여준다.

수감자의 삶은 "사육당하는 짐승"(58쪽)과도 처지에 놓여 있다. '감옥'이라는 공간은 역설적이게도 당대 사회의 폐쇄성을 포착할 수 있는 유의미한 현실 공간인 셈이다. 수감된 지 얼마 되지 않은 초보 수형자의 면모라면, '그'의 순진함은 '간첩죄'와는 무관한 지식인에게 내려진 간첩혐의라는 죄목이 그만큼 부당한 것임을 간접적으로 일러준다.

"네, 지난 몇년 동안, 민주수호 일에 가담하고, 유신체제를 반대했던 일은……."

"그거야, 민주시민으로 당연한 거 아뇨." 하고 상대는 일수 약간 느물느물하게 웃었다. "이 사람, 지금 무슨 소릴 해. 아니, 우리 민주국가에서, 민주주의를 수호하겠다는 걸, 마다할 사람이 어디 있어. 그러니까 당신이 그런 사람이다, 이거야? 미처 몰랐군.”

“……”

“이봐, 똑똑히 들어. 그 누구든 간에, 독재를 하면 쓰나. 못 쓰지. 엄연히 우리나라는 민주국가라고. (…) 우리가 잡으려는 것은, 어디까지나 빨갱이란 말야, 빨갱이, 알아들어? 자 그러니.”

“일본 갔던 일로는, 더 이상 저는 털어놓을 것이 없습니다.”

“당에 들었잖아, 당에. 입당 원서도 썼잖아. 다아 꿰고 있는데 뭘 우물우물 넘어갈려고 해.”

“당이라니요?”

“왜 이리 능청을 떨지, 이 사람. 당은 무슨 당이겠어. 이북 로동당이지.”(49-50쪽)

　　주인공을 연행하여 취조하는 인용대목에서, 심문 수사관의 강압적인 태도는 정치적으로 조작된 사건이 만들어내는 권력의 허위를 단적으로 보여준다. 공권력의 의심은 해외여행에 대한 심문과정으로 이어지고 주인공을 간첩혐의자로 판정하며 공산당 입당을 의심하는 수사 절차를 보여준다. 그 절차에는 사상적 검열을 자행하는 공안당국의 남용된 권력과 훈육의 모든 과정이 기입되어 있다. 강압적인 심문 절차와 폭력성은 주인공을 “반국가사범으로” “법 차원으로는 휴전선을 넘어서는”(52쪽) 경계로 몰아가고 있는 것이다.

　　‘빨갱이’나 ‘간첩질’이라는 신문 보도가 감옥 바깥의 세계에서는 흉흉한 소문으로 유통된다. 감옥에서는 이런 상황과는 별개로, “그나저나, 고생 되겠소만, 사회서 그 정도로 놓았음, 빨간딱지치고는 별거 아닐는지도 모르겠군. 혹시 글루다 이거 미움 산 건 아니요?"(9쪽) 하는 교도관 사내의 발언을 통해 정치적으로 조작된 사건임을 충분히 감지하게 해준다. 간첩 혐의와는 무관한 주인공에게서는 지식인 사회를 순응시키려는 독재체제의 정치적 훈육과정을 엿볼 수 있다. 이렇게 해서 주인공은 수사과정이나 수감생활에서 권력의 남용이 빚어내는 거대한 반공의 규율장치의 실재를 대면하기에 이른다.

감옥이 강압적인 권력의 허위와 정치적 훈육만이 난무하는 사법제도의 절차만 담고 있는 세계만은 아니다. 이 세계는 다양한 수감자들의 다양한 면면을 통하여 사회적 풍경을 제시하고 그러한 탐구를 거쳐 분단 비극의 문제성을 담아나간다.

3. 수감자들의 삶과 시각의 전복

주인공이 취조과정에서 만난 각양각색의 인물 중에서 가장 인상적인 존재로는 평양 출신의 월남민인 조서담당 수사관과 수감생활에서 대면한 사형수 강씨가 있다.

조서담당 수사관은 같은 월남 실향민으로서 주인공의 처지를 동정하며 다음과 같이 말한다. "(…) 노골적으로 할 소린 아니지만, 당신도 월남했다고 해서 하는 얘긴데, 월남한 사람으로 빨갱이 좋아할 리는 없잖아. (…)나도 이 업무에 종사하면서, 척 하면 삼천리라고. 사람 보는 눈 하나는 이제 어느 경지에 이르렀거든. 당신이 빨갱이? 어림 반푼 어치도 없는 소리지."(72쪽) 그의 확신은 월남민으로서의 경험적 직관의 소산이기도 하다. 오히려 주인공은 조서 작성과정에서, 북쪽사람의 방문을 받고 자신의 고등중학교 졸업장을 전달받았노라고 실토함으로써(76-77쪽), 담당 수사관을 당혹스럽게 만들기도 한다.

주인공의 절박한 심정은 북쪽사람과의 만남을 통해서 북쪽체제가 여전히 자신을 고려대상에 포함시키고 있다는 점을 은연중에 알아차린다. 그는 자신이 남과 북의 체제에 모두 연계된 존재임을 확인하고 남쪽 체제에 속한 성원으로서의 신원을 검증받고자 하는 것이다. 신원 검증의 의지는 월남자로서 반공 규율장치 속에 놓인 자신의 정치적 결백을 증명하려는 의식적인 노력이지만 그만큼 사상 문제와는 거리먼 자신감에서 연유한다.

조서담당 수사관은 주인공과 조서를 작성하는 과정에서, 북녘에서 보낸 5년 기간 동안에 유행했던 소련노래들을 함께 부르기도 하고, 소련영화와 읽었던 소련 문학작품에 관해 담소를 나누기도 한다. 그런 와중에 수사관은 주인공에게 다음과 같이 말한다. "그 동네서 그렇게 소련노래깨나 부르면서 살다가 월남해 왔음, 제 분수를 차리고 얌전하게 살아갈 거지, 뭘 주제넘게 이러구 저러구 해서, 애먼 사람 골치 아프게 만들지? 겪어 볼수록 당신이라는 사람, 나쁜 사람은 아닌 것 같은데."(99쪽) 수사관의 인간적인 발언은 자신도 월남민으로 겪었던 애환과 사회적 경험에서 우러나온 것임을 말해준다.

수사관의 발언은 역설적이게도 반공의 국시가 완강하게 자리잡은 국가의 성원으로서 살아가는 데 필요한 본능적인 자기 보호가 무엇인지 노

골적으로 축약해서 보여준다. '나쁜 사람은 아닌 것 같다'는 그의 발언은
주인공과 수사관이라는 사법장치 속 공적 관계에서가 아니라 본능적 직
관에 따라 같은 월남자로서의 유대감 속에서 발화한 삶의 훈수인 셈이
다. 그 훈수는 주인공에게 평범하고 자유롭게 일상을 구가하는 순치된
삶이 규율사회에서는 안전하게 살아가는 처세의 방편임을 일러준다.

주인공이 만난 또 한 사람의 주요 작중인물은 수감 20일 가량이 지난
뒤 대면한 옆방 5호실장 '강씨'이다. 그는 북한 체제에서 고위직으로 있
다가 남파된 간첩사형수이지만 감방 수감자들로부터 신망을 얻은 존재
이다. 주인공은 상심하지 말라고 위로하는 강씨의 발언에 경계심을 풀지
않는다. 그 경계심은 "이십여 년 동안 몸담아온 이 남쪽세상과는 너무 다
른 낯선 세상의 억양"(81쪽)을 듣고 난 주인공이 월남한 이북사람으로서
의 자격지심에서 생겨난 '어떤 불편함' 때문이다.

사형수 표지를 단 강씨를 두고 주인공은 "어떤 식으로든 결론을 내야
할 일이 있는데, 그것은 꽤나 성가시고 까다로운 일"(84쪽)에 심적인 부담
감을 느낀다. 그 부담감은 간첩혐의를 받은 자신과 간첩 사형수 사이에
가로놓인 엄연한 현실에 대한 불편함과 낯익음을 알아차린 심리적 반응
에 해당한다. 그 성가신 일에 대한 궁금증이야말로 작품을 이끌어가는
서술의 긴장감을 부여한다.

한편, 옆방 수감자들 중에는 주인공에게 대통령과 친한 원로 여류문
인들에게 줄을 대보라고 권유하는 이들도 있다. 이들은 남쪽체제에서 문
단사정을 잘 아는 이들이다. 이들의 닳고 닳은 훈수는 남한사회의 권력
층에 청탁하는 처세의 단적인 국면이다. 반면, 강씨의 태도는 이들도 숙

연해질 만큼 존경받는 삶의 모범수임을 보여준다. 강씨는 주인공에게 '매사에 지식인으로서 처신을 잘 하라'고 권고한다.

　주인공은 감옥에서 만난 두 북쪽사람들과 대면하면서 분단의 비극성을 성찰해 나가기 시작한다. 이 지점에서 감옥은 감금된 세계에서 분단 문제에 관해서만큼은 열린 공간으로 바뀐다.

> 　지금도 그는 잠시 멍멍해 한다. 같은 이북 출신으로서의 그 조서담당 수사관과 이 사람, 수정수 강씨의 거리는, 몇천리 몇만리나 될까. 아니, 몇십만리, 몇천 만리나 될까. (…) 지난 이십년 동안에 같은 조선 사람, 한국 사람끼리 어쩌다가 이 지경으로 깊은 골이 패여 버렸을까. 그리고 또 있다. 그의 중학교 4년 선배였던 일본 도쿄의 김모모. 이 민족이 이렇듯 제각기 처지와 형편에 따라 세갈래, 내갈래, 아니 천갈래 만갈래로 찢겨져 있는 것이다.(99쪽)

　주인공의 '멍멍한 의식상태'는 감옥과 그 주변에서 수사관이나 수감자들과 대면하면서 시작된 정서적 반응으로 분단의 실상을 절감하면서 받은 충격이 어느 정도인지를 짐작하게 한다. 간첩혐의자와 수사관, 사형수의 처지에 놓인 강씨의 현실과 접하면서 주인공은 하나인 민족이 파열하면서 빚어낸 비극적인 현실과 존재의 전락에 관해 성찰하고 있는 것이다. '그'가 강씨에게 본의 아니게 미안한 마음을 느끼는 것도(105쪽) 같은 맥락에서이다.

　강씨는 자신을 당당하게 마주 대하지 못하는 '그'를 떳떳하게 응대함으로써 분단체제에 훈육당해 체제에 순응적인 자신을 발견하도록 해주

는 거울과도 같은 역할을 하고 있다. 그의 당당함은 남과 북으로 나누어
진 한반도 현실의 부당함에 맞서는 자의 신념에서 비롯된 것이지만, 그
태도가 공산주의자의 신념이라는 것이 주인공에게는 곤혹스럽다.

강씨와 다툰 옆방 111번 수감자가 발언하는 내용도 신념의 상이함에
따른 곤혹스러움을 반영하는 예화 하나이다.

> "내쪽에서 조금 참는 건데 그만, 사람이라는 게 참 묘해요. 평소에 그렇
> 게 불쌍하게 여기고 있었는데도 정작 아무것도 아닌 사소한 일로 감정이
> 건드려지면, 그게 아니거든. 그만 걷잡질 못하겠으니 말이오. 나더러, 썩었
> 다, 인생 말종이다, 허고 그쪽에서도 참다참다 못해 흥분해서 아무 소리고
> 해대는 데는, 이쪽에서도 참아낼 도리가 있어야지. 내일모레면 죽어갈 빨
> 갱이 새끼가 뭐 잘났다고, 누구 보고 썩었네, 말종이네 악다귀질이냐고, 그
> 만 파악 폭발했지요. 그랬더니 수정 찬 채 날 칠려고 들잖아요. 난들, 그냥
> 이야 맞을 턱이 없지. 대강 그렇게 됐던 거야요."(88쪽)

사형수와 수감자의 일상적인 다툼은 사형수 처지인 강씨에 대한 인
간적 연민이 상궤에서 벗어나는 지점에서 생겨난다. 사소한 일에서 빚어
진 불화는 강씨가 공산주의자로서 도덕적인 언설로 비난하는 순간 자제
력을 잃고 서로 적대적인 차원으로 옮아간다. 감정의 분출이 적대감으로
쉽사리 변질되어 폭력성을 발휘하는 것이야말로 체제에 속한 성원들의
속성을 환기하는 분단체제의 구체적 실상이기도 하다. 도덕성을 우위에
놓는 북녘 사람과 인간적 연민을 우선시하는 남녘사람의 갈등은 분단체
제가 빚어낸 문화적 습속과 격차를 환기시켜준다. 이러한 다툼은 단순히

감옥에서만 일어나는 것이 아니라 분단의 구조화된 현실이 빚어내는 착종이라고 해도 지나친 표현이 아니다.

　주인공은 수감자의 일상적 시선으로 사회제도와 습속을 문제적이고 전복적으로 살펴봄으로써, '감옥'이라는 공간과 수감자의 의식은 당대 사회의 정치적 강압성이나 세태를 한결 섬세하게 관찰하고 이해하는 또 하나의 관문이 되기에 족하다.

> 　그러고 보면, 참으로 묘하다. 똑같은 1.75평에 구조나 모양새가 같은 방임에도, 각 방마다의 냄새와 분위기는 그 방에 지금 들어 있는 사람들을 따라 그렇게도 가지각색으로 다를 수가 없다. 세간살이 놓여 있는 것이며, 옷 걸려 있는 모양새며, 드나드는 사람에 따라, 심지어 방 냄새나 분위기까지도 금방금방 달라져 간다. 우락부락한 사람이 들어오면 대번에 우락부락하게, 경제범이 들어오면 윤택하게, 개털 잡범이 모여 있으면 궁기가 흐르게, 그렇게 금방금방 방도 달라져 간다.(103쪽)

　감방의 구조와 모양새의 동일성을 흡사 일상세계를 구성하는 형식에 비견하는 주인공 화자의 관찰력은 감방의 성원들에 따라 달라지는 분위기를 포착하고 있다. 사람들의 성향과 세간살이, 옷이 걸린 모양새, 방의 냄새와 분위기까지도 달라지는 면모에 착목하는 것은 그대로 세상을 통찰하는 작가의 시선이기도 하다. 성원들의 성향에 따라 그 방은 우락부락하거나 윤택하거나 궁기 가득한 세계로 바뀌는 것에 주목한다.

　감옥체험에서 얻어낸 작가의 통찰이 단순히 사법행형의 광포함과 남용되는 권력의 실체로만 모아졌다면 소설의 몸체는 온전할 수가 없다.

오히려 인물들에 대한 세심한 관찰과 세계를 향한 시선이 사회의 일상성과 다를 바 없는 모습을 흥미롭게 만들고 이곳 또한 하나의 엄연한 질서가 작동하는 또다른 인간 세상임을 우회적으로 말해준다.

또한, 작품에서는 공소과정에서 접견한 변호사와 감시하는 교도관, 면회온 가족들의 다양한 표정과 몸짓, 감정상태를 관찰하면서 사법절차와 제도를 서로 다른 위치에서 서로 다른 가치관을 가지고 살아가는 군상들의 다양한 세태를 포착하고 있다. 수감생활이 바깥세상을 인식하는 관문으로 의미의 전복을 일으키면서 생겨나는 의식의 지평은 기소과정이나 수감, 공소 절차에 이르는 모든 징조들에 촉각을 곤두세우도록 만든다. 그 예민한 촉수를 동원하여 주인공은 자신에게 부과된 수감생활이 그리 길지 않으리라는 징후를 읽어낸다. 변호사나 검사, 다른 수형자들이나 교도관의 심중에서 그러한 맥락을 읽어내고 있는 것이다. 그런 상황에서 주인공은 정치인의 구금과 대학생들이 무차별로 검거되어 수감되는 현실을 접하고, 민청학련 사건을 풍문으로 접하면서 정치적 강제와 억압이 더욱 혹독해지는 유신체제의 광포한 현실을 조망할 수 있게 된다.

4. 의식의 개방과 분단의 격차

작품에서 빛나는 부분이자 분단의 현실이 가진 아득한 격차를 보여주는 대목은 3부 중반 이후의 내용이다. 여기에는 해방 직후 이북 고향땅의 정황과 중학시절 연애의 감정을 품었던 강복순과의 보낸 시절에 대한 주인공의 긴 회상이 아름답게 펼쳐진다. 주인공은 운동시간에 사형수 강씨와 대화를 나누던 중에 동향인이라는 것을 확인한다. 주인공의 고향에 대한 회상은 급기야 사형수 강씨의 표정 변화를 포착하면서 그가 강복순의 오빠라는 심증을 굳힌 다음 일어나는 추체험이다. 이후 회상은 해방 직후의 풍경을 서정적으로 서술해 나간다.

　주인공의 회상은 해방 직후 고향땅 해안에 있던 군용비행장에 대한 일화에서 시작된다. 비행장 창고문이 열려 주민들이 몰려가 아우성을 벌이던 와중에 이곳을 지키던 소련군에게 어처구니없이 죽임을 당한 새골집 큰아들의 장례에 대한 회상이나 빠르게 변해가는 이북의 현실에서 짧은 기간 강복순과 나눈 연애 감정과 교분이 주를 이룬다. 길을 묻는 소련병사와 만나 당당하게 설명하던 강복순과 마주치고 나서 그녀에게 매혹되었던 주인공의 회상은 작품에서 학창시절 가장 빛나는 시절에 대한 목가풍의 이야기이다. 전쟁과 함께 월남하기 전까지, 합창단원으로, 연극반의 상대역을 하면서 주인공과 강복순의 연애감정은 목가풍 이야기에 걸맞게 서정적인 톤으로 회상되며 아름다운 추억으로 부각된다.

　편지의 말미에는 6.25전쟁이 발발하고 나서 인민군에 편입되었던 일과 복순이 그곳에 면회온 사연이 언급된다.

　　　　"(전략) 이상입니다. 선생께서 매우 궁금하게 여기실 저와 강복순과의 관
　　　계라는 건 대강 이상과 같습니다. 정작 여기까지 쓰고 나니까 선생의 궁금
　　　증을 풀어드리자는 제 애초의 뜻과는 달리, 도리어 선생으로 하여금 괜스
　　　리 새삼 마음 아프시게 한 결과나 되지 않았는지 말입니다. 그리하여 일단
　　　은 선생께서 무척이나 궁금하게 여기실 대목이나마 풀어드리는 것이 저의

의무일 것같아, 용기를 냈습니다./ 다시 생각해 봐도 어이가 없습니다. 저
로서는 그토록이나 익숙했던 복순이의 오빠와 제가 그때로부터 이십여 년
이 지난 이 마당에 이 남쪽에서 따로따로 갇힌 몸이 되어 이렇게 해후를 하
게 되다니요. 더구나 선생은 '간첩 사형수'입니다. 지금 저는 망설임 끝에
이 호칭을 쓰면서도, 저도 모르게 섬칫합니다. 하필이면 선생께서 그렇게
되시다니요. 선생이 그렇게 되기까지의 사연은 저로서는 알 길이 없습니
다만, 어쨌거나 이것이 오늘의 우리 남북관계의 현주소이고 우리 조국이
처해 있는 적나라한 실체인 듯합니다. 겹겹으로 옭아매지고 얽힌 이 매듭
들을 어디서부터 어떻게 풀어야 할는지요. 아아, 허지만, 이런 오늘의 조국
의 처지가, 이 순간, 선생과 나 사이에 이런 화살로 꽂혀올 줄이야 누가 짐
작인들 했겠습니까.(이하 생략)"(204쪽)

회상을 통해 작성된 편지의 행로는 사형수 강씨가 강복순의 오빠인가 여부로 모아진다. 사실 여부와 관계없이 동향인이 감옥에서 해후하는 기구한 운명은 그 자체로 분단의 비극성을 보여준다. 한 사람은 간첩혐의를 받는 사상범으로 구금되고 또 한 사람은 간첩사형수로 대면하기 때문이다. 작품에서 편지는 주인공과 강씨의 내면을 허심탄회하게 소통하는 형식이자 수단이다. 강씨의 신원을 조심스럽게 확인하려는 주인공의 심정과 편지에 담긴 문투는 '섬칫함'이라는 표현처럼 남북 체제의 경계에 위치해 있음을 충분히 자각하며 전율하고 있다. "겹겹으로 옭아매지고 얽힌 이 매듭을 어디서부터 어떻게 풀어야 할는지요." 하는 주인공의 탄식은 분단의 비극을 가장 심정적으로 고조시킨 국면에 해당한다.

주인공은 강씨와 대면하며 강복순의 오빠인지 확인하고자 하지만, 그

가 공소장에 출두하는 날 공교롭게도 강씨가 이감하면서 상면은 불발이 되고 만다. 주인공과 강씨 사이에는 옆방에서 이감되면서 더이상 교류나 서신교류마저도 여의치 않게 된다. 주인공은 간수의 도움을 받아 이감한 강씨에게 이북의 해방 직후 시절을 회상하는 내용을 담아 신원을 묻는 편지를 보낸다. 하지만, 강씨의 답신은 예상과는 달리 단호하고 매우 비판적이다.

> "글, 잘 받아 보았소. 그런데 대단히 오해를 하고 있군요, 복순이라는 여동생이 저에겐 없소. 고향이 강원도 평강인 건 언젠가 말한 대로이고, 고향에 여동생이 하나 있긴 있소만, 원강사범전문학교에는 다니지 않았소. 연극이니, 합창부니, 당치 않습니다. 내 여동생은 그 무렵에 평강 시골에 있었소. 대단히 미안하오만, 나는 원강 조선소에도 있지 않았소., 그것도 오해요. 도리어 나 쪽에서 궁금한 것은 당신이 어떤 경로로 월남해서 어떤 과정을 거쳐서 오늘 그렇게 영어의 몸으로 갇히게까지 되었는지 하는 점이오. 이것이 바로 오늘의 우리 조국의 현실인 것도 같소. 당신은 이 기회에 오늘이 우리 조국문제 통일문제까지 진정으로 허심탄회하게 토론이 될 수 있기를 바란다고 했는데, 전적으로 동감이오. 진정으로 그럴 수 있었으면 하고. 오늘 우리 조국으로서 가장 당면한 문제는 뭐니뭐니 조국통일문제일 터이오. 이 점은 당신 생각도 똑같을 줄 믿소. (…)/설령, 그 여학생이 진짜로 내 여동생이었다고 하더라도 그렇소. 그 옛날의 일을 새삼 구구하게 늘어놓아서 대체 어쩌겠다는 것이오. 지금 우리가 당면해 있는 조국의 운명 앞에, 대체 그런 것들이 한갓 뭐라는 말이오. 하찮은 허접쓰레기요, 감상에 불과하오. 조만간 당신은 여기서 나갈 몸이오. 그리고 조만간 나는 목이 달릴 것이오."(205쪽)

강씨의 답신은 간첩 사형수로서 자신의 위치를 고수하며 개인의 소회를 배제하고 낭만적인 회상의 가치를 철저하게 부정한다. 그는 주인공에게 어떤 경로로 월남했고 어떻게 수감자의 삶으로 낙착되었는지에 대해서만 관심을 보일 뿐이다. 강씨에게 당면한 문제는 부지하는 목숨과 맞바꿀 거대한 이념과 이념을 고수하는 공산주의자로서의 신념이다. 강씨는 자신이 복순의 친오빠임을 굳이 부인하지 않으면서도, 남북의 체제가 첨예하게 대립하는 전선에서 주인공의 낭만적 회상을 허접한 감상으로 치부한다. 그런 다음 강씨는 "나가서, 아무쪼록 그 먼지끄덩이 속, 진흙 수렁 같은 수렁에 함몰되지" 않고 "계속 냉철한 민족적 이성을 유지"하고 조국 통일을 위한 새로운 일을 찾아 더욱 뜨거워지도록 당부할 뿐이다(206쪽).

이후 주인공은 강씨에게 답신을 전하려 하지만 끝내 편지를 부치지 못한다. 민청학련 사건이 발생하면서 강씨를 비롯한 사형수들이 형장의 이슬로 사라지고 말았기 때문이다. 부치지 못한 답신에서 주인공은 강씨의 편지를 통하여 분단의 비극이 빚어낸 엄청난 격차를 절감한다.

> "보내주신 회답, 저로서는 적지않게 충격적이었습니다. 우선, 제 쪽에서 꼭 그러리라고 믿었던 강복순이가 선생의 여동생이 아니었다는 사실의 당혹감입니다. 물론 저는 지금도 선생의 그 말을 반신반의하고 있습니다. 아니, 반신반의가 아니라, 선생께서 시치미를 떼고 있다고 믿고 있습니다. 그런 따위의 것은, 선생께서 이 시각에도 굳건하게 몸담고 있는 그 북쪽 세계의 맥락에서는 전혀 중요하지 않을 터입니다. 중요하긴커녕, 쓸개 빠진 것으로까지 보일 터이지요. 사실로 그러합니다. 모처럼 어렵게 이루어진 선생과의 이(서신-인용자) 교환에서 그런 일이 무슨 중요한 뜻이 있겠습니까. 강

복순이가 선생의 여동생이다, 아니다, 하는 점이 뭐 그다지나 중요한 뜻이 있다는 말입니까. 그 점에 대한 선생의 묵살은 응당 당연합니다. 그렇습니다. 제가 일단 충격으로 느낀 점은 바로 그 점이었습니다. 그리고 이 점이야말로 선생들이 보기에 제가 이 남쪽에서 지난 이십여 년간 살아오면서 절어든 저의 오염의 정체임에 다름 아닐 겁니다. 그러나 이런게 과연 선생들이 생각하듯이 전혀 하찮고 허접쓰레기 같은 것이고 오염일까요."

(중략)

"(……) 저는 영어의 몸으로 갇혀 있으면서도 선생과 대면하여 고작 강복순이가 선생의 여동생이냐 아니냐 하는 점에만 온 신경을 곤두세우고 있었으니 말입니다.

선생께선, 그 따위 인간사는 처음부터 우리 사이에서 단호히 차단하면서, '도리어 내가 궁금한 것은, 당신이 언제 어떤 경로로 월남해서 어떤 과정을 거쳐서 오늘 그렇게 영어의 몸으로 갇히게까지 되었는지 하는 점이오'라고 하였습니다. 바로 이 차이, 선생과 대면해서 처음부터 그 관심하는 바부터 엄청나게 다른 이 차이는 비단 선생과 저만의 차이가 아니라, 바로 오늘 남쪽과 북쪽에서 사는 사람들의 일반적인 성향의 차이까지도 날카롭게 드러내면서, 동시에 이 남쪽에서의 민주화운동, 조국통일운동의 어느 분수까지를 드러내는 점이기도 한 것 같습니다."(243-244쪽)

부치지 못한 편지는 단절된 남북관계의 현주소를 가장 극적으로 보여주는 대목이다. 뿐만 아니라 감옥이라는 극적인 공간에서 맞이한 '분단의 격차'이자 '메아리 없는' 분단론의 실상을 잘 보여준다. 편지에서 제기되는 주인공의 반론은 월남 문제와 민주화, 통일문제 등을 토론하지 못하는 남북 관계에 현주소를 다시한번 환기하는 한편, 다른 한편으로 분단체제의 냉엄한 현실을 보여준다. 주인공이 답신에서 피력하는 바는 '무원칙하게 야하고 부박한 남한의 삶의 양태'와 '매사에 지나치게 무겁고 진지한' 북의 삶의 차이가 보여주는 극명한 대립이다. 부치지 못한 편지에서 보여주는 북쪽체제에 대한 작가의 비판적 관점은 월남민들의 심성만이 아니라 북쪽 사람들과 달라진 인식의 격차를 대변한다. 강씨의 관심사와 주인공의 관심사가 인간적 척도를 거론하는 장 안에서 교감할 수 없는 데에는, 서로의 다른 처지 때문이기도 하지만, '인간사'에 대한 사고와 행태의 엄청난 격차에서 연유한다. 이는 불화, 반목 분단체제의 현주소를 보여준다는 점에서 분단이 낳은 기이한 현실의 정곡을 찌르는 대목이다.

주인공은 강씨와의 서신 교환조차 "이례적이고 특이한"(245쪽) 사례라는 점에서 자연스러운 교류의 중요성을 갈파한다. 남북공동성명을 휴지조각으로 만들고 학원가를 탄압하는 남쪽의 정치 상황에도 불구하고, '두 사람 간의 솔직한 마음의 소통이야말로 더욱 값진 것'(245쪽)이라는 표현은 이들의 소통이 바로 남북 교류의 진정한 차원일지 모른다는 가정에서 출발하는 표현이다.

주인공이 사형수 강씨와 끝내 공유할 수 없었던 것은 남과 북 사이에 가로놓인 현격한 시각차이다. 그 차이는 자유와 인간적인 것의 가치를 옹호하는 남쪽 체제와 크게 다른 북쪽체제와의 간극에서 생겨난 소산인 셈이다. 주인공은 강씨의 의연함을 한국 사람이 가꾸어야 할 높은 긍지와 태도로써 "남북을 통틀어 가꾸어가야 할 민족 덕목"(245쪽)이라고 상찬하는 한편, 감화보다도 더 깊고 본원적인 문제를 짚어나가기 시작한다.

의연한 강씨의 태도에서부터 시작된 북쪽체제에 대한 인상을 두고 주인공은 "너무 무시부시했"다고 언급한다. 새로이 등장한 체제는 주인공에게 "이러고저러고 자시고 할 것 없이, 선험적으로 싫은 것, 어거지스러운 것"으로 "너무 작위에 차 있고, 인간적인 자연스러움을 결하고 있"(246쪽)다는 것이다. 편지에서는 느슨한 민주 권력으로 살아가는 영국과, 군복 차림의 천황이 국민통합을 넘어 극단으로 치달으면서 광기에 사로잡히면서 아시아에 엄청난 참화를 일으킨 일본, 제국주의로 매도하는 미국이 방종에 가까운 자유 속에서 살아내는 힘은 한 사람의 자유라고 설파한다.

"월남해온 사람들 누구나가 그 체제에 진절머리를 쳤던 첫째 이유는 자유가 없다는 점, 곧 강한 권력, 따라서 공포"(252쪽)였다고 단언한다. "소련식 스탈린식 공산주의 교본에만 교조적으로 충실하려고 했"(247쪽)고, "강한 권력은 그와 맞먹는 악인들을 끌어모으는 흡인력"을 가지고 있어서, 월남해온 사람들의 태반이 기억하는 이북체제는 "바로 그런 사람들에 대한 혐오감"(253쪽)을 주었다고 비판하고 있다.

정치적 억압에 대한 인간적 덕목과 자유의 강조는 이호철 소설 전반을 관류하는 '천진성'과 깊이 관련되어 있다. 사회운동에 앞장섰던 그의 사회정치적 이력과는 모순되는 인물의 천진성은 사회운동가에 대한 냉소를 비판하는 작가의 인간애와 그것의 감성적 차원이라고 해도 무방하다. 이는 이념과 열정에 사로잡힌 인물에 대한 냉소를 인간적 삶과 배치되는 '미묘한 그 무엇'으로서 '인간적 온기'에 해당한다.[08] 월남한 사람들

08　강진호, 「이호철의 '소시민' 연구」, 『민족문학사연구』 11호, 한국민족문학사학회, 1997, 159-160쪽.

이 "곧바로 대면한 것은 (…) (남한의) '자유'였고, 그리고 느슨한 권력"(253 쪽)이었다는 것이다. 강압적인 이념과 폐쇄된 시스템에 대한 강도 높은 비판과 함께 제기되는 것은 인간적 온기와 사회적 자유와 느슨한 권력 이다. 이들 세목이야말로 사형수 강씨의 이념을 존중하면서 반론을 통해 비판하는 핵심이다. 그러니까 열정과 이념보다도 훨씬 근원적인 것이 바 로 "한 사람, 한 사람의 '자유'"(247쪽)이며 인간적인 온기인 셈이다.

부쳐지지 않은 편지가 메아리 없는 고적한 목소리로만 남은 현실은 감 옥에서 수인으로 대면한 남과 북이 분단된 현실을 환유하고도 남는다. 작 품은 감옥이라는 닫힌 현실을 배경으로 삼아 분단에 대한 열린 의식을 제 시해 놓고 있다. 작품은 분단체제가 빚어낸 공산주의자의 인간적 덕목과 그 덕목이 강요하는 억압성에 주목하며 가장 신랄하게 인간적 척도와 자 유를 내세운다. 흡사 감옥의 닫힌 문이 열려야 하는 역설을 가지고 있는 것처럼, 분단의 현실은 열어젖혀야 할 또하나의 벽이자 닫힌 세계이다.

5. 『문』의 문제성과 가치

『문』이 제기하는 감옥에서의 현실은 감옥과도 같은 규율사회를 전복 시켜 낯설게 만든다. 작품은 자전적인 체험에 기반을 두고 감옥과도 같이 닫힌 현실을 재현하고 있다. 작품에서 제기하는 것은 남용된 권력이 행사 하는 사법 제도의 운용과 함께 감옥 속에 놓인 군상들에 대한 이해를 통 해 도달한 분단체제의 문제성이다. 장기 지속되는 분단현실이 빚어낸 문 인간첩단사건만큼이나, 그 동궤에 울릉도 어부 간첩사건도 언급되고 있다. 이야기 안에는 반공을 국시로 하는 독재체제와 함께 인권 변호사나 대학생까지도 구금하는 폭력적 현실을 부감하는 한편, 간첩사형수를 통해서 남과 북의 상이한 체제의 지향까지도 문제삼는 날카로운 작가의식이 자리잡고 있다. 그러나 작가의 의식 한 켠에는 월남민으로서 남쪽체제를 선택하며 자신의 신원을 인준받으려는 의지와 욕망이 엿보이기도 한다.

　작품에 담긴 작가의 근본적인 통찰은 북쪽사람들이 상정하는 조국통일운동의 행로가 체제와 인간을 상호 인정하는 지점에서 출발해야 한다는 기본 전제이다. 작가의 통찰은 상호 인정에서 출발하여 남북 권력의 민주화가 선결조건이라는 점을 분명히한다. "남쪽의 민주화와 함께 현 북쪽 권력의 민주화도 상대적으로 같이 이루어져야 (…) 제대로 대화가 될 것"(255쪽)이라고 발언이 그것이다. 그러나 주인공의 발언이 사형수 강씨에게 전달되지 못한 것처럼, 작품에서 남북체제의 긴장과 대립은 함께 민주화로 이행하지 못하는 현실과 체제를 서로 인정하지 않는 완강한 조건 속에서 소통 부재의 현실을 잘 포착하고 있다.

　『문』은 정치민주화에 대한 문제제기가 추상적인 차원에 머물지 않는다는 점에서 일정한 성취를 거둔 작품이다. 사법권력의 정교한 규율장치, 미시권력이 작동하는 기제가 감옥이라는 공간에서 재현된 경우는 그다지 많지 않다. 더 나아가 작품은 문인간첩단사건의 개인적 체험을 바탕으로 민주화와 분단체제 해소를 위한 남북 체제의 민주화를 지향하고 있다는 점에서도 분단소설의 모범적인 사례로 거론될 자격이 충분하다.

기억의 봉인 풀기

탈냉전 이후 한국소설과 전쟁기억의 양상*

1. 전쟁 기억의 문제적 성격

한 작가의 발언에서부터 이야기를 시작해보자. 70년대 초반 '6.25'라
는 제목으로 대하장편을 연재했던 작가 한 사람은 작품 제작상의 애로와
고충 때문에 "신경질적인 절망감"에 빠졌다고 술회했다.[01] 절망감의 실
체는 그가 그리려 했던 6.25전쟁이 "아직 끝나지 않았다는 점" 때문이었
고 "작가에게 허용된 적에 대한 기술(記述)의 벽"과 마주쳤기 때문이었다.
그 결과 그는 대부분의 작품 내용을 남쪽 인물 중심으로 할당할 수밖에

---

* 　원고는 본래 국문으로 작성되었으나 영문판으로 번역, 수록된 것임. 영문판은 다음
　을 참조할 것. Breaking the Seal of Memory: A New Perspective on Memory of the
　Korean War in Korean Novels after the Post-Cold War Era, The Review of Korean
　Studies 9-2, 한국학중앙연구원, 2006.6, pp.111-142.

01 　홍성원, 『남과 북』 7권, 서울: 문학사상사, 1997, 13쪽.

없었다고 토로했다.[02] 그의 말대로라면. 이 '끝나지 않은 전쟁'이야말로 사회문화적으로 설정된 표현의 금기(taboo)였고, 이것이 작가가 재현하려 했던 전쟁 기억을 왜곡시킨 주된 원인으로 지목해도 무방하다.

　6.25전쟁에 대한 기억 다시쓰기(memory rewriting)는 우리 사회에서 여전히 그리고 매우 민감한 사안이다. 전쟁 기억은 적어도 공식의 역사 안에서 발화되지 못한 채 침묵으로 남아 있어서 여러 잉여의 지점을 가지고 있다. 봉인된 기억과 의도적인 망각을 고려한다면 말이다. 전쟁이 휴전체제로 전환된 뒤 분단체제가 뿌리내리며 한국사회에는 전시동원체제의 지속되었고 그 결과, 작품 내용까지도 주조하는 금기와 통제·감시와 검열의 규율장치가 만들어진다.[03] 당연히, 한국의 작가들은 체험의 영역에서 표현의 영역으로 이행할 때 수많은 장애를 절감할 수밖에 없었다. 이는 달리 보아 냉전시대의 우울한 문화 조건이기도 했다.

　전쟁은 어느 한편의 승리로 종결되지 않았고 3.8선은 휴전선으로 대체되었을 뿐이다. 그에 따라 전쟁에 관한 기억은 반공주의와 냉전논리에 근거한 기억만이 국민국가의 서사(nation-state narrative) 안에 담겨 공공성(publicity)을 확보하고 유통될 수 있었다. 전쟁기억이 반공 전시체제의 연장선에서 국가 규율장치(national apparatus)와 그에 찬동하는 기관들에 의해 통제되고 독점적으로 관리되어온 것은 전혀 놀라운 일이 못된

02　홍성원, 같은 글, 같은 책, 14쪽.

03　유임하, 「마음의 검열관, 반공주의와 작가의 자기검열」, 『상허학보』 15호, 상허학회, 128-132쪽.

다. 냉전시대의 한국사회에서 6.25전쟁에 관한 기억은, 비판적 사고와 상상, 역사의 통찰과 자기성찰을 허용하지 않았다.[04] 이것은 반공주의의 제도적 관습적 실정력(substance)을 엿볼 수 있는 일면이다. 전쟁에 대한 학문적 가설이나 상상의 일탈마저도 학문적 논의 대상이 되거나 미적 성취에 대한 진지한 논의되기보다는 국가보안법의 제재를 받거나 반공 지지세력들의 강력한 지탄을 받아온 것도 같은 맥락이다. 최근까지도 사정은 크게 변하지 않았다. 반공주의와 냉전적 사고의 가이드라인에서 벗어나 전쟁의 정의를 내리려는 당사자를 파문하고 국가보안법의 족쇄를 채우려는 것은 당연시된다. 사라지지 않는 냉전적 사고의 실체는 냉전시대를 벗어난 지금에도 그 제도적 관성을 여전히 유지하고 있는 것이다. 여기에서 또 한 번 반공주의는 사회정치적 정체성임을 절감하게 된다. 그런 까닭에 반공주의에 입각한 정치적 현실과 문화의 조건은 몇몇 작가에게만 한정되는 문제가 아니라 시대 상황과 문화적 조건을 반영하는 견고한 '멘탈리티(mentality)'라고 해도 좋다. 그런 맥락에서 전쟁에 관한 기억에서 침묵된 부분과 의도적인 망각의 부분을 분별하고 해명하는 작업은 대단히 의미있어 보인다.

이 글은 해방 이후 한국문학에서 생산된 냉전시대의 6.25전쟁 기억서사(Korean war memory narrative. war-memory-narrative)와 달리 탈냉전시대의 전쟁기억서사가 어떤 차별성과 의의를 갖는지를 검토하는 데 목적을

04　이 책의 「반공 텍스트의 기원과 유통」 부분을 참고할 것.

둔다. 이를 위해서 이 글은 냉전시대에 구성된 전쟁기억 서사의 특징을 간략하게 정리해보고 탈냉전시대에 활성화되는 전쟁 기억의 서사가 가진 특징을 검토해 보기로 한다. 특히 1950년대의 전쟁 기억이 어떻게 구성되었는지를 반공주의와 냉전적 구도와 연결시켜 논의해볼 것이다. 그런 다음 60년대와 70년대에 이르는 전쟁기억이 어떻게 나타나는지를 살펴볼 것이다. 마지막으로 탈냉전의 흐름 위에서 전쟁기억의 지형도가 어떻게 변화되는지를 살펴보기로 한다. 특히, 탈냉전시대에 와서 전쟁기억 서사가 주변화된 개인들의 침묵된 기억들의 발화가 가진 양식상 특징과 문화정치학적 의의는 무엇인지를 살펴볼 것이다.

2. 전쟁의 상처와 전쟁기억의 구성

전쟁이 한창이던 무렵, 한국의 한 시인은 전란의 상처를 이렇게 노래했다.

　　　강물이 풀리다니
　　　강물은 무엇하러 또 풀리는가
　　　우리들의 무슨 서름 무슨 기쁨 때문에
　　　강물은 또 풀리는가

　　　기럭이같이
　　　서리 묻은 섣달의 기럭이같이
　　　하늘의 어름짱 가슴으로 깨치며

내 한평생을 울고 가려했더니

무어라 강물은 다시 풀리어
이 햇빛 이물결을 내게 주는가

저 밈들레나 쑥니풀 같은것들
또 한번 고개숙여 보라함인가

황토언덕
꽃 상여
떼 과부의 무리들
여기 서서 또 한번 더 바래보라 함인가

강물이 풀리다니
강물은 무엇하러 또 풀리는가
우리들의 무슨 서름 무슨 기쁨 때문에
강물은 또 풀리는가

—「풀리는 한강 가에서」 전문[05]

시에서 전쟁의 충격은 온통 "서러움"으로 가득 차 있다. 폐허에서나

---

05 서정주, 『미당 시전집·1』, 서울: 민음사, 1994,115-116쪽; 『서정주시선』, 서울: 정음사, 1955. 전쟁기에 창작된 서정주의 시편들은 「무등을 보며」에도 폐허가 된 전후현실과 가난을 위로하며 일상의 곤고함을 감내하자는 어조의 공통점을 가지고 있다.

자라는 "밈둘레(민들레)나 쑥니풀"이 그러하고(민들레와 쑥은 폐허에서 자라는 식물이다). 황토 언덕 위로 지나가는 상여와 뒤를 따르는 과부들의 울음소리도 그러하다. 폐허와 울음으로 가득한 일상을 바라보던 화자는 자신의 눈앞에 펼쳐진 슬픈 풍경을 바라보며 목이 메인다. 전쟁의 고통은 고스란히 여성과 아이, 노인들처럼 남겨진 가족들의 몫이다. 텍스트에서 "서리 묻은 섣달의 기러기"는 한평생 지고 가야 하는 응어리진 슬픔의 존재들, 곧 전란 속에 부대끼며 살아가야 하는 일상적 존재를 가리키는 '객관적 상관물(objective correspondence)'이다. 그러나 화자는 폐허가 되어버린 터전에 쏟아져 내리는 햇빛과 유장한 강물을 지켜보며 "강물은 무엇하러 또 풀리는가"라고 반문한다. 그의 반문은 폐허가 되어버린 일상과 어긋나며 찾아드는 봄의 무심한 섭리에 대한 투정부리기이다. 슬픔은 채 가시지 않았는데, 생의 윤무로 가득한 봄의 도래를 짐짓 원망하는 것이다. 자연의 무심한 이행과 폐허를 바라보는 화자의 슬픔이 어울려 황량한 전후풍경을 담은 시적 경지를 이룬다. 그러나 여기에서 지나치지 않아야 할 부분은 상처 난 내면을 추스르도록 권고하는 목소리이다. 그 목소리는 위안과 갱생 의지를 독려하는 시대정신, 곧 국가가 발화하는 국민 계몽의 목소리와 유사해 보인다.

　전후시의 이같은 사례는 6.25전쟁에 대한 한국 문학의 근원적인 발화 방식 하나를 보여준다. 50년대 시는 전쟁의 본질을 성찰하기보다 폐허와 상처에 주목했다. 그러나 전쟁에 대한 산문 문학은 전쟁이 초래한 비극적 상처에 대한 시적 대상화 그 이상으로 전개되지는 못한다. 주된 이유의 하나로는 전쟁에 관한 서사가 지속되는 전쟁의 긴박한 현실에서, 그리고 험난하기 그지없는 일상의 폐허에서. 넘쳐나는 비극의 일화들을 담아내기에 급급했기 때문이다. 다른 한편으로 산문문학은 전시동원체제가 만들어내는 공산주의체제와 이념, 공산주의자와 좌익 불순분자들에 대한 '증오의 타자 정치학'과는 대조적인 무력증을 보인다.[06]

그 무력증은 무엇보다도 르상티망의 변주이기도 했지만, 다른 한편으로 사회의 비극적 일화가 가진 굳이 가공하지 않아도 극적인 요소에서 비롯된 것으로도 해석할 수 있다. 근대 리얼리즘의 토대를 마련한 염상섭은 『취우』에서 전쟁을 소나기에 비유하며 침략군의 수중에 떨어진 서울을 배경 삼아 약혼자를 둔 채 북한군 장교의 존처와 사랑에 빠진 한 남자와의 은신 행각을 그려냈다.[07] 객관적 묘사가 전쟁의 분위기를 탈색하면서 긴박한 전쟁의 현실을 부각시켰다기에는 크게 미흡한 일상의 묘사에 그쳤다. 김동리는 자신의 전후대표작(「밀다원시대」·「귀환장정」·「흥남철수」·「실존무」 등)을 통해 전시기 후방사회에서 번민하는 지식인의 황량한 내면과 함께, 전란 속에 파열하는 가족의 비극적 편모를 무력하게 담아냈다. 전쟁으로 상처난 가족, 지식인들의 참담한 좌절이라는 사정은 황순원의 경우에

---

06 반공주의에 입각한 증오와 배제의 타자정치학의 사례들은 여러 종군작가단이 활동하는 시기(1950~1955)에 간행된 잡지나 문학독본류의 텍스트에 잘 드러나 있다. 『전선문학』이나 『전시문학독본』에 수록된 수필이나 논설·시·소설·평론 등에서는 전쟁에서의 승리를 독려하며 남침을 주도한 북한 체제와 동조자들에 대한 비판과 국가 수호의 의지가 잘 나타나 있다. 그러나 전후 소설에 등장하는 소재와 묘사의 주류는 전쟁으로 생채기난 삶의 국면들로 집중되는 경향이 강하다.

07 유임하, 「이데올로기의 억압과 공포-반공 텍스트의 기원과 유통, 1950년대 소설의 왜곡」, 『현대소설연구』 25집, 한국현대소설학회, 2005, 68-69쪽.

도 그리 다르지 않았다. 「메리 크리스마스」, 「곡예사」와 같은 단편에서는 부산 피난지에서의 곤고한 일상과 강퍅해진 세태에 절망하는 모습을 보여주었다. 일반적으로 기성세대 작가들은 종군시절에 가담했던 전시문학의 동원정책에서 벗어나 1953년(휴전체제의 성립과 맞물린 시기이다)부터 피난지에서의 곤고한 일상과 전선에 떠도는 실향과 이산의 드라마틱한 일화들을 담아내는 경향이 농후했다.[08] 그러나 범람하는 비극을 수용하는 일련의 과정은 비극의 크기만큼 절망적인 현실과 타자에 대한 적대적 감정을 반공주의로 충전하며 전쟁의 본질 탐구보다는 일상의 시선으로 도처에 산재한 비극의 일화들을 담아내는 데 급급했다는 비판도 가능하다.

　전쟁 직후에 만들어진 비극에 대한 일화에는 남쪽으로 이주하는 민족의 거대한 엑소더스가 하나의 흐름으로 나타난다. 전쟁의 충격과 그로 인한 일상의 파괴, 고향상실, 사선을 넘어 남행을 택하면서 그 어느 때보다도 한반도의 남쪽 도시 대구, 전시수도였던 부산은 전시경제의 호황을 맞는다. 전선의 전진이 중공군의 개입으로 일진일퇴를 거듭하는 시기에도 전시경제의 호황 속에 후방지역의 세태는 급속하게 공동체의 평온함을 잃으며 도덕적 아노미상태에 빠졌다. 그러한 충격은 50년대 거의 모든 작가들의 텍스트에서 산견된다. 전광용의 「꺼삐딴 리」(Captain Lee)」, 서기원의 「암사지도」, 손창섭의 「비 오는 날」·「인간동물원초(抄)」·「잉여인간」, 이범선의 「오발탄」, 박경리의 「불신시대」 등, 이들 전후 문제작은 전쟁의 후방현실을 무대로 황폐한 인간상을 다양하게 그려냈다. 여기에는 전쟁의

08　유임하, 『기억의 심연』, 이회문화사, 2002, 95쪽.

여파로 인해 마비된 인간의 윤리감각과 도덕적 아노미(anomie)만이 아니라 뿌리 뽑힌 삶의 비참함과 정신적 외상(trauma)이 고스란히 담겨 있다.

이러한 묘사와 그 안에 담긴 멘탈리티에서 부재하는 미학적 요소는 전쟁 그 자체, 전쟁이 일어나게 된 원인과 경로에 대한 비판적 성찰이다. 전쟁에 대한 성찰이 부재하거나 아니면 침묵하는 대신, 반복적으로 등장하는 '전쟁의 비극적인 사회 일화'들은 언제나 '수난과 희생자의 위치'를 고수하고 있었다. 수난자의 문화적 위치와 반복성은 전시동원체제가 가한 사상검증과 거듭되는 전쟁 기억의 유통과도 얼마간 닮아 있다. 이데올로기 문제나 정치적으로 민감한 사안들에 침묵하는 대신, 작가들은 전쟁에 관한 비극적인 일화들만 취급함으로써 비록 발언되지 않았다고 해도 공산주의자들의 폭력성이라는 전제를 암묵적으로 용인했던 것이다.

수난의 희생자라는 위치와 공산주의에 대한 적대성을 표상하는 사례 하나가 전후 문제작이자 황순원의 대표작 중의 하나인 『카인의 후예』(1956)이다. 이 작품은 북한의 토지개혁 와중에 일어난 민족 공동체의 거대한 균열을 경험하며 인간애가 급속하게 사라지는 경험을 비판적으로 재현한 전후 문제작이었다. 작품에 담긴 의도는 공산당 당원들이 주도했던 토지개혁의 폭력성과 그에 휩쓸린 광기로 가득한 현실이었다. 작품은 북한의 한가로운 농촌을 카인의 살의와 폭력적 일상으로 만든 주범이 공산주의자들을 지목했고 전통적 지주들은 아벨과도 같은 수난자의 이미지로 구획했다. 카인과 아벨의 도식은 해방직후 북한에서 실시된 토지개혁의 이미지화였지만 궁극적으로는 6.25전쟁 발발 기원에 대한 설화적 재현이었다. 전쟁도 토지개혁처럼 무모하고 폭력적인 범죄행위로 간주되었기 때문이다.

　논리적 비약을 무릅쓰고 말한다면, 『카인의 후예』는 6.25전쟁의 기억
으로 귀속되는 해방직후 북한사회의 사회주의 정권에 대한 반공주의적
낙인 만들기에 성공한 작품이다. 텍스트의 맥락은 해방 직후부터 전개된
공동체의 몰락을 주도한 세력이 바로 공산주의자임을 천명하는 것과 그
리 다르지 않기 때문이다. 50년대 내내 작가들은 공산주의자들에 대한 적
대성을 바탕으로 전쟁의 폭력성과 그들이 자행한 전쟁의 의미를 따로 분
간하지 않았다. 무엇보다도 전쟁을 일으킨 반민족적 세력이야말로 공산
주의자들이며 이들이야말로 일상을 함몰시킨 비극의 장본인이라는, 체험
에 기반을 둔 확고한 신념을 가지고 있었기 때문이다. 이들의 전쟁기억은
가족 성원의 죽음, 이산, 삶의 터전 상실을 체험하며 전쟁 발발의 주체가
바로 공산주의자라는 자명한 근거를 증폭시키면서 구성되었던 것이다.

　한편, 1955년을 전후로 해서 등장한 전후세대 작가들은 전쟁이 인간
을 사물화한 폭력이라는 것, 전쟁이 야기한 죽음과 극한적 궁핍과 절망
을 마주하면서 비극의 본질은 에릭 칼러(Erich Kaher)가 말한 "인간의 제반
판단기준의 소실(the fading away of any human criterion)"[09]이라는 거대한 아
이러니에 전율하며 전후사회의 상처를 증언하고자 했다.[10] 이들의 문학

09　Langer, Lawrence L.. The Holocaust and the Literary Imagination. Virninia: Yale
　　University Press, 1977, p.74.

10　전후세대 문학의 의의에 관해서는 김상선, 『신세대작가론』, 일신사, 1964; 천이두, 『종
　　합에의 의지』, 일지사, 1974; 김현, 「테러리즘의 문학-50년대 문학소고」. 『사회와 윤
　　리』. 김현문학전집 2권. 문학과지성사, 1991.

적 증언은 기성세대 작가들의 체험적인 반공주의와 비극적 일화의 수용 방식과는 달리, 인간성 상실을 강요했던 전쟁의 야수성과 존재의 한계상황을 선명하게 재현하고자 했다. 오상원의 「유예」는 실존적 감각을 동원하여 전장의 극한체험, 범람하는 죽음과 신체의 절단, 삶의 터전 상실, 피난지에서의 고통스러운 생존 등을 묘사했다.[11] 선우휘의 「불꽃」은 페이비언주의(Fabianism, 점진주의적 개량주의)에 입각하여 사회주의자들의 이념적 폭력성을 비판했고, 장용학의 「요한시집」은 거제도 포로수용소를 무대로 죽음까지도 희롱하는 이데올로그들의 비인간성을 고발했다.

  50년대 소설에서 기성세대 작가들이 전쟁의 압도하는 비극에 무력하게 반응했다면, 전후세대 작가들은 전쟁의 충격으로 인한 사회적 불행과 정신적 외상을 적극적으로 증언하고자 했다. 하지만 이같은 차이조차 기성세대의 감각과 청년의 세대감각으로 나눈 편의적인 구별에 지나지 않는다. 그런 까닭에 한국의 전후 문학은 "전쟁체험의 기록"[12]이라고 규정할 수 있다. 또한 기록의 내면에는 "전쟁으로 말미암은 모든 비인간적 요인에 대항한, 인간성의 옹호"[13]라는 강력한 반전의식이 내장되어 있었다고 해도 그리 틀리지 않는다. 전후소설은 6.25체험을 대상화하기보다는 비극의 일화를 통해서 전쟁의 비극적 여파와 정신적 외상을 묘사하는 한

---

11 유임하, 「전쟁체험과 시대의 문학적 증언-오상원론」, 『동서문학』 2003 가을호, 309-311쪽.

12 조연현, 「한국전쟁과 한국문학-체험의 기록과 경험의 형상화」, 『전선문학』 5집, 1953.

13 천이두, 『종합에의 의지』, 일지사, 1974, 226-234쪽.

편, 전쟁의 야수성과 문명의 몰인간성에 전율하며 반공주의적이고 냉전적인 기억을 구성했던 셈이다. 이같은 점을 감안해 보면 전후문학은 전쟁과 전쟁의 직접적인 여파를 문명인의 관점에서 증언하면서 전쟁의 원체험을 대상화하고 그 진상을 성찰하는 작업을 60년대 이후 문학의 과제로 넘겼다.[14]

3. 60-70년대 문학과 전쟁기억의 분화

60년대 문학에서는 남정현의 '『분지』 필화 사건'(1965) 외에도 크고작은 파문을 일으킨 필화와 검열이 있었다.[15] 이범선의 「오발탄」(1959)을 영화화한 동명의 영화(감독 유현목), 『동아일보』에 연재하였던 박계주의 『여수』, 구상의 첫 희곡 「수치」(『자유문학』, 1963.2), 『사상계』에 수록했다가 훗날 『한양』에 실린 탓에 심문을 당했던 유주현의 『임진강』 등이 바로 그것이다.

이범선의 소설 원작의 영화 『오발탄』은 소설로는 문제가 없었다. 그러

---

14   1950년대 문학에 대한 본격적인 논의는 냉전체제 종식과 함께 90년대에 들어서면서 활발해지고 있다. 그간 50년대는 문학사에서 전쟁의 충격과 미학의 부재라는 선입견 때문에 해석의 미답지대로 남아 있었다. 그러나 90년대에 들어와 공동연구와 개별연구는 공시적 관점에서 중단편에 한정된 논의들만 있었으나 문학사와 관련된 통시적 관점이 도입되면서 전후장편에 대한 분석과 미학적 의의를 발견하는 작업이 활발하게 이루어지고 있다. 전후소설에 대한 1990년대 연구동향의 검토는 유임하, 「전후소설의 재발견」, 『상허학보』 9집. 상허학회, 깊은샘, 2002 참조할 것.

15   이철범, 「필화사건」, 한국문인협회 편, 『해방문학 20년』, 서울: 정음사, 1972, 121쪽.

나 영화로 제작되었을 때 너무 어두운 현실을 그렸다는 점이 문제가 되었다. 제트기가 지붕위로 날 때 미친 할머니가 "가자!"하고 외치는 장면 때문에 영화 상영 금지 조치가 내려졌다. 구상의 시 「수치」 역시 어두운 현실을 그렸기 때문이 말썽이 생겼다. 작가와 연출가가 높은 휴머니즘을 담은 반공작품이라고 해도 반공법에 저촉되는 부분이 있다는 이유에서였다. 박계주의 『여수』는 르포 형식의 불란서 여행을 소재로 한 소설이었다. 하지만 내용 안에 신탁통치 문제를 다루고 중립국가 발언이 문제가 되어 게재 중지되었다. 이러한 점에서도 알 수 있듯이, 반공주의는 실정법으로써 작가들에게는 금기와 가이드라인을 각인시키며 전쟁의 공공기억 이외의 사유나 상상력을 차단해 나갔다.

남정현의 『분지』 이전까지, 즉 50년대와 60년대 초반에 이르도록 자유당 정권에서 검열에 따른 두드러진 필화사건은 없었다. 매스미디어의 자발적인 검열과 검열당국의 상연금지 조치, 심문과 같은 제도적 폭력은 60년대부터 점차 가시화된다. 특히 60년대는 5.16군사쿠데타 이후 정권을 잡은 박정희 정부의 정교한 규율체제가 문화예술 분야에서 가동되기 시작한 것이다. 앞서 거론한 사례에서도 알 수 있듯이 소설보다는 영화가 상대적으로는 더 주목받았는데, 이는 대중문화의 파급력을 우려했던 검열당국의 감시와 통제에 따른 결과였다.

좀더 자세히 살펴보면 국가 이데올로기에 저촉되는 민감한 사안, 곧 신탁통치문제나 진보진영에서 주창했던 중립국가론 등은 거론 자체가 봉쇄되었다. 이 점은 박계주의 연재 금지에서도 잘 확인된다. 거론되기만 해도 작품 연재가 중단되는 사태는 작가에게 그만큼 치명적이었다.

언급 자체가 금기시되는 풍토는 반공주의적, 냉전적인 전쟁의 공공기억에도 마찬가지였다. 작가들은 전쟁의 공공 기억 이외의 부분, 곧 가족이나 친지가 관련된 부분에 대한 문제들은 침묵하거나 누락시키는 방식으로 "조심스럽게 작품활동을 했다."[16]

남정현의 「분지」 필화사건(1965)은 정치적 자유와 예술가의 절대 자유가 어떻게 작가의 작품을 자의적으로 재단되었는지를 잘 보여준 사례였다. 이 사건은 국토의 양단과 준전시상태에 놓인 한반도의 현실을 절감하게 만들었고 반공을 국시로 삼은 60년대의 엄혹한 검열체제의 일단을 잘 보여준 경우였다. 제도적 검열체제는 헌법에 보장된 '창작의 자유'에도 불구하고 정치적 상황에 연루되면 반공법에 저촉될 수 있음을 부지불식간에 확인시켜 주었다. 남정현의 필화는 한국의 작가들에게 반공법의 테두리 안에서만 창작의 자유를 누리는 것임을 분명하게 각인시켰다. 창작의 자유가 위축되는 현실에 대한 우려의 목소리는 당대 일간지에서 실시한 문인들의 설문조사에서도 잘 나타난다.

작가가 의도했든 않았던 간에 북한의 "교묘하고 파괴적"인 선전수법 때문에 역선전에 말려들 수밖에 없다는 현실의 확인은 민감한 사안에 대한 회피, 침묵, 의도적인 누락을 위해 작가 스스로 검열하게 만들었다. 또한 분단의 대치국면이라는 "비틀어진 상황" "잘못된 상황"은 전쟁 기억의 많은 부분을 발화하지 못한 채 침묵하거나 의도적으로 망각하는 왜곡을 거치도록 만들었다. 이 복잡한 정치적 현실 속에서 작가는 "그 현실의

---

16 이철범, 같은 글, 같은 책, 같은 곳.

표면이 아닌, 그 내부를 깊이 의식하는 정신을 소유하도록 애써야" 했고, "정치적 현실을 부정하면서 긍정하는, 높은 정신의 차원을 창조"[17]만이 강조되었다. 그러나 정신의 차원이나 작가의 통찰 역시 사회적 토대, 문화의 역량과 직결된다는 점에서 60년대의 정치 상황은 반공이념과 검열의 기제에 순응하며 침묵하거나 전쟁 기억을 반공주의에 깊이 접합시키는 결과를 낳았다.

전쟁기억과 관련된 60년대 소설의 전반적인 흐름은 "체험의 기록"에서 전쟁의 비극적인 의미를 대상화하며 성찰하는 경우와 반공주의에 더욱 침윤된 흐름으로 분화되어 갔다. 강신재의 1960년대 소설에 등장하는 인물과 묘사는 그녀의 50년대 소설에서 엿보이는 정치적 중립성과 비판적 태도를 지속, 심화시키지 못한다. 객관성의 상실은 전쟁을 다룬 그녀의 장편 『임진강의 민들레』에서 확인되듯이 반공주의의 시각을 오히려 강화하면서 공산주의자에 대한 비판적 시각을 한결 선명하게 보여준다. 이 변화는 50년대에 회피되었던 공산주의자들에 대한 묘사가 60년대의 자장 안에서 더욱 반공주의에 침윤되었음을 말해준다.

60년대에는 전쟁의 의미를 대상화하며 이를 성찰하는 흐름도 포착된다. 청년들의 죽음과 상처, 진퇴양난의 아이러니로 전쟁을 묘사한 경우(황순원의 「나무들 비탈에 서다」, 서기원의 「전야제」 등), 남북한 분단체제가 지닌 비정당성, 전쟁의 혁명성에 대한 부정, 남한사회의 도덕적 타락을 함께 비판한 최인훈의 『광장』, 분단과 전쟁의 비극을 식민지 시대에 잉태한 비

---

17 이철범, 같은 글, 같은 책, 125쪽.

극으로 간주하며 근친상간의 이데올로기적 범죄로 알레고리화한 장용학
의 「원형의 전설」이 바로 그러한 사례이다.

전쟁의 상처를 증언하는 체험의 수준에서 벗어나 전쟁을 성찰의 대상
으로 삼는 경우 그 지평은 불가피하게 분단문제로 확장된다. 전쟁의 발
발 원인이 분단체제의 성립에 연원한다는 인식이 반영된 탓이다. 전쟁
에 대한 시각의 확장은 필연적으로 전쟁기억의 분화를 낳는다. 최인훈의
『광장』 이후 전쟁기억은 분단이라는 민족의 현실을 역사화시켜 인식하
려는 흐름으로 나타나기 시작했다. '분단서사'라고 해야 할 이같은 흐름
을 주도한 작가들은 '성장체험세대'였다. 이들은 50년대와 중첩된 자신
들의 성장기에서, 자명하지만 그 전모를 알 수 없었던 기억을 발판 삼아
전쟁 기억을 새롭게 구성해낸다.

일일이 예거하기 어려운 분단서사의 성과들은 80년대 후반까지 지속
적으로 풍성한 소산을 낳는다. 가장 오랫동안 가장 많은 분단서사의 성
과를 제출한 김원일을 예로 들어보기로 하자. 그는 「어둠의 혼」(1973) 이
래 널리 차용된 '어린 서술자의 시점'을 통해 분단현실의 주변적 존재였
던 아버지들의 이해불가능한 오랜 부재와 그로 인한 가난의 성장기를 겹
쳐 전쟁기억을 구성해낸다. 또한 '성장체험의 부분성'을 역사적 지평으
로 넓혀 전쟁의 참화를 입은 가족사의 비극을 더듬어가며 이를 다시 민
족의 비극적 현실로 격상시킨다.

유소년 서술자의 시점은 전쟁의 기억을 가족의 안온한 삶을 뿌리째
뒤흔들고 성장고행을 낳았던 근원으로 지목하는 탈이데올로기적인 주체
의 것이다. 이 서술 주체는 검열장치와 억압적 금기를 우회하는 허구적

장치로서 냉전시대의 압력에 대한 능동적인 적응이 만들어낸 유연하고
도 심미적인 성취이기도 했다. 유소년의 서술자 시점은 전쟁의 폭력적인
표상들을 객관적으로 처리하는 이점 외에도 이데올로기의 폭력성과 허
위를 비판할 여지를 확보할 수 있다는 장점도 있었다. 유소년 화자의 시
점의 저변에 감추어진 작가의 의식에 주목해야 한다면 그것은 반공주의
와 감시 통제로 치달아가는 유신체제 밑에서 남북과 좌우를 망라한 이데
올로기의 허위를 질타하며 시대의 망령과도 같았던 수많은 공적 아버지
들을 비판적으로 성찰하는 의식을 담고 있기 때문이다.

  어린 서술자의 눈을 통해 드러나는 전쟁의 최종적인 의미는 어떤 명분
으로도 정당화될 수 없는 거대한 허위, 엄청난 희생을 강요하는 폭력의 소
용돌이로 요약된다. 성장기의 기억에서 불러내어 이야기된 전쟁의 모습
은 가족의 죽음과 비극을 강요한 세계 악, 집단폭력과 시대의 광기이다.[18]
이들 세대의 작가들은 국가주의에 입각한 전쟁의 공공기억에서는 주변화
되고 배제되었던 수많은 개인들의 아버지들을 복권시키며 민족의 역사
적 기억 안에 편입시키는 기획을 실천한다. 이들에게 전쟁은 허구적 이야
기 안에서 '처음 고향땅을 떠나는 원족의 설레임'을 낳는 피난의 기억으
로 남기도 하지만(오정희의 「유년의 뜰」, 윤흥길의 「기억 속의 들꽃」), 혼곤한 가위눌

---

18 한 배에서 낳은 두 마리의 싸움닭이 싸우는 장면이 나온다. 투계를 지켜보는 마을사
    람들이 한 배에서 나온 닭임을 알고 나서 모두 환멸해서 자리를 뜬다. 투계 장면은 작
    가가 1950년 한 해를 1월부터 10월까지 월별 시간대를 부조한 작가의 6.25전쟁에 대
    한 최종 결론을 담은 이미저리(Imagery)이다. 김원일, 『불의 제전』 7권, 문학과지성사,
    1997, 268-320쪽.

림 같은 원체험으로 나타난다. 이들 세대의 소설에서 전쟁은 '성장기를 칠
흑같은 어둠과 가난으로 몰아넣은 폭력' '민족이라는 자아가 둘로 나누어
져 서로 싸운 비극' '수많은 아버지들이 가해자이자 희생자가 되었던 광
기 가득한 이데올로기 전쟁의 폭력' 등으로 서사화된다.

　'성장체험세대' 작가들은 자전적 요소와 민족의 비극적 현실을 결합시
켜 전쟁의 국민국가적 공공기억에 대항하는 기억서사를 만들어낸다. 70
년대와 80년대 중반에 걸쳐 이들이 창작한 분단서사에서 전쟁 기억은 좌
익가족 2세대의 것이다. 이들의 기억은 피난과 월남체험으로 얼룩져 있어
서 광포한 국가주의자들의 폭력적인 사상검증, 제노사이드의 광기, 가족
의 죽음과 고초들로 뒤엉킨 참람한 비극을 목격한 자의 증언적 태도를 잘
보여준다.[19] 기억의 주체는 월북했거나 좌익혐의로 고향에서 무참히 학살
당한 어린 아들딸이었다는 사실이 확인된다. 아니면 자신의 친척이 좌익
분자들에게 학살당한 우익인사의 친척이기도 했다. 이들은 요컨대 피해
의 당사자이거나 가까운 친지의 자식으로서 광포한 국가권력이나 좌익분
자들의 준동에 본능적으로 생존감각을 익힌 조숙한 아동이었다.[20]

───────────

19　전쟁의 광포함과 아동의 왜소하고 유약한 존재를 극적으로 대비시킨 사례로는 김원일
　　의 「어둠의 혼」, 이동하의 「전차와 다람쥐」, 윤흥길의 「장마」 등을 꼽을 수 있지만, 현
　　기영의 『순이삼촌』, 이동하의 『우울한 귀향』, 전상국의 『아베의 가족』, 문순태의 『고향
　　으로 가는 바람』·『철쭉제』, 이문구의 『장한몽』『관촌수필』, 김성동의 연작 『집』 등 많
　　은 사례가 있다. 유임하, 『분단현실과 서사적 상상력』, 태학사, 1998, 119-159쪽.

20　김원일의 분단과 전쟁에 관한 소설에서 국가권력은 경찰의 감시로 나타난다. 그 권력
　　은 아버지의 체포와 고문과 죽음, 어머니 구금과 고문 등 감시와 처벌과 폭력의 집단주
　　체로 배경화되고 있다. 「어둠의 혼」『노을』『불의 제전』 등에서 어머니의 경찰에 대한

　이들의 소설에서 전쟁 기억은 암울한 성장체험의 틀에서 벗어나는 법이 없다. 기억의 공간은 고향 땅이며, 기억의 시간대는 적막하고 궁핍으로 찌든 집안, 좌우세력이 서로 폭력을 행사하던 밤의 시간대이다. 그 시간대는 아버지의 부재에 절망하고 어머니의 참혹한 고문과 감시가 자행되었던 악몽과도 같은 유소년의 시기다. 이들은 '왜 어른들은 싸우는가?'라는 세상에 대한 의문을 품고 어머니의 생계잇기를 바라보며 "빨갱이 자식새끼" "애비없는 자식"이라는 놀림 속에 꿋꿋이 자라나 문학의 길로 들어선다.[21] 이들은 비극 때문에 조숙해져버린 집안의 유자(遺子)이다. 이들의 성장 기억에 편재하는 전쟁의 비극은 어른들에게는 무의식적인 정신적 외상인 반면 대단히 근원적이고 의식적이라는 특징을 가지고 있다. 이들의 전쟁 기억서사는 성장기에 담긴 전쟁의 조각난 기억들을 허구로 메워 구조화하면서 좌우이데올로기 그 어느쪽의 폭력도 용인해서는 안 되며 그것이야말로 민족의 봉합과 치유를 가능하게 만드는 길이라 여기며 수많은 공적 아버지들을 역사에 편입시키고자 한다.

　성장체험세대에 의한 아버지와 전쟁을 재기억하기(re-memoring), 역사 복원의 위한 기억 다시쓰기(re-writng memory)는 70년대라는 개발독재와 유신체제 아래서 감행되었다는 점에서 적지 않은 의의를 갖는다. 의의의 하나는 80년대에 이르도록 풍미했던 민족문학론의 사례로 거론되었다는

　과잉반응과 공포는 국가권력으로부터 당한 육체적 정신적 상흔을 반영한다.

21　많은 사례가 있으나 이 글에서는 참고한 텍스트는 박완서 외, 『나의 문학이야기』, 문학동네, 2004.

사실에서도 잘 확인된다. 유신체제의 질곡 속에서 전쟁 기억의 다시쓰기는 산업화 속에 주변화되는 계층들에 대한 문학의 관심과 맞물려 역사적 기억을 저항적 주체의 역사로 대체하려는 역사소설의 흐름과 함께 문화의 전선을 형성했다.[22] 분단서사에 담긴 전쟁기억은 민족의 분열을 봉합하려는 이념적 공감을 통해 민족 문학을 풍요롭게 만드는 일종의 리트머스 용지였다.

또하나의 의의는 이들 세대 작가들에 의해 역사의 공공기억에서는 의도적으로 망각되었던 기억이 귀환하는 토대가 마련되었다는 사실이다. 6.25전쟁을 전후로 해서 '공비(共匪)'나 '빨갱이'로 몰려 학살당한 양민들의 기억이 바로 그것이다. 이들은 국민으로서 국가의 보호를 받기보다 국가폭력으로 죽어간 비국민 또는 2등 국민으로서 역사에서는 적어도 망각된 존재들이었다. 분단서사에 담긴 전쟁기억을 통해서 아버지와 비참했던 가족의 비극은 제한적으로나마 침묵에서 발화되고 재배치되었다. 그리하여 아버지의 망각된 역사는 민족의 비극적인 역사 안에 복원되고 새로 배치되기 시작했다.

---

22   70년대 대표적인 역사소설인 황석영의 『장길산』이나 김주영의 『객주』는 지배자의 역사와 구별되는 민중의 역사, 민중이라는 저항적 집단주체의 사회변혁 가능성을 보여주고자 했다. 시간대는 비록 조선조에 두고 있으나 분단서사 속에 담긴 전쟁기억의 다시쓰기처럼 근대국민국가의 역사에서 누락된 요소를 담아내려는 전략과 상통한다.

4. 탈냉전과 전쟁기억의 변화

한국 문학사에서 80년대는 70년대에 발화되었던 자생적인 저항담론이 일국사적 전쟁 기억의 지형도와 경합하는 상황으로 바꾼 변혁의 시기였다. 이 시기에는 민주화와 사회운동의 분위기 속에 반공주의적 내셔널리즘에 입각한 역사의 주도권이 급격히 퇴조했다.[23] 그 동력은 민족과 민족주의, 민중과 반외세의 사상적 경향을 기반으로 삼는 다양한 사회문화적 운동에 의해 제공되었다. 민중사관과 계급주의에 대한 논의가 깊어지면서 전쟁 기억은 한층 다채로운 양상을 띤다. 문학의 경우, 거창양민학살이 소설로 귀환했고(김원일의 『겨울골짜기』), 가장의 좌익 가담 또는 월북 때문에 풍비박산 나버린 집안의 아들이 치르는 입사식이 재현되었으며(이문열의 『변경』), 침묵하고 있던 빨치산의 기억이 전쟁 기억을 뚫고 솟아올랐다(이병주의 『지리산』, 조정래의 『태백산맥』, 이태의 『남부군』 등). 이들 텍스트에서 가장 영향력을 발휘한 문제작은 역시 조정래의 『태백산맥』이었다.

『태백산맥』은 반공주의의 강력한 실정력을 전복, 해체시키며 냉전체제 안에서 구축된 해방 전후사, 6.25전쟁에 대한 역사적 기억을 '아래로부터의 시선'에서 재구성하며 억압당한 기억들을 귀환시켰다. 좌익가족과 빨치산, 북한 체제를 선택한 지식인, 월남하여 빨치산 투쟁에 가담했던 인물들에 이르기까지 다채로운 개인들의 망각된 역사, 침묵된 기억의

---

23 이러한 특징은 6.25전쟁 연구가 80년대 수정주의 수입 이후 본격적으로 시작되었다는 지적과 통한다. 이완범, 「한국전쟁 연구 50년과 과제」, 『경제와사회』46집 여름호, 산업사회학회, 2000, 27쪽.

거대한 산맥을 형성한다. 인물 구성과 배치가 종종 좌편향적이고 반미적
이라는 비판에도 불구하고,[24] 작품이 거둔 성취는 퇴색되지 않는다. 텍스
트의 전쟁기억은 보성·벌교를 중심으로 한 작가 자신의 자전적 요소와,
현장답사(field work)를 통해서 수집한 빨치산 인사들의 침묵해온 기억과
증언, 기타 자료들을 바탕으로 삼고 있었다. 거기에다 이 소설은 당시 진
보적인 담론의 논의를 촉발시킨 '해방전후사 시리즈'의 학문적 성과에서
확보한 민중적 민족주의 이념을 기반으로 전쟁의 공공기억에 대한 새로
운 대항기억을 재현해냈다. 그 결과, 소설은 남북과 좌우를 망라하는 한
편, 이들 이데올로기적 주체들로부터 하층민들에 이르는 계급에 속한 개
인들의 기억을 역사의 주변에서 텍스트의 중심으로 재배치하였다. 이와
함께 작품은 반공주의와 냉전적인 일국사의 공공성은 다양한 전쟁기억
과 경합하는 전환의 기로에 서게 만들었다.

　　조정래의 『태백산맥』은 '기억의 정치'라는 측면에서 보면, 해방 직후
숨가쁘게 전개되었던 정치적 변동과 국제 정세를 새로운 시각에서 담아
낸 80년대 분단서사의 빛나는 성취였다. 여기에는 미·소에 의한 남한분
할 점령과 미소 군정, 분단국가라는 태생적 한계에서 출발한 대한민국의
단독정부 수립과정, 농지개혁의 사회경제적 현실, 지지부진한 농지개혁
에 따른 하층민들의 절망과 강렬한 사회개혁의 열망 등등으로부터 전쟁
으로 치달아가는 과정이 파노라마처럼 펼쳐지고 있다.

　　무엇보다도 텍스트는 해방 직후 민족 공동체가 어떻게 이데올로기적

24　김병익, 『열림과 일굼』, 문학과지성사, 1991, 21-22쪽, 179-180쪽.

반목으로 치달아가면서 분단의 내적 동인들을 증폭시켜 전쟁으로 이어졌는지를 재현하고 있다. 제주 4.3사태 진압을 거부하고 일으킨 여순반란에서부터 6.25전쟁이 휴전체제로 돌입하는 1953년에 이르는 5년간의 시공간을 배경으로 삼은 데서도 알 수 있듯이, 텍스트의 전쟁기억은 분단의 기원에 대한 진보적인 경향의 학문성과와 국제정치학의 관점을 민중의 시각에서 담아내고자 했다. 이러한 관점은 적어도 한국의 해방 이후 현대사와 전쟁에 대한 반공주의적 공공기억을 전복시키며 의도적으로 망각된 기억을 귀환시키는 데 일조했다.

더욱 중요한 점은 『태백산맥』의 전쟁기억이 80년대 군사독재 정권이 보여준 광주학살의 국가폭력에 대한 기원 탐색 의지와, 인간의 자유와 해방에 대한 자각에서 재구성되었다는 사실일 것이다. 작가는 80년대 국가폭력의 기원을 분단체제와 극단적인 반공주의의 헤게모니에서 구했던 것이다. 6.25전쟁은 잘 알려져 있듯이 지역전쟁, 시민전쟁, 세계전쟁이라는 복합전의 양상을 가지고 있다.[25] 『태백산맥』은 '민중의 평등주의와 계급의 정치적 해방'이라는 측면에서 6.25전쟁을 80년대라는 정치적 문화적 위치에서 고통스럽게 재현된 거대한 이야기의 세계다. 작가는 국가의 공공 기억에서 배제되었거나 의도적으로 망각된 기억을 호출하여 억압당한 자의 시선에서 현대사를 성찰하며 해방기 혁명적 시간대에 분출된 사회적 열망을 작품에 반영했던 것이다.

좌익 지식인들과 입산자 가족의 시선에서 다시 기억된 전쟁 전후의

---

25 박명림, 『한국 1950: 전쟁과 평화』, 나남출판, 2002, 32쪽.

기억은 주인물 김범우가 1948년 10월 대한민국 출범 직후에 일어난 여순사태에서부터 휴전하는 1953년 거제도 포로수용소에서 귀향하는 데서 마무리된다. 그의 귀향은 전쟁 기간 동안 분출되었던 하층민들이 염원했던 평등의 세상이 어떤 실상을 가졌는지, 국제전으로 비화된 전쟁이 휴전선을 마주보고 마무리된 것이 무엇을 뜻하는지를 되새김질하게 만든다. 김범우는 현실투쟁에서 장구한 역사투쟁, 곧 현실의 장에서 민족의 자주적인 국가건설과 자유와 평등에 대한 '당위성으로서의 역사'를 쟁취해 나가는 힘들고 기나긴 투쟁이 집단 주체인 민중의 몫이라고 천명한다. 이같은 역사투쟁은 물론 80년대의 엄혹했던 군사독재에 대한 민주화를 환유하고도 남는다.

　공적 기억, 공식의 역사를 벗어난 개인들의 기억들을 토대로 정체성을 새롭게 구성하는 재기억화는 조정래의 경우에만 해당되는 것이 아니다. 80년대에 이르면 탈냉전의 흐름 속에서, 앞서 거론했던 40년대를 전후로 출생한 작가들에 의해 마련된 분단서사는 억압당해온 개인들의 기억을 활성화하며 내셔널 내러티브에 담긴 전쟁기억과 경합하기 시작한다. 이렇게 보면, 70년대 이후 모습을 드러낸 분단서사가 반공주의와 냉전체제 하에서 자기복제해온 단일한 전쟁기억과 맞선 최초의 대항기억이라고 말해도 크게 어긋난 표현은 아니다. 내셔널한 서사가 민족을 통합하는 공통감각을 창안하여 국민으로 귀속시키는 문화적 기억을 정당화했다면, 분단서사에 등장하는 개인들의 수많은 기억은 분단과 전쟁을 둘러싼 공적 기억에서 누락된 것들의 역사적 복원이라는 의의를 이미 성취한 일면을 가지고 있었던 셈이다. 연작 『관촌수필』의 작가 이문구가 저항시인 김지하에게 "이것(관촌수필)이 드라마화됨으로써 우리 아버지와 우리 아버지와 함께 죽은 사람들을 복권시켰다고 생각한다."[26]라는 발언도 같은 맥락이다. 분단서사가 70년대 이후 전쟁과 분단의 상처를 위로하며 수많은 역사의 망령들을 천도하는 한편, 금기시된 기억의 봉인을 풀어내는 역할을 담당했다는 말은 "기억을 두고 벌이는 싸움은 현실의 해석을 두고 벌어지는 투쟁"[27]이라는 점에서 그러하다. 현실을 해석하는 틀은 과거를 어떻게 전유하는가에 달려 있다. 때문에 기억투쟁은 결국 정체성 획득을 위한 문제로써 정치적 헤게모니의 정당성 문제와 긴밀하게 연계되어 있는 셈이다.

한국사회에서 기억을 둘러싼 싸움은 사회적 변화와 세계 냉전체제의 해체와 직접 관련된다. 거기에다 1979년 서울의 봄 직후인 1980년 5월에 일어난 저 광주민주화 항쟁은 당대 지식인들에게 "분노와 비탄과 절망, 그리고 침묵으로 점철되었던 (…) 원죄의식"[28]을 낳았고 80년대 내내 지속되었던 군사독재의 정치적 탄압에 저항하게 만들며 국가폭력의 기원을 탐색하도록 만들었다.

조정래의 『태백산맥』 외에도 김원일의 『불의 제전』 『겨울골짜기』, 이문열의 『영웅시대』는 전쟁기억에 관한 좌익가족 2세대 작가들의 노작이

---

26 이문구, 「'관촌수필'과 나의 문학적 역정」, 박경리 외, 『나의 문학이야기』, 문학동네, 2001, 157쪽.

27 알라이다 아스만, 변학수·백설자·채연숙 공역, 『기억의 공간』, 경북대출판부, 104쪽.

28 김현, 「보이는 심연과 안보이는 역사전망」, 『전체에 대한 통찰』, 나남출판, 1990, 416쪽.

었다. 이들 텍스트에서 전쟁기억은 국가의 공공기억이 아닌 개인과 가족사, 더 나아가 수많은 계층들의 목소리로 서사화된 바 있다. 이러한 사례로 미루어 보면 최근 각광받는 구술사의 관점 도입은 문학에서는 적어도 70년대 이후 가시화된 것이다. 구술생애사가 수많은 개인사를 채록하여 그 시대 안에 편재하는 어떤 심성과 역사의 원리를 찾아내는 것이라면, 문학은 개연성(probability)를 통해 망각된 목소리들을 허구화하며 특정한 시대에 존재했을 법한 인물과 일어났을 법한 사건으로 이야기를 재현해낸다. 그런 측면에서 '어린 서술자의 관점'이나 '아래로부터의 시선'을 통한 '억눌린 목소리의 귀환'은 일국사의 전쟁기억에서 국가영웅 중심의 기술에 포함될 수 없는, 망각되었거나 침묵하는 개인들의 기억을 활성화하는 문화 실천에 가깝다. 이와 함께 공공기억에 등장하는 수많은 국가영웅과 전승미담은 역사적 망령들의 활성화된 기억 속에 퇴조했다.

　전쟁의 기억을 다룬 최근 소설의 양상은 민족이나 국가로 회수되지 않는 잉여의 지점을 보여준다는 점에서 좀더 세밀하게 주목해볼 가치가 있다.[29] 황석영의 『손님』을 먼저 검토해 보기로 한다. 신천 학살사건을 소재로 한 황석영의 『손님』의 경우, 국가의 공적 기억에서는 배제되어온, 역사의 망령들을 불러내어 학살의 진상과 광기 가득한 시대의 폭력을 덧없는 것으로 그려낸다. 학살의 기억을 재구성하는 과정에서 작품은, 특

29　텍스트는 황석영 2001 『손님』, 창작과비평사, 2001. 지면 관계상 다루지 못한 텍스트는 사례만 들기로 한다. 임철우, 『백년여관』, 한겨레신문사, 2004; 김원일, 『손풍금』, 중앙M&b, 2004; 김용성, 『기억의 가면』, 문학과지성사, 2004; 문순태, 『41년생 소년』, 랜덤하우스중앙, 2005 등.

정한 기억을 국가의 공공기억으로 전시한 신천학살박물관의 기억을 문제삼는다. 박물관의 공공성은 국가의 이데올로기와 정체성을 규정하며 공통감각을 재현하는 전시효과를 낳는다. 『손님』은 박물관에 전시된 '독일 파시즘에 버금가는 미군의 천인공노할 역사적 만행'이라는 구성된 역사를 해체하며 이를 동족간의 피비린내 나는 제노사이드의 기억으로 현재화한다. 망령들의 목소리는 유보되었던 가해와 피해의 기억들로, 시간의 풍화작용을 거슬러 다시 현현한 것이다. 어떤 적의도 애증도 사라져버린 고혼들에 의해 이루어지는 대화의 난장은 풍요로운 기억의 화해를 보여준다.

『손님』에서 문제적으로 재현한 것은 공공 기억이 균열을 일으킨 지점에서 뚫고 나온 '역사의 망령'들의 목소리이다. 이 목소리는 원한과 증오를 벗어나 자신들의 시대에 반목했던 현실의 무가치함을 낮은 톤으로 증언하고 있다. 증언의 목소리는 기억의 봉인이 풀리면서 터져나온 것이다. 역사적 망령들의 기억은 피에르 노라가 '과거 불연속체'라고 부른 '과거를 장악해온 헤게모니'[30]의 쇠퇴를 뜻하기도 하지만, 한국문학에서는 세계 냉전체제의 해체와 함께 활성화된 기억서사의 경합상태를 가리킨다.

6.25전쟁 기억 서사의 또다른 사례로는 여성의 발화 주체가 주를 이루는 박완서의 장편소설과 조은의 작품[31]에서 구할 수 있다. 박완서의 소

---

30 아리프 딜릭, 황동연 역, 『포스트모더니티의 역사들』, 창비, 2005, 259쪽.

31 사용한 텍스트는 다음과 같다. 박완서, 『엄마의 말뚝』, 세계사, 1992; 박완서, 『그 많던 싱아는 누가 다 먹었을까』, 웅진출판, 1995.; 박완서, 『그 산이 정말 거기 있었을까』, 웅진출판, 1995; 조은, 『침묵으로 지은 집』, 문학동네, 2003.

설은 여성의 체험과 기억이 전근대적 기억과 근대세계에서 얻은 성찰적 의식이 맞물리면서 기억 서사의 성찬을 빚어낸다. 기억의 성찬은 이야기 주체의 빈번한 개입과 자기반영성에도 불구하고 여성들의 역사 체험, 여성들의 시대 풍경에 대한 '기억 서사의 로망스적 구도'[32]라는 점에서 남성작가들의 여성 묘사와는 크게 변별된다.

박완서의 소설이 보여주는 전쟁기억의 로망스적 구도는 가족의 경험과 맞물린 근현대사의 맥락들, 요컨대 여성의 일상적 경험이 가진 사소함에 부여하는 미적 구조화이다. 개인과 역사, 사회와 현실이 맺는 구체적인 접점들을 중심으로 하나의 완결된 이야기가 생성되는 것이다. 이는 일상적인 사건이나 일화들보다는 추상적인 이념이나 거대담론 중심인 남성적 시선과는 별개의 구체성을 확보하면서 이룩하는 소설의 지평에 가깝다. '경험과 담론의 일상적 차원'에서 마련된 시선과 거리두기, 이야기를 서술하는 문체의 현란함은, 박완서의 경우, 분명하게 대의와 명분에 고심하는 영웅적 개인이나 반영웅들을 등장시켜 서로의 반목을 극화하는 남성작가들의 이야기 특징과는 분명히 구별된다.

처녀작 『나목』 이래, 『미망』 『그해 겨울은 따뜻했네』 『엄마의 말뚝』 『그 많던 싱아는 누가 다 먹었을까』 『그 산이 정말 거기 있었을까』 등 많은 작품을 관통하는 박완서 소설의 주요한 특징 하나는 가족사에 침윤된

---

32 '로망스적 구도의 이야기'란 기든즈가 말하는 남성의 '정복의 서사'와 배치되는 이야기의 특징을 지칭한다. 앤서니 기든즈, 배은경·황정미 공역, 『현대사회의 성 사랑 에로티시즘』, 새물결, 2001, 33-42쪽.

전쟁의 비극과 상처이다. 그러나 무엇보다도 이 비극과 상처가 여성이라는 주체에 의해 발화되고 있다는 사실이 중요하다. 인삼밭을 경영하던 개성 송상의 대가족이 근현대사의 격랑과 함께 어떻게 남한땅의 실향민으로 정착하게 되었는지를 보여주는 가족사소설『미망』, 가족의 이산과 분단의 비극을 오누이의 서로 다른 행로와 대비시켜 소시민의 위악성을 고발한『그해 겨울은 따뜻했네』, 전근대적 세계에서 벗어나 근대세계로 진입하려는 어머니의 안간힘을 포착하는 한편, 자전적인 여성 주체의 전쟁기억을 담아낸 연작소설『엄마의 말뚝』, 이어서 현저동에서 맞이한 해방과 분단과 전쟁의 격랑을 헤쳐나간 전쟁기억의 서사인『그 많던 싱아는 누가 다 먹었을까』『그 산이 정말 거기 있었을까』 등이 바로 그런 텍스트이다.

박완서의 소설은 여성의 자전적 기억에 바탕을 둔 근현대사의 질곡이자 가족사에 담긴 전쟁 기억으로 향해 있다고 해도 그리 틀리지 않는다.『그 많던 싱아는 누가 다 먹었을까』(이하『싱아』로 표기함-인용자)와『그 산이 정말 거기 있었을까』(이하『그 산』으로 표기함-인용자)는 인공치하의 서울에 남겨진 가족의 위태로운 생존과 오빠의 죽음을 초래한 비극적인 가족사에 기초한 전쟁기억의 서사이다. 좌익 전력을 가진 오빠의 죽음은 국민들을 남겨둔 채 떠나버린 정부에 대한 원망과 피난하지 못한 채 병자 행세로 인민군 징집을 벗어나지만 그로 인해 서서히 죽어간다. 오빠의 죽음을 둘러싼 기억이 오랜 침묵을 뚫고 이야기의 전면에 등장하는 것도 실은 냉전체제의 해체와 무관하지 않다. 이전까지 그녀의 소설은 오빠를

인민군에게 희생당한 것으로 처리했기 때문이다.[33] 그러나 『싱아』나 『그
산』은 이전에 침묵된 상태를 벗어나 오빠의 죽음과 관련된 여러 변주된
일화의 면모를 벗어던지며 이야기의 원본을 제시한다. 이러한 변화야말
로 반공주의와 냉전체제의 약화와 맞물린 전쟁기억 지형도의 본질적 변
화를 반영한 것이다.

박완서의 분단서사나 전쟁기억 서사들은 비록 가족의 테두리를 벗어
나지는 않지만 여성 주체의 기억이 발화되었다는 점에서 중요한 의의를
갖는다. 앞서 거론했던 남성작가들의 분단서사가 보여준 민족서사의 지
향성과는 달리 거대이념이나 내셔널리즘과는 전혀 다른 성격을 가지고
있기 때문이다. 여성의 관점에서 발화된 박완서의 전쟁기억 서사는 여성
성과 일상적 가치를 중시하는 관점에서 이데올로기의 대립과 반목, 전쟁
이 얼마나 무책임하고 무가치한지를 되묻고 있다. 예컨대 『싱아』나 『그
산』에서 소리 높여 항변하는 것은 오랜 침묵 끝에 발화된, 국민을 버린
국가가 다시 국민을 부역혐의로 사상 검증하려는 것이 얼마나 환멸스럽
고 자가당착적인지, 그리고 부당한 국가 권력의 행사인지에 대한 고발과
신랄한 비판이다.

박완서 소설에서 전쟁기억 서사가 그 뛰어난 구술성에 힘입어 여성의
시각에서 가족사적 비극과 상처를 로맨스의 구조로 보여주는 범례라면,
자기성찰적이며 자기반영적인 방식으로 여성의 침묵하는 기억을 불러낸

33　강진호, 「반공주의와 자전소설의 형식」, 『현대소설사와 근대성의 아포리아』, 소명출판,
　　2003, 325-334쪽.

경우가 조은의 소설 『침묵으로 지은 집』(이하 『침묵』으로 표기-인용자)이다. 이 작품의 가치는 여성 사회학자가 자신의 분야를 가로질러 소설을 썼다는 예외성 때문이 아니라, 구술사 형식을 빌려 여성들의 발언된 바 없는 '침묵된 기억'을 담아내었다는 점에 있다.

『침묵』은 무엇보다도 냉전의 시대를 살아온 여성들이 전쟁기억에 침묵하는 함의를 성찰한 텍스트이다. 이 텍스트는 여성의 침묵을 반공주의의 엄혹한 규율과 따가운 시선을 견디어내며 자신과 가족들의 안위와 직결된 것으로 파악하며 그 묵비권이 갖는 본능적 생존의 지혜로움에 주목한다. 이 작품은 '극적인 구조화'라는 근대소설의 전통적 플롯을 빌리지 않고 기억의 원리에 따라 쓰여지는 '기억으로의 여행'이라는 방식을 취하고 있다. 『침묵』은 박완서의 소설처럼 한껏 구술성의 테크닉으로 무장한 이야기의 특성도 발견되지 않는다. 또한 오정희의 소설처럼 전쟁의 흉흉한 소문과 가난의 질곡에서 빚어진 여성 주체의 성장기의 외상을 일상의 견고한 질서에서 일탈하는 근원으로 묘사하는 정교한 기술과도 변별된다.

작가의 개성이 한껏 발휘되는 부분은 기억의 개방과 닫힘이라는 원리를 활용한 '여성의 구술생애사(Feminine Oral life history)'이다. '구술생애사'란 이름없는 개개인의 역사로 된 문화적 집합기억을 만드는 작업이다. 이 작업은 공공기억의 단일한 역사가 가진 매끈한 논리와 이야기 플롯과는 상관없이 그 여백에 담긴 개인들의 침묵된 기억들로 시대 속에 실재했던 멘탈리티를 재구성해 나가는 작업이다. 『기억』은 전쟁이 터진 1950년 6월 25일, 다섯 살부터 쉰다섯 살인 2000년 광화문 촛불집회에 이르는 시간대를 커버하고 있다. 과거와 현재를 넘나드는 이중의 위치에서

기억여행은 무수한 여성들의 고통과 슬픔으로 이루어진, '아무도 말하지
않은 기억'을 찾아나선다.

　기억서사의 행보는 부재하는 아버지에 대한 어머니의 침묵을 주된 의
제로 삼는다. 서술자의 모친이 보여주는 아버지에 관해서는 침묵으로 일
관했고, 간간이 나오는 아버지 회고는 오락가락한다. 아버지는 "청렴결
백한 관리"에서 "지주 아들로 소갈머리 없는 남자"로, "시국을 잘못 만나
뜻을 못 펼친 운 없는 남자"로, "시국 판단도 제대로 못 하고 처자식 고생
시키는 철없는 남자"로 변주되는 것이다(270쪽). 그러한 기억의 변주 안에
는 남편에 대한 애틋함과 잘못 만난 시국에 가족을 지키지 못한 가장에
대한 원망이 한데 뒤엉켜 있다. 서술자는 아버지에 대한 모친의 이야기
가 가진 가족의 안위나 시국의 정황과 민감하게 맞물리면서 달라지는 점
에 주목한다. "상황이 바뀌면 아버지에 대한 어머니의 이야기도 늘 바뀌
었다"(271쪽)라는 기억의 가변성은 5.16쿠데타 이후 한층 엄혹해진 감시
와 규율사회로의 진입 와중에 더욱 진폭을 더한다. 기억하기의 가변성은
가족들에게는 유리한 방식으로 은폐되거나 분식하는 데서 온 결과이다.

　『침묵』에는 아버지에 대한 모친의 침묵만 있는 것은 아니다. 여기에
는 성장기를 관통하며 기억해낸 친가와 외가에 걸쳐 있는 '나'의 기억들
이 시간의 순서를 넘나들면서 등장하며 초등학교와 중학교, 대학에 이르
는 기간 동안 만났던 담임선생과 동창생들과 친척들의 기억들이 실타래
처럼 이야기로 풀려나온다. 가령, 『태백산맥』에서 보았던 월북인사 가운
데 한 인물이 어머니를 향한 애틋한 연모의 감정과 연관되어 있으며 그
가 선사한 링컨전기가 자신에게 들려준 어머니의 이야기로 이어져 있는

방식이다. 또한 정지용의 시 「향수」를 계기로 가까워진 여자 선배 정순 언니에 대한 기억도 대학동창들과 만나 담소하던 중에 뒤늦게 접한 부고와 함께 지난날의 기억과 대면하는 식이다.

『침묵』이 서술하는 기억의 성찬은 근대소설이 추구하는 극적인 구성과는 크게 다르다. 그것은 현대사의 가파른 행보 속에 망각되거나 침묵해온 여성들의 삶에 담긴 젠더 정치학의 함의를 내장하고 있다. 여성의 기억은 '말할 수 없는' 하위주체로 규정된 한국사회의 완강한 가부장성과 규율장치 안에서 작동하는 억압적인 성 정치가 빚어내는 압력과도 밀접하게 연관되어 있다. 그 억압과 침묵 사이의 정치적 상관성에도 불구하고 침묵해온 것의 발화는 '한 번도 물어보지 않았던 여성의 내밀한 것'이었다는 점에서 공적 기억에서는 망각된 기억을 환기하는 효과를 발휘한다.

『침묵』이 기억서사를 통해 '보여주는(showing)' 기억 여행은, '여행'이라는 말처럼 당위성을 쟁취하는 선언적 목소리를 담지 않는 대신, 불행으로 얼룩진 삶의 전락과, 하루하루 견디며 인고해온 여성들의 내면을 세밀하게 부조하는 방식을 취한다. 거대담론이나 당위적 가치에 매몰되지 않은 개인들의 침묵을 발화하게 만드는 기억으로의 여행은 그리하여 50년대에서 90년대에 이르는 기나긴 침묵 속에 놓인 여성들의 생채기난 삶을 펼쳐보인다. 이는 전쟁의 남성적 공공 기억에 대항하는 '여성적 전쟁기억의 창출'이라는 만만찮은 의의를 가지고 있다. 근대소설의 완결성이 가진 닫힌 구조나 잘 짜여진 구조화의 원리를 지향하지 않는 대신, 『침묵』은 기억의 가지들이 뻗어나가는 끝없는 연장 속에 논리적 시퀀스에 기대기보다는 돌연히 접합되는 침묵된 기억들의 발화로 이루어진 무수한 관계들로 소설이라는 집 한 채를 만들어낸다. 이 부분이야말로 박완서의 잘 구성된 근대소설의 '이야기하기(storytelling)'와는 또다른 질감이다.

박완서와 조은의 소설에서 자전적 기억의 발화는 근현대사를 헤쳐나온 여성이라는 주체들의 목소리라는 점에서 일국사의 공공기억을 보완하고 전쟁 기억을 보다 풍요롭게 만드는 사례들이다. 가족사에 깃든 전쟁의 트라우마가 그간 침묵과 의도적인 망각상태에서 벗어나 일국사의 공공기억과 경합한다는 것은 역사적 기억이 전유하던 냉전시대에는 기대하기 어려웠던 국면이다. 두 여성작가들에 의해 쓰여진 전쟁 기억은 전쟁의 시기에 상처입은 여성들의 내면성을 일상적 세목과 기억의 흔적들로 채운다. 그 품목들만 꼽아 보아도 이런 특징은 쉽게 이해된다. 텅빈 서울에서의 잔류 생활, 아버지의 부재와 죽음, 친척의 월북, 가족 성원의 죽음, 재가(再嫁) 등등은 공식 역사에서는 쉽게 얼굴을 드러내지 않는 침묵된 기억이며 봉인된 기억이다.

5. 맺음말—봉인의 풀림, 억압당한 기억의 귀환

한국사회에서 전쟁기억은 80년대 중반 이후 나타난 탈냉전의 흐름 이전에는 근대 국민국가의 서사(nation-state narrative)로서 반공주의의 실정력 안에 포획당한 채 역사의 공공기억을 형성했다. 때문에 작가들은 냉전체제와 그것을 지탱하는 반공주의에 순응해야만 했다. 또한 작가들의 순응은 언제나 반공주의의 테두리를 벗어나지 않는 서술의 수위를 유지해야만 하는 강박증과 금기를 낳았다. 반공주의의 바깥에 놓인 기억들은 침묵하거나 봉인된 채 망각되었다. 이같은 사실은 역사적 기억의 많은 공백과 침묵이 가진 문제적 가치를 확인시켜준다. 침묵된 것, 그리고 봉인된 기억(곧 의도적으로 망각된 기억)은 공식역사에서는 의도적으로 배제된 기억의 실재이다. 국가와 민족의 기억만이 공공성을 확보하고 유통되는 현실, 이는 일국사(一國史)에 기초한 전쟁 기억의 유통경제가 근대국가의 정교한 관리 시스템이 구축한 역사적 기억의 절대적 위상과 맞물린 문제임을 깨닫게 해준다.

한국문학에서 전쟁의 기억은 한국사회에서와 마찬가지로 전쟁 기억은 냉전시대와 탈냉전시대로 크게 나누어 검토될 수 있다. 거칠게 도식화해 보면, 냉전시대의 전쟁 기억은 네이션의 역사적 헤게모니에 이해 만들어진 단일화된 기억에 가깝다. 반면, 탈냉전시대에는 역사와 기억의 역전 속에서 일국사의 전쟁 기억이 가진 독점적 지위를 벗어나게 만든다. 소수자인 개인들의 기억, 국민 바깥에 놓인 기억들이 활성화하면서 전쟁기억 서사는 근대국민국가의 서사와 경합하는 풍요로운 국면이 조성되는 것이다. 이러한 현상은 역사의 헤게모니가 권위를 상실하면서 일어나는 자연스러운 문화정치학의 국면이다. 다양한 문화적 위치에서 개인들의 전쟁 기억이 활성화되면서 주목되는 양상의 하나는, 민족의 대변자로 표상되는 공적 기억, 그리고 분단국가에서 출발한 대한민국(R.O.K)의 역사적 기억을 교란시키며 다양한 계층들의 문화적 기억을 낳는다는 사실이다. 역사와 기억의 위치 변경을 넘어 마침내 개인들의 기억이 공공 기억보다 우위를 점유하는 현상이 떠오른 것이다. 바로 이 국면, 곧 역사적 기억의 전복과 해체를 통한 개인들의 전쟁 기억의 활성화야말로 근대 국민국가(nation state)의 역사적 기억에 대항하는 문화적 기억인 셈이다.

전쟁기억의 문학적 글쓰기는 '기억이냐 망각이냐'의 갈림길에서 마주하는 끝없는 선택에 가깝다. 고통스러운 기억을 글로 쓸 것인지 아니면 해방적인 망각을 택하여 거리낌 없이 살아갈 것인지. 그러한 점에서 글쓰기는 전쟁기억을 애도하는 작업이며,[34] "과거를 고통스럽게 성찰하며 현재화하는 재구성"[35]이다. 그러나 전쟁기억은 권력에 의해서, 공식의 역사에 의해서 절편되고 재구성됨으로써 배타적인 권력 기제(Power mechanism)가 되기도 했다. 또한 권력은 여러 계층에 속한 수많은 개인들의 전쟁기억들을 억압하고 불온시함으로써 금기와 자기검열을 작동시켜 왔다. 특정한 전쟁기억이 침묵과 망각에 묻히는 것은 생체권력으로 자리잡은 자검열체제가 작동한 결과이다. 그런 까닭에 공공의 전쟁기억은 특정한 권력의 편에서 순응하는 주체인 국민을 만들어내며 정치적 효과를 통해 억압적인 지식으로 작용해온 것이 사실이다.

그러나 그 반대편에 공공의 기억으로 회수되지 않는 개인들의 침묵되고 봉인된 전쟁기억들이 문자화를 통해 활성화되고 공식의 역사에 등재될 수 있었다. 박물관의 전시물이나 충혼탑 안에 개인들의 체험적 기억이 끼어들 여지가 없는, 이들 개인의 전쟁기억은 70년대 이후 분단서사 안에서 비로소 이야기되기 시작했다. 80년대 이후 한국소설에서 전쟁기억의

34　하랄트 하인리히, 백설자 역, 『레테, 망각의 강』, 문학동네, 2004, 307-309쪽

35　호미 바바, 나병철 역, 『문화의 위치』, 소명출판, 2002, 139쪽.

서사는 국가의 공공기억의 균열을 뚫고 활성화된다. 그 전환점을 마련한 것이 조정래의 『태백산맥』이었다. 탈냉전의 흐름 속에서 황석영의 『손님』은 이데올로기적 반목을 허망한 것으로 취급하며 역사의 망령들을 천도했다. 또한 박완서와 조은의 전쟁기억 서사는 여성 주체의 관점에서 남성적 공공기억을 전복, 해체하며 여성들의 관점에서 침묵되고 은폐된 기억들을 발화하기 시작했다. 문학의 전쟁기억 다시 쓰기는 탈냉전시대에 와서야 비로소 기억의 봉인을 풀어내고 본 궤도에 진입한 느낌이다.

해금조치 30년과 근대문학사의 복원

1. 검열과 금지, 문학사 공백의 연원

　1935년생의 원로 평론가의 자전적 기록에는 역사의 증언에 값하는 인상적인 장면 하나가 등장한다.

　　개학되고 한 달쯤 되어서이다. 부임해 온 지 얼마 안 되는 국어 과목의 최 선생이 다음날 국어 시간에 교과서와 함께 먹과 북 그리고 벼루를 준비해 오라고 일렀다. 우리는 그대로 하였다. 국어 시간이 되자 최 선생이 먹칠을 해서 지워야 할 글의 제목과 책장의 숫자를 칠판에 적었다. 우리는 시키는 대로 진한 먹물로 자기 교과서의 지워야 할 곳에 먹칠을 했다. 혹 먹물이 흐릿해서 활자가 보이는 경우엔 교사가 주의를 주어 다시 칠하도록 일렀다. 한참 그러고 있는데 정복 차림의 경관 한 명이 들어와서 교실을 한 바퀴 둘러보고 나갔다. 먹칠이 끝난 뒤에 시간이 남았지만 수업은 없었다. 누구누구의 글을 먹칠했는지는 기억나지 않지만 꽤 되었다고 생각한다. 다만 정지

용의 「고향」과 「춘설」을 지웠다는 것만은 분명하게 기억하고 있다.[01]

칠판에 쓰인 목록을 보며, 서툰 붓질로 국어 교과서 속 소위 좌익(?) 문인들의 작품을 지워나가는 학생과 이를 지켜보는 교사, 교실을 둘러보고 나서는 경관까지……. 1949년 가을, 새학기가 시작된 지 한달 무렵만에 일어난 '먹칠하기'는 남한 전역에서 동시에 시행된 좌파문인들의 작품을 가르치지 않기로 한 결정에 따른 임시조치였다.[02] 잘 알려져 있듯이 교과서는 국가기관의 교육이념과 정책에 따라 학습자의 내면과 행동을 규율하며 궁극적으로는 근대국가 성원으로서의 정체성을 주조해내는 교육의 기본 자료다. 그런 까닭에 교과서 편찬과 운용은 국가 교육정책에서 핵심을 이룬다.[03] 유종호의 회고 속에 등장하는 국어 교과서는 해방 직후 군정청 산하 문교부 편수국에서 간행한 상중하 세권으로 된 최초의 국정교과서 『중등국어독본』이었다.[04] 이 교과서는 해방 직후 좌우합작의 분위기 속

---

01 유종호, 『나의 해방 전후』, 민음사, 2004, 264-265쪽.

02 유종호는 교과서를 제외한 보통 출판물에서는 좌파 문인의 글에 대한 심한 검열은 없었으나 6.25 이후 일반출판물의 경우 좌파나 월북 문인의 이름은 적는 것조차 금기가 되었다고 적고 있다. 6.25는 냉전의식을 고착화하고 레드콤플렉스를 작동시키는 결정적인 분기점이었던 셈이다. 그는 보도연맹 가입에 따라 전향과 남로당 탈당을 선언했던 지식인을 기억해 내고, '조선' '동무' '인민' 같은 어휘들이 일상에서 배제되기 시작했다는 사실을 적시하고 있다. 유종호, 『나의 해방전후』, 민음사, 2004, 267-268쪽.

03 강진호, 『국어 교과서의 탄생』, 글누림, 2017, 20-21쪽.

04 '국어' 교과서의 명칭은 시기별로 달랐다. 미군정기에는 '중등 국어교본'으로, 정부 수립 후부터 6.25전쟁 직전까지는 '중등국어'로, 중학교와 고등학교로 학제가 분리된 1950년 4월 이후에는 '고등국어'로 명명되었다. 강진호, 같은 책, 395쪽.

에 민족의 공통감각과 문화적 기억을 주조해내려는 의지를 반영한 처음이자 마지막 사례였다.

'국어' 교과서에서 월북, 납북 문인들의 작품을 배제, 축출한다는 것은 단순히 교과서라는 텍스트가 지닌 '정전'의 지위 상실로만 그치지 않는다. 특정문인들의 작품 배제와 축출은 교과서에 구현된 근대국가의 법적 이념적 가치로부터의 배제이며, 사회전반에 걸쳐 문화정전으로서의 위상을 박탈하는 행위이다. 이처럼 국가기구가 나서서 특정문인과 그들의 작품을 교과서에서 축출하고 더 나아가 사회적 유통마저 불온시하는 공포 상황의 조성은 지극히 의도적이라는 점에서 폭력적이다. 교과서에서 특정 작품을 배제하는 일은 후발 세대들에게 월북, 납북 문인들의 작품 향유 기회를 근원적으로 차단함으로써 그들의 문학적 소산에 대한 접근 경로 자체를 봉쇄할 뿐만 아니라 '구조화된 망각'을 통해 '문학'의 역사와 문학의 '역사'를 왜곡하는 것이다.

월북, 납북 문인들의 문학사적 배제와 그로 인한 공백사태는 어디서 연유했는가, 왜 그리고 어떻게 그들의 문학은 문학사의 미아, 말할 수 없는 주체로 격하되며 망각되어 갔는가, 그 배제된 문학사의 윤곽은 어떻게 다시 그려낼 것인가, 이들의 문학사적 복원은 어떻게 이루어져야 하는가 등등…… 꼬리를 무는 질문들은 근본적이나 80년대 이전까지 상상 자체가 어려운 현실이었다. 1987년 6월항쟁 끝에 대통령 직선제를 쟁취하며 6.29선언을 이끌어내었고 마침내 87년체제가 탄생했다. 1988년 해금조치는 정치적 민주화의 도정에서 쟁취한 전리품 중 하나였다.

1988년은 하계올림픽이 서울에서 개최되는 해였다. 그러나 이 해에는 올림픽만이 아니라 세계사적으로도 세계냉전체제의 종결과 공산권 붕괴, 독재정권 종식의 '87년 체제'가 등장했다. '민주화'의 시발점에서 올림픽과 공교롭게도 교차하는 사건이 일어난다. '납·월북문인 해금조치'였다. 세계냉전체제 해체와 공산권국가의 붕괴로 이어진 사태 속에서도 '88서울올림픽(1988.9.17-10.2)에는 소련을 비롯한 동유럽국가, 미국을 비롯한 서구권 국가들이 참여했고, IOC에서는 한국의 민주화를 수용하는 계기였다고 명시하고 있다.[05] 특히 이 행사는 "세계는 서울로, 서울은 세계로"라는 슬로건을 내건 냉전 해체의 흐름 안에 놓여 있었다. "한강의 기적으로 일구어낸 발전상을 자랑하는 국위선양의 장", "세계적으로는 냉전 종식의 밑거름이 된 역사적 올림픽"이었다. 이같은 시대 변화의 변곡점에서 '납·월북 문인 해금조치'는 올림픽 개최 직전 등장한 '민주화의 시간'[06]이었던 '87체제'에서 문학연구자들이 가장 극적으로 탈냉전문화로 한발 내딛는 조치이자 선언이었다.

세계사적 탈냉전의 기조를 충실하게 반영하는 지점에 놓인 정치적 사회문화적 변전은 1997년 IMF의 경제위기에 이르기까지 신자유주의와 세계자본주의로 진입하는 '97체제의 비정한 현실과 맞물리며 오늘에 이르렀다. 87년체제 이후 납월북 문인 해금조치가 문학연구 분야에 가한 문제제기와 파장, 해금문인들에 대한 문학 연구가 어떻게 확산되었는지,

---

05 "DEMOCRACY EMBRACED: Awarding the Summer Games to South Korea provided the impetus for the country to embrace democracy." https://www.olympic.org/seoul-1988.

06 김종엽 편, 『87년체제론』, 창비, 2009, 17쪽.

그 윤곽을 살펴보는 것이 이 글의 목적이자 취지이다.

　이 글은 해금조치 이후 30년 동안 '근대문학사의 복원'이라는 문제가 어떤 경로를 거쳐 왔는지 그 의의와 한계를 짚어보려 한다. 이를 위해 이 글은 먼저 거칠게나마 월북문인들이 공백 처리된 문학사의 윤곽을 더듬어보고 나서 80년대 해금 전후의 현실과 해금조치가 단행된 몇몇 배경을 살펴볼 것이다. 그런 다음 소략하나마 해금 이후 30년 동안 근대문학사의 복원이 어떤 경로를 거쳤는지 그 의의와 한계는 무엇인지 살펴보기로 한다.

2. '월북 문인'과 문학사의 공백

　'월북'의 사전적 정의인 '(3.8선 또는 휴전선을 넘어) 북쪽으로 넘어감'이라는 함의에는 월남의 자발성에 비해 "강제로 납북당한 이들이 대부분일 것이라는 막연한 이데올로기적 우월성"이 작동하며 '월북자=배신자·민족반역자', '월북자=빨갱이'라는 등식이 포함돼 있다.[07] 이 등식은 월북만이 아니라 납북자의 의미까지도 부정적으로 만들어버리는 폭력성을 내장하고 있다. 요컨대 '납남자'는 없고 '북에서 내려온 이들이 모두 자발적으로 자유를 찾아 내려온 반공투사일 것이라는 맥락을 만들어내는 것이다.

　'해금조치'에서 보듯 '납월북 문인 인명록'에는 김동환, 정지용, 김기

07　이신철, 「월북과 납북」, 『역사용어 바로쓰기』, 역사비평사, 2006, 222-230쪽 및 이신철, 『북한 민족주의운동 연구』, 역사비평사, 2007 참조.

림과 같은 납북문인 외에 한설야·김사량·백석 같은 재북문인들도 포함
돼 있다. '(납)월북 문인 인명록'은 결국 납북과 재북, 월북 등 다양한 경로
를 '38도선 너머'라는 경계 안에 재배치하여 단순화하고, 해방 직후부터
전쟁기에 이르는 동안 이루어진 자발적 비자발적 공간 선택을 '월북'으
로 명명한 셈이다. '월북'이라는 개념은 사상과 체제선택을 비롯하여 문
단과 여러 활동 조직 내 헤게모니 투쟁 문제 등과 복잡하게 연계되어 있
다. 그런 측면에서 월북문인 명단에서 고향이 북녘인 재북 문인은 제외
시켜야 한다. '월북자'는 '해방 이후부터 현재까지 이남 출신으로서 자발
적인 동기에 따라 이북지역으로 거주지와 활동무대를 옮긴 사람' 정도로
규정하는 게 온당하다. 한편, '납북'은 전쟁 중 자기 의사와 상관없이 강
제 납치되었거나 납북 억류된 사람들을 지칭하지만 그 진위를 가려내기
란 쉽지 않다는 점에서 논란의 소지가 다분하다.[08] 이렇듯, '월북'과 '납
북'이라는 명명 자체가 가진 문제성은 '해방공간에서 다른 정치체의 공
간을 선택하거나 강제 이주 당하는 혁명적 비정상성'[09]에 기초해 있다.

　　납북을 포함한 '월북 문인'들은 대략 '팔십여 명'에 이르는데 이해를
돕기 위해 정리해 보면 다음과 같다.[10]

08　이신철, 같은 글, 같은 책, 225-230쪽.

09　김윤식·권영민 대담, 「한국 근대문학과 이데올로기」, 권영민 편, 『월북문인연구』, 문학
　　사상사, 1989, 361쪽.

10　월남, 재남, 월북, 재북 작가명단은 권영민, 『납·월북문인인명사전』(문예중앙, 1987), 이선
　　영, 『한국문학의 사회학』(태학사, 1993)을 참조해서 작성했음.

1) 월남작가(22명): 구상 김규동 김동명 박남수 양명문(이상은 시), 김광식 김성한 박연희 선우휘 송병수 안수길 오상원 이범선 이호철 임옥인 장용학 전광용 정비석 최태응 황순원(이상은 소설), 오영진(극)/ 이철범 (평론)

2) 재남작가(46명): 김수영 김광섭 김춘수 김해강 노천명 박두진 박목월 박봉우 박인환 박화목 박희진 서정주 신석정 신석초 유치환 조병화 조지훈 한무학(이상은 시), 강신재 김래성 김동리 김말봉 김송 남정현 박경리 박영준 박종화 서기원 손소희 염상섭 오영수 오유권 유주현 이봉구 장덕조 전영택 정한숙 최인욱 최일남 한말숙 한무숙 천승세 (이상은 소설), 유치진(극), 곽종원 조연현 최일수(이상은 평론)

3) 월북작가(45명): 김광현 김상훈 박세영 박아지 설정식 오장환 이용악 이병철 임학수 임화 조영출 조운(이상은 시), 김남천 김만선 김소엽 김 영철 김학철 박노갑 박승극 박찬모 박태원 안회남 엄흥섭 이근영 이 태준 지하련 현덕 홍구 홍명희(이상은 소설), 김태진 박영호 송영 신고 송 이서향 함세덕 정률 윤복진 김종산 김성림(이상은 극), 안막 윤규섭 한효 김동석 서인식(평론)

4) 재북작가(24명): 김람인(김익부), 김북원, 김우철, 김조규 민병균 박팔양 백석 안룡만 이원우 이찬(이상은 시), 유항림 이기영 이북명 천세봉 최 명익 한설야 황건 김사량(이상은 소설)/ 남궁만(극)/ 김명수 안함광 엄호 석 한식(평론)

5) 납북작가(13명): 김기림 김동환 정인보 정지용 김억 박영배(이상은 시), 이광수 홍구범 김종산 이석훈 공중인 김성림(이상은 소설), 김진섭(수필)

　권영민에 따르면, 문인 월북행은 세 차례에 걸쳐 이루어졌다.[11] 이기영·한설야 등이 1945년 12월 조선문학건설본부와 조선프롤레타리아문학동맹을 조선문학가동맹으로 통합하는 과정에서 주도권을 잃고 월북한 것이 1차 월북이었다. 이들은 북한에 거주하던 남궁만과 한재덕, 한식, 김우철, 김북원, 최명익 등과 문단조직을 결성하였고 송영, 이동규, 윤기정, 안막, 박세영 등이 합류했다. 이들은 훗날 북한문단의 주도세력으로 발돋움한다. 제2차 월북은 1947년부터 1948년 단독정부 수립 사이에 단행되었다. 미군정의 좌익단체 탄압이 심화되자 조선문학가동맹의 중심이었던 이태준, 임화, 김남천, 이원조 등이 월북하였다. 서울에 남은 조선문학가동맹 소속의 일부 문인들은 조선문학가동맹 해체와 함께 전향을 선언하며 보도연맹에 가담했다. 6.26전쟁이 발발하자 보도연맹에 가입했던 김기림과 정지용이 북으로 끌려갔고, 박태원, 설정식, 이용악, 정인택, 송원순, 임서하, 이근영 등은 자진 월북했는데 이것이 3차 납월북이었다.

　납월북문인들의 문학작품은 앞서 유종호의 회고에서처럼 교과서에서 배제되었고 전쟁 이후에는 금기시되면서 '문학사의 서발턴'으로 밀려났다.[12] 납월북 문인의 경우 자발성 여부를 막론하고 '정치 사상적 규제'와

11　권영민, 위의 글, 같은 곳 참조.

12　이봉범의 「냉전과 월북, (납)월북 의제의 문화정치」(『역사문제연구』 37호, 2017)는 월북문인과 (납)월북의제를 둘러싼 내부 냉전의 시각에서 정부기관과 문단에 관류하는 냉전적 사고와 실정력을 광범위하고 치밀하게 논의한 최근의 성과다. 그는 해방기로부터 50년대, 60-70년대에 이르는 시기별 개관을 통해 국가정책의 차원과 문단 정치, 미디어 전반에 걸친 검열기구의 작동에 관해서 정치하게 논의하고 있다. 본고에서 논의하려는 문학사 복원의 행로 또한 그의 논의에서 많은 근거를 참조할 수 있었고 많은 영감

'사상적 볼온성'으로 규정되면서 이들의 작품까지도 문학사적 평가에서는 유보되거나 배제되었다. 그들의 이름 또한 문학서에서 복자(伏字)로 처리되는 낙인으로 남겨졌다.[13] 임경순의 지적처럼, 문학작품의 유통과 향유 자체를 검열하는 국가이데올로기 장치는 미군정기 문단 권력의 청원에서부터 작동되기 시작해서 단독정부 수립 이후 해금조치가 시행되는 40여 년이나 존속되었다.[14]

3. '해금조치' 전후와 '복사기 네트워크'

문학연구와 문학사라는 관점에서 보면 '해금조치'는 정부 수립 이래 점진적으로 시행되어 왔다는 말이 좀더 정확하다. 1976년에 시행된 국토통일원의 3.13행정조치를 거쳐 1987년 10.19조치, 1988년 7.19조치로 이어지는 경과를 보이기 때문이다.

김윤식의 회고에 따르면, 1976년 국토통일원에서 국회에 제출한 해금과 관련된 이 첫번째 행정조치는 납월북문인 연구를 순수한 학문적 논의

을 받았다.

13　권영민, 같은 책, 20쪽.

14　임경순, 「새로운 금기의 형성과 계층화된 검열기구로서의 문단」, 정근식 외 편, 『검열의 제국-문화의 통제와 재생산』, 푸른역사, 2016. 검열을 비롯한 국가이데올로기장치의 '납월북문인' 관련 의제의 통제와 관리에 관해서는 이봉범, 앞의 논문에서 시대별로 개괄이 가능하다.

에 국한시키는 세부기준을 담고 있었다.[15] 그 세부기준이란 1)해당 문인의 거론 대상 작품이 '월북 이전', '사상성 없는' 것으로 근대 문학성에 기여한 바가 뚜렷한 작품에 대한 연구를 허용한다는 것과, 2)문학사 연구에 국한하되, 그 내용이 반공법과 국가 보안법 등에 저촉되지 않는 작품에 한한다는 것이었다.[16] 이러한 연구의 원칙과 세부기준은 근대문학에서 월북작가와 재북작가에 대한 논의를 거쳐 문학연구의 출발점을 마련하는 한편, 북한문학을 이해하는 경로를 열어 놓았다.

첫 해금조치의 가이드라인에 따라 1977년부터 1978년까지 2년 동안 통일원 도서관에 비치된 북한 자료를 토대로 총 7개 분야에 걸친 연구 프로젝트가 진행되었다. 연구는 총론(이은상), 시(구상), 소설(홍기삼), 희곡(신상웅), 평론(김윤식), 아동문학(선우휘), 월북작가론(양태진) 등 7개 분과로 나누어 진행되었고 비공개 발표회가 열렸다. 이 프로젝트는 "대한민국 건국 이래 월북 또는 재북 작가를 거론하는 일이 터부로 취급되기 시작한" 이래, 처음 정책당국에서 연구의 원칙과 세부 기준에 따라 시도한 첫 작업이었다. 연구보고서의 집필 방향 또한 "민족사적 정통성의 확립에 기여할 수 있는 범위 내에서 무방하다는 원칙"[17]에 따라 작성된 기초조사의 성격이 강했다.

1976년 3월 13일 시행된 국토통일원의 행정조치는 이질화되어가는

---

15 김윤식·권영민 대담, 「한국 근대문학과 이데올로기」, 권영민 편, 『월북문인연구』, 문학사상사, 1989, 358쪽.

16 김윤식, 같은 책, 139-144쪽.

17 김윤식, 「북한문학연구사」, 『북한문학사론』, 새미, 1996, 139쪽.

북한문학을 논의의 대상으로 삼는 법적 근거가 되었다. 이 프로젝트는 "최초로 북한문학을 거론했다는 점, 또한 『김일성저작집』 속의 문예 관계 이론을 읽고 주체사상에 기초한 문예관의 겉모습이나마 엿보았다는 점"[18]에서 의의를 갖는다. 이렇게 보면 이미 1976년 전후로 하여 북한문학에 대한 공감대는 어느 정도 형성돼 있었음을 짐작하게 해준다.[19] 1987년 10월 19일 정부의 해금조치는 정지용과 백석, 이용악, 이기영, 한설야, 임화, 김남천, 이태준, 박태원 등 프로문학과 모더니즘 문학에 대한 활발한 논의를 촉발하는 한편, '북한 바로알기 운동'과 연계된 북한문학 연구의 본격적인 진입을 알리는 분기점이 되었다.

'해금조치'의 또다른 배경으로는 문화사적 맥락을 꼽을 만하다. 도서 판매 금지 정책을 무력화하는 '복사기의 네트워크'(임태훈)가 바로 그것이었다.[20] 복사기는 불온 유인물과 금서, 오래된 도서들을 유통하는 데 적합한 미디어환경을 제공했다. 80년대 초반 대학가 골목에는 서점과 함께 크고 작은 복사점이 산재했다. 지금은 건국대 앞 인서점 한곳만 겨우 명맥을 유지하고 있지만, 80년대 초반만 해도 각 대학 정문과 후문에는 사회과학 전문서점이 어김없이 자리잡고 있었다. 서울대 정문앞 '광장서점'이나 '그날이 오면', 신촌 연세대 앞 '오늘의 책', 고려대 앞 '동방서점'과 '장백서

---

18 김윤식, 위의 책, 159쪽.

19 북한문학 관련 연구는 냉전체제의 변동과 관련이 있었다. 미중 간 외교관계 수립에 따른 데탕트 분위기 속에 체제 우위를 강조하는 냉전 정책이 필요했기 때문이었음을 지적한 바 있다. 이에 관해서는 이봉범, 같은 논문, 270-274쪽.

20 임태훈, 「'복사기의 네트워크'와 1980년대」, 『실천문학』 2012봄호, 134-156쪽 참조.

원', 광화문과 성대 본점을 둔 '논장서점', 동국대 앞 '녹두서점' 등등, 이들 서점 주위에는 언제나 복사점이 여럿 성업중이었다. 1983년 파리 신문 선정 해적출판 세계 1위국가로 한국이 선정될 만큼,[21] 정부의 반복되는 해금과 판금조치에도 서구 마르크시즘 철학서 사상서, 북한 도서 등이 대학가에 지속적으로 유통되면서 검열과 통제장치는 점차 무력화되었다.

무엇보다 복사기는 해금 이전부터 많은 자료들을 영인본 형태로 접할 수 있게 해주었다. 지금도 활발하게 활동하는 삼십여 년을 넘긴 국문학 전문 출판사는 원전을 자체 편집한 영인본 자료집을 국문학 관련 교수, 석박사과정생들에게 영업하며 사업의 기반을 닦았다. 이들은 해금 전후 복사기로 영인 제본한 해적판 영문서적을 방문하여 판매하는 영업사원이기도 했으나 동시에 방대한 국문학 관련 자료를 전파하는 매개자였다. 이들은 수집가이자 기획자였고 동시에 영업사원이었다. 이들은 수소문 끝에 소장가를 직접 찾아가 서가에 먼지 앉은 도서와 잡지들을 수집하여 복사한 뒤, 46배판 조판용지에다 영인한 자료들을 밤을 새워 직접 편집한 자료집이나 통째로 복사 제본한 잡지를 국문학과 교수와 석·박사과정생들에게 보급한 문화게릴라의 일원이었다.

당시 유통되었던 영인 자료집은 시기별로는 근대 초기로부터 해방기를 걸쳐 있었을 뿐만 아니라 남북이라는 공간을 뛰어넘었다. 취급하는

---

21 80년대 중반 잠깐 등장했던 워드프로세서를 거쳐 1986년 보급되기 시작한 개인용 컴퓨터로 진화하면서 컴퓨터 통신으로 확장된 미디어 환경에다 90년 전후로 등장하여 급속히 보급된 휴대폰이 가세하면서 '복사기 네트워크'는 퇴조한다. 임태훈, 같은 글, 152-154쪽.

종류 또한 학회보, 신문, 잡지, 동인지, 작품집 등을 가리지 않았다. 근대 초기의 다양한 유학생 잡지들과 『개화기소설전집』, 『대한매일신보』 『개화기교과서총서』(전10권) 등을 기획 영인한 아세아문화사, 『현대근대단편소설대계』(35권)·『한국근대장편소설대계』(30권)·『카프비평자료총서』(전5권)·『한국문학비평자료집-이북편』(전8권) 등을 영인 출간한 태학사, 『한국현대소설이론자료집』(41권)·『한국현대시이론자료집』(46권) 등을 간행한 국학자료원, 『해방기문예비평자료집』(전10권)을 낸 계명문화사, 잡지 『조광』 『학지광』 『개벽』 『조선지광』 『신동아』(학예면) 등을 간행한 숱한 영인업자들이 훗날 국문학 전문출판사로 자리매김하기 전이었다. 언급한 출판사 중에는 1992년 '북한현대문학총서'(21책)를 한정판으로 영인하여 유통시킨 경우도 있었다.

4. 해금조치와 근대문학사 복원 경로

'해금조치'의 기원을 밝혀줄 김윤식의 흥미로운 칼럼 하나가 있다. 본래 『대학신문』에 게재되었던 「한국근대문학사와 월북작가 문제」(1978.9. 10)가 바로 그것이다.[22] '최근 정부의 규제완화조치와 관련해서'라는 부제가 달린 이 칼럼은, 유신체제 끝자락에서 초헌법적인 반공 국시정책의 정부 시행조치를 좀더 전향적으로 이끌려 했던 문학사가의 절실함이 담겨 있어서 음미해볼 만하다.

22　칼럼은 김윤식, 『북한문학사론』(새미, 1996)에 수록되어 있다. 이하 면수만 기재함.

글의 포인트는 '월북문인'에 대한 규제를 완화해야 하는 당위성과 규제 범위에 관한 정신사적 근거를 마련하는 대목에 있다. 글의 서두는 해금의 당위성과 규제 범위에 관한 언급에서 시작된다. 완곡하지만 김윤식의 문제제기는 규제 완화가 아니라 철폐돼야 마땅하다는 주장으로 귀결된다. 당시 정부가 정한 '월북문인' 규제 완화의 기준과 범위는 "1)해당 작가의 월북 이전의, 2)사상성 없는 작품으로, 3)근대문학사에 기여한 바가 현저한 작품에만 국한한다는 것"(259쪽)이었다.[23] 규제 기준 자체를 철폐하려는 그의 논리는 '왜 월북문인의 작품이 연구되어야 하는가'라는 문제제기로 이행한다.

김윤식은 '월북문인'에 대한 규제범위와 시기적 공간적 기준의 애매모호함을 부각시키는 한편, "대한민국이 소위 민족의 정통성을 확보하고 있다는 전제"(260쪽)를 상기시킨다. 그는 '월북 문인'들의 문학적 가치를 '월북 이전'에 국한시키더라도 '해방공간의 문학적 가능성'을 찾아낼 수 있다는 논조를 피력한다. 그는 해방공간의 문학적 가능성을 근대국가 건설

---

23 정부의 규제 기준과 범위는 완강한 문단권력과 맞물려 '내부냉전'의 방식으로 의제화되고 통제 관리되어 왔다는 것이 앞서 언급한 이봉범의 주된 논지이다. 이봉범, 「냉전과 월북, (남)월북 의제의 문화정치」, 243-246쪽 참조. 검열과 규제는 제도의 양면이라는 점에서 '냉전과 월북'을 의제화한 시발점은 단정수립 직후이다. 월북문제를 기준으로 삼는 금지조치가 본격화된 시기는 '국민보도연맹 발족'과 함께였다는 것(253쪽), 중등교과서에 수록된 좌익문인의 작품 삭제조치(1949.9.15)로 11종의 중등학교 교과서에서 23인의 작품 47편이 삭제되었다(해당 작가와 작품 목록은 『조선일보』(1949.10.1)에 수록됨, 이봉범, 같은 글, 253쪽 재인용) 또한 전쟁기까지 월북문인의 작품만이 아니라 그들의 서문이 들어간 책도 판매금지된다. 이봉범, 같은 글, 254쪽.

의 문제와 연관지어 '해방공간의 문학사도 공백으로 남겨둘 수 없다'는 사상사적 정신사적 논리로 확장시킨다. 그는, '사상성'을 문학사의 외연을 확장시키는 디딤돌로 삼은 셈이다. 그는 프로문학을 민족문학과 함께 일제에 저항한 문학운동으로 규정하면서 '사상성'을 부각시킨다(265쪽).

또한 '사상성'이라는 관점에서 보면, 1930년대 중반 정지용과 이태준과 박태원, 김기림 등의 '월북작가'가 동인활동을 벌였던 '구인회'의 순수문학 표방조차 제국 일본의 파시즘화에 따른 프로문학의 탄압 속에 시도된 급진적인 지적 저항이라는 사상사적 의의를 갖는다는 것이다. 박태원의 「천변풍경」에 내장된 탈이념적이고 월등한 묘사력조차 강력한 문학적 방법론이자 하나의 문학사상인데, 이 '고현학'이라는 문학적 방법론을 배제한다면 30년대 문학사는 왜소해질 뿐이라고 주장한다(266-267쪽). 게다가 김남천의 『대하』(1939)와 소설론 「소설의 운명」이 거둔 높은 성취, 최명익의 「심문」이 재현한 불안의식, 오장환의 시에 담긴 시대현실의 형상화 또한 사상성이라는 맥락에서 보아야 한다고 주장한다(269쪽). 상허 이태준의 격조 있는 문체나 그의 단편이 가진 예술적 경지(269쪽), 정지용·김기림의 시와 시론이 이룬 성과, 백석·오장환·이용악 같은 '월북문인'의 시적 성과들은 서정주 김광균 등과 함께 논의되어야 하고(270쪽), 민족과 계급, 리얼리즘과 모더니즘을 걸쳐 있는 이들 문학사의 의제야말로 친일문학의 점검으로 이어져야 할 정신사적 차원이라는 것(271쪽)이 주장의 핵심을 이룬다. 김윤식은 글의 말미에서 이러한 문학사적 의제들이 정당성을 확보하려면 정책의 강요로 이루어지는 것이 아니며 주체의 적극적인 노력에 의해 획득된다고 말한다(272쪽).

지금의 관점에서도 김윤식의 주장과 논지는 여전히 유효해 보인다. 그의 논지는 해금조치 이후 문학사 복원의 의의와 방향을 가장 예리하고 분명하게 사상사적 정신사적 차원에서 제시한 논리라는 점에서 근본적이다. 그 논지 안에는 반공의 서슬퍼런 현실을 관장하는 시스템을 타파하기 위한 문학사가의 노회한 포석과 안목, 문제의 근본에서부터 새롭게 성찰하고 학문적 의제화를 격발하는 데 필요한 전제와 논리가 돋보인다. 그의 제언은 근대문학사의 시야에서 근대성이 무엇인지, 그것이 가진 정신사적 사상사적 의의가 무엇인지를 재고하도록 만들었다는 점에서 납·월북 문인들의 복권과 문학사적 복원을 동시에 충족시키는 필요조건에 해당한다.[24] 그가 제시한 문학사 연구의 방향과 사상사적 정신사적 의의는 국문학 연구자들에게는 고스란히 근대문학사 복원의 지침이 되었다.[25]

---

24 바로 이 점이야말로 정부의 해금조치를 가리켜, "레드콤플렉스에 캄캄하게 갇혀 있었던 한국 사회가 그 콤플렉스로부터 벗어날 수 있는 사상적 자기치유력을 어느 정도 확보했음을 스스로 확인하는 것"이라는 발언을 가능하게 만든다. 또한 "북한과 맞서 정치 사회 경제 문화 등 모든 부면에서 북한을 감당할 수 있고 넘어설 수 있다는 자신감"을 바탕으로 "우리 사회 내부에 깊숙이 자리 잡고 있던 북한에 대한 적대의 벽에 균열을 냄으로써 남북한 사이 소통의 길을 여는 거대한 역사적 의미"를 지니고 있다는 발언과 통한다. 정호웅, 「해금과 한국 현대소설 연구-작은 기억들을 엮어」, 『구보학회 정기학술대회-해금 30년, 문학장의 변동』, 구보학회, 2018, 16쪽.

25 판금조치를 받은 『근대문예비평사연구』(한얼문고, 1973: 일지사, 1980개정판)가 해금된 이후 그는 『이광수와 그의 시대』(한길사, 1986), 『염상섭연구』(서울대출판부, 1987), 『김동인연구』(민음사, 1987), 『이상연구』(1987) 『임화연구』(문학사상사, 1989)에 이르는 근대 작가연구를 비롯해서, 북한문학 관련서인 『한국현대현실주의소설연구』(문학과지성사,1990)와 『북한문학사론』(한샘, 1996), 해방공간의 문학연구서인 『해방공간의 문학사론』(서울대출판부, 1989), 『해방공간 한국작가의 민족문학 글쓰기론』(서울대출판부, 2006) 등에 이르는 성과는 그가 몸소 '해금조치' 전후로 일관해서 보여준 근대문학사 복원의 족적에 해당한다.

　해금조치 이후 문학사 연구의 경향은 확실히 기존의 사조 중심, 문단 중심, 텍스트 중심의 서술에서 벗어난다. 사조와 동인지, 문단 중심으로 서술된 백철의 『신문학사조사』(신구문화사, 1980), 『한국현대문학사』(현대문학사, 1956; 성문각, 1980) 등이 대학강단에서 극복되는 것도 이 무렵부터였다. 해금조치 이전 강단에서 근거로 삼은 문학연구와 문학사의 지침서는 오스틴 워렌(Austin Waren)과 르네 웰렉(Rene Welleck)의 『문학의 이론(Theory of Literature)』이었다. 하지만 러시아 형식주의, 마르크시즘 문예이론과 러시아 문학이론, 게오르그 루카치의 리얼리즘 이론, 루시앙 골드만의 상동성 이론, 로베르 피에르 에스카르피의 문학사회학, 프랑크푸르트학파를 비롯한 발터 벤야민의 문예이론이 번역되고 유통되면서 문학연구의 레퍼런스 지형 자체가 급격하게 변화한다.[26]

　근대성 문제를 한국문학사에 대입시켜 영정조 시기로 소급시켜 서술한 김윤식·김현의 『한국문학사』(민음사, 1973, 1996개정판)를 비롯하여, 유종호·염무웅 편의 『한국문학의 쟁점』(전예원, 1977), 문학사적 시야를 세계문학의 보편성과 특수성에 착안하여 '고대, 중세, 근대이행기, 근대'로 설정한 조동일의 『한국문학통사』(1판, 지식산업사, 1982), 한국문학의 쟁점들을 부각시켜 논의한 입문서인 황패강 외, 『한국문학연구입문』(지식산업사, 1982), 임헌영의 『한국현대문학사상사』(한길사, 1990), 한길문학 편집위원회 편

26　이외에도 80년대에는 반성완·백낙청·염무웅이 공역한 아르놀트 하우저의 『문학과 예술의 사회사』(창작과비평사 간), 김우창·유종호가 공역한 에리히 아우얼바하의 『미메시스』(민음사 간)가 널리 읽혔다.

『한국근현대문학연구입문』(한길사, 1990) 등이 지침서 역할을 하며 기존의 문학연구 및 문학사연구 관련 레퍼런스를 대체해 나갔다.

이 과정에서 프롤레타리아문학의 경과를 충실히 기술한 백철의 『조선신문학사조사-현대편』(백양당, 1949)이 재발견되기도 했다. 또한 문학의 제도와 근대성에 대한 그간 망각되었으나 강력한 전통이었던 임화의 문학사기술방법론이 본격적으로 조명되기 시작했다. 한국문학의 근대성 문제가 본격적으로 논의되기 시작한 것도 이때였다.[27] 이처럼 '해금조치'는 문학사 연구에서 거시적으로는 근대성 문제를 촉발하였고, 1930년대 문학에 대한 문학사적 성과를 적극적으로 논의하는 직접적인 계기가 되었다. 프로문학 또한 재발견되면서 논의의 범위는 해방기 문학과 북한문학 등으로 빠르게 확장되어 갔다.

해금조치 이후 해방공간의 문학과 프로문학에 대한 논의는 가히 폭발적이었다. 해방공간의 문학에 대한 자료집과 연구서가 봇물 터지듯 출간되었다.[28] 해금을 전후로 한 시기에 나온 문학연구의 성과들은 대부분 해금조치를 예상했던 이들의 준비된 결과물로 채워졌다. 정한숙의 『해방문단사』(고려대출판부, 1980)를 제외하고는 변변한 해방공간의 문학사가 따로 없던 시절, '김윤식 사단'이라 불리는 서울대 국문과 석박사과정생들

---

27 『1930년대 민족문학의 인식』(이선영 편, 한길사, 1990)과 『민족문학과 근대성』(민족문학사연구회 편, 문학과지성사, 1995)이 두드러지는 성과이다.

28 자료집으로는 『해방기 한국문예자료총서』(전10권)(계명문화사 편, 1988)와 『카프비평자료총서』(전8권)(임규찬·한기형 편, 태학사, 1990), 송기한·김외곤 편 『해방공간의 비평문학』(태학사, 1991) 등이 대표적이다.

의 연구성과는 해방공간에 집중되는 모습을 보여준다. 『해방공간의 민족문학연구』(열음사, 1989), 『해방공간의 문학운동과 문학의 현실인식』(한울, 1989) 등이 당시 대학원생들과의 공동의 작업이었다. 해금조치 전후 권영민의 연구도 같은 선상에 놓인다. 권영민은 근대문학과 이데올로기 문제를 관련지어 논의했던 『한국근대문학과 시대정신』(문예출판사, 1983)의 해금과 함께,[29] 해금조치 전후로 많은 연구성과를 제출하였다.[30] 이는 해금조치 오래 전부터 관련성과를 미리 준비해 왔음을 의미한다.

　해방기 문학운동과 문학사적 논의는 당시 『해방전후사의 인식』 시리즈의 자장과 맞물려 있었다. 1979년 '해전사' 1권이 발간된 이후 1989년까지 6권을 발간하는 동안 우편향의 근현대사는 배경화되었고 반공의 시야에서 주변화되었으며 금기의 현대사는 망각의 봉인에서 풀려났다. '해전사'는 해방과 건국 이후 친일문제, 이념과 정치, 노동운동과 한국전쟁, 북한현대사 등 근현대사의 문제적 영역 거의 대부분을 망라하며 80년대 내내 지식담론 장의 거점을 형성했다. 80년대 분단문학의 정점을 형성한 장편대하소설 조정래의 『태백산맥』도 그 자장 안에 놓여 있었다.[31] 신형

29　판매금지 당했다가 해금조치와 함께 풀려난 같은 사례로 김학동의 『정지용연구』(민음사, 1988)가 있다.

30　『해방직후의 민족문학운동연구』(서울대출판부, 1986), 『한국민족문학론연구』(민음사, 1988), 『월북문인연구』(문학사상사, 1989), 『한국계급문학운동사』(문예출판사, 1998) 등의 성과를 낸 데서도 보듯이 가히 폭발적이었다.

31　작가 조정래는 연재 2회를 마친 뒤 가족과 상의하면서 실제로 어떤 위협이 가해질지 모른다는 사실을 털어놓고 있다. 좌담, 「상처받은 시대 그 한과 불꽃의 문학」, 고은 외, 『문학과 역사와 인간』, 한길사, 1991, 16쪽.

기의 『해방직후의 문학운동론』(제3문학사, 1988)과 『해방기소설연구』(태학사, 1992), 김승환의 『해방공간의 현실주의문학연구』(일지사, 1991), 송희복의 『해방기문학비평연구』(문학사지성사, 1993) 등이 앞서 언급한 김윤식 사단과 권영민의 논저와 구별되는 해방공간의 문학을 연구한 성과였다.

프로문학에 대한 학술적 관심도 고조되기 시작했다. 『카프비평의 이해』(김재용 편, 풀빛, 1989)와 『카프문학운동연구』(역사문제연구소 문학사연구모임 편, 역사비평사, 1989)를 필두로 많은 학위논문들이 양산되었다.[32] 문학운동론의 관점과는 달리 실증적 방식을 취한 경우도 있었다. 이선영의 『한국문학의 사회학』(태학사, 1993)가 바로 그러한 선례의 하나다. 이 저작은 해방공간의 문학을 대상으로 삼되 이데올로기의 심급에서 벗어나 사회학적 관점에서 문인들의 월남과 월북이라는 공간 이동과 체제선택을 살피는 한편, 문인들의 월남·월북·재남·재북의 분포와 의의를 실증적으로 논의한 매우 인상적인 사례였다.

카프문인 관련 작가론과 주제론은 문학사 및 문학연구의 성과로 나타났다. 필자 또한 그 부류에 속한다. 1989년 임화시를 석사학위논문의 테마로 삼았기 때문이다. 임화의 시집 『현해탄』 복사본과 신승엽이 편집한 『임화시집-현해탄』(세계, 1988)을 저본 삼아, 임화의 『문학의 논리』(학예사, 1941)를

---

32 임규찬과 김성수·김재용의 카프 해소파/비해소파 논쟁도 기억해야 한다. 이 논쟁은 카프단체의 행로만의 문제가 아니라 해방공간에서 좌익문학단체의 결성에 따른 주도권 다툼으로 이어졌고, 이북의 문단 형성에도 결정적인 영향을 미쳤다. 임규찬, 『한국 근대소설의 이념과 체계』(태학사, 1998); 김재용, 『민족문학운동의 역사와 이론』(1,2)(한길사, 1996); 김성수, 『통일의 문학, 비평의 논리』(책세상, 2001) 등 참조.

읽었고 『카프비평자료총서』와 여러 영인본 잡지를 읽어가며 임화의 시와 산문, 비평의 목록을 만들어갔다. 당시 김윤식과 김용직의 '임화론'(훗날 김윤식의 『임화연구』, 김용직의 『임화문학연구』로 간행됨)이 연재중이던 때였다.

80년대 후반과 90년대 초반에는 프로문학 관련 연구가 거의 예외없이 학위논문의 테마였다. 70년대 후반부터 80년대 중반에 이르는 학번들은 80년대 후반부터 90년대 초중반에 제출한 석박사논문에서 프로문학, 근대성 또는 미적 근대, 1930년대 후반 문학, 해방공간 문학 등, 해금조치 이후 개방된 연구테마를 공유하고 있었다.

이렇듯, 해금조치는 그간 차단되었던 자료들과의 조우, 실증적 해석의 지평을 확대시켜 국문학계 전반에 풍성한 성과를 만들 토양을 제공했다. 특히 해금조치와 관련하여 학술 장에서는 이데올로기적 심급을 우회하여 문학 텍스트로만 한정시켰던 '신비평'에 입각한 '꼼꼼히 읽기'에서 벗어나 작품 생산의 배경이 된 시대현실과 사상적 스펙트럼을 확인하거나 작품의 생산 및 유통 전반까지도 재구함으로써 논의 지평을 문학이라는 영역에서 문화의 영역으로 확장시켜 놓았다. 해금조치는 문학사 및 문학 연구의 빅뱅이라고 할 만큼 반공주의의 이데올로기 심급에 사로잡혀 있던 여러 학문적 의제들을 해방시켰다.

한 연구자는 90년대 이후 근대문학계의 행로를 다음과 같이 언급한 바 있다.

　　"90년대 이후 근대문학계의 행로를 되새기는 것은 새삼스러울 뿐만 아니라 지난한 일이기도 하다. 현실 사회주의의 몰락으로 대변되는 세계사적 변화는 한국의 근대 혹은 근대성 자체에 대한 성찰을 촉발했고, 때마침 방문한 다양한 '포스트담론'에 힘입어 연구자들은 새로운 길을 찾기 위한 고투를 계속해 왔다. 성찰은 근본적인 것이었다. 우리는 어디로부터 비롯됐는가, 현재 우리의 정신과 현실을 구성하고 있는 것은 자명한 것인가? 근대문학계는 기원을 묻고, 근대를 해체했으며, 문학을 신전에서 끌어내렸다. 이 시기는 문학의 영향력이 급락하면서 '문학의 위기'가 회자되던 시절이었다. 자본주의의 전지구화 속에서 '인문학의 위기'가 현실화되던 시기였다. 그러나 역설적이게도 근대문학계의 연구는 폭발적으로 융성했고 자발적으로 학제간의 벽을 넘어섰다. 90년대 후반부터 본격화된 문화사 연구와 매체론, 제도사적 연구와 탈식민주의, 그리고 젠더 연구 등은 연구의 대상과 방법의 선택에 있어 하나의 '지적 해방구'를 가능케 했으며, 참조해야 할 자료를 거의 무한대로 확장함으로써 문학의 '인간학'으로서의 존재양식을 학문적으로 현실화시켰다. 문학은 위기였으나 문학연구는 융성했다."[33]

인용에서는, 문학의 영향력을 상실한 90년대에 역설적으로 풍성해진 문학연구의 성과에 대한 곤혹스러움이 묻어난다. 그러나 이 태도는 그간 봉인된 채 말할 수 없었던 서발턴들-월북문인과 납북문인과 재북문인, 월남문인과 친일문인, 더 나아가 재일디아스포라 작가에 이르는-에 대한 연구가 본질적으로 이전과는 매우 다른 방식의 독법을 요구한다는 점을 절감한 세대 감각에 해당한다. 인용된 내용에서는 문학사의 서발턴인 '납북, 월북문인'들이 문학사적 망각에서 깨어났을지는 모르지만 그의

---

33 박헌호, 「'문학' '사' 없는 시대의 문학연구」, 『역사비평』 2006봄호, 96쪽.

문학적 생애 복원을 위한 노력에서 연구의 지향점이나 방법론 자체가 냉전의 구도가 온존했던 이전과는 현저히 달라진 것도 곤혹스럽다는 느낌이 가감없이 드러나 있다.

해금조치 이후, 정지용과 김기림, 백석과 이용악, 임화와 김남천, 이태준, 이기영 등에 대한 많은 성과들이 전기적 관점이나 작품에 대한 실증적 검토도 시도되었지만, 다른 한편으로 문학사의 다양한 배경들을 추적한 사례들도 많았다. 이는 서발턴의 존재론적 구조 자체가 식민지 경험에 기반을 두고 있거나 분단체제로 이어지는 다층적 면모 때문이었다. 그런 까닭에 텍스트에 대한 복합적이고 중층적인 논의 틀과 해석의 필요성이 생겨났고, 이러한 상황은 기존의 텍스트 독해방식과는 질적으로 다르고 차원을 달리하는 연구방법론과 글쓰기를 요구했다. 주체와 개인, 젠더, 계급, 민족, 국가 등을 키워드로 삼는 '문학이론적 글쓰기'로 유사한 경향을 띠게 된 것도 이런 이유에서였다. 텍스트의 생산에서부터 텍스트 안에 기입된 주체의 분열적 정체성을 해명하는 작업은, 식민에서 탈식민으로 이행하는 과정에서, 남북이 둘로 나뉘어 분립하는 체제가 되어버린 상황에서, 그리고 월북/월남의 공간 선택에서 필연적으로 대면해야 하는 반공주의/반동주의의 억압적 상황에서 생성되는 의제이기도 했다. 정체성의 분열을 해명하는 탈식민주의적, 해체주의적, 비교문학적인 작업들은 '해금조치' 이전까지만 해도 논의조차 되지 못했다.

이렇게, 해금조치는 한국문학의 근대적 기원과 근대성을 다시 조망하게 만드는 기폭제 역할을 했다. 근대성의 맥락에서 '문학'과 연계된 의제들은 참으로 다채로워지기 시작한 것이다. 근대성과 근대문학의 기원 문제,[34] 프로문학,[35] 해방공간의 문학운동론과 문학조직과 이념,[36] 1930년대 문학의 성과, '문학'의 근본개념으로부터 리얼리즘과 모더니즘의 양식적 미학적 문제, 해방공간의 국가건설과 직결된 문학/문학인의 과제와 역할 문제, 창작과 유통과정에 관여한 반공주의와의 연관,[37] 친일문학, 북한 문학사의 기술문제, 북한 초기문학의 성립과 통일문학사의 가능성,[38] 북

---

34 민족문학사연구소 편의『민족문학과 근대성』(문학과지성사, 1995), 나병철의『한국문학의 근대성과 탈근대성』(문예출판사, 1996), 김윤식의『한국문학의 근대성과 이데올로기 비판』(서울대 출판부, 1997), 문학사와비평연구회의『한국 현대문학의 근대성 탐구』(새미, 2000), 하정일의『20세기 한국문학과 근대성의 변증법』(소명출판, 2000), 동국대 한국문학연구소 편의『한국문학과 근대성의 형성』(아세아문화사, 2001) 등이 거론될 만한 주요 성과다.

35 프로문학과 관련해서는 임규찬·한기형 공편의『카프비평자료총서』(태학사, 1990)가 실증적 접근을 가능하게 해준 자료집과 지침서 역할을 했으며 문학사연구모임 편의『카프문학운동연구』(역사비평사, 1989), 김재홍의『카프시인비평』(서울대출판부, 1990), 김재용의『민족문학운동의 역사와 이론』(1,2)(한길사, 1990, 1996), 홍정선의『카프와 북한문학』(역락, 2008), 이경재의『한국프로문학연구』(지식과교양, 2012), 손유경의『프로문학의 감성 구조』(소명출판, 2012) 등으로 이어졌다.

36 각주27)과 해당 본문 참조.

37 식민지 시기의 검열 문제를 학제간 의제로 삼은 사례나 '반공주의와의 연관'을 문학과 제도의 측면에서 폭넓게 다룬『반공주의와 한국문학의 근대적 동학』(1,2, 김진기 외, 한울아카데미,2008, 2009)이 대표적이다.

38 김윤식의『북한문학사론』(한생, 1988; 새미, 1996)과『한국 현대현실주의소설연구』(문학과지성사, 1990) 등은 근대문학의 관점에서 북한문학을 다룬 경우이다. 실증적 연구로는 김재용의『북한문학의 역사적 이해』(문학과지성사, 1994)『분단구조와 북한문학』(소명출판, 2000), 신형기의『북한소설의 이해』(실천문학사, 1996)과 신형기·오성호의『북한문학사』(평민사, 2000) 등이 있다. 또한 통합적인 관점에서 남북한 문학사를 표방한 사례로는 최동호 편, 『남북한 현대문학사』, 나남출판, 1995; 김병민 외 3인 공저,『조선-한국당대문학사』, 연길, 연변대학출판사, 2000; 김성수,『통일의 문학, 비평의 논리』, 책세상, 2001 등이 있다. 이밖에도『북한의 시학 연구』(전6권, 소명출판, 2013),『한(조선)반도 개념의 분단사』(전

한 문화정전,[39] 납월북 문인의 문학사 부재처리와 그 제도적 배경의 실증[40] 등으로 이어졌고, 문학사의 외연과 층위는 노동문학을 비롯한 문학사의 하위영역에 대한 관심으로 확장되어 왔다.[41]

　그럼에도 불구하고 해금조치 이후 한국문학 연구자들의 행로는 30여년 전 김윤식이 제기했던 문제의식으로부터 자유로워졌다고 말하기 어렵다. 여전히 그의 문학사연구의 학문적 전제는 도달하지 못한 '아포리아'로 남아 있기 때문이다. 하지만, 해금조치 이후 문학사 관련성과나 최근 근현대문학 관련연구 성과를 일별해 보면 거기에는 확실한 변화 하나가 눈에 두드러진다. 해금 조치를 전후하여 대학강단에서는 그간 통용되었던 문단사나 사조사와 벗어나 본격적인 문학 연구가 시작되었다는 점이다.[42]

3권, 사회평론아카데미, 2018) 등은 최근 성과다.

39　북한의 대표적인 문화정전인 '불멸의 력사총서' 해제 및 연구가 있다. 강진호 외, 『총서 '불멸의 력사' 해제집』·『총서 '불멸의 력사' 용어사전』·『북한의 문화정전, 총서 '불멸의 력사'를 읽는다』(이상은 소명출판, 2009)

40　이 분야에서 탁월한 성과를 꾸준히 제출한 경우가 이봉범이다. 그는 앞서 거론한 「냉전과 월북, (남)월북 의제의 문화정치」(『역사문제연구』 37호, 역사문제연구소, 2017) 외에, 「단정 수립기 전향의 문화사적 연구」(『대동문화연구』 64, 성균관대 대동문화연구원, 2008), 「냉전과 원조, 원조시대 냉전문화 구축의 역동성-1950~60년대 미국 민간재단의 원조와 한국문화」(『한국학연구』 39, 인하대 한국학연구소, 2015), 「냉전과 월남지식인, 냉전문화기획자 오영진」(『민족문학사연구』 61집, 민족문학사학회, 2016) 등의 성과를 축적해 왔다.

41　신형기 외, 『문학사 이후의 문학사를 생각한다-한국현대문학사의 해체와 재구성』(푸른역사, 2013); 루스 베러클러프의 『여공문학-섹슈얼리티, 폭력 그리고 재현의 문제』(김원 외 공역, 후마니타스, 2017) 등이 여기에 해당된다.

42　민족문학을 견지하는 관점에서는 조동일의 『한국문학통사』(제4판, 전6권)(지식산업사, 2005)가 가장 방대한 규모를 자랑하나 김재용·이상경·오성호·하정일 4인 공저인 『한국근대

5. '해금조치' 30년, 근대문학사 복원의 의의와 한계

30년이 지난 지금, '해금조치'가 문학연구의 활성화를 촉발했고 근대
문학사 복원의 변곡점을 형성했다는 의의만큼이나 그 한계 또한 지적하
지 않을 수 없다. 지금의 시점에서 보면 해금조치 직후 '월북문인'에 대한
뜨거운 관심과 열풍은 일종의 붐에 지나지 않았음을 절감하게 된다.

해금 10년이 지난 시점인 1998년, 한 출판 전문잡지에서는 해금조치
이후 「달아오르기 무섭게 식어버린 해금문인 복원열기」라는 제하의 글
을 게재하였다. 이 글은 해금문인들의 실질적 복권이 이루어지지 않았
음을 피력하고 있어서 인상적이다.[43] 이 글의 필자는 해금 직후 3년간의
출판량이 90년대 9년간 출판량을 압도하지만, 사회과학출판사들이 앞
을 다투며 기획했던 전집류와 총서들의 기획을 중도에 포기하는 점에 주
목한다.[44] 전집이나 선집의 기획출간 포기는 권장도서나 우수학술도서,

민족문학사』(한길사, 1993)는 해금조치 이후 프로문학의 성과를 민족문학의 차원에서 반
영한 사례다. 이밖에 권영민, 『한국현대문학사(1,2)』(민음사, 2002); 김윤식, 『한국현대문학
사』(서울대출판부, 2008); 김용직, 『한국현대시사(1930-1945)』(전2권, 한국문연, 1995); 김윤식·정
호웅, 『한국소설사』(예하, 1993); 김영민, 『한국근대소설사』(솔, 1997); 이재선, 『현대한국소
설사(1945-1990)』(민음사, 2000); 유종호, 『한국근대시사(1920-1945)』(민음사, 2011); 조남현, 『한
국현대소설사(1,2,3)』(문학과지성사, 2012-16) 등이 꼽히는 성과이다.

43 최성일, 「식어버린 해금문인 복원 열기」, 『출판저널』, 1998.7.20, 5쪽.

44 세계사의 '한국근대민족문학선집'(미완), 동광사의 '동광민족문학전집'(13권 발간), 풀빛사
의 『이기영선집』과 『한설야선집』, 그리고 '한국근현대 민족문학총서'(미완), 을유문화사
의 '북으로 간 작가선집' 10권(1998), 서음출판사의 '월북작가대표문학'(24권, 1989) 등이
있다. 이들 사례에서 보듯 기획은 했으나 시장의 반향을 불러일으키지 못하면서 상당
수의 전집이 미완으로 끝나고 말았다. 해금문인의 경우 정지용과 김기림, 백석·이용악

청소년 권장도서로 선정되지 못한 데 그 원인이 있음을 밝힌 다음, 그는 '극소수 문인'을 제외하고는 "이들(해금문인-인용자)에 대한 실질적인 사면·복권은 여전히 이뤄지지 않고 있는 현실"[45] 때문이라고 결론 내린다.

해금 30년을 맞은 지금에도 문학시장의 상황은 크게 개선되지 못했다고 말할 수 있다. 해금조치의 거품이 가라앉으면서, 앞서 언급했듯이 90년대 이후 국문학계에서는 지속적으로 근대성 재검토, 월북문인과 재북문인, 북한문학, 통일문학사와 관련된 학문적 의제를 심화시키는 한편 성과들을 축적해왔다. 하지만, 학술 장에서 거둔 성과들이 문화의 장으로 확산되고 환류되지 못하는 것은 엄연한 현실이다. 이는 '해금조치'의 문제성이 지금의 시점에도 여전히 유효하다는 것을 시사해준다. 남과 북 모두에서 납월북문인의 존재는 하위주체로 호명되고 있는 실정이기 때문이다.

해금문인 중 대표적인 작가의 한 사람인 이태준을 예로 들어보자. 그는 1946년 중반 월북하여 쏘련을 둘러보고 북에 체류함으로써 앞서 보았던 유종호의 증언에서처럼 문학사에서 사라졌다가 복권된 경우다. 해금조치 이후 이태준 관련 연구는 2004년 현재, 100여 편을 넘는 학위논문과 400편을 상회하는 논저가 확인될 만큼 엄청난 자료들이 발굴되고

등의 시인과 이태준, 박태원 등이 전집 간행을 거쳐 문화적 복권을 이루었으나 시기별로 해방 이전, 사상성과 무관한 작품들만 선별적으로 대중서와 교과서와 같은 정전에 수록되는 경향을 보인다. 이런 까닭에 납월북문인들의 문화적 사상적 복권은 해방 이전, 무사상성 등의 원칙이 교과서를 비롯한 문학전집류에 그대로 적용된다는 말이 가능하다.

45　최성일, 위의 글, 같은 곳.

연구되었다.[46] 그에 대한 연구사가 여럿 쓰여질 정도다. 이는 이태준 연구자들이 중심이 되어 결성한 상허학회(1992)의 활동에서 연유한 바가 크다. 해금조치가 탄생시킨 학회의 모범적 사례 중 하나인 상허학회는 그간 이태준전집 완간(18권 중 17권 간행, 깊은샘, 1988-2001) 이후, 발굴된 자료들을 수집하여 새로운 체제의 전집을 발간하기도 했다(6권, 소명출판, 2015).

그럼에도 불구하고 그의 문학적 생애 복원에는 '월북'이라는 사건이 가로놓여 있고, 월북 이후에 대한 자료 자체가 미비한 실정이다. 그의 문학을 대하는 태도 역시 월북 동기나 월북 전후의 작품세계에 많은 편차를 보인다. 월북 이후의 문학을 월북 이전보다 질적으로 저하된 것으로 보거나 월북 동기를 낭만적 사건으로 보는 등의 편차를 보인다.[47] 월북 이후 이태준의 문학에 대한 해석의 편차가 '월북'이라는 사건을 기점으로 다양하게 나누어진다는 점도 의미심장하다. 이는 해금조치 이후 문학 연구에도 시사점을 던진다. 해방 전후로 나누어진 이태준 또는 근대문학

46　이병렬, 「이태준 문학연구, 그 성과와 한계」, 『탄생 100주년 문학인 기념문학제 발표문』, 대산문화재단, 2004, 69쪽. 이외에도 이태준 연구사에는 박수현의 「이태준 문학 연구의 역사에 관한 일고찰」(『작가세계』 18집, 2006), 강진호의 『현대소설사와 이태준의 위상-이태준 연구와 향후의 과제」(『상허학보』 13집, 2004)가 있다.

47　그의 월북과 월북 직후 집필한 『쏘련기행』에서의 변화를 '무매개적'이라고 언급하는 경우는 강진호, 「동경과 좌절의 미학」(『상허학보』 1집, 상허학회, 1993)과 류보선, 「역사의 발견과 그 문학사적 의미-해방 후 이태준의 문학」(『한국현대문학연구』 제1집, 한국현대문학회, 1991). 퇴행적인 행보 낭만적 사건으로 간주하는 경우는 권성우, 「이태준 기행문 연구」(『상허학보』 14집, 상허학회, 2005)와 강헌국의 「월북의 의미」, (『비평문학』 18집, 2004) 등이다. 이에 대한 상세한 논지는 김준현, 「해방이라는 한국문학연구의 '경계'와 이태준」, 『상허학보』 42집, 상허학회, 2014, 123-146쪽 참조.

에 대한 차별의 시선은 '납월북 문인 해금' 이전과 이후로 분할된 지점과 연동되는 문제임을 의미한다.

이렇듯 납월북 문인들은 남과 북의 문학사에서 배제한 경계인의 국면에서 크게 탈피하지 못한 것이 엄연한 현실이다. 이들이 주변인의 표상을 넘어서고 열전 속 분단체제의 공간을 가로질러 어떻게 체제와 이념을 수용하며 문학을 통해 시대현실에 대응하였는지, 그 의의는 무엇인지가 연구자의 주된 관심사가 되어야 마땅하다. 하지만 이들은 여전히 근대국가와 제도에 의해 폭력적으로 격하된 하위주체로만 호명될 뿐이다. 이들의 문학적 생애와 문학사적 복원에는 '근대와 근대국가의 제도적 폭력'과 함께 문학의 근대성에 대한 근본적인 질문이 개재해야 마땅하다.

경계 지워진 삼팔선/휴전선 너머의 체제와 공간을 자발적 비자발적으로 선택하거나 이주해야 했던 역사적 사실에 대한 재구가 먼저인 것도 이런 배경 때문이다. 이들에 대해 희생자의 관점을 개입시키지 않고 시대와 대응한 본래의 맥락과 함의를 복원하는 것이야말로 '해금조치 이후의 문학사적 복원'의 참뜻이 아닐까. 이와 함께, 납월북 문인에 대한 생애복원에서 대면하게 되는 '북한문학'에 대해서도 과연 '북한문학이란 무엇인가?' '북한문학 연구는 왜 필요한가?'라는 해묵은 질문도 재차 꺼내야 한다. 북한문학이 '역사적 실재'이자 '체제가 용인하고 사회가 선택한 소산'이라는 관점에서 살피는 한편, 남한중심주의에서 벗어나 근대문학의 전통에서 바라보는 거시적 시야를 확보해야 하기 때문이다.

통념에 기대어 보면, 남과 북은 서로 분리된 민족적 자아로서 상이한 이념과 체제를 수립한 채 오랜 기간 반목해온 이형동질의 존재, 근대의 쌍생아였다. 거시적으로는 남과 북의 문학을 근대 기획과 연관시킴으로써 통합적 시야를 확보하는 일이 긴급하다. 그래야만 서구사상의 이입, 식민지배에 대한 기억방식의 차이, 해방과 냉전체제의 성립과 체제 분화에 따른 문학의 상이한 전개와 길항, 남북한 문학의 통합을 위한 접점 모색 등과 같은 미시적인 의제들을 포착할 수 있게 된다. 그런 측면에서 해금된 문인들의 문학사적 복원이라는 문제성은 분단체제가 지속되는 한 유의미한 테마가 아닐 수 없다. '월북문인'의 문학적 생애와 작품, 이들에 대한 문학사적 복원이야말로 남과 북의 체제가 함께 배제하고 구조화시킨 망각의 온전한 실체이기 때문이다.

'월북문인'에 대한 논의는 학술 장에서 거둔 성과를 공유하며 사회 통념의 변화를 이끌어내는 공감과 합의가 형성되지 않았다는 점에서 이들의 사회적 복권과 문학사적 복원은 여전히 미흡한 상태이다. 달리 보아 이같은 현실은, 활발한 연구성과를 바탕으로 반공체제의 압력과 편견을 넘어선 문학 향유의 주체와 현실적 여건을 마련하지 못했음을 의미한다. 지난 30년에 걸친 남북 사회구성체의 변화에 걸맞게 납월북문인과 문학 작품에 대한 인식 변화가 더디게 느껴지는 것은 무엇인가. 남북 공히 지닌 분단국가로서의 태생적 한계, 곧 결여된 네이션-스테이트가 고안해낸 억압기제가 현실의 자장에서 구조화되면서 남과 북의 문학사가 자유롭지 못한 것이 가장 큰 원인은 아닐까.

제4부

근대와 문화적 횡단

『소학독본』(1895)과 유교적 신민의 창출

1. 『소학독본』의 성격 재론

근대초기 국어교과서의 역사에서 『소학독본』(1895)은 '근대 지식의 수용'이라는 일반적인 전제와는 달리 유교 이념으로 충만한, 그래서 논란이 많은 텍스트이다. 우선, 이 교과서는 '유교적 이념에 바탕을 둔 인성 함양'이 주요한 내용을 이루고 있어서 수신서로 분류하는 관점이 우세하다.[01] '소학교용' '국어과 독본 교과서'라는 측면에서는, 유교적 전통에 입각한 품성 함양을 강조하는 특징을 두고 근대교육의 퇴보로 규정하기도

01　교육학 분야에서 『소학독본』은 『숙혜기략(夙慧記略)』과 함께 논의되고 있다. 김민재의 「개화기 '학부 편찬 수신서'가 지니는 교과용 도서로서의 의의와 한계」, 『이화사학연구』 42집, 이화사학연구소, 2011. 『소학독본』을 수신서로 본다 해도, '독본'이라는 교과서 명칭은 여전히 해소되지 않는 의문으로 남는다. 김민재는 내용상 특징을 들어 『소학독본』을 수신 교과서로 보는 입장을 취하고 있다. 위의 논문, 186-187쪽 참조.

한다.[02] 근대초기 국어 교과서 연구 동향을 일별해 보면『국민소학독본』과
『신정 심상소학』만을 대비해서 논의하는 경우가 대부분이고,『소학독본』
에 대해서는 학부 발간 '소학교용 교과서'라는 관점에서만 간략하게 언급
될 뿐[03] 제대로 검토되지 못한 미답 지대에 놓여 있다.

　『소학독본』은 과거제 폐지와 함께 신학제를 도입한 갑오교육개혁의 시
행과정에서 배제되었던, 개항 이후 전통교육제도의 변화를 모색하던 흐름
이 반영된 결과일 가능성이 높다. 이 독본 교과서는 소학교용 수신독본 또
는 국어과 독본으로서 갑오교육개혁의 특성과 한계를 동시에 보여주는 사
례에 해당한다. 이 교과서는 몽학(蒙學) 단계의 전통교육제도의 한 축을 이
룬『소학』의 교육적 구상을 참조하여 근대초기 독본 교과서로 재배치하고
자 한 소산이었기 때문이다.『소학독본』이 갑오교육개혁에서 대단히 문제
적인 텍스트라는 것은 독본 교과서의 간행과정을 일별해도 쉽게 이해된
다. 오늘날 교육부에 해당하는 학부 편집국에서는 1895년 7월 19일(음력 5
월 17일) 소학교령 반포 직후부터 이듬해 초까지 소학교용 독본 교과서를 세
권 간행했다.『국민소학독본』을 1895년 음력 7월(양력 8월 20일-9월 18일),『소
학독본』을 같은 해 음력 11월(양력 12월 16일-이듬해 1월 14일)에 간행했고, 이듬
해 음력 2월(1896년 3월 14일-4월 12일)『신정 심상소학』을 간행했다.

　학부 편집국에서 간행한 이 세 권의 독본은 모두 '소학'이라는 표제를

02　윤여탁 외,『국어교육 100년사 1』, 서울대출판부, 2006, 201-202쪽.

03　박승배,「갑오개혁기 교과서에 나타난 교육과정학적 이념 연구: '소학' 교과서를 중심
　　으로」,『교육과정연구』29권 3호, 2011.

취하고 있는데, 이는 곧 '소학교'에서 사용된 국어과 및 수신용 독본 교과서임을 의미했다. 학부 편집국에서 왜 '소학교용 독본'을 3종이나 간행했는가는 여전히 의문으로 남아 있다. 3-4개월 간격으로 소학교용 독본 교과서가 간행된 배경으로 갑오개혁 전후의 가파른 정치사회적 변동을 전제하지 않을 수 없다. 이런 관점에서『소학독본』의 간행 배경과 그 안에 담긴 교육적 의도를 짚어보지 않고서 '유교 이념으로 충만한 퇴행적인 독본 교과서'로 규정하는 것은 성급한 주장이라고 판단된다.

이런 문제의식을 바탕으로, 이 글에서는 오늘날 국어과로 세분화되기 전, 유교적 이념 지향이 강한 독본이 간행된 배경이 무엇이었는지, 텍스트 간행을 둘러싼 정황과 함께 전통교육제도와 어떤 연관을 맺고 있었는지에 주목해보고자 한다. 그런 다음『소학독본』의 체제와 내용상 특질을 살펴보기로 한다.

2. 갑오교육개혁과 전통교육의 길항―『소학독본』의 간행 배경

주지하듯, 1890년대는 국가의 명운(命運)이 경각에 달린 시기였다. 고종은「교육에 관한 조칙」에서 교육이야말로 "서구 열강과 일제의 침탈로 위기에 빠진" 국가를 구하는 수단이자 "근대적 과학기술과 서구 문명을 받아들여 조선을 문명 부강한 국가로 만드는 길, 힘을 키우는 길"[04]이라고 천명했다. 갑오교육개혁은 전통적인 인재 등용제도였던 과거제를 폐

04　이승원,『학교의 탄생』, 휴머니스트, 2005, 23쪽.

지하며 전통 교육제도를 공교육의 장에서 밀어내는 한편, 고급인력을 해외 유학생 파견으로 대체하며 소학교 중심의 신학제 도입을 시행하는 것이 골자였다. 개혁의 결과, 교원 양성을 위한 사범학교 설립, 초등교육을 담당할 관립, 공립, 사립 소학교 설립, 중학교 설립 등에 대한 법적 근거가 되는 칙령을 1895년 9월에 반포하며 국민 양성의 소임을 '학교'로 이관하기 이르렀다.

급속한 교육개혁은 체계적인 교과서 간행조차 여의치 않을 만큼 한계를 노출하기도 했다. 학부 편집국에서는 『국민소학독본』을 처음 간행하면서, 1888년 일본 문부성에서 간행한 『고등소학독본』을 저본으로 삼아 상당 내용을 급조할 수밖에 없었다.[05] 지금의 관점에서 보면 이 교과서는 자국어 관념과 문종(文種)에 따라 교과과정을 구현한 국어 교과서와는 그 외양부터가 판이하다. 『소학독본』 또한 수신서인가 국어교과의 독본인가 하는 정체성의 논란이 있는데, 이는 근대 초기 교과가 확고하게 분립하지 못한 현실에서 비롯된 것이다. '독본'이라는 말에는 국어과나 문학교과로 분화되기 이전 통합교과의 성격이 근대초기 교육의 특성이었다는 것을 말해준다. 1896년에 간행된 『신정심상소학』 하권과 1897년 6월 간행된 『태서신사촬요』 하권에 첨부된 교과서 광고에도 『소학독본』은

---

05 최초의 '국어' 교과서인 『국민소학독본』은 최초의 관찬교과서로서 주체적인 역사와 인물에 대한 자각과 자부심을 바탕에 깔고 있다. 그러나 이 교과서는 일본의 저본을 기초로 삼아 모방과 조정, 요약과 축소, 발췌와 정리 등의 방식으로 급조된 결과물이기도 하다. 강진호, 「'국어' 교과서의 탄생과 근대 민족주의: 『국민소학독본』(1895)를 중심으로」, 『상허학보』 36집, 상허학회, 2012, 262-279쪽 참조.

당대에도 『신정심상소학』, 『국민소학독본』과 함께 열거되고 있어서 이들 교과서와의 친연성이 확인된다.[06]

　허재영에 따르면, 근대식 학제 도입과 함께 사용된 국어과의 교과서 형태는 주로 '독본류'였다.[07] '독본'이라는 관점에서 『국민소학독본』은, 오늘날 국어과에 해당하는 교과서로서 '국민'을 양성하는 소학교용 독본이라는 윤곽이 그려지지만, 『소학독본』은 '소학교용 독본'인지 아니면 '소학교의 소학(수신)독본'인지가 불분명하다. 분명한 것은 『소학독본』이나, 4개월 먼저 간행되었던 『국민소학독본』은 문체상 특성을 공유한다는 점에서 편찬자가 동일 집단일 가능성이 높고, 교육철학 또한 공유하고 있다는 점이다.[08] 두 교과서 모두 소학교용 독본 교과서로서는 난이도가 매우 높은 한자를 사용한 장문(長文)의 '국한문 혼용체'로 기술되어 있어서, 편찬 의도나 기획에서 학습자를 고려하기보다 국가가 필요로 하는 이상적인 학습자를 대상으로 삼았던 것으로 보인다.[09] 거기에다 『국민소학독본』과 『소학독본』의 관계가 국어와 문학 교과를 보완한 것이었는지

06　이종국, 『한국의 교과서-근대 교과용 도서의 성립과 발전』, 대한교과서주식회사, 1991, 123-126쪽.

07　허재영, 『통감시대 어문 교육과 교과서 침탈의 역사』, 경진문화사, 2010, 156-160쪽.

08　강진호는 앞의 논문에서 편찬 실무자로 이상재를 지목한다. 강진호, 앞의 논문 참조.

09　학부 편집국에서 발간한 『국민소학독본』과 『소학독본』이 가진 국한문혼용체의 문체적 특징은 『신정심상소학』에서 등장한 국문 위주의 평이한 문체에 비해 상당한 한문 식견을 가지고 있어야 한다는 점에서 일반 서민과 양반 자제 사이에 놓인 계층간 문식력 차이를 감안한 것일 수도 있다.

아니었는지조차 밝혀진 바가 거의 없다.[10]

주지하듯이, 『국민소학독본』은 메이지 유신 당시에 간행된 『고등소학독본』의 상당부분을 차용하면서도 국가주의에 충실한 주체 양성을 지향했던 교과서였다. 이듬해 아관파천 이후 간행된 『신정심상소학』에서는 소학교용 국어교과서에 걸맞는 체제와 내용을 구비했으나 친일적인 요소가 대거 수록되는 적지 않은 변화를 거친다. 『신정심상소학』의 이런 변화는 명목상으로는 독본의 편제와 내용의 재조정이었으나, 일본식 삽화 수록이나 하향평준화된 내용을 고려할 때 '교과서를 통한 일본의 교육 지배'가 가시화된 결과였다.[11]

이런 맥락에서 보면 『소학독본』의 간행은 단순히 '유교이념으로의 귀환' 또는 '퇴보'로만 해석하는 데 무리가 있다.[12] '소학교용 독본'이라는

---

10 1894년 설립된 사범학교와 부속 소학교에 대한 기사를 참조해 보면, 사범학교의 경우 정원 40명에 17세 이상의 한학 실력을 갖춘 생도들이 당분간 옛 방식에 따라 오전 10시부터 오후 3시까지 하루 4시간씩 수업한다. 오륜행실, 동몽선습, 사서류의 한서에 대해서 독법 강의를 하고, 산술을 배우고 있다. 반면, 소학교는 남녀 7세 이상이나 실제로는 9세-15세 이상으로 남아 중심의 정원 60명에 「가나다」를 배우는 것으로 기사화되고 있다. 김경미, 『한국근대교육의 형성』, 혜안, 2009, 123-124쪽. 기사에 따르면 소학교의 교재를 지향한 『신정심상소학』 외에, 『국민소학독본』과 『소학독본』은 애초 심상과와 고등과 교과서를 지향했다고 추론해볼 수 있다.

11 구자황, 「'독본'을 통해 본 근대적 텍스트의 형성과 변화」, 『상허학보』 13호, 상허학회, 2004, 222쪽 참조.

12 『소학독본』을 간행한 배경을 두고 박승배는, 당시 유학세력이 『국민소학독본』의 급진성을 강하게 비판하자 이 비판을 잠재우기 위해 이들의 요구를 수용한 결과로 본다. 그는 그 근거로 1895년 10월 명성왕후 시해사건으로 입지가 좁아진 학부대신 서광범과 그를 공격했던 전통 유학세력들의 거센 비판을 꼽았다(박승배, 앞의 논문, 11쪽, 19쪽). 또한,

표제에 충실하면, 『소학독본』은 몽학 단계의 수신을 강조해온 전통교육 체제가 반영된 결과라는 말이 가능하다. 잘 알려져 있듯이, 갑오교육개혁은 일제의 후원 아래 과거제 폐지와 함께 급진적으로 도입한 소학교 중심의 신학제 도입이 그 핵심이었다. 『소학독본』의 간행은 친미개화파 정권이 급진적으로 시행한 소학교 중심의 교육개혁에서 반발한 유교 세력의 비판을 무마하려 했다는 추론도 가능하나, 개항 이래 진행되어온 전통교육제도의 변화 모색을 부분적이나마 수용한 결과로 보인다. 개항 이후 전통교육제도의 변화 요구가 커지면서 부상한 동도서기론의 입장에서는 갑오교육개혁의 취지를 찬성하면서도 유교적 이념을 중심에 두는 교육이념이 『소학독본』에 반영되었을 가능성도 배제할 수 없다.

구희진에 따르면, 조선정부는 갑오개혁 이전부터 성균관·향교-도(都)훈장-면훈장[講長]-서당 등의 전통교육제도의 개편을 점진적으로 모색해 왔다. 1876년 개항 이래 조선정부는 시급한 부국강병책과 함께 교육정책의 지향을 '동도서기론'에 입각한 전통교육제도의 재편에 두고 변화를 모색했다. 중앙의 경학원과 각도에는 영학원, 열읍에는 관학원을 설립하려 했으나 친미개화파 정권에 의해 좌절되었다. 일본 주둔 세력을 등에 업은 친미개화파 정권은 1894년부터 1896년 아관파천 이후 교체되지만, 이후 정권에서도 신학제 도입 정책은 그대로 시행되었다. 이 과정에서 전통교육

교과서 생산의 맥락을 짚어본 구자황은 『소학독본』이 '단기적 반동' '회귀의 텍스트'로서 일본의 사례를 들어 민족주의적 전통을 강조한 사례에 대비시키고 있다. 구자황, 「근대 계몽기 교과서의 생산과 흐름」, 『2013년 하계 기획학술대회 '국어국문학 분야별 초기교과서 연구'자료집』, 우리어문학회, 2013, 31쪽.

기관이었던 성균관과 향교, 서당 같은 전통교육기관은 철저하게 형해화되었고, 위정척사파 계열의 지식인들은 당대 교육에서 동몽교육의 재정비가 시급하다는 인식하에 다수의 동몽서를 편찬하며 격렬하게 반발했다.[13]

이처럼, 개항 이후 변화를 모색해온 전통교육제도의 흐름과 유교 계열 지식인들의 움직임을 갑오교육개혁의 자장을 함께 고려해 보면, 『소학독본』의 간행은 단순히 근대교육이 유교 이념으로 회귀한 퇴행이 아니라 개항 이후 조선정부가 '동도서기'의 입장에서 추구해온 전통교육의 변화 모색이 갑오교육개혁의 자장을 뚫고 재배치된 결과물에 가깝다. 그만큼 『소학독본』에는 갑오교육개혁에서 배제되었던 '소학교 중심'의 신학제 도입 과정에서 누락된 '동도서기'에 입각한 유교적 신민 창출에 대한 사회적 요구가 구체적으로 반영되고 있기 때문이다. 점증하는 열강들의 야욕이나 명성황후 시해사건 같은 국가적 위기 상황을 감안할 때, 『소학독본』은 충효관념에 충실한 주체 양성의 필요성, 친일적 지향과는 대척적인 사회적 공감대 형성과 밀접한 관련을 맺는다. 요컨대 『소학독본』은 갑오교육 개혁 와중에 '소학'의 전통을 참조하며 이를 구현한 교과서였던 셈이다.

근대초기 교육개혁의 과정에서 호명된 『소학』의 교육 전통은 고려말로 소급될 만큼 그 연원이 매우 깊다. 여말선초, 성리학의 도입과 함께 전파된 『소학』은 조선조 사회에서 동몽서의 수준을 넘어 수신서의 위상까

---

13 구희진, 「갑오개혁 전후 전통교육제도에 대한 정책」, 『역사교육』 100호, 역사교육연구회, 2006, 195-208쪽. 및 구희진, 「대한제국기 국민교육의 추진과 굴절」, 『역사교육』 109, 역사교육연구회, 2009, 185-226쪽.

지 확보한다. 『소학』이라는 텍스트는 조선조 사회에서 17세기 이후 주석
서 편찬과 그것의 유통과정에서 매우 민감한 정치적 학문적 사안과도 연
계되어 있었다. 『소학』은 '성학(聖學)의 기초서'로써 왕세자 교육에 활용
되었을 뿐만 아니라, 유교 학습의 기초서, 교화서로도 활용되었기 때문
이다. 또한 『소학』은 안정된 체제를 구축하기 위한 인륜서였으며 조선조
백성들의 민의(民意) 성장을 돕는 지침서이기도 했다. 『소학』의 유통과 주
석 편찬서의 간행, 18세기 중엽 영조가 편찬한 『소학훈의』 등의 사례에
서 보듯이, 『소학』의 다양한 사회적 유통 경로는 정치적 의미 또한 적지
않았다. 이이의 편집본인 『소학집주』의 보급과 교육강화는 서인과 기호
학파가 정계와 학계를 장악하는 기제가 되기도 했다.[14]

　소학 언해사업에서 소학이 가진 정치적 의미와 대중화의 의미에 주목
한 바 있는 윤인숙은, 『소학』을 중시한 전통이 조선 왕조 수립기에서부터
16세기까지 지속적이었음을 밝힌 바 있다. 그의 견해에 따르면, 『소학』은
조선조 건국 초기부터 과거제의 필수과목으로 채택되면서 주자학적 이상
세계를 구현하는 교재가 되었고, 16세기 이후 지속적이었던 소학 언해사
업과 함께 '위로부터의 대중화'를 나타내는 핵심 지표의 하나였다.[15]

　갑오교육개혁에서 '소학(小學)'은 소학교 중심의 신학제 도입과정에서

14　정호훈, 「조선 후기 '소학' 간행의 추이와 성격」, 『한국사학보』 31호, 고려사학회,
　　2008, 138-139쪽. 이런 관점에서 보면 기호학파의 계보 안에 속한 이상재가 『소학독
　　본』의 간행을 담당했다는 것도 역사적 사상사적 맥락이 있는 것으로 보인다.
15　윤인숙, 「16세기 소학언해의 사회 정치적 의미와 대중화」, 『한국어문학연구』 58집, 한
　　국어문학연구학회, 2011, 192-198쪽 참조.

위기에 놓인 국가를 구출할 어린 학도들의 동몽서이자 수신서로 호명되었다. 곧, '소학'이라는 말에는, '유소년기의 교육과정'과 '인성함양교육'의 지침서이자 주자가 편찬한 『소학』,[16] 동아시아 유학교육의 초기교육서, 평생 수양해야 할 격물치지(格物致知)의 공부인 대학(大學)과 병행해야 할 수양서의 위상[17]까지도 포괄하는 대단히 복합적인 어의가 담겨 있다. 전통교육을 대변하는 복합적 기제야말로 『소학』을 호명해낸 동기였던 셈이다. 『소학』은 몽학(蒙學) 단계의 중요성과 윤리의식, 경건한 몸가짐을 강조하고, 이어서 전한(前漢) 이전과 이후의 성현들의 행적을 통하여 유교 이념에 충실한 도덕적 주체의 양성을 지향한 교육제도이자 성리학의 교육관을 집약한 동몽서였다. 그런 까닭에 『소학』은 '유교가 궁극적으로 지향하는 성인(聖人)이 되기 위한 학문'[18]의 요체를 담은 텍스트였고, 과거제를 시행했던 조선조 사회에서는 다양한 방식으로 『소학』의 독서 여부를 확인하고자 했던 것이다.[19] 그런 만큼 『소학독본』에 반영된 '소학'은 전통교육에 충실한 소학교용 독본'의 취지를 『국민소학독본』보다 훨씬 선명하게 제시하는 역할을 담당했던 것으로 보인다.

『소학독본』은 『숙혜기략』 같은 교육서, 『유몽휘편(牖蒙彙編)』 같은 동

---

16 민병훈, 「'소학'과 '소학언해'」, 『어문연구』, 한국어문교육연구회, 1988, 553-554쪽.

17 진원, 「'소학' 편찬 이유와 이론적 입장」, 『한국학논집』 49집, 계명대 한국학연구원, 2012, 447-450쪽.

18 유성선, 「한국성리학상의 '소학' 공부론과 전망에 관한 연구」, 『철학탐구』 15집, 중앙대 중앙철학연구소, 2003, 10쪽.

19 유성선, 위의 논문, 같은 곳.

몽서와 달리, 소학교 학생[유학자(幼學者)]의 입문과정에서 학습의 동기 부여와 유교적 이념에 근거한 도덕적 내면 형성을 강조하는 독본이었다.[20] 『소학독본』에서 사용된 '소학(小學)'이라는 명칭은 체제상 '초심자를 위한 수양 입문서'의 체제를 빌리고 있으나 '소학교의 독본(교과서)'라는 의미도 포함한다. 전통교육은 "'독서산(讀書算)'을 중심으로 한 교육"[21]으로 경전과 사서류, 시문류의 독해 및 작문 위주의 인문학적 교양을 함양하는 데 주력했다. 그러던 것이 근대초기에 오면 교육을 통한 '국민 형성과 통합'을 시도하게 되는데, 「교육에 관한 조칙」이나 갑오교육개혁의 교육대상은 모두 '신민(臣民)' '인민(人民)' '국민'을 지향하고 있었다.[22] 이중에서 가장 유력한 피교육 주체가 '신민'이었다.

　'신민'이라는 맥락은 『국민소학독본』과 『소학독본』을 중첩시켰을 때 이상적인 독자이자 피교육 주체가 누구인가에 따라 달라진다. 이들 교과서에 등장하는 이상적 주체는 근대 국민국가의 일원이라기보다는 서구 열강과 제국 일본의 침략 앞에 놓인 국가의 위기를 극복해낼, 충효관념

20　'독본'이라는 말은 'first reader(소학교 독본)' 또는 'union reader(독본 교과서)'의 번역어로서, 1895-1905년 사이에 공포된 각급학교령에 명시된 '독서' 교과에 사용된 교과서를 뜻한다. 이는, 소학교 교과목에서 심상과 3년과 고등과 2년(또는 3년)에 설치된 수신 과목, 중학교 교과목 심상과(4년)에 설치된 윤리 과목과 구별된다.

21　허재영, 앞의 책, 147쪽.

22　김소영의 언급처럼, 『국민소학독본』과 『신정심상소학』에서 사용된 '국민'이라는 표현은 일본 교과서와 법령의 영향을 받은 것이라는 점에서 주의를 요한다. 두 교과서 외에는 모두 '인민' '신민' '백성'이라는 용어가 그대로 사용되고 있다. 김소영, 「갑오개혁기(1894-1895) 교과서 속의 '국민'」, 『한국사학보』 29집, 고려사학회, 2007, 171-191쪽.

으로 무장한 남성 주체에 가까웠다. 달리 말해 이들은 국가에 대한 충성과 헌신을 요구받는 충실한 일반 백성, 곧 '신민'이었다.[23]

> 뒤따르는 어린 학도들아, 우리 대군주 폐하께옵서 높은 덕을 밝히 드러내사 조칙(詔飾)이 창에 비치니[누강(屢降)], 시(『시경』을 가리킴-인용자)에 이르기를 "주나라가 비록 옛 이웃이나[주수구방(周雖舊邦)] 그 명을 오로지 새롭게 할 때라[기명유신(其命維新)]." 우리도 임금의 뜻을 받들고 사모하여 학습을 힘쓰며 충효를 일삼아, 국가와 한 가지로 만세 태평하기를 절하며 축수하노라.[24]

『소학독본』이 지향한, 교육의 목적과 대상이 비교적 분명하게 드러나 있는 인용대목에서, 근대초기 교육 이념은 '대군주 폐하'의 '(교육에 관한-인용자)조칙'이 이루어낸 '교육의 시혜'가 비추어진 결과로 언급되고 있다. 군주제에 기초한 교육이념은 '임금의 뜻을 받들고 사모하면서' '배움에 힘쓰고' '충효를 수행하며 국가와 하나되어 만세를 누리도록 축수하는 장'으로 요약된다.

---

23 김소영은 근대국민교육이 본국사의 전통, 올바른 국민상, 역사와 지리, 공용어, 특정한 선조와 종교를 강조하면서 이를 국민 형성에 활용하는데, 소학교 교육에서는 특히 국가에 대한 충성과 헌신을 배우며, 공통언어와 상징, 전통, 문학, 의식, 특정지역(수도)을 강조한다고 언급하고 있다. 김소영, 앞의 논문, 190쪽.

24 유임하 편역, 『소학독본』, 경진문화사, 2012, 18쪽.
원문은 다음과 같다. "後進幼學들아 우리 大君主 陛下계옵셔 峻德을 克明ᄒ샤 詔飾이 屢降ᄒ시니 詩에 이른바 周雖舊邦이나 其命維新홀찌라 우리도 聖意를 效慕ᄒ야 學習을 힘쓰며 忠孝를 일사마 國家와 ᄒ가지 萬歲太平ᄒ기 拜祝ᄒ노라"(『소학독본』, 아세아문화사 영인본, 4쪽)

이처럼 『소학독본』에서는 중국 중심의 질서에서 벗어나 군주제에 근간을 둔 근대 국가의 위상에 걸맞는 교육이 대세임을 언급하고 있지만, 정작 어린 학습주체들은 근대적인 의미의 개인으로 양성되는 것이 아니라 충효의 도덕적 기반을 형성하는 신민으로 양성되는 것을 의미했다. 『소학독본』에는 한 개인이 뜻을 세워 학문의 길로 들어서는 일 자체가 '충성스러운 신민'으로 양성되는 목표로 설정되어 있다. 신민의 출처는 "그대 신민들의 선조"이다. 신민은 "바로 나의 조종(祖宗)이 보살피고 기른 선량한" 존재이며 "선조의 충애를 계승하여 짐이 보살피고 기르는 선량한"[25] 신하들이다. 선조인 신민에서 지금의 선량한 존재들에게 요구하는 것은 '충애', 곧 '충군애국'이다. 이 존재의 상은 대한제국이 지향하는 '충량한' 신민과 그리 멀지 않았다. 이들 '신민'은 민비시해나 아관파천으로 이어진 열강들의 각축 속에 급박하게 전개된 국가적 위기가 호명해낸, 유교적 이념에 충실한 존재였다.

　『소학독본』은 학습자들에게 미래의 국가 부흥책을 실현하는 주역이기를 열망했고, '충효'의 유교적 윤리 덕목으로 무장하고 '군주에게 충성을 바치는 신민으로서의 정체성'[26]을 요구했다. 이는, 외세를 등에 업고 시행한 친미개화파 정권의 갑오교육개혁이 가진 한계와 함께, 개항 이후 변화를 모색해온 전통교육제도가 길항하며 빚어낸 균열된 피교육 주체의 한 단면이기도 했다.

25　고종, 「교육에 관한 조칙」, 김소영, 위의 논문, 183쪽 재인용.

26　김소영, 같은 논문, 191쪽.

3.『소학독본』의 체제와 내용 층위

『소학독본』은 전통교육제도의 근간이었던 동몽서『소학』에서 그 체제
를 빌려왔다. 이는 근대초기 교육에서 '동도서기'의 교육철학에 입각하여
『소학』이라는 '고전'을 근대적으로 재배치한 것임을 의미한다. 물론 여기
에는『소학』의 체제를 근대교육에 단순 대입한 것이 아니라 서구 열강들
이 각축하는 당대 현실에 적극적으로 대응하는 면모도 담겨 있었다.

『소학독본』의 체제는 '제1 입지(立志)', '제2 근성(勤誠)', '제3 무실(務實)',
'제4 수덕(修德)', '제5 응세(應世)' 등 모두 다섯 개 장으로 이루어져 있다.
이들 장은 소학교 독본의 교과과정을 고려한 흔적을 보여준다. '뜻을 세
우고'(입지) '근면과 성실'(근성)을 바탕으로, '힘써 열매를 맺는 삶'(무실)을
지향하는 것이 저학년용이라면, '덕을 수양함'(수덕)으로써 '세상의 형편
에 적응'(응세)하는 체제는 내면 수양과 사회적 삶에 대한 지평에 관한 것
이라 고학년용임을 알 수 있게 해준다. 장문의 국한문체라는 점을 감안
해서 의미단위 중심으로 내용을 정리해 보면 '제1 입지(立志)'가 총 17단
락, '제2 근성(勤誠)'이 총 13단락, '제3 무실(務實)'이 총 19단락, '제4 수덕
(修德)'이 총 44단락, '제5 응세(應世)'가 총 49단락으로 구성되어 있어서 분
량과 난이도 면에서 저학년용과 고학년용으로 확연히 구분된다. 이같은
『소학독본』의 체제는『소학』의 내편·외편의 체제에 부합한다.[27]

---

27 『소학독본』의 이러한 체제는『소학』의 내편과 외편으로 이루어진 체제와 유사하다.
『소학』내편은 '입교(入敎-배움의 기본원칙)', '명륜(明倫-오륜, 다섯 가지 윤리)', '경신(敬身-경건한 몸
가짐의 중요성)', '계고(稽古-배움, 오륜, 경건한 몸가짐에 대한 전한(前漢) 이전 옛날 성현의 행적)'으로 이

　『소학독본』의 체제는 각 장마다 서문과 본문, 결어 등으로 구성되어 있어서 서술 구도 또한 매우 체계적인 인상을 준다. '제1 입지'에 관류하는 교육의 취지는 "어릴 때 배우고 익히는 것[學習]"이 "부모를 사랑하고 형을 존경하는 것과 다르지 않고, 장성한 뒤 하는 사업은 임금을 사랑하고 나라를 위하는 것보다 더한 것이 없다."(15쪽)라는 대목에 잘 담겨 있다. '제2 근성'에서는 정성을 다한 배움과 인재 양성의 사례를 기술하고 있는데, 정구와 이이, 권상하의 일화 등은 배움에 정진하는 이상적인 모습으로 제시되어 있다. '제3 무실'에서는 지식에 치중하지 않고 행동으로 열매맺는 공부를 '참된 배움'이라고 규정하고 있다. 참된 말과 실속 있는 행동을 위한 자기경계(김굉필), 과거공부 대신 참된 세상공부로 나라에 기여함(송질), 대구 부인동 부흥의 사례(최흥원), 의로움을 바로 세우는 자기성찰(성혼), 자기 집과 같은 요량으로 정치하기(송준길), 스스로 터득한 지혜의 중요성(이원익), 본심으로 길흉화복 가리기(김성일) 등은 모두 배움이 열매맺은 뒤 나타난 이상화된 삶으로 거론되는 사례들이다.

　'입지'와 '근성'과 '무실'은, 모두 개인의 내면이라는 공통범주에 속한다는 점에서 인성 함양으로 귀결되는 특징을 보여준다. '참된 공부'로 환기되는 교육철학의 연원은 유교 이념으로 소급되기에 충분하다. 이것이야말로 동도서기(東道西器)의 '도'와 중체서용(中體西用)의 '체'에 해당하는

___

　루어져 있고, 『외편』은 한대 이후 성현들의 행적을 담은 '가언(嘉言-선한 말)' '선행(善行-아름다운 행동)'으로 이루어져 있다. 윤호창, 「해설」, 주희·유청지 편, 윤호창 역, 『소학』, 홍익출판사, 1999, 15쪽.

대목이기 때문이다.

그러나 이같은 골간은 정작 변화하는 근대세계에 필요한 근대적 개인의 '주체적인 자기 정립'과는 무관하다는 점에서 또다른 설명을 필요로 한다. "옛날 성현의 행실은 실하지 않은 것이 없었"으나 "그리 오래지 않은 옛날에 과거법이 시행되면서부터 선비의 행실은 점차 어그러지고 어지러워져서 (…) 뇌물이 성행하게 되었다."(「제3 무실」, 『소학독본』, 23쪽)는 구절에서 보듯이, 성현의 시대는 절대화되고 있다. 반면 근대의 세계는 참다운 학문을 습득하고 이와 대결해야 하는 타락한 현실로 규정된다.

타락한 과거제 또한 참된 공부를 막고 행실을 오염시킨 주된 장애이다. 과거제가 경전의 참된 가치를 배제한 채 입신의 도구로 전락하며 온갖 사회적 악행을 낳는 원천으로 서술되는 이면에는 그 폐지를 당연시하는 태도가 담겨 있다. 과거제로는 위기에 빠진 국가를 구해낼 제도적 도덕적 원천이 될 수 없다는 견해가 그렇다고 해서 경전 중심의 교육을 배제한 것으로만 보는 것도 온당한 관점은 아니다.

'근대세계에 필요한 참된 공부'는 근대초기 한국사회가 서구열강의 각축 속에 그들의 힘과 권력을 모방 습득하는 부국강병의 기반으로 사유되고 상상되는 정형화되지 않은 '개화의 수단'이라는 양가적 태도를 담은 개념어에 해당한다. 이는 근대교육의 필요성을 용인하면서도 소학교 중심 교육에서는 여전히 유교적 덕목을 소유한 신민을 필요로 하는 『소학독본』의 의도를 잘 보여준다. 달리 말해, 유교 이념을 근대초기 사회에 단순하게 적용하는 것이 아니라 근대적 변용을 통해 근대교육과 접목하려 한 동도서기론의 특징을 단적으로 보여주는 것이다.

'제4 수덕'과 '제5 응세'는 모두 세상에 나아간 배운 자들의 수양과 지식인으로서의 자세를 강조하고 있다. '수덕'에서는 덕의 수양과 스스로 깨닫는 지식의 중요성이 강조되고, 공분과 욕심없는 기개(조광조의 일화), 덕을 쌓기에 힘쓰기(신흠), 유연한 배움의 태도(이율곡), 덕과 재주의 관계(서경덕) 등이 거론된다.

조광조, 신흠, 이율곡, 서경덕 등은 조선조 사회에서 학문과 실천에서 유교적 전통에 버금가는 명신 재사들의 언행은 삶의 척도이자 사회적 삶에서 요구하는 바람직한 실천으로 제시된다.[28] '수덕'에서는 학문과 경륜의 최종목표가 사사로움을 벗어나 명민한 자의 조급함을 경계하며 욕망을 절제하고 (평생의) 학문을 수양하는 데 있다고 기술하고 있다. 이는 "도의(道義)로 성정을 기르고 닦아 인애(仁愛)가 마음에 넉넉해지면 어질고 넉넉한 덕의 기운이 저절로 밖으로 드러나게 된다"는 품성론과 "덕(德)이 능히 드러나면 위로 임금을 섬기며 아래로는 백성을 다스림이 저절로 교화를 이룰 것"[29]이라는 덕성론의 조합에 가깝다. 『소학독본』에서 요구하는 품성과 덕성은 '『소학』 언해사업'이 추구했던 '민의(民意)의 계도와 향상'이라는 계몽의 방식을 근대적으로 변용한 것임을 잘 보여주는 특징에

28　이밖에도 '수덕'의 내용으로는 인간관계의 원만함, 삼가는 태도, 남의 허물에 대한 몸가짐, 맛난 음식과 유쾌한 일에 대한 절제, 공의(公義), 집안 변고와 조용한 처신, 친구 교제와 충고, 편벽된 믿음과 자기 과신에 대한 경계, 곧은 절개, 성실한 삶, 여유있을 때 준비하는 시간 활용, 지혜로운 처신, 복받는 마음가짐, 덕을 베푸는 삶, 허욕에 대한 경계, 겸손한 처신, 분명한 뜻과 실천, 학문의 자세 등등 세세한 삶의 덕목이 제시되어 있다.

29　유임하 편역, 『소학독본』, 29쪽.

해당한다.

『소학독본』은, 내편 또는 몽학단계의 도덕적 토대를 마련한 다음, '수덕'이라는 유교적 주체의 내면 정립을 거쳐, 사회적 실행으로 구현되는 궁극적인 단계로 '지행합일'을 내세웠다.[30]

> 배우는 자의 합당한 실심천리(實心踐履)가 이러한 것이다./ 배우는 자는 익히는 바를 이해하여 (지행이) 하나가 되게 하고[融會], 마음의 줏대를 단단히 세워 훗날에 임금을 섬기며 백성을 다스릴 때 간인(奸人)의 과오를 범하지 않게 된다./ (…중략…)/ 이처럼 한 후에야 임금을 받들고 사직(社稷)을 떠받드는 돌기둥이 될 것이다.(「응세」)[31]

'실심천리' 곧 '지행합일'은 갑오교육개혁의 급진적인 신학제 도입과정에서 누락된 전통교육의 복원 또는 계승이라고 할 만큼 근대적인 변용

---

30 이름에 어울리는 지조(남효온), 실질과 마음(이율곡), 심행의 일치(정몽주), 욕망의 절제(유몽인), 시속을 따르는 유연한 처신(이덕형에 대한 이항복의 인물평), 신뢰에 바탕을 둔 교우관계, 책무에 대한 책임감, 공과에 따른 세평에 유념하기, 오탁에 대한 경계와 인내(백문보 일화), 역경과 곤궁을 이겨내는 본보기(정광필), 밝은 생각과 덕행의 강조(이수광), 진퇴를 분명히 하는 덕행 강조(이율곡), 관직에 있을 때 너그러움과 근검으로 소인배를 멀리하는 생활(김인후), 자기 경계(송인수) 등은 모두 지행합일이라는 맥락 안으로 포괄된다. 지행합일의 가장 인상적인 본보기는 애욕에 들떠 유혹했던 상인의 아내를 물리친 토정 이지함 일화이다. 일화에서는 아내의 유혹과 초연하게 유혹을 물리치며 꾸짖는 토정을 통해서 참다운 성인의 면모를 보여준다. 토정의 흔들림 없는 자세에서 상인은 "이분이야말로 성인군자"라고 하고, 화담 서경덕은 "그가 바로 스승"이라고 감동한다. 이것이야말로 『소학독본』에서 제시된 배운 자의 거룩한 품성의 극점에 해당한다.

31 유임하 편역, 같은 책, 49-50쪽.

을 가장 잘 보여주는 대목에 해당한다. 이 대목은 또한 『소학독본』 서두에 등장하는 "어릴 때 배우고 익히는 것[學習]은 부모를 사랑하고 형을 존경하는 것과 다르지 않고, 장성한 후 사업은 임금을 사랑하고 나라를 위하는 것보다 더한 것이 없다.(「입지」)"라는 명제와 맞물려 있다. '실심천리'와 '지행합일'이라는 명제에서 학습자에게 요구되는 윤리 덕목은 개인이 아니라 효제(孝悌)와 애군위국(愛君爲國)이다.

효제(孝悌)는 가정의 덕목으로 호명된 윤리로써 국가의 아버지를 육친과 동일시하며 일체된 복종하는 주체인 신민의 존재 기반을 이룬다. 이런 측면에서 효제는 충군애국(忠君愛國)으로 대체 가능한 키워드이다. 효제의 관습은 개인이 개인으로서의 독립된 존재가 아님을 말해준다. 그 존재는 『소학독본』에서 지향한 피교육 주체가 스스로 뜻을 세우고 변화하는 세계에서 대의를 실현하는 사회적 개인이라기보다는 내적 기반을 전통적인 유교 이념의 핵심인 '충효' 관념에 기반을 두고, 가족과 군주, 사회와 국가에 대한 역할에 충실한 전근대적 개인임을 말해준다. 이는 곧 몽학(蒙學) 단계에서 실천에 이르는 모든 지평을 내면 수양과 충효 관념을 주입시킨 국가주의적 규율로 귀결시키고 있음을 뜻한다. 이런 측면에서 개화기에 지향한 근대교육의 방향은 근대적인 의미의 개인이 아니며, 가족과 가문과 분리되지 않는 개인으로 귀착된다고 할 수 있다.

한편, 이들에게 요구되는 사회적 삶의 수범은 '졸공(拙工)'의 인성이다. '졸공'은 실질을 숭상하고 욕망을 절제하는 한편, 시대 변화에 유연하게 대처하며, 신뢰에 바탕을 둔 인간관계, 더러운 습속에 오염되지 않으려는 자기 경계 등이 중심이 되는 실천 덕목이다. 이 내면적인 계율과 함께,

또다른 짝을 이루는 부분은 남성적 주체의 면모이다. 장부의 뜻과 기개를 펼치는 것이 권장되고, 성실한 삶을 추구하면서 '천하가 하나의 집'이라는 관념은 '수신(修身)'에서 '제가(齊家)'로, 다시 '치국(治國)'으로 확장되는 유교적 윤리덕목에 바탕을 두고 있다.

『소학독본』의 세계관이 특징적인 것은 예전 조공국이었던 중국을 벗어나 있지만, 그렇다고 해서 『국민소학독본』에서처럼 친미적 성향을 노골적으로 부각시키지는 않는다. 다만, 환란과 곤경을 이겨내는 유비무환의 생활, 부드럽고 원만한 처신으로 살아가며 가정사를 처리하는 마음으로 국사를 처리하는 자세가 강조되는데, 이러한 대주체의 목소리는 민비시해사건(1895.10.8) 직후 발간된 『소학독본』의 정치사회적 배경과 무관하지 않다.

『소학』의 수신 전통이 근대교육의 도입과정에서 활성화된 데에는 또다른 맥락이 있었다. 『소학독본』이 『소학』의 체계를 적극적으로 수용하면서 전통교육에 충실한 소학교용 독본으로 구성하는 과정에서 『국조명신록』과 같은 명신들의 일화를 대거 수록했지만, 많은 내용은 중국의 다양한 고전에서 인용하고 있다.

『소학독본』에서 인용된 고전의 범위는 『소학』에 수록된 텍스트와 그 범위가 대체로 일치한다. 『소학』에서 인용된 중국의 문헌으로는 『예기』, 『논어』 『맹자』가 전체 214장에서 162장을 차지할 만큼 유교 경전 중심이고, 그 나머지는 『의례』, 『춘추』, 『설원』 『전국책』 등이었다.[32] 『소학독

---

32 윤호창, 앞의 글, 같은 책, 같은 곳.

본』에서는 『중용』 8회, 『주역』 4회, 『맹자』 3회, 『예기』·『서경』·『자치통감』·『사기』 등이 1-2회 인용된 반면, '제4 수덕'과 '제5 응세'에서는 명말의 격언집인 『채근담』이 무려 45개 구절이나 인용되는 특징을 보여준다.

　『채근담』 인용의 높은 빈도는 경전 위주 교육방식에서 벗어나 시대에 걸맞은 '참된 공부'는 무엇인가를 짐작케 한다. 무엇보다도 『채근담』의 활용은 전통교육의 제도가 실용적인 배움의 관념을 바탕으로 한 근대교육의 자장에서 재구성되었음을 뜻한다.[33] 요컨대 『채근담』은 신학제 도입과 관련하여 소학교 학생들을 대상으로 유교 경전 중심 교육이 폐기될 운명에서 참조된 정전이었고 과거제 폐지와 함께 전통교육 자체가 형해화되는 상황에서 대체 가능한 텍스트로 발견된 것이었다. 『채근담』 전편이 전통적인 공부론에 상응하는 요소로 부각된 사실은 만해 한용운의 언급에서도 나타난 것처럼 '정신수양의 거울'[34]로 애용되어 왔다. 정신수양의 거울이었던 텍스트가 갑오교육개혁의 자장 안에서 전유하게 된 연유는 소학교 학습자에게 짧은 경구가 지닌 높은 도덕적 환기력이었다.[35]

33　임동석은 명나라 만력(萬曆) 연간(1602)에 홍응명(洪應明)이 찬술한 『채근담』의 여러 판본 중 하나가 일본으로 전해져 1930년대와 80년대에 크게 유행했다고 지적하면서, 1950년대 이후 『채근담』 번역은 대부분 일본 판본에 근거해 있다고 지적하고 있다. 임동석, 「명대 삼종 격언집의 비교연구-'명심보감'·'채근담'·'석시현문(昔時賢文)」, 중국어문학논집 32집, 중국어문학연구회, 2005, 400쪽, 406-416쪽 참조.

34　한용운, 「서」, 『채근담』, 한용운전집 4권, 신구문화사, 1973, 17쪽.

35　『소학독본』에서는 『채근담』 전후(前後)집 중에서도 특히 전집(前集)의 내용이 집중적으로 수록된다. 이는 『채근담』 후집(後集)이 도가의 탈속(脫俗) 지향적인 측면과 불가의 선정(禪定)이 주축이 된 물아일체의 은일 관념이 경향이 강하다. 반면, 『채근담』 전집(前集)은 실생활에 소용되는 잠언과 경구들로 이루어져 있다.

이처럼 『소학독본』의 고전 인용은 표면적으로는 전통교육의 지위를 중심에 두고 근대교육의 효용을 결합시켜 갑오교육개혁을 주도한 친미개화파의 정치적 성향이나 이들의 정치적 이상을 구체화한 『국민소학독본』의 특징과는 대척점을 형성하고 있다.[36] 하지만 『소학독본』의 지향, 곧 유교적 신민 창출이 성공적이었다고 말하기는 어렵다. 명신들의 일화와 고전의 인유에서 확인되는 공부론은 점증하는 제국주의의 위협 앞에 부국강병책의 일환으로 시도된 흥학책이라는 시의성을 크게 벗어나지 못한다. 이런 측면에서 '참된 공부'의 앙양은 근대적 개인 양성이라는 교육의 책무와는 다소 거리가 있었다.

『소학독본』에 나타나는 충효관념에 기반을 둔 신민 양성은 열강들의 도전에 이상에 불과할 정도로 무력했고 주체적인 개인을 창출해 내는 능동적인 가치 생산과는 거리가 먼 한계를 지니고 있었다. 이는, 유교를 이

---

36 친미개화파가 주도한 신학제 도입의 결과 전통교육제도의 근간은 무너져 버리고 말았다. 갑오교육개혁의 과정에서 전통교육제도를 신학제와 접목하려 했던 인물로는 학무대신 신기선이 있다. 그는 『소학독본』과의 직접적인 연관은 없지만 신학제의 필요성은 인정하는 대신 유학교육의 발흥을 주장했던 인물로서 동도서기론자로서의 입장을 단적으로 보여주는 사례이다. 1896년 2월 이후 학무대신으로 재임하는 동안 친미개화파에 대항하는 유림과 지식인층의 의견을 반영하고자 했다. 학무대신이 된 신기선은 '동도서기'의 관점에서 전통교육제도 개편과 체계화를 통한 신교육제도의 재정비를 추진하고자 했으나 친미파에게 청국문화의 추종자로 매도당하면서 실각한다(구희진, 「갑오개혁 전후 전통교육제도에 대한 정책」, 『역사교육』 100호, 역사교육연구회, 2006, 213-219쪽 참조). 신기선의 교육개혁은 위정척사론자에서 동도서기의 절충론자로 변모하면서 유교의 한계를 넘어서는 데는 실패한다. 신기선의 교육론에 대해서는 손문호, 「신기선 연구-한 절충주의자의 생애와 사상」, 『호서문화논총』 15집, 서원대 호서문화연구소, 2001, 115-116쪽 참조.

상화된 가치로 삼는 '동도서기'의 전제 아래서는 근대지식과 근대국가의
발전이 가능할 수가 없다는 현실에서 연유하는 문제이기도 했다. '실심
천리'나 '지행합일'을 추구하는 '졸공'의 신민들이 무장한 유교경전의 보
편적 가치가 절대화되는 만큼, 경험하지 못한 근대세계로 진입하는 과정
에서 그 가치들은 효력을 발휘할 수 없는 간극을 지니고 있었던 것이다.
분화되지 아니한 신민들의 양성이 실패할 수밖에 없는 기획이었다는 것
은 분화를 강요하는 세계야말로 근대세계의 특질을 이루기 때문이었다.
요컨대 『소학독본』에서 전통교육의 가치를 몸체 삼아 근대교육을 습득
하려 했던 교육의 이상은 현실과 많은 괴리가 있었던 것이다.

　　그렇다고 해서 『소학독본』이 추구한 교육적 지향이 전혀 무가치했다
고 보는 것은 온당하지 않다. 전통교육제도의 장점을 중심에 놓고 근대
지식의 수용을 시도하는 동도서기의 관점에서는 과감하게 경전 중심의
텍스트에서 벗어나 고려, 조선조의 충신재사들의 일화를 수록하고, 주변
적인 수신서였던 『채근담』을 활용한 『소학독본』의 기획은 그것을 준비
하고 계획할 문화적 교육적 토양만 구비되어 있었다면 전혀 성공의 가능
성이 없는 것은 아닐 수도 있었기 때문이다.

　　열강이 각축하는 위기 앞에서 제시된 약소국가의 흥학책이 아무리 현
실적이고 타당한 것이라고 해도 그것을 실행할 주체들의 역량과 시간이
허용되지 않는 한 이상에 불과하다. 『소학독본』의 교육철학적 지향이, 현
실과 이상의 조화로운 배합에도 불구하고, 제국의 모방과 '졸공'의 신민
을 창출하고자 했다는 점에서 '고전의 인양'이라 표현할 수밖에 없다.

4. 결어—고전의 인양과 유교적 신민 창출

근대초기 학부 편집국에서 간행한 세 권의 소학교용 독본 교과서는 각기 다른 특성을 보여준다. 『국민소학독본』이 제국 일본의 모방을 통해 미국식 개화를 꿈꾸었다면 『소학독본』은 전통교육제도에 근거한 공부론에 바탕을 두고 유교적 품성 함양을 통한 신민의 창출을 시도했다. 아관파천 직후 간행된 『신정심상소학』은 교과서를 통한 일본의 정교한 지배 의지가 관철된 첫 사례였다.

세 권의 독본 교과서는 갑오교육개혁의 교육적 이상이 발현된 근대초기 독본 교과서의 서로 다른 교육 이념의 균열지점을 보여준다. 그 중에서도 『소학독본』은 유교적 신민 창출을 전면화하며 점증하는 열강들의 각축 속에 '충군애국'의 주역들을 양산하려 한 결과물이었고, 그것은 개항 이후 모색해온 전통교육제도의 근대적 변용을 구현한 사례였다. 소학교 중심의 신학제 도입 과정에서 몽학 단계의 교육은 단순히 근대 지(知)의 수용만으로는 부족했던 정치사회적 조건은 위기에 처해 있었다. 무엇보다도 『소학독본』은 근대 지식의 주체적 습득을 표방했던 『국민소학독본』에서 결여된 동도서기의 주체적 입장을 유교적 품성론에 입각한 공부론을 구현한 경우였다.

『소학독본』에는 오랜 연원을 가진 '소학'이라는 교육제도와 입문서로 애용되어온 수신서인 『소학』을 참조하며 근대교육의 장을 활용하고자 한 교육의 기획이 담겨 있었다. 『소학』의 체제를 빌려왔으나, 고려와 조선조의 명신 일화를 수록하며 참된 공부와 실천적 수범을 제시하는 근대적 변용과정에서 경전 중심의 교육에서 벗어나 주변적인 수신서였던 『채근담』이 전면에 활용하는 변화도 목격된다.

그러나 여기에는 아득한 옛날의 '성현의 시대'가 이상화되고 근대는 타락한 시대로 규정되면서 유교적 규범을 절대화하는 일면도 드러난다. 근대와 배치되는 시간관은 유교적 도덕관념의 절대화와 동전의 양면을 이룬다. 이러한 관점은 새로운 패러다임으로 무장한 열강들의 점증하는 제국의 시대를 이해하기에는 크게 미흡했고 시대착오적이라고 할 만큼 무기력했다는 사실을 반증한다.

『소학독본』에서 경전 중심의 유교교육에서 탈피한 가치가 폄훼될 수는 없다. 하지만 수신 전통에 놓인 텍스트의 도덕관념을 절대화하며 전통 지식인들의 지행합일을 수범으로 삼은 『소학독본』의 공부론은 충효 관념에 기반을 둔 '신민'이라는 전근대적 개인 양성에 주안점을 둠으로써 실패가 예정된 기획이 될 수밖에 없었다. 『소학독본』에서 지향한 유교적 신민 창출은 전통교육제도에서 추출한 정전화된 텍스트인 고전으로부터 시대에 걸맞는 가치를 생산하지 못한 채 절대화된 유교적 전통규범을 인양(引揚)하는 데 그쳤던 셈이다.

[보유] 소중화주의와 아동교육 입문

『유몽휘편』 해제

1. 『유몽휘편』의 간행 배경과 특성

『유몽휘편(牖蒙彙編)』은 대한제국 학부 편집국에서 1895년에 간행한 초등용 독본류 교과서이다. 간행 시기가 1895년 이후라는 추정은 광무 10년(1906) 경상북도 달성에 소재한 광문사 판본이 있다는 점에서 이후에도 독본류 교과서로 활용되었음을 알게 해준다. 『유몽휘편』의 소재는 『신정심상소학』 뒤에 게재된 '학부 편집국 개간서적 정가표'에 처음 등장한다.[01] 이를 참조하면, 1895년 8월에 간행된 『국민소학독본』과 11월

---

01 『신정심상소학』에는 학부 편집국 개간(開刊) 서적은 정가표와 함께 게시되어 있는데, 순서대로 밝히면 다음과 같다. 『만국지지』(세계지리), 『만국사략』상하(세계사), 『조선역대사략』(한문 3책)(조선사), 『조선역사』3책(조선사), 『국민소학독본』(국어독본), 『조선사략』(조선사), 『조선지지』(조선지리), 『소학독본』(, 『유몽휘편』(어휘 중심 독본), 『숙혜기략』(인물 중심 독본), 『여재촬요』(지리), 『지구약론(地球略論)』(지질학?), 『동여지도(東輿地圖)』(지도책), 『근역산술』상하(산술), 『간이사칙산술』(산술), 『사민필지』(한문)(헐버트가 쓴 인문지리서), 『서례수지(西禮須

에 간행된 『소학독본』 이후 『숙혜기략』과 함께 간행되었음을 추정해볼
수 있는데, 이듬해인 1896년 2월 『신정심상소학』이 간행된 전후의 시기
라는 점이다.

　『유몽휘편』의 체제는 2권 1책으로 되어 있다. 이 교과서는 『국민소학
독본』과 『소학독본』, 『숙혜기략』과 함께 사용된 목활자의 한장본으로 되
어 있다. 이들 교과서는 동일한 국한문혼용체의 전형적인 만연체 문장으
로 기술되어 있어서 동일한 편찬자가 동일한 교육 이념을 바탕으로 삼고
있어서 내적 연관이 있음을 짐작하게 해준다.

　『유몽휘편』은 『국민소학독본』의 체제와 내용, 서술방식과는 크게 구
별된다. 우선 이 교과서는 교육을 처음 시작하는 아동을 대상으로 삼고
있다는 점이 특기할 만하다. 이는 『소학독본』이 취하고 있는 전통 소학
의 체제에 좀더 가깝다. 중국의 신화시대로 소급되는 연령대별 아동과
청년들의 천재(天才)의 이야기를 배열한 『숙혜기략』에 앞서, 『유몽휘편』
은 소학교의 초등교육서로서 '어휘 중심의 유년 교육서'라는 편제를 취
하고 있는 것이다. 그러나 『신정심상소학』처럼 근대적인 교육이념에 바
탕을 두고 평이한 서술방식을 취한 감안한 교과서가 아니라 '아동을 위
한 필수적인 주요 어휘집'이라는 뜻을 가진 초등용 교육서이다.

　'유몽(牖蒙)'은 '들창'을 열어젖히듯 환하게 사리를 깨우치는[蒙] 어휘
중심의 아동용 교과서라는 의미를 가지고 있다. 『유몽휘편』은 유교문화

知)』(예절교육서) 등이다.

의 전통을 감안한 인물 중심 아동용 교과서인 『숙혜기략(夙慧記略)』[02]이나 『소학독본』과는 같은 전통교육의 자장 안에서 고려된 교과서이다. 이런 까닭에 『유몽휘편』은 학부 발간의 초기 교과서가 전통에서 출발하여 근대 교육의 균형을 맞춘 교육개혁을 구현하고자 했음을 시사해준다.

2. 『유몽휘편』의 체제와 내용

『유몽휘편』 상권은 모두 19쪽으로, 총론을 포함하여 모두 12장으로 구성되어 있다. 이들 장은 총론인 '천지인'(총론)과, 천도(天道, 천지 자연의 이치)(1장), 지도(地道, 땅의 이치)(2장), 사람의 도리인 '부자유친'(3장)을 거쳐, 임금과 신하의 관계인 '군신지의'(君臣之義)(4장), 부부지별(夫婦之別)(5장), 장유지서(長幼之序)(6장), 붕우지신(朋友之信)(7장)에 이르는 인간과 사회의 관계에 이르는 순서를 밟아간다. 이어지는 내용은 음식의 예절(8장), 화초수목과 금수와 같은 만물(9장), 유학(10장), 그릇과 궁궐(11장) 등으로 이루어져 있다.

이들 장에서 총론은, 우주론에서 시작하여 천지인을 시발점으로 삼는다.

> 대개 태극이 조판(肇判)한 후로 위는 하늘이 되고 아래는 땅이 되어 사람과 사물이 그 가운데 있으니, 해와 달이 왕래(往來)하여 세공(歲功)이 이루어진다. 위에 있는 것은 해와 달과 성진(星辰)이라 하니 (이것이) 하늘의 모양[千

---

02 '숙혜(夙慧)'는 유의경의 『세설신어』의 편목 중 하나로 '어려서부터 영리한 천재 이야기'라는 뜻을 가지고 있다. 김민제, 「근대 학부 편찬 수신서 해제」, 박병기·김민재 역, 『근대학부 편찬 수신서』 전3권, 소명출판, 2011.

象]이오, 아래에 있는 것은 초목과 산천이라 하니 (이것이) 땅의 이치[地理]이니 천지 사이에 만물 가운데 가장 귀한 것이 사람이라. (총론)

　"천지만물 중에 가장 귀한 것이 사람"이라는 명제는 천부인권의 의미보다 근대이행기에 형성된 주체 개념의 특징 하나를 보여준다. 개념을 선취한 것이라기보다는 서세동점(西勢東漸)의 현실에서 태동한 이 인간관은 양명학이나 동학사상의 핵심인 '인내천(人乃天)' 사상과 무관하지 않다. 이런 측면에서 근대 인간관의 맥락을 가진 서양의 천부인권론과 그 맥락을 함께 한다고 해도 과히 틀리지 않는다.

　『유몽휘편』은 총론에서 보듯, 하늘의 도리와 땅의 도리, 인간의 도리를 교육받고, 이를 바탕으로 군왕과 신하, 부자, 부부, 친교에 이르는 사회적 관계로 향한다. 이 흐름 안에는 한 개인을 사회적 개인으로 만들어내는 데 필요한 인식의 지도와 기준점이 무엇인지를 짐작하게 하는 대목이 있다. 그것은 유교적 관점에 입각한 소중화주의와 중체서용의 원칙이다.

　어휘들의 분포 지도는 개념과 일상의 세계에 진입하는 관문, 그릇 역할을 한다는 점에서 이채롭다. 피교육의 주체인 아동에게 어떤 어휘부터 가르칠 것인가의 문제는, 개념을 담은 일상어와 추상어를 이루는 어휘들의 문제로 끝나는 게 아니라 어휘를 통해 세계와 의식을 구성하는 문제와 긴밀하게 연관되어 있다. 어휘란 그 저변에 놓인 세계들을 지칭하는 것을 넘어 사유의 체계를 담지하는 바탕을 이루기 때문이다. 어휘들의 분포를 좀더 세밀하게 살펴보면, 아버지와 자식, 임금과 신하, 지아비와 지어미, 형과 아우, 친구에 이르는 인간의 서열과 관계가 다루어지고, 음식과 자연 만물에 대한 이치로 이행한 뒤 유학의 대강을 거론하는 방식을 거친다. 그런 다음 제기용품과 궁궐에 대한 명칭을 언급하는 수순을 밟고 있다. 각 장에 할당되고 배치된 개념어의 순서와 위계는 유교의 우주론에서 출발하여 자연과 인간의 절대적 가치가 언급된다. 그런 다음, 부자, 군신, 부부와 형제, 교우와 같은 삼강오륜의 핵심을 거쳐 만물로 확장시킨 다음, 유학에 관해 언급한 뒤 제기용품과 궁궐에 대한 언급으로 이행하는 특징을 보여준다.

한편 하권의 특징은 무엇보다도 중국 역사 문화의 개괄이다. 모두 12장으로 구성된 상권과는 달리, 하권은 장절 구분 없는 만연체 문장으로 서술되고 있다. 하권의 내용은 우주 창세 신화로부터 명나라에 이르는 중국왕조의 역사적 흥망을 압축적으로 기술하고 있다. 하권의 분량은 모두 13쪽으로, 상권과 비교해 보면 분량과 내용상 어느 정도 균형을 이루고 있다. 그 주된 내용은 중국의 고대신화 시대의 인물로부터 하·은·주, 당·송·위·진·수·명·청에 이르는 창세와 건국과 흥망성쇠의 역사이다.

중국 역사에 대한 개괄을 맹목적인 중화주의의 소산으로 몰고가는 것은 온당한 태도가 아니다.

> 사람이 인방(寅方)에서 태어나 임금[君長]이 처음 생기니 가로되 반고씨(盤古氏)라. 천지의 도에 밝고 음양의 이치에 통달하니 만물의 조상이요 조화의 주인이라./ 그 후에 천황씨(天皇氏)가 간지(干支)를 처음 세웠나니 간(干)은 곧 갑(甲)과 을(乙)과 병(丙)과 정(丁)과 무(戊)와 기(己)와 경(庚)과 신(辛)과 임(壬)과 계(癸)이고, 지(支)는 곧 자(子)와 축(丑)과 인(寅)과 묘(卯)와 진(辰)과 사

(巳)와 오(午)와 미(未)와 신(申)과 유(酉)와 술(戌)과 해(亥)라./ 지황씨(地皇氏)가
이에 삼진(三辰)을 정하니 곧, 해와 달과 별이라. 낮과 밤을 근원으로 나누어
날을 쌓아 달이 되고 달을 쌓아 한해를 이루니라./ 인황씨(人皇氏)가 구름수
레를 타며 여섯 마리 새[육우(六羽)]가 끄는 멍에를 잡고 그 산천을 다스려 구
주(九州)를 나누니, 나라를 다스리고 가르쳐 임금과 신하가 절로 생겨나고,
음식과 남녀가 절로 시초를 이루게 된 것이라. 이때에 구황(九皇)과 오룡(五
龍)과 섭제(攝提)와 합락(合雒)과 연통(連通)과 서명(敍命)은 육기(六紀)를 다스린
여든여섯 명의 임금[중 뛰어난 이들]이오, 순비(循蜚)로부터 그 후로 인제(因提)
와 선통(禪通)이 다 세차(歲次)가 있되 연대와 나라의 수도는 가히 살피지는
못하는지라./ (중략) 제곡씨(帝嚳氏)가 계종(鼓界 鍾)을 만들며 대나무피리[管]
와 긴 대 피리[箎]를 불었고 제요씨(帝堯氏)에 이르러 지극히 뛰어난 덕을 밝
혀 빛이 온세상[사표(四表)]을 비추어 만방이 협화(協和)하고 제순(帝舜)에게 임
금 자리를 물려주니[선위(禪位), 순임금이 준철(濬哲)하며 글로 명성을 떨치며 온
화하고 공손하며 진실하기가 요새와 같아[윤색(允塞)] 요임금의 아름다운 빛
[光華]에 협력한지라./ 이 시기를 맞아 고(皐)와 기(夔)와 직(稷)과 계(契)와 같
은 어진 신하[賢臣]들이 좌우에서 보필하야 문명의 다스림이 지극하며 모두
이루어지니, 요순(堯舜)가 전수할 때에 진실로 마음을 잡음으로써 경계하게
되고 순임금이 우(禹)임금에게 왕위를 물려줄 때도 세 마디 말로써 넉넉하
니 심법(心法)을 서로 전하는 것이 저렇게 그토록 간곡하니라.

반고로부터 시작되는 중국의 창조설화에 기댄 것은 중화사상의 전유,
곧 소중화주의에 입각해서 교과서가 기술되고 있음을 말해준다. 인간의
탄생에서 으뜸 되는 군장인 '만물의 조상'과 '조화의 주인'의 명명이 후
편 맨 앞에 전제되는 것은 근왕사상에 기초한 근대교육의 한 단면을 말

해준다. 천황씨의 간지(干支) 창안, 지황씨의 우주의 운행 제정을 거쳐 인황씨에 이르러 구주가 나누어지고 나라와 임금과 신하가 탄생하는 신화의 시대를 설명하면서도 국가와 군왕, 신하는 그 오랜 천지창조에 비견되는 제도로 설정된다.

근원을 소급하는 교과서의 이같은 서술은 국가와 군왕과 신하의 유래를 아득히 멀리 설정함으로써 신성을 부여하는 전형적인 유가의 논리와 사고를 보여준다. 그런 다음, 풍속과 제례에 이르는 온갖 문화의 축적 속에서 팔괘를 그린 복희씨, 쟁기와 보습을 만들과 의약을 다스린 신농씨, 법령과 셈법을 만들과 궁궐을 짓고 벼슬과 의상을 만든 헌원씨, 경쇠를 지은 소호씨, 달력을 만든 전패씨, 종과 피리를 만든 제곡씨를 거쳐 요순의 시대를 이상화한다. 요컨대, 하권에 드러나는 중국 역사의 개관에는 개화기를 지배하는 우주론적 사고의 한 축이 중화사상에 기초해 있음을 여실히 보여준다. 달리 말해 '소중화의식'이라 해도 그다지 틀리지 않는다.

하지만, 소중화의식에 근거한 우주관은 단순히 전근대의 계급사회적 인식에 토대를 두고 있으나 근대세계를 거부하는 것은 아니라는 점에서 세밀한 독법과 이해가 필요하다.

> 그후 이백여 년이 흘러 신종 만력의 시대에 이르러 나라 안으로는 동림 당론(東林黨論)의 화(禍)와 나라 바깥으로 서주침요(西洲侵擾)의 역(役)이 있어서 나라가 피폐해지고 백성이 소요하여 나라가 분열하니라. 또한 그후 의종 숭정연대에 이르러 떠돌이도적 이자성(李自成)이 무리를 품어 성을 점거하여 강남을 빼앗으니 왕실이 방탕하여 패배한지라. 무신(武臣) 오삼계(吳三

桂)가 강개(慷慨)히 부흥의 뜻이 있어서 북쪽 변방에서 의병을 일으켰으나 능히 다스릴 계책이 없는지라. 이에 청인들에게 도움을 청해 한데 힘을 모아 적을 토벌하기를 도모하다가 마침내 중국 한 지역을 청에 빼앗겨 넘겨 주게 된 바 되니라.

인용된 대목은 하권 끝부분이다. 이 대목에서 볼 수 있듯이 중국 역사에 대한 간략하지만 상세한 조망은 천지창조로부터 신화전설 속 삼황오제를 거쳐 고대국가 형성에서 명나라 말까지 이어진다. 특히 명나라 역사에서는 망국의 폐단으로 내부와 외부에 걸친 당리당략, 왜구에 의한 침탈과 사회혼란, 거듭된 반란과 반란세력들의 발호, 왕실의 방탕 등이 거론되고 있다.

특히, 인용된 교과서 말미에서는 명나라가 청인들에게 도움을 청해 적을 토벌하려다가 국권을 빼앗긴 경과를 적시해 놓은 점이 두드러진다. 이는 개화초기의 정세와 무관하지 않다. 풍전등화의 국운을 감안할 때 그 어느 때보다 사회개혁의 요구가 드높았던 개화 초기의 현실을 반영한 대목인 셈이다. 이웃 국가의 흥망성쇠를 서술하며 타산지석의 교훈을 얻어내려는 의도는 결국 국가의 성원들을 어떻게 교육시킬 것인가에 대한 문제로 이어진다. 근대화의 시대적 명제 앞에 사회개혁의 필요성과 요구가 좌절되는 개화기 현실에서 무능하고 부패한 왕실과 당리당략에 골몰하는 당파정치, 농민혁명으로 폭발한 민심의 소요, 이를 진압하기 위해 외국군대를 불러들인 현실은 명나라의 말기의 망국적 현실과 겹쳐진다. 장차 청에게 나라를 잃는 현실을 서술한 대목은 개화기 현실을 환기하기에 충분하다. 그런 측면에서 『유몽휘편』이 지향하는 피교육 주체는 근대적 개인으로 호명되기 전의 상태, 위난에 처한 국가를 구원하는 신민으로서 역할하기를 열망했던 당대 교육자의 절박함과 일심동체를 이룬다.[03]

3. 『유몽휘편』에 담긴 교육이념과 가치

『유몽휘편』은 『국민소학독본』과 『소학독본』, 『숙혜기략』과 함께 개화기 초등교육의 근간이 되는 국어, 수신, 작문 교과의 교과서로 제작되었다.

유교 전통의 우주 자연관으로부터 시작하여 삼강오륜을 거쳐 일상의 편목에 이르는 도덕적 기율이 상권의 맥락을 이룬다면, 하권에서는 중국 역사의 흥망성쇠에 대한 간략한 기술을 통해 타산지석의 교훈찾기를 지향하고 있다. 이것은 유가적 전통에 기반을 둔 근대와의 대결을 상정한 것으로 문화적 유대감의 보존을 지향했다고 볼 수 있다. 이는 삼강오륜에 바탕을 둔 『소학독본』이나 『숙혜기략』이 지향하는 교육이념이자 가치의 토대가 『유몽휘편』에도 그대로 적용되는 중화중심주의와 근대지식의 결합인 중체서용(中體西用)의 원리에 근거해 있음을 보여준다.

『유몽휘편』에 담긴 중화 중심의 세계인식은 근대지식과 결합하는 과정에서 요약적인 지식으로 공통감각을 구축하는 개념어 범주의 윤곽을 잘 보여주고 있다. 『유몽휘편』은 『국민소학독본』(1895)이나 『신정심상소

---

03 이승원의 표현을 빌려 말하면 '전사로서의 피교육주체'의 단면을 보여준다. 이승원, 『학교의 탄생』, 휴머니스트, 2005, 25쪽.

학』(1896)의 경우처럼 교육자를 배려한 근대지식 수용 방식과는 다르다. 『유몽휘편』은 아동이라는 피교육 주체들에게 유가적 전통에 근거하여 근대교육의 첫 행보를 실현시키려는 지점이었던 셈이다.

설화의 호명

한국소설에 나타난 『삼국유사』 설화의 전유

1.『삼국유사』의 문화적 위상

문화적 기호라는 관점에서 보면 『삼국유사』는 단순히 원전으로만 거론되는 수준을 훨씬 넘어선다. 고려의 국존이었던 일연이 찬술한 13세기의 이 문화서는, 잘 알려진 대로, 편년체 정사인 『삼국사기』에 여러 모로 대비된다. 찬술자 일연은 김부식의 엄정한 역사관과 대척점에서 '괴력난신(怪力亂神)'의 상상력을 바탕으로 삼아 무신정권의 오랜 무단통치와 대몽항쟁으로 피폐해진 고려조를 위무하는 문화의 기억을 구성해냈다.

이 책에서 일연은 단군신화를 비롯하여 '고조선-부여-고구려·백제·신라-고려'로 이어지는 고대사 서술체계를 새로이 세웠고 한반도의 역사를 중국과 대등하게 처리함으로써 문화적 자존감을 문면에 내세웠다. 또한 『삼국유사』는 각 편목에 담은 설화들에다 불교적 세계관과 민중의 시선으로 '상상된 종교공동체'를 가능하게 하는 문화적 기억을 처음으로 정착시킨 텍스트였다.[01] 『삼국유사』에 와서야 자국문화의 인식과 민족 공동체의 정서가 담긴 실감나는 이야기를 소유하게 되었다는 말이 가능할 정도이다.

　『삼국유사』는 역사, 인문, 종교, 지리를 담은 복합적인 저술이라는 의미로만 그치지 않는다. 이 텍스트는 13세기 이후 전세계적 현상으로 촉발되기 시작한 자국어와 자국문화 생산에 비견된다. 이 저작을 통해서 오랜 문화의 기억은 비로소 통합된 기술 안에서 그 계통성과 편제를 구비할 수 있었고, 설화라는 문화 자산을 한 개의 목걸이로 꿸 수 있었으며, 자국문화의 독자성을 확보할 수 있게 되었다. 그리스와 로마의 신화, 중국의 『수신기』 『산해경』 『박물지』, 일본의 『고사기』 『일본서기』에 비유될 만큼, 고대 신화와 신라 중심의 설화들이 가진 위상은 이처럼 빼어나다.

　『삼국유사』에 수록된 설화 대부분은 편찬자인 일연 스님이 불교 수행자인 까닭에 불교적 색채로 가득하다. 하지만, 이들 설화는 불교적 특성만큼이나 문화적으로나 독자적인 면에서 값진 측면도 있다. 후대에 만들어진 유교적 색채의 설화들이 현세적이고 지상에서의 삶과 예법에 충실해서 실천적이고 기능적인 이데올로기를 생산해왔던 점을 감안할 때 그러하다. 일연이 편집한 설화의 세계는 지배자의 승리담에서 누락된 채 발화되지 못한 '서발턴'의 멘탈리티가 '불교'의 보편성과 시적 정취 안에서 생생하게 살아 있는 것이다.

01　『삼국유사』가 '상상된 종교적 공동체'의 기억을 처음 구성해냈다는 것은 기술 전략상 역사의 사실성과는 다른 방식을 취하고 있다는 점에서 그러하다.

　　무엇보다『삼국유사』에는 종교적 신심을 향한 인간의 승화된 의지가 본능과 운명에 맞서고, 해와 달과 별도 감응하는 우주적 상상력이 꿈틀댄다. 바다와 산, 물길과 호수, 바위와 꽃 같은 동식물에 이르는 삼라만상과 교감하는 고대인들의 세계는, 노스럽 프라이가 말한 자연과 인간이 하나된 문학, '동일성의 우화(Allegory of Identity)'[02]라는 개념을 연상시켜 주기에 족하다. 민간에 전승된 설화의 빛나는 세계는 불교 문화의 레토릭에 힘입어 근원적이고 또한 인간적인 매력을 더욱 아름답게 발산한다.

　　『삼국유사』가 근대 이후 민족의 정전으로 거론된 것은, 그 안에 담긴 이야기가 가진 근원적인 면모에서 기인할 뿐만 아니라 당대 사회가 지닌 자연과 인간의 소통, 기적과 유토피아를 향한 종교적 신심의 단면을 보여주는 데 있다.『삼국유사』는 역사의 뒷전으로 밀려나 침묵하는 인간의 육성들과, 그들이 염원했던 유토피아적인 삶의 생생한 실체를 보여준다는 점에서 민족 계몽주의자에게는 참조 가능한 민족의 텍스트였다.

2.『삼국유사』와 근대문학의 호명

　　설화를 소설의 기원으로 삼는 입장에서 보면,『삼국유사』에 버금가는 문헌은『삼국사기』밖에 달리 없다.『삼국사기』가 '술이부작(述而不作)'이라는 엄정한 사실에 바탕을 둔 역사 기술의 원리에 따라서 유교적인 덕목에 어울리는 충의와 정절의 일화들로 채워져 있다면,『삼국유사』는

02　노스럽 프라이, 김상일 역,『신화적 상상력』, 을유문화사, 1971, 59쪽.

『삼국사기』에는 거의 부재하는 요소인 '괴력난신'으로 가득한 설화들이 주류를 이루고 있다.

천태산인 김태준이 『삼국유사』를 두고, "세인은 그 기록이 황탄함을 비난하지만 황탄기괴(荒誕奇怪) 그것이 고기(古記)의 원형을 그대로 철습(撤拾)한 것이라고 말한 것인즉 고대의 일사기문(逸事奇聞)을 충실히 보여주는 자료"[03]라고 말한 것도 같은 맥락이다. 이 논지에 따르면, 『삼국사기』는 정사에 해당하는 역사서인 까닭에 내용의 대부분이 사실에 기초해 있어서 『삼국유사』에 비해 인간의 체취를 담은 대목이 크게 미흡하다는 뜻으로 이해된다.

천태산인은 『삼국사기』의 설화를 열거하면서[04] 그중에서 「도미전」과 「온달전」을 가장 높이 평가한다. 그 이유는 '풍부한 소설적 구조'에 있다. 그는 이들 설화가 '완비된 로망스'의 관점을 가지고 있다고 본다. 도미설화의 경우, 일개의 아낙으로 제왕의 유혹에 마음이 흔들리지 않고 시종해서 남편 도미와 사생(死生)을 한가지로 한 "정결의 극치"를 이루었고, 평강공주 설화는 "모든 인위적 구속을 벗어나 오직 순진한 성애(聖愛)에서만 살려고" 했다는 점에서 소설의 구조를 이루고 있다는 것이다.[05]

03　김태준, 박희병 교주, 『증보 조선소설사』, 한길사, 1990, 37쪽.

04　『삼국사기』 중에서 천태산인이 꼽은 '풍염한' 설화는 다음과 같다. 「밀우」, 「유유」, 「귀산」, 「온달」(이상은 권45), 「해론」 「소나」 「취도」 「눌최」 「관창」 「김흠운」 「열기」 「비령자」 「죽죽」 「필부」 「계백」(이상은 권47), 「향덕」 「물계자」 「백결」 「검군」 「김생」 「솔거」 「지은」 「설씨」 「도미」(이상은 권48), 김태준, 박희병 교주, 『증보조선소설사』, 한길사, 1990, 35쪽.

05　위의 책, 36-37쪽. 하지만, 김태준은 『삼국유사』 설화에서 가장 소설화한 로맨스의 예

애국계몽기에는 전통의 습속에서 호명해낸 설화의 소설적 재현은 환상과 기이한 경험들로 가득 차 있는 『삼국유사』보다는 정사인 『삼국사기』를 좀더 선호하는 경향을 보여준다. 신채호의 「을지문덕전」, 「최도통전」이 그러한 사례에 속한다. 이들 작품은 『삼국사기』에서 국가의 존망이 위태로운 현실에서 영웅을 호출해낸 민족 이야기의 첫 번째 판본이다. 이들 작품은 긴박하게 전개되는 서구와 주변 열강들의 위협 속에서 인간의 핍절한 상상력보다 역사적 교훈과 영웅을 갈망하는 구체적인 증거를 보여주려는 전통을 구축한다.

『삼국사기』를 호명하는 애국계몽기 서사의 경향은 신소설에 와서도 크게 달라지지 않는다. 신소설은 영웅을 소망하는 사회적 요청에 화답하는 방식을 그대로 유지하면서도 좀더 통속화된 방식으로 독자들에게 다가갔다. 「최고운전」, 「무학대사」, 「성삼문」, 「생육신」, 「한명회전」, 「신립신대장기」, 「천강홍의장군」 등과 백제 멸망을 다룬 「낙화암」 등의 사례가 이를 잘 설명해준다. 애국계몽기를 비롯한 1910년대 초반까지 소설 장르에서 설화가 호명되었던 배경에는 국가와 민족의 위기 상황에서 현실의 절망을 해소할 수 있는 충절의 덕목과 영웅재사들의 출현을 간절히 요청하는 정치적 상황이 가로놓여 있었다.

『삼국사기』의 역사적 소재는 근대와 당대소설에서도 많이 활용되는 모습을 보여준다. 『삼국사기』를 소재로 삼은 가장 가까운 예로는 「가락국기」의 '우륵'을 소재로 삼은 김훈의 『현의 노래』가 있다. 하지만 그 연

로 「태종춘추공」과 「무왕」을 꼽고 있다(같은 책, 38쪽).

원을 따져 올라가 보면 「가실전」을 소재로 취한 이광수의 「가실」, 「도미
전」을 소재로 삼은 박종화의 「아랑의 정조」, 솔거의 설화를 패러디한 김
동인의 「광화사」, 서동요 설화를 근간으로 삼은 현진건의 「선화공주」 등
이 있다. 또한 70년대에 집중적으로 쓰여진 김동리의 경주 및 신라 소재
연작소설 등이 사례로 꼽힌다. 이들 사례는 고대사 문헌이 부족한 현실
에서도, 근대소설이 『삼국사기』와 『삼국유사』의 설화를 매우 적극적으
로 참조하며 소재나 양식을 활용했음을 보여준다. 근자에 발굴되어 사학
계에 뜨거운 논쟁을 불러일으킨 『화랑세기』를 소재로 삼은 김별아의 『미
실』(2005)도 마찬가지이다.

　역사소설은 논자에 따라서는 '역사'와 '허구'라는 두 개의 척도에 따른
소설의 성취에 대한 견해가 크게 갈린다.[06] 역사적 사실의 재현과 허구화
의 행방에 따라 역사소설의 성과는 여전히 논란을 불러일으키는 셈이다.
그러나 『삼국유사』는 이러한 부담에서 어느 정도 자유롭다.

　『삼국유사』에 기록된 아득한 '고대'의 시간대는 근대문화와는 절연되
고, 설화들의 내용 역시 역사적 문맥에서 벗어나 있다. 때문에, 『삼국유
사』는 근대의 역사소설의 관습을 따라야 하는 의무와도 무관해 보인다.
이 텍스트는 설화의 교훈성보다도 불교 설화 안에 흐르는 인간 본유의
심성을 담고 있다는 점에서 근대의 문학에 필요한 참조점이 될 요건을
구비하고 있는 셈이다. 더구나 『삼국유사』는 고대의 아득한 시간대에 속

---

[06]　역사소설에 대한 이론적 검토와 논쟁적인 문제에 관해서는 공임순, 『우리의 역사소설
　　은 이론과 논쟁이 필요하다』, 책세상 2000 참조.

한 신화의 세계나, 자연과 동물이 인간과 대화를 나누는 가운데 신물과 영물이 등장하고, 주술적인 세계에 대한 속신과 오랜 습속을 담고 있다. 텍스트의 이같은 면모는 민족의 저변, 곧 국민국가나 민족성을 풍요롭게 만드는데 필요한 보고(寶庫)이자 새롭게 번역될 가능성을 보여주는 대목이다.

근대소설에 이르러 이 문헌이 민족 정전으로 호명되었다는 사실 자체가 민족성을 거론하는 데 필요한 여러 조건들을 지니고 있었음을 반증한다. 『삼국유사』에는 인간의 근원적인 요소들을 함축한 신화와 설화들로 가득하다. 이로 인해 근대문학은 아득한 시간대를 가로지르는 『삼국유사』와 상호텍스트적(Inter-textual) 관계를 자연스럽게 맺을 수 있게 된다. 『삼국유사』가 장구한 민족 신화를 통해 고대 동아시아의 역사와 문화에서 민족의 종교적 상상공동체의 위상을 만들어내는 한편, 민간설화를 통해 고려조에 이르는 민간의 숨결을 담아낼 수 있었던 것도 달리 보면 하나의 기획에 해당한다. 그 기획은 앞서 말한 바와 같이 자국어와 자국문화에 대한 자각에서 비롯된 것이라는 점에서 근대 기획과 접점을 이루는 요소가 적지 않다. 『삼국유사』가 애국계몽기를 지난 다음에야 호명된 배경은, 혼돈에 빠진 대한제국의 현실 정치의 장에서 민족 영웅을 갈망하는 참조물이었던 『삼국사기』의 배경과는 차이가 있다.

일제 강점기에 이르러 『삼국사기』가 주로 호명되었던 상황은 다소 변화한다. 『삼국사기』의 역사적 영웅을 불러내었던 경향의 변화는 식민화된 현실에서는 국가라는 처소를 잃어버렸기 때문이다. 이같은 상황에서 『삼국유사』는 식민제국과 맞서기 위해 고안된 민족 전통의 환기와 함께

민족의 정전으로 부상한다. 『삼국사기』에 치우쳤던 정전의 가치가 『삼국
유사』로 확대되는 것은 민족 전통의 기획과 함께 등장한 근대 기획과 관
련이 깊다.[07]

　일제 식민지 시기에 저항적 민족주의는 국가개념을 상정할 수 없었던
까닭에 '민족적인 것'(또는 조선적인 것)에 대한 가치를 부단하게 고안해 나
갔다. 마이클 로빈슨은 이같은 민족주의의 기획과 흐름을 '문화적 민족
주의'라고 명명한 바 있다.[08] '문화적 민족주의'의 맥락에서 보면, 1920년
대와 30년대에 유행한 국토여행기가 민족의 신체를 순례하는 기록물에
해당한다.[09] 이때, 민족 정신을 순례하고 유구한 역사를 불러내는 참조점
으로 『삼국유사』가 거론되기 시작한다. 애국계몽기 이래로 국난을 이겨
낸 민족 영웅 서사의 원천이 되어온 『삼국사기』에서, 민족의 심성을 담
은 설화집으로 『삼국유사』가 부상하는 것이다. 여기에는 무엇보다 '조선
적인 것'에 대한 관심이 주된 계기로 작용한다.

　이광수는 『흙』(1932)에서 그러한 조선(또는 '조선적인 것')과 조선학을 기반
으로 한 민족주의와 민족 정신의 원형질 하나를 창안하고 있다. 보성전문
학교 영어 선생 한민교는 "조선이란 것을 뜨겁게 사랑하"는 낭만적이고

07　근대/근대성과 관련된 논의는 유임하, 「근대성과 문학연구」, 『근대성과 한국문학 연
　　구』, 이회, 2002, 11-32쪽 참조.

08　마이클 로빈슨, 김민환 역, 『일제하 문화적 민족주의』, 나남출판, 1990 참조.

09　국토순례를 통한 민족 구성의 경로에 관해서는 구인모, 「국토순례와 민족의 자기구
　　성-근대 국토기행문의 문학사적 의의」, 『한국문학연구』 27호, 동국대 한국문학연구소,
　　2004 참조할 것.

열정적인 인물이다. 한민교의 집, 서양식 서재 안에는 "『삼국유사』, 『삼국사기』 같은 조선의 역사나 또는 조선 사람의 문집"이 서탁 위에 다소곳이 놓여 있다. 한민교는 "매일 단 한 페이지라도 조선에 관한 무엇을 읽는 것으로 규칙을 삼고 있는" 신조를 실천하는 선각자이다. 서양식 서실의 서탁 위에 『삼국유사』가 놓여진 장면은 『삼국유사』가 근대에 어떻게 호명되기 시작했는지를 단적으로 보여준다.[10]

근대인의 위치에서 조선적인 것을 상상하고 조선학을 지향하는 이들에게, 『삼국사기』와 『삼국유사』는 대표적인 민족 정전이다. 이들 정전은 이광수의 경우 식민제국 일본과 경합하는 민족정신의 보고(寶庫)로 간주되었다. 비록 그같은 관점이 일본의 동양학 창출에 힘입은 것이었다고 해도, 고대사의 시원과 함께 보존된 상상된 종교공동체의 기억이 '조선적인 것'으로 전유되는 데는 아무런 문제가 없었다.

이광수의 경우만 해도, 『삼국사기』와 『삼국유사』의 설화를 소재로 삼아 단편 「가실」(1932), 장편 『마의태자』(1926-1927), 장편 『이차돈의 사』(1935-1936), 장편 『사랑의 동명왕』(1939), 단편 「꿈」과 중편 『꿈』(1939), 장편 『원효대사』(1942) 등을 썼다. 하지만, 그는 이들 작품에 자신의 민족 계몽사상을 온전히 투영했다고 말하기는 어렵다. 『무정』과 『흙』에서 설파한 민족 계몽의 연장선에서 그는, "민족의 과거를 제시함으로써 역사에 대한 정보

---

10 『흙』의 장면을 일본의 국가학과 경합하는 '조선 및 조선학'의 성립과정에 담긴 혼종적인 모습으로 본 논의의 상세한 내용은 김철, 「'결여'로서의 국(문)학」, 『사이』, 창간호, 국제한국문학문화학회, 2006, 25-47쪽.

와 지식을 갖게 하고 역사적 연속과 민족적 정서를 고취"하려 했다. 그리하여 그는 "도덕적 가치와 교훈적 정보"를 유추하는 사상적 연원을 '민족개조론'으로 소급시킬 수 있었으나[11] 민족 정전을 현재화하는 그의 소설적 성취는 크게 미달한다. 그의 설화를 소재로 한 소설은 역사소설로 보기에는 역사의 현재화된 시각이나 가치 생산과는 크게 거리가 멀어서, 오히려 사화(史話)에 가깝고 서사 구도와 인물 배치를 감안하면 통속소설로 간주해도 별 무리가 없을 정도이다. 이광수는 공동체 사회를 위해 순교를 택한 이차돈의 모습이나, 예랑과 사랑에 빠졌으나 난관을 딛고 고구려를 건국하는 동명왕의 면모를 낭만적으로 재현했으나 야담의 수준을 끝내 넘지 못했다. 『이차돈의 사』를 쓴 뒤, 그는 '순교자를 사모한다'(「'이차돈' 작자의 말」, 『나의 고백』 중에서)라고 말했으나, 『삼국유사』를 소재로 한 그의 소설들은 근대적 개인의 위치에서 설화를 사사화(私事化)하는 수준에 그치고 말았다. 그러한 예로 중편 『꿈』을 꼽을 수 있다.

이광수의 중편 「꿈」은 조신몽 설화를 상세하게 풀어내어 사랑의 도피 행각으로 재구성했으나 설화의 깊이와 함축성은 상실하고 있다. 이광수는 화랑인 약혼자와 결혼을 앞둔 채 사랑의 도피행을 떠나는 것으로 그린 다음, 조신 부부가 십수년간 약혼자 화랑의 추적을 받는 이중의 복선을 구사하고 있다. 그러나 조신의 전락은 동료 승려를 살해한 사실이 발각되어 감옥에 갇힌 뒤 형장으로 끌려가는 마무리 장면으로 마무리된다.

---

11   이재선, 「역사소설의 성취와 반성」, 구모룡 외, 『현대 한국문학 100년』, 민음사, 1999, 142쪽.

이광수는 무엇보다도 조신 설화의 내부 액자를 비대하게 만들어 외부 액자 이야기인 해탈과 구원을 가볍게 취급함으로써 본래의 설화에 담긴 깊은 종교적 각성과 자기구원의 해탈이 가진 시적 승화와 미적 가치를 퇴색시키고 있는 셈이다. 조신이 살인을 저질러 비극적인 삶과 사랑을 잃고 감옥에 갇히게 되고 아내는 출가한다는 설정 또한 서사의 활력을 반감시켜 버렸다. 중편 「꿈」은 신화를 비극으로 승화시킨 소포클레스의 「오이디푸스」와는 반대 경로를 걸은 셈이다.

3. 김동리와 『삼국유사』 설화 다시 쓰기

이광수 다음으로, 『삼국사기』와 『삼국유사』에 수록된 설화를 소재로 삼은 작가로는 김동리가 있다. 70년대 초반, 그는 역사소설을 표방하며 '역사소설-신라편'을 연작으로 창작한 바 있다.[12] 그의 문학에서 경주와 신라는 단순한 소재가 아니었다. 「화랑의 후예」나 「무녀도」에서 얼마간 짐작할 수 있듯이, 그의 사상적 연원은 경주와 신라의 세계로 통한다. 신라와 경주는 『무녀도』의 장면처럼 퇴락한 샤머니즘과 신적인 인간들이 살아 숨쉬는 원초적인 이상향에 가깝다.

김동리의 연작소설에서 『삼국유사』에 바탕을 둔 경우는 「미륵랑」, 「원왕생가」, 「수로부인」, 「호원사기」, 「왕거인」 등 6편이다. 그에 반해 『삼국

---

12 김동리, 『역사소설-신라편』, 지소림, 1976. 이 글에서는 박덕규·문흥술 편, 『소설 신라열전』, 청동거울, 2001을 텍스트로 삼았다.

사기』를 소재로 삼은 작품은 「회소곡」, 「기파랑」, 「최치원」, 「김양」, 「강수
선생」, 「원화」, 「우륵」, 「장보고」, 「양화」, 「석탈해」 등 10편에 이른다.

　이들 중 「우륵」과 「원화」는 『삼국사기』의 기록을 부정하고 『삼국유
사』와의 친연성을 강조한 작품이다. 「우륵」에서는 '혼구'라는 허구적 인
물을 내세워 일연의 새로운 「우륵전」을 소개하는 방식을 취하고 있어서
『삼국사기』의 설화와는 전혀 다른 이야기로 만들어내고 있다. 허구적인
인물을 내세워 『삼국사기』보다도 『삼국유사』를 신뢰하는 태도를 취하는
것은 김동리의 독특한 관점이다.[13] 이 점에서는 『삼국사기』를 소재로 한
「최치원」도 마찬가지이다. 「최치원」은 최치원의 설화를 해체하여 당나
라 시절 최치원이 접한 일화를 기록해둔 책 『쌍녀분후지(雙女墳後志)』를 소
개하는 방식으로 『삼국유사』의 기술방식을 계승하는 한편 죽은 쌍둥이
미녀와의 기이한 만남을 내부 액자 이야기로 창작해 놓고 있다.

　김동리의 경주 및 신라 소재 연작에서 두드러진 특성의 하나는 『삼국
사기』의 역사적 사실보다는 『삼국유사』에 담긴 '괴력난신(怪力亂神)'의 설
화적 관습을 전유하고 있다는 점이다. 이는 그의 문학이 가진 '전통지향
적 보수주의'[14]의 일단이기도 하다. 그는 경주와 신라를 배경으로 삼아
호국불교의 면모를 진작하는 한편, 애욕의 비극적 운명을 자연과 예술과
종교에 등가(等價)에 놓고 있다. 신인 합일(神人合一)의 경지, 애욕을 성취하

13　문흥술, 「신·인간, 자연의 합일을 지향하는 설화소설」, 문흥술·박덕규 편, 『김동리의
　　신라열전』, 청동거울, 2001, 304-310쪽 참조.

14　이동하, 『김동리-가장 한국적인 작가』, 건국대출판부, 1996, 49쪽.

지 못하는 비극적 운명성으로 응축시킨 이야기 속 인물 형상은 세속적인 욕망과는 무관하게 운명의 절대적인 조건 속에서 사랑의 진정성을 드높이는 한편, 국가를 향한 윤리에 순응하고 종교적 성취를 이루는 극점을 이룬다. 예컨대, 김동리는 「회소곡」의 간략한 기사를 '나미'와 '회소'라는 허구적 개인의 애틋한 사랑 이야기로 대체한다. 이 과정에서 참조한 것으로 보이는 이광수의 「가실」과도 이야기는 그 구성에서 크게 차이난다.

「가실」이 수자리를 끝내고 금의환향하는 희극적 결말을 가지고 있다면, 「회소곡」은 남주인공 '회소'를 전장에서 죽은 것으로 처리한 뒤 여성의 비극적인 삶에 관한 이야기로 다시 쓴 경우이다. 그 결과 이야기는 여주인공 '나미'가 '회소'를 사모하지만 곤궁한 가세 때문에 어쩔 수 없이 첩실의 길을 선택해야 하는 비극적인 자신의 처지를 안타까워하며 사모곡을 부르는 비극담으로 바뀐다.

「석탈해」는 가야국 왕자인 석탈해가 모국 대신 신라를 택하는 과정에서 남해왕의 딸 아효공주의 신심 어린 사랑에 힘입어 위난에 빠진 신라를 구출한 뒤 왕으로 등극하는 영웅담에 가깝게 만들어진다. 「우륵」의 경우도 서사적 양상은 대동소이하다. 작품에서 우륵은 가야국 왕자로 설정되고 신라여성 염정과 이루지 못한 사랑 때문에 평생을 독신의 예술가로 살아가는 이야기의 주인공이 된다. 우륵과 염정의 만남은 신라 땅의 오랜 가뭄을 해소하는 기우제에서 이루어지는데, 이야기는 종교의 경지로 승화된 사랑과 함께 예술의 지고한 가치를 제시한 것으로 볼 수 있다.

김동리는 역사적 소재를 활용하며 『삼국유사』의 기술정신인 '괴력난신'을 전면적으로 활용한 작가의 한 사람이다. 그는 연작소설에서 신라

의 지역성을 인간의 비극적 운명성으로 귀착시켰다. 그는 인간의 애욕과
운명적 한계, 종교와 예술, 자연과 인간 등을 지향한 현대판 설화로 재현
해낸 것이다. 설화의 새로운 구성과 현재화 방식은 그가 해방기에 내세
웠던 '생의 구경적 형식으로서의 문학'을 연상시켜준다.

그는 「문학하는 것에 대한 사고」에서 "한 사람씩 한 사람씩 천지 사이
에 태어나 한 사람씩 한 사람씩 천지 사이에 사라지고 있다는 사실을 통하
여" "유기적인 관련"과 "공동된 운명"이 부여되어 있다는 것, 그리고 "우
리에게 부여된 공통의 운명을 발견하고 이것의 타개에 노력하는 것, 이것"
이 바로 "구경적 삶"이고 "문학하는 것"[15]이라고 말한 바 있다. 이같은 문
학 이념이 신라 중심의 연작소설에서 기본적인 발상법을 이루고 있다.

김동리가 자연과 인간, 우주와 개인, 사랑과 이별, 종교와 예술을 용해
시켜 인간의 비극적인 운명성을 천착한 이야기로 반죽해낸 것은 결코 우
연이 아니다. 김동리가 경주와 신라의 습속에서 발견하고 찾아내고자 한
것은 '동일성의 상실과 회복'[16]을 통한 문화적 연속체로서의 '전통'이었
다. 이런 측면에서, 그의 경주 및 신라 소재 연작소설은 문학의 절대적 가
치로 상정한 '생의 구경적 모습'의 소설적 재현이라고 해도 과히 틀리지
않는다.

---

15   김동리, 「문학하는 것에 대한 사고」, 『문학과 인간』, 김동리문학전집 7권, 민음사,
       1997, 73쪽.
16   노스럽 프라이, *The Educated Imagination*, 김상일 역, 『신화문학론』, 을유문화사,
       1971, 59쪽.

4. 80년대 이후 소설과 『삼국유사』 설화의 전유

이광수가 보여준 『삼국유사』의 전유가 계몽적 민족서사의 맥락 안에 포섭된 첫사례라면, 김동리의 연작소설은 경주와 신라의 시간대에 펼쳐진 인간과 운명을 '전통'이라는 관점에서 호명해낸 두번째 사례이다. 탈냉전 이후 한국소설은 민족과 전통의 속박에서 한결 자유로운 행보를 거친다. 이데올로기의 부채에서 벗어난 90년대 한국소설이 『삼국유사』를 불러내는 방식은 한결 다르다. 여기에는 80년대의 격정과 시대적 멘탈리티를 떠올리는 후일담의 범주에서 『삼국유사』를 끌어온 김소진의 「처용단장」(1993)과 고종석의 「제망매」(1995) 등과, 일상의 굴레를 벗어나 수로부인과 향가를 몽상하는 윤대녕의 「신라의 푸른 길」(1995)이 거론될 만하다.

김소진의 「처용단장」(1993)[17]은 처용 설화를 내부 액자로 삼아 예술과 권력 사이의 긴장을 다룬 사회적 일화로 다시 쓰는 한편, 바깥 이야기로 운동권 지식인의 전락과 도덕적 무력감을 테마로 한 우울한 일상의 풍경을 담고 있다. 90년대의 처용은 아내의 불륜을 방관하는 무기력한 남편인 '영태'로 등장한다. 그는 열의를 상실한 채 하루하루를 살아가는 도중, 옛날 운동권 동료 '희조'와 재회하고 '탈'이라는 술집에서 담소한다. 대학원에서 고전시가를 전공하는 '희조'는 '영태'에게 자신이 구상하고 있는 희곡 '처용이야기'를 들려준다. 그러나 술집에서 이들이 만나 처용설화를 현대판으로 각색하는 과정에서, 희조는 영태 아내와 불륜관계를 맺

---

17 김소진, 『열린 사회와 그 적들』, 문학동네, 2002. 이하 면수만 기재함.

고 있는 것이 암시적으로 그려진다. '영태'는 아내와 타협해야 하는 무기력한 처용이 되고 희조는 지방 전문대학으로 임용되면서 사라진다. 내부 이야기인 처용설화는 희조에 의해 다시 쓰여진다. 처용 이야기는 난국에 빠진 헌강왕이 가객으로 설정된 처용과 공모하여 절대 권력을 공고히 하는 수단으로 삼지만 처용에게 하사한 절세미인 부인을 범하는 현장이 탄로나면서 원점으로 회귀하고 만다는 내용이다. 처용설화의 이같은 재구성은 90년대 운동이 권력과 결탁, 공모하며 일상 속에 마멸되는 부정성을 비판하는 시대의 우화로 읽어낼 수 있다.

　고종석의 「제망매」(1995)[18]는 80년대를 위한 조사(弔辭)에 가깝다. 월명사의 「제망매가」에 기댄 작품의 얼개는 이종사촌 누이의 때이른 죽음에서 새삼스레 발견한, 80년대를 거쳐온 인간들이 품었던 진정성에 대한 회상기이다. 사촌누이의 죽음은 80년대의 현실을 감내하며 명멸해간 청년들의 자기헌신과 희생을 환유한다. 작품에서 누이는 80년대 벽두 '서울의 봄'과 함께 회상된다. 그녀는 사회운동에 헌신한 청년들과는 얼마간 거리를 두었으나 불교서클에 속해 야학활동을 하며 이타심을 두드러지게 보여준다. 서술자는 누이의 낙천적인 참모습에 사랑의 감정을 느낀다. 그녀는 사회적 억압과 폭력에 못견디었던 서술자의 출분(出奔)과 함께 만나게 되는 인물이다.

　서술자는 누이와 혈육의 관계를 넘어 상대를 편안하게 만들며 그 마음을 사로잡는다. 누이는 "주위사람들의 사소한 슬픔과 기쁨에 세심하게

18　고종석, 「제망매」, 『성석제 김영하 외』, 20세기 한국소설, 창비, 2006.

반응"(191쪽)하며 "세상과 삶에 대한 낙관"을 보여주는 지고하고 순수한 인간의 구체적인 사례이다. 바로 그러한 낙관이 그녀의 "때이른 죽음을 더 비극적으로 보이게"(191쪽) 만든다. 서술자는 직장을 버리고 프랑스로 향하기 전 이종사촌 누이를 면회한다. 면회의 과정에서 서술자는 누이가 걸린 치유불가능한 질병과 가망없는 수술 소식을 접하고 나서 망연자실한다. 그는 망각했던 지난날의 기억과 다시 대면하면서 그녀의 대책없는 낙천성에 전율한다. 자신의 치유보다 서술자의 프랑스행을 더 걱정해주는 모습도 그러하다. 무엇보다도 그녀는 "운명이 자신을 그렇게 괴롭히고 있는 그 순간에도 너무나, 그러니까 비정상적으로, 정상적"(202-203쪽)이어서 살아 있는 자들을 더욱 비감하게 만든다. 그 정상성은 작품의 표현을 빌면 '이타성을 본성으로 삼은 자의 아름다움'이다.

「제망매」는 "죽음의 순간에, 영웅적이라는 것이 무엇인지를, 주위 사람들에게 잔잔하게, 찬란하게, 보여"(203쪽)준 '80년대라는 누이'와 그에 육박하는 자기헌신적인 존재들을 향한 참으로 숙연한 헌정이다. 사춘기의 방황 중에 접한, 인간 본연의 순연한 태도에서부터 대학시절 가투(街鬪)와 야학에 헌신한 존재들에게 바치는 조사(弔辭)로 여겨지는 것은 90년대에 이르러 생명이 다한 촛불처럼 꺼져가면서도 삶의 위의를 잃지 않았던 이들의 진정성에서 연유한다. 그 진정성은 '누이' 이미지로 수렴되어 이타적 삶의 존엄성을 환기한다. 그 환유의 함의는 서술자가 불란서의 어느 혁명투사 묘비명에서 사촌 누이와는 다른 방식으로 살다간 장엄한 타자의 삶을 목도하고 나서 머릿속에서 누이를 위한 묘비명을 하나 짜내는 장면에서도 잘 나타난다.

「제망매」가 동명의 향가가 가진 분위기와 감정을 최루탄 자욱했던 80년대의 환부를 떠올려주는 한편의 처연하고 아름다운 일화라면, 윤대녕의 『신라의 푸른 길』(1995)[19]은 일상의 굴레에서 벗어나 수로부인의 행로를 따라가며 천년의 시간과 공간을 몽상하는 '자아의 서사'에 가깝다. 서술자는 아내가 유학을 결정하고 일본으로 떠난 뒤 갑갑증이 도져 직장을 무단결근하고 길을 떠난 인물이다.

그는 강릉에 사는 "환생한 처용", "생불(生佛)"(53쪽) 같은 삼촌을 만나러 길을 나섰으나 정작 이야기는 경주를 거쳐 강릉행 버스에 올라, 옆좌석에 앉은 여성과 담소를 나누다가 버스에서 내린 뒤 제 각각의 길을 가는 과정으로 이어진다. 여행중에 행로를 벗어나 버스의 옆좌석에 앉은 여인과 담소를 나누는 장면에서도 드러나듯이, 여로형 소설이 보여주고자 하는 것은 주인공 자신을 포함한 타자들의 상처난 삶의 틈새를 엿보는 행위에서 비롯되는 삶의 의외성이기도 하다.

서술자는 여인과 담소하면서 '현대판 수로부인'에게 헌화가를 바치는 모습을 몽상한다. 같은 버스를 탔으나 목적지에 이른 다음 제 갈 길이 예정되어 있는 상황에서 이야기의 묘미는 담소 중에 여성의 신원이 차츰 밝혀지는 엿보기의 과정에서 생겨난다. 그녀가 음악교사라는 것, 그녀가 경주에 있는 친정집에 들러 간병하며 살아가는 고단한 인생이라는 것 등등이 밝혀지면서 존재의 서로 다른 행로가 중첩되는 것이다. 여행중에 만나 형성되는 이해와 공감은 동해안을 거쳐가는 버스 여행길을 천년 전

---

19 텍스트는 윤대녕, 『남쪽 계단을 보라』, 세계사, 1995이다.

수로부인이 갔던 행로와는 대비된다. 이 길은 "신라 전설에 나오는 삼화
랑들이 다니던 길"이고, "스님들이 노래를 읊으며 지나다니던 길"이며
"신라의 길이면서 땅과 바다가 만나는 영원의 길"(42쪽)이기 때문이다.

"산 자의 무덤을 파헤치는 생의 고고학"(298쪽)이라는 작가의 말대로,
작품에서 여행은 닫힌 일상을 벗어나 자신과 타자들이 가진 상처와 생의
질곡들을 '간절하게' 대면하게 만드는 계기이다. 여행은 자욱한 일상에
서 벗어나자마자 펼쳐지는 동해의 길을 낳는다. 이 길에서는 천 년 전 신
라의 시가가 울려 퍼지고 처용무를 추며 노래 부르는 바다가 상상된다.
국도를 따라가는 버스여행의 남루한 일상은 『삼국유사』의 이미지들과
어울려 몽상하는 현실로 바뀐다. '수로부인'과 '화랑'과 '처용'을 호명하
는 가운데 '생불'을 찾아가는 이야기 과정은, 이 작품이 현대인의 상처가
가진 핍절함을 절감하며 천년의 아득한 시공간을 몽상하는 '자아의 서
사'임을 재확인시켜준다.

90년대 소설에서 『삼국유사』는 80년대의 윤리적 부채에서 자유롭지
못했던 내상(內傷)을 객관화하는 인식의 거울로 활용하는 면모가 두드러
진다. 처용 일화가 헌강왕의 권력과 예술가의 존재가치가 서로 길항하
는 이야기로 다시 쓰여지면서 80년대 사회운동의 열기가 사라진 뒤 처연
한 내면성을 드러내는 우화의 배경이 되거나(「처용단장」), 월명사의 「제망
매가」를 빌려 인간의 거룩한 이타성을 보여준 여의사의 짧은 생애 기리
며(「제망매」), 타자와의 대화를 통해서 상처난 내면을 환기하며 아득한 시
공간과 교섭하는 몽상의 거처로 삼는(「신라의 푸른 길」) 등등의 소설적 재현
이 이러한 정황을 잘 말해준다. 이들 90년대 소설에서 『삼국유사』는 대

서사의 자장이 사라진 뒤 시대 변화에 고심하는 내면의 황량함을 달래는 성찰의 거처에 가깝다. 달리 말하면,『삼국유사』는 삶의 근원적인 상처와 대면하며 참조하는 신화소로 기능하는 셈이다.

　90년대 소설에서『삼국유사』가 삶의 운명성과 일상의 전락으로 생겨난 트라우마들을 외화하는 문화적 참조점이었다면, 최근 소설에서는『삼국유사』가 좀더 적극적으로 활용되는 사례가 발견되고 있다. 조신의 꿈, 광덕 엄장 이야기 등을 얼개로 삼은 김성동의 장편『꿈』(창비, 2001), 북한의 평양을 방문한 서술자가『삼국유사』를 읽어가는 행로와 서로 어긋나는 사랑에 대한 회상을 병치시킨 윤후명의 장편『삼국유사 읽는 호텔』(중앙 M&B, 2005)이 바로 그것이다.

　『꿈』은『삼국유사』에서도 잘 알려진 설화 두 편을 소재로 삼아 사랑과 구도의 편력을 담아낸 전형적인 예술가 소설로서 이광수의 중편『꿈』의 퇴보를 일거에 뛰어넘은 성취이다. 작품에서 수행의 행로와 글쓰기의 행로가 지닌 차이를 구별하는 것은 별반 의미가 없다. 3년을 작정하고 득도의 행로에 나선 청년은 아름다운 여대생과 만나 애욕을 극복하며 작가의 길로 들어선다. 주인공 능현 수좌는 견성을 향한 의지가 잠식될 무렵 여대생이 다시 나타난다. 그녀는 라이너 마리아 릴케의『문학을 지망하는 청년에게』를 주인공에게 선물한다. 그는 선물을 받고 나서 그 의미를 찾다가 문학을 삶의 화두로 삼는다. 여대생과의 꿈같은 만남과 이별은 조신 설화의 얼개를 기본 바탕으로 삼고 거기에 광덕 엄장 설화를 겹쳐놓은 것이다.

　지리산 토굴에서 두 사람은 엄장과 광덕의 아내처럼 수행에 정진하던 중 여자는 다시 잠적한다. 사라진 여인과와의 꿈같은 체험은 소설로 담겨진다. 구도의 길과 병치된 글쓰기 행로는 이를테면 '문선일여(文禪一如)'의 행로이다. "꿈인가 하면 꿈이 아니요 꿈이 아닌가 하면 꿈이 아닌 것 또한 아니니, 어이할꼬 중생이여. 꿈을 꾼즉 깨어나기 괴롭고 깨어난즉 꿈을 꾸기 괴롭고여, 관세으음보살."(255쪽)라고 주인공은 탄식한다. 여기에서 '꿈'은 조신의 백일몽과 다를 바 없다. 그러나 체험은 소설 쓰기로 나타난다. 구도의 진정성이 작가로서의 글쓰기로 치환되면서 설화를 토대로 삼아 예술가소설은 종교적 함의를 예술로 승화시킨다. 바로 이 점이 내면의 참조점으로 활용한 90년대 소설과는 크게 다른 점이다.

『삼국유사 읽는 호텔』은 『꿈』의 치열한 구도의 진정성이나 불교적 체취와는 아무런 관련도 없다. 이 작품은 탈냉전의 문화적 위치에서 전쟁과 황량했던 유년의 기억을 더듬으며 엄혹했던 냉전의 시기를 한꺼번에 환기하면서도 『삼국유사』 읽기를 통해서 문화사적 기억을 현재화시키고 있다. 서술자는 북한을 방문해서 북한의 유적지를 관광하는 나흘간의 시간 동안 북녘땅의 수도인 평양 유경호텔에서 『삼국유사』를 펼쳐든다.

서술자의 '『삼국유사』 읽기'는 탈냉전의 위치에서 냉전의 기억을 더듬어가며 역사에 대한 의문을 성찰하는 길로 이어진다. "세상을 반으로 갈라 이상을 꿈꾸었던 사람들의 모습은 어디 있을까. 탐욕스러운 자본주의에 맞서 인간의 본질을 순수에 맞추려 했던 사람들의 몸부림은 어디에 있을까. 이상과 현실의 간극은 영원히 극복될 수 없는 것일까."(17쪽) 이 물음은, 한반도 역사의 시원에서부터 현재를 관통해온 운명에 대한 도저한 존재론적 의문으로, 『삼국유사』가 가진 고대 설화의 매력에 빠져드는 동력을 낳는 원천이 된다.

　작품은 수로부인 설화에서 「구지가」로, '가야'라는 말에서 영문자 'KARA' 또는 'QARA'로 표기되는 '검다'라는 말의 문화사적 경로를 탐사하는 한편(1장 '구지가를 읽다'), 『삼국유사』에 등장하는 동물과 식물에 대한 문화지리의 경로를 밟기도 한다(2장 '동식물의 시간'). 또한 불국토와 명승대덕들의 길을 더듬어가며(3장 '불교의 발자취'), "머리로 읽는 먼 이야기가 아니라 가슴으로 읽는 지금 이야기"를 실감하며 향가의 매력을 찾아 나서기도 한다(4장 '노래여, 영원한 노래여'). 「도솔가」를 지어 부른 월명을 두고 서술자는 "꽃을 뿌리며 노래 불러 기도드리는"(267쪽) 모습을 떠올린다. 그 노래는 천년의 시공간을 넘어 동남아 불교사원에서 행해지는 불교제례에서 보았던 "꽃천지"(267쪽)와 다르지 않다고 여긴다.

　'『삼국유사』 읽기'의 자기반영적 담론은 『삼국유사』에 대한 짙은 애정과 오랜 문화적 답파(踏破) 끝에 도달한 분단과 냉전의 역사에 대한 성찰을 바탕으로 한다. 이중 삼중으로 겹고 트는 텍스트 속 담론의 행보는 지상낙원의 실체에 환멸하며 쓸쓸한 사랑의 추억을 더듬기도 하지만, 기본적으로는 나흘 동안 유경호텔에서 『삼국유사』를 읽어가는 시간이 중추를 이룬다. 『삼국유사』를 읽는 내면의 시간은 온전하게 천년의 시간과 공간을 유영하는 탈이념적 탈국가적인 서사를 구축한다. 이런 측면에서 윤후명의 작품은 오랜 전통의 내구력을 확인하며 『삼국유사』를 문화적 텍스트로 삼는 사유를 재현하는 특징을 보여준다.

5. 『삼국유사』와 근대소설의 설화 전유

근대 초기에 『삼국유사』는 민족의 정전으로서 계몽적 민족주의의 부름을 받았다. 그러나 정전으로서의 가치 부여는 사실 일본의 근대 기획에서 『고사기』나 『일본서기』와 같은 '고전의 정전화 작업'에 영향 받은 것이었다. 이러한 외부적 자극에서 비롯된 자기 문화에 대한 가치 인식에도 불구하고, 『삼국유사』는 『삼국사기』와 함께 호명된 이 '민족의 정전'으로 활용되었다.

『삼국유사』의 '괴력난신'의 정신을 계승하여 전통의 차원에서 전유한 사례는 근대 초기 70년대의 김동리 소설에게서 처음 발견된다. 그는 경주 및 신라를 소재로 한 연작소설에서 호국불교의 전통과 국가적 영웅담을 재현하는 한편, 세속적 사랑이 좌절하는 운명성을 가진 개인들의 비극적인 이야기로 만들었다. 90년대 소설에서 80년대에 상처입은 내면은 탈이데올로기적인 시대 변화 속에서 고심하며 『삼국유사』를 신화적 거울로 참조했으나, 최근 장편에서는 『삼국유사』 설화를 패러디하거나 문화사적 관점에서 다시 읽으면서 그 가치를 현재화하고 있다.

근대 이후 소설에서 호명된 『삼국유사』의 위상은 여전히 주변적인 위치를 벗어나지 못한 상태라고 해도 크게 지나친 표현이 아니다. 민족 정전에서 전통의 거점으로, 문화적 참조점으로 읽혀지는 텍스트의 위상 변화에도 불구하고 『삼국유사』와 그 안에 수록된 설화들이 새로운 이야기로 만들어지는 토대로 활용되는 문제는 여전히 미답의 영역으로 남아 있다. 이같은 사실은 근대 이후 소설에서 주로 활용된 『삼국유사』 설화의 활용 범위가 기껏해야 '조신몽 설화'나 '처용 설화' '수로부인 설화' '광덕·엄장 설화' '월명사와 「제망매가」' '이차돈 설화' 등에 한정된 점에서도 잘 확인된다. 잘 알다시피 불교 문화는 근대 이후의 공론 장에서 소외된 채 그 진가를 발휘하지 못했다. 불교문화의 주변성은 서구 근대문화를 모방하며 따라잡기 위한 근대성의 획득과정에서 밀려나 있었던 데 그 원인이 있다. 이런 문화적 주변성이 상대적으로 근대소설에서 활발하게 참조되지 못한 배경으로 보인다.

    90년대 이후『삼국유사』와 관련된 소설 유산을 산출하는 행보를 보면, 그 미래가 비관적이지만은 않다. 세계 각지의 신화와 전설, 민담과 같은 설화들이 새롭게 부상하는 현실에서『삼국유사』의 가치가 뒤늦게나마 새롭게 조명받고 있기 때문이다.『삼국유사』를 참조하는 빈도가 높아진 것은 90년대 이후이다. 고종석의 「제망매」와 김성동의 장편『꿈』, 윤후명의 장편『삼국유사 읽는 호텔』등이 바로 그러한 사례에 속한다. 이들 텍스트에서 발견되는 공통점은『삼국유사』에 수록된 설화의 틀을 활용하며 인간의 심원한 본성을 탐구하는 문화의 원천으로 본다는 것, 그리고 설화의 형틀과 그 안에 담긴 심원한 내면을 시대현실의 자장 안에서 현재화시킨다는 것이다.

    근대 이후의 소설에서『삼국유사』가 민족의 정전으로 호명되었던 것은 상상의 공동체를 만들어내는 구심점으로 조건지워진 문화유산이라는 점에 있었다. 이러한 기획은 현실 정치의 혹독함을 견디어내는 보루로서가 아니라 심정적인 차원에서 고려되는 혐의도 적지 않았다. 설화의 전유는 혹독한 현실과 불투명한 전망 속에서 낭만적 도피처가 될 위험이

상존한다. 이는 이광수의 사례에서 보듯 야심찬 기획에도 불구하고 근대 소설에 미달한 모습으로 나타날 수밖에 없었던 원인이기도 했다. 그럼에도 불구하고, 근대 이후 당대에 이르는 소설의 지평에서 『삼국유사』설화를 불러내어 맥락화하는 현상은 대단히 활발하다. 이는 그만큼 『삼국유사』의 설화가 근원적이고, 당대 현실과의 접점에서 새롭게 해석될 여지를 풍부하게 내장하고 있음을 일러준다.

식민지 기억과 동아시아적 해법

홍성원의 장편『그러나』

1. 친일문제와 윤리적 단죄의 위험성

'일제강점하 강제동원피해 진상규명법(이하 '과거사 진상규명법')' 발의
(2004.11) 계기로 친일 문제가 국민적 관심사로 다시 부상했다. 해방 직후
친일파 득세와 함께 반민특위 활동이 실패로 돌아가면서 친일문제를 포
함한 일제 강점기의 역사적 진상을 해명하려는 노력은 지연, 유보되어온
게 사실이다. 그 결과 친일 문제에 접근하는 데 필요한 최소한의 전제나
사회적 합의조차 마련되지 못한 상태에 있었다. 일제는 중일전쟁을 일으
키며 전시체제로 돌입하는 1937년부터 조선어 말살정책과 창씨개명을
시행하는 1941년을 거쳐 해방 직전까지 조선민족의 생존을 장담할 수
없는 암흑기로 만들었다. 그러나 '민족 암흑기'라는 표현에는 기억을 봉
인해 버림으로써 역사의 장에서 특정한 시기의 망각을 구조화하려는 무
의식이 반영된 것은 아닐까 하는 발칙한 의문도 없지 않다. 분단과 세계

냉전체제의 성립 속에 한반도가 남북체제로 분할되고 이어서 극심한 갈
등 속에 전쟁으로 치달아가면서 친일문제는 논의의 장에서 사라져버리
고 말았기 때문이다.

임종국(1929~1989)의 『친일문학론』(1966)은 굴욕외교로 거론되었던 한
일협정 체결(1965)을 전후로 한 시기에 그간 봉인되었던 친일의 역사를
처음 공론화한 성과였다. 그의 선구적 노작은 1984년 일본의 역사교과
서 왜곡 파동이 일어나기 전까지만 해도 문학과 문화의 담론 장에서는
주변성을 벗어나지 못했다. 친일문제 인식의 낙후성은 그의 유지를 계승
하여 친일문제와 관련된 한국 근현대사의 쟁점과 과제를 정리하는 역사
문제연구소 출범 전까지만 해도,[01] 1960년대 임종국의 문제의식에서 크
게 진전되지 못했다. 그런 까닭에 친일문제는 해방 이후 쟁점화된 이후
언제나 심정적 단죄 논리에서 크게 벗어나지 못한 것이 엄연한 현실이었
다. 친일문제의 윤리적 단죄 논리는 해방 직후 '반민특위'의 강제해산과
함께 지연되어온 사료에 근거하기보다 심정에 호소하는 방식이어서 친
일문제에 대한 논의는 심화시킬 여지가 많다.[02]

---

01 친일문제 연구에 평생을 바친 사학자 임종국(林鍾國)의 타계 후 그의 유지를 받들어 한
   국 근현대사 연구, 과거사 청산을 통한 올바른 역사 정립, 친일인명사전 편찬 등을 통
   해 일제 잔재 청산을 위해 반민족문제연구소가 설립되었고(1991.2), 1995년 6월 민족문
   제연구소로 개칭했다. 2001년 8월, 친일인사 3,090명의 명단 발표, 친일인명사전편찬
   위원회 발족하여 2009년 11월 『친일인명사전』 발간과 함께 식민지역사박물관 추진
   (2007) 및 건립(2018) 등으로 이어졌다.
   https://100.daum.net/encyclopedia/view/b08m2157n8(검색, 2020.8.14현재)
02 친일의 윤리적 단죄와 관련한 일본의 식민지시대의 실증적 탐사만이 아니라, 반드시

　윤리적 단죄만으로 친일문제가 곧바로 해결되는 것이 아니라면, 이 문제에 대한 논의 방향은 인식 전환을 필요로 한다는 것을 뜻한다. 낙후한 친일문학론으로는 친일로 나선 작가들의 일제 찬동 담론이나 작품 생산의 물적 정신적 토대를 면밀하게 이해할 수 없고 '친일/반일'이라는 잣대로 재단해버리는 우(愚)를 되풀이할 수밖에 없다. 민족을 순수한/오염된 구성원으로 구획하고 오염된 구성원들을 민족의 법정에 내세우는 논리는 흑백논리에 기댄 윤리적 징벌이라는 성격이 강하다. 이미 채만식은 「민족의 죄인」(1946)에서 이런 위험성을 지적한 바 있다. 태평양전쟁 당시

당대의 풍미했던 제국의 담론과 담론 및 이데올로기의 효과를 규명하는 절차를 거치는 것이 필요하다. 1930년대 후반 일제 강점기의 문학담론들에 대한 탈식민주의적 논의는 고무적이다. 김재용은 임종국의 친일문학론을 발전시켜 자발성과 일본어 사용 여부에 따라 친일의 윤리적 척도에 따라 작가와 작품을 분류했다(김재용, 『협력과 저항-일제말 사회와 문학』, 소명출판, 2004). 한편, 한국근대문학회의 2003년 상반기 '친일문학' 기획특집(『근대문학연구』7집)은 '친일문학의 역사철학적 맥락'(류보선), '인식론적 구조'(강상희), '시인 김동환의 친일화 경로'(박수연), '만주체험과 식민주의에 포획된 유토피아적 동경'(이경훈), '희곡의 등장인물에 나타난 친일적 인물론'(이재명), '1940년을 전후한 조선의 언어상황'(윤대석) 등은 친일문학론과 친일문학 관련 논의를 정리하고 새로운 방향을 타진한 경우이다. 이외에도 이광수의 민족주의와 친일의 관련성을 살핀 조관자의 「민족의 힘을 욕망한 친일 내셔널리스트 이광수」(『기억과 역사의 투쟁』, 삼인, 2002), 친일문학에 대한 논의를 민족의 순결성과 윤리적 도구로 삼는 것은 미봉책이라 지적한 한수영의 「고대사 복원의 이데올로기와 친일문학 인식의 지평」(『실천문학』2002 봄호), 만주를 일본의 2등국민의 위치에서 신천지로 여겨졌던 시대 상황에서 이태준의 「농군」을 읽어낸 김철의 「몰락하는 신생: 만주의 꿈과 '농군'의 오독」(『상허학보』10집, 2002 상반기), 이태준의 동양론과 회고 취향을 제국과 민족 사이의 식민지적 주체라는 맥락에서 파악한 정종현의 「제국/민족 담론의 경계와 식민지적 주체」(『상허학보』13집, 2003 상반기), 1930년대 후반 전통론과 '전형기' 동서양 담론들을 논의한 차승기, 「1930년대 후반 전통론 연구」, 연세대 박사논문, 2002 등이 성과에 해당한다.

지주의 집안이어서 낙향하여 운좋게 전쟁의 광풍을 피할 수 있었던 '김'
이 친일하지 않은 것은 대단히 예외적이므로 이들이 과연 친일부역자들
을 단죄할 자격이 있는가라는 도발적인 문제제기를 한 바 있다.[03]

친일문제에 대한 윤리적 판단 논리에는 민족이라는 '상상의 공동체'
와 그 뒤에 자리잡은 국민국가의 대주체가 어른거린다. 식민지시기에
는 국민국가가 부재했다. 국가 부재로 인해 민족을 상상할 수밖에 없었
으나, 민족 공동체의 상상까지도 제국의 고안된 전통을 모방하고 차용한
것임을 감안하지 않으면 안된다.[04] 이런 맥락에서 보면, 친일의 판정 여
부는 문제가 단순하지 않음을 알 수 있다. '친일부역의 단죄'라는 사후 결
정론은 해방 이후 전개된 민족주의의 식민지 기억과의 단절 또는 식민지
기억의 재영토화에 가깝다. 남북의 분단이 결정적으로 고착화되는 과정
에는 미소 군정에 의한 신탁통치가 결정적인 인자였지만 식민 유제의 처
리를 둘러싼 정치적 헤게모니 투쟁이 좌우 갈등을 촉발시켰음을 염두에
두지 않으면 안된다. 친일문제의 처리는 민족 내부의 갈등을 좌우 균열
에서 냉전구도에 따른 남북분할로 증폭시키면서 분단의 결정적 요인의
하나가 되었다.[05]

'지금 여기'의 위치에서 소급한 과거 이해방식은 친일을 둘러싼 논란

---

03 유임하, 「죄인의식과 분단멘탈리티」, 『기억의 심연』, 이회문화사, 2002.

04 1920년대 문학 담론에서 국토순례와 민족의 자기구성 문제는 구인모, 「국토순례와
민족의 자기구성」, 한국문학 국제학술회의 발표요지집, 동국대학교 한국문학연구소,
2004 참조.

05 해방 정국의 동향은 김행선, 『해방정국 청년운동사』, 도서출판 선인, 2004.

을 돌파할 유연한 접근방식이나 그 척도가 될 수 없다. 그 척도는 서툰 판관처럼 급조된 기준에 따라 항일과 반일/친일과 부역으로 획정하고 이를 바탕으로 공훈 수여의 감별 절차로만 가동될 뿐이다. 훗날에 만들어진 잣대로 역사의 진상을 해명한다는 것은 친일/반일의 흑백 구도로 구획함으로써 식민 종주국과 식민지 사이에 조성된 다양한 조건들을 지나쳐버릴 위험이 많다.

실제로 친일 문제는 식민지 시대를 살았던 한국사회의 많은 구성원들에게는 지금과 같은 윤리적 단죄로만 해결되지 않는 여러 조건들과 역학이 뒤엉켜 있었다고 보는 편이 온당하다. 그러니까 친일 문제를 둘러싼 이해나 역사에 대한 판별은 친일 담론과 행위들을 낳은 발생론적 배경을 섬세하게 재구(再構)해 보지 않고서는 종종 민족에 대한 반역인가 공훈인가로만 회귀시키는 순환논리에 빠지기 십상이다.

친일/반일로만 판정한다면 당대 사회에 대한 복합적인 이해나 친일이라는 인식구조에 대한 이해는 당연히 중단될 수밖에 없다. 윤리 차원에서 친일문제를 다룬다는 것은 친일로 명명되는 시대적 맥락만 살피는 작업으로 그치는 게 아니라 친일을 낳는 사회정치적 외생 변수와 제국주의라는 현실 조건, 그러한 실존적 조건을 보고 판단하는 주체의 행동방식 등등을 가능하면 풍부하게 고려하고 참고해야만 역사의 판관을 닮은 윤리 담론으로 매몰되지 않는다. 보다 근본적으로는 왜 일제에 항거하던 이들이 일본 제국주의의 광기에 오염되고 그토록 열렬하게 가담하기에 이르렀을까, 라는 의문이나 해명의 노력이 누락되어서는 안되는 문제가 친일과 그것에 대한 기억이다.

주지하듯이, 1930년대 초반 일본은 만주사변을 거쳐 중일전쟁을 일으
키는 1937년을 기점으로 급속히 군국주의 파시즘 체제로 돌입하게 된다.
하지만, 이 과정을 전후로 하여 등장하는 수많은 담론들은 단순히 친일문
제가 강압적인 것만은 아니었음을 말해준다. 시대상황에 대한 면밀한 분
석없이 친일-반일의 구도로 단순화되면, 그 시대를 살았던 당대 문학자들
의 삶이 왜 친일의 경로를 밟게 되었는가, 그들이 자발적이었는가 아니면
지금과도 같이 제국과 제국이 유통시킨 담론에 매혹당해 스스로를 그 안
으로 밀어넣었는가라는 질문은 봉쇄될 수밖에 없다. 과연, 식민종주국에
서 유통시킨 매혹적이기까지 한 근대문명의 불빛이 당대의 사회 구성원
들에게 올곧고 매끄럽게 순수에 버금가는 희망으로 작용하며 치열한 저
항의 전선에 나서도록 했을까? 그에 대한 답은 매우 부정적이다.[06]

항일영웅들의 활약은, 적어도 만해 한용운처럼 온몸으로 맞선 경우는
국내에서는 극히 예외적인 경우였다. 문학자들은 비록 적은 수이긴 했지
만 산골에 들어가 농사를 지으며 시기를 기다리며 붓을 꺾었고 고향에서
낚시로 소일하며 지낸 경우가 있기는 했다. 대부분의 지식인들은 자의든
타의든, 강압적이든 자발적이든 친일의 경로에 휘말릴 수밖에 없었다.
친일하지 않은 문학인들이 모두 붓을 꺾었으리라는 것이나 강압에 굴복

---

06 도시 풍속사의 차원에서 보면 이 문제는 보다 일목요연하게 드러난다. 식민지 현실과
    도시성에 관해서는 다음 성과를 참조할 수 있다. 김진송, 『현대성의 형성: 서울에 딴스
    홀을 허하라』, 현실문화연구, 1998; 신명직, 『모던보이, 경성을 거닐다-만문만화로 보
    는 근대의 얼굴』, 현실문화연구, 2003; 이경훈, 『오빠의 탄생』, 문학과지성사, 2003; 이
    성욱, 『한국근대문학과 도시문화』, 문화과학사, 2004 등.

해서 친일에 나섰다는 것은 소박한 통념에 지나지 않는다. 친일의 경로를 따라가다 보면 제국일본과 제국의 매혹적인 담론이 문화적 식민성과 불가분의 관계였다는 점은 지나친 표현이 아니다.

당대에 풍미했던 담론 중에는 백인 중심의 자본주의 경제체제를 물질의 타락한 현실이라 규정하며 당대 담론의 우위를 보여준 '동양주의' '동양론'이 있었고, 아시아 지역을 일본 중심으로 재편하려는 중화사상의 변형이었던 '동아시아 협동체론'도 있었으며, 황국신민화에 따른 민족의 복속과 통합을 지향한 '동조동근설'도 널리 유통되고 있었다. 저간의 사정을 미루어 보면, 군국주의 파시즘체제에 동원된 정책과 이념에 대한 해명없이 친일 문제를 윤리적으로만 재단하는 일은 별반 의미가 없어 보이기까지 한다. 친일 부역에 대한 사법적 판단과는 별개로 식민주의와 친일의 연관을 해명하는 작업이 그래서 시급하고 필요해 보인다.

1930년대 후반 황민화정책을 지휘, 관장했던 시노바라 도키사부로(塩原時三郎)는 공공연히 내선융화가 이상이나 그 이상은 현실로 가능하다고 천명했다. 그의 선언은 황민화정책이 제국에의 종속을 은폐하며 민족의 일본화와 궁극적으로는 통합을 지향했던 제국주의의 야욕을 잘 드러내는 사례다.[07] 만주사변(1931)과 만주국 건설(1932), 국제연맹 탈퇴(1933), 중일전쟁(1937)으로 이어진 일제의 침략과정에서 식민지조선의 성원들은 제국의 식민 프로젝트나 파시즘의 시스템 안에서 저항으로 암중모색했다기보다는 일제의 2등국민을 열망한 경우도 흔했다. 국외에서는 민

07　한상일, 『제국의 시선』, 새물결, 2004, 200-206쪽.

족주의 진영과 사회주의 진영으로 분열된 채 서로 싸웠고 더러는 이같은 항일전선을 앞에 둔 분열에 좌절하여 정치허무주의에 빠지거나 무정부주의를 선택하기도 했다. 이러한 다양한 군상은 당대 조선인들의 암중모색이 정치적 노선 선택에서 운신의 폭이 그리 넓지 못했음을 간접적으로 말해준다. 제국의 담론이 나날이 강성해지는 정세 앞에 민족과 민족어의 존속조차 예견하기 어려웠던 것은 엄연한 현실이었다.

2. 식민지의 기억을 어떻게 접근할 것인가

홍성원의『그러나』(전2권, 문학과지성사, 1996)는 식민지 기억의 현재성, 친일문제의 접근문제, 식민지 기억의 동아시아적 시각과 해법에 관한 이야기를 담아낸 장편이다. 작품은 독립유공자로 알려진 현산 한동민의 삶을 둘러싸고 벌어지는 '지금 여기'의 이야기이다.

작품의 제명인 '그러나'는 작가의 표현을 빌리면 "그럴 수도 있지만, 그렇지 않을 수도 있는 반론 제기를 전제로 한 접속사"이다. 이 말은 "그 반론 가능성에 대한 유보나 재고를 암시하는 반어적 성격의 접속사"(2: 256)로서 시행착오와 실수를 최소화하고 사회적 불만을 완화하는 성찰을 요구하는 다양한 목소리들의 반론을 의미한다.

독립과 친일 부역 사이에 놓인 발견되지 않는 논리적 접점을 두고 '그러나'라는 접속사가 반어적으로 연결시켜주는 것은 인간사에 대한 역사의 감각이다. 그 감각은 생의 전반기를 독립운동으로 아름답고 치열하게 살았으나 생의 후반에 민족을 배반하여 일제에 부역한 변절자, 부끄러운 선조들의 삶에 대한 진지하고도 깊은 이해를 필요로 한다. 선명한 낭위와 독립이라는 민족적 과제에 몸을 던진 일제하 선조들의 치열한 실행이 어느 지점에서 제국의 광기에 휩쓸리며 제국의 신민으로 투항하게 되었는지에 대한 이해가 이야기 축 하나를 형성한다. 또다른 이야기 축은 한중일에 걸쳐 있는 식민지의 기억을 가해자/피해자의 위치, 자국중심주의를 벗어나 어떻게 화해와 공감을 나누는 이웃이 될 것인가를 모색하는 데 있다. 이 소설 텍스트는 편견과 일방적 논리에 서로 귀기울이면서, 왜 편견과 잘못된 논리에 함몰되었는지에 대한 원인을 찾아보려 한다. 성찰의 행보는 합리적 이성적 접근을 통한 시민사회의 이웃 시민이 되기를 제안하는 것으로 귀결된다.

　두 이야기를 이끌어가는 관찰자이자 등장인물은 이태 전 교통사고로 아내를 잃고 난 뒤, 휴직계를 내고 휴양 중인 신문기자이자 작가인 30대의 김형진이다. 선조들의 기억을 따라가는 이야기 축에서 만난 첫번째 인물은 현산의 후손인 중견재벌의 회장 한영준이다. 그는 여느 독립운동가 후손들과는 달리 자본가로 자수성가한 인물이다. 한회장은 서울 부근 지방소도시에 있는 현산의 생가 부근에다 추모공원과 동상을 세울 계획하는 한편, 정계에 진출하려는 야심가다. 그는 처숙지간인 김형진에게 현산의 추모사업 일체를 맡겼으나 제안을 거절하는 형진에게 현산의 일대기 집필을 맡긴다. 형진은 현산 증손녀인 아내가 죽고 난 뒤 현산의 일가와는 연루됨 없이 합리적이고 이성적으로 현산의 삶을 조망하고 그의 후손들의 의식을 살펴나가는 역할을 맡은 인물이다.

　김형진이 현산의 일대기 자료를 수집하던 차에 한꺼번에 두 가지 사단이 일어난다. 한 사건은 현산의 고향마을에서 동문수학하던 서씨 집안에서 한씨 일가 소유의 지방대학 건물 부지 일부를 자신들의 문중 땅이라고 주장하며 소송을 건 일이고, 다른 하나는 현산의 친일 관련 기사가 지방신문에 보도된 일이다. 현산이 독립운동가 집안임을 내세운 한씨 일가와 친일 부역자 집안이라는 오욕의 길을 걸어온 서씨 일가는 서로 대비된다. 두 일가의 경합은 가문주의에 기초한 독립운동가 집안이라는 자긍심과 친일부역자라는 오명을 함께 담아내려는 작가의 의도에서 비롯된다.

서씨 집안의 소송을 관장하는 인물은 K대학 문학평론가 서인규이다. 그는 한영준 회장과는 동년배이자 학창시절 라이벌이었으나 소송에서 다시 대결한다. 서인규의 조부 동파 서상도는 왜정때 친일파로 재산을 축적했고 그의 아들 서종수 역시 두 차례 국회의원을 지냈으나 부친의 친일행각이 폭로되면서 투표 십여 일 전 자진사퇴한 뒤 화병으로 죽고 만다. 서인규는 조부의 친일행각이 폭로되고 아버지의 돌연한 죽음으로 영국 유학 중 정치학에서 영문학으로 전공을 바꾼 인물이다. 한씨 일가와 서씨 일가가 소송을 통해 대결하게 된 데에는 독립운동가 집안과 친일파 집안간의 알력이 작용한다. 후손들이 벌이는 항일/친일의 사법적 판단과 표상 게임은 적어도 일제 식민지의 기억을 놓고 벌이는 헤게모니 투쟁의 현재상에 가깝다. 두 집안의 알력은 한씨 집안의 공세적 태도와 서씨 집안의 수세적 관계에서 보듯, '기억의 자명함'과 '망각의 은폐'가 유동하는 서막에 불과하다. 기억과 망각의 관계가 균열을 일으키며 유동적인 사태로 발전해 나가는 데에는 토지 관련 송사와 함께 현산의 친일

행각이 지방 일간지에 폭로되는 사건이 결정적이다.

현산의 친일행각을 폭로한 기사에서는 애국지사로 알려진 몇몇 사람이 말년에 친일분자로 변절했고 그 안에는 현산도 포함돼 있었다. 현산의 유족에게는 그의 명예를 훼손하고 악의적인 음해성 기사로 받아들여지지만, 날조가 아니라 새로이 발굴된 자료에 근거하여 충분한 검증을 거친 것임이 뒤늦게 드러나면서 현산의 항일독립운동가로서의 표상은 무너져버린다.

한편, 현산의 친일 행각이 폭로되자 형진은 도일하여 현산의 생애 말년의 자료를 간직한 일본인 여성 '에다'를 만나 그녀에게서 자료를 얻는다. 또한 형진은 중국에 남겨진 현산의 혈족인 송계평을 만나 취재하는 과정에서 현산의 말년의 친일 행적이 전모를 드러낸다.

현산 한동진은 1886년 진사 집안 장남으로 태어나 1917년 일본 유학을 떠난 지 일년 뒤 귀국했고, 1919년 3.1만세운동을 주도한 후 피체 투옥되어 1921년 2년간 복역했다. 그는 출소 후 1923년 독립운동을 위해서 북만주 길림성으로 떠난다. 뒤늦게 발굴된 자료에 따르면, 현산은 1943년 말 북만주 길림성 성도인 장춘의 거리에서 괴한의 저격을 받아 절명한다. 도만 초기인 1923년에서 1937년 만주 항쟁기까지는 그런대로 현산의 행적이 드문드문 발견되었으나 1940년에서 1943년까지 그의 생애 후반기는 아무런 기록이 없어 행적을 알 수 없었다. 에다에게서 건네 받은 미공개 자료는 현산의 행적에 대한 자필수기로 된 일기와 신문자료이다. 일기란 텍스트에서 사적으로 내밀한 심정과 정황을 담은 기록물이다.

일기는 1인칭으로 된 최초의 이야기다. 그런 측면에서 일기는 결정적이고 생생한 체험과 단상의 기록물이지만, 역사의 사실로 자리잡으려면 곳곳이 생략되고 단절된 개인의 심사를 연대기로 재구성하지 않으면 안 된다. 그 재구성의 과정은 『그러나』 곳곳에서 한영준을 비롯한 한씨 일가들에게 숭배되는 독립운동가로서의 현산을 훼손하는 결정적 인자가 된다. 또다른 자료는 1941년 무렵 북만주 장춘에서 발행된 일본어신문인 북만일보를 복사한 것이다. 그 자료에는 재만 조선인 임전보국단 결단 준비위원회 광고가 실려 있고, 준비위원 명단에 현산이 위원장에 오른 기록이 발견된다. 임전보국단은 일본의 중국 침략전쟁에 즈음하여 황국신민으로서 전시체제에 적극 참여하고 봉사하자는 취지로 결성된 친일 민간단체이다.

현산의 말년 행적을 담은 육필 일기자료가 일본에 거처를 둔 재일교포의 손에서 유출된 것이 밝혀지면서, 형진은 현산의 일대기 집필 계획이 집안에서 돌려볼 수준에서 점차 벗어남을 절감한다. 그가 떠올리는 북만주는, 현산이 말년을 보낸 광막한 평원에서 불어닥치는 혹독한 추위와 이 마을 저 부락을 약탈하는 털옷 입은 마적들이 출몰하는 장소일 뿐 곤고한 동포들의 삶은 기억되지 못한다. 현산의 친일기사 보도를 접한 한씨 집안은 자료의 진위를 가려 사건을 해결하려던 애초의 목적을 변경하여 사건을 원만하게 수습하는 쪽으로 방향을 바꿔 판도라 상자 같은 이 미묘한 사건을 덮기로 결정한다. 한씨 일족은 1940년대 현산의 친일 행적을 고의로 은폐하려는 것이다(1:38).

형진에게 현산의 40년대 자료들을 수집하도록 부탁하는 한영준 회장의 의중은 현산의 말년 자료를 남의 손에 맡겨놓지 않겠다는 것이다. 형

진에게 일본으로 건너가 현산의 자료 일제를 수집해 오라는 것도 그러한
맥락이다. 작품에서는 가문을 중시하는 자본가의 버팀목이었던 현산의
독립경력이 균열을 일으키면서 친일 행각이 망령처럼 출현하는 것은 그
것이 지연된 진실이라는 것, 은폐된 내막이라는 것을 말해준다. 한씨 집
안이 전유해온 현산의 독립운동과 그의 명망은 국가와 민족이라는 주체,
문중과 가족이라는 틀 안에서만 작동하는 것이다. 반대의 경우이긴 해도
서씨 집안의 처절한 좌절 또한 친일부역자라는 사실이 밝혀지면서 시작
된 기억투쟁도 다르나 유사하다.

　무엇보다도 작품은 친일/반일이라는 윤리 도식이 얼마나 허술한지
를 보여주는 데 기여한다. 친일/반일의 구획과 윤리 척도 자체가 전복되
고 무화되는 것은 작품의 서사에서 한씨 집안/서씨 잡안의 항일/친일의
구도가 무너지는 과정에서 잘 드러난다. 무엇보다도 작품은 친일 문제에
접근하는 과정에서 윤리적 단죄의 명분이나 자료의 실증적 확인절차만
큼이나 인간에 대한 이해가 필수적임을 보여주고자 한다.

　형진이 일본에서 현산의 말년자료를 수집하기 위해 만난 재일조선인
신흥렬은 전향한 사회주의자다. 그는 친일파 처단이라는 논리를 명확하
게 드러내는 친북 성향의 인물이다. 그는 "남조선에 내로라 하는 유명 인
사나 관리 중에는 일제 때 친일했던 반동의 자손들이 우글우글해요. 민
족과 조국을 배반한 자들을 왜 지금껏 처단하지 않구 그대로 두는지 모
르겠어요."(1:47)라고 분노한다. 그의 분노는 "친일 반동의 처단에 관한
한 북조선의 태도가 훨씬 확고하고 분명"하다고 언급하며 해방되자마자
친일 반동을 처단한 사실을 거론하며, "무엇보다 민족 정기를 바로잡아

야 나라의 도덕적 기초가 튼튼해지는 것"(1:48) 라고 주장한다. 그의 논리는 "뒤틀리구 휘어진 우리 역사를 원래 모습대로 바로잡는 것"(1:51)이라는 가치명제에 해당할 뿐이다. 작품은 친일파 처단문제가 한국사회에서 미해결 과제로서 산 자들에게 남겨진 몫이 진상 규명과 화해를 성취하는 과정으로 그려낸다.

작품에서는 독립운동의 공공 기억을 전유하려는 이들의 기득권 유지와 권력으로의 확장이라는 은폐된 목적을 고발, 폭로하고 있다. 한 회장이 현산의 40년대 자료를 수중에 넣으려는 조바심은 현산의 친일행각을 은폐하려는 그의 노력만큼이나 탐욕스럽다. 약샘골 땅을 놓고 한씨 집안과 격돌하는 서인규의 소송 노력 또한 조부의 독립운동을 가문주의에 기반을 둔 이해관계의 충돌 지점을 보여준다.

후손들이 벌이는 기억투쟁보다도 작품 중반에 드러나는 이야기의 진실은 전혀 다른 국면으로 향한다. 그것은 현산의 독립운동을 지지하고 원조한 동파 서상도의 우정과 진정성이다. 현산의 동지적 배려와 동파의 독립자금 후원은 숭고한 우정에 바탕을 두고 있어서 독립운동 대열에 섰던 이들의 순수한 관계를 보여주는 유력한 증거이다. 두 사람의 빛나는 우정은 항일/친일로 구획하여 벌이는 두 집안 후손간의 헤게모니 싸움을 부끄럽게 만드는 망각되고 은폐된 기억의 실체다.

작품에서는 형진이 중국의 동북 3성을 취재하면서 접하게 된 방치되고 사라져가는 역사적 현장과, 그것에 대비되는 후손들의 반목과 다툼을 목격하며 잊혀진 역사의 기억과 얼마나 어긋나 있는지를 반성하도록 만든다. 형진을 통해 밝혀지는 이야기의 복선은 지금껏 식민지의 기억이 얼마나 표피적인 이미지를 만들어냈고, 그렇게 급조된 표상이 진실로 확정한 뒤 숭고한 전통으로 전유하려는 무지와 탐욕을 통렬하게 반성하고 비판받아야 마땅하다는 식민지 기억의 지평을 열어놓는다. 형진이 수집한, 혈서를 쓴 낡은 태극기에서 현산과 함께 발견된 '송암'이 동파의 아호임을 확인해 나가는 과정은 자료에 대한 섬세하고 정확한 재구가 없다면 죽음과 함께 과거의 기억은 침묵과 망각으로 빠져버린다는 역사의 냉엄한 준칙을 보여준다. 역사의 재구는 기호로 떠도는 타자를 찾아서 사라져버린 관계와 맥락을 재구성함으로써 관계를 복원하고 과거를 복원할 수 있다는 최소한의 요건인 셈이다.

작품에서는 친일문제를 둘러싼 한씨 집안과 서씨 집안의 알력이 서교수의 문중 땅 관련 소송으로 제기되고 친일 문제가 지방 일간지에서 제기된다. 이야기의 이런 재현방식은 친일 문제가 적어도 법률 제도와 미디어에서 아직까지 유효한 의제라는 사실과 함께, 사료에 대한 엄밀한 조사와 사회적 소통이 필요하다는 점을 보여준다. 나아가 이야기의 지평은 식민주의의 청산과정에 필요한 사회적 절차가 법률적 판단이나 일회성 보도로만 그쳐서는 안된다는 사실을 적시하고 있다.

한씨 집안은 현산의 독립운동 신화를 강화하려던 노력이 수포로 돌아가면서 한 회장의 정치계 진출계획은 포기할 수밖에 없게 된다. 서씨 집안은 조부의 친일반역자라는 굴레를 벗어나기 위해 3.1운동에 가담했고 현산에게 재정지원을 아끼지 않았다는 인정투쟁의 일환으로 약샘골 토지 소송을 벌였던 것이다. 두 가문의 알력과 기억을 둘러싼 반목은 결국 서로 상이한 입장에서 기억을 전유하려는 헤게모니 투쟁이었다. 탈식민의 조건에서 한국사회는 "옛것은 죽어가고 새것은 아직 태어나지 않은 어름에서 좀비나 드라큘라와 같이, 죽었어도 살아 있는 모순 속에 살고 있다."[08] 친일의 역사 또한, 살아 있는 자들은 삶에서 퇴역했거나 시간의 흐름에 묻혀버린 존재들이나 여전히 살아 있는 자의 모습으로 우리 앞에 출몰하는데, 이 역설적인 한국사회의 현실은 탈식민의 특징적인 상황을 잘 말해준다. 은폐된 기억의 발굴을 통해 한 회장과 서교수의 싸움이 화해로 귀결되고 과거 진상을 통한 화해와 당위성이 함께 모색되는 것은 현실에 대한 작가의 이상, 이야기의 행복한 결말에 지나지 않는다.

자료 수집과정에서 형진은 현산의 말년 일기 자료를 읽고 나서 일대기 집필을 포기한다. 일대기란 "후손들에게 자랑스러운 인물일 때만"(1:69) 존재가치가 있다는 합리적인 판단 때문이다. 일대기 집필에 부정적인 관점은 망각과 은폐된 기억이 충분히 조사되지 않은 현실에서 식민지 시대의 인물이 살아온 삶을 임의적으로 조작하거나 편향된 것일 수밖에 없다는 판단에 기초한다. 사료를 대하는 이같은 태도는 기억된 것들과 망각된 것의 불일치가 부각될 때 진실 밝히기와 일대기 집필의 포기냐, 허구와 조작을 통한 인물의 미화냐, 어느 한쪽을 택해야 한다는 점에서 형진의 결심은 온건하고 대단히 합리적이다. 현산의 삶은 일대기 형식이 아니라 허구적 서사로만 다시 쓰여질 수 있다는 게 형진의 생각인 셈이다.

---

08 최정무, 「경이로운 식민주의와 매혹된 관객들」(『문화읽기-삐라에서 사이버문화까지』, 현실문화연구, 2000, 59쪽.

한영준은 형진이 일대기 집필을 포기한 점을 비판한다. 그는 현산의 말년 친일행각이 친일이 아닌 일종의 피신이었다고 주장한다. "독립운동의 노선 차이 때문에 일시적으로 사회주의 쪽의 테러를 피해 일본 당국에 투항했을 뿐"(2:151)이라는 한영준의 강변은, 현산의 친일을 변명하는 일종의 궤변이다. 그의 강변은 추모공원 조성 과정에서 현산의 동상 건립으로 가시화하는 행동으로 나타난다. 하지만 진보적인 학생들과 마을 주민들의 항의, 데모 때문에 현산의 동상 건립 계획은 중단된다.

친일변절자의 동상 건립에 반발하는 주민과 학생들의 시위는 중국에서 송환해온 그의 유해를 선산에 안장하는 일로 겨우 매듭된다. 현산의 친일 부역에 대한 한회장의 변명과 완강한 부정은 민족을 위한 독립운동의 신화 만들기가 선양이라는 이름으로, 편의적인 망각을 통해 만들어낸 역사의 허상에 지나지 않음을 보여준다. 현산의 친일경력을 둘러싸고 벌어지는 동상 건립 반대 시위나 친일 행각을 폭로하는 신문 보도에 대한 한회장의 곤혹스러움은 동파 서상도의 친일변절자라는 표상을 전복하는 과정과 맞물려 있다. 그 과정은 친일/항일의 윤리적 단죄논리를 뒤섞으며 삶의 진상에 한발 다가서는 모습으로 나타난다.

한편, 서인규의 주도로 전개되는 조부 복권이라는 최종 목표는 조부에게 이권과 연관된 악의적인 모략 때문에 부과되었던 친일변절자라는 오명을 상쇄하고자 하는 것이 아니다. 서인규의 계획은 현산과 끈끈한 우정과 유대를 바탕으로 감행했던 그의 초기 독립운동 경력을 온전히 복원하는 데 있다. 망각된 기억의 복원을 통해 현산의 생애 전반기의 독립운동 경력과 생애 후반기의 친일행각을 균형있게 이해하자는 최종 목적이 그의 입을 통해 밝혀진다(2:221). 한영준 회장이나 서인규 교수의 조부에 대한 기억 재편의 노력은 독립운동의 업적과 명예만 후손들이 전유하는 것이 아니라 친일의 과오까지도 온전히 이해하는 데 있다는 것이 작품이 던지는 주된 메시지다.

> "우리 현산 할아버지가 말년에 일제에 부역했던 것두 이번에 자료를 뒤적여 낱낱이 찾아 읽었어. 당시 신문이며 관보 따위를 찾아 보니 할아버지가 대중 앞에서 친일 연설을 한 것만두 열세 번이나 되더군. 그 자료를 찾아 읽노라니 얼굴두 뜨거워지구 뱃속에서 울컥울컥 뜨거운 것이 치밀어올라. 할아버지한테 화가 나거나 섭섭해서가 아니라 그 어른이 너무 가엾구 안타까웠기 때문이야. 할아버지는 그전까지는 세상에 둘도 없는 열렬한 독립투사였어. 참으로 어렵고 힘든 시대에 남들이 하지 못하는 거룩한 일들을 훌륭히 해내신 분이야. 하지만 그 철석 같은 어른도 끝내는 의지가 꺾여 일제의 앞잡이로 전락하구 말았어. 곁에서 보는 우리들도 안타깝고 가슴 아픈 일이지만 당신께서 그 선택을 하실 때까지 마음 속으로 얼마나 괴롭고 참담하셨겠어? 그 어른의 훼절이 안타까우면 안타까울수록 나는 왠지 그 어른이 내 몸에 좀더 가까이 느껴지네."(2:209)

작품은 한회장이 기념하려는 가문의 자랑스러운 전통 구축과 제의만으로는 온전히 인간의 생애를 판단하기가 불가능하다는 사실을 보여준다. 한씨 일가나 서씨 일가에서 서로 다른 방식이긴 하지만 반일과 친일 문제는 가족주의 또는 가문주의의 사고 안에서 명예 진작이나 명예 회복이라는 기억 투쟁과 연계돼 있다. 그러나 현산과 동파의 서로 다른, 표상의 정정 과정은 기억을 편의적이고 자기중심직으로 전유하려는 기획에서 벗어나 온전한 실체에 접근하는 일련의 절차이며, 다른 한편으로는 역사적 과오에 대한 균형있고 심도 있는 이해를 구비해 나가는 힘겨운 성찰의 과정이다.

　한 회장이 현산의 자료를 훑어보면서 구체적인 친일행각을 접하는 과정에서 느끼는 조부에 대한 연민은 윤리라는 잣대로 판정되는 항일/친일이라는 선악의 이분법적 도식을 벗어나 느끼는 감정이다. 견결했던 독립운동가의 의지가 점차 퇴색되어 친일 행각을 일삼는 현산의 전락한 변모에서 한회장이 느끼는 것은 친일의 길로 접어든 현산의 괴로움과 참담함이다. 조부의 훼절을 체감하는 한회장의 안타까움은 후손으로서의 원망을 딛고 조부에 대한 존경과 가르침으로 바뀐다. 한회장의 감정 변화는 친일 문제가 단순히 윤리적인 단죄로만 해결되는 것이 아님을 웅변적으로 말해준다.

　한회장의 심정 변화에 따른 고백은 조부에 이해와 포용을 보여주지만 자신의 정치입문을 포기하지 않는다는 점에서는 기억의 전유방식이 가진 한계를 드러낸다. 한씨 집안과 서씨 집안간의 알력은 여전히 가문주의나 가족중심주의의 틀 안에서 작동하는 한국사회의 단면을 제공해준다. 한편, 지금의 세대, 한중일 삼국에 걸쳐 있는 현산의 후손들이 보여주는 이야기의 다른 축은 한중일이라는 국민국가와 국민의 시선이 아니라 이웃한 시민사회의 이웃시민으로서 동아시아적 시각과 해법을 조율하는 모습으로 나타난다.

3. 식민지 기억과 동아시아라는 공간

작품에서 식민지 기억은 반일/친일의 가문주의적 헤게모니 투쟁과 화해로만 끝나지는 않는다. 이야기의 다른 한 축은 식민지 기억이 가진 현재성을 탐색하는 과정이다. 작중화자를 30대 신문기자 출신 작가로 설정한 점이나 한중일 삼국에 걸쳐 있는 현산의 후손들을 등장시킨 점은 국가별 상이한 시각차를 확인하고 이를 상호이해로 이끌기 위한 포석이다.

소설은 흥미롭게도 문화적 위치의 상이함과 상호신뢰라는 입장에서 출발하고 있다. 동아시아 3국의 서로 다른 위치와 문화 정체성은 형진과 현산의 중국 국적 아들 송계평, 현산의 일본인 외증손녀인 에다 사이코 사이에 현존하는 인식차로 나타난다. 이들이 상호이해를 통해 공감의 토대를 만들어나가는 과정은 소설이 보여주고자 하는 식민지 기억의 동아시아적 접근과 해법의 절차다.

형진이 일본으로 건너가 만난 일본인 여자 에다 사이코(江田彩子)는 자유기고가인 직업여성이다. 그녀는 현산에 대한 원고 자료를 제공해달라는 형진의 요청에 그 자료가 잘못 이용될 공포를 스스럼없이 드러내며 "믿음과 신뢰성을 증명"(1:70)하라고 요구한다. 그녀의 발언에서 볼 수 있듯이, 과거의 진실을 해명하려는 형진에게 정작 필요한 것은 에다와의 상호신뢰이다. 신뢰 여하에 따라 그녀의 현산과 관련된 정체성이 자연스럽게 밝혀지거나 은폐될 것이다. 이러한 점이야말로 동아시아 삼국에 걸쳐 공감을 얻는 이해와 상호신뢰가 중요한 가치를 갖는다는 작가의 통찰력에 해당한다.

　형진이 중국에서 만난 현산의 아들 송계평 또한 홍미로운 인물이다. 그는 현산과 일본인 아내 사이에서 태어나, 딸만 데리고 귀국선을 타버린 마당에 조선인 여성에게 양육되다가, 재혼한 조선인 남편의 성을 따라 성장한 인물이다. 그는 중국의 조선족 사회에서 존경받는 중국 공산당원이 된 입지전적 인물이다. 그는 순탄하지 않은 성장과정에도 불구하고 장춘 시내에서 한참 떨어진 기업형 농장의 경영자다. 그는 사회주의적 사고와 자본주의 경제를 결합한 중국 사회의 모범적인 지식인으로 그려지고 있다. 대륙의 품격과 진중한 언행을 보이는 그는 형진이나 한씨 일족에게 깊은 인상을 남긴다.

　그러나 그는 현산의 말년 친일행각에 대해서는 냉정하게 평가한다. 송계평에 따르면 아버지 현산은 과격한 독자적 행동으로 사회주의 투쟁노선을 분열시켰고 말년에는 일본인 여자에게 속아 친일파로 변절했다. 그는 친부가 중국공산당에서는 해당분자로 분류되면서 당에서 밀파한 테러리스트에 의해 제거된 것으로 본다. 이러한 내력에는 현산이 말년에 중국 사회주의 운동에도 가담했음을 시사하며 그의 변절 원인이 관동군 밀정이었던 일본인 여성 첩자의 유혹에 넘어간 것으로 밝혀지고 있다. 현산에 대한 송계평의 평가는 중국의 식민지 역사에 대한 평가에 비교적 부합한다. 현산의 말년은 김산·님 웨일즈의 『아리랑』에 등장하는 조선인 사회주의자 장지락을 모델로 삼은 것이다. 현산의 말년을 통해 중국공산당에 가담했던 조선인들의 독립운동이 어떻게 의심받고 전락해 갔는가

를 연상시켜준다.[09] 현산의 말년과 비참한 최후는 장지락과 달리 친일의
명백한 증거가 첨부되어 있다.

송계평이 보여주는 친일파 비판과 아버지에 대한 부정적 평가는 공
산당원의 입을 통해 드러나는 중국의 공식적인 견해이기도 하다. 이 비
판은 한국사회의 관점과는 다소 차이난다. 중국의 일본관에서 발견되는
'아시아에 대한 빈곤한 상상력'은 쑨꺼에 따르면, 흑룡강성, 길림성, 요녕
성 등 동북 3성에 구축된 다민족국가인 만주국의 전신과 항일 문제로 귀
착된다. 중국의 일본 식민지에 대한 경험은 대륙을 침략한 일제의 시도
가 있었으나 중국인의 일상 깊숙이 식민지배의 영향력을 행사하지는 못
했기 때문이다.[10] 여기에는 중국의 국공합작이나 중국공산당에 가담하
여 사회주의 혁명에 기여한 조선인들의 기여가 과소평가되었거나 방치
되고 있는 현실은 지금의 현안이기도 하다는 작가의 인식이 반영되어 있
다. 송계평의 역사 인식은 현산의 말년 행적 비판과는 별개로, 몇차례의
한국 방문과 한국 역사에 대한 이해를 거치면서 조선인이라는 혈통을 수
용하는 변화를 보인다. 그리하여 그는 현산의 변절을 두고 비판일변도의

---

09 김산의 복권은 그의 아들 고영광의 오랜 조사와 탄원의 결과 호요방 정권 당시인 1983
  년에야 이루어졌다. 김찬정, 윤해동 역, 「아리랑이 들려온다-혁명가 김산, 그 의문의 죽
  음을 찾아서」, 『역사비평』, 1990 봄호, 148면. 김산의 생애에 관해서는 님 웨일즈, 조
  우화 역, 『아리랑』, 동녘, 1984. 및 임영태, 「아리랑의 등장인물들」, 『역사문제연구소회
  보』, 창간호, 1986을 비롯해서 이회성, 「중국혁명과 김산의 생애」, 『사회와 사상』 창간
  호, 한길사, 1988., 김산(炎光), 「기묘한 무기」, 『월간 다리』, 1990 1월호 등을 참조할 수
  있다.
10 쑨꺼(孫歌), 류준필 외 공역, 『아시아라는 사유공간』, 창작과비평사, 2003, 32쪽.

태도에서 벗어나 "잃어버린 아버지를 되찾은 기쁨"(2:241)으로 자신의 한
씨 성을 되찾으려는 의욕을 보이기도 한다. 하지만 그는 자신을 길러준 조
선인 양부모와 중국이라는 조국에 대한 애정까지 철회하지는 않는다. 송
계평은 중국인이라는 자부심과 함께 조선인의 정체성을 받아들이며 동
아시아의 연대에 적절한 중국측 이웃 시민으로 등장한다.

한편, 에다는 형진과의 만남에서 신뢰를 쌓으면서 자신의 가족사를
고백한다. 그녀는 조모가 갓난아이였던 친모를 데리고 귀국길에 올랐다
는 것, 딸은 장성한 뒤 경멸해온 친부가 조선인임을 알고 나서 방황했고
가출을 일삼았는 것, 이름 모를 사내에게 몸을 맡긴 뒤 아버지를 알지 못
하는 에다 자신을 낳았다는 것, 에다의 친모는 외딴 섬에서 평생을 교사
생활로 지내다가 몇해 전 죽었다는 사연들을 형진에게 말해준다.

에다의 곡절많은 가족사를 들으면서 그녀와 형진 사이에는 상호신뢰
의 관계가 형성된다. 에다에게 형성된 조선인에 대한 인종적 편견은 기
실 식민지 기억과 단절된 상태에서 후속세대의 상처와 자학을 치유하지
못한 채 잔존해온 데서 비롯된 것이다. 이같은 사실을 형진과 에다는 절
감한다. 형진은 현산의 증손녀이자 사별한 아내의 외모를 가진 에다에게
마음이 끌리면서 둘은 연인 관계로 발전한다. 이러한 관계 설정은 적어
도 국가의 인종주의에 포획된 존재들이 아님을 보여주고자 한 것이다.

에다에게서 듣는 현산의 일본인 아내 류코 할머니는 애정과 인간미
가득한 인물이다. 에다는 할머니 류코가 사랑했던 관동군 장교를 따라
만주로 갔다가 그 자의 돌연한 죽음 후 밀정(특무)이 되어 술집을 개업하
여 독립운동가들의 검거에 협조했다는 것, 중년의 지친 조선인 독립운

동가 현산에게 마취제를 먹여 정신을 잃게 한 다음 중요 기밀을 보고하여 은신중인 조선인 독립운동가를 검거하였다는 것, 이 일로 현산은 독립운동가 진영에서 도태되었다는 것, 이 일을 계기로 자신을 다시 찾은 현산의 절망적 모습에 그와의 동거를 결심하고 밀정을 그만두었다는 것, 현산의 거듭되는 자살 시도를 막아내며 삶의 의욕을 되찾게 헌신했다는 것, 독립운동 진영에서는 현산을 반역자로 규정하여 암살했다는 것을 알려준다.

에다가 전해주는 사연은 현산을 포함한 독립운동가들의 도저한 절망과 국경을 넘어선 연민과 사랑이다. 증언의 목소리는 류코의 천진난만한 심성과 현산의 절망을 반일/친일이라는 이분법적 사고에서 풀어내어 인간에 대한 이해와 성찰로 전환시킨다. 그 목소리는 현산이 어떻게 독립운동 대열에서 이탈하여 어떻게 전락과 절망하게 되었는가를 대리 증언한다.

류코에 대한 회상에서 드러나는 현산의 인간적 고뇌는 생각보다 깊고 넓다. 20대에 독립을 위해 나섰던 그가 중년을 넘어 인생의 황혼기에 이르러서도 여전히 가능성조차 보이지 않는 현실에서 이어가야 했던 국권 회복의 꿈이란 무엇이었던가. 뿐만 아니라 절망과 궁핍에 시달리면서 견지해야 했던 독립운동의 길에서 만난 독립단체들의 끝없는 반목, 그 반목에 절망하는 현산 개인의 실존과 자욱한 내면이 떠오를 수밖에 없다. 에다가 류코 할머니를 가리켜 자신의 국가에 충실했으며 그것을 부끄럽지 않다고 언급한 대목은 동아시아 3국의 국민으로서의 위치와 차별성을 잘 드러낸다. 에다의 발언은 일본인의 문화적 위치에서는 만주와 조선에 걸쳐 있는 식민 종주국의 입지를 재확인시켜주는 깃이지만, 그렇다고 해서 일본의 국가와 국민으로서의 자긍심까지 부정할 필요는 없어 보인다.

이렇게, 송계평이나 에다에게서 증언되는 가족사와 형진의 식민지 역사 이해는, 상당부분 작중의 사학자 임정식의 목소리를 빌린 것이지만, 공교롭게도 한중일의 서로 다른 위치와 문화차를 간직한 이웃나라 시민으로서의 정체성이다. 송계평의 아들 지명이나 에다의 발언에서 발견되는 것은 가족으로서의 동질성이지 국가나 민족은 아니다. 지명이나 에다와 같은 젊은 세대가 각각 달리하면서도 공유하는 생각의 토대는 국가의 경계를 넘어선 이웃시민이다.

이들은 상호신뢰를 바탕으로 한 가족 공동체로서의 연대와 제휴를 원한다. 이들은 모두 한씨 집안의 호의에는 고마워하지만 한씨 집안의 가문주의에는 비판적이다. 송지명이 한회장의 유학 제의나 귀국 제안을 완곡하게 거절하는 것도 자신들이 마련해온 정체성을 부정하지 않고 온전히 지켜나가기 위한 판단에서 비롯된 것이다. 이러한 판단이야말로 식민지 기억을 공유하면서 서로 나누어 가진 이웃 시민으로서의 화해 가능성이자 합리성이 아닐 수 없다. 중국청년 송지명이나 일본 여성 에다 같은 청년세대에게 현산의 피가 흐른다 해도 이들은 자신들의 국민됨과 문화 정체성을 부정하지 않는다. 에다는 국가주의와 국민의 귀속감보다 합리적 신뢰에 대한 개방성을 소유한 인물이다. 그녀의 맹랑한 불량기는 국가나 종족성에 포획되지 않은 불온성이다. 상호이해란 국적과 정체성의 차이를 인정하는 것에서 출발한다. 한중일 국적과 문화적 차이의 인정은 동아시아의 상처난 식민지 기억들과 대면하도록 만들어 식민지 기억에 대한 화해의 발판이 마련된다는 것이 텍스트의 전언이다.

형진이 목격하는 한일 문화의 시각차는 에다를 처음 만나 그녀의 일본인 친구들과 함께한 저녁 파티에서이다. 저녁파티에서 만난 에다의 일본인 친구 기무라는 여느 일본인들과 달리 한일문화의 시각차를 인정하며 상호이해의 장을 어떻게 마련할 것인가에 관심을 가지고 있다. 한일 지식인들의 상호이해는 기무라가 제안하고 개최한 것이나 세대별 난상토론회는 난장판이 되어버린다. 일본 기성세대는 사죄와 무관하게 식민지 조선의 발전에 기여했다는 망언에 가까운 편견을 거침없이 토로하며 식민주의의 관행에서 벗어나지 못하고, 일본 청장년세대는 과거와는 무관할 뿐만 아니라 관심이 없다는 투로 식민지 기억과는 단절된 상태다.

한국사회에서는 해방 이후 친일문제를 거론하는 것 자체가 일종의 금기에 가깝다. 친일 논쟁 자체가 봉쇄된 국면이 일본사회에서 식민지 기억에 대한 사죄와 망언 사이를 오가는 움직임과 관련이 있다는 지적은 시사적이다. 일본의 경우, 부끄러운 과거를 직시하지 않는 것은 반성하지 않는 국민성의 특질이 아니라 냉전의 훈풍 속에 역사인식 문제를 방치한 채 고도성장에 전념했기 때문이라는 의견도 있다. 이 견해에 따르면 냉전체제의 해체와 함께 일어난 역사교과서 파동(1982)도 일본사회가 과거사를 직시하며 나름대로 역사 인식을 획득하는 산고의 과정이라고 본다.[11]

---

11 요시다 유타카(吉田裕), 하종문·이애숙 공역, 『일본인의 전쟁관』, 역사비평사, 2004, 6-7

　한국측 참가자들은 식민지의 기어에 대한 진정한 사죄를 요구하는 윤리적 관점에서 크게 벗어나지 않는다. 좌담회에서 홀로코스트에 대한 사죄와 식민 지배 및 태평양전쟁에 대한 사죄를 비교하나 일본 사회가 사죄와 그에 따르는 책임을 표명할 가능성은 그다지 높지 않다.

　한일 난상토론회를 기획한 에다의 친구 기무라는 요원해 보이는 화해의 가능성을 타진하는 소수 지식인의 한 사람이다. 그는 한일 국민간의 건널 수 없는 간극조차 냉정하고 객관적인 시선으로 포착하는 안목을 가지고 있다. 그는 일본 사회 전체가 식민지배의 정당성을 회의하지 않거나 기억과 단절된 것은 아니라는 증거를 보여주는 일본 시민문화의 숨은 역량을 보여준다.

　일례로, 1982년 일본의 역사교과서 파동은 일본만이 아니라 동아시아 여러 나라들에도 많은 우려와 실망을 초래했다. 그러나 일본 내부의 비판적이고 양심적인 지식인의 목소리가 이른바 '신자유주의'에 대항하여 적극적으로 발언하기 시작한다. 역설적이기는 하지만 일본인들의 식민지 기억에 대한 우려와 비판 역시 비등했다. 이런 측면에서 식민지 기억에 관한 한, 일본 시민사회에 잠재된 다양한 접근방식과 여러 층위가 존재한다고 보는 게 온당하다.[12]

쪽, 18-35쪽.

12　카토 노리히로의『사죄와 망언 사이에서』(서은혜 역, 창작과비평사, 1998)는 교묘한 방식으로 사죄와 망언 사이에 자신을 배치하여 우익진영으로 투항하는 논리의 결함을 보이는 사례이다. 이에 비판적인 태도를 보여주는 경우도 적지 않다. 와타 하루키, 고모리 요이치, 타카하시 테츠야, 서경식 등 일본 시민사회의 진보적 지식인들이 바로 그들이다.

형진의 시선에서 한일 양국의 문화적 인식론적 간극은 한국사회에 대한 편견과 일제 식민지의 기억에 대한 상이한 편차가 예상보다 훨씬 깊고 넓다. 작품은 기억의 화해 가능성을 상호합리성 조율을 위한 동아시아의 소통이라는 전제와 여지로 남겨둔다. 송계평이 도일하여 이복여동생 에다와 함께 친모 류코의 묘소를 참배하는 데서도 드러나듯, 소설 전반에 흐르는 낙관적인 활기는 이러한 소원한 한중일 각국의 국가주의적 사고와 공식성을 탈피하면서 열리는 지평이다. 곧, 국민국가에 포획되지 않은 하위주체들의 건강하고 합리적인 판단, 소통가능한 접점을 찾으려는 개방된 심성들의 대화와 행동이 만들어내는 화해의 가능성이 희미하게 나타난다.

4. 식민지 기억과 동아시아의 소통

『그러나』는 작중 관찰자이자 화자인 김형진이 현산의 과거 행적을 둘러싸고 벌이는 동아시아 지역민들의 소통과 화해를 상상하며 만들어낸 허구적 서사다. 항일독립운동가에게서 친일 경력이 드러나고 친일부역자로 알려진 인물이 독립운동의 동지였던 자료가 뒤늦게 발견되는 과정을 제재로 삼아 '식민지의 유죄논리(colonial guilt)'에 대한 근본적인 성찰을 감행한 작품이다. 역사를 민족의 이름으로 권력화하고 전유하려는

이에 관해서는 코모리 요우이치·타카하시 테츠야 공편, 이규수 역, 『내셔널 히스토리를 넘어서』, 삼인, 1999/ 2001개정판 참조.

'민족적 무죄 논리(national innocence)'는 '가해자 민족' 대 '피해자 민족'이
라는 대립구도를 넘어서기 위한 성찰을 출발점으로 삼고 있다.

　한국사회에 현존하는 '식민지의 유죄논리'와 '민족적 무죄논리'는 '집
단적인 유죄의식'과 '세습적 희생자 의식(hereditary victimhood)'을 동시에
강요하는 한편, 이를 혈통적 가문주의 안에서 작동시킨다. 작품은 이런
측면에서 역사의 기억을 대서사에서 해방시켜 구체적이고 개별적인 개
인의 역사로 전환시켜 조망하고자 한다. 작품은 일제강점기의 독립운동
가 개인들이 감내해야 했던 고통과 절망은 과연 무엇이었는가라는 문제
의식을 담아 민족 전체의 고통으로 식민지시기 개인들의 꿈과 의지, 고
통과 전략을 추적함으로써 그들의 삶을 추상화하는 역사 전유의 욕망,
기억의 신성화를 통해 세습하는 희생자의식과 결별해야 한다는 이야기
를 만들어낸다. 민족이라는 범주에 갇힌 사고는 민족이라는 범주로만 사
고하고 행동할 뿐이라는 점을 감안할 때, 『그러나』는 바로 카스토리디아
스가 말하는 '자율성의 기획', 곧 급진적이고 새로운 상상력으로 그 상상
력을 이끄는 능력을 회복해야 함을 역설하고 있는 셈이다.[13]

　작품은 식민지 기억이라는 문제가 한중일의 서로 다른 시민주체에게
서 발화되면서 어떻게 반목을 넘어설 것인가를 놓고 벌이는 현재진행형
의 이야기다. 작품에서는 한씨 집안의 가부장적 가문주의나 반일의 기억
을 전유하려는 행태에 비판적인데 친일부역자 집안으로 알려진 서씨 일
가의 과거 복원 노력을 대비시킨다. 공공 기억으로 자리잡은 역사에 대

13　C. 카스토리디아스, 양운덕 역, 『사회의 상상적 제도①』, 문예출판사, 1994, 178-203쪽.

한 윤리적 단죄나 숭배가 실은 취약한 기반이라는 점은 망각된 것들의 호명을 통해 빠르게 무너지는 과정에서도 잘 확인된다. 이 과정은 친일과 저항의 구도가 아니라 어려운 시대를 살았던 존재들에 대한 인간적 연민과 이해, 은폐된 기억들의 재발굴을 통한 온전한 복원에서 생겨난 역사 해명의 새로운 지평이다. 한중일의 서로 다른 문화 정체성과 상이한 시각을 확인해 가며 이웃한 나라의 이웃시민으로서 과거의 기억을 소통하는 경로 만들기는 지역공동체의 성원이 될 가능성을 모색하는 이야기의 핵심이다. 이 경로는 국가와 국민, 민족과 민족주의와 같은 이데올로기에 갇히지 않는 시민 주체를 상정한다는 점에서 중요한 함의를 갖는다. 식민지 기억에 대한 인식 격차를 조정하며 상호신뢰를 구축해 나가는 지역공동체의 지평을 열어놓기 때문이다.

'과거사 진상규명법'이 발의되면서 친일 문제는 더이상 유보할 수 없는 사회 현안으로 등장했다. 장편『그러나』는 친일문제에 대한 인식의 전환을 요구하고 있다. 먼저, 작품은 사회 내부에서 친일 여부의 내막을 밝히는 것만큼이나 가족중심주의, 혈족주의의 위험성에서 벗어나 독립운동가들의 공과(功過)를 섬세하고 균형있게 살피는 작업도 절실함을 역설한다. 그 원칙은 국가기관에 의한 친일의 사법적 판단이나 기억의 공공성을 확보와는 별개로, 친일의 발생론적 배경을 심층적으로 확인해야 한다는 것이다. 나아가, 그 원칙은 한국사회 내부의 화해만이 아니라 동아시아 3국을 포괄하는 식민지 기억으로 확장된 시야를 확보함으로써 과거와 소통하는 이웃시민의 인식 지평을 공유하는 길로 확장되어야 한다.

'지금 여기'의 시점에서 친일 문제는 21세기에도 떨쳐버리지 못한 채 식민 유제에 대한 사회 내부의 합의와 이웃 나라들과의 상호이해라는 해법을 동시에 요구한다는 점에서 난제가 아닐 수 없다. 『그러나』는 식민지의 기억들을 국가와 민족의 윤리적 단죄를 넘어 경계의 안팎을 아우르는 혼종지대에서 시민 주체들의 소통이 합리성과 이성에 바탕으로 서로의 차이를 긍정하며 연대하는 것이 대안의 하나일 수 있다는 가능성을 타진한다. 국경을 넘어선 이들 시민적 주체야말로 가족에 버금가는 인간애로 연대하고 제휴하며 식민지 기억을 동아시아적 시각에서 해법을 찾는 동력이자 지역공동체의 상생과 평화를 구현하는 거점이라는 것이 작품의 주요한 메시지다.

제5부

기억과 공간

망각의 정치, 기억의 윤리

1. 봉인된 기억의 등장

세계 냉전체제의 해체 이후 한국문학의 장에서 기억의 문제가 대두하기 시작했다. 기억의 부상은 새로운 천년에 대한 두려움 같은 것이 아니었다. 침묵된 기억, 봉인된 기억의 개방이었다. 냉전체제의 엄혹한 감시와 통제가 풀리면서 망각되었거나 금기로 남았던 전쟁과 학살의 기억이 분출되기 시작한 것이다.[01] 이 새로운 징후들은 70년대 이후 등장한 분단서사와는 얼마간 변별된다. 분단서사는 전쟁과 죽음, 실향과 이산 같은 문제들을 가족의 환란과 자신의 역경 속에 담아왔다. 그러나 이 자전적

---

[01] 거창 양민학살사건이 호명되는가 하면(김원일의 『겨울골짜기』), 아버지의 좌익활동과 월북 이후의 행로가 재현되었으며(이문열의 『영웅시대』), 침묵 속에 놓여 있었던 빨치산의 기억이 전경화되었다(이병주의 『지리산』, 김원일의 『불의 제전』, 조정래의 『태백산맥』, 이태의 『남부군』 등). 이러한 재기억은 냉전체제 아래 잠복해 있던 역사의 상처, 역사의 주변부에 놓여 있던 존재들의 귀환을 보여준다.

분단서사는 민족의 차원으로 승화시킴으로써 자신을 민족의 주체로 정립하려는 일련의 경로를 거친다면, 봉인된 기억, 침묵된 기억의 서사적 발화는 분단서사가 회귀되는 민족이라는 지평과는 다른 지점으로 산포된다는 특징을 보여준다.

분단서사의 정점을 이루는 조정래의 『태백산맥』에서 이같은 면모를 발견할 수 있다. 해방정국에서 6.25전쟁의 휴전에 이르는 경과를 시간적 배경으로 삼은 이 텍스트는 냉전논리와 반공 일색의 전쟁 기억을 '민족의 균열과 정치적 실패'라는 관점에서 재구성한 뒤 민족의 역사투쟁이야말로 끝없는 현실투쟁의 진전 속에서 쟁취되어야 하는 과제라고 천명한다. 이러한 서사의 전략은 80년대 군사독재가 장악한 정치적 헤게모니와는 단절된 형태를 띤다는 점에서, '민족서사'로 회귀되는 특징에도 불구하고, 분단문제와 국가폭력의 기원을 탐색하며 공공 기억과 구별되는 저항기억을 창출하는 각별한 의의를 갖는다. 탈냉전의 시각에서 보면, 『태백산맥』이 재창조한 저항기억은 억압당한 자의 시선에서 현대사를 비판적으로 성찰하며 반공주의에 입각한 과거의 헤게모니를 전복시키는 기억의 정치학을 보여준다.

공적 기억, 공식의 역사를 벗어난 개인들의 기억들을 토대로 정체성을 새롭게 구성하려는 재기억화는 조정래의 경우에만 해당되는 것이 아니다. 분단서사의 숱한 성과들은 주변화된 기억의 호명이기 때문이다. 제주4.3사태의 비극적 상처가 가진 현재성을 보여준 현기영의 「순이삼촌」, 전쟁의 발발과 가족의 반목과 증오, 죄의식과 화해 가능성을 묘사한 윤흥길의 「장마」, 아버지의 좌익활동과 주검을 통해서 암울한 분단의 비극을 담아낸 김원일의 「어둠의 혼」, 진짓불 공포의 성장기 트라우마를 통해서 분단체제의 폭력성을 알레고리화한 이청준의 「소문의 벽」 연작 『가위 밑 음화와 양화』, 조부의 죽음과 전쟁 속에 몰락한 가족사를 회상한 이문구의 연작 『관촌수필』 등등이 구체적인 사례들이다. 이들 '기억의 서사'는 성장기에 겪은 가족사적 개인적 상처인 '직접적 체험의 자명함이 가진 불투명성'에 대한 해명을 시도한다. 이들 분단서사는 자전성의 한계를 넘어 민족의 역사에 대한 진상을 확인하기 위해 자전적 기억을 해방 이후 역사의 맥락 안에 재배치하며 분단의 비극성을 전면화했다. 이러한 기억 다시쓰기와 기억의 재배치는 금기와 침묵을 강요당해온 자전적 기억을 역사의 전면에 부각시키는 한편, 공적 기억에서 배제되거나 누락된 아버지와 그의 시대를 복원하는 것이기도 했다.

　작가들이 그려내려는 분단과 전쟁의 기원에 대한 수많은 서사들은 국가의 공공기억이나 민족이데올로기의 관점에서가 아니라 '아래로부터의 시선'을 차용하여 기억을 환기한다.[02] 이는 최근 각광받는 구술사의 관점이 문학의 영역에서는 이미 오래전부터 활용되어 왔음을 보여주는 증거이다. '아래로부터의 시선'은 역사의 전면에서는 축출되었거나 망각된 것들에 대한 재기억을 가능하게 해준다. 그 시선은 집단적 주체를 민족으로 회수하는 단일화를 거부하며 비균질적이고 분열되고 파편적인 기

02　김원일의 『불의 제전』, 『겨울골짜기』, 이문열의 『영웅시대』, 조정래의 『태백산맥』와 같은 사례들은 모두 억압당하는 자의 시선을 취하고 있다는 점에서 국가와 이데올로기를 넘어선 서사문학을 지향한다.

억들을 담아낸다는 점에서 국민국가의 시선과는 맥락이 크게 다르다. 이 시선에서 발화된 기억은 역사의 봉인을 뜯어내고 침묵된 것들을 불러내며 여러 층위에 놓인 개인들의 수많은 기억들을 활성화한다. 우리가 분단서사라고 언급하는 한국소설의 저류야말로 개인들의 수많은 비극적 기억을 통해 민족과 국가의 공공 기억과는 배치되는 기억을 양산해온 셈이다. 기억의 관점에서 보면 분단서사가 구성해온 기억은 역사적 기억과는 긴장관계를 형성하며 대립하고 민족이 전유해온 기억을 재전유하며 근대국민국가의 이데올로기로부터 벗어나는 가운데 탈냉전의 시대를 거치게 된 것이다.

2. 기억의 역사적 투쟁

한국사회에서 기억을 둘러싼 역사투쟁은 세계 냉전체제의 해체와 민주화 경로와 깊이 관련되어 있다. 80년대의 민주화 도정은 진보적인 관점을 체득하며 새로운 기억의 등장을 가능하게 만드는 조건과 새로운 패러다임을 만들어낸다. 80년대 벽두에 일어난 광주에서의 민간인 학살과 폭압적인 군사독재의 등장은 80년대를 공적 기억에 대한 전면적인 회의와 성찰의 계기로 만들었다. 80년 벽두에 일어난 광주에서의 민간인 학살은 아우슈비츠를 연상시킬 만큼 한국의 지식인들에게 "분노와 비탄과 절망, 그리고 침묵으로 점철되었던 (…) 원죄의식"[03]을 낳았다.

---

03   김현, 「보이는 심연과 안 보이는 역사전망」, 『천체에 대한 통찰』, 나남출판, 1990, 416쪽.

이 원죄의식은 80년대 내내 지속되었던 군사독재의 정치적 탄압을 견디어내며 80년대 이전과는 불연속적인 차원에서 새로운 문화적 기억을 재구성하는 동력이 되었다. 기억의 재구성은 오랫동안 지속되어온 가파른 근대화에 대한 전면적인 반성과 함께 국가폭력의 광포함이 어떤 기원에서 시작되었는가를 탐색하기 시작하는 경로를 만들어낸다.

문화적 기억의 재구성이 보여준 이러한 방향성은 광주 학살이 국가권력에 의한 폭력성과 그 태생에 대한 연원의 탐색이기도 했지만 달리 보아 정치적 자유를 쟁취하려는 일련의 행보이기도 했다. 앞서 언급했던 조정래의 『태백산맥』이 광주 학살에 전율하며 여순사태의 발발에서 6.25전쟁이 휴전하는 시간대를 서사의 대상으로 삼는 것도 실은 과거를 전유해온 헤게모니의 허위와 폭력을 적발하려는 기억의 재구성이라고 말할 수 있는 것도 이런 맥락에서이다.

"역사는 시간도, 사건도, 기록도" 아니며, "저 먼 옛날로부터 저 먼 뒷날에 걸쳐져 꿈틀거리는 생명체"라는 관점, 그리하여 "올바른 쪽에 서고자 한 무수한 사람들의 목숨으로 엮여진 생명체"[04]로 보는 관점은 광주의 역사적 기억을 근현대사에 대한 기억의 연장선에서 새롭게 인식하는 기원으로 삼는 모습에서도 잘 확인된다. 이는 민중들의 좌절과 분노, 국가권력의 폭력과 감시에 고초를 겪었던 자들의 기억을 전유하는 방식으로 나타난다.[05] 80년대 이후 전개된 역사와 기억의 투쟁이 공공기억을 단일

---

04   조정래, 『태백산맥』 10권, 한길사, 1986, 278쪽.

05   조정래, 「맞물려 돌아간 두 개의 톱니바퀴」, 『누구나 홀로 선 나무』, 문학동네, 2002,

한 국민국가의 이야기로 통제해온 사회적 규율을 깨뜨리는 중요한 계기가 바로 광주항쟁이었던 셈이다.

특정한 기억의 재구성을 통해서 국가서사는 민족을 통합하는 공통감각을 창출하고자 한다. 그리하여 사회 성원들을 국민으로 균질화하고 동원체제의 정당성을 관철시키려는 문화적 기억을 헤게모니화한다. 그러나 분단서사에 등장하는 개인들의 수많은 기억들은 분단과 전쟁을 둘러싼 공적 기억에서 누락된 것들의 귀환과 역사적 복원을 시도하며 분단의 상처를 치유하는 한편, 금기시된 기억의 봉인을 풀어내며 이데올로기를 넘어선 다양하고 혼종적인 주체를 재현해낸다. 이렇게 보면, '기억을 두고 벌이는 싸움은 현실의 해석을 두고 벌어지는 투쟁'[06]이라고 할 수 있다. 현실을 해석하는 틀은 과거를 어떻게 전유하는가에 달려 있다는 점에서 정체성 획득을 위한 문제, 정치적 헤게모니의 정당성 문제와 연계되어 있다.

기억을 다루는 최근 소설의 양상은 공공의 기억으로 회수되지 않는 잉여의 지점을 가지고 있다. 신천학살사건을 소재로 한 황석영의 『손님』(창비, 2001)가 바로 그런 경우다. 이 작품은 국가의 공적 기억에서는 은폐된, 망각된 기억의 귀환을 다루고 있다. 특정한 기억을 구성한다는 것은

98쪽.

06   알라이다 아스만, 변학수·백설자·채연숙 공역, 『기억의 공간』, 경북대출판부, 2003, 104쪽.

역설적으로 '망각의 구조화'를 의미한다. 기억의 서사적 재구성에서 일어나는 것은 은폐되고 망각된 기억 저장고의 존재다. 기억의 저장고에 붙인 봉인을 푸는 것은 남은 증인들의 몫이다. 특정한 기억을 역사화하고 공공기억을 재현하는 장소는 박물관이다. 박물관의 공공성은 국가의 이데올로기와 정체성을 규정하며 공통감각을 재현하는 전시효과를 보여준다. 그러나『손님』은 박물관에 전시된 공적 기억을 벗어나는 지점에서부터 시작한다.

이야기의 행로는 역사의 망령들을 불러내고 이들을 천도하는 굿의 형식을 원용하고 있다. 망령은 유보되었던 가해와 피해의 기억들이 책임자 처벌과 신원회복, 보상에 이르는 온전한 해원으로 이어지지 못했을 때 자연적인 시간의 풍화작용을 거슬러 현현하는 것이다. 어떤 적의도 애증도 사라져버린 고혼들에 의해 이루어지는 대화의 난장은 미 제국주의자들의 만행이 아니라 좌우익의 대결에서 벌어진 제노사이드의 진실에 육박한다.

혼령들은 목소리로만 존재한다. 그 목소리는 이데올로기의 거추장스러운 헤게모니나 증오와 살의로 가득 찬 지상의 세계와는 무관하고 또한 자유롭다. 죽어간 자기 육신의 고통을 잊어버린 채 왜 죽어야 했고 어떻게 죽었는가만 기억하고 있는 이들 존재는 피아로 갈린 채 사탄의 무리로 규정한 기독교도와 사회주의들이 갈망했던 조선의 현실 사이를 넘나든다. 이 넘나듦을 통해서 망령들이 품었던 고뇌와 열망과 죽음의 진상은 시대의 맥락 안에 재배치된다.

그러나 해원에 이르는 과정에 포함되는 것은 피해자에서 가해자로

'역할 바꾸기'이다. '역할 맞바꾸기'는 가해자가 피해자의 심정에 다가서는 것을 필요로 하고, 피해자가 가해자의 심성을 헤아리는 것을 필요로 한다. 이 과정을 거쳐서 좌우로 갈린 역사의 원혼들은 서로 헤아리며 천도에 이르게 된다. 천도의 의식은 망자들 때문에 필요한 것은 아니다. 그것은 당사자가 아닌 자들에게 남겨진 현재와 미래에 관한 문제이기 때문이다.

오랜 세월을 두고 북한 사회의 반미 서사로 왜곡되어온 신천학살의 전모는 미국이라는 타자의 책임이 아니라 민족의 내적 균열과 갈등에서 찾아야 한다는 문제성을 띠고 있다. 개화를 전후로 한 시기부터 서북 지방에서 집중적으로 전개된 선교활동의 결과, 평양은 '동양의 예루살렘'으로 불리울 만큼 토착화된다. 서북지방의 기독교 전래과정은 '마마(천연두)'처럼 '두려운 손님'으로 인식된다. "제 근본얼 알어야 복을 받는 게다."(43쪽)라는 할머니의 말처럼, 서양의 이데올로기가 가한 온갖 폐해는 근본의 망각에서 초래된 것으로 그려진다.

『손님』이 이룬 또하나의 성취는 동족간의 상호학살이라는 가해자로서의 원죄의식을 부각시킨 데 있다. 가해자의 관점과 피해자의 관점의 교차를 통해서 일구어낸 상호이해는 역사의 유보, 지연된 현재에 이르러, 소메삼촌 '안성만'의 말처럼 '가해자 아닌 존재가 없다'는 철저한 반성적 인식의 토대를 마련한다. '피해-가해의 뒤섞기'는 가해와 피해의 이분법적 도식을 용해하고 전복시킨다. 모든 비극의 원인을 서양에서 온 이데올로기라는 '손님'탓으로 규정한 조모의 역사관은 이데올로기적 대립에 대한 반외세적인 민족 심성의 토대에 가깝다.

　『손님』이라는 텍스트를 기억의 스펙트럼에 투영시켜보면 거기에는 다양한 맥락이 담겨 있다. 그 하나는 국민국가가 역사화한 기억에서 벗어난 잉여 지점의 활성화이다. 활성화된 잉여의 지점은 신천학살박물관에 걸린 학살자들의 세부내용이 전시된 기록이 미제의 학살로 규정된 부분에서 누락된 대목이다. 국가의 공공 기억이 망각을 구조화한 것이라는 사실은 기실 신천학살이야말로 동족간에 벌어진 광기와 집단살육이었기 때문이다. 해방 직후부터 시작된 폭력과 학살은 좌우익간의 증오와 반목이 되풀이되면서 광기의 극한을 보여준다.

　『손님』에서 문제적으로 재현한 부분은 공공 기억이 균열을 일으킨 지점에서 뚫고 나온 '역사의 망령'들의 목소리이다. 이 목소리는 원한과 증오를 벗어나 자신들의 시대에 반목했던 현실의 무가치함을 낭랑하게 증언하고 있다. 증언의 목소리는 기억의 봉인이 풀리면서 터져나온 것으로, 국가의 공적 기억과 경합하며 역사 안에 다시 배치되기에 이른다. 역사적 망령들의 기억은 피에르 노라가 '과거 불연속체'라고 부른 '과거를 장악해온 헤게모니'[07]의 쇠퇴, 곧 세계 냉전체제의 해체와 함께 분출되는 '기억의 활성화'라고 부를 만하다.

　그 기억은 공적 기억으로 균질화하며 국민으로 소환하려는 과거 헤게모니와 단절하면서 역사적 망령들의 목소리를 불러내어 좌우 이데올로기의 광기와 폭력을 무상한 것으로 처리하며 자신의 죽음과 상호살육을 덧없는 것으로 묘사한다. 기억은 역사의 진상을 밝히는 문제를 넘어 국

07　아리프 딜릭, 황동연 역, 『포스트모더니티의 역사들』, 창비, 2005, 259쪽.

가주의와 이데올로기의 속박에서도 벗어난다. 확실히 기억은 국민국가의 공식 역사에서 보여주는 집합기억(collective memory)과는 다른 지점으로 이행하고 있어 보인다. 그 지점은 개인이나 집단의 차원이다.

개인이나 집단의 기억은 이를테면 '문화적 기억'이라고 할 수 있다. 이들 기억은 공통감각과 국민국가의 한 구성원으로 귀속시키는 이데올로기 효과에서 벗어나 누락되었거나 은폐된 기억들을 활성화하면 망각된 것들의 귀환과 함께 기억의 번성함을 낳는다. 기억의 범람을 두고 '전망의 쇠퇴'로 보는 견해도 있지만 우리 사회에서는 그다지 설득력을 발휘하지 못한다. 냉전체제와 분단체제, 전시체제와 국가주의가 횡행했던 시절을 벗어난 지금 우리 사회에 넘쳐나는 기억의 재현은 시효가 만료되기는커녕 이제야말로 본격화되는 느낌을 주기 때문이다. 이런 맥락에서 금기시되고 봉인된 기억 저장고를 열어젖히며 좌우이데올로기의 이분법적 도식을 벗어난 기억의 재현방식은 중요한 의미를 내포한다.[08]

3. 기억의 소설화 행로

90년대 이후 기억 현상은 부재하는 아련한 과거로써 개인의 몽상 속에 하나의 상품처럼 향유되고 소비되기도 한다. 기억의 향유와 소비는

---

08 개인들의 체험을 현대사의 맥락에서 건져내어 자신만의 기억으로 된 최근의 기록으로는 유종호의 『나의 해방 전후』(2004), 이영희의 『대화』(2005), KBS영상사업단의 『8.15의 기억-해방공간의 풍경』(2005), 류춘도의 『벙어리 새』(2005) 등이 있다.

소비대중사회의 경쾌한 발걸음을 닮은 행보이다. 그 흐름을 따라잡지 못한 기억의 다른 행로는 세기말의 두려움으로 자욱하고 한결 불투명해진 전망없는 현실로 침잠해 들어간다. 어떤 경우 80년대의 연대와 열광을 애잔하게 회상했고, 어느 시구처럼 '잔치는 끝났다'는 탄식을 토로하기도 했다. 자본의 위력 앞에 한치 앞도 내다볼 수 없는 자욱한 현실세계에서 근대의 기획이나 국가, 민족의 전망은 사라진 것 같았고 그래서 불안과 소외를 토로하는 자아의 모습은 더욱 무력하고 가련하게 비춰졌다.

과거를 대면하는 방식이 소비와 향유인가 아니면 고통스러운 성찰인가. 소비와 향유의 대상으로 과거의 기억이 상품으로 전락하는 현상은 고통과 절망을 여과시킨 채 아련한 향수의 대상으로만 과거를 다룬다. 이때 과거는 상상조차 할 수 없는 전쟁과 학살, 참담한 고통과 극심한 가난에서 오는 허기들을 모두 잠재우며 오직 '돌아갈 수 없는 과거는 아름다웠다'는 언명을 되풀이하며 향수를 자극한다. 이는 보다 직접적으로 시장과 독자들에게서 문학의 위상을 축소하는 결과를 낳는다. 이런 맥락에서 조은의 『침묵으로 지은 집』(문학동네, 2003), 임철우의 『백년여관』(한겨레신문사, 2004)과 김원일의 『푸른혼』(이룸, 2005)은 기억의 소비와 향유에 맞서는 소설의 행로를 보여주는 사례이다.

조은의 소설 『침묵으로 지은 집』은, 박완서 소설이 보여주는 분단서사의 여성적 발화가 그 뛰어난 구술성에 힘입어 전쟁의 가족사적 비극과 상처를 담아낸 것과는 달리, 자기성찰적이며 자기반영적인 방식으로 여성의 침묵하는 기억을 불러낸 사례이다. 이 작품은 여성 사회학자가 자신의 분야를 가로질러 소설을 썼다는 예외성 때문이 아니라, 구술사 형식을 빌려 여성들의 발언된 바 없는 침묵된, '봉인된 기억'을 담아내고 있다는 점에서 의의를 갖는다.[09]

냉전의 시대를 거쳐온 여성들의 침묵은 반공주의의 엄혹한 규율과 따가운 시선을 견디어내고 자신과 가족들의 안위를 위해 선택한 일종의 묵비권과 같은 성격을 가지고 있다. 이 작품은 극적인 구조화라는 근대소설의 전통적 플롯을 빌리지 않고 기억의 원리, 구술생애사의 방식을 차용하여 기억을 여행하는 방식을 취하고 있다. 이는 박완서의 소설처럼 구술성으로 무장한 이야기의 특성도, 전쟁의 흉흉한 소문과 가난의 질곡에서 빚어진 성장기의 트라우마들을 모자이크처럼 정교하게 호명해낸 오정희의 소설과도 변별되는 개성을 발휘한다.

'구술생애사(ethnography)'란 이름없는 개개인들로 일구어가는 균열적이고 거대한 문화적 기억을 담아내는 작업이다. 이는 공공기억이 가진 영웅들의 승리담이나 위훈담 같은 플롯과는 달리 그 성긴 틈새 안에 존재하는 거대한 여백과 중층적인 것들로 재구성된 통합기억들을 통해서 시대 속에 놓인 개인의 일상적 기억을 복원하려는 자기성찰적인 기획이

---

09 박완서의 중간항으로 오정희의 소설을 거론할 수 있을 것이다. 오정희의 소설에서 전쟁의 외상에 대한 직접적인 거론은 그다지 발견되지 않는다. 그러나 그 트라우마는 『중국인 거리』에서 보듯, 전쟁의 풍문 속에 자라나며 경험한 궁핍과 이성에 대한 눈뜸을 통해서 여성적 성 정체성을 마련해 나가는 동력으로 작동한다. 그의 소설은 전쟁기에 경험한 트라우마에 대한 존재론적 해명과 일상적 세계의 견고함에 마멸되는 지점 사이에서 추체험과 모자이크처럼 뛰어난 묘사를 결합하는 독특한 개성을 가지고 있다. 이는 일상의 풍화 속에서 성장기의 트라우마를 담은 부유하는 파편들로 상상계와 상징계를 넘나드는 그의 소설이 가진 특색이기도 하다.

다. 텍스트가 보여주는 기억의 성찰은 이같은 구술사가 지향하는 집단심성의 복원과 그리 차이나지 않는다.

『기억』에서 지향하는 것은 전쟁이 터진 1950년 6월 25일의 다섯 살 시기부터 쉰다섯 살에 이르는 시간대를 오가는 유동성조차 특정한 시기를 절편해서 획득하는 맥락화가 아니다. 침묵 속에 놓인 기억의 파편 하나하나는 쉰다섯 살인 서술자의 추론에 힘입어 주체할 수 없는 기억의 용출로 이어지면서 하나의 느슨한 이야기들의 곁가지가 기억이라는 나무의 줄기로 접합되는 형상을 보여준다. 기억에 관한 서사의 행로는 그러니까 불규칙적이고 대단히 자의적으로 보인다. 때문에 서술의 주체는 자주 기억 그 자체라는 인상을 주기에 족하다. 기억의 봉인을 뜯어내어 그 누구에게나 묻혀 있는 침묵된 기억들로 이루어진 이 서사의 집은 개개인의 무수한 체험과 삶으로 이루어진, "아무도 말하지 않은 기억"으로 된 '여성들의 상처난 삶의 역사적 복원'이라는 집이다.

『침묵으로 지은 집』에는 성장기를 관통하며 기억해낸 친가와 외가에 걸쳐 있는 "나"의 기억들이 시간의 순서를 넘나들면서 등장하기도 하고, 초등학교와 중학교, 대학에 이르는 기간 동안 만났던 담임선생과 동창생들과 친척들의 기억이 서사의 행로에 가담한다. 『태백산맥』에서 보았던 '윤순달'이라는 인물이 어머니를 연모하여 선물로 받았던 『링컨전기』에 대한 담화를 다시 기억해 내기도 한다.

이렇게, 여성의 침묵에서 발화된 전후 사회의 투영된 아버지의 모습과 기억의 시대적 풍경은 다섯 살에 마주친 전쟁 이후 쉰다섯의 삶에 걸쳐 있는 이야기 속에서 성근대로 개인사와 시대가 절묘하게 배합되면서 하나의 풍경으로 축조된다. 그 풍경은 서술자 주변에 스쳐갔거나 주변에 걸쳐 있는 여성들의 기억이 만들어낸 개방성을 가지고 있다.

기억 여행은 과거와 현재를 넘나들면서 펼쳐내는, 거주지와 머나먼 외국땅을 오가며 축조해낸 여성들의 침묵으로 향하지만, 하나로 귀결되는 지점은 이땅의 여성들이 겪은 전쟁의 상처이다. 그 품목들만 해도 아버지의 부재, 친척의 월북, 가족 성원의 죽음, 재가(再嫁) 등등이지만, 일상에서는 결코 그 모습을 드러내지 않는 침묵된 것들이다. 이 침묵된 것들은 우연성이 지배하는 일상의 낯선 얼굴을 내민다. 그것은 현대사의 가파른 행보 속에 망각되거나 침묵해온 여성, '말할 수 없는 하위주체'들이 사회의 완강한 가부장성과 규율장치를 뚫고 억압과 침묵을 개방과 발화로 전환시키는 기억의 성 정치학을 보여준다.

김원일의 『푸른혼』(이룸, 2005)은 봉인되어 있던 기억의 다시 쓰기 작업이라고 할 만하다. '인혁당사건'의 주모자로 알려진 여덟 명의 일대기를 담담하게 기술하고 있는 이 작품은 고혼들의 목소리를 빌려 그들의 생애를 역사와 현실 안에 재배치한다. 발화되지 못한 개인들의 생애 속에 펼쳐지는 것은 해방이후의 분단 현실에서 좌우익으로 나뉜 채 자행되었던 온갖 죽음과 도저한 절망의 현실, 60년대와 70년대에 이르는 정치적 탄압과 통제된 사회에 대한 폭넓은 조망력이다. 기억은 '1인칭으로 된 최초의 이야기'라는 점에서 결정적이고 생생한 체험을 담은 것임은 분명하지만, 그것이 역사적 사실로 자리잡기 위해서는 곳곳이 생략되고 단절된 개인의 심사를 연대기로 재구성하지 않으면 안된다.

원혼들의 삶을 재구성하는 작업은 작품에서 다양한 기술방식을 통해 이루어진다. 송상진의 넋은 팔공산을 중심으로 전개된 현대사와 연계된 좌우익의 대결과 전쟁의 상흔 속에서 자신의 일대기를 회상하는 방식으로(「팔공산」), 죽음마저 함께 하는 이수병과 김용원의 우정을 보여주는 자전소설의 서정성 가득한 문체로(「두 동무」), 민주투사의 열정과 고뇌를 담은 여의남의 삶은 평전으로(「여의남평전」). 또한 서도원의 삶은 삼인칭과 일인칭을 동원하여 정치적 억압과 개인의 간절한 소망을 재현되고(「청맹과니」), 처형의 순간 사형수들의 고통과 절망을 넘어 죽음 이후 살아남은 혼들이 함께 담소하는 환상을 차용하여 압제의 고통에서 풀려난 망자들의 대담으로 형상화된다(「투명한 푸른 얼굴」). 하재완의 삶은 아내가 남편에게 보내는 편지형식을 차용하여 간절한 심정과 사법살인의 범죄성을 고발하는 방식을 취한다(「임을 위한 진혼곡」).

　『푸른 혼』이 재현하는 기억의 범위는 다양한 서사문법처럼, 식민지 시기와 근현대사의 다양한 층위와 접점을 만들고 개개인의 관점에서 일대기를 재구성한다. 이를 통해서 기억의 다시쓰기는 식민지배의 고통과 해방 이후 잉태한 분단의 구조화, 분단국가로 출발한 국민국가의 폭력 속에 희생된 개인들의 소망과 꿈이 가진 진정성을 불러내고 있다. 기억의 재구성에서 재현되는 진정성은 국민국가의 정교한 규율체계와 지배방식과 불화를 일으키며 기억의 중심을 국가 차원에서 개인과 집단의 차원으로 이행하도록 만든다. 그리하여 죽은 자들의 죽음과 봉인된 기억들이 살아남은 자들의 기억과 증언에 대한 의무를 환기하는 윤리의 문제를 자연스레 부각시킨다.

　임철우의 『백년여관』은 학살의 기억을 잊으려는 사회현실에 관한 윤리 문제를 제기한 작품이다. 글쓰기와 삶의 관계는 선택의 문제에 가깝다. 고통스러운 기억을 글로 쓸 것인지 아니면 해방적인 망각을 택해 거리낌 없이 살아갈 것인지. 이는 '기억이냐 망각이냐'의 문제로 귀결된다. 글쓰기는 기억에 대한 애도작업이고[10] 현재라는 시대에 각인된 정신적 외상에 의미를 부여하기 위해 재기억하며 파편이 된 과거를 재구성하는 고통스러운 작업이다.[11] 삶의 행로란 나날의 반복성과 욕망에 충실하게 만들며 기억에서 해방된다. 기억의 두 행로에서 작품은 고통스러운 기억의 성찰로 향한다. 작품에서 다루는 학살의 역사는 멀리 일제 식민지로부터 제주4.3사태, 6.25전쟁을 전후로 한 동족학살, 가깝게는 5.18광주항쟁으로 이어진다.

『백년여관』은 황석영의 『손님』처럼 굿의 형식을 빌리기는 하지만 천도제를 통한 화해를 지향하지는 않는다. 이 작품은 무엇보다도 학살의 기억에 대한 산자들의 윤리를 제기한다. 죽은 자들과 함께 살아가는 백년여관의 가족들은 "살아 있으나 죽은 존재"이며, 그곳의 죽은자들은 "죽었으나 여전히 살아있는 존재"들이다. 역사의 망각이 죽은 자나 다름없다는 것은 죽은 자들이 남긴 말에 그대로 담겨 있다. 기억을 폐기하지 않고 망각과 맞서는 일은 참으로 고통스럽다. 이 고통스러운 기억하기야말로 "망각하는 자에게 미래는 존재하지 않"(336쪽)기 때문에 매우 중요

---

10 하랄트 하인리히, 백설자 역, 『망각의 강 레테』, 문학동네, 2004, 307쪽.

11 호미 K. 바바, 나병철 역, 『문화의 위치』, 소명출판, 2002, 139쪽. 도미야마 이치로, 임성모 역, 『전장의 기억』, 이산, 2002, 131쪽 재인용.

한 문화적 실천이다.

유폐당한 낙도를 배경삼아 펼쳐지는 학살의 기억은 일제시기로부터 제주 4.3사태, 여순사태, 6.25전쟁, 베트남전쟁의 상흔까지 아우르며 80년 광주의 기억에까지 이른다. 고난스러운 100년이라는 시간대와 낡고 허술한 여관 이미지는 역사의 시간과 삶과 죽음이 거쳐가는 임시적인 거처, 전쟁과 학살의 상처로 앓고 있는 존재들을 묶어가게 하는 역사의 상상적 공간임을 말해준다. '백년여관'에는 모두가 상처받은 그리하여 산자이되 죽은 삶을 살아가는 자들이 기거하고 있다. 긴 학살의 여정은 한국사회에서 기이할 만큼 제대로 거론조차 된 적이 없었다. 작품에서 침묵과 망각은 학살의 기억이 여전히 살아있는 현실, '사실이 아닌 현실'로 그려진다. 원혼에 대한 기억마저 시효 만료된 것으로 망각하려는 사회적 속단은 '살아있으나 죽은 존재들'임을 뜻한다.

광주항쟁 때의 죄의식을 품고 살아가는 작가인 서술자와 K, 순옥과 은희, 자신을 제외하고는 집안식구 모두를 잃어버린 강복수, 자신의 기억을 잃어버린 재미교포 사내 요안, 월남전 때 팔 하나를 잃고 돌아온 알콜중독자 문태, 조천댁 등이다. 작품은 일대기에 걸맞는 회상을 거쳐 현대사의 참담한 비극들을 토로하는 기억의 고통스러운 장을 만들어낸다. "망각이 유일한 구원"이지만, 그것이 불가능한 현실이 살아남은 자들의 내면이다. "망각할 수 없는 한, 그 지옥에서의 시간들은 결코 과거가 아니었"(17쪽)던 것이다. 작품에서 "상기(remembering)란 내적 성찰이나 회고처럼 평온한 행위가 결코 아니다. 오히려 그것은 현재라는 시대에 아로새겨진 정신적 외상에 의미를 부여하기 위해서 조각난 과거를 다시 일깨워(re-membering) 구축한다고 하는, 고통을 수반하는 작업"[12]이다.

그러한 점에서 죄의식으로 번민하는 서술자인 작가의 고해성사, 잃어버린 기억을 찾아온 요안의 간절함, 망각할 수 없는 기억의 저주에 속박당한 강복수의 곤고한 삶은 학살의 기억을 가진 생존자들의 각양각색이라고 말해도 좋다. 생존자들은 혼자 살아남았다는 죄의식을 남기고 트라우마로 인한 정체성의 상실을 초래하며 상처로 고통받는다. 기억과 망각은 단절된 게 아니며, 기억의 시효만료를 주장하는 것은 기억에서 해방되기를 바라는, 자본주의의 향락과 소비에 포획당한 자들의 발언에 지나지 않는다. "난 세상을, 이 놀라운 망각과 배반을 용서할 수 없"고 혼자 살아남으려 했다는 "자신을 용서할 수 없"(305쪽)다는 말은 『백년여관』에 담긴 기억의 윤리학의 본질이다.

4. 기억의 번성과 문학이라는 영구혁명

한국문학에서 목격되는 기억의 번성을 두고 과거를 장악해온 권력과 헤게모니가 무너지고 대안이 사라진 현실을 반영한 것이라는 견해는 그다지 설득력이 없어 보인다. 역사와 기억의 재구성은 소비와 향유의 지점에서가 아니라 인간의 자유를 쟁취하려는 정치적 미적 투쟁이라는 점에서 그러하다.

지금 우리 소설에서 모색되는 기억과 관계맺기는 다양한 모습이다.

---

12   호미 K. 바바, 나병철, 『문화의 위치』, 소명출판, 2002, 139쪽.

냉전체제의 종식과 함께 터져나오는 증언의 목소리는 외면한 채 가벼운 행보를 밟는 경우도 적지 않다. 하지만 이는 과거의 헤게모니에서 풀려난 후일담문학의 피로증상에 지나지 않는다. "역사가 그 기초를 두면서 다시 길러내기도 하는 기억은, 현재와 미래에 복무하기 위해 과거를 구해내"는 데 의의가 있다면, 그리하여 "집단적 기억이 인간의 예속이 아닌 해방에 복무할 수 있도록 행동"[13]하려면 기억의 소설적 생산은 이제 마악 그 행보를 시작하였다고 보는 편이 옳다. 전쟁과 학살의 기억을 따분해하며 비루하고 사소하며 기이한 것들에 기울이는 관심은 문학의 본령이 아니다. 이는 문학 본연의 진지한 모색을 포기하고 대안찾기에 손을 놓은 채 시장과 독자를 잃어버린 조바심이 자본과 상업주의에 포획당한 증거로 보아야 한다.

기억과 관련하여 작가는 누구인지를 다시 정의해볼 수 있을 것이다. 그는 바로 "'사건'을 체험하였고, 그 '사건'의 내부에 있었기 때문에, 그래서 '사건'의 폭력을 지금도 계속하여 겪고 있기 때문에, 그 사건에 대해 말할 수 없는 자들"[14]을 대신해서 말하는 존재이다. 체험이라는 개개인의 기억은 신체에 새겨졌으나 표상불가능함을 제기한다. 언어로 재현된다고 해도 거기에는 늘 사건 외부에 존재하는 잉여 때문에 사건의 내부를 관통하지 못한 채 끝없이 미끄러지는 운명이 자리잡고 있어서 표현불가능성이라는 운명을 넘어서지 못한다. 체험의 표현불가능함이라는 운명

---

13   르 고프, 역사와 기억, 99쪽, 아리프 딜릭, 앞의 책, 100쪽 재인용.

14   오카 마리, 김병구 역, 『기억·서사』, 소명출판, 2004, 149쪽.

성을 넘어서 대신 증언하려는 자가 바로 작가이다. 작가에게 기억은 망각의 정치와 맞서고 현재와 미래에 복무하며 정치적 자유와 해방을 쟁취하기 위한 프로젝트의 질료이다. 집단기억의 재창조와 재구성을 통해 문학은 역사와 기억을 다시 쓰는 영구혁명의 도정을 걷고 있는 셈이다.

기억의 귀환과 역사의 분화
후기근대사회와 역사소설의 동향

1. 역사와 기억

　냉전사의 수장 존 루이스 개디스는 『역사의 풍경』에서 "역사가는 구성된 기억을 통해 과거를 통제"하며 "통제 불가능하기 때문에 창피하거나 무서운 기억보다는 구성된 기억을 더 선호한다."[01]라고 언급한 바 있다. 역사가와 달리, 작가는 역사의 구성된 기억을 관문으로 여기면서 과거와 현재 사이에 놓인 시공간의 간극을 넘어서고자 한다. 그는 역사라는 과거로부터 예표론(typology)적 전사(前史)를 추출하여 자신의 시대가 요구하는 정치적 사회문화적 관심사들과 결부된 '개인과 집단의 서사'를 새롭게 다시 쓰는 존재이다. 지금의 작가들에게 역사의 기록이란 부재하는 침묵과 모순논리들, 과장과 축소와 덧칠된 수사학적 표현, 텅빈 기호

01　존 루이스 개디스, 강규형 역, 『역사의 풍경』, 에코리브르, 2004, 204쪽.

에 지나지 않는다.

작가는 역사가들이 축조한 민족과 국가의 정체성에 관한 신화의 아우라를 거두어내고 추문으로 얼룩진 원래 판본을 찾아내어 기념되지 못했던 인간의 수많은 운명을 반추하는 존재다. 그러니까 작가가 역사소설에서 상상의 거점으로 삼는 역사의 기록들은 대체로 절대유일의 권위를 가진 대문자 텍스트가 아니라, '기억의 퇴적물' '유동적이고 불친절한 소문자 텍스트'이다. '대문자로서의 역사'가 쇠락한 지금의 현실에서 역사는 '사실'의 편린에 지나지 않는다. 역사는 수많은 기술물의 격자인데 그 사이에 뚫려 있는 여백에 자리한 수많은 침묵과 부재와 잉여를 응시하고 통찰하는 대상일 뿐이다. 그런 까닭에 지금의 역사소설은 '통제불가능하고 창피하거나 무서운 기억'을 다시 쓴 '문화적 사건'이라 할 만하다.

2000년대 이후 활발하게 나타나는 소설의 역사 호명은 '현재의 전사로서의 과거', '역사적 총체성의 형상화', '역사적 충실성' 등과 같은 기존의 정의와는 무관하다. 역사는 민족의 기억, 국가의 자랑스러운 공적 기억으로 전승되면서 사회 성원들에게 소속감을 부여하였으나 다른 한편으로는 억압과 통제의 기제이기도 했다. 보편 진보의 역사관을 폐기한 탈근대의 역사의식은 무엇보다도 국민국가 또는 민족의 서사를 표방해 온 역사소설의 관습과 결별한다. 이런 상황에서 과거를 향수의 대상으로 삼아 소비대상으로 전락시켜버렸다는 개탄도 낯설지 않을 만큼,[02] '기억

---

02 역사학 내부에서 역사의 위기 및 역사의식의 쇠퇴를 논의한 유용한 견해로는 하비 케이, 오인영 역, 『과거의 힘』, 삼인, 2004, 37-65쪽 참조할 것.

의 문화 산업'은 번성중이다.[03]

　최근 소설에서 '역사'는 혼돈의 현실, 미래에 대한 불안과 같은 당대사
회가 직면한 문제들과 직간접적으로 관련된 알레고리적 현실에 가깝다.
한국사회의 경우 지난 10년 동안 '기업사회'[04]로 가파르게 이행하였고,
전례없는 사회 양극화, 현실정치에 대한 환멸, 전망의 불투명성에 직면
하게 되었다. 이제 사회는 시장중심주의와 '상시화된 투자환경에서 살아
남을 비상조직'으로 재편된 '식민화된 기업사회로서의 환경'으로 진입했
고 경제적 효율성의 기치 아래 사회 성원들의 자발적 동의를 강요하면서
무한경쟁의 장으로 내몰렸다.[05] 후기 근대의 속도와 경쟁 시스템은 '문화
의 시장중심주의'를 낳으면서, 과거를 소비하는 방식은 더욱 신속하고
효율적으로 과거를 상품화하는 문화시장의 조건을 구비해 놓았다. 그 결
과 대중 미디어에 의한 과거의 향유는 공적 기억의 반복적 계승이라는
맥락에서 벗어나 과거를 소비하는 문화상업주의와 유행을 창출하게 되
었다. 국가가 행사해온 역사라는 공공기억의 독점권조차 대중미디어에

03　팩션을 표방하는 퓨전역사 드라마의 정황을 떠올려 보면 거기에는 역사라는 과거의
　　소재 활용이 대단히 편의적이고 자의적이어서 우려할 만한 점이 전혀 없지는 않다. 사
　　실(史實)의 진위 여부는 그다지 문제될 게 없다는 대중문화의 과거 향유는 소비 유통의
　　상업주의와 연관되어 있다는 데 문제의 소지가 있다. 정사이든 야사이든 과거 기록에
　　대한 대중문화의 접근방식은 상품으로서의 가치와 성패 여부에 좌우되는 전략에 기초
　　해 있다. 이는 달리 말해 역사를 콘텐츠로 간주하고 가공하고 유통시키는 상품의 정치
　　경제적 구조를 내장하고 있음을 시사한다.

04　김동춘, 『1997년 이후 한국사회의 성찰』, 길, 2006, 5쪽.

05　김동춘, 같은 책, 16-17쪽.

게 양도하고 만 형국이다.

드라마 『불멸의 이순신』은 이순신의 인간적 측면을 다룬 소설에 바탕을 두고 있으나, 사회적으로 수용되는 텍스트 효과는 크게 달랐다. 드라마는 독도사태로 인해 조성되었던 한일관계의 긴장 국면에 편승하여 대중의 지지를 획득하는 민족서사로 기능했던 것이다. 드라마의 발빠른 변신과 대응은 '과거라는 기억의 활용'을 감행하는 기억산업의 전형적인 사례를 보여준다.

중종 때의 여걸 정난정을 등장시킨 『여인천하』, 조선조의 의녀를 등장시킨 『대장금』, 여자 포교를 소재로 한 『다모』, 궁정 내시를 주인공으로 삼은 『왕과 나』 등등이 지향한 문화 전략도 그다지 다르지 않다. 위악한 경쟁자(반영웅)가 만들어낸 위기를 천신만고 끝에 극복하며 마침내 왕의 총애를 받는 어의(御醫)로 승격하는 『대장금』은 여성 출세담의 새로운 전형으로 등장했다. 이 드라마는 지구촌의 많은 지역에서 신드롬을 불러일으켰다. 이는 남성의 가부장적 질서를 극복한 여성 승리자의 이미지가 호소력을 발휘한 경우이다. 역사드라마가 지향하는 지점이 역사 기록의 주류에 속하지 않았던 조선조의 전문직 여성이나 내시 등, 호기심에 바탕으로 은폐된 문화를 발굴하여 상품화하는 데 주력하는 것도, 문화 대중보다도 앞서서, 문화 향유의 기대지평을 만들어내면서 열광하는 독자층(폐인)을 창출해내는 문화상업주의의 또다른 면모이다. 「대장금」의 성공과 함께, 드라마화된 저본의 작가인 박종화, 정비석의 통속역사소설이 해외에서 활발하게 번역 유통되는 상황으로 발전하고 있다.

대중문화의 속도와 경쟁시스템에 비해, 문학은 사회와 개인의 성찰, 역사에 대한 통찰이 근본적이기는 하나 언제나 사후적이다.[06] 그런 만큼 역사소설이, 동시대의 과도한 압력을 벗어나 미디어에서 유통하는 과거 소비방식을 차용한 것이라는 논란도 끊이질 않는다. 지금의 '역사소설 열풍'을 놓고 '공통감각이 사라진 시대에 먼 과거의 역사에서 찾아낸 보편적인 소재로 현재를 향해 발화하는 알레고리적 방식'으로 해석하거나, '다매체 시대의 문학이 생존을 두고 벌이는 수세적 응답'이라는 비판적인 입장도 있다.[07] 문제의 본질은 왜 '지금 여기에서 역사가 호명되는가'이다.

　과거로서의 기억을 호명하는 공식은 따로 존재하지 않는다. 그러나 방대한 양의 과거가 번성하는 현실에서 역사의 면모는 '구성된 기억'과는 달리, 수많은 하위 단위 역사의 개체성으로 나타난다. 이는 아날학파 이후 발화되지 못한 하위주체들에 대한 관심, 국민국가와 민족이라는 대주체의 역사 정전에서 해방된 외전(外典)에 관한 높은 관심을 반영하고 있음을 뜻한다. 이것이야말로 거대서사의 쇠퇴에 따른 후기 근대의 현실이 가진 현상의 본질에 해당한다.

　역사를 차용하는 소설에는 대중문화에서 자주 발견되는 황금기에 대한 향수나 성공담이 부재한다. 대신, 역사를 기호로 전유하면서 '지금 여

06　조정래의 『오 하느님』은 지난 2005년 12월에 방영된 다큐멘터리 2부작 「노르망디의 코리안」에 비해 15개월이나 뒤늦게 간행되었던 점만 보아도 그러하다. 문학이 수행하는 과거의 발견과 기억의 재배치는 대중문화의 상품성 제고를 위한 속도경쟁과는 도무지 상대가 되지 않는다.

07　이들 소설이 대중적 관심을 반영한 것이라는 비판도 있다. 정여울, 「패션적 글쓰기와 미디어 친화력」, 『문학과사회』 2007 가을호 참조. 정여울, 앞의 글, 301쪽.

기'에서 생겨난 상처와 좌절, 죽음과 삶의 경계, 절체절명의 위기들이 부
각되는 현상이 두드러진다. 이 글은 바로 이 문제, '호명되는 과거로서의
역사가 기호로 전유되는 면모'가 최근 역사소설에서 주목해야 할 키워드
라는 관점에서 출발하고자 한다. 그리하여 이 글은, 2000년대 전후 역사
의식의 변화에 따른 '기억의 부상이 초래한 역사소설의 분화'를 짚어본
뒤 최근의 몇몇 사례를 놓고 '망각된 하위 주체들의 호명'과 '역사의 알
레고리화'라는 문제를 논의해 볼 것이다.[08]

2. 기억의 귀환과 역사소설의 분화

구성된 공공기억의 균열내기, 이데올로기적 시각의 확장은 조정래의
『태백산맥』에서 하나의 분기점을 이룬다. 이 작품을 필두로 해방 이후 남
북 분단사에 대한 역사적 기억은 민족의 서사나 국민국가의 공적 차원에
서 벗어났기 때문이다. 『태백산맥』의 성취 하나는 그동안 발화되지 않았
던 좌파와 진보세력의 역사적 기억을 복원하며 이데올로기 스펙트럼의 외
연을 확장한 데 있다. 이 작업은 국민국가의 성원으로 포섭되지 않는 하위
단위의 계급적 성원들이 침묵해온 기억을 역사적 기억과 경합하도록 만들
었다. 이 지점에서부터 역사와 소설의 관계는 다시 설정되기 시작했다.

---

08 텍스트는 김원일의 『전갈』(실천문학사, 2007), 조정래의 『오 하느님』(문학동네, 2007), 김훈의
『남한산성』(학고재, 2007), 김경욱의 『천년의 왕국』(문학동네, 2007)이다. 이하 텍스트의 쪽수
만 기재함.

역사를 전면적으로 다시 보고 새로 쓰려는 사례의 하나로는 『남과 북』 (홍성원)의 개정작업을 꼽을 수 있다. 『육이오』라는 제목으로 70년대 초반에 연재되었던 이 작품은 1978년에 간행되었으나, 당시의 엄혹한 현실에서는 전쟁의 전모를 취급할 수 없는 제약과 한계를 지니고 있었다. 작가는 "냉전 체제의 이데올로기가 서슬 푸르게 살아 있던 1970년대에" "당시 허용되던 북한에 대한 표현의 상한선"을 고려하여 "당국에 의해 철저히 도식화된 반공 가이드라인"[09]에 따라 전쟁을 남한 중심의 시각에서 서술하는 한계를 벗어나지 못했다. 이후 작가는 개정판에서 탈냉전의 추세에 걸맞게 전면적인 수정을 거쳐 남북의 시각을 함께 담아내고, 중국의 관점까지도 보완함으로써 전쟁의 다양한 시각을 포괄할 수 있게 되었다.[10]

80년대 진보적 관점의 등장과 함께 문학사에서 매몰되었던 식민지시기와 해방 전후의 기억들이 분출하는 가운데 기억의 재배치가 활발했던 90년대의 상황을 감안하면, 2000년대 초반 역사소설의 흐름이 하위주체들의 침묵하는 기억을 활성화하는 모습은 그리 이상하지 않다.[11] 황해도

09　홍성원, 「보완과 개작에 대한 짧은 해명」, 『남과 북』 1권, 문학과지성사, 2000개정판, 6쪽.

10　상세한 논의는 강진호, 「반공의 규율과 작가의 자기검열-'남과 북'(홍성원)의 개작을 중심으로」, 『상허학보』 15집, 상허학회, 2005를 참조할 것.

11　냉전체제의 해체 이후 역사적 기억에 대한 소설의 도전은 90년대부터 시작되었다고 해도 크게 틀리지 않는다. 자전적 기억에 충실하여 아버지의 사상적 선택을 민족의 역사적 과오로, 6.25전쟁을 광기의 표출로 그려낸 김원일의 『불의 제전』, 오빠의 사상적 전력을 토로한 자전적 서사인 박완서의 『그 많은 싱아는 누가 다 먹었을까』(1992) 『그 산이 정말 거기 있었을까』(1995), 변절한 독립운동가의 삶을 통해 식민지 상처의 치유를 국가의 차원에서 아니라 한중일 시민공동체의 상호소통과 화해과정으로 제안하고 있는 홍성원의 『그러나』(전2권, 문학과지성사, 1996) 등이 민족과 국민의 공공 기억에서 벗

신천학살사건을 통해 국가의 공공 기억과 개인의 침묵된 기억의 불편한 공존을 재확인시킨 황석영의 『손님』(2001)과 설화를 기반으로 동아시아 근대의 역사를 다시 쓴 그의 『심청』(2003), 20세기 벽두 멕시코 에네켄 농장으로 이주한 조선인들의 이민사에서 근대국가의 통념 자체를 전복시킨 김영하의 『검은 꽃』(2003) 등은 국가의 공적 기억과 통념, 근대성 일반에 대한 밀도높은 성찰을 보여준 경우이다. 또한 억압적인 반공 냉전체제에서 살아남기 위한 여성들의 생존본능에 기인한 침묵된 기억들을 발화하며 '여성적 성찰소설'을 표방한 조은의 『침묵으로 지은 집』(2003), 지난 100년간 한반도에서 자행된 학살의 잔혹한 역사를 넘어서기 위해 장엄한 천도제의를 거행하는 임철우의 『백년여관』(2004), 좌익가족의 학살에 대한 유년의 기억을 순례하는 문순태의 『41년생 소년』(2005), 국가폭력과 사법살인을 고발하고 있는 김원일의 『푸른 혼』(2005) 등은 역사를 하위주체의 위치에서 '발화되지 못한 기억'으로 다시 쓴 사례이다.

역사적 기억에 대한 소설의 도전이 공적 기억과의 인식론적 간극을 더욱 넓혀 역사의 주변부에 보다 많은 관심을 갖는 것은, 망각된 역사를 호명하면서 박물관에 전시된 '구성된 기억'을 균열내는 작업이기 때문이다. 공공기억의 균열내기는 『손님』이나 『백년여관』, 『푸른 혼』에서처럼 역사의 망령을 등장시켜 '기억을 고통스럽게 현재화하는'[12] 작업이다. 역사의 망령과 나누는 대화는 동족학살이라는 역사의 원죄와 대면시키며

어난 현대사와 관련된 소설적 사례로 꼽을 만하다.

12　호미 K. 바바, 나병철 역, 『문화의 위치』, 소명출판, 2002, 139쪽.

망각과 지연에 따른 응답의 윤리를 요청한다. '기억 여행'[13]은 유소년기
의 기억에서 발화되지 못한 좌익가족이나 여성, 사형수 같은 하위 주체
들의 '선택적 침묵'과 '선택적 말하기'[14]를 전경화한다. 이를 위해 작품에
서는 회상과 고백, 대화와 증언, 자유연상, 일기와 편지, 천도제 같은 다
채로운 문화적 소통 방식을 구사한다. 구성된 기억 아래 놓여 있었던 통
제 불가능한 기억이 새로운 원천이 되는 양상은 신화와 통념으로 군림해
온 공공 기억의 단일성을 익명의 개인들의 수많은 기억들이 빚어내는 다
성성으로 재배치한다. 그 결과, 기억의 귀환은 국가와 민족의 기억이 가
진 단일성을 벗어나 역사가 포괄하기 힘들 만큼 기억의 팽창을 초래한
다. 그리하여 역사의 끈은 개별화된 수많은 실타래로 다시 묶여져 새롭
고 다양한 하위 역사들을 만들어낸다.

3. 망각된 하위 주체들의 호명—『오 하느님』과 『전갈』

　조정래의 『오 하느님』은 연합군의 노르망디 작전에서 찍힌 조선인의
사진 한 장에 대한 의문에서 시작하는, 제국의 틈바구니에서 살다간 존
재의 망각을 고통스럽게 일깨우는 역사의 희생자 이야기이다. 이 이야기
는 인간 계몽의 기획이나 민족서사와 완전히 절연된 것은 아니지만 민족
과 국가의 경계를 넘어서 전지구적 차원으로 국가권력과 2등 국민의 역

13　조은, 『침묵으로 지은 집』, 문학동네, 2003, 307쪽.
14　조은, 「차가운 전쟁의 기억」, 『한국문학연구』 26집, 동국대 한국문학연구소, 2005, 7쪽.

사를 재성찰하도록 만든다. 지금도 세계 도처에서 계속되는 민족 분쟁과 인간 학살, 이주의 문제, 자국의 이익과 관련된 냉혹한 국제 정치 역학이 성찰의 유효성을 입증한다.

작품에서 신길만의 인생 행로는 식민 지배하에 놓인 약소민족의 무력한 개인, 제2차 세계대전의 와중에서 불가항력적인 상황에 휩쓸리는 비인간적 조건의 극한을 보여준다. 그는 식민지 조선의 소작인 아들로 태어나 일제에 징집되어 만주 관동군에 입대한다. 그는 내몽고의 노몬한 전투에서 소련군에게 포로가 된다. 소작인에서 관동군의 인간방패가 되기까지 그는, 귀환하면 동네 서기로 취업시켜 주겠다는 일제의 회유를 받아들일 방도 외에는 달리 없는 하층민이다.

제국 일본의 역사에서 국민 동원의 레토릭은 '희생의 논리'를 '국민의 논리'로 치환한다(이를 두고 다카하시 데쓰야는, '야스쿠니 논리'라고 말한다).[15] 하급 전투원에게 전원옥쇄를 명령하는 일본군 장교의 명령은 신길만을 비롯한 식민지 조선인 병사들을 사물화하는 제국 일본의 광포한 '국민의 논리'를 잘 보여준다. 포로에서 군인으로, 군인에서 포로로 부침을 거듭하는 역사의 희생자이다. 미군에게 사로잡힌 사진 속 '독일군 소속 조선인' 신길만의 기구한 인생유전에 대한 이야기는 소련 귀환후 고려인들과 함께 총살되기까지, 제국의 틈바구니에서 살아간 식민지 조선인의 이방인이자 타자로서의 비극적인 면모를 재현하고 있다.

신길만의 개인사는 '희생의 논리'로 포장된 국민의 역사, 교훈을 전수

---

15   다카하시 데쓰야, 이목 역, 『국가와 희생』, 책과함께, 2008, 109-111쪽.

하는 역사의 장으로 포섭되지 않는 부재와 잉여의 지점이다. 식민지 조
선인의 잊혀진 삶을 통해서 전쟁이라는 비상사태와 함께 정교하게 작동
하는 국가권력의 규율장치는 비인간적 처사와 잔혹한 야만성을 가진 도
구화된 이성으로 고발하고 비판된다. '신길만'을 비롯한 식민지 조선인
들의 삶이나 고려인들의 이주와 희생은 근대국가의 공공 기억이 과연 인
간적 삶을 고양시키는 영광의 전통인가를 반문하게 만든다. 영토 팽창에
골몰했던 제국의 시대에서 역사의 망령을 불러내는 소설가의 작업은 제
국의 근대가 보여준 야만성을 되새기는 한편, 발화되지 못한 희생자들의
죽음과 고통을 불러내어 이들의 소박한 인간적 소망을 현재화한다.

　한편, 김원일의 『전갈』은 침묵해온 하위주체의 희생담이 국가의 경계
나 지역성을 넘어 공간적으로 확장되는 만큼, 개인의 침묵당한 기억이 증
언이라는 구술사적 방식에 의해 새로운 역사소설의 가능성을 보여주는
경우이다. 작품은 은둔성과 자족적인 삶을 살아가는 하층민을 '전갈'의 이
미지에 빗대어, 공적 기억으로서의 역사와 자족적인 개인의 삶 사이에 놓
인 간극, 역사의 영웅과 이름없는 개인의 비대칭성을 부각시킨다. 작품은
근대 초기로부터 2000년대 후기 산업사회에 이르는 장구한 시간대를 무
대로 삼아 조부와 부모, 아들 등 삼대에 걸친 상처를 담아낸다.

　주인공인 손자는 회장 부부 납치 살인에 연루되어 투옥된 뒤 감옥에
서 조부의 삶에 관심을 갖는다. 손자에게 조부의 삶은 "대한독립군 출신
으로 치켜세울 때는 무용담이 과장되고, 당신을 비하할 때에는 반벙어리
에 빨갱이"(19쪽)로 거론되는 상반된 평판으로 각인되어 있다. 그의 호기
심은 공식 역사에 편입되지 못하는 하위 주체의 자기 정체성 해명으로

이어진다. 손자는 전과의 전력을 가진 조울증 환자이다. 그는 후기 산업
사회의 병리적 증상을 가진 존재이지만 가족의 되풀이된 비극이 어디에
서 연원하는지를 탐사하는 역할을 부여받은 존재이다. 그가 수행하는 불
행에 대한 근원 탐사란 역사 본래의 임무와는 거리가 있다. 역사는 영웅
적 개인들의 삶과 민족의 명운만을 기술할 뿐 범속한 개인의 삶을 돌아
보지 않기 때문이다.

　손자에 의해 밝혀지는 조부의 실체는, 역사의 광포한 소용돌이에 유
린당한, 역사적 개인들이 침묵해온 수많은 불행과 함수관계를 이룬다.
부족한 사료를 뒤지고 증언을 통해서 재구성되는 조부의 불행과 전락은
항일투쟁의 대열에서 탈락한 뒤 동료의 죽음에 대한 죄책감으로 혀를 깨
물어 자살을 시도했다는 것, 혀짤배기가 된 처지에서 혹독했던 식민지
말기를 관동군의 주구로 연명했다는 것 등등으로 요약된다. 조부의 생의
부침은 매끄러운 역사 기록에서는 기술 불가능한 이면에 해당한다. 조부
의 이같은 전락은, 방치되다시피 어린 시절을 보낸 아버지에게로 이어
져, 산업화되는 세상과 맞서다가 팔 하나를 잃고 전락을 거듭하게 만들
기도 한다. 또한 그 불행은 처녀시절 아버지의 완력으로 억지결혼을 하
였던 어머니의 불행으로 확산된다. 아들 또한 개장수 시절 아버지의 광
기어린 눈빛에 충격받아 조울증에 시달리며 우울한 청부폭력배로 자라
난다. 역사의 음화는 조부의 상처와 전락이 세대를 넘어 유전되는 비극
을 재현해낸다.

　작품은 역사 기록의 탐문, 주변사람들의 증언으로 하위 주체의 역사
이면에 한발 다가선다. 이 발길은 광포했던 역사의 격랑 속에 혹독하게

전수되어온 가족사의 불행에 대한 정체의 확인으로, 망각된 하위 주체들의 삶으로 향한다. 특히 작품에서는 하위주체의 역사적 자취를 탐문하며 자유연상되는 자신의 기억들과 어울리며 기억의 중첩과 개방이라는 효과를 획득한다. 기억을 역사 안에 기입하는 작업을 통해서 후속세대는 비극의 고리에서 벗어날 힘을 축적하는 셈이다.[16] 『전갈』은 이렇게 구술사의 방식을 차용하여 하위주체의 조각난 삶을 퍼즐처럼 조합해 나간다. 작품에서 조부의 행적은 항일운동사와 변절의 역사가 서로 겹쳐지고 해방과 분단의 역사 행로에서 일탈하면서 공적 기억과 만나기도 하고 멀어지기도 하면서 역사의 잉여 지점을 성찰하게 만든다.

　『오 하느님』에서 역사에 대한 통찰은 근대국가의 폭력과 억압에 대한 '역사가로서의 작가'의 면모이다. 그는 식민지 조선인의 희생을 통해서, 근대 제국이 동원한 '국민의 논리'가 '희생의 논리'에 주목하는 전지적 시점에 입각해 있다. 작가는 그리하여 국가권력이 연출하는 비인간적 처사와, 불가항력적으로 소환당하는 개인의 비극적 운명을 거대한 아이러니로 병치시키며 근대국가의 폭력을 고발, 비판한다. 반면, 『전갈』에서 역사의 전경화는 자기 정체성에 대한 문화인류학적 구술방식을 취한다. 작품에서 조부의 생애 탐문은 기념되는 기억과 부끄러운 기억이 서로 뒤엉킨 모순형용의 맥락에서 현재까지 계승된 상처와 불행의 인자들을 대

16　하위 주체의 침묵당한 기억을 귀환시키는 작업은, 역사의 권위 상실을 암시라도 하듯이 죽은 역사학도의 아내인 지방 도서관의 여자 사서의 조력과, 전문작가가 아닌 작가 지망생의 도움을 받으며 마무리된다. 이렇게 만들어진 조부의 생애사는 그러나 역사 기술의 변방에 놓일 수밖에 없으므로 책으로 간행되지는 않는다.

상화하는 방식을 취한다. 이로써 존재의 정체성을 확인하며 자기 치유로
나아가는 제의절차로 이행해 나간다. 『전갈』에서 '망각된 것의 호명'은
역사의 망령에 대한 응답과 책임의 윤리를 보여주는 상상적 행위이다.
또한 이 기억의 서사는 세계 도처에서 일어나는 민족 분쟁, 자국의 이익
에 따라 방관하거나 개입하는 냉혹한 국제정치에 보여주는 국가이성의
인종정치와 야만성과 맞서는 저항 담론의 가능성을 열어젖힌다.

4. 역사의 알레고리화─『남한산성』과 『천년의 왕국』

『남한산성』에서(또는 『칼의 노래』와 『현의 노래』를 포함해서) 호명되는 역사는
삶과 죽음의 경계지점, 전쟁과 정치적 현실과 일상이 극한적으로 대치하
는 혼돈의 현실을 환유하는 알레고리에 가깝다. 역사소설의 관습에서 보
면 이같은 경향은 역사의식의 변화에 부응하려는 구체적인 징표로 읽을
수 있고, 역사의 문맥을 뒤흔들어 부재와 잉여의 역사를 허구적으로 재
구성하는 소설의 자기갱신으로 읽을 수도 있다. 어찌되었건 간에, 작중
현실은 사실(史實)이라는 격자 안에 놓인 맥락을 허구적으로 변경시키고
있다. 허구의 산물이라는 점을 강조하는 작가의 발언에서도 알 수 있듯
이,[17] 『남한산성』은 역사의 기록을 바탕으로 삼지만 허구적 진술이 역사

---

17 작가는 작품집 「일러두기」에서 "이 책은 소설이며, 오로지 소설로만 읽혀야 한다"는
것, 실명의 등장인물에 대한 묘사가 "그 인물에 대한 역사적 평가가 될 수 없다."라고
쓰고 있다.

의 내용을 압도한다.

　작중현실은 제국의 강력한 기마병이 왕성까지 코앞에 진격하여 위태로워진 전쟁이라는 비상사태를 그려낸다. 산성으로 들어가 성문을 걸어 잠근 뒤 신료들 간에 벌이는 대의정치의 단면은 "기름진 뱀"과 "흐린 날의 산맥"(9쪽)으로 요약된다. "말로써 말을 건드리면 말은 대가리부터 꼬리까지 빠르게 꿈틀거리며 새로운 대열을 갖추었고, 똬리 틈새로 대가리를 치켜들어 혀를 내"미는, "혀들은 맹렬한 불꽃으로 편전의 밤을 밝혔다."(9쪽)라는 표현처럼, 작품에서 공들여 재현되는 것은 역사의 현실이 아니라 '말의 정치적 풍경'이다. 말은 화전과 주전을 놓고 끝없이 벌어지는 지루한 명분싸움으로, "거침없고 꾸밈이 없었으며, 창으로 범을 찌르듯이 달려"드는 "칸의 문장"이 지닌 "번뜩이는 눈매"(25쪽)와 같은 현실로 대치하는 국면을 보여준다.

　굴욕의 강화를 앞두고 채워나가는 '산성에서의 겨울'에 대한 즉물적이고 냉정한 세부 묘사[18]는 역사 기록에서 부재하는 침묵과 잉여를 증폭시킨다. 그 현실은 전망 부재로 인한 불안과 가망없는 미래에 대한 고통을 불러일으킨다. 김상헌이 산성으로 향하는 고뇌와 얼어붙은 강을 건너는 그의 발길을 묘사하는 대목이 그러하고, 무력한 왕이 되뇌는 간결한 언사와 침묵이 그러하며, 왕의 공덕을 기리는 조정대신들의 공허한 상찬의

18　김훈 소설에서 목격되는 배설물의 수사학이 가진 잔혹하리만치 세부적인 묘사는 "제도화된 잔인성의 체계로서의 세계"이자 "현재의 우리 삶의 형식에 차폐되어 있는 삶의 원형", "우리가 발 딛고 있는 세계의 윤리적 취약성"으로 보기도 한다. 서영채, 「장인의 기율과 냉소의 미학」, 『문학의 윤리』, 문학동네, 2005, 174쪽.

수사들이 또한 그러하다. 이 세계는 명분을 위해서는 죽어야 하고 살아남기 위해서는 치욕을 감수해야 하는 모순과 절체절명의 위기로 가득해서 그로테스크하기까지 하다. 그런 까닭에 텍스트는 매끄럽게 읽혀지기보다 고통스럽게 읽힌다. 그 고통은 잘 알려진 역사적 사실 외에는 한없이 지연되고 반복되는 표현과, 생존과 명분을 두고 미끄러지는 언어 현실, 더 나아가 전망 없는 현실의 무력감을 되풀이해서 환기하기 때문이다.

작품에서는 산성에서 대치하는 무력한 군사적 배치와 공허한 정치적 논전과는 달리, '먹고 사는' 문제가 또다른 서사적 현실을 이룬다. 작품에서 일반 민중들은 노인에서 어린 아이들에 이르기까지 조정과 신료들이 곧 산성을 나갈 것임을 충분히 예견하고 있다. 이들은 정치적 냉소와 방관, 무관심으로 나날의 삶에 몰두할 뿐이다. 또한 작품에서는 스스로 준행하는 자연의 변함없는 모습이 반복적으로 서술된다. 정치와 일상과 자연에 대한 추상적인 표현들은 반복적이면서도 동질적이다. 그 표현은 니체가 말한 '인간적 현실(ungodly Reality)', "감각과 의미의 생명체임에도 불구하고 감각과 의미가 제거된 세계에서 살아가는" 존재에 대한 환기이기도 하다.

조정의 하명(下命)을 따르며 묵묵히 병장기를 만들어내는 서날쇠나, "다만 다가오는 적을 잡는 초병"에 불과하다고 고백하는 이시백에게서 발견되는 것은 전쟁의 가파른 현실에 단련된 '몸과 정신'을 함축하는 '언어의 육질'이다. 작품은 공허한 언어 게임인 정치나 명분과 거리를 두고, 감각과 의미에 충실한 삶을 견지하는 삶에 대한 신뢰를 보내는 셈이다.

"사물이 몸에 깃들고 마음은 일에 깃드"는, "일과 몸과 마음은 더불어

사귀며 다투지 않는"(121쪽) 상태는 정치적 명분과 배치되는 위반과 저항에 가깝다. 김상헌이 산성으로 가는 길에 만난 뱃사공의 불온한 언사에서도, 대장장이 서날쇠의 내면에서 그러한 함의가 잘 드러난다. 조정이든 청군이든 상관없이 뱃삯으로 연명하는 데 있다는 뱃사공의 발언이나, 성문으로 들어온 조정대신들에게서 '한 말의 보릿섬'조차 없음을 알고 '패배'를 간파하는 서날쇠의 날카로운 눈썰미는 명분을 헛것으로 간주하는 실재를 보여준다.

　『남한산성』에서 호명된 전란의 현실은 "문학과 현실과 정치가 보이게 보이지 않게 대면하는 지점"[19]이기도 하다. 이는 작품이 지금의 사회가 마주한 안팎의 위기를 극복, 통찰하기 위한 과거의 활용임을 단적으로 보여준다. 작품은 '지금 여기'에서 실용의 가치만이 절대유일의 사회적 계율로 통용되면서 그 어떤 명분이나 윤리도 거침없이 부정되는 정치경제적 현실을 읽어내는 이중의 독법을 요구하며,[20] '병자호란'이라는 역사적 과거를 알레고리로 바꾸어놓는다.

19　김영찬, 「김훈 소설이 묻는 것과 묻지 않는 것」, 『창작과비평』 2007 가을호, 389쪽.

20　작품에서 일상 내지 일상성은 흡사 전쟁터를 방불케 하는 현실로서 위반과 저항의 가능성을 품고 있으나 그 실재를 구체화하기보다 수탈과 희생, 침묵과 명분 부재의 대상으로 그려진다. 일상의 세계는 위반과 저항의 가능성을 가진 세계이지만 시장, 자본의 논리로 무장한 시장근본주의에 식민화된 공간이기도 하다는 점에서 이중적이다. 작품에서 무소부재하는 초월적 시선과 허무주의적 경향은 일상세계의 정치성 회복 문제에는 눈감고 있다는 혐의를 갖게 한다. 이는 시장의 호응이 전망 부재와 허무를 견디어내는 소극적 주체의 카타르시스로 그치게 만드는 주된 요인이기도 하다.

『천년의 왕국』이 13년간의 밀린 임금을 받기 위해 쓰여진 『하멜표류기』를 21세기 한국사회에서 호명해낸 배경을 짐작하기란 그다지 어렵지 않다. 소설가의 시간은, 프랭크 커모드의 말처럼 '위기의 순간', '삶의 기반이 발밑에서부터 흔들리는'[21] 시대, "모든 것의 시초이자 종말로서의 혼돈"[22]으로 간주하는 현대 특유의 삶의 의식과 연루되어 있다. 작품의 현실은 디스토피아로서의 세계이고, 난파당한 존재들이 당도한 미지의 땅이며 일상과는 절연된 곳이다. 항로에서 벗어나 난파당한 삶은 자신의 의지와는 무관하게 불투명한 운명에 던져진 상황이다. 이들은 파열하거나 새로운 가치를 발견하거나, 아니면 절망으로 내몰린다. 눈앞에 펼쳐지는 16세기 조선에서의 운명은 외침과 관리들의 무자비한 횡포, 절대자에 버금가는 무력한 제왕의 명령, 그 안에 순응하며 살아가는 것만이 문제시되는 삶이다. 타자의 눈에 비추어진 16세기 조선이 현재화되면서 현실은 낯설고 대안적 현실이 부재하는 혼돈의 상황, 곧 시적 현실이다. 그런 측면에서 작품은 시공간을 뛰어 넘어 역사 기록을 후기 근대의 오디세이로 기호화한 것임을 시사한다. 작품은 독자들에게 밀린 임금을 다시 청구하기 위해서가 아니라 근대적 주체가 '조선'이라는 이질적이고 알려지지 않은 변방의 왕국으로 소환되고 근대의 불투명한 운명적 삶을 헤쳐나가는 오디세이로 다시 쓰여진 것임을 말해준다.

작품은 지금 여기의 독자들에게 근대인의 운명적 삶이 난파당한 삶이

---

21 프랭크 커모드, 조초희 역, 『종말의식과 인간적 시간』, 문학과지성사, 1993, 40쪽.

22 서영채, 「공생의 윤리와 문학: 민주화 이후의 한국문학」, 『문학동네』, 2008 봄호, 365쪽.

라는 것, 그리고 어떻게 살아갈 것인가를 숙고하도록 만든다. 이를 위해서 작품은 난파당한 이방인 선원이라는 타자의 눈으로 끝없는 경계의 지점에서 삶의 불투명한 운명과 공포를 절감하게 해준다.

어린 영혼의 소유자 데니슨이 각고의 고통 끝에 성숙을 이루는 것처럼 인간다운 위의를 고수하며 저항할 것인가, 통역 선비처럼 금기를 넘어서는 욕망의 삶에 자신의 모든 열정을 투여할 것인가, 아니면 에보켄처럼 철저하게 이방의 삶과 소통하며 적응할 것인가를 제시한다. 요리사인 에보켄은 선장 하멜에게 자신이 악명 높던 마녀 사냥꾼 트리어의 늑대라고 고백한 뒤 "선장, 나도 모르겠소. 내가 누구인지."(341쪽)라고 말한다.

에보켄의 고백과 토로는 속내를 드러낼 수 없이 단자화된 후기 근대의 인간을 환유한다. 젊은 관리의 연인이 목을 매달아 목숨을 끊은 뒤 추문의 주인공에서 성녀로 화하는 도성의 칭송처럼, 후기 근대의 현실 세계 또한 모호하고 진실과는 무관한 소문들로 가득하다. 타자의 영혼을 바라보는 이방인의 눈길은 거짓과 진실이 오염되지 않은 영혼의 판관을 닮은 현자에 가깝다. 그는 후기 근대의 난파당한 삶에서 운명과 사랑, 열정과 성숙을 새롭게 모색하는 미적 주체이다. 외방에 대한 적의와 두려움, 낙후와 정체된 세계가 문명에 대한 빗장을 닫아 건 채 나날의 삶과 사회적 관행과 풍습은 이방인에게 그만큼 낯설다.

작품에서 상상력의 행방은 역사 기록의 불충분함을 충분히 상쇄한다. 이방과 타자의 이중적 시선으로 인간 정신의 치열한 운명의 행로가 치열하게 탐사되고 있기 때문이다. 이교도의 나라에서 보낸 13년이란 세월은 작품에서 그리 중요하지 않다. 난파당한 선원들이 기착한 이교도의 나라에서 영혼의 염결성으로 죽음과 맞바꾼 순수한 영혼의 소유자 데니슨이 불멸의 신화로 숭배되는 것이나, 철저한 현실주의적 행동과 깊은 사유를 가진 에보켄마저 자신도 알 수 없다는 자기고백에 이르기까지, 거대한 혼돈 속에 자신만의 삶을 만들어가는 '현재의 발견'[23]이야말로 16세기라는 과거와 21세기의 미래를 포괄하고도 남는다.

"현재가 과거와 미래를 정한다"(292쪽)라는 시간관은 근대의 시간을 교란하며, 현재를 과거의 재해석과 미래를 결정하는 운명의 삶이라는 새로운 인식에 눈뜨게 만든다. 의고체 문장으로 표현된 시적 세계인 '천년의 왕국'은 이방인이라는 타자의 눈으로 비추어진 자기라는 타자의 세계이다. '타자로서의 자신'과 '자신이 속한 세계에 대한 타자화'야말로 역사라는 기호의 알레고리적 활용이 지닌 최종적인 의미이다. 그런만큼 호기심과 공포, 역설적 표현에 깃든 모순어법들은 그만큼 자욱한 전망 부재의 현실을 운명적 삶으로 수락하는/수락해야만 하는 존재의 곤혹을 반영한다. 난파당한 선원들의 삶은 속도와 무한 경쟁을 강요하며 어떠한 반전도 기대하기 어려운 혼돈의 현재를 환기하며, 전망 부재의 역사감각으로 그려낸, 후기 근대의 자아에 관한 서사로 보아도 무방하다.

『천년의 왕국』이나 『남한산성』에서 역사를 호명하는 방식은 서로 지

---

23 "우리가 평생토록 살 수 있는 것은 오직 오늘뿐"(252쪽)이라는 에보켄의 말이나, "나방과 나비의 시간에는 과거도 미래도 없다. 오직 현재뿐"(292쪽)이라는 영매의 말이 그러하다.

근거리에 있다. 두 작품은 유럽 중심의 보편주의와 진보에 입각한 역사 개념을 폐기하고 과거로서의 역사를 혼돈의 현재로 바꾸어놓는다. 16세기 조선조 사회를 안팎의 시선으로 살피는 데서 알 수 있는 점은 역사가 혼돈스러운 현재와 미래에 대한 영감을 얻기 위한 인식의 상상적 거점이라는 사실이다. 후기 근대의 사회적 현실에서 전망 부재와 공허한 현실 정치를 맥락화하고, 난파당한 이방인 선원들을 통해서 '시적 상태'에서 '산문적 현실'로 나아가는 주체의 발견을 현재화하면서, 역사라는 기호는 후기 근대의 알레고리로 다시 태어난다.

5. 역사소설의 동향과 전망

후기 근대사회에서 역사는 공공기억의 성채에서 해방된 하위 주체들의 기억으로 호명되거나 현재의 알레고리로 바뀐다. 몇몇 사례를 통해 확인하게 되는 최근 역사소설의 동향은 과거라는 기억을 동원하여 비인간적이고 야만적인 후기 근대의 사회적 현실에 저항하는 담론의 실천이자 좀더 나은 미래를 상상하는 해방의 역할을 여전히 포기하지 않았음을 보여준다. 여기에서 역사라는 과거는 혼돈스러운 현재를 정치화하며 미래의 불투명한 전망을 숙고하는 저장고라는 점에서 매우 고무적이다. 망각에서 호명된 하위 주체에 대한 응답의 윤리를 통찰하며, 인간적 현실에 대한 소망을 고양시키고, 역사의 지층을 탐사하며 자기 치유의 근원으로 삼으려는 모습에서, 그리고 혼돈의 현실에서 삶의 육체성에 한 발 다가서기 위한 정치적 감각을 회복하는 장으로 역사를 전유하고, 난파당한 존재가 운명처럼 대면한 이방의 낯선 현실을 놓고 삶의 행로를 모색하는 모습에서, 그러한 믿음을 품게 만든다.

향후 역사소설은 미디어 환경의 거침없는 상품화와 맞서지 않으면 안 될 것이다. 앞서 거론했던 바와 같이, 문화상업주의의 탐욕스러운 과거 소비의 유통경제가 지배하는 후기 근대의 시장에서 역사소설의 존재가 치와 효용은 저항과 위반의 담론으로써 지속될 것이다. 보편과 진보의 거대서사가 폐기된 지금, 향수의 대상으로 과거에 대한 기억 산업의 소비 수요는 성찰과 반성과는 거리 멀다. 이는 역사적 과거가 아니라 또하나의 시뮬라크르에 지나지 않는다. 역사소설은 기억을 불러들여 문화상업주의로 환원불가능한, 보편과 진보에 관한 수많은 작은 서사를 고안하고 창조함으로써 시대착오적인 민족서사의 특권이나 시뮬라크르와 맞서는 문화적 실천을 지속해야 한다. 과거의 호명, 기억의 해방을 통해 역사의 기억 총량을 확장하며 풍요로운 해석의 가능성을 개방하는 일이야말로 역사소설이 담당해야 할 당면 과제이다.

이런 맥락에서 후기 근대의 역사의식에 대한 다음 언급은 매우 시사적이다: "역사에 생기를 불어넣었던 목적론의 부인은 대안적 미래에 대한 일신된 희망으로 인도하기보다 오히려 미래를 불투명하게 만들었다. 즉 혼돈스러운 현재가 현재 자신이 풀어놓은 과거들을 봉쇄하려는 모든 노력을 비웃을 때, 미래는 영감을 주거나 인도하는 힘을 박탈당해 무시무시한 현재의 불안에 사로잡히게 되는 것이다."[24]

---

24 아리프 딜릭, 황동연 역, 『포스트모더니티의 역사들』, 창비, 2005, 258쪽.

지리공간의 지정학적 성찰
문학/문화지리학의 현황과 과제

1. 공간과 장소, 문학과 지리학의 중첩

'대항해시대'로 명명되는 지리공간의 새로운 발견은 근대 전환기의 문명사적 의의를 갖는다. 지리상의 발견은 서구 열강이 주체가 됨으로써 서양이 중심이 된 공간 구획과 함께 동양은 이미 있는 세계가 아니라 발견된 것이라는 의미를 담게 되었다. 근대의 공간은, 그리고 서구에 의해 발견된 공간은 '발견'이라는 표현에 걸맞게 중심과 주변, 선과 악, 이상과 환상 등, 추상과 관념의 이분법적 구도 안에서 새롭게 구획되었다.

이제는 상식이 되었지만, 서구에 의한 지리공간의 구획과정에서 명명된 '동양'이라는 말 안에는 '야만적이고' '자기 스스로 말할 수 없는' 하위주체라는 통념이 기입되어 있다. 에드워드 사이드가 '동양 이미지'를 "제도, 낱말, 학문, 이미지, 주의주장, 나아가 식민지의 관료제도나 식민지적 스타일"[01]로 구성되는 메커니즘으로 지목하여 '오리엔탈리즘'이라 명명하고 이를 강도높게 비판한 이래, 미국 대학의 학부에서는 적어도 '오리엔트'라는 명칭이 자취를 감추었다. 그렇다고 해서 국제정치의 냉엄한 현실에서 사회 통념이나 제도적 실정력까지 상실한 것은 아니다. 에드워드 사이드의 경우처럼, 후기 근대의 문학이론에서 통용되는 지리공간에 대한 비판적인 인식이 그리 낯선 것은 아니다. 시간과 공간에 대한 인식 안에는 지리학의 문제의식이 공유되고, 제도와 관습, 학문 분과와 미디어, 국제정치에 이르는 통합 학문적 성격을 띤 이론적 글쓰기가 시도되고 있기 때문이다.

후기 근대에 들어와 '공간'과 '장소'에 대한 지리학적 인식의 변화는, 모더니즘에 내재하는 이성과 합리성을 거부하고 표준화를 넘어선다. 그 변화는 상대주의적 태도를 용인하는 데서 시작하여 "과거에 대해서도 개방적이며 모더니즘이 거부했던 역사와 전통과 풍토의 중요성을 재인식"[02]하는 현상으로 나타났다. 이런 관점에서, 문학과 지리학의 조우는, 넓게 보아 모더니즘 시대의 관념과 세계를 거시적으로 조망하는 대서사를 폐기한 후기 근대의 사상사적 흐름과 무관하지 않다. 두 학문이 이념과 공적 기억으로서의 역사의 실체를 구현하기보다 인간 주체의 구체적인 경험이 형성되는 생활공간에 대한 미시서사, 하위사에 대한 관심의 연장선에서 통합학문으로서 '문학/문화지리학'의 가능성을 타진해 본다는

---

01 에드워드 사이드, 박홍규 역, 『오리엔탈리즘』, 교보문고, 2000증보판, 15쪽.
02 전종한 외 3인 공저, 『인문지리학의 시선』, 논형, 2005, 275쪽.

것은 나름대로 의의가 있다고 본다. 문학/문화지리학은 공간과 장소의 다양한 가치를 존중하는 상대주의에 기반을 두고 있어서 하나의 중심이 아니라 여러 개의 중심을 용인한다. 이는 지방화의 시대적 추세에 부응하고, 주변화되어 있던 하위문화를 다양하게 수렴할 수 있다는 점에서 논의의 풍성한 성과를 기대해봄 직하다. 이 과정에서 억압된 기억의 활성화가 촉진된다. 그런 추세는 서울이나 지방 도처에서 접할 수 있는 '문학관'이나 문학비에서도 확인된다. 강원도 인제에 있는 백담사 만해마을, 전북 고창에 있는 미당시문학관, 강원도 평창의 이효석문학관, 춘천 실레마을의 김유정 문학관, 강원도 원주의 토지문학관, 경기도 양평의 황순원 문학관 등은 매년 때가 되면 문학축제로 성황을 이룬다. 지방자치제가 시행된 지 15년이 된 지금, 해당 지역 출신 작가나 작품의 무대가 되었던 장소가 '문화지리'의 의미 있는 공간으로 부상하고 있다.

『문학지리·한국인의 심상공간』(전3권, 논형, 2005)은 『동국여지승람』이나 『택리지』 같은 인문지리학의 전통을 창조적으로 계승하는 새로운 학문의 가능성을 타진한 의미 있는 사례이다. 저작의 편목과 체제는 한국문학이 생산된 모체인 구체적인 지리적 공간과 장소를 유형화하고 문학의 인문지리학적 접근법을 통하여 한반도 역내와 역외의 지리공간, 더 나아가서는 심상공간까지도 망라하고 있다.

상권에서는 서울을 포함한 경기도, 충청도, 경상도, 전라도, 제주도의 도시와 지역을 다루고, 중권에서는 강원도, 황해도·함경도·평안도를 비롯하여 한강이나 남산 같은 강과 산, 천당과 지옥, 용궁과 무릉도원, 무덤과 지하세계, 유토피아, 아리랑고개, 옛길, 고향 등을 거론하고 있다. 또한 하권에서는 베이징·산해관·요동의 명산·상해·연변과 용정· 충칭 등과 같은 중국 땅과, 동경·쿄토·오사카와 히로시마·규슈와 나고야·홋카이도와 후지산·쓰시마와 현해탄 등과 같은 일본 땅을 다루고, 재외 한인문학, 인도 구법승의 기행문학, 몽골과 티베트, 해방기 소련 이미지를 비롯하여 외국인의 눈에 비친 한국사회의 상을 다루고 있다.

80여 명에 이르는 필자들의 글쓰기가 '문학지리'에 대한 합의나 균질성을 확보했다고 말하기는 어렵다. 역내와 역외에 걸친 산천에 대한 공간 경험이 작품으로 형상화된 내력과 지리적 문화적 배경과 어떻게 연관되어 있는가에 대한 탐색이 두드러진 것도 이 저작에 담긴 인상적인 면모이다. 저작을 관통하는 특징은, "고향, 시골, 지방과 국토, 바다와 자연환경, 동서와 남북, 세계와 우주, 길과 지도 등등, 문학의 공간과 주제"에서부터 '심상공간'에 이르는 지리공간에 대한 글쓰기의 실험성이다. 통합 인문학의 가능성을 새롭게 타진하고, 공간과 장소[03]의 문화적 정체성

---

03 '공간(space)'이 움직임, 개방성과 자유, 위협 등을 뜻한다면, '장소(place)'는 개인들이 부여하는 가치들의 안식처로서 정지된 세계이며 애정과 안전을 의미한다. 공간과 장소의 감각을 형성하는 토대는 인간의 육체이다. 이-푸 투안, 구동회·심승희 공역, 『공간과 장소』, 도서출판 대윤, 2007개정판, 14-63쪽. 한편, 지리학자 에드워드 렐프는, 장소를 현상학적 관점에서 기능적 의미에서가 아니라 인간의 세계 경험이 일어나는 처소로 간주하고 있다. 그는 또한 공간을 유형화하여 본능적이고 무의식적으로 행동하는 실용적(또는 원초적) 공간(예컨대 집과 같이 인간 행위의 원형적인 장소), 인간 신체를 중심으로 지각되는 자연적 인공적 공간과 감정적으로 직접 대면하는 지각공간, 공간의 내부구조로서 한 문화집단의 성원으로서 세계를 구체적으로 경험하는 상호주관적인 실존공간(생활공간), 무의식적인 공감 경험 위에 새로운 공간을 창조하는 건축공간과 계획공간, 투영된 공간의 형태인 인지공간, 논리 관계에 의해 구성된 추상공간 등으로 분류한다. 에드워드 렐프, 김덕현 외 공역, 『장소와 장소 상실』, 논형, 2005, 25-73쪽 참조.

을 탐색하겠다는 행보라는 점에서 그러하다.[04]

과학으로서의 지리학과 예술로서의 문학의 만남에는 근원적인 간극과 균열된 지점도 엿보인다. 이 균열지점은 저작의 중권에 수록된 지리학자의 글에 잘 드러나 있다. 지리학의 입장과 문학의 입장은 상충하는 측면이 없지 않은데, 지리학의 관점에서 문학/문화지리학은 문학을 특정한 공간이나 장소에 대한 사실적 자료로 활용한다는 분명한 목적성을 가지고 있다. 그렇다고 해서 문학의 입장에서 학문적 목적성이 지리학과 동일한 것도 아니다. 문학에서는 지리학을 원용하며 작품 생산의 시공간에 대한 감정과 관점, 태도와 가치에 대한 논의의 새로운 지평을 개방하려 한다는 점에서 그 지향점부터가 다르다.[05]

이 글은 문학/문화지리학의 문제의식을 공유하고 있는 문학 현장과 학계의 사례를 살펴보면서 향후 어떤 관점을 마련해 나가야 할 것인가를 검토해 보고자 한다. 이를 위해 이 글은 문학/문화지리학의 문제의식을 반영한 몇몇 사례를 살핀 다음, 향후 과제를 진단해 보는 방식을 취하기로 한다.

---

04 김태준, 「책을 펴내며-그곳이 차마 꿈엔들 잊힐리야」, 김태준 편, 『문학지리, 한국인의 심상공간』(상), 논형, 2005, 5쪽.

05 한 논자는 문학/문화지리학을 '공간 연구를 위한 자료로서의 문학 작품의 효율화'로 규정하고, '문학작품의 객관적 이용'과 '문학작품의 주관적 이용'으로 구분하고 있다. 이은숙, 「지리학과 문학의 만남」, 김태준 편, 같은 책(중), 논형, 2005, 36-39쪽 참조.

2. 문학/문화지리학의 문제의식과 감각

앞서 거론한『문학지리, 한국인의 심상공간』외에 한국문학에 대한 인문지리학의 접근방식을 취한 사례들로는『한국문학지도』(상·하권)(동국대 한국문학연구소, 계몽사, 1996), 최재봉의『역사와 만나는 문학기행』(한겨레신문사, 1997),『간이역에서 사이버스페이스까지-한국문학의 공간 탐사』(이룸, 2003) 등이 눈에 뜨인다.

『한국문학지도』는 '문학의 해'를 맞이하여 문학의 지도 그리기를 시도한 경우이다. 이전에도 문학의 현장을 답사하는 경우가 없지는 않았다.[06] 문학비를 답사하거나 문학 현장을 취재한 예전의 방식은 문학사적 지식과 작품의 현장성에 주목한 경우가 대부분이다.『한국문학지도』가 취하고 있는 체제와 방향은 지역 출신 문인들의 현황과 함께 문학비, 작품의 배경이 된 장소와 문인들의 생장지 같은 문학 관련 사적(史蹟)을 탐사하여 전국에 걸쳐 있는 문학의 지도 그리기를 지향하고 있다.

공동 저작의 한계에도 불구하고 이 책에는 몇 가지의 특징이 산견된다. 우선, 이 저작은 비록 남한에 국한되지만 각 도별로 지역적 특색과 출신 문인들의 문학세계, 작품의 배경 등을 일관된 양식에 맞추어 기술함으로써 문학지리적 특성을 밝히고 있으며 답사여행을 위한 안내서 역할까지도 포괄한 점도 돋보인다. 이 저작은 최근 지방자치단체의 관광안내 사이트에서 접할 수 있는 콘텐츠의 대부분을 구비하고 있어서 지식 정보

---

06 김구림의『한국의 문학비를 찾아서』(문학아카데미, 1995), 강진호의『한국문학의 현장을 찾아서』(문학사상사, 2002) 등이 바로 그런 사례들이다.

가 정리된 인상을 준다. 하지만 지도그리기가 가진 한계, 곧 분절된 각 지역에 대한 문학지리의 정보가 기술상의 규약에도 불구하고 누락되었거나 공간과 장소의 역사성, 그리고 의미화가 각각의 서술자에 따라 편차가 적지 않다는 점이 작은 흠결로 지적될 수 있다.

　인문지리학의 감각을 구비한 경우로는 최재봉의 사례가 모범적이다. 『역사와 만나는 문학기행』은 기행문의 양식을 빌려 문학작품의 무대와 최근세사를 연계시켜 놓은 경우이다. 책의 첫 장만 펼쳐보아도 서술의 의도와 구성, 방향이 잘 드러난다. 첫 장에서 작자는 안도현의 시 「서울로 가는 전봉준」과 동학혁명의 무대인 전북 정읍, 김제, 부안, 고창 일대를 답사한다. 시 전문을 전면에 배치한 뒤, 고즈넉한 겨울 들녘의 풍경을 서정적으로 묘사하면서 시작되는 방식을 취한다. 서술자는 토박이 말인 '징게맹게'로 불리는 김제 평야의 드넓은 경관을 바라본다. 풍경에 대한 서술이 끝난 뒤에는 동학혁명의 역사를 불러낸다. 서술자에게서는 안도현의 시 텍스트에 담긴 작품의 무대와 역사적 배경을 짚은 뒤 해당 텍스트를 차근차근 설명하는 문학비평가의 풍모가 고스란히 드러난다.

　모두 43편에 이르는 항목들이 가진 면면은 동학혁명에서 『토지』의 무대인 악양벌을 거쳐 『은세계』의 공간인 대관령에 이르고 『님의 침묵』의 탄생지인 백담계곡을 지나, 최초의 소작쟁의가 벌어졌던 암태도의 현장에서 송기숙의 장편 『암태도』를 떠올리고 천안 들녘에서 이기영의 『고향』과 대면하는 식이다. 이렇게 텍스트 전체는 무대를 이루는 구체적인 공간을 의미화하는 한편 역사적 감각으로 작품과 관련된 공간에 통시적인 가치를 부여한다.

한편, 『간이역에서 사이버스페이스까지』는 작자 스스로 『역사와 만나는 문학기행』의 짝패라고 언급할 만큼 공간이 가진 상호의존성과 근현대의 문학텍스트 간의 차별성에도 주목하고 있다. 간이역, 카페, 베니스, 빈집, 감옥, 비무장지대, 아파트, 포장마차, 탄광촌, 절, 사막, 백화점, 우체국, 숲, 섬, 병원, 지하철, 공원, 학교, 물레방앗간, 엘리베이터, 포구, 버스, 극장, 수몰지, 변소, 거울, 사이버스페이스에 이르는 장소의 품목들은 공간의 문화적 결절점에 대한 문화지리학적 탐사임을 은연중에 일러준다.

이 공간 탐사는 문학연구자들이 주목하지 않았던 생활공간에 대한 풍속과 세태, 문화적 성찰과 정치성을 동시에 고려한다. 가령 '카페' 항목에서는 카페의 역사를 개관하며 사르트르와 보부아르의 논쟁과 토론, 글쓰기를 낳은 거점이었음을 상기시킨 뒤, 우리 근대 문학의 맥락을 더듬어 나간다. 김기진의 「백수의 탄식」과 정지용의 「카페 프란스」를 예로 삼고 '카페'야말로 구인회 문인들의 거점이었다는 것을 박태원의 「피로」와 『천변풍경』에서 찾아낸다. 염상섭의 『삼대』나 『만세전』에서도 문화적 비중을 가진 공간이라는 것, 더 나아가 전후 문인들이 위안처로 삼은 곳이었다는 언급과 함께, 박상우의 단편 「샤갈의 마을에 내리는 눈」과 최영미의 「슬픈 카페의 노래」를 거론하며 80년대와 90년대의 카페 풍경을 서술하고 있다.

카페라는 장소의 문화적 맥락을 찾아가는 작자의 태도는 근대 초기에서부터 90년대에 이르기까지의 변천상을 성실하고 해박한 지식으로 재구성하고 있음을 말해준다. 신문 연재라는 한계를 보이기는 하지만, 최재봉의 작업은 문학 속 지리공간에 대한 통시적 공시적 맥락을 추출하는 시사점과 통찰력을 함께 보여준 사례에 속한다.[07] 최근에도 최재봉은 「한국 소설 속 아시아 담론」(『웹진 문장』, 2006. 10)처럼 역외 공간의 문학적 표상을 탐색하는 작업을 지속하고 있다. 역외 공간에 대한 관심은 고영직의 「문학적 방식으로 접근하는 베트남과 한국」(『한국평화문학』 제2집, 2005)처럼, 베트남이라는 지리공간의 정치적 함의를 탐색한 경우도 있다.

　비평계에서 전개되는 문학/문화지리학의 활용방식은 학문적 엄밀성 보다는 논의의 시의성 때문으로 여겨지지만 앞서 거론한 최재봉이나 장석주의 경우를 제외하고는 단속적이며 파편적이라는 인상을 준다. 후기 근대의 다양한 문화적 현실, 특히 국경을 넘어서는 노동과 이주, 여행 등의 체험의 토대가 되는 공간 확장의 의미가 정치적 사회경제적 차원과 직결된 가치 생산을 모색하거나, 아니면 탈북자, 이주 노동자, 결혼 이주 여성과 같은 다문화적 현실에 대한 문학적 대응을 조망하는 데 주력하기 때문이다.

3. 문학/문화지리학의 학제적 특성

　학계에서 논의되는 문학/문화지리학의 담론 장(場)은 한국문학 연구자들의 전유물이 아니라 통합 인문학의 외양을 갖추고 있다고 해도 지나

07　이밖에도, 문학/문화지리학에 대한 비평적 사례로는 장석주의 『장소의 탄생』(작가정신, 2006)과 『장소의 기억을 꺼내다-경기도의 문학지리』(사회평론, 2007)가 주목해볼 만하나 지면관계상 생략하기로 한다.

친 표현이 아닐 만큼 장관을 이룬다. 동국대 문화학술원 한국문학연구소에서 편저로 발간한 『'고향'의 창조와 재발견』(2007)과 『제국의 지리학, 만주라는 경계』(2010)가 그 사례이다.[08] 이들 성과는 '근대의 문화지리'라는 학제간 연구의 틀 안에서 수렴된 것이라는 점 외에도, 애초 지향했던 문학/문화지리학이 그 외연을 확장하여 문화지리학으로 이행하는 징후 하나를 보여준다.

『'고향'의 창조와 재발견』의 경우, '고향'이라는 문화적 정체성을 형성한 지리공간을 학문적으로 다룬 사례이다. 이에 대한 철학적 논의를 시도한 선례(전광식 『고향』, 문학과지성사, 1999)도 있으나, 이 저작은 통합인문학적 접근법을 취하고 있어서 이와도 차별적이다. 총론에서는 이산과 망명의 체험을 통해 환기되는 고향이라는 공간의 정체성이 고국 또는 고향이

---

08 문학/문화지리학의 문제의식을 공유하는 주목할 만한 저작으로는 다음과 같이 있다. 조규익의 『해방전 재미한인 이민문학』(전6권)(월인, 1999), 오양호의 『한국문학과 간도』(문예출판사, 1988)·『일제강점기 만주조선인 문학연구』(문예출판사, 1996)·『만주이민문학연구』(문예출판사, 2007), 홍기삼 편의 『재일한국인 문학』(솔, 2003), 김환기 편의 『재일디아스포라 문학』(새미, 2006), 김종회 편의 『한민족 문화권의 문학』(국학자료원, 2006) 등이 재외 한인 문학에 대한 성과라면, 상허학회 편의 『1950년대 미디어와 미국 표상』(깊은샘, 2006)과 황종연 편의 『신라의 발견』(동국대출판부, 2008)은 각각 미국과 신라라는 역사공간을 문학지리의 접근법을 활용한 경우이다. 이승원의 『세계로 떠난 조선의 지식인들』(휴머니스트, 2009)은 해외체험을 한 지식인의 내면을 다루었다. 김덕호·원용진 편의 『아메리카나이제이션』(푸른역사, 2008)이나 김백영의 『지배와 공간: 식민지도시 경성과 제국 일본』(문학과지성사, 2009)은 사회학 분야, 주경철의 『문명과 바다』(산처럼, 2009)는 서양사, 박천홍의 『매혹의 질주, 근대의 횡단-철도로 돌아본 근대의 풍경』(산처럼, 2003) 등은 역사학 분야의 성과이다. 이같은 저작에서 보듯이 통합인문학의 성격상 문학/문화지리학의 외연 확장은 문학 분야에 한정되지 않는다는 점과, 지리공간에 대한 학제적 담론 생산의 가능성을 보여준다.

라는 심상공간을 내면화하거나 초극하는 양상에 주목하고 그 의의를 살피고 있다.[09]

쓰보이 히데토(坪井秀人)는 일본 식민체제라는 틀 안에서 고향이 창조되고 발견되었다는 관점에 서 있다. 그는 창가 「고향」을 중심으로 민요운동에 주목하여 '고향'이라는 공간이 20세기초 일본 사회가 수많은 계급적 지역적 차이를 무화시키고 추억의 대상, 회귀의 목적지로 만들어낸 것이라는 점을 검토함으로써,[10] 고향이라는 이미지야말로 근대 이후 발명된 문제적인 지리공간임을 실증하고 있다.

이 책에서는 제국 일본의 식민체제하에서 통용된 고향의 이미지와 문학적 표상이 국민국가의 이데올로기와 습합하여 재생산된 것임을 검토하고 있다. 근대음악과의 상관성(민경찬), 근대시에 나타난 조선과 발견된 고향의 의미(구인모), 근대 계몽기 지역학회와 유학생 단체의 고향의식(조형래), 식민지 타이완 문학에서 '고향'의 계보(주훼이주), 프로소설에 나타난 노스탤지어의 시공성과 관련된 원형공간으로서의 '고향'(김철), 제국과 식민지의 차별과 검열체제 속에 검열을 통과하기 위한 우회공간으로서의 향토(한만수), '향토'의 창안과 조선문학의 탈지방성(오태영) 등이 거론되고 있다. 제국의 중심과 식민지 조선, 식민지 타이완이라는 위치에서 '고향'이라는 문화지리적 공간이 가진 함의는 연구자의 서로 다른 관심을 중첩

---

09   김태준, 「고향, 근대의 심상공간」, 동국대 문화학술원 한국문학연구소 편, 『고향의 창조와 재발견』, 역락, 2007, 21쪽.

10   쓰보이 히데토, 「노래와 고향의 재창조」, 위의 책.

시켜 논의의 깊이를 더 하는 것도 이 책의 장점이다.

공간의 역사적 추이만큼이나 중요하게 다루어져야 할 부분은 역내 공간과 역외 공간의 의미 역전과 그 의미들의 재구성을 드러나는 역동적인 지정학일지 모른다. 가령, 최초의 신소설 「혈의 누」(1906)에서 평양은 청일전쟁의 전장으로서 외세가 각축하는 약소국의 처지를 상징하는 공간으로 부각되고, 옥련은 일본 헌병장에게 이끌려 일본 오사카를 거쳐 미국땅으로 건너간다. 작자 이인직에게 일본과 미국은 이광수의 『무정』이 보여준 서구 근대문명의 의식과 자기 정립을 위한 자생력을 습득하는 원망공간의 전사(前史)였던 셈이다.[11] 다른 한편으로는 「혈의 누」에서 근대 초기 조선이라는 공간이 낙후된 세계, 외세에 침탈당하는 수세적 공간으로 자리매김되고, 일본과 미국이라는 역외 공간은 근대 문명의 세례를 받는 구원과 약속의 의미를 가진 공간으로 부상한다는 점은 주목해야 할 부분이다. 이는, 『서유견문』 이래 서구사회를 상상적으로 구성한 의미공간이 하나의 통념으로 자리잡으면서, 그 공간에 개화의 시대정신을 투사한 공간정치의 사례이기 때문이다.

책의 2부에서, 귀환자와 이산자들에게 나타나는 고향이라는 지리공간의 정치적 맥락, 곧 국민국가의 형성과정과 결부시켜 공간정치의 다양한 경로를 파악하는 모습은 주목해볼 만하다. 나리타 류이치(成田龍一)

---

11 이재선은 「혈의 누」가 신소설의 해석학적 관점에 따라 남여의 애정문화나 여성 교육의 의의를 설파한 것으로 보기보다는 전쟁으로 인한 가족의 이산과 재회의 이야기로 간주하기도 한다. 이재선, 『현대소설의 서사주제학』, 문학과지성사, 2007, 434쪽.

는 1890년대에 형성된 '고향'이라는 개념이 국민국가의 형성과 관련지어 이동을 통해 발생한 것으로 본다. 그는 고향이라는 구성된 공간의 정체성이 농촌의 생장지라는 공간적 의미가 도시로 환류하면서 복잡한 서사를 형성하는 한편, 이 개념이 국민국가의 기반을 마련했다고 본다.[12] 그 연장선에서 그는 1930년대 이후 일본사회에서 고향의 개념이 어떻게 변화하는지를 검토한다. 그는 참전 군인들의 전쟁체험과 고향의 상관성을 거론하고 있는데, 패전 후 송환되는 과정에서 고향은 돌아가야 할 구속의 공간이라는 함의를 갖는다고 말하고 있다. 또한 민족 귀환서사에서 일본과 중국에서 귀환하는 이들이 어떻게 '조선'이라는 지리공간을 상상하고, 귀환 후에는 그들이 체류했던 공간을 어떻게 심상지리로 조정하는가에 주목하고 있는 정종현의 논의는, 지리적 귀환서사의 다양한 경로에도 불구하고 그 심상지리가 조정되는 모습에서 국민국가의 공간으로 귀속되는 통과의례의 과정을 찾아낸 경우다.[13]

　이밖에도 일본 근대문학에서 조선체험을 담은 여행기와 소설에 주목하여 조선과 조선인상, 재조 일본인들의 상에 주목하거나(박광현), 실향민의 지지(地誌)인 『황해민보』에서 고향 공간의 특성을 찾아내고 그것이 '국민되기'의 행로임을 살핀 경우(박용재), 미국 이민서사에 주목하여 그 안에서 '고향'의 표상이 가진 민족 담론과의 상관성을 검토한 경우(이선미)가 있다.

12　나리타 류이치, 「'고향'이라는 이야기·재설」, 같은 책, 241쪽 참조.
13　정종현, 「해방기 소설에 나타난 '귀환'의 민족서사」, 같은 책.

이들 작업은 식민지 조선과 해방 이후 실향민과 이민자들에 이르는 지리공간과 그 주체들의 안팎을 살피며 일본문학에서의 조선과 조선인 상을 탐색하거나 월남실향민과 이민자에게 고향이라는 장소가 가진 맥락을 탐사한다. 일본 근대소설, 실향민의 지리지, 이민자의 소설 같은 자료들에서 탐구되는 시공성 문제는 식민 제국이라는 타자의 위치, 바깥에서 새롭게 구성되는 고향이 가진 공간의 비균질성을 부각시킬 뿐만 아니라 그 안에 담긴 시대적 맥락, 인식 주체의 생활조건에 따라 달라지는 공간의 맥락에 주목하도록 만든다.

한편, 『제국의 지리학, 만주라는 경계』는 '만주'라는 지리공간에 대한 학제간 논의를 모은 성과이다. '만주'에 대한 기존 논의[14]와 구별되는 이 책의 특장은, 신화론과 역사, 음악, 영화와 라디오 같은 미디어 장의 정치성과 근대문학에서 표상된 만주라는 공간의 지정학적 인식이 거론된다는 점에 있다. 만주는 잘 알려져 있듯이, 오족협화를 표방한 다인종국가였으나 몰락과 함께 잊혀진 제국이다. 두아라의 표현을 빌리면 만주국은 "내셔널리즘에서 제국주의를, 전통에서 근대성을, 중심에서 변경을, 경계의 이념에서 초월의 이념을 떼어내기 힘들어진 역설의 장소"[15]이다. 그

---

14 만주국에 대한 기존의 논의로는 한석정, 『만주국 건국의 재해석』(동아대출판부, 1997)과 한석정·노기식 편의 『만주, 동아시아 융합의 공간』(소명출판, 2008); 윤휘탁, 『일제하 만주국 연구』(일조각, 1996); 임성모, 「만주국 협화회의 총력전체제 구성연구」(연세대 박사논문, 1997) 등이 있고 이 책에 수록되지 않은 국문학계의 논의로는 오양호의 만주 관련 이민 문학에 대한 저작과 김재용 편 '식민주의와 문화총서'(역락, 총13권 발간), 김철, 「몰락하는 신생: 만주의 꿈과 '농군'의 오독」, 『상허학보』 9집, 상허학회, 2002. 등이 참고될 만하다.

15 프래신짓트 두아라, 한석정 역, 『주권과 순수성: 만주국과 동아시아적 근대』, 나남출판,

만큼 만주는 지리공간으로서는 제국 일본과 전통 중국 사이에서 길항하는 정치적 공간이었고 제국의 국민적 위령공간으로 상상되었을 뿐만 아니라 식민지 조선인에게는 2등국민으로 재생하는 신천지였다.

이 책에서는 최남선의 만몽문화론에서부터 조선영화의 만주 유입, 만주 건대사건, 만주국 극영화, 만주음악, 만주라디오방송, 식민지이자 관광지로서의 면모, 프로 농민소설과 협화사상의 상관성, 근대문학 속 만주의 표상, 만주기행문, 일본 근대문학 속의 재만 조선인상에 이르는 넓은 범역을 가지고 있다. 그 범역에 포진하고 있는 만주의 공간적 정치성은, 조현설이 검토한 최남선의 경우에서도 잘 확인된다. 그에 따르면, 최남선은 불함문화론에서 남겨두었던 조선적인 것의 지평을 대륙 신도와 일본 신또와 동일시하며 동북아시아 건국신화의 건국이념을 제국 일본의 '팔굉일우'와 연결함으로써 스스로 제국 담론을 재생산하는 당사자가 된다.[16] 제국의 성원과 식민지 조선의 이등국민, 대륙의 한족과 만주족이 한데 뒤섞인 '만주'라는 공간은 동아시아 성원들이 다른 이념과 목적을 가지고 서로 각축한다는 점에서 정치성을 갖는다. 조선적인 것을 그 중심에 놓고 만몽문화론을 전개하려 했던 최남선의 담론 전략도 그런 맥락에서는 주장의 심층구조를 면밀히 탐구해볼 가치가 충분하다.

2008, 22쪽.

16 조현설, 「민족과 제국의 동거」, 동국대 문화학술원 한국문학연구소 편, 『제국의 지리학, 만주라는 경계』, 동국대출판부, 2010, 33쪽.

만주는 남북의 지도자를 단련시킨 공간[17]이었다. 뿐만 아니라, 북한에게는 만주는 정치이념인 반제·반봉건·반외세의 사상을 배태한 공간이었고, 남한에게는 압축성장의 기획을 습득한 공간이었다. 이런 점만 떠올려보아도 만주라는 공간은 그 역사성을 탐사하는 것만으로는 크게 미흡하다. 거기에는 동아시아라는 보다 큰, 지역의 안과 바깥, 제국과 대륙과 식민지에 걸쳐 조성되었던 정치, 군사, 경제와 문화(산업과 미디어, 관광 등)의 네트워크에 대한 지리학적 접근이 필요하며 그 메커니즘 해명을 위해서는 지정학적 성찰이 필수적이다. 그런 맥락에서 『제국의 지리학, 만주라는 경계』는 지리학을 원용한 통합학문의 발전 가능성과 중요한 시사점을 던져준다.

4. 문학/문화지리학과 지정학적 성찰

앞서 살펴본 바와 같이, 근대문학과 문화가 지리학과 조우하면서 일구어내는 새로운 인식 지평과 새로운 담론들의 풍경은 낯익음 속의 낯설음으로 다가온다. 균질적이라고 믿어온 문학과 문화 속 지리공간에 대한 통념들을 순식간에 혼종적이고 균열된 파편들의 구성물로 바꾸어버리기 때문이다. 지리공간이 가진 시대적 맥락, 당대 사회 성원들이 꿈꾸었고 살아간 생활공간의 조건과 의식의 메커니즘을 탐구하는 과정은 공간에 대

17　박명림, 「박정희와 김일성-한국적 근대화의 두 가지 길」, 역사비평 편집위원회 편, 『남과 북을 만든 라이벌』, 역사비평사, 2008, 25-30쪽 참조.

한 지정학적 의미가 가진 불편한 진실에 좀더 다가서는 일이다. 그런 까닭에 지난 5년 내외의 시기 동안 문학/문화지리학의 성과는 지도그리기(mapping)의 단계를 벗어나 학문적 의제로 발돋움했다는 말이 가능하다.

　새로운 학문의 지도그리기는 필경 지도를 만들어가는 과정을 전제로 한다. 통합인문학으로서 문학/문화지리학의 지도는 어떻게 만들어야 할 것인가. 우선, 그 지도는 문학 내부에서 그려볼 필요가 있다. 이에 대한 단서는 조동일의 제안에서 구할 수 있다.[18] 그는 문학지리학의 영역을 지방문학과 여행문학으로 구분한다. 지방문학은 제주·영남·호남문학 같은 광역 지방 문학과 강화·부안·남해문학과 같은 개별 지방문학과, 백두산·금강산·지리산 같은 산과 한강·낙동강·섬진강 같은 강을 다룬 산천문학, 사찰문학, 누정문학 등의 하위 갈래를 가질 수 있다고 본다. 여행문학의 경우, 국내 여행문학과 해외 여행문학으로 나누고 다시 한국인 외국여행문학과 외국인 한국여행문학으로 구분하고 있다. 이 총론적 정의와 갈래 구획은 고전문학 분야의 문학지리학에 많은 시사점을 던져주리라 생각한다.

　근대 이후 문학/문화지리학의 양상은 앞서 살펴본 최재봉의 경우나 학계의 성과로 미루어 보면, 학제간 협업을 통해 이미 문학에만 한정시킬 수 없는 지점에 와 있다고 해도 과언이 아니다. 앞서 거론한 사례를 바탕으로 문학/문화지리학의 영역을 심화시키는 방안으로 고려될 수 있다. 하지만 공간과 장소에 대한 문학적/문화적 특성만 고려하는 깊이의

18　이하 내용은 조동일, 「문학지리학, 어떻게 할 것인가」, 김태준 편, 『문학지리, 한국인의 심상공간』(상권)(논형, 2005), 22-26쪽 참조.

차원을 넘어서려면, 이를 보완하는 넓이의 차원도 함께 생각하지 않을 수 없다.

문학/문화지리학의 외연 확장은 공간과 장소에 대한 다양한 조건과 맥락을 비교문학/문화의 시야와 연계시키는 한편, 그 안에 공간의 지정학적 (geopolitic) 성찰을 투여함으로써 가능하다. 지정학적 성찰은 지리공간에 담긴 역사적 의미 해명과 그 의미들의 변천을 탐색하는 것으로 그치지 않고 근대 이후 작동해온 정치지리의 맥락까지도 고려하는 작업이다.[19]

특정한 지리공간의 해명이 필요한 만큼이나 지리공간을 특정한 이미지로 표상화하고 상상하는 미디어의 정치적 문화적 맥락까지도 논의한 경우는 앞서 거론했던 사례들에서 그 근거를 마련할 수 있다. 『제국의 지리학, 만주라는 경계』의 필자들은 제국과 식민지의 길항 속에 제국담론에 편승한 민족주의자의 정치적 무의식, 일본의 만주여행 산업, 조선영화의 만주 유입 현상, 만주국 영화와 음악, 라디오 방송과 같은 미디어의 국면들을 탐색하고 있다. 연구자들의 서로 다른 관심에도 불구하고, 책에서 돋보이는 것은 만주라는 지리공간에서 작동하는 정치적 문화적 맥락을 살피는 지정학적 성찰이다.

그렇다고 해서, 문학/문화지리학의 향후 과제가 곧바로 지정학적 성찰로 이어져야 한다는 것은 아니다. 통합학문을 지향하는 문학/문화지리학의 면모는 피라미드형 원뿔을 생각하면 좀더 쉽사리 이해될 수 있

---

19 이에 대한 아이디어는 미즈우치 도시오 편, 심정보 역, 『공간의 정치지리』, 푸른길, 2010, 제1장 '지정학과 언설'에서 구했다.

다. 원뿔의 맨 아래에는 조동일이 언급했던 문학지리학의 다양한 갈래가 자리잡고, 바로 위로는 학제간 논의가 비교문화론적 관점에서 지정학적 성찰로 수렴되면서, 원뿔의 꼭지점은 '지역학'을 지향하는 모습의 지도가 거칠게 그려진다. 한 개의 중심을 가진 피라미드 원뿔이 아니라 여러 개의 중심을 가진 지역학을 지향함으로써 지방문학으로 명명했던 조동일의 관점이 충분히 적용 가능하다고 본다. 원고를 마무리하는 동안, 천안학, 호남학, 영남학이라는 지역학이 활발하게 논의되고, 연세대학교가 송도캠퍼스에 아시아지역학 대학을 설립하겠다는 기사를 접하면서, 문학/문화지리학에 대한 향후 과제는 문학지리학의 토대 구축과 함께, 지리공간에 대한 지정학적 성찰에서 지역학으로 이어지는 피라미드형 원뿔 그림이 결코 망상은 아니라는 생각이 들었다.

참고문헌

제1부 반공의 이념과 문화정체성

「정체성의 우화─반공 증언수기집과 냉전기억 만들기」

강정구, 「미국과 한국전쟁」, 『역사비평』 1993여름호.

구인모, 「국토순례와 민족의 자기구성 - 근대 국토기행문의 문학사적 의의」, 『한국문학연구』 27집, 동국대 한국문학연구소, 2004.

국방부 정훈국, 『육탄십용사』, 육군본부정훈감실, 1949.

김득중, 「여순사건과 이승만 반공체제의 구축」, 성균관대 박사논문, 2004.

김재용, 『분단구조와 북한문학』, 소명출판, 2000.

김정훈, 「한국전쟁과 담론정치」, 『경제와사회』 46호, 2000여름호.

김학재, 「정부수립후 국가감시체계의 형성과정」, 서울대 언론정보학과 석사논문, 2004.

대한민국 공보실 편, 『반란과 민족의 각오』, 1949.

박명림, 『한국전쟁의 발발과 기원』, 전2권, 나남출판, 1996.

서영채, 「최남선과 이광수의 금강산 기행문에 대하여」, 『민족문학사연구』, 민족문학사학회, 2004.

서중석, 『한국 현대민족운동연구』 2권, 역사비평사, 1996.

오제도 외, 『적화삼삭구인집』, 국제보도연맹, 1951.

온낙중, 『북조선기행』, 조선중앙일보사, 1948.

유진오 외, 『고난의 90일』, 수도문화사, 1950.

이선영, 『한국문학의 사회학』, 태학사, 1993.

이성시, 박경희 역, 『만들어진 고대』, 삼인, 2001.

임종명, 「여순 반란 재현을 통한 대한민국의 형상화」, 『역사비평』 2003 가을호.

임종명, 「脫식민지 시기(1945-1950) 남한의 국토 민족주의와 그 내재적 모순」, 『역사학보』 193집, 역사학회, 2007.

전상숙, 「사상통제정책의 역사성」, 『한국정치외교사논총』 27집 1호, 한국정치외교사학회, 2003.

전상인, 『고개 숙인 수정주의』, 전통과현대, 2001.

정병준, 『한국전쟁』, 돌베개, 2006.

조정래, 『태백산맥』 1권, 한길사, 1986(1993).

조지 모스, 서강여성문학연구회 역, 『내셔널리즘과 섹슈얼리티』, 2004.

중앙문화협회, 『해방기념시집』, 평화당, 1945.

최상덕, 『북한괴뢰집단의 정체』, 대한민국공보처, 1949.

베네딕트 앤더슨, 윤형숙 역, 『상상의 공동체』, 나남출판, 2002.

Chong-Myong Im, *The Making of the Republic of Korea as a Modern Nation-State: August 1948~ May 1950*, Chicago, Illinois, 2004.

James Clifford and George E. Marcus, *Writing Culture: The Poetics and Politics of Ethnography*, 이기우 역, 『문화를 쓴다: 민족지의 시학과 정치학』, 한국문화사, 2000.

N. Frye, *The Educated Imagination*, 김상일 역, 『신화문학론』, 을유문화사, 1971.

「반공텍스트의 기원과 유통」

강경성, 「반공주의」, 『역사비평』 1999 여름호.

강성현, 「국회프락치 사건으로 날개 단 '사상' 검찰」, 『한겨레21』 1290호, 2019.12.4.

강준만 외, 『레드콤플렉스-광기가 남긴 아홉 개의 초상』, 삼인, 1997.

강준만·김환표, 『속죄양과 죄의식』, 개마고원, 2004.

강준만·김환표, 『희생양과 죄의식-대한민국 반공의 역사』, 개마고원, 2004.

강진호, 「우리 내부의 냉전이데올로기」, 『실천문학』 2000겨울호.

강진호, 『한국문학과 근대성의 아포리아』, 소명출판, 2004.

권순대, 「분단희곡의 이데올로기적 담론의 특질」, 『한국연극연구』 3집, 한국연극사학회, 2000.

권영진, 「북한의 남한점령정책」, 『역사비평』, 1989 여름호.

김건우, 『사상계와 1950년대 문학』, 소명출판, 2004.

김기진, 『국민보도연맹』, 역사비평사, 2002.

김송 편, 『전시문학독본』, 계몽사, 1951.

김재용, 「반동이데올로기와 민중의 선택」, 『역사문제연구』 6호, 역사문제연구소, 2001.6.

김재용, 「정부 수립 직후 극우반공주의가 남긴 상처: 냉전적 반공주의와 남한 문학인의 고뇌」, 『역사비평』, 1996 겨울호.

김재용, 『협력과 저항』, 소명출판, 2004.

김철, 「분단의 언어·통일의 언어」, 『실천문학』 복간호, 1988봄호.

김팔봉, 『나는 살아 있다-인민재판 당한 자의 수기』, 출판사 미상, 1950.

서중석, 『배반당한 한국민족주의』, 성균관대출판부, 2004.

선우휘, 「모든 것은 거기서 비롯되다」, 『문예중앙』, 1981 여름호.

역사문제연구소 편, 『한국정치의 지배이데올로기와 대항이데올로기』, 역사비평사, 1995.

오제도 외, 『적화삼삭구인집』, 국제보도연맹, 1951.

유임하, 「분단현실과 주체의 자기정립-최인훈의 '회색인'」, 『기억의 심연』, 이회, 2002.

임종국, 『친일문학론』, 평화출판사, 1962.

정용욱, 「6.25전쟁기 미군의 삐라 심리전과 냉전 이데올로기」, 『역사와 현실』, 한국역사연구회, 2004.

조남현, 「'시장과 전장'과 이념검증」, 한국현대문학사연구회 편, 『한국의 전후문학』, 태학사, 1991.

조동숙, 「1950·60년대 소설에 나타난 이데올로기 연구」, 고려대 박사논문, 1993.

조은, 「차가운 전쟁의 기억: 여성적 글쓰기와 역사의 침묵 읽기」, 『한국문학연구』 24집, 동국대 한국문학연구소, 2003.

조창호, 『돌아온 사자』, 지호, 1995.

조희연 편, 『한국의 정치사회적 지배담론과 민주주의 동학』, 함께읽는책, 2000.

최인훈, 『광장』, 『세대』, 1960.11.

한수영, '월남문인'(「월남작가의 작품세계에 나타난 반공이데올로기와 1950년대 현실인식」, 『역사비평』, 1993여름호.

한수영, 「분단과 전쟁이 낳은 역사적 비극의 아들들-이문구·김원일·이문열·김성동 등을 통해본 좌익 2세의 삶과 의식」, 『역사비평』, 1999 봄호.

한수영, 「윤리적 인간, 혹은 반공이데올로기의 기원-선우휘론」, 『실천문학』, 2001봄호

한지수, 「반공이데올로기와 정치폭력」, 『실천문학』1989가을호.

현수(박남수), 『적치 6년의 북한문단』, 중앙문화사, 1952.

홍성원, 『남과 북』1권, 문학과지성사, 2000개정판.

그레고리 핸더슨, 박행웅·이종삼 공역, 『소용돌이의 한국정치』, 한울아카데미, 2000.

모리 요시노부, 「한국 반공주의 이데올로기 형성과정에 관한 연구」, 『한국과 국제정치』5권 2호, 경남대 극동문제연구소, 1989.

미셸 푸코, 박정자 역, 『사회를 보호해야 한다』, 동문선, 1998.

에드워드 사이드, 김성곤·정정호 공역, 『문화와 제국주의』, 도서출판 창, 1995.

테리 이글턴, 여홍상 역, 『이데올로기개론』, 한신문화사, 1994.

「'순수'의 이데올로기적 기반─해방기 김동리의 문학론과 좌익 인물상」

권영민, 『민족문학운동론연구』, 민음사, 1988.

김동리, 김동리전집, 전7권, 민음사, 1997.

김명인, 『조연현, 비극적 세계관과 파시즘 사이』, 소명출판, 2004.

김윤식, 『김동리와 그의 시대』, 민음사, 1997.

김윤식, 『사반과의 대화』, 민음사, 1997.

김윤식, 『해방공간 문단의 내면풍경』, 민음사, 1997.

김철, 『국문학을 넘어서』, 국학자료원, 2000.

김학재, 「사상검열과 전향의 포로가 된 국민」, 『당대비평』27호, 2003.

김학재, 「정부 수립후 국가 감시체계의 형성」, 서울대 석사논문, 2004.

서중석, 『배반당한 한국 민족주의』, 성균관대출판부, 2004.

신형기, 『해방 직후의 문학운동론』, 제3문학사, 1988.

신형기, 『해방기소설연구』, 태학사, 1992.

유임하, 『한국소설의 분단이야기』, 책세상, 2006.

정종현, 「전후 김동리 소설의 변모양상」, 동국대 한국문학연구소 편, 『한국전후문학연구』, 이회, 2002.

「공포증과 마음의 검열관—반공주의와 작가의 자기검열」

강진호, 「반공주의와 자전소설의 형식」, 『국어국문학』 133집, 국어국문학회, 2002.

김수영, 『김수영문학전집·2·산문』, 민음사, 2003개정판.

김승옥, 『김승옥 전집』, 전5권, 문학동네, 1995.

김철, 「분단의 언어, 통일의 언어」, 『실천문학』 복간호, 1988봄호.

박원순, 『국가보안법연구』, 전3권, 역사비평사, 1992.

신동문, 「문예작품 비판은 양식에—소설 '분지' 시비」, 『조선일보』, 1967.5.30.

안수길, 「'분지'는 무죄다—문학의 저항정신 저해는 부당」, 『동아일보』, 1967.5.25.

안수길, 「유죄는 창작의욕 위축—남정현사건의 판결을 보고」, 『동아일보』, 1967.7.1.

이범선, 「선입견없는 비판을—소설 '분지' 시비」, 『조선일보』, 1967.5.30.

장경학, 「독자들엔 비판의식, 작품을 제재하면 창작의욕 위축—소설 '분지' 시비」, 『조선일보』, 1967.5.30.

최원식·임규찬 공편, 『4월혁명과 한국문학』, 창작과비평사, 2002.

한승헌, 「남정현의 필화, '분지' 사건」, 『남정현문학전집·3』, 국학자료원, 2002.

홍기삼, 「김춘수씨와 「미숙」—「남정현사건」을 읽고」, 『동아일보』, 1967.6.17.

마르트 로베르, 김치수·이윤옥 공역, 『기원의 소설, 소설의 기원』, 문학과지성사, 1999.

미셸 푸코, 오생근 역, 『감시와 처벌』, 나남출판, 2003재판.

지그문트 프로이트, 임홍빈·홍혜경 공역, 「꿈-검열」, 『정신분석강의』 상권, 열린책들, 1997.

제2부 전쟁과 문학과 인간

「분단의 어두운 현실과 훼손된 삶—최태응의 소설세계」

갈홍기, 『대통령 이승만 박사 약전』, 공보실, 1955.

공임순, 「빨치산과 월남인 사이, '이승만'의 재현/대표성의 결여와 초과의 기표들」, 『스캔들과 반공국가주의』, 앨피, 2010.

권영민 편, 『최태응문학전집』 전3권, 태학사, 1996.

김미향, 「잔류파의 현실인식과 문학적 증언」, 『국어문학』 59호, 국어문학회, 2015.

김효석, 「전후월남작가연구」, 중앙대 박사논문, 2005.

김효석, 「최태응 소설의 작중 인물 고찰-결손 인물형을 중심으로」, 『우리문학연구』 30호,

우리문학회, 2010.

서세림, 「월남문학의 유형」, 『한국근대문학연구』 31호, 한국근대문학회, 2015.

서정주, 『이승만박사전기』, 38사, 1949.

손유경, 『고통과 동정-한국 근대소설과 감정의 발견』, 역사비평사, 2008.

신영덕, 『한국전쟁기 종군작가연구』, 국학자료원, 1998.

신형기, 『시대의 이야기 이야기의 시대』, 삼인, 2015.

안미영, 「최태응 소설에 나타난 전후인식-전후 미발굴 장편소설을 중심으로」, 『어문연구』 42집, 우리어문학회, 2003.

양우정, 『이대통령투쟁사』, 연합신문사, 1949.

이화진, 「'극장국가'로서 제1공화국과 기념의 균열」, 『한국근대문학연구』 15호, 근대문학회, 2007.

전소영, 「해방 이후 '월남작가'의 존재방식」, 『한국현대문학연구』 44집, 한국현대문학회, 2014.

정주아, 「'정치적 난민'의 공간 감각, 월남작가와 월경의 체험」, 『한국근대문학연구』 31호, 한국근대문학회, 2015.

최미진, 「1950년대 신문소설에 나타난 아프레걸」, 『대중서사연구』, 13-2, 한국서사학회, 2007.

최태응, 「金⑪成 氏에게」, 『대조』, 1949.4.

최태응, 「나의 기자시절」, 『신문과방송』, 1977

최태응, 「나의 문학도 회고」, 『백민』 18호, 1949.2·3.

최태응, 「요설록」, 『문장』, 1940.4.

최태응, 『만춘』, 한진출판사, 1982.

최태응, 『청년 이승만』, 성봉각, 1960.

한철영, 『자유세계의 거성 이승만대통령』, 『문화춘추』, 1954.

로버트 올리버, 『Syngman Rlee: the Man Behind the Myth』, (New York, Dodd Mead and Company, 1954.

후지이 다케시, 「'이승만'이라는 표상-이승만 이미지를 통해 본 1950년대 지배권력의 상징 정치」, 『역사문제연구』 19호.

「전쟁 속 휴머니즘과 국가의 시선—「흥남철수」의 정치적 독해」

국방부 전사편찬위원회, 『한국전쟁 요약』, 1986.

김동리, 『김동리문학전집』 전8권, 민음사, 1995-1997.

김윤식, 『사반과의 대화-김동리와 그의 시대3』, 민음사, 1997.

김윤식·정호웅, 『한국소설사』, 문학동네, 2000개정증보판.

김철, 「김동리와 파시즘」, 『국문학을 넘어서』, 국학자료원, 2000.

동국대 한국문학연구소 편, 『한국전후문학연구』, 이회, 2002.

박명림, 『한국 1950: 전쟁과 평화』, 나남출판, 2002.

신영덕, 『한국전쟁과 종군작가』, 국학자료원, 2002.

안미영, 『전전세대의 전후 인식』, 역락, 2008.

이동하, 『김동리 문학의 정사적 연구』, 일지사, 1989.

한모니까, 『한국전쟁과 수복지구』, 푸른역사, 2017.

홍기돈, 「김동리연구」, 중앙대 박사논문, 2003.

오카 마리(岡眞理), 김병구 역, 『기억·서사』, 소명출판, 2004.

우에노 치즈코, 이선이 역, 『내셔널리즘과 젠더』, 박종철출판사, 1999.

「다방과 감옥—박경리의 전쟁체험과 문학적 전환」

김병익, 「6.25콤플렉스와 그 극복」, 『상황과 상상력』, 문학과지성사, 1976.

박경리, 「문학과 나」, 『Q씨에게』, 박경리문학전집 16권, 지식산업사, 1981.

박경리, 『불신시대』, 박경리문학전집 19권, 지식산업사, 1987.

박경리, 『애가』, 박경리문학전집 9권, 지식산업사, 1981.

박경리, 『표류도』, 박경리문학전집 12권, 지식산업사, 1980.

김명신, 「박경리 소설 비평의 궤적」, 『현대문학의 연구』 6집, 한국문학연구학회, 1996.

오상원, 「상처투성이의 가방」, 한국현대문학전집 31권, 삼성출판사, 1978.

정희모, 「현실에의 환멸과 삶의 의지」, 『현대문학의 연구』 6집, 한국문학연구학회, 1996.

김영애, 「박경리의 '표류도' 연구」, 『한국문학이론과비평』 34집, 한국문학이론과비평학회, 2007.

김양선, 「전후여성 지식인의 표상과 존재방식」, 『한국문학이론과비평』 45집, 2009.

서재원, 「박경리 초기소설의 여성가장 연구」, 『한국문학이론과비평』 50집, 2011.
허윤, 「한국전쟁과 히스테리 전유」, 『여성문학연구』 21집, 한국여성문학학회, 2009.
김윤식, 『박경리와 토지』, 강, 2009.
손종업, 『전후의 상징체계』, 이회, 2001.
Erich Kahler, The Tower and The Abyss, New Brunswick(U.S.A.) and London, Transaction Publishers, 1957.
미셸 푸코, 오생근 역, 『감시와 처벌』, 나남출판, 1994.

「한국문학과 6.25라는 명제」

고은 외, 『문학과 역사와 인간』, 한길사, 1991.
구해근, 신광영 역, 『한국노동계급의 형성』, 창작과비평사, 2002.
김남식 외 공저, 『해방전후사의 인식』 5권, 한길사, 1989.
김만수, 「홍성원 문학연구의 방향」, 『작가세계』 1993가을호.
김병익, 『열림과 일굼』, 문학과지성사, 1991.
김원일, 『불의 제전』, 전7권, 문학과지성사, 1997.
김현, 「생활과 신비」, 『문학과 유토피아』, 김현문학전집 4권, 문학과지성사, 1991.
유임하, 「아버지찾기와 성장체험의 역사화-김원일의 분단서사」, 『실천문학』 2001여름호.
조정래, 『태백산맥』, 전10권, 한길사, 1993.
호미 K. 바바, 나병철 역, 『문화의 위치』, 소명출판, 2002.
홍성원, 『남과 북』, 전6권, 문학과지성사, 2000개정판.
황광수, 『소설과 진실』, 해냄, 2000.
황석영, 『손님』, 창작과비평사, 2001.
미셸 푸코, 박정자 역, 『사회를 보호해야 한다』, 동문선, 1998.
Edward Said, The World, The Text, and the Critic, Harvard Univ. Press, 1983.

제3부 분단의 억압과 금기를 넘어서

「이근영 소설의 현재성―공동체의 양심과 윤리」

강진호, 「1930년대 후반기 신세대 작가연구」, 고려대 박사논문, 1995.

강진호, 「지식인의 자괴감과 문학적 고뇌」, 한국소설문학대계 25권, 동아출판사, 1995.

강진호, 「탈이념과 신세대소설의 분화과정」, 『민족문학사연구』 4호, 민족문학사학회, 1993.

공종구, 「이근영 농민소설의 이야기 구조 분석: '당산제'」, 『한국언어문학』 37집, 한국언어문학회, 1996.

과학원 문학연구소, 『조선문학통사-현대편』, 인동, 1988.

김민선, 「'전후' 북한의 열정과 '제대군인'」, 이화여대 통일학연구원 편, 『북한문학의 지형도2』, 청동거울, 2009.

김민선, 「전후(1953-1958) 북한소설의 '제대군인' 표상 연구」, 동국대 석사논문, 2008.

김민수 편, 『북한의 조선어연구사』, 녹진, 1991.

김성렬, 「광복 직후 좌우대립기의 문학연구」, 고려대 박사논문, 1989.

김헌순, 「리근영 작품집 『첫수확』에 대하여」, 『조선문학』, 1958.6, 이선영·김병민·김재용 공편, 『현대문학비평자료집』 8권, 태학사, 1994.

나병철, 「1930년대 후반기 도시소설 연구」, 연세대 박사논문, 1990.

렴희태, 「남조선 청년학도들의 불굴의 투쟁 모습」, 『문학신문』, 1966.9.20.

문수임, 「이근영 소설 연구: 해방 전 작품을 중심으로」, 성균관대 석사논문, 1995.

백철, 『조선신문학사조사-현대편』, 백양당, 1947.

오태영, 「민족적 제의로서의 귀환」, 『한국문학연구』 제32집, 동국대 한국문학연구소, 2007.

이근영, 『고향사람들』, 영창서관, 1943.

이병순, 「해방기 소설의 이념지향성 연구」, 숙명여대 박사논문, 1996.

이선영·김병민·김재용 공편, 『현대문학비평자료집』 8권, 태학사, 1994.

이연주, 「이근영 소설 연구」, 연세대 석사논문, 1993.

이은진, 「이근영 연구-월북 후를 중심으로」, 전북대 석사논문, 2006.

이주미, 「북한의 농민소설연구-해방 직후부터 1960년대 초까지를 중심으로」, 동덕여대 박사논문, 2000.

임정지, 「이근영 소설 연구」, 숙명여대 석사논문, 1994.

전흥남, 「이근영의 문학적 변모와 삶」, 『문학과논리』 2호, 태학사, 1992.

전흥남, 「이근영의 작품 세계와 문학적 의미」, 『현대문학이론연구』 13집, 현대문학이론학회, 2000.

전흥남, 「해방기 소설의 정신사적 연구」, 전북대 박사논문, 1995.

정상이, 「이근영 소설 연구」, 경상대 석사논문, 2007.

정재석, 「해방기 귀환서사, 결속의 상상력과 균열의 역학」, 『사이』 2호, 국제한국문학문
　　화학회, 2007.

정종현, 「해방기 소설에 타난 '귀환'의 민족서사」, 『비교문학』 40, 한국비교문학회,
　　2006.

조남철, 「일제하 한국농민소설 연구」, 연세대 박사논문, 1985.

조정래, 「1940년대 초기 한국농민소설 연구」, 연세대 박사논문, 1987.

최성윤, 「이근영 연구」, 고려대 석사논문, 1999.

하인숙, 「이근영 소설의 인물 연구-'과자상자(菓子箱子)', '당산제(堂山祭)'를 중심으로」, 우리
　　어문연구 33권, 우리어문학회, 2009.

「야행」과 자기구원의 문제

공종구, 『한국 근현대작가 작품론』, 새미, 2001.

김명석, 「일상성의 경험과 탈출의 미학」, 민족문학사연구회 편, 『1960년대 문학연구』,
　　깊은샘, 1998.

김병익, 「분단의식의 문학적 전개」, 『상황과 상상력』, 문학과지성사, 1979

김승옥, 「야행」, 김승옥소설전집 1권, 문학동네, 1995.

김영찬, 「불안한 주체와 근대-1960년대 소설의 미적 주체 구성에 대하여」, 『상허학보』
　　12집, 상허학회, 2003.

김현, 「구원의 문학과 개인주의」, 『사회와 윤리』, 김현문학전집 2권, 문학과지성사, 1992.

김현, 「장인의 고뇌」, 『사회와 윤리』, 일지사, 1972.

류보선, 「개인과 사회의 대립적 인식과 그 의미」, 권영민 편, 『한국현대작가연구』, 문학사
　　상사, 1993.

류양선, 「'서울, 1964년 겨울'에 유폐된 영혼」, 『작가연구』 6호, 새미, 1998.

백지연, 「도시의 거울에 갇힌 나르키소스」, 최원식·임규찬 편, 『4월혁명과 한국문학』, 창
　　작과비평사, 2002

신형기, 「분열된 만보객」, 『상허학보』 11집, 상허학회, 2003.

신형철, 「여성을 여행하(지 않)는 문학-무진기행의 정신분석적 읽기」, 한국근대문학회 제
　　10회 학술대회 발표요지집, 2004.

유종호, 「감수성의 혁명」, 『비순수의 선언』, 유종호전집 1권, 민음사, 1995.

유종호, 「슬픈 도회의 어법」, 『문학의 즐거움』, 유종호전집 5권, 민음사, 1995.

이상경, 『한국근대여성문학사론』, 소명출판, 2002.

이호규, 『1960년대 소설연구』, 새미, 2001.

임경순, 「1960년대 소설의 주체와 지식인적 정체성」, 『상허학보』12집, 상허학회, 2003.

장세진, 「'아비 부정', 혹은 1960년대 미적 주체의 모험」, 『상허학보』12집, 상허학회, 2003.

장영우, 「4.19세대의 문체의식」, 『작가연구』6호, 새미, 1998.

정현기, 「60년대적 삶」, 『다산성』, 혼겨레, 1987.

조남현, 「미적 세계관에의 입사식」, 『누이를 이해하기 위하여』, 청아출판사, 1992.

조진기, 「불안한 감수성과 퇴폐적 일상」, 『작가연구』6호, 새미, 1998.

진영복, 「한국자본주의 형성과 60년대 소설」, 민족문학사연구소 현대문학분과, 『1960년대 문학연구』, 깊은샘, 1998.

차미령, 「김승옥 소설의 탈식민주의적 연구」, 서울대 석사논문, 2002.

천정환, 「김승옥 소설에 나타난 근대화의 문제」, 문학사와비평연구회, 『한국 현대문학의 근대성 탐구』, 새미, 2000.

한상규, 「환멸의 낭만주의: 김승옥론」, 문학사와비평연구회 편, 『1960년대 문학연구』, 예하, 1993.

미셸 푸코, 박혜영 역, 『정신병과 심리학』, 문학동네, 2002.

장 보드리야르, 배영달 역, 『유혹에 대하여』, 백의, 2002개정판.

조르쥬 비가렐로, 이상해 역, 『강간의 역사』, 당대, 2002.

「닫힌 현실과 열린 분단의식—이호철의 장편 『문』

강진호, 「이호철의 '소시민'연구」, 『민족문학사연구』11호, 한국민족문학사학회, 1997.

김삼웅 편, 『한국필화사』, 동광출판사, 1987.

이재선, 『현대소설사(1945-1990)』, 민음사, 1991.

이호철, 『문/ 4월과 5월』, 이호철전집 5권, 청계연구소, 1989.

장백일, 「세칭 '문인 간첩단 사건'」, 한국문인협회 편, 『문단유사』, 월간문학출판부, 2001.

조은애, 『남북일 냉전구조와 재일조선인의 문화적 월경』, 동국대 박사논문, 2020.

「기억의 봉인 풀기―탈냉전 이후 한국소설과 전쟁기억의 양상」

강진호, 『현대소설사와 근대성의 아포리아』, 소명출판, 2003.

고은 외, 『문학과 역사와 인간』, 한길사, 1991.

김경학 외, 『전쟁과 기억』, 한울, 2005.

김귀옥, 「아래로부터 반공 이데올로기 허물기」, 『경제와사회』 43호, 한국산업사회학회 가을호, 1999.

김동춘, 『전쟁과 사회』, 돌베개, 2000.

김병익, 「6.25와 한국소설의 관점」, 『현대사를 어떻게 볼 것인가』, 동아일보사, 1989.

김병익, 『열림과 일굼』, 문학과지성사, 1991.

김상선, 『신세대작가론』, 일신사, 1964.

김성례, 「여성주의 구술사의 방법론적 성찰」, 『한국문화인류학』 30-2. 한국문화인류학회, 2002.

김원일, 『불의 제전』 7권, 문학과지성사, 1997.

김원일, 「지구 마지막 이념 분단국의 작가」, 김우창·피에르 부르디외 외, 『경계를 넘어 글쓰기-2000년 서울국제문학포럼 논문집』, 민음사, 2001.

김윤식, 「6.25전쟁문학」, 『현대사』 창간호, 서울언론문화클럽, 1980.

김현, 「보이는 심연과 안보이는 역사전망」, 『전체에 대한 통찰』, 나남출판, 1990.

김현, 『사회와 윤리』, 김현문학전집 2권, 문학과지성사, 1991.

박명림, 『한국 1950: 전쟁과 평화』, 나남출판, 2002.

박명림, 「평화와 인간의 세기를 향해-단일 표제로서의 민족적 기억을 넘어」. 『당대비평』 신년호, 2005.

박원순, 『국가보안법연구』 전3권, 역사비평사, 1997.

서정주, 『미당 시전집·1』, 민음사, 1994.; 서정주 1955, 『서정주시선』, 정음사, 1955.

오제도 외, 『적화삼삭구인집』, 국제보도연맹, 1951.

유임하, 『분단 현실과 서사적 상상력』. 서울: 태학사, 1998.

유임하, 「아버지 찾기와 성장체험의 역사화」, 『실천문학』 2001여름호.

유임하, 『기억의 심연』, 이회문화사, 2002.

유임하, 「타자화된 기억의 상상적 복원」, 『동서문학』 2002 여름호.

유임하, 『근대성과 한국문학 연구』, 이회문화사, 2002.

유임하, 「80년대 분단문학, 역사의 진실 해명과 반공주의의 극복」, 『작가연구』 15호. 깊은샘, 2003.

유임하, 「전쟁체험과 시대의 문학적 증언」, 『동서문학』 2003 가을호.

유임하, 「이데올로기의 억압과 공포-반공 텍스트의 기원과 유통, 1950년대 소설의 왜곡」, 『현대소설연구』 25집. 한국현대소설학회, 2005.

유임하, 「마음의 검열관. 반공주의와 작가의 자기검열」, 『상허학보』 15호. 상허학회, 2005.

유진오 외, 『고난의 90일』. 서울: 수도문화사, 1950.

윤택림, 「여성생애사 연구방법론」, 『여성연구』 3집. 목포대 여성문제연구소, 1995.

이문구, 「관촌수필과 나의 문학적 역정」, 박경리 외, 『나의 문학이야기』, 문학동네, 2001.

이완범, 「한국전쟁 연구 50년과 과제」, 『경제와사회』 46집, 산업사회학회, 2000.

이철범, 「필화사건」, 한국문인협회 편, 『해방문학 20년』, 정음사, 1972.

조연현, 「한국전쟁과 한국문학-체험의 기록과 경험의 형상화」, 『전선문학』 5, 1953.

천이두, 『종합에의 의지』, 일지사, 1974.

표인주 외, 『전쟁과 사람들』, 한울, 2003.

홍성원, 『남과 북』 전7권, 문학사상사, 1997.

알라이다 아스만, 변학수·백설자·채연숙 공역, 『기억의 공간』. 경북대출판부, 2003.

호미 바바, 나병철 역, 『문화의 위치』, 소명출판, 2002.

아리프 딜릭, 황동연 역, 포스트모더니티와 . 황동연 역. 파주: 창비, 2005.

Giddens, Anthony. 2001. Sexuality, Love, Eroticism in Modern Societies. 배은경·황정미 공역. 서울: 새물결.

Langer, Lawrence L.. 1977. The Holocaust and the Literary Imagination. Virninia: Yale University Press.

Weinrich, Harald. 2004. Lethe: Kunst und Kritik des Vergeessens. 백설자 역. 파주: 문학동네.

「해금조치 30년과 근대문학사의 복원」

강진호 외, 『북한의 문화정전, 총서 '불멸의 력사'를 읽는다』, 소명출판, 2009.

강진호 외, 『총서 '불멸의 력사' 용어사전』, 소명출판, 2009.

강진호 외, 『총서 '불멸의 력사' 해제집』, 소명출판, 2009.

강진호, 「동경과 좌절의 미학」, 『상허학보』 1집, 상허학회, 1993.

강진호, 『국어 교과서의 탄생』, 글누림, 2017.

강진호, 『현대소설사와 이태준의 위상-이태준 연구와 향후의 과제」, 『상허학보』 13집, 2004.

강헌국, 「월북의 의미」, 『비평문학』 18집, 2004.

권성우, 「이태준 기행문 연구」, 『상허학보』 14집, 상허학회, 2005.

권영민 편, 『납·월북문인인명사전』, 문예중앙, 1987.

권영민 편, 『월북문인연구』, 문학사상사, 1989.

김병민 외 3인 공저, 『조선-한국당대문학사』, 연길, 연변대학출판사, 2000.

김성수, 『통일의 문학, 비평의 논리』, 책세상, 2001.

김성수, 『통일의 문학, 비평의 논리』, 책세상, 2001.

김윤식, 『북한문학사론』, 새미, 1996.

김윤식, 『한국 현대현실주의소설연구』, 문학과지성사, 1990

김윤식, 『한국문학의 근대성과 이데올로기 비판』, 서울대 출판부, 1997.

김재용, 『민족문학운동의 역사와 이론』(1,2), 한길사, 1990, 1996.

김재용, 『북한문학의 역사적 이해』, 문학과지성사, 1994

김재용, 『분단구조와 북한문학』, 소명출판, 2000.

김재홍, 『카프시인비평』, 서울대출판부, 1990.

김종엽 편, 『87년체제론』, 창비, 2009.

김준현, 「해방이라는 한국문학연구의 '경계'와 이태준」, 『상허학보』 42집, 상허학회, 2014.

김진기 외, 『반공주의와 한국문학의 근대적 동학』(1,2), 한울아카데미, 2008, 2009.

나병철, 『한국문학의 근대성과 탈근대성』, 문예출판사, 1996.

동국대 한국문학연구소 편, 『한국문학과 근대성의 형성』, 아세아문화사, 2001.

루스 베러클러프, 김원 외 공역, 『여공문학-섹슈얼리티, 폭력 그리고 재현의 문제』, 후마니타스, 2017.

류보선, 「역사의 발견과 그 문학사적 의미-해방 후 이태준의 문학」, 『한국현대문학연구』 제1집, 한국현대문학회, 1991.

문학사와비평연구회, 『한국 현대문학의 근대성 탐구』, 새미, 2000.

민족문학사연구소 편, 『민족문학과 근대성』, 문학과지성사, 1995.

박수현, 「이태준 문학연구의 역사에 관한 일고찰」, 『작가세계』18집, 2006.

박헌호, 「'문학' '사' 없는 시대의 문학연구」, 『역사비평』2006봄호.

북한대학원대학교, 『한(조선)반도 개념의 분단사』전3권, 사회평론아카데미, 2018.

손유경, 『프로문학의 감성 구조』, 소명출판, 2012.

신형기 외, 『문학사 이후의 문학사를 생각한다-한국현대문학사의 해체와 재구성』, 푸른
　　　역사, 2013.

신형기, 『북한소설의 이해』, 실천문학사, 1996.

신형기·오성호, 『북한문학사』, 평민사, 2000.

역사문제연구소 문학사연구모임 편의 『카프문학운동연구』, 역사비평사, 1989.

유종호, 『나의 해방 전후(1940-1949)』, 민음사, 2004.

이경재, 『한국프로문학연구』, 지식과교양, 2012.

이병렬, 「이태준 문학연구, 그 성과와 한계」, 『탄생 100주년 문학인 기념문학제 발표문』,
　　　대산문화재단, 2004.

이봉범, 「냉전과 원조, 원조시대 냉전문화 구축의 역동성-1950~60년대 미국 민간재단
　　　의 원조와 한국문화」, 『한국학연구』39, 인하대 한국학연구소, 2015.

이봉범, 「냉전과 월남지식인, 냉전문화기획자 오영진」, 『민족문학사연구』61집, 문학문
　　　학사학회, 2016.

이봉범, 「단정수립기 전향의 문화사적 연구」, 『대동문화연구』64, 성균관대 대동문화연
　　　구원, 2008.

이봉범의 「냉전과 월북, (납)월북 의제의 문화정치」, 『역사문제연구』37호, 2017.

이상숙 외, 『북한의 시학 연구』전6권, 소명출판, 2013.

이선영 편, 『1930년대 민족문학의 인식』, 한길사, 1990.

이선영, 『한국문학의 사회학』, 태학사, 1993.

이신철, 「월북과 납북」, 『역사용어 바로쓰기』, 역사비평사, 2006.

이신철, 『북한 민족주의운동 연구』, 역사비평사, 2007.

임규찬, 『한국 근대소설의 이념과 체계』, 태학사, 1998.

임규찬·한기형 공편의 『카프비평자료총서』, 태학사, 1990.

임태훈, 「'복사기의 네트워크'와 1980년대」, 『실천문학』2012봄호.

정근식 외 편, 『검열의 제국-문화의 통제와 재생산』, 푸른역사, 2016.

정호웅, 「해금과 한국 현대소설 연구-작은 기억들을 엮어」, 『구보학회 정기학술대회-해금 30년, 문학장의 변동』, 구보학회, 2018.

최동호 편, 『남북한 현대문학사』, 나남출판, 1995.

하정일, 『20세기 한국문학과 근대성의 변증법』, 소명출판, 2000.

홍정선, 『카프와 북한문학』, 역락, 2008.

https://www.olympic.org/seoul-1988.

제4부 근대와 문화적 횡단

「『소학독본』(1895)과 유교적 신민의 창출」

강진호, 「'국어' 교과서의 탄생과 근대 민족주의: 『국민소학독본』(1895)를 중심으로」, 『상허학보』 36집, 상허학회, 2012.

구자황, 「'독본'을 통해 본 근대적 텍스트의 형성과 변화」, 『상허학보』 13호, 상허학회, 2004.

구자황, 「근대 계몽기 교과서의 생산과 흐름」, 『2013년 하계 기획학술대회 '국어국문학 분야별 초기교과서 연구'자료집』, 우리어문학회, 2013.

구희진, 「갑오개혁 전후 전통교육제도에 대한 정책」, 『역사교육』 100호, 역사교육연구회, 2006.

구희진, 「대한제국기 국민교육의 추진과 굴절」, 『역사교육』 109, 역사교육연구회, 2009.

김경미, 『한국근대교육의 형성』, 혜안, 2009.

김민재, 「개화기 '학부 편찬 수신서'가 지니는 교과용 도서로서의 의의와 한계」, 『이화사학연구』 42집, 이화사학연구소, 2011.

김소영, 「갑오개혁기(1894-1895) 교과서 속의 '국민'」, 『한국사학보』 29집, 고려사학회, 2007.

민병훈, 「'소학'과 '소학언해'」, 『어문연구』, 한국어문교육연구회, 1988.

박병기·김민재 역, 『근대학부 편찬 수신서』 전3권, 소명출판, 2011.

박승배, 「갑오개혁기 교과서에 나타난 교육과정학적 이념 연구: '소학' 교과서를 중심으로」, 『교육과정연구』 29권 3호, 2011.

손문호, 「신기선 연구-한 절충주의자의 생애와 사상」, 『호서문화논총』 15집, 서원대 호서

문화연구소, 2001.

유성선, 「한국성리학상의 '소학' 공부론과 전망에 관한 연구」, 『철학탐구』 15집, 중앙대 중앙철학연구소, 2003.

유임하 편역, 『소학독본/유몽휘편』, 경진문화사, 2015.

유임하 편역, 『소학독본』, 경진문화사, 2012.

윤여탁 외, 『국어교육 100년사 1』, 서울대출판부, 2006.

윤인숙, 「16세기 소학언해의 사회 정치적 의미와 대중화」, 『한국어문학연구』 58집, 한국 어문학연구학회, 2011.

이승원, 『학교의 탄생』, 휴머니스트, 2005.

이종국, 『한국의 교과서-근대 교과용 도서의 성립과 발전』, 대한교과서주식회사, 1991.

임동석, 「명대 삼종 격언집의 비교연구-'명심보감'·'채근담'·'석시현문(昔時賢文)'」, 중국어문 학논집 32집, 중국어문학연구회, 2005.

정호훈, 「조선 후기 '소학' 간행의 추이와 성격」, 『한국사학보』 31호, 고려사학회, 2008.

주희·유청지 편, 윤호창 역, 『소학』, 홍익출판사, 1999.

진원, 「'소학' 편찬 이유와 이론적 입장」, 『한국학논집』 49집, 계명대 한국학연구원, 2012.

한용운 역, 『채근담』, 한용운전집 4권, 신구문화사, 1973.

허재영, 『통감시대 어문 교육과 교과서 침탈의 역사』, 경진문화사, 2010.

「설화의 호명─한국소설에 나타난 『삼국유사』 설화의 전유」

일연, 권상로 역, 『삼국유사』, 동서문화사, 1978.

김동리, 박덕규·문흥술 편, 『소설 신라열전』, 청동거울, 2001.

고종석, 「제망매」, 『성석제 김영하 외』, 20세기 한국소설, 창비, 2006.

윤대녕, 『남쪽 계단을 보라』, 세계사, 1995.

김성동, 『꿈』, 창비, 2001.

윤후명, 『삼국유사 읽는 호텔』, 중앙 M&B, 2005.

김태준, 박희병 교주, 『증보 조선소설사』, 한길사, 1990, 35-38쪽.

공임순, 『우리의 역사소설은 이론과 논쟁이 필요하다』, 책세상, 2000.

구인모, 「국토순례와 민족의 자기구성-근대 국토기행문의 문학사적 의의」, 『한국문학연구』27호, 동국대 한국문학연구소, 2004.

구인모, 「고안된 전통, 민족의 공통감각론」, 『한국문학연구』, 23집, 동국대 한국문학연구소, 291-306쪽.

김철, 「'결여'로서의 국(문)학」, 『사이』, 창간호, 국제한국문학문화학회, 2006, 25-47쪽.

이재선, 「역사소설의 성취와 반성」, 구모룡 외, 『현대 한국문학 100년』, 민음사, 1999, 142쪽.

문흥술, 「신·인간, 자연의 합일을 지향하는 설화소설」, 문흥술·박덕규 편, 『김동리의 신라열전』, 청동거울, 2001, 304-310쪽 참조.

이동하, 『김동리-가장 한국적인 작가』, 건국대출판부, 1996, 49쪽.

김동리, 「문학하는 것에 대한 사고」, 『문학과 인간』, 김동리문학전집 7권, 민음사, 1997, 73쪽.

유임하, 『한국문학과 불교문화』, 역락, 2007수정증보판.

유임하, 「근대성과 문학연구」, 『근대성과 한국문학 연구』, 이회, 2002, 11-32쪽.

노스럽 프라이, The Educated Imagination, 김상일 역, 『신화문학론』, 을유문화사, 1971, 59쪽.

마이클 로빈슨, 김민환 역, 『일제하 문화적 민족주의』, 나남출판, 1990.

하루오 시라네·스즈키 토미 엮음, 황숙영 역, 『창조된 고전』, 소명출판, 2002.

「식민지 기억과 동아시적 해법—홍성원의 장편 『그러나』」

구인모, 「국토순례와 민족의 자기구성」, 한국문학 국제학술회의 발표요지집, 동국대학교 한국문학연구소, 2004.

김산(炎光), 「기묘한 무기」, 『월간 다리』, 1990.1.

김재용, 『협력과 저항-일제말 사회와 문학』, 소명출판, 2004.

김진송, 『현대성의 형성: 서울에 딴스홀을 허하라』, 현실문화연구, 1998.

김찬정, 윤해동 역, 「아리랑이 들려온다-혁명가 김산, 그 의문의 죽음을 찾아서」, 『역사비평』, 1990 봄호.

김철, 「몰락하는 신생: 만주의 꿈과 '농군'의 오독」, 『상허학보』 10집, 2002상반기.

김행선, 『해방정국 청년운동사』, 도서출판 선인, 2004.

님 웨일즈, 조우화 역, 『아리랑』, 동녘, 1984.

신명직, 『모던보이, 경성을 거닐다-만문만화로 보는 근대의 얼굴』, 현실문화연구, 2003.

유임하, 「죄인의식과 분단멘탈리티」, 『기억의 심연』, 이회문화사, 2002.

이경훈, 『오빠의 탄생』, 문학과지성사, 2003.

이성욱, 『한국근대문학과 도시문화』, 문화과학사, 2004.

이회성, 「중국혁명과 김산의 생애」, 『사회와 사상』 창간호, 한길사, 1988.

임영태, 「아리랑의 등장인물들」, 『역사문제연구소회보』, 창간호, 1986.

정종현, 「제국/민족 담론의 경계와 식민지적 주체」, 『상허학보』 13집, 2003 상반기.

조관자, 「민족의 힘을 욕망한 친일 내셔널리스트 이광수」, 『기억과 역사의 투쟁』, 삼인, 2002.

차승기, 「1930년대 후반 전통론 연구」, 연세대 박사논문, 2002.

최정무, 「경이로운 식민주의와 매혹된 관객들」, 『문화읽기-삐라에서 사이버문화까지』, 현실문화연구, 2000.

한국근대문학회, 『근대문학연구』 7집, 한국근대문학회, 2003.

한상일, 『제국의 시선』, 새물결, 2004.

한수영, 「고대사 복원의 이데올로기와 친일문학 인식의 지평」, 『실천문학』 2002 봄호.

쑨꺼(孫歌), 류준필 외 공역, 『아시아라는 사유공간』, 창작과비평사, 2003.

요시다 유타카(吉田裕), 하종문·이애숙 공역, 『일본인의 전쟁관』, 역사비평사, 2004.

카토 노리히로, 서은혜 역, 『사죄와 망언 사이에서』, 창작과비평사, 1998.

코모리 요우이치·타카하시 테츠야 공편, 이규수 역, 『내셔널 히스토리를 넘어서』, 삼인, 1999/2001개정판.

C. 카스토리디아스, 양운덕 역, 『사회의 상상적 제도①』, 문예출판사, 1994.

https://100.daum.net/encyclopedia/view/b08m2157n8(검색, 2020.8.14현재)

제5부 기억과 공간

「망각의 정치, 기억의 윤리」

김원일, 『푸른 혼』, 이룸, 2005.

김현, 「보이는 심연과 안 보이는 역사전망」, 『천체에 대한 통찰』, 나남출판, 1990.

아리프 딜릭, 황동연 역, 『포스트모더니티의 역사들』, 창비, 2005.

알라이다 아스만, 변학수·백설자·채연숙 공역, 『기억의 공간』, 경북대출판부, 2003.

오카 마리, 김병구 역, 『기억·서사』, 소명출판, 2004.

임철우, 『백년여관』, 한겨레신문사, 2004.

조은, 『침묵으로 지은 집』, 문학동네, 2003.

조정래, 「맞물려 돌아간 두 개의 톱니바퀴」, 『누구나 홀로 선 나무』, 문학동네, 2002.

조정래, 『태백산맥』 10권, 한길사, 1986.

하랄트 하인리히, 백설자 역, 『망각의 강 레테』, 문학동네, 2004.

황석영, 『손님』, 창비, 2001.

「기억의 귀환과 역사의 분화—후기근대사회와 역사소설의 동향」

강진호, 「반공의 규율과 작가의 자기검열-'남과 북'(홍성원)의 개작을 중심으로」, 『상허학보』 15집, 상허학회, 2005.

김경욱, 『천년의 왕국』, 문학동네, 2007.

김동춘, 『1997년 이후 한국사회의 성찰』, 길, 2006.

김영찬, 「김훈 소설이 묻는 것과 묻지 않는 것」, 『창작과비평』 2007 가을호.

김원일, 『전갈』, 실천문학사, 2007.

김훈, 『남한산성』, 학고재, 2007.

서영채, 「공생의 윤리와 문학: 민주화이후의 한국문학」, 『문학동네』, 2008봄호.

서영채, 「장인의 기율과 냉소의 미학」, 『문학의 윤리』, 문학동네, 2005.

정여울, 「팩션적 글쓰기와 미디어 친화력」, 『문학과사회』 2007 가을호.

조은, 「차가운 전쟁의 기억」, 『한국문학연구』 26집, 동국대 한국문학연구소, 2005.

조정래, 『오 하느님』, 문학동네, 2007.

다카하시 데쓰야, 이목 역, 『국가와 희생』, 책과함께, 2008.

아리프 딜릭, 황동연 역, 『포스트모더니티의 역사들』, 창비, 2005.

존 루이스 개디스, 강규형 역, 『역사의 풍경』, 에코리브르, 2004.

프랭크 커모드, 조초희 역, 『종말의식과 인간적 시간』, 문학과지성사, 1993.

하비 케이, 오인영 역, 『과거의 힘』, 삼인, 2004.

「지리공간의 지정학적 성찰—문학/문화지리학의 현황과 과제」

강진호, 『한국문학의 현장을 찾아서』, 문학사상사, 2002.

김구림, 『한국의 문학비를 찾아서』, 문학아카데미, 1995.

김덕호·원용진 편, 『아메리카나이제이션』, 푸른역사, 2008.

김백영, 『지배와 공간: 식민지도시 경성과 제국 일본』, 문학과지성사, 2009.

김종회 편, 『한민족문화권의 문학』, 국학자료원, 2006.

김철, 「몰락하는 신생: 만주의 꿈과 '농군'의 오독」, 『상허학보』 9집, 상허학회, 2002.

김태준 편, 『문학지리·한국인의 심상공간』, 전3권, 논형, 2005.

김환기 편, 『재일디아스포라 문학』, 새미, 2006.

동국대 문화학술원 한국문학연구소 편, 『고향의 창조와 재발견』, 역락, 2007.

동국대 문화학술원 한국문학연구소 편, 『제국의 지리학, 만주라는 경계』, 역락, 2010.

동국대 한국문학연구소 편, 『한국문학지도』(상하), 계몽사, 1996.

박명림, 「박정희와 김일성-한국적 근대화의 두 가지 길」, 역사비평 편집위원회 편, 『남과 북을 만든 라이벌』, 역사비평사, 2008.

박천홍, 『매혹의 질주, 근대의 횡단-철도로 돌아본 근대의 풍경』, 산처럼, 2003.

상허학회 편, 『1950년대 미디어와 미국 표상』, 깊은샘, 2006.

오양호, 『만주이민문학연구』, 문예출판사, 2007.

오양호, 『일제강점기 만주조선인 문학연구』, 문예출판사, 1996.

오양호, 『한국문학과 간도』, 문예출판사, 1988.

윤휘탁, 『일제하 만주국 연구』, 일조각, 1996.

이승원, 『세계로 떠난 조선의 지식인들』, 휴머니스트, 2009.

이재선, 『현대소설의 서사주제학』, 문학과지성사, 2007.

임성모, 「만주국 협화회의 총력전체제 구성연구」, 연세대 박사논문, 1997.

장석주, 『장소의 기억을 꺼내다-경기도의 문학지리』, 사회평론, 2007.

장석주, 『장소의 탄생』, 작가정신, 2006.

전종한 외 3인 공저, 『인문지리학의 시선』, 논형, 2005.

조규익, 『해방전 재미한인 이민문학』(전6권), 월인, 1999.

조현설, 「민족과 제국의 동거」, 동국대 문화학술원 한국문학연구소 편, 『제국의 지리학, 만주라는 경계』, 동국대출판부, 2010.

주경철, 『문명과 바다』, 산처럼, 2009.

최재봉, 『간이역에서 사이버스페이스까지-한국문학의 공간 탐사』, 이룸, 2003.

최재봉, 『역사와 만나는 문학기행』, 한겨레신문사, 1997.

한석정, 『만주국 건국의 재해석』, 동아대출판부, 1997

한석정·노기식 편,『만주, 동아시아 융합의 공간』, 소명출판, 2008.

홍기삼 편,『재일한국인 문학』, 솔, 2003.

황종연 편,『신라의 발견』, 동국대출판부, 2008.

이-푸 투안, 구동회·심승희 공역,『공간과 장소』, 도서출판 대윤, 2007개정판.

미즈우치 도시오 편, 심정보 역,『공간의 정치지리』, 푸른길, 2010.

에드워드 렐프, 김덕현 외 공역,『장소와 장소 상실』, 논형, 2005.

에드워드 사이드, 박홍규 역,『오리엔탈리즘』, 교보문고, 2000증보판.

원문출처

*애초 발표한 논문의 출처이나 책에서는 평론을 제외하고는 대폭 수정 보완했음을 밝힌다.

제1부 반공의 이념과 문화정체성

「정체성의 우화—반공 증언수기집과 냉전기억 만들기」(원제: 「정체성의 우화: 반공 증언수기집과 냉전의 기억」, 『겨레어문학』39집, 겨레어문학회, 2007)

「반공 텍스트의 기원과 유통」(원제: 「이데올로기의 억압과 공포: 반공텍스트의 기원과 유통, 1950년대 소설의 왜곡」, 『현대소설연구』, 2005)

「'순수'의 이데올로기적 기반—해방기 김동리의 문학론과 소설 속 좌익 인물상」(『우리말글』38집, 우리말글학회, 2006)

「공포증과 마음의 검열관—반공주의와 작가의 자기검열」(원제: 「마음의 검열관, 반공주의와 작가의 자기검열: 김승옥의 경우」, 『상허학보』, 2005상반기)

제2부 전쟁과 문학과 인간

「분단의 어두운 현실과 훼손된 삶—최태응의 소설세계」(원제: 「어두운 시대현실과 월남민의 훼손된 삶-최태응의 소설세계」, 탄신 100년작가문학제, 대산문화재단, 2016)

「전쟁 속 휴머니즘과 국가의 시선—「흥남철수」의 정치적 독해」(『한국문학연구』32집, 동국대 한국문학연구소, 2008)

「다방과 감옥—박경리의 전쟁체험과 문학적 전환」(원제: 박경리 초기소설에 나타난 전쟁체험과 문학적 전환-「애가」와 『표류도』를 중심으로」, 『한국문학의연구』 46호, 한국문학연구학회, 2012/『박경리와 전쟁』, 마로니에북스, 2018)

「한국문학과 6.25라는 명제」(원제: 「기억과 조망—한국문학과 6.25라는 명제」, 『내러티브』11호, 한국서사학회, 2004)

제3부 분단의 억압과 금기를 넘어서

「이근영 소설의 현재성—공동체의 양심과 윤리」(원제: 「고뇌하는 양심과 공동체의 윤리: 이근영 소설의 현재성」, 『돈암어문학』 22집, 돈암어문학회, 2009)

「『야행』과 자기구원의 문제」(원제: 「닫힌 일상성과 해방의지-김승옥의 「야행」에 나타난 자기구원의 문제」, 『겨레어문학』 33집, 겨레어문학회, 2004)

「닫힌 현실과 열린 분단의식—이호철의 장편 『문』」(『돈암어문학』 23집, 돈암어문학회, 2010)

「기억의 봉인 풀기—탈냉전 이후 한국소설과 전쟁기억의 양상」(원제: Breaking the Seal of Memory: A New Perspective on Memory of the Korean War in Korean Novels after the Post-Cold War Era, The Review of Korean Studies 9-2, 한국학중앙연구원, 2006.6)(영문)

「해금조치 30년과 근대문학사의 복원」(원제: 「해금 30주년과 근대문학사의 복원」, 『반교어문연구』 50집, 반교어문학회, 2018)

제4부 근대와 문화적 횡단

「『소학독본』(1895)과 유교적 신민의 창출」(원제: 「소학독본(1895)의 재검토-유교적 신민 창출과 고전의 인양」, 『개신어문연구』 38집, 개신어문학회, 2013/ 강진호 외, 『근대 국어교과서를 읽는다』, 경진출판, 2014)

[보유] 「소중화주의와 아동교육 입문—『유몽휘편』 해제」(유임하 편역, 『소학독본/ 유몽휘편』, 경진출판, 2015개정판)

「설화의 호명—한국소설에 나타난 『삼국유사』 설화의 전유」(원제: 설화의 호명-근대소설과 삼국유사 설화의 전유」, 『너머』 2호, 2007 가을호)

「식민지 기억과 동아시아적 해법—홍성원의 장편 『그러나』」(『일본학』 23집, 동국대 일본학연구소, 2004)

5부 기억과 공간

「망각의 정치, 기억의 윤리」(원제: 「기억의 정치학과 미학: 망각의 정치, 기억의 윤리」, 『펜문학』 통권 77호, 국제펜클럽한국본부, 2005겨울호)

「기억의 귀환과 역사의 분화—후기근대사회와 역사소설의 동향」(원제: 「기억의 귀환과 역사의 분화: 최근 역사소설의 경향과 전망」, 『문학수첩』 2008 여름호)

「지리공간의 지정학적 성찰—문학/문화지리학의 현황과 과제」(원제: 「지리공간의 지정학적 성찰-문학지리학의 현황과 과제」, 『문학 선』, 2010 겨울호)

유임하(柳壬夏, cultura@hanmail.net)

1962년 경북 의성 출생. 동국대학교 국문학과, 동 대학원 국문학과 졸업. 문학박사.
현재 한국체육대학교 교양과정부 교수

대표 저서

『이태준전집』(전7권, 공편, 소명출판, 2015)
『북한의 우리 문학사 인식』(공저, 소명출판, 2014)
『근대 국어 교과서를 읽는다』(공저, 도서출판 경진, 2014) *문화관광부 학술우수도서
『북한시학의 형성과 사회주의문학』(공저, 소명출판, 2013)
『조정래: 민족의 삶과 역사적 진실』(편저, 글누림, 2010) *문화관광부 우수문학도서
『북한의 문화정전, 총서 '불멸의 력사'를 읽는다』(공저, 소명출판, 2009)
『새민족문학사강좌』(공저, 창비, 2009)
『북한문학의 지형도』(공저, 이대출판부, 2008)
『반공주의와 한국문학의 근대적 동학』(전2권, 공저, 한울아카데미, 2008-2009)
『한국소설과 분단이야기』(책세상, 2006)
『한국문학과 불교문화』(역락, 2005) *문화예술위원회 문학우수도서
『기억의 심연』(이회, 2002) *문화관광부 문학우수도서
『분단현실과 서사적 상상력』(태학사, 1998) 외 다수.

대표 논문

「북한의 문화정전을 어떻게 읽고 수용할 것인가」(2019)
「정기종의 『운명』과 김정은 시대의 국가서사」(2019)
「1955년 북한사회의 베트남 방문과 베트남이라는 심상지리의 탈식민적 구성」(2018)
「월북 이후 이태준 문학의 장소감각」(2015)
「'전승 60주년'과 북한문학의 표정」(2013)
「월북 이후 이태준 문학과 48년질서」(2013)
「총서 '불멸의 력사'의 기획 의도와 독법」(2009)
외 평론 다수.

한국체육대학교 학술교양총서 005

반공주의와 한국문학
Anticommunism and Korean Literature

초판 1쇄 인쇄 2020년 11월 17일
초판 1쇄 발행 2020년 11월 26일

지은이 유임하
펴낸이 최종숙
펴낸곳 글누림출판사

편 집 이태곤 권분옥 문선희 임애정 강윤경 김선예
디자인 안혜진 최선주
마케팅 박태훈 안현진

주 소 서울시 서초구 동광로46길 6-6(반포4동 577-25) 문창빌딩 2층(06589)
전 화 02-3409-2055(대표), 2058(영업), 2060(편집)
팩 스 02-3409-2059
전자우편 nurim3888@hanmail.net
홈페이지 www.geulnurim.co.kr
블로그 blog.naver.com/geulnurim
북트레블러 post.naver.com/geulnurim
등록번호 제303-2005-000038호(2005.10.5.)

정가는 뒤표지에 있습니다.
ISBN 978-89-6327-629-8 93810
       978-89-6327-604-5 (세트)

* 이 도서의 국립중앙도서관 출판예정도서목록(CIP)은 서지정보유통지원시스템 홈페이지(http://seoji.nl.go.kr)와 국가자료종합목록
  구축시스템(http://kolis-net.nl.go.kr)에서 이용하실 수 있습니다. (CIP제어번호 : CIP2020048174)